闲唐

2

CHAT TANG

春溪
笛晓

——

著

中国言实出版社

图书在版编目(CIP)数据

闲唐 . 2 / 春溪笛晓著 . -- 北京 : 中国言实出版社,
2022.1

ISBN 978-7-5171-4026-9

Ⅰ . ①闲… Ⅱ . ①春… Ⅲ . ①长篇小说 – 中国 – 当代
Ⅳ . ① I247.5

中国版本图书馆 CIP 数据核字（2022）第 020484 号

闲唐 2

责任编辑：王蕙子
责任校对：罗　慧

出版发行：中国言实出版社
　　　　　地　　址：北京市朝阳区北苑路 180 号加利大厦 5 号楼 105 室
　　　　　邮　　编：100101
　　　　　编辑部：北京市海淀区花园路 6 号院 B 座 6 层
　　　　　邮　　编：100088
　　　　　电　　话：010-64924853（总编室）　010-64924716（发行部）
　　　　　网　　址：www.zgyscbs.cn　电子邮箱：zgyscbs@263.net

经　　销：新华书店
印　　刷：河北照利印刷有限公司
版　　次：2022 年 10 月第 1 版　　2022 年 10 月第 1 次印刷
规　　格：710 毫米 ×1000 毫米　1/16　23.5 印张
字　　数：390 千字

定　　价：65.00 元
书　　号：ISBN 978-7-5171-4026-9

皇兄金口玉言说的，不骗你！

怎么样？

你愿意的吧？

你当我王妃好不好？

圣人他们还在外头，你就直接进来问我了？

当然得直接来问啊，要不然什么时候问。

我已经答应下来了，妹妹妹你不愿意吗？

我也愿意。

那就成了。

我这就和皇兄说去，省得他又反悔。

你也想早早嫁我对不对？

我这就去！

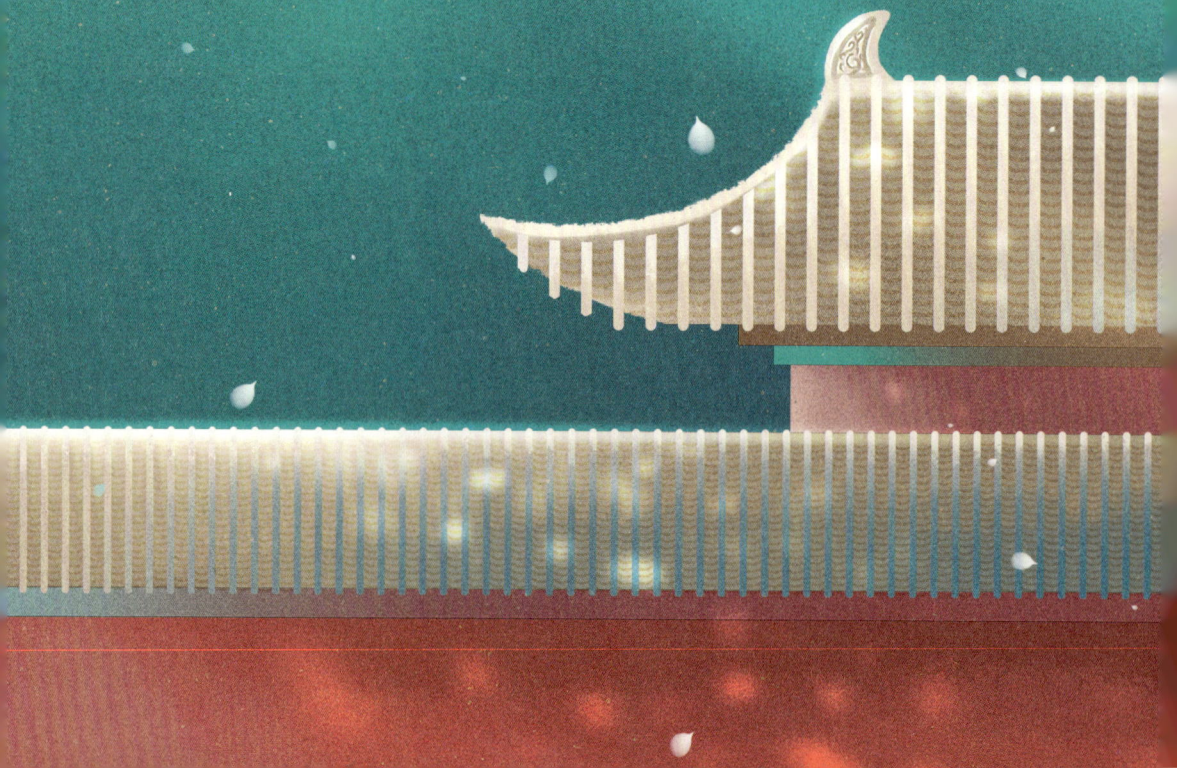

目 录

闲唐
2

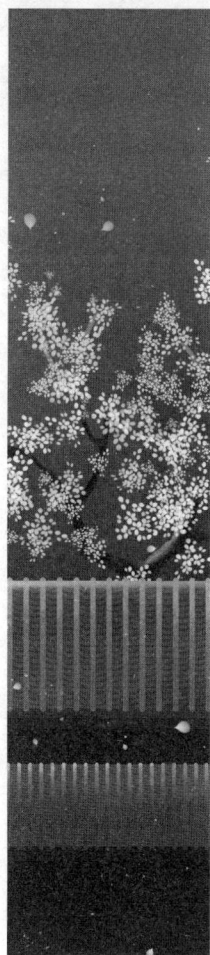

第一章

陪考计划

魏徵在同僚的侧目之中告假带着孙子孙女回了住处。

裴氏没过来，魏徵的住处更冷清了，行李只有小小的一包袱。看着两个跟鹌鹑似的小孩，魏徵坐下，示意他们兄妹俩也坐下说话。

魏姝乖巧地坐到一边。

魏膺有点怕魏徵，怯怯地不敢开口。

魏徵看了眼自己带在身边养大的孙女，转而望向魏膺，绷着脸问魏膺李元婴是怎么把他们带回来的。

魏膺悄悄看向妹妹，见妹妹安安静静地坐在那装乖巧，顿时来了精神，把李元婴强拦马车的事给魏徵说了，主要描述李元婴怎么骄横无礼，怎么不可一世，活脱脱一个仗势欺人的皇室子弟。

魏姝听得撇撇唇，但还是继续眼观鼻鼻观心，没反驳半句。

魏徵不置可否地听着，不时看一眼静坐一旁的孙女。等魏膺把李元婴可恶至极的恶行说完了，魏徵才问："那你们父亲怎么又答应让你们兄妹俩来洛阳？"

魏膺哑了一下。

这……刚才那状告得太过了，圆不了了。要是李元婴真那么坏，他爹又轻轻松松答应让李元婴带他们回洛阳，岂不是显得他爹很笨很容易被忽悠？

魏徵见魏膺无言以对，转向魏姝："你来说。"

魏姝见魏徵的神色瞧不出喜怒，只和往常一样板着脸，只好老实把整个过程都给魏徵交代了一遍。

魏徵听完，叹了口气。

李元婴打个照面就摸清了他那长子的性情，对症下药挑拣着他那长子爱听的话说！这又是留下照料祖父母又是让魏膺入国子监的，怎么听都觉着合情合理。

最要紧的是，这小子还敢打他的名号去办这事！

他那儿子样样都不错，就是学不会应变，被李元婴这个机灵鬼糊弄过去一点都不稀奇。

魏徵摆摆手说："你们在外面野了这么多天，去收拾一下歇着吧。"

魏膺急了："祖父，你就让那家伙那么嚣张地来拐骗妹妹吗？"他也顾不得害怕魏徵了，拉住魏徵的手一股脑地把李元婴那通号称从《礼记》里学来的玩意儿给魏徵讲了。

魏膺道："他还说，这都是从祖父你这里学到的，你说气人不气人？"

气人不气人？当然气人！

魏徵气得脸皮抖了抖，却也不能去把李元婴揪过来算账。

毕竟，李元婴那些话话糙理不糙，确实都是为人处世的道理。

若是他魏徵只懂得刚正不阿，而不懂得审时度势，不能按照当前的情况进行恰当的劝谏，给出恰当的建议，他就算有十个脑袋也早掉光了！谏官是那么好当的吗？自古以来，劝谏君主都是最不好干的活儿。

只是这些道理魏徵不会和别人讲，李二陛下一直以来看重的都是他的"直"，他怎么去教别人"曲"？

看着孙儿急吼吼地向自己状告李元婴，魏徵就知道这孙儿一句都没听进去，他觉得李元婴不好，李元婴说的话就全都不好。

魏徵淡淡地说道："我知道了，你且去歇着，这几日好好读读书，改日我带你去见孔颖达。即便你是我的亲孙子，国子监收不收你还是得看你自己的能耐，别丢了我们魏家的脸。"

魏膺一听，蒙了。他祖父不仅不打算追究李元婴的胡说八道，还要按着李元婴的提议把他送去国子监！听说国子监的祭酒就是他祖父提到的孔颖达，这人出了名的古板难缠，他要是去了国子监铁定没好日子过！

不等魏膺再挣扎，魏徵已经打发他们走人，自己坐在屋内思考当初答应教李元婴《礼记》是不是一种错误。

幸好《论语》不是他教的，是萧德言教的，要不然他可能会更气。

魏徵这边一个人坐着生闷气，李元婴那边却已经顺利混过李二陛下那关，跑回去和他的小伙伴们相见。

李治白天要读书，感觉还没那么糟糕，高阳和兕子她们可就郁闷坏了。没李元婴在，都没人带着她们到处玩了！

李元婴哄"小萝卜头"很有一套，把路上买的小礼物都抱出来，一一分给高阳他们，然后又和他们说起魏姝家里那"专横父兄和可怜妹妹"的糟心事，跟他们分析要是他不赶过去，大家就再也见不上面了！

高阳几人听了，这才没那么生气了，改为问起李元婴是怎么从魏家父兄手里抢回魏姝的事，李元婴把整个过程当跌宕起伏的故事来讲，一群"小萝卜头"听得时而义愤填膺，时而喜不自胜。

到最后每个人都觉得李元婴太应该去把魏姝接回来，要不然大家再也不能一块儿玩了！

听完全程的李治只想说，人家父亲兄长提防着你是对的，任谁知道你这么个家伙盯着自家闺女，一准都会担心得不得了！

当然，长年和李元婴一块儿玩的经验告诉李治，有些话在心里想想就好，千万别随随便便说出口！

要不然李元婴会让你知道什么叫后悔莫及。

哄好"小萝卜头"们，李元婴又回归到开开心心带小伙伴玩耍的快活日子。他试探了两回，发现魏徵没有看到他去找魏姝就把他扫地出门的想法，很快就和以前一样大摇大摆地邀魏姝一块儿玩耍。

得知魏徵当真要把魏膺送去国子监，李元婴又热情地帮魏膺走后门，找上孔颖达夸了魏膺一通，对孔颖达说："魏兄是姝妹妹的哥哥，妹妹妹那么聪明，哥哥怎么会笨呢？您尽管对他提要求，比照着唐璿那样提就好，他肯定能做到的。我觉得魏兄他去了国子监，一定能争个头名当当。"

孔颖达冷哼一声，骂道："大言不惭！"

李元婴还挺维护魏膺的，很有担当地说："这都是我自己想来找您说的，老孔你可别觉得是魏兄让我来的。"说完他又掏出一卷长长的书单，递给孔颖达，"我回忆着萧老学士过去的教导给魏兄拟了份书单，您看看这上面的书好不好？您觉得可以的话，我就把这书单给魏兄，让他照着看。"

孔颖达接过书单一看，发现都是不错的儒家经典，其中虽然混杂着一些别家的著作，但也属于可以一读的行列。他把书单递回给李元婴，捋着须道："不错，你给他吧。"

李元婴道："我这就带去给魏兄！魏兄这么聪明，您考校他的时候照着这书单考就可以了。"说完李元婴还相当体贴地询问，"要不要我让人抄一份书单在您这边留个底。"

孔颖达点头应允道："可以。"

李元婴心满意足地揣着书单离开，走出一段路后笑眯眯地吩咐戴亭回头就把早已抄录了好几份的书单送来给孔颖达。他妹妹妹这兄长本心还是好的，就是太闲了，整天盯着妹妹那点事跟大人告状！

所以，得想点办法让他忙起来才行！

找完孔颖达，李元婴没耽搁，麻溜地跑去寻魏徵给他家长孙送书单。

魏徵抬起眼皮看他。

李元婴积极地游说魏徵："这些书我都看过啦，都很有用的，您记得让魏兄看。老孔说了，回头考校魏兄就照着这份书单考，您这个当祖父的可得督促他读书啊。他这个当兄长的有能耐，将来妹妹妹才有依靠！"

魏徵无奈地说："行，我会照着这单子给他备书。"

李元婴"坑"完魏膺，顺便把在一旁给他们煮茶的魏姝捎走了。

魏膺最近每天都在读书，李元婴过来的动静他也听到了，只是不愿出来见李元婴。等察觉李元婴走了，魏膺才出来问魏徵："他又来做什么？是不是又来找妹妹出去玩？"

魏徵看了自己孙子一眼，觉得这孙子被人揉圆搓扁真不冤，李元婴嫌他这孙子碍眼，会想出些叫人无从指责的法子把他这孙子绊住，而他这孙子却只知道避而不见！

看来他确实该把长孙留在身边，要不然他这郑国公的爵位传到儿子孙子手里，可能会一代不如一代。

魏徵道："回头我让人收拾一些书送回来，你都给好好看完，到你进国子监时会考这些书上的东西。"

一听还要看书，魏膺脸色发苦，说道："怎么又要看？您不是说看完您给的书就差不多了吗？"

魏徵道："今天之前是差不多，今天之后不行了。"

魏膺终于聪明了一次，"是不是刚才那家伙干的好事？"

魏徵板起脸训道："别人和妹儿年纪都比你小，看的书却比你多得多，你该好好反省自己，而不是怨别人帮你列单子让你多看书！"

魏徵一凶起来，魏膺就不敢吱声了，心里暗暗叫苦。早知如此，他根本不该招惹李元婴，父亲虽然也严厉，但远没有祖父这么可怕，祖父绷起脸来太吓人了！

魏膺像是霜打的茄子，蔫耷耷地回去埋头苦读。

李元婴可不会照顾魏膺的心情，解决完魏膺这个"盯妹狂魔"，他心情美得很，把书单也给了魏姝一份，说道："你看看有没有你没看过的书，回头找来补一补。到时你兄长去参加考校，你也跟着去，在旁边打击打击他，让他早点意识到人外有人天外有天，眼界放宽点，别整天只知道欺负妹妹。"

魏姝道："阿兄也不算欺负我，他天生就这样。"

魏姝并不是很生魏膺的气，一来是她和魏膺相处的时间实在太少了，兄妹之间不够了解，难免会有没办法相互理解的时候；二来是现在魏膺已经被李元婴折腾得挺惨了，她就算有气也早消完了。

李元婴道："没有天生就这样的说法，只要肯改，肯定能改的。"

李元婴琢磨了一下，觉得光靠魏姝打击她哥还不够残忍，和魏姝表示等会儿他再去给唐璿和狄仁杰写封信，到时来个内外夹击，唐璿找几个同窗一起来旁观，狄仁杰则凑着时间一起去考国子监。

李元婴拉着魏姝计划到一半觉得这事特好玩，兴致勃勃地说："你记得打听好你兄长去国子监报到的日子，到时我带着你过去，我们也一起考，让他考个倒数！"

魏姝道："你要去国子监念书？"

李元婴道："我才不去，我就是去考考而已，又没说考完要去。"他信誓旦旦地和魏姝保证，"我和老孔那么熟，叫他多备几张卷子没问题的。"

反正就是要不遗余力地折腾魏膺这个没点哥哥样子的哥哥，要他再也没空盯着魏姝！

李元婴带着魏姝去和小伙伴们会合，和小伙伴们说起他宏大的"坏哥哥改造计划"，问李治他们要不要一起来玩。

高阳不喜欢读书，选择弃权。

兕子和衡山发现书单上有太多书没读，选择弃权。

城阳向来内向沉静，李元婴本以为她不会想参加，结果城阳却举了手："我想去。"

李元婴一口答应："没问题！"他又问唯一没发表意见的李治，"雉奴你呢？

你要不要一起来？"

李治一向是没主意的，听李元婴问他才答道："去就去。"

于是一群"小萝卜头"的聚会内容从见天疯玩变成了聚众读书，不管打不打算参加李元婴那"居心叵测"的"陪考计划"，都一同捧着书认认真真读了起来。李元婴已不是头一次读了，魏姝他们有不会的地方，他就给他们讲解；要是他们问出他也不懂的问题，他就捎着一串"小萝卜头"去向孔颖达他们求教，每个人都很有求学的劲头。

李元婴风风火火地聚众读书多日，终于被李二陛下察觉了。李二陛下把李元婴找了过去，问他搞什么名堂。

听到李二陛下这质疑的语气，李元婴觉得挺委屈："还不许我带雉奴他们读书吗？"

李二陛下怀疑地睨着他，觉得他不单纯是读书那么简单。

李元婴便把自己的陪考计划给李二陛下讲了一遍，说他妹妹这个兄长一看就是可造之才，他决定把他当成重点培养对象。成长的路上怎么能不受点挫折？他要带着雉奴他们一起去陪考，到时谁考得差谁尴尬，肯定能因此而备受激励、发奋向上！

李二陛下悠悠说道："我看你就是记恨人家要把妹妹带走，不让妹妹陪你玩。"

李元婴道："我是那么小气的人吗？"

李二陛下斜睨着他，意思是"你就是那么小气的人"。

李元婴道："那皇兄你觉得这法子不好吗？"

李二陛下道："法子倒是不错。"想到这弟弟前两年还被所有人骂不学无术，现在都有底气要去和年长两岁的魏膺比了，李二陛下点了头，"行，你回去读书吧，可别到时候自己考了倒数。"

这事算是得了李二陛下的应允。

李元婴是最擅长拿着鸡毛当令箭的，李二陛下这边一点头，他就去和孔颖达商量回京后要带着魏姝、城阳和李治他们一起陪考的事。

孔颖达对这种胡闹行为很是不满，国子监乃是大唐最高学府，怎么容这小子这么胡来。他拧着眉说："哪有这么胡来的？"

李元婴道："皇兄都说好，有什么不可以的，不就多给几份卷子？"他不高兴地哼了一声，"我又没想着去你们国子监念书，请我去我都不稀罕去呢，我以后要自己开大书院的！"

孔颖达听得怒气上涌，冷哼道："小小年纪就叫嚷着要开书院，可别误人子弟。"

李元婴一点都不怵，当场堵了回去："我开的书院肯定不会像你们国子监这样，连让别人去考个试都不敢。"

孔颖达道："行，你要考便来考，到时候可别连题都答不全。"

李元婴顺着杆子往上爬，把陪考名单直接写给了孔颖达。

孔颖达收了名单，让李元婴赶紧走，免得他看着想揍。

李元婴目的达成，欢快地跑了。

孔颖达被李元婴一激，当即叫人抄了几份书单，送去给自己的弟子们，叫他们从书单上的书里出些难点的题目上来，到时他挑拣些最难的组合一下当作考题来考这几个不知天高地厚的家伙。看他们到时候还能不能这么得意！

孔颖达吩咐完，还有些不乐意，去找这几个家伙的大家长李二陛下，希望李二陛下管管他们，别让他们把天底下所有地方都当成戏耍之地。

李二陛下道："既然国子监有国子监的规矩，那就按照国子监的规矩来。"

孔颖达惊了一下，犹豫着询问李二陛下："陛下的意思是，他们要是考上了，就让他们到国子监念书？"

李二陛下道："那是自然，既然他们觉得在宫里学不到什么了，就让他们去国子监学点东西吧。什么时候他们能从里面考出来了，孔卿你再放他们出来。"

到国子监读书，衣食住行都是国子监全包的，条件肯定不如宫里好，自己一间房、有人在旁边伺候这种美事更是想都不用想。

去年国子监扩招，招了一批难管的纨绔子弟进去，可把孔颖达给愁坏了，时不时会找李二陛下诉苦，说这些人不好管，个个都无视国子监纲纪，经常跑回家不说，还把寒门监生收买过去照顾他们起居。你逮了现行说要罚吧，他们众口一词都说是自愿的，你根本找不着理由罚他们，难道还不许同窗之间相互帮助吗？

孔颖达一听李二陛下这话就明白了李二陛下的用意：李二陛下对国子监十分看重，自然不可能放任它成为世家子弟的游戏之所。要是把李二陛下的弟弟和儿子放进去，对他们一视同仁地管束，其他纨绔子弟肯定就不敢闹腾了，你爹再厉害，能比当今陛下厉害吗？

孔颖达立刻道："陛下英明。"他说完又想到名单上还有三个女孩，魏姝、城阳公主和曾经的武才人武媚。孔颖达询问李二陛下的意思："城阳公主三人也要一视同仁吗？"

李二陛下道："朕记得新罗那边的王女也在国子监求学，若她们当真能考过，你就把她们和新罗王女安排在一起便好。"

新罗如今是女王当政，派来大唐求学的人中为首的便是女王的堂妹金胜曼。当初金胜曼争取入国子监时自然也引起了一番争论，最终因为她的据理力争而成功入学，现在已经在国子监求学一年多了。金胜曼聪明好学，来时还言语不通，现在基本能通读大唐文字，连孔颖达也不得不承认这位外邦王女很聪慧。

新罗的王女能去旁听，没道理大唐的公主不能。

至于魏姝和武媚，那就当是陪读的好了。

孔颖达一心想治治国子监那群快要占地为王的世家子弟，便也没和李二陛下争辩下去，直接应下了李二陛下的提议。反正，他们考不考得上还是个问题，等他们考上了再讨论此事也无妨！

君臣俩议定，孔颖达回去后就改了出题安排。既然要把李元婴和李治"坑"进国子监当"整治标杆"，题目自然不能太偏太难，稍微穿插几道难题打击打击他们就行了，最终还是要让他们考过的。

此后，孔颖达每次看到李元婴过来请教问题就格外耐心，只差没把他当自家子侄来教导。

李元婴总觉得怪怪的，和李治嘀咕："我觉着老孔要阴我。"

李治没感觉出什么不对："孔祭酒一向这样的，以前孔祭酒对我们也和颜悦色啊！"

李元婴道："那是对你们。"

李治实话实说："要不是你总气他们，孔祭酒也不会总骂你。"

李元婴一琢磨，感觉李治说得也有道理，可能孔颖达看他最近那么好学，态度才会有这么大的变化，没必要大惊小怪。他很快把一开始那点异样抛诸脑后，每天带着魏姝她们读半天书玩半天，不时还去刺激一下魏膺，说什么"我们已经看完某某书啦，你看到哪里了"，弄得魏膺每晚挑灯夜读，生怕自己真的被李元婴这个自己曾经看不起、觉得不学无术的纨绔小王爷比下去！

转眼到了五月中，太史令夜里观察到有星犯太微，通俗点来说，就是出现了

"扫把星"，不吉利。太史令一琢磨，上书表示这是上个月定下的泰山封禅有悖天命，希望李二陛下明年不要去泰山搞封禅了。

李元婴都不上朝的，当然不知道李二陛下明年要去泰山玩。听人说昨天夜里有"扫把星"出现，他还挺遗憾夜里睡得太死，没看到这传说中的"扫把星"。他宣布今天不读书了，大伙一起去找李淳风了解"扫把星"的事，主要想从李淳风口里听听那传说中的"扫把星"到底长什么样。

李淳风是专门研究这个的，给一群"小萝卜头"科普"扫把星"当然是信手拈来，把古往今来的彗星记录都给李元婴他们讲了一遍，还动手给他们画了肉眼可见的彗星犯太微画面。

李元婴听得津津有味。

接着他才从李淳风口里了解到许多学说都爱提的"灾异论"，灾异论里的"灾"有虫、疫、水、旱等，"异"有日食、月食、陨石、彗星等。按照儒家理论，出现这类天象或者这类灾祸属于非常严重的"天谴"，所以朝廷得做点应对措施以免百姓为此惶恐不安。

一般来说，所谓的应对措施就是皇帝好好反省一下自己或者宰辅辞个职什么的。这次还好，有件现成的事可以抵了：明年不去泰山搞封禅了。

李元婴听到这个就不乐意了。以前他也从史书里读到过这些东西，不过没怎么在意，读读就过去了。他记得史书里写汉武帝搞了封禅之后，几乎是每隔五年就会去泰山溜达一圈，前前后后一共去了近十次，多自在！

现在他皇兄登基十五年了，一次泰山都没去过！最重要的是，他出生到现在还没去过泰山呢。

李元婴很失望："那明年真的去不成泰山了吗？"

李淳风道："太史令已经上书，接下来其他朝臣应当也会劝阻。"

李淳风给李元婴分析其中因由：大唐立国二十余年，虽然一直轻徭薄赋让百姓休养生息，国库还是没能充盈起来，远远没有隋朝时富裕。如今天下之财大多还聚拢在各地世家大族手中，朝廷想做点什么都捉襟见肘。这样的情况下，魏徵他们是不愿意劳师动众搞封禅的。

简而言之就是，朝廷没钱，朝廷缺钱，所以大伙都不支持李二陛下去泰山。

李元婴听了暗暗咋舌道："原来皇兄这么穷啊。"

李治道："不是父皇穷，是朝廷要做的事太多了。"

朝廷要做什么李元婴才不关心，李元婴只关心自己能不能去泰山。他说道："等我把茶卖起来了，我就拿钱借给皇兄，让皇兄带我去泰山玩！"

李治提醒他："你封地离泰山不远，到时你爱去玩几次就去玩几次。"

李元婴回忆了一下，泰山在东边，他封地滕州也在东边，确实离得不远啊！李元婴毫无心理压力地出尔反尔："那我不借了！"他皇兄那么老奸巨猾，万一他把钱借出去有去无回了怎么办？

李治一阵无语。

当天傍晚，兕子就毫无防备地把李元婴和李治卖了。她先是和李二陛下说起自己几人去李淳风那边了解到的天文知识，接着把李元婴二人的对话告诉李二陛下："幺叔本来说借钱给您去泰山玩的，结果皇兄说滕州离泰山很近，幺叔就说不借了！"

自从得知彗星的事，李二陛下心情就不太好，谁提起这事他脸色都不太好。不过兕子不一样，兕子是他最偏爱的女儿，他听着不觉得生气，只看向一旁大快朵颐的李元婴，挑眉说道："说了要借又出尔反尔，不是男子汉该做的事。"

李元婴搁下筷子，有理有据地反驳："现在我手上才这点钱，对皇兄您来说完全是杯水车薪，还是先不借了！"他很有担当地给李二陛下打包票，"皇兄您放心，等我去了封地，我一准给你修条从长安直通泰山的大路，沿途给您造好舒服的住处，到时候不花国库一分钱就让您到泰山玩。别说去一趟了，您想年年去都行！"

李二陛下道："好，你这话我可记下了。要是到时你做不到，我就治你个欺君之罪，把你扔到崖州去。"

李元婴转头问李治："崖州在哪里？"

李治想了想，回道："在最南边的海岛上，往北和岭南道隔海相望，往西和交州隔海相望，到处都是海，离长安老远老远的。"

李元婴听得直点头，兴致勃勃地对李二陛下说："听起来很好玩，您只管把我扔去！您放心，等我在那边住下了，会造些大船绕着海岸回北边，隔个十年八年就回来看看您。"

李二陛下骂道："不是要陪人考国子监吗？吃饱了就滚去看书。"

李元婴带着李治他们滚了，出了门口还要和李治嘀咕："又不是我说要去的，是他自己说要让我过去，还生起气来了，真是喜怒无常，难怪人家会说'伴君如伴虎'！"

过了两日，李元婴便迎来了在南边负责茶叶诸事的苏大郎。

这年头消息传得慢，茶叶在北边卖开的消息并没有传回南方，只有些北方商贾陆陆续续南下买茶山。苏大郎占了先机，按着李元婴的意思在江南东西两道把能出好茶的茶山都盘了下来。

今年春茶大丰收，为了便于运输，除了制作成茶团、茶粉保存之外。苏大郎手底下还有人琢磨出了炒茶之法，把一些次一等的茶叶炒制出来。

这种炒茶之法处理起来比原来的法子便捷许多，且耗损少，更易保存。更妙的是，这茶冲出来的茶水还莹澈漂亮，喝起来别有一番滋味，与眼下的煮茶之法大不相同，可以说是各有千秋。

苏大郎前两个月来信与李元婴说了此事，李元婴便去信让他嘉奖想出炒茶之法的人，赶紧趁着春茶丰收弄一批送来推广一番。到五月下旬，今年的"千金茶"就陆陆续续送到洛阳和长安。

长安那边主要有媚娘负责，调配商队人手、延请僧侣沿途俗讲都是早前商量好的，媚娘有条不紊地调配各方人手，沿着既定路线带着茶前往吐蕃和吐谷浑。

洛阳这边，李元婴郑重地与苏大郎见了一面，言明茶叶贸易的重要性。

这一年多来苏大郎混得顺风顺水，走出去都能挺直腰杆，和最初到处奔波销茶的辛苦日子完全不一样了。

听李元婴亲自与自己言明茶叶买卖的利害，又描绘将茶叶卖往吐蕃各部和突厥各部的前景，苏大郎激动得不得了："愿为殿下效力！多的小民做不了，管好这些茶山小民还是可以的。"

李元婴将茶叶之事交托给苏大郎，自然不会亏待他："你若有儿子或者侄子，大可送到长安来，我先替他们谋个差事，将来他们的儿女也好参加科举。"

苏大郎自是喜不自胜。大唐律法之中良贱有别，工匠、商人之子都不能参加科举，甚至连良贱通婚都不行，李元婴许他儿女脱了商籍，无疑是让苏家有了摆脱商籍涉足官途的途径。

古往今来，几乎所有人都希望自己的儿孙能光耀门楣，很少有例外。

李元婴道："这茶叶买卖前面可能比较艰难，你莫要心急，过个一两年，你就知道茶利有多巨大了。"

苏大郎点头。他顿了顿，迟疑着提了一个要求："小民的义妹一直有个心病，就是七娘年纪渐长，若长留在挽翠楼，肯定免不了重蹈她的覆辙，永远身陷在那烟花之地。殿下您是见过七娘的，以她的相貌与聪慧，若是生在寻常人家，如今早该许了好亲事。从前义妹担心七娘一个弱女子脱籍后无处可去，如今我要送儿女来京，我可以认她为义女，买个宅子让她与我儿女同住，不知殿下能不能帮七娘脱籍？"

李元婴痛快答应："那有什么难的，我着人悄悄帮你办了，提前将人送到你置办的宅子里去。"

苏大郎欢喜地道谢。

李元婴把茶叶之事完完全全交代下去，回头便让戴亭记下苏七娘之事，回京后第一时间帮苏七娘脱籍。

回到行宫，李元婴听李治说李二陛下又被人堵了，魏徵和褚遂良今天轮番劝谏李二陛下明年不要去泰山，李二陛下生起了闷气，午膳都没吃多少。

虽说前两天说起时，大伙多多少少都预感到这事可能会被拉出来反复上谏，但李二陛下该生气还是会生气：他继位以来勤勤恳恳处理政务，几乎是全年无休，也就避暑时能放松放松。结果每次提封禅，魏徵他们都追着反对，难道在他们眼里他这个皇帝当得那么差劲，根本不配去封泰山？难道所有人都觉得，这天谴当真是冲着他来的？

李二陛下原本没怎么在意的，被魏徵和褚遂良他们反复劝谏后反而越想越气，气得都吃不下饭了。

李元婴听了，兴冲冲地跑去看他皇兄怎么个生气法。他幸灾乐祸得太明显，被李二陛下朝他扔了一方砚台，砸得他赶紧又溜了。回去之后，李元婴和李治确定自己的观察结果："你说得没错，你父皇确实气得不轻。"

李治道："知道你还去！"

李元婴道："人有七情六欲，皇兄生气也很正常，没必要大惊小怪。"

李治郁闷地说："你不是说父皇的身体得好好养着，不能总生气吗？"上回父皇病倒，可把他吓坏了。

李元婴道："看来你和老师学的《孝经》没白学，还挺孝顺的。"李二陛下曾让萧德言给李治讲过《孝经》，成效斐然，只是当时李元婴只顾着玩，压根没和萧德言碰过面，没机会蹭课听。李元婴琢磨了一会儿，给李治出主意："既然你想替皇兄排忧解难，我倒是可以给你出个主意。"

李治忙问："什么主意？"

李元婴道："据我所知这灾异论，在汉朝以前是不兴的。难道汉朝以前就没有这些天灾了吗？"

李治咀嚼着李元婴的话，提出自己的想法："你的意思是，要推翻灾异论？"

李元婴一脸"孺子可教也"的表情："在汉朝以前，这些灾祸和君王、朝廷很少联系在一起，依然能有尧舜等治世明君出现，能让百姓安居乐业、欢乐升平。汉朝以来，许多人常拿上天预警说事，但是也没见他们永保江山，还不是被人改朝换代？当然，你要说那是因为他们没有遵从上天警示，那就没得说了。"他和李治发表自己的看法，"要我说，这些都是人编出来的，硬是往上天警示上凑。你想想看，假如北边大旱，南边大丰收，那上天到底是满意还是不满意？要是我们把南边丰收的粮食运到北边，平息了大旱带来的影响，那是不是扯平了？"

李治觉得李元婴的想法太过离经叛道，完全颠覆他过去的认知。

李治说道："虽然你说得有道理，但是别人不会认同你的说法。"

李元婴道："他们不认同，那就摆道理说服他们啊。小李不是说了吗？他查阅过所有关于星孛的记录，你只要去和他讨来看看，再查阅一下相关典籍，瞧瞧那一年的君王有没有做什么、那一年有没有出什么大事，不就可以判断这星孛到底是不是所谓的'天谴'了吗？哪怕没有用，你整理出来写一篇文章递上去，你父皇也会高兴的！"

李元婴成功说服了李治，拖着李治去找李淳风，很快拿到相关的记录。

李淳风听说李元婴要搞灾异论，还劝了几句，让他不要随便把这些想法捅出去。

任何人想要推翻灾异论之类的"天人感应"学说，都等同于得罪了天下儒生。要知道君主都自认受命于天，臣下想要规劝君主，自然只能借助天命之说。

把种种"灾异"和君王及朝廷施行的政教联系在一起，其实是一种"儒术"。

儒学儒术，一字之差，意义却大不相同。

学是学问，术则是策略和手段。

所以谁要是想把灾异论搞死，无异于是把儒生手里的一大工具夺走，肯定会成为许多人的眼中钉肉中刺，甚至会被群起而攻之！

李淳风上头有个太史令顶着，凡事不用自己出头，杂七杂八的东西研究了挺多，观测天象是他的专业，不过随着他观察到的天象越多、研究得越深入，越发现以前的一些学说著作站不住脚。

无论是他自幼开始研读的阴阳杂学，还是儒家学说里的各种说法，都有悖于他观测到的各种天象出现规律。

李淳风是个聪明人，他才三十出头，年纪在他们这一行来说不算大，资历更是浅之又浅，贸然把一些话往外说只会被人当成疯子攻击。相反，他可以把自己掌握的东西混入曾经学过的学问里头，借助其他人深信不疑的固有认知来获得晋升之途。

像李元婴这样简单粗暴地想要捣毁固有的说法，李淳风是想都没想过的。

李淳风考虑片刻，还是给李元婴推荐了一本书："殿下可曾看过《论衡》？"

李元婴摇摇头。

李淳风道："我这里收藏着一本，殿下要是有兴趣的话可以拿回去看看，里头可能有你需要的东西。"

李元婴一听要自己看书，拧着小眉头问："有趣吗？"

李淳风捋须道："有趣，百家之说皆在其中，又自有一番特别的见解。"

李元婴便欢欢喜喜地抱着李淳风给的彗星记录和《论衡》，同李治一起回去了。

李治道："既然太史丞都说不要写这篇文章，要不我们就不写了吧？"

李元婴一开始是没想那么多，现在他听了李淳风的说法，也觉得怂恿李治去干这事不太好。李治一直是个乖宝宝，孔颖达他们对李治全都赞不绝口，突然让他写这种离经叛道的东西确实不太好。

李元婴道："行，不用你写了。"

李治看着李元婴抱着的记录和《论衡》，说道："那我们把这些书稿还回去？"

李元婴道："不写又不是不学，我还是要看的，你看不看随意。"他想了想，把今天带"小萝卜头"们读书的任务交给李治，自己准备回去读《论衡》，顺便再研究研究彗星记录。

李治提出异议："我可教不了你妹妹妹。"

李治觉得李元婴这小子学起东西来挺打击人的，什么学问都学得特别快，明明前两年还是白纸一张，现在读的书都快比他多了。最近李元婴带魏妹过来和他们一起读书，李治又受到另一重打击，这个小女娃年纪比兕子大不了多少，不管书法还是理解力都远比许多人强，一点都不像只有七八岁的样子！

李元婴一点都不照顾李治的心情，还挺得意的："那是当然，你看的书都没妹妹妹看得多。这样好了，你问问妹妹妹要不要过来和我一起看《论衡》，这样我们就可以兵分两路，各学各的！"

李治点点头，去和城阳她们会合。过了一会儿，魏姝是过来了，但李治和城阳他们也一块儿来了，读书地点改成李元婴住的院子里，一拨人读"考试参考书目"，一拨人读《论衡》。

高阳对读书没兴趣，呼朋唤友打马球去了。

李元婴把分成许多卷的《论衡》分给魏姝看，两个人很快沉浸在这本全新的著作之中。

接下来几天，李元婴边读《论衡》边和魏姝讨论其中有疑义的内容，很快把多达八十余卷的《论衡》全扫完了。

这本书不能说它是儒家的，又不能说它是道家的，只能承认它确实是李淳风所说的"奇书"。

书中所表达的观点，甚至和李淳风这个太史丞平日里干的事相背违：写《论衡》的是个东汉人，叫王充，他是个无神论者。

汉代儒生信奉的天人感应理论，王充也进行了反驳，他的观点是这样的：假如真的有天道的存在，肯定也能直接任命圣明的君主。为什么天道不选尧舜那样的人当政，而要选那些无能的庸君，再反复降下天命谴告世人呢？天道他就不嫌累吗？

于是，对于东西两汉经常被人挂在嘴边的"祥瑞说""灾异论"，王充统统进行了否决。王充表示，人家天地异宝自己生自己长，和君王和朝廷没什么关系，你们偶然看到了而已；灾祸异象自己发生、自己消弭，同君王和朝廷也没什么关系，你们偶然碰上了而已。

比如日食，王充就记了这么一段："在天之变，日月薄蚀，四十二月日一食，五六月月亦一食，食有常数，不在政治，百变千灾，皆同一状，未必人君政教所致。"也就是说，日食和月食都是可以推算出来的，和人君政教半点关系没有，不信你按照我说的规律推算推算看是不是这样！

李元婴把《论衡》读到这一段，精神一振，又叫人跑李淳风那边一趟，去寻李淳风讨要日食、月食记录，看能不能对上王充这个算法。

可惜的是，光是贞观年间观测到的日食就不太符合"四十二月日一食"之说。

不过对不对得上并不重要，李元婴只挑拣自己觉得有道理的部分来信，其他像"福禄靠命定、出头靠时遇"之类的说法，李元婴看看就过，一点都没放在心上。

既然不准备拉李治这个乖宝宝下水，李元婴改为和魏妹分工合作，魏妹负责从李淳风给的记录里整理出过去三百年内关于彗星、日食和月食的记载，李元婴则负责整理出过去三百年内的重大灾祸和重大事件。

忙活了几天，他们终于把两张可以相互对应的长卷理了出来。

按照年份把这两方面的内容排列出来，所谓的"谴告"和君主德行到底有没有关联就一目了然了：发生"天谴"的年份虽也有灾祸出现，却不是年年都有，而没有发生"天谴"的年份，也有不少灾年，甚至还有些亡国的年份都是毫无"谴告"的。

可惜这两份对比长卷出得有点晚了。

就在他们埋头忙活的这几天里，李二陛下已经下诏表示明年不会去泰山封禅。

李元婴得知这个消息后，虽然很遗憾明年不能去泰山玩，顺便找机会提前瞅瞅自己未来的封地，但还是带着两份长卷去找李二陛下。

李二陛下听李元婴来求见，想着眼下也没什么事，便让人把他放了进来。

李元婴兴冲冲地跑到李二陛下面前："皇兄，我和妹妹妹整理了两份文稿，拿来给您瞧瞧！"

李二陛下点点头，看了眼他手里厚厚的长卷，命人把眼前的书案暂且清空。

李元婴麻溜地往李二陛下案上铺开两幅长卷。

二卷合一，上面的记录和下面的记录按照年份列成了表格。

水旱冰霜、兵祸民患与亡国之灾，根本没和日食、月食、彗星等"异象"重叠在一起。

李二陛下没想到李元婴会拿出这样的东西。

这种一目了然的对比，李二陛下自然不可能看不懂。

李元婴坐到李二陛下近前，说道："这些天象和'天谴'本就没什么关系。有这些天象的年份里也有大丰收、大捷的，没这些天象的年份里也有大灾、大败甚至亡国的。"他拉着李二陛下的手笃定地说，"所以，不管出现日食、月食还是星孛，都和皇兄你这皇帝做得好不好没有关系！皇兄你是个好皇帝，最好最好的那个！"

李二陛下看看坐在自己身旁的小不点，又看看案上两幅长卷，说道："你们有心了。"

李元婴见李二陛下眉目舒展，心情瞧着还挺不错，又把李淳风告诉他的"儒学"与"儒术"之论和李二陛下说了。

李元婴拧着小眉头问李二陛下："皇兄和老魏他们相处起来也这么复杂的吗？"

李二陛下睨了他一眼，伸手轻轻叩了叩记载着异常天象的那幅长卷，缓声说："这些说法，自己信不信反而是其次。"

李元婴坐直了身体，等着李二陛下往下说。

李二陛下道："这些说法是面向天下人的，天下人信，它们就是真有其事；天下人不信，它们就是子虚乌有的。若要天下人承认君王是受命于天的天子，就要接受对应的'天人感应'之说。"

李元婴听李二陛下说完，感觉有点明白，又有点茫然。他安静地琢磨了一会儿，才说出自己领悟到的东西："皇兄你是觉得并不是所有君王都能克制自己，所以被老魏他们追着骂也没有否决这些说法，还照着天下人信奉的那一套去做。"

这就等同于自己往枷锁里面套，以此垂范后世，尽量不让后世子孙中出现闭目塞听、祸国殃民的昏君。

李二陛下点头。

李元婴很懂怎么挑找事的角度："皇兄你不信也不早说，害我们白忙活了！"

李二陛下觉得自己这么弟聪明是聪明，就是有时挺讨人喜欢，有时又特别讨人嫌。

他少年时便随着太上皇起兵，手上沾染了无数人的鲜血，连这皇位都是踩着兄弟的尸体得来的。若当真有天命，他又怎么会因为皇位之争走到兄弟相残的那一步？若是真的信了佛道之说，他死后岂不是要入地狱受苦受难？

所以，他心里不信佛也不信道，更不信自己真有什么天命。

他只想好好活这一世，治理好这曾历经大乱的天下，留给子孙后代一个稳固的大唐江山。

要不是李元婴带着他妹妹妹辛辛苦苦弄出这么两幅长卷来哄他，李二陛下也不会和李元婴说这番话。

李二陛下一脸严肃地望着李元婴："往后少琢磨这些东西，多读点有用的书。天下聪明人不止你一个，你能想到的，别人也能想到；你能看到的，别人也能看到。"

见李二陛下神色认真，李元婴忍不住道："皇兄你真辛苦。"他也认真地向李二陛下保证，"皇兄你放心，将来等我去了封地，一定会早早把路修好让皇兄你经常去泰山玩的！"

李二陛下听李元婴张口就是信誓旦旦的话，也生不出什么严肃的心情来了。他悠悠地往凭几上一靠，抬手指了指李元婴整理的那幅长卷，淡淡说道："看看你这字，比你妹妹妹差远了。与其天天说大话，不如先把字练起来。"

李元婴好气。

他好心好意忙活这么多天想哄哄他皇兄，还连累妹妹妹跟着抄抄写写做长卷，结果居然被说字写得不好！

李元婴气鼓鼓地跑了，等跑出一段路又觉得不对，妹妹妹的字一直写得比他好，他有什么好生气的！李元婴顿时把刚才那点小气愤抛在脑后，屁颠屁颠地跑去寻魏姝说了这事，说他已经把两幅长卷送给李二陛下了。

李元婴和魏姝分享李二陛下刚才说的话："皇兄还夸你的字写得比我好！不过皇兄这人真不会讲话，明明是夸你的，还要连带着损我一句，太坏了。"

李元婴没提李二陛下对那两幅长卷的看法，魏姝也没追问，反而还开解李元婴，说她从小就练字，和他只认认真真练了一两年根本不一样。魏姝道："而且你还学了画画读了那么多书，字还能有这么大的进益已经很了不起了。"

小孩子的气愤本来就来得快去得也快，李元婴被魏姝一哄就高兴了，心道还是他妹妹妹会说话，和他皇兄完全不一样！

高兴归高兴，李元婴还是不乐意自己被人瞧扁了，和魏姝约好第二天去寻李二陛下身边的褚遂良讨教一番，最好能弄点褚遂良最近新写的字来学学。若不是欧阳询远在长安，李元婴还会跑去找欧阳询蹭字，脸皮就是这么厚！

魏徵这天回到家，便听有人来送李二陛下的赏赐，不是给他的，而是给魏姝的。魏徵带着魏姝接了赏赐一看，原来是上好的文房四宝，笔墨纸砚一应俱全，瞧着都是挺名贵的东西。

魏膺好奇地问："妹妹，圣人为什么赏你？"

圣人便是百姓平时对李二陛下的称呼。

兄妹之间也没有长久的芥蒂，魏膺被李元婴绕着圈子折腾了那么久，已经认命地接受李元婴经常来"拐带"他妹妹、他祖父还睁一只眼闭一只眼默许了的事实。

魏姝捧着李二陛下赏下来的木盒子，没有与魏膺细说其中原委，只简单地说自己和李元婴合作抄录了点东西，李元婴把它献给了李二陛下，所以才会有这样的赏赐下来。

魏膺道："原来是这样。"

魏姝每日回来都会挑拣着一些有趣的事情和家里人说，魏膺起初还有些气愤李元婴天天跑来找他妹妹，后来听得多了，心里竟隐隐有些羡慕起来。怪不得祖父默许妹妹出去玩，寻常人家的女孩能做这么多好玩的事吗？她们写的字能呈到圣人那里去、还从圣人那里得赏吗？将来到了嫁娶年龄，这些都是说亲的资本！

魏姝见魏膺面上有着难以掩藏的羡慕和失落，知道自己每天的潜移默化有了效果，没再多说，倍加珍惜地去将李二陛下赐下的文房四宝收好。

魏膺好哄，魏徵却没那么好糊弄。魏姝才跑进书房把赏赐收好，魏徵就进来了，要她坐下说话。

魏姝一坐，魏徵就问他们到底给李二陛下写了什么。

现在魏徵怎么看李元婴怎么不顺眼。

一般来说，那小子干的不会是什么好事。

书房里只有爷孙二人，魏姝也没瞒着，简单地把李元婴读《论衡》和查阅典籍的事和魏徵说了。

魏徵一听就知道李元婴想干什么。

魏徵道："他是觉得不能去泰山，想要直接把这些说法一锅端了吧？"

魏姝道："殿下是觉得你们合伙欺负他兄长。"当然，不能去泰山肯定也是原因之一，魏姝这几天就听李元婴提过好多次，说将来一准要带她们去爬泰山，绝不许人再乱说。

魏徵没反驳魏姝的观点。

这对天家兄弟，确实越处越亲厚，当真有点兄友弟恭的样子了。这是好事，魏徵挺看好他们继续这样亲厚下去。皇室之中能出李元婴这么个异类，说不定真能少些纷争、多些温情。

不过，要是将来李二陛下给李元婴的荣宠太过，魏徵还是会劝谏的。李泰被李二陛下偏宠的事，他们就前后劝谏过许多回。若不是他拦着，李二陛下怕是真的会把李泰安排到武德殿去住！

魏徵听魏姝说李元婴只是抄了两幅长卷，没干别的，便也不再多说，打发魏妹自己玩去了。

李元婴这边定好练字计划，戴亭那边也和苏大郎一起整合好西行的商队。李元婴询问戴亭的意见："你要再跟着商队走一趟吗？"

戴亭点头，表示自己愿意去。

李元婴尊重他的意愿，把洛阳这头的商队交给戴亭领着，与长安那头的商队分头出发，走不同的路线前往吐蕃。

李元婴道："听说上个月吐谷浑内乱，是一个叫席君买的将领带人去平息的。也不知弘化有没有受惊，你路上拐个弯去一趟吐谷浑，给她送些东西。"既然知道有位宗室之女嫁到吐谷浑去，李元婴自然不会厚此薄彼，对文成怎么样便对弘化怎么样。

戴亭应下李元婴的话，带着浩浩荡荡的商队从洛阳出发前往吐谷浑，这商队之中还带着近百名僧人，一队亮亮的光头吸引了不少人的注意。众人相互打听，才晓得这些僧人是跟着去吐蕃的，至于商队的货物，那都是上好的茶叶，据说是长安千金堂卖的"千金茶"！

那千金堂可了不得，有神医孙思邈坐镇，每天去重金求医的人数不胜数。最近孙思邈来到洛阳，不仅和不少医者坐下谈论医技，还行走各处给人看病，医术高，心也善！千金堂卖的茶，能不好吗？听说连圣人喝了都说好！

各种说法不胫而走，苏大郎从南边运来的春茶很快销售一空。苏大郎和李元婴分了账，喜笑颜开地去长安置办屋宅，准备供苏七娘和自己儿女居住。戴亭走了，脱籍之事李元婴便挑了个得用的内侍跟着苏大郎回京去办。

三个苏姓结义兄妹坐下说起此事，苏七娘泪落如雨，不愿离开挽翠楼，怕苏二娘一个人孤单寂寞。

苏二娘道："老娘身边有的是人伺候，楼里也有那么些姑娘在，岂会寂寞！倒是你，马上便要及笄了，到时不知道会有多少人打你主意。你虽出身不详，但观你相貌、观你慧心，绝不是该待在这种地方的。你若是想我高兴，就乖乖脱了籍早些离开，往后你过得好便是对我最好的回报。"

苏二娘自认不算好人，一生大约只做了两件好事，一件是帮了苏大郎一把，一件是收养了苏七娘。也不知是不是她运道好，这两个人都是滴水之恩涌泉相报的那类人。

往后能有这么个得力的兄长可以依靠，苏二娘自是不可能再让这个自己一手养大的"妹妹"沦落成供富家公子任意亵玩的玩物。她不是会说软话的人，交代了一下便给了苏七娘一匣子宝贝，告诫苏七娘往后不许再到挽翠楼来，有本事就把日子过好，找个顶天立地、知道疼人的好夫婿，将来出阁嫁人时让她可以听个热闹。

苏七娘哭着喝过苏二娘倒给她的送别酒，一步三回头地抱着宝匣跟着苏大郎走了。

此间别离李元婴并不知晓，他带着一群"小萝卜头"跑去骚扰了褚遂良好些天，终于把褚遂良手边的好字全掏光了，继聚众读书之后高高兴兴地带着"小萝卜头"们开始聚众练字！

毕竟，他们书读得挺多了，字却没好好练，到时考试要是写出一手丑字，岂不是要被孔颖达那个老古板看轻了去？

练，必须练，必须好好练！

有事情可做，接下来的日子里李元婴都挺安分。孔颖达等人知晓李二陛下要把李元婴和李治塞进国子监，还是随他们管教的那种，都很乐于解答他们的问题，瞧起来倒是很有些师生相得的势头。

转眼由秋转冬，小雪这天天气不错，李二陛下决定按计划带着一群"小萝卜头"去伊阙行猎。伊阙这地方像洛阳的门户，所以称之为"阙"，后来隋炀帝所建的皇宫正对着伊阙，许多人便称这地方为龙门。

李二陛下到了洛阳后仍是每日处理政务，带李元婴他们出去玩的次数并不多，一听大家长要带大家出门玩，李元婴等人自是一大早就兴致勃勃地换上猎装。

出发时李二陛下就看到李元婴那股想要冲到最前面撒野的劲头，便想找个由头把这小子扔回去禁足了。

李元婴紧跟着李二陛下，还特意问李二陛下："怎么青雀不和我们一起骑马啊？是不是又胖了，骑不动马？哎，要我说，青雀这一点可不像皇兄你啊，皇兄你多英俊潇洒！上马弯弓比老程他们都不差！"

李二陛下道："胖是有福气。"

李元婴骑着他的小马嘚嘚地紧追李二陛下，嘴里也不肯停："太胖还是不行的，皇兄我跟你说，孙师告诉我人太胖会生病，睡觉都容易喘不过气来。而且心脏您知道吧，您这么爱打猎，肯定看过剖开猎物时它们心脏周围裹着一层油脂，人一胖起来，这些油脂就会越长越多，心脏每时每刻都要跳来跳去的，裹在周围的油脂太多的话，它跳起来可累了！"

李二陛下训斥："闭嘴！"

这混账小子说得太形象具体，他都担心起他家老四来了：老四是不是真的胖了点？

一行人到了伊阙，周围都已经清过场，偌大的猎场周围静悄悄，除了提前抵达的禁卫之外没有半个外人。李元婴一到猎场就去接他的小伙伴们下车，带着一群"小萝卜头"到处撒欢去了。

李二陛下看了眼在自己身边想去又不敢去的李治，开口道："带着人跟上你妹妹们，别让她们出意外。"

李治欢快地应了一声，带着李二陛下分出来的禁卫去和李元婴他们会合。

李泰带着阎氏下车，手里牵着圆滚滚的李小圆球。李小圆球左看右看，很快看到了带着他小姑姑们玩耍的李元婴，央求地摇着李泰的手说："找幺幺，我要幺幺。"

李泰脸上的肉抖了抖，哄他："先去和你翁翁请安，我再带你过去。"

李小圆球认真考虑了一会儿，点点头同意这个交易。

李泰觉得自己儿子但凡把对李元婴的喜欢分一点给李二陛下，李二陛下都会比现在更宠爱他！李泰牵着李小圆球去见李二陛下，李小圆球乖乖和李二陛下问好："翁翁好！"

李二陛下偏爱李泰，自是也喜欢李小圆球这个孙子，他把李小圆球抱起来掂了掂，觉得沉了。他说道："不错，欣儿长肉了。"

李小圆球怕摔，小心地揪着李二陛下的衣服，奶声奶气地问："翁翁，我想找幺幺玩。"

李二陛下一听，这又是个被李元婴哄了去的"小萝卜头"！

李二陛下收紧手臂把李小圆球困在怀里，笑着逗他："要是翁翁不让你去呢？"

李小圆球看看李元婴带着小姑姑们越走越远的背影，又看看横在自己面前的手臂，撇撇嘴，想哭又不敢哭，委屈地吸鼻子。

李二陛下见他眼里蓄了泪，哈哈一笑，放他下地，让阎氏带他去找李元婴玩，留李泰在身边说话。

李泰有点恨儿子不懂得该亲近哪边，不过李二陛下特意留下他，他心里也挺高兴的，凑到李二陛下跟前喊人。

李二陛下一向喜欢李泰这个儿子，过去看他圆滚滚的心里就高兴，觉得儿子有福气才能长肉。可这会儿李泰挨到近前来了，李二陛下却想到李元婴刚才说的"心脏跳起来很累"。虽说眼下他们家老四身体还算康健，可要是将来他再长胖些，会不会像李元婴说的那样连睡觉都会喘不过气来？

李二陛下心中忧虑，口里便道："青雀，你是不是又长胖了？"

李泰记着李二陛下喜欢他胖，听了这话立即骄傲地说："儿子这是心宽体胖，陪伴在父皇身边每日都没什么烦忧，自然就长肉了。"

李二陛下很爱听这话，但考虑到儿子的健康问题，他还是开口告诫李泰："还是注意一些好，不要再长了。你幺叔刚和我说，人太胖对心脏不好。"

李泰心道，好你个李元婴，居然偷偷在背后上眼药！

胖怎么了？招你惹你吃你家大米了？

李泰脸皮抖了抖，感动应道："儿子知道了。"

李元婴对打猎是没什么兴趣的，带着一群"小萝卜头"到处玩耍。直到李二陛下他们带着猎物归来，着人拿去烹煮烤炙，他才领着背后那群小脸红扑扑的"小萝卜头"归队，围坐在李二陛下身边等吃的。要吃最好最新鲜的猎物，当然得和他皇兄坐一起！

李元婴带着年纪最小的李小圆球坐定，感觉李泰正往自己这边看，眼神带着几分愤怒。

李元婴一琢磨，是不是自己抢了人家儿子，人家生气了？李元婴哄李小圆球："你耶耶和你阿娘想你了，你得回他们那边去哄哄他们，要不然他们会伤心！"

李小圆球一听，一股子责任感油然而生，很是认真地点点头，迈开小短腿跑回李泰身边奶声奶气地哄人："不伤心！"

猎物陆陆续续变成菜肴上桌，李元婴蹭了一顿吃，还凑到李二陛下身边想蹭点别的："皇兄，您有没有打到什么好的皮毛？反正您宫里多得是，多余的就给我吧！我带回去给我娘，她一准高兴！"

李二陛下横他一眼，说道："你自己怎么不去猎？"

李元婴理直气壮得很，振振有词地说："我还小，我拉不开弓。再了，我自己猎的肯定不如皇兄你猎来的好，我为什么要自己猎！"

李二陛下算了算，李元婴也十一岁了，转年就十二，还好意思说自己拉不开弓！

李二陛下道："雉奴他们学的时候你去哪了？"

李元婴理所当然地说："雉奴他们学弓箭那会儿我更小呢，当然是玩啊。"

李二陛下打击他："朕像你这么大的时候，早能上马弯弓了，哪会像你这么懒怠。"李二陛下又给他讲起太上皇当年的故事，当初他们母后乃是窦家的掌上明珠，女婿自然得千挑万选。当时窦家就在门屏上画了两只孔雀，让女婿候选人们两支箭射孔雀的眼睛，前面数十人都没能射中，只有太上皇两箭先后射中孔雀的两只眼睛，成功迎娶了他们母后。李二陛下道："你这样的，往后根本娶不上王妃。"

李元婴挑事的角度和别人不太一样："这孔雀屏真可怜，被好几十人射了这么多箭，肯定被糟蹋得不像样了。"

李二陛下瞪他。

李元婴哼哼两声，决定不理他哥了。要个皮毛都不肯给，还拐着弯子损他，说他娶不着王妃，坏得不得了！

下午一行人渡江，在对岸的佛寺中歇脚。李元婴想起自己还见过这寺里的高僧，悄悄拉住魏姝让她帮忙在自己额头上点上一点朱砂，可不能在这里露馅啊！

魏姝纳闷道："为什么要往额头上点朱砂？"

李元婴道："寺庙里很多佛像不都有一点吗？好多老和尚都夸我与佛有缘呢！"

李二陛下走出一段路才发现李元婴不见了，回头一看，发现李元婴拉着魏徵孙女在那嘀嘀咕咕不知说些什么，派人过来唤他。

李元婴顶着个崭新的眉心痣喜滋滋地跑回李二陛下身边。

李二陛下一瞅，乐了，还能突然长个朱砂痣！

李元婴一点都不觉得突兀，乖乖巧巧地混在"小萝卜头"队伍里跟着李二陛下和出来相迎的主持打照面。双方见礼之后，他还要上前去和主持叙旧呢，说得了戴亭的消息，随行的僧人们都已经离开吐谷浑一路往西，路上虽然有点艰苦，但并没有人掉队，所有人都平平安安。

李元婴由衷夸道："您的徒儿们都棒极了，远行之苦可不是人人都能耐得住的！"

主持宝相庄严，矜持回道："阿弥陀佛，出家之人苦修本就是应当的。"

李泰见李元婴和主持聊得热火朝天，寻机插嘴："幺叔你额上怎么多了个朱砂痣？"

被自己四侄子当场拆穿，李元婴也不脸红，理直气壮地回答："这样好看！"

主持与李元婴相谈甚欢，也不是因他眉间那一点朱砂，见李元婴坦然反驳当着其他人的面拆穿他的李泰，不疾不徐地回夸李元婴一句："殿下不点朱砂也很有福相。"

李元婴小尾巴立刻翘了起来，说道："我觉得我这四侄子最有福相，您看，我们这里哪个人能有他富态！"

涉及皇子的体态，主持笑笑没有接话。

李泰气得不行，却又不能当场发作，只能忍着。

午歇过后李二陛下便带着朝臣和李元婴等人去看伊阙石窟，这次行猎伊阙其实主要是为此而来。

伊阙沿岸有名山相峙，自魏文帝以来便陆陆续续选了不少石窟凿佛像供奉其中，近几年李泰以为长孙皇后积攒功德为由，掏了笔钱请人到伊阙这边开凿佛像，前前后后忙活了许久。

到今年把这件事办好了，李泰便涕泪横流地与李二陛下说起这事，言语之间满是对长孙皇后的眷恋之情，引得李二陛下心中也很是记挂，特地带着群臣过来看看李泰的至诚至孝之作。

李元婴这段时间沉迷学习和练字，没来得及到伊阙这边看石窟，是以，他也不晓得李泰遣人往这边雕佛像来了。虽说李元婴一直认为应当在人活着的时候多尽孝，听李泰说要给长孙皇后攒功德后倒也觉得这胖侄子还有点可取之处，乖乖跟在大队伍里没捣乱。

李元婴生来就长在天家富贵窝里，幼年除了吃喝玩乐就是吃喝玩乐，没做过什么正经事，没听过什么正经话。他生母柳宝林又出身寒微，没什么可教他的，他便自由自在地长成如今这样子。所以，便是佛祖神仙，在他看来也是虚无缥缈、遥不可及的，根本管不着他！

李元婴甚至还想，要是自己是神仙，哪有闲工夫听底下的人祷念这个祷念那个？人在神仙眼里，和花草树木、飞禽走兽有什么不同？既然没有不同，那神仙凭什么格外优待他们？

因此李元婴从不求神拜佛，与僧人们往来也只是上回为了卖茶才积极些。

李元婴安分地走了一段路，觉着有些累了，便拐带几个年纪小的小孩越走越慢。他带着一串"小萝卜头"在临江的树荫下席地而坐，给他们讲起长孙皇后的故事。在李治兄妹几人之中，兕子和衡山年纪最小，对长孙皇后的记忆最模糊，至于这段时间才偶尔加入"小萝卜头"队伍里的李小圆球，那更是根本没出生。

李元婴当时也还小，不过一年的相处已经足以让记忆力过人的他对长孙皇后印象深刻。那是个与世间许多女子都不一样的存在，只须挑拣些她生前的事和这群小的讲一讲，便听得他们沉浸其中，恨自己没有早生几年。

李治和城阳同李元婴差不多大，记忆却没李元婴好，此时听李元婴娓娓说来，往事便变得历历在目。听到动情处，城阳最先哭了出来，接着李治也默默地开始掉泪。几个小的被他们一带动，都扑到李元婴怀里哭成一团，连李小圆球都哭得小肩膀一耸一耸，抱着李元婴说："想见，我也想见。"

与长孙皇后非亲非故的魏姝都听得红了眼眶，心中暗暗敬慕聪慧又宽容的先皇后。

谁都没察觉，李二陛下早已领着群臣折返了，静立在不远处听着李元婴细数长孙皇后生前诸事。

方才李二陛下走着走着察觉一串小的不见了，知道可能是李元婴又带着他们野去了，便派人倒回来沿路找找看。

回来寻人的内侍和禁卫走近听了一段，都不忍打扰，悄然回去禀告李二陛下，说李元婴在给晋王他们说关于长孙皇后的事，连最小的皇孙都听得入神。

李二陛下本来正带着群臣赏看李泰为母亲所雕凿的佛像，感觉这儿子又有才华又有孝心，准备叫岑文本写篇文章纪念一下，再让褚遂良书写出来刻在碑上。听人这么一说，李二陛下便把将要出口的话暂且收了回去，挥挥手，示意群臣跟在自己后面一起去听听李元婴这个"故事大王"是怎么和几个小辈讲长孙皇后之事的。

一听之下，李二陛下也觉得长孙皇后的音容笑貌宛在眼前，心中不免有些哀恸。只是君王须得喜怒不形于色，他脸上便没显出几分伤怀。直至看到几个年纪小的都扑进李元婴怀里哭，李二陛下才不得不承认李元婴这小子的一个优点：这小子重情义。

有些事，连李二陛下自己都有些模糊了，李元婴却把那一桩桩一件件大事小事都记在心里。若不是一直牢记在心，李元婴不会把关于长孙皇后的一切说得这般翔实生动，让从未见过长孙皇后的皇孙都想要一见。

李二陛下终究没忍住心中的感慨，转头和长孙无忌说："无忌，我不如元婴，我记得没元婴清楚。"

长孙无忌正以袖拭泪，忽听李二陛下转过来说了这么一句，他把泪全都擦去才告罪说："臣失仪了。臣也觉得，臣不如滕王殿下。"

长孙无忌方才听得入神，仿佛也看到那个从小与自己相依为命，从会和自己撒娇、会和自己嬉闹的妹妹到端庄贤淑、母仪天下的一国之母，若说中间什么都没改变过那是肯定不可能的。

可他们兄妹二人自幼失怙，除却舅舅高士廉之外最亲的人就是彼此。现在无论是那个小小的妹妹，还是那个能端坐着与自己分析利弊、衡量得失的皇后，都不在了啊！

李二陛下见长孙无忌如此，便知道李元婴同样勾起了长孙无忌的回忆。他看着哭得格外厉害的儿女和皇孙们，静默片刻，叫岑文本上前把这事也记上一笔。

岑文本早前其实已经得了李二陛下的口谕，知道自己要为李泰开凿佛窟之事写文章，如今亲耳听李元婴讲了那么多关于长孙皇后之事，自然有心在原来构思好的文章上做些增减。

听李二陛下如此下令，岑文本诺然领命，并无抗拒。

其余随行的大臣虽觉得李元婴平日里太爱闹腾，这一刻却也不得不承认这孩子某些时候还是很不错的，至少他这一片赤子诚心值得许多人学习。

没有人觉得李元婴是在作态，毕竟李元婴本来掉了队，若不是李二陛下临时起意带着他们折返，除了几个小孩根本没有人会听到李元婴讲的这些话。

众人扪心自问，要是自己只在五六岁之前被人照料过，绝对不可能记得这般清楚，还数年如一日地按照长孙皇后的托付把自己摆在长辈的位置天天带着这几个侄子侄女玩。

看来，这小子还是有点担当的！

在场的人之中唯一没被李元婴这番举动触动，甚至还满腔怒火和不甘的只有李泰。

他辛辛苦苦出钱出人，才为他们母后造了个佛窟。难得父皇亲自来了，还打算叫朝中重臣给他题个碑文纪念一番、广为传扬他的孝名，结果李元婴只是动动嘴皮子和兕子他们讲几个故事，就让父皇把他们也都记进碑文里！

凭什么？这小子凭什么？

李泰这次是真的觉得委屈了，他感觉李元婴是老天派来对付他的，要不怎么事事都和他过不去？这小子先是动个嘴巴让父皇不再像以前那样喜欢他的富态体形，现在又动个嘴巴要分走他的功劳！

李泰心里有千般万般的恼恨，面上却不能表露分毫，只能跟着长孙无忌一起抹眼泪。

他这眼泪完全是真眼泪！

委屈得直掉泪！

不管李泰多伤心多委屈，李二陛下的话都放出去了，岑文本当场便开始撰文，他念一句，褚遂良挥毫写一句，字体端方秀美，开合自如，两人合力之下，很快写出了一篇文美字也美的《伊阙佛龛之碑》。

这篇文章先是记述了李泰造此佛窟的因由，赞美李泰的一片孝心，接着又记录李元婴给诸位皇子皇女及皇孙讲述长孙皇后生前诸事、让所有人齐齐泪落的过程。李二陛下看完后格外满意，让李泰和刚哄好几个侄子侄女侄孙的李元婴一起过来看看。

李泰恨得暗暗咬牙。

从篇幅上来算，讲李元婴他们那一段比讲他费心开凿佛窟那一段都要多！

真是岂有此理！

李元婴则是拉着城阳他们挤到前面看了又看，越看越觉得这字不错，蠢蠢欲动地问李二陛下："皇兄，等弄完碑文，能不能把这字稿给我们？我们最近在练字！"

一听到这个，刚刚停笔的褚遂良额头青筋就抽了抽。

这群"小蝗虫"前两个月每隔一段时间都要跑来他这边扫荡一番，尤其是李元婴，每回见到他都要问："老褚啊，最近你有没有写什么好看的字？有的话，不如借我们用用吧，反正你自己留着也没什么用，想要看的话随时都可以再写一份啊！"

褚遂良就没见过这么厚颜无耻的家伙！

什么叫想要看随时都可以再写一份？写过的东西，谁想要再重写？

现在，这家伙还凑到李二陛下身边要这份《伊阙佛龛之碑》，他可真好意思！

好在这份字稿本来就是用来刻碑的，属于公家的东西，褚遂良虽然觉得李元婴厚颜无耻，但也不至于气到呕血。

气到呕血的只有一个：李元婴他四侄子李泰。

李泰一直以来在众人面前维持着的好脸色都黑掉了。

李二陛下倒不觉得李元婴这个要求有什么，他知道李元婴最近两三个月都安安分分地带着城阳他们读书练字。听孔颖达他们说，连李治的课业都突飞猛进，考进国子监完全没有问题！有这份教导侄子侄女的功劳在，李二陛下觉得把这份字稿赏给李元婴也没有什么不可以的。

李二陛下和李泰说道："回头用完了，你叫人把这字稿送到你幺叔那边去。"

李泰能说什么，只能一口应下李二陛下的话。

李元婴是直性子的人，刚才说起长孙皇后时的伤怀来得快去得也快，这时候又恢复了一贯的生龙活虎。听李二陛下答应把褚遂良的原稿给自己，李元婴自是欢喜不已，觉得这趟来得很值，接下来他们又有新的字可以练啦！

他看着这幅字，觉得比他们以前讨来的那些要更好看，好看就是写得好，没毛病！

李元婴才不管他四侄子有没有暗暗生闷气呢，重新带着儿他们一个个石窟看过去，瞧瞧哪个石窟的佛像最高最大最有宝相。一直玩到傍晚，天色要暗下去了，李元婴终于乖乖带着一串"小萝卜头"归队，和李二陛下他们一起在佛寺歇了一晚。

李元婴一夜好眠，第二天起来，外面已晴光一片。他爬起床，在别人帮忙下穿好衣裳，跑出门一看，庭中长着棵高大的菩提树，叶子已经掉光光，只剩光秃秃的树干挺立在庭中。

李元婴立在树下看了看，发现上头藏着个鸟窝，瞧着已经破破烂烂，显然已经没有鸟了。

在宫中，他们读书和歇息的地方都没有鸟，有专门的人负责驱赶试图筑巢的鸟，所以没鸟窝可掏。

李元婴还没看过鸟窝，看到那圆溜溜的巢穴觉得可能就是了，一时兴起便将起袖子手脚并用地爬到树上，要取那鸟窝看看！

在一圈"小萝卜头"之中，李元婴算是起得最晚的，其他人左等右等等不着李元婴，便叫上小伙伴一起过来找人。才到庭中，兕子立刻朝其他人比了个噤声的手势，拉着小伙伴们的手走到树下往上看，只见李元婴已经碰到那圆溜溜的鸟窝，轻松拿到手里。

李元婴往下一看，树下围着一圈人呢！他兴冲冲地把鸟窝带到树下，和兕子几人分享这个新鲜事物："都入冬了，这鸟窝瞧着还蛮结实的，就是天气冷了，鸟儿都飞走了。"

一群人围着鸟窝研究起来，你戳戳我戳戳，翻来覆去地看，都觉得挺稀奇。他们还没看尽兴，却听禅院门外传来带着哭嗓的一声叫唤："幺幺！"

李元婴转头一看，见李小圆球泪汪汪地朝他跑来，一下扑进他怀里抽噎个不停。

李元婴忙哄道："怎么啦？谁欺负你了？"

李小圆球哽咽着说："耶耶坏，耶耶骂我。"

李元婴耐心地哄着李小圆球，从李小圆球口里得知了事情始末：李小圆球一早去找李泰玩，李泰心情不好骂了他几句，让他自己玩去，李小圆球觉得委屈极了，就挣脱其他人跑过来找他。

李元婴看了眼远远缀在后面不敢过来的内侍和宫女们，没对李泰的所作所为说什么，只哄道："你一个人往外跑，你阿娘会伤心的，你和你阿娘说了吗？"

李小圆球收住眼泪，摇头。

李元婴道："你是男子汉，不能让女孩子掉眼泪，下次要先和阿娘说知道吗？"

李小圆球想了想，认真点头。

李元婴让人回去和阎氏说一声，带着李小圆球一起看鸟窝，给他和兕子几人讲解鸟儿冬天飞往南方的习性。

连鸟儿都懂得飞往温暖的地方寻求庇护、熬过寒冬，人自然也是这样。李小圆球在李元婴怀里窝了一会儿，觉得不难过了，高高兴兴地记下李元婴讲的候鸟故事，准备回去讲给阎氏听，哄阎氏高兴。

李二陛下叫人摆了斋膳，半天没见人过来，派人来寻，李元婴便把鸟窝放到树下，带着小伙伴们吃早饭去。

兕子在李二陛下面前最憋不住话，马上把刚才看到鸟窝的事和李二陛下讲了。

李小圆球跟着点头，还给李二陛下比画了一下："那么大的！"

李二陛下一下子抓住重点："哪来的鸟窝？"

兕子一听，发现露馅了，赶紧捂住嘴，摇摇头不吱声了。

李小圆球虽然不会说谎，但他也不晓得鸟窝是李元婴爬树拿下来的，所以也跟着他兕子姑姑摇头。

两个小的不说，李二陛下也能猜出来。

这一群"小萝卜头"里只有李元婴一个人爱干这种事，再高的树都是说爬就爬，爬了还要振振有词地说人家在树下吓唬他！

李二陛下横眼看向李元婴。

李元婴见情况不太妙，麻溜地说："皇兄我吃饱了！"说完不等李二陛下反应他已经一溜烟跑走，回去的路上都没敢再往李二陛下跟前凑。

一行人回到行宫，又休整了小半个月，终于要返回长安。李元婴来时还两手空空，回去时却多了几车东西，有的是他从褚遂良他们那儿"坑"来的好字好画，有的是他为没能来洛阳玩的亲朋好友搜罗的礼物，主要是给他娘和他侄孙的，嗯，大侄子也有一份，比较少就是了，大侄子是个成年人了，意思意思给点就好！

反正，从打听到归期开始，李元婴就沉迷于打包大包小包的东西，这个觉得好吃那个觉得好玩，哪个都舍不得丢下，就全都带上了。他听说洛阳的牡丹好，还挖了几个擅长种牡丹的人让他们带上花种回长安呢！李元婴指挥着人打包完东西，还跑去问李二陛下："皇兄，我可以带点东西回长安吗？"

李二陛下道："你爱带便带，问我作甚？"

李元婴欢喜地跑了。

等踏上回程那天，李二陛下就后悔了。

因为李元婴打包的东西有好几车呢，连带着李治和兕子他们也都凑了一车，跟在御驾后头浩浩荡荡的一大串，瞧着就像李二陛下这个皇帝不是来玩的，而是来搜刮民脂民膏的！

不过话都放出去了，李二陛下虽然想把李元婴揪过去揍一顿，却也没让人把李元婴那几车东西扔掉。

御驾要归长安，沿途远远围观的人自然不少，有人看到李元婴那几车礼物果然议论纷纷。听到有人质疑李二陛下是不是搜罗了什么奇珍异宝带走，旁边卖货的货郎就不乐意了，插嘴道："才不是，那都是滕王殿下买的，你是没看到，前几天滕王殿下带着几位小公主在街上花钱可大方了，还买了好几个我的风车！你看看那辆车外面是不是插着个风车，呼啦啦转得可欢了！"

其他挑着担或者背着筐的货郎也纷纷应和，甚至趁机自夸起了自己的东西有多好，连滕王和小公主那样的贵人也赞不绝口！

这些脑筋灵活的货郎倒是大大受益，许多人虽然半信半疑，却也纷纷好奇地买了些不贵的小玩意，看看是不是真的好到连贵人都喜欢！

接着有人指着队伍后方缀着的几个花农开始新一轮的讨论——

"那个不是我们村的吗？他种花的手艺是我们村一绝！"

"我听说滕王挖了好几个擅长种花的人回长安，还让他们把妻儿都带上呢！"

"傍上了贵人，他们往后是大富大贵了啊！"

"听说这位滕王殿下做什么都大方，不仅会种花的人他要，会养鸡养狗的他也要！"

"可惜这位殿下回长安了，要不我也去投奔他！瞧瞧那个张大牛腰杆挺得多直，生怕没人认得出他似的！"

"不晚啊，你没看城里贴的布告吗？但凡有一技之长的人，都可以去襄城宫那边碰碰运气！"

李元婴虽然踏上返回长安的归程，这类议论却不仅没消下去，反而还因为年节临近、亲朋好友走动得比平时多而越来越火热。

一直以来，王爷公主这样的天潢贵胄离百姓挺远，许多人不是对他们一无所知就是敬而远之，难得接触到这么一个平易近人的小王爷，大伙的讨论热情一时半会儿是不会消退的，尤其是那些直接接触过李元婴的——那么有面子的事，挂在嘴边吹嘘个一年半载绝对不成问题！

李元婴早把这些事抛诸脑后了，他们现在面临着一个很严肃的问题：根据魏姝这个探子得来的情报，魏膺最近头悬梁锥刺股，学习刻苦得很！所以，他们让魏膺考倒数第一的计划很可能面临危机！

李元婴别的没有，就是有股不服输的劲头，都铆足劲要带小伙伴们考赢魏膺了，他哪能考不过！考虑到回京后孔颖达就要给他们安排考试，李元婴决定窝在温暖的马车里和小伙伴们一起补课！

一路上虽然寒风呼呼吹，一群"小萝卜头"所在的马车里却时不时传出朗朗读书声，偶尔李小圆球跑过来找他们，读书声里还会添一道"天地玄黄，宇宙洪荒"之类的，皇室下一代、下下一代瞧着都有相当高昂的学习热情。

御驾还在路上，洛阳这边的消息却已传回长安。这次李二陛下安排留守长安的宰辅人选高士廉，是长孙皇后和长孙无忌的舅舅，算是李承乾长辈中的长辈。

听了李二陛下行猎伊阙、顺便去看了伊阙佛窟的事，高士廉眉宇之间带上几分忧色。李泰有孝心是好事，可细观李泰这些年的行事，显然已经有了与李承乾别苗头的心思，朝中不少大臣不是暗中倒戈，就是两边押注，明眼人都能看出兄弟相争的苗头。

这两个孩子都是长孙皇后的嫡出儿子、高士廉的亲甥孙，他难道要眼睁睁看着这两个孩子重蹈他们父皇的覆辙、闹到手足相残那一步？

高士廉愁眉不展，带着刚得来的消息进了宫。

李承乾觉得于志宁他们挺烦的，不过对高士廉这个自己私底下可以喊一声"舅公"的长辈十分敬重。

高士廉来时李承乾正带李象玩木牌，李元婴让人送来的，据说玩法是全部按照一定间距排列起来，最后轻轻一推就能把所有牌推倒。

李象很喜欢这东西，每回看李承乾有空便拉着他一起摆。

听人通禀说高士廉来了，李承乾想了想，直接让人把高士廉领进来。高士廉见到李承乾父子二人其乐融融地在那玩，紧皱的眉心稍稍舒展开，先行向他们见礼。

李象好奇地看着头发花白的高士廉，软乎乎地按照李承乾的示意和这没见过的老人家问好，还邀请高士廉一起玩木牌。直至连推两次木牌过足了瘾，他才乖乖去找太子妃玩耍，让李承乾和高士廉聊正事。

高士廉见李承乾这么耐心地陪李象玩，以为他还不知道李二陛下前往伊阙的事，便与他说起自己刚得来的消息。

李承乾道："几天前我已经收到幺叔的来信，里面提到过这事。"

想起李元婴在信里写的东西，李承乾就有些想放声大笑。

本来李元婴说他们一起去看了伊阙佛窟，又说李泰在那里凿了佛像替他们母后攒功德，他心里还在想李泰到底是真的记挂着母后还是想拿这事传扬孝名。可看着李元婴后头写的内容和附带的那篇《伊阙佛龛碑》，李承乾立刻疑虑全消。不管老四是什么想法，经李元婴这么一搅和怕都会气得半死。

于是李承乾一点都不挂心了，这几天都好心情地陪儿子玩李元婴随信送回来的那套漂亮木牌。

李承乾还反过来开解高士廉："青雀有这样的孝心，母后在天之灵一定会高兴的。"

高士廉见李承乾面无忧色，夸奖起李泰来颇有长兄的气度，心中大喜，觉得这大甥孙渐渐有了太子应有的姿仪。既然大甥孙能有这样的胸怀，高士廉自然不再多说，只夸道："我看象儿如今也越来越懂事了。"

李承乾对这个儿子也很是喜爱。难得遇到可以好好夸儿子的长辈，李承乾马上挑拣着和儿子有关的趣事与高士廉分享起来，言语间这两年越来越泛滥的爱子之情简直要溢出来了。

第二章

造纸新法

御驾回到长安已是十二月多，李承乾闻讯率百官亲自出城相迎。结果李承乾也被李元婴惊了一下，因为李元婴等双方会合之后悄悄溜过去找他，说要他派点人出来帮忙搬东西，都是他给大伙张罗的礼物，在洛阳那边挑挑拣拣带回来的！

李承乾本来没怎么在意，等顺着李元婴指着的方向一瞅，就被那好几车礼物吓着了。他看了眼李二陛下，见李二陛下没说什么，便吩咐身边的人回去找人把东西搬回宫，按照李元婴给的清单送到每个人手上。

李元婴差遣完大侄子，就开开心心回宫见他母亲柳宝林去了。

柳宝林大半年没见儿子，挂心得很，拉着他看了又看，又叫人端出自己亲手做的新菜让李元婴尝尝看。儿子不在身边，柳宝林每日便看着李元婴给他搜罗来的菜谱研究新菜式，有时叫别人试着做，有时自己亲自动手，一想到儿子爱吃，她心里就有了着落，现在李元婴回来了，她自然是张罗了满案好吃的让李元婴尝个鲜。

提到吃的，李元婴自是期待不已，柳宝林让尝哪道就尝哪道，道道都夸好。他还和柳宝林合计："娘，等我们去了封地，我就叫人开个大店，里头专门卖您琢磨出来的菜，就叫'柳家菜'。往后别人一提起这些好吃的，马上就想到您！"

柳宝林道："好，我把菜谱写给你，让你寻人去开店。"

李元婴心满意足地把大菜都尝了个遍，又夹了一片熏蛋送进嘴里。这熏蛋是先用柳宝林秘制的作料煨着，稍稍晾一段时间熏干了，趁它不软也不硬时切成薄薄的一片片，咸香入味，口感也极为特别，李元婴连吃了几块才满足。

母子俩边吃边叙话，一顿饭的时间很快过去，李元婴回房间午歇，发现被褥也换了新的，又暖又软和。他钻进被窝里躺着，心里合计着怎么去磨他皇兄早些放他去封地，想着想着便香香甜甜地睡着了，还做了个特别美的梦。

十二月临近年关，各地要回京的官员都陆陆续续抵京，得了李二陛下许可的藩王也赶在李二陛下生辰之前归来。藩王之中就有三皇子李恪，他回京后先去见了李二陛下，而后则去拜见他母亲杨妃。

杨妃乃是前朝隋炀帝之女，早年被赐予李二陛下的秦王府内，生下三皇子李恪，后来李二陛下登基后也跟着入了后宫，又生下六皇子李愔。只是她在前朝便不是什么受重视的公主，到李唐的后宫后更是不尴不尬，两个儿子也早早被放到封地去，十二三岁便离开了她。

得知李恪归京，杨妃自是早早盼着。只是藩王回京要住到专门的行邸去，不能在宫中过夜，杨妃心里又是开心又是酸涩，见了人便拉着李恪的手叙话。

李恪和弟弟李愔的处境差不多，处于做点什么事都会被挑出差错来的那种境况，他到封地之后打个猎都会被李二陛下下旨训斥一番。难得可以与母亲相见，他没与杨妃说这些不快的事，只挑拣着高兴的东西和杨妃讲。

与杨妃见完面，李恪又托杨妃让人给早前处得不错的弟弟妹妹们送些礼物。他远在封地，没法照顾杨妃，回来一趟自然得把好东西备上，期盼杨妃有个什么意外也有人能帮她说个话。

杨妃看着把所有事都想得十分周全的儿子，鼻子有些泛酸。

李恪虽然排行老三，与太子李承乾、老二李宽却是同一年出生的。李宽早薨，早前还过继给了太上皇之子，李恪其实就排在太子之后。若不是投生到她这个前朝亡国之君的女儿膝下，李恪也不会处处遭指斥，看看老四和老九，哪个不是被李二陛下带在身边舍不得放出去？

只是这种东西是比不得的，父母选不了孩子，孩子也选不了父母。杨妃一一应下李恪的叮咛，分别时忍不住抬手轻轻抚过李恪的脸颊，含泪说道："宫里什么都不缺，伺候的人也很用心，你不用时时挂念，多听你父皇的话，做些让你父皇高兴的事。"

李恪点头应下，独自出宫时心里却在想，听他们父皇的话，便该像父皇给他们挑的名字一样，恪守本分，什么都别去想，什么都别去做。

高阳收到李恪的礼物，才晓得李恪回京了。她对这个皇兄还有点印象，小时候对她还挺好的，不像李承乾一样总给人一种不好亲近的感觉。

高阳乖巧了一段时间，早闷得不行了，第二天一大早跑去寻李元婴，央着李元婴带她出宫去见见这位去了封地还记得给她捎礼物的好皇兄。

李元婴一琢磨，他没和已经就藩的藩王接触过，还不晓得到了封地是什么情况，再加上这段时间他也天天在当好儿子，时常陪伴在柳宝林身边，没怎么跑外头玩，当下一口答应。

李元婴与柳宝林说了一声，又叫上一串小伙伴去找李恪聊天，主要是要捎带上李治，李治今年都十三了，算算日子也差不多能自己开府了，最应该早点了解封地诸事。

李治经李元婴长期洗脑，对长安的不舍也淡了，反而很想去封地施为一番，决不当那祸国殃民、混吃等死的皇室蛀虫。他跟着李元婴一起出宫去寻李恪，结果他们一行人赶巧和其他藩王撞上了。

李元婴想着各地有各地的风俗，当即便热切地拉着路上遇到的藩王一起坐下聊天，都是他的兄弟或侄子，李元婴拉起关系来根本不带含糊的，要么一口一个"哥哥"要么一口一个"侄子"，虽说彼此可能连面都没怎么见过，可抵不过李元婴热情啊，面皮薄些的，还没反应过来已经跟着李元婴走了。

冬至已过，天气渐冷，李元婴没挑那些瞧着风雅的露天地方，而是暖炉烧起来，暖被裹起来，热茶煮起来，等把相聚之地暖好了，李元婴才问起他们各地见闻，有什么奇人奇事，有什么需要注意的地方。碰到有封地离他滕州近的，李元婴更是拉着人家追问了许多事，整颗心都已经飞到自己的封地上去了。

高阳她们一开始听着挺高兴，后来见李元婴一直问滕州那边的事，心里就不太开心。

高阳悄悄问李恪："三哥，去了封地是不是都和你一样不能随便回来了？"

李恪点头答是。莫说他与高阳这些妹妹，便是他和杨妃也没多少机会见面，李元婴还好些，太上皇去了，他到时可以接上柳宝林去封地，母子可以一直不分开。

兕子她们坐在高阳旁边，也听得清清楚楚，想法都和高阳一样：她们幺叔一走，她们就没什么机会见到幺叔啦！

李元婴与藩王们聚会结束后，带着满满一本子的"就藩经验"和李治他们一起回宫，兴奋之余根本没注意到"小萝卜头"们情绪十分低落。

回到宫中，兕子跟着姐姐妹妹去找李二陛下，围在李二陛下左右央求他："父皇，我们不想幺叔去封地。"

李二陛下把兕子搂到怀里，问道："怎么突然又提这事？"

兕子把李元婴和李治跟藩王们请教就藩事宜的事告诉李二陛下，不舍地抓着李二陛下的胳膊说："父皇，我舍不得幺叔，就不能让幺叔像四哥一样一直留在长安吗？"

李二陛下笑道："你只舍不得你幺叔，就不会舍不得你九哥？"

兕子马上补了句："也舍不得九哥！"

高阳跟着央求："父皇你把幺叔和九哥都留在长安吧！"

面对四个"小萝卜头"满是期盼的眼神，李二陛下扛不住了，提前给她们透了个消息："至少这两年内，我都不会让他们离开。"

兕子一阵欢呼，凑到李二陛下近前亲了他脸颊一下。

李二陛下道："你这是跟你幺叔出去学了外邦人的贴面礼？"

兕子有些害羞，但还是开心地夸道："父皇您最好了！"

李二陛下傍晚用过膳便在宫中散步消食，随意听着左右禀报关于白日里藩王聚会的事。得知李元婴见人就哥哥侄子地喊，还拉着人家一起去聊天，李二陛下没说什么，脚步顿了顿，拐往李元婴那边。

李元婴正在他的小书房里整理自己白日里得来的"就藩经验"，写到兴起时还和在旁边伺候的人说说自己的规划，表示到时可以给他们全分派点好活计，让他们也能威风威风。

李元婴这么一说，陪侍在侧的内侍与宫女自然都喜笑颜开。

这些人能长留在李元婴跟前伺候，自然都是脑筋活络、故事讲得好的，只有自己人的时候自是不拘着，纷纷给李元婴出谋划策。谁都知道李元婴对自己人大方得很，你提了好建议，随随便便就能赏你颗金珠子！

李二陛下走近时，听见的便是那刚点上灯的小书房里的一片欢声笑语，也不知在聊些什么。

直至守在门前的人惊慌地向他行礼，屋里的欢笑声才戛然而止。

这似乎是李二陛下登基之后最常遭遇的事，不管原本众人笑得有多开心，只要听到他来了，都会肃静下来，恭恭敬敬地迎接他。

李二陛下迈步走近李元婴的小书房。

李元婴跑上前迎李二陛下坐下，奇道："皇兄您怎么来了？"没等李二陛下回答，他又开始发表自己的见解，"这大好的夜晚，您该去后宫的，数数看吧，您宫里少说也有百来个等着您宠爱的妃嫔，您去得那么少可怎么宠爱得过来！"

李二陛下横他一眼。

李元婴马上改口："不过您少些去也是对的，孙师说，什么东西过度都挺伤身的，那事尤甚。他还教我说，要我多保持几年童子之身，要不然对身体不好！"

李二陛下道："别什么话都挂在嘴边！"后宫之事也是他一个王爷能挂在嘴边的吗？有了武媚一事他还不长记性，真当后宫是他能碰的地方？

李元婴乖乖闭嘴。

李二陛下拿起李元婴搁在案上那份"就藩经验"，细细一看，竟还写得挺有条理的。他把全篇都看完了，对李元婴说："不错，你早些把它写完，赶在我生辰之前送过来，我叫人多抄几份分给你哥哥和侄子们看看，没回来的我也叫人送过去让他们读一读。"

换了别人，早因为李二陛下的肯定高兴得不得了了，可李元婴不一样。李元婴道："我辛辛苦苦收集整理的，凭什么给您送去！"

李二陛下瞪他。

李元婴现在一点都不怕李二陛下，勇敢地觍着脸趁机要好处："皇兄，听说南郊那边有一片山头是皇家的，漫山遍野都是竹子，您能不能把那些竹子给我？山我不要，要竹子就成了！"

李二陛下道："你要竹子来做什么？"

李元婴道："现在还不能说！"他凑到李二陛下近前神神秘秘地和李二陛下说悄悄话，"您要是答应给我，开春我就给您送一样宝贝！"

李二陛下瞅了眼挨到自己身边来的李元婴，痛快答应："行，竹子都给你。"

李元婴得了一大片竹林，便命人通知作坊那边及时去挑选合用的竹子。

作坊如今的管事是脑筋灵活、想出芦苇造纸的邓庆，他不仅得了李元婴许下的赏金，还在李元婴这里挂上了号。

今年入冬后，邓庆便带着人陆陆续续地采收周围的芦苇，这东西一般是无主之物，谁都可以收割。作坊这边人手不够，他只需要出点小钱便能让周围的人主动把杆子长得足够高的芦苇送过来。

远郊一带，本应处于农闲时期的百姓们纷纷眉开眼笑地把芦苇送到邓庆管着的造纸作坊里去，换些钱粮让家人过个好年。

邓庆忙完芦苇的采收，作坊便紧锣密鼓地按照反复调整过的苇纸制作工序开工。若是没有意外，第一批苇纸会在李二陛下生辰之前赶制出来，等着李元婴过来验收。哪怕不能，工坊这边也有早前造出来的苇纸囤着，可供李元婴拿出去献宝。

李元婴说是要等明年开春再给李二陛下送宝贝，实际上李元婴根本等不到那时候，他准备在李二陛下生辰那天就送出去！

听李元婴派人来说前头那片皇家山林的竹子全被李元婴要来了，邓庆精神一振。

竹子这东西比芦苇贵一些，但胜在长得快，一年四季都能"咻咻咻"地长，漫山遍野都能种！而且邓庆发现这几种好找的材料按照一定比例混合，可以改变纸张的色泽、软硬以及韧度！

邓庆当下便激动地带着人去看竹子，想着有这么多竹子在，他们再也不愁产不出足够的纸张了！

李二陛下生辰前一天，工坊那边便派人把新造好的苇纸送进宫。李元婴打开其中一卷一看，见这纸比如今朝廷惯用的藤纸差不到哪里去，瞧着要轻薄一些，却又更有韧性，不易撕裂！

李元婴欢喜不已，拿出造纸方子看了又看，确定用的材料都便宜得不得了，大大降低了造纸成本，才把这些东西都收到早前备好的纸盒里，准备明天拿去献给李二陛下当生辰礼。

柳宝林也在操心这件事，入夜了还过来问李元婴："生辰礼当真备好了吗？"

李元婴道："备好了，皇兄一准会喜欢的。"

柳宝林见李元婴信心满满，便也不再多问，只叫人把从库房收拾出来的宝物放到李元婴房中当备用的生辰礼。她说道："凡事都有意外，这个你也带去，万一你准备的不适合，就把这个送上去。"

李元婴打开柳宝林让人带来的锦盒，发现里头是太上皇留给他的宝贝。李元婴满口答应，等柳宝林一走则把宝贝藏到枕头里面去，严肃告诫身边伺候的人："不许把这个带去，这是耶耶留给我的，我要留着当传家宝，可不能送出去！"

左右自是诺然应是。

李元婴挨着锦盒睡下，夜里梦见太上皇了，太上皇把他抱到膝上和别人说话，他听着觉得太无趣，手便不安分起来，偷偷伸手去拔太上皇的胡子。太上皇"哎哟"一声，低头瞪他一眼，他顿时开心地笑了起来。小孩子嘛，最喜欢看别人夸张的动作、听别人夸张的声音，你一句我一句地唠嗑他才不爱听呢！

太上皇看他笑得没牙没眼，也乐了，不仅没骂他，还和别人夸："你们看看，我这幺儿个头小，手劲还挺大，都能拔我胡子了！"有太上皇宽纵，他便不觉得拔人胡子有什么不对，还觉得特别好玩，最爱趁别人不注意偷偷地拔，听别人痛叫出声。连他皇兄也没能幸免，惨遭他祸害过两回！

李元婴早上睁开眼，看着太阳从外面照了进来，洒落满室明光。他恍恍惚惚地坐起来，感觉自己还身在大安宫，揉揉眼睛才看清楚周围的一切，他便知道自己已经不再是那个谁的胡子都能乱拔的小孩了。

李元婴叹了口气。

听到动静进来伺候李元婴洗漱更衣的人见李元婴叹气，不由得问："殿下怎么了？"

李元婴道："马上要过年了，过完年我就十二岁了，再不能当小孩子了。"

伺候的人说道："只要您想，您永远都能当小孩子的。"

李元婴想了想，觉得这话也对，他可有钱了，又是堂堂大唐王爷，想做什么还不是随他喜欢。再说了，哪怕他活到八十岁，他娘也会当他是小孩子的，到那时，他一准要当八十岁的老小孩！

李元婴马上高兴起来，抱起自己准备好的锦盒就去寻李二陛下。

李二陛下今日生辰，不上朝，安排好的行程是中午大宴群臣，晚上搞个家宴和兄弟儿女们聚聚。不过他起得比李元婴早些，李元婴跑过来时他已经用过早膳了，儿子他们也赶早过来祝过一轮寿。

李二陛下正在练字，听人说李元婴来了，示意左右让人放他进来。

李元婴抱着锦盒跑到李二陛下面前，一看李二陛下在写大字，马上凑过去探头探脑地看了几眼，张口就夸："皇兄您写的字可真有精神，瞧着就有龙腾虎跃之势，摆出去谁都会说好！"

李二陛下平时是受惯了夸的，自己也觉得自己的字写得挺不错，可不知怎的听李元婴这么一夸，他就觉得不对味。这日是自己的生辰，李二陛下就不和李元婴计较了："一大早的，你怎的不睡懒觉了？"

李元婴道："今天是皇兄您的生辰，我当然得过来和您祝寿！怎么样？我来得够早吧？我是第一个吗？"

李二陛下道："雉奴来过了。"

"儿子来过了。"

"城阳来过了。"

"衡山来过了。"

"高阳也来过了。"

李二陛下睨着李元婴，慢悠悠地问："你说你是不是第一个？"

李元婴道："起得早有什么了不起的！我还给皇兄您准备了生辰礼！他们一准没我送得早！"

这倒是，其他人都准备晚上统一送，没有一大早就拿过来献宝的。

李二陛下顿时好奇地问："你准备了什么生辰礼？"

李元婴把李二陛下那幅墨迹已干的墨宝推到一边，拉李二陛下坐下，让李二陛下亲手打开自己带来的锦盒。

李二陛下见他卖关子也不生气，伸手把锦盒打开。

看里面放着一幅字画一样的东西，李二陛下觉得这小子太敷衍了，居然拿自己的字画来当生辰礼。他取出那幅"字画"准备好好批评李元婴一番，摊开一看，却发现李元婴送的居然是一卷白纸！

李二陛下看向李元婴，意思是让他解释解释。这是拿错了，还是准备说自己"礼轻情意重"？

李元婴一点都不急，拉着李二陛下说："皇兄您写写看，瞧瞧这纸好不好用！"

李二陛下不知他葫芦里卖什么药，不过还是叫人把李元婴送来的纸摊开，提笔往上面写了起来。

李二陛下写的是"惠风和畅"四个大字，出自他最喜爱的《兰亭集序》。

写完之后，李二陛下细细观察，发现这纸虽比他常用的纸薄，却不洇墨，质量很不错。可惜李二陛下常年用的都是上好的纸张，并不觉得这纸好到足以让李元婴拿来当生辰礼。

李二陛下道："你就给朕准备了这样的礼？"

李元婴说道："当然不是！"他把锦盒里的另一张纸取了出来递给李二陛下。这是邓庆他们这两年钻研出来的心血，李元婴砸了不少钱下去，眼下拿出来却也不心疼，只要是钱能弄到的东西，李元婴都不会吝啬。反正，这造纸新法献给他皇兄，邓庆那边还是能造的！

李二陛下不知李元婴葫芦里卖的是什么药，取过李元婴递来的文稿一看，眉目逐渐舒展开。他挑挑眉，转头问李元婴："这法子当真能造出这样的纸？"

李元婴道："那是自然，我不是都给您带来了吗？"

李二陛下龙心大悦，难得夸了李元婴一句："好，这礼我很喜欢。"

李元婴心满意足，又给李二陛下说起这里头都有谁的功劳，什么媚娘给出了主意啦，邓庆出力最大啦，总之，每个人都很厉害，都为这份生辰礼出了一份力！

李二陛下难得耐心地听完，才把他赶去玩。

李二陛下中午大宴群臣，受了百官的贺，兴起多喝了几杯，便与他们夸起自己的幺弟。说他这弟弟越发长进了，近来越来越懂事，自己总算无愧于太上皇临终前的嘱咐了！

诸官听着，都觉得李二陛下这是亲哥眼神，怎么看怎么觉得自己弟弟不错。

要他们说，李元婴这小子虽然确实有点转变，但也绝不可能用"懂事"两字去形容。

至少，最近他们就听说李元婴读书读出自己的主意来了，时不时跑去国子监和监生们探讨问题，这厮挑掐本领一流，差点引发国子监群殴事件。

若不是他一朋友在国子监内人缘颇不错，他怕是会成为监生们围殴的对象了，毕竟这小子专提刁钻问题，把人难住就得意扬扬地嘲笑人家，再好的脾气都会忍不住！听人说，这小子每次挑完事还要来一句："你们啊，全都不如魏兄。魏兄你们认识吗？就是郑国公魏徵的孙子魏膺啊，他虽然还没进国子监，但马上就要进了呢！"

孔颖达私底下和魏徵说了这事，告诉他要有个心理准备，经李元婴这么一挑事，他孙子还没进国子监就成众矢之的了！不过孔颖达也安慰魏徵，他孙子不会孤独的，李元婴迟早也要自食其果！

因此听到李二陛下酒后一顿夸，魏徵嘴角抽了抽，不知该说什么好。那小子聪明是聪明，就是行事太肆无忌惮，李二陛下再惯下去不知会惯成什么样！是以魏徵很赞成过两天让李元婴和李治他们一同参加国子监入学考的事，不管能不能制住那小子，且先让他吃吃瘪！

李二陛下见自己夸弟弟带来的反应不怎么热烈，当即让人把自己早上写的那幅《惠风和畅》拿出来展示给众人看。

李二陛下是个挺自恋的人，平时就喜欢别人夸他，兴头来了还会自夸一句："朕虽然是皇帝，但是经常会包揽将相的活儿啊。"当然，事后他就被人上书说了，说他当皇帝的怎么能贪功和臣子抢功劳呢？

这回百官一看那字，认出来了，这就是御笔亲题的大字。因着日子比较特殊，连魏徵都没开口扫兴，随着其他人一起夸了句这字写得好，寓意也好。惠风和畅，不就是预示着施仁政春风化雨，让百姓休养生息、安居乐业嘛！

李二陛下听着百官挑着各种角度夸自己的字，从字形夸到字义，心情也极好。不过，这不是他的目的，他等人夸完了才问："那诸卿觉得这纸如何？"

其他人被李二陛下这么一问，顿时愣住了。纸？这纸看着没多特别啊？不就和寻常的纸差不多？

长孙无忌大胆站出来："恕臣眼拙，没看出这纸有何不同之处，还请陛下为我等解惑。"

李二陛下手拍凭几，哈哈一笑："诸位贤卿都没看出不同来？这就对了，这纸和我们平时用的纸差不了多少，但是造价还不到原来的一成！"

众人皆惊，尤其是文臣如孔颖达之类的，闻言都激动不已："陛下此话当真？"

李二陛下畅笑道："这乃是朕的幺弟献给朕的生辰礼，自然当真。造纸之法，元婴已经献给朕了，改日工部便派些人去元婴那边学一学，早些把这种新纸造出来，好叫天下学子都能用上便宜的纸！"

孔颖达没想到这纸居然是李元婴捣腾出来的，心情有些复杂，甚至有点怀疑起自己的眼光来。

从前他觉得李元婴顽劣不已、不堪造就，结果经魏徵和萧德言一教，李元婴居然展露了别样的天赋，读书做事写文章都透出远超于同龄人的灵慧。后来李元婴说"要让天下人都有书可读"，他觉得李元婴是在说大话，暗中觉得他也不怕闪了舌头，不承想李元婴先是弄出个图书馆，现在还献上这么一种成本大大降低的新纸！

难道他当真看走眼了，错过了这么个好学生？

孔颖达转念一想，李元婴马上要进国子监了，到时候便是国子监的监生，到时候不还是他学生！孔颖达生出这么个念头，哪还坐得住，寿宴结束后便追上李二陛下，和李二陛下商量过了年就让李元婴参加考试，好让他们开春能和其他监生一块念书。

李二陛下酒意早散了大半，听孔颖达这么一说便知道孔颖达这是眼看着他家幺弟有能耐了，有点心急了。李二陛下朗笑起来，爽快答应："行，我叫人通知他们。"

文人脸皮薄，孔颖达被李二陛下这么一笑，脸上都有些发烫了。但一想到国子监马上要迎来新变化，他也不在意这点小窘迫，得了李二陛下应允便回去叫学生们一起做准备，铆足劲要出一份既不太难也不太容易的考卷来考校李元婴等人。

到晚上，就是皇室相聚的时刻了，每个人都备好了给李二陛下的生辰礼，虽不一定很贵重，但都是精心准备的。

李承乾是太子，生辰礼献得太重，会被人喷；献得太轻，也会被人喷！所以他准备的东西中规中矩，没多出挑，也不至于拿不出手，李二陛下看了没说什么，微微颔首便让人拿去收着。

李泰已听说李二陛下中午和群臣炫耀李元婴献的生辰礼，暗恨李元婴这家伙不按规矩来。别人都没送，你一个人抢先送了算怎么回事？就你会出风头！李泰咬咬牙把原本准备好的玉雕收了起来，拿出他修了好几年的《括地志》。

他就不信了，那种由工匠捣鼓出来的新纸还能比过他精修几年的《括地志》不成？父皇肯定更喜欢他的《括地志》！

李恪献完礼，李泰便亲自捧过厚厚的许多卷《括地志》，上前让李二陛下阅览。

李二陛下会把萧德言等人给李泰，正是因为李泰要修这《括地志》，听李泰说书已经修好了，自是满意不已，拿起来粗粗看了一卷，觉得此书文采斐然，记载翔实，读来不乏味，又写得有理有据，当即龙颜大悦，夸道："不愧是我儿！"

其他人一看这架势，就知道自己的礼备得再好都没用了，这肯定是李二陛下最喜欢的生辰礼。老四这样太狠了，居然拿这修了好几年的《括地志》来给李二陛下贺寿！

李承乾看着众人的反应，面上没什么表情。他不是会讨人喜欢的孩子，他与他父皇也不可能像寻常父子一样亲厚，这没什么好比较的。

倒是老四，怕是中午知道李元婴献纸之后便坐不住了，一定要争当天下第一好儿子，这才把压箱底的《括地志》献出来。

李元婴的位置和李承乾挨得挺近，别人都在看李二陛下和李泰父子情深，他则凑到李承乾身边提起自己心心念念的事："承乾啊，你是不是该把萧师要来了？"

李承乾听李元婴一提，也想起早些时候李元婴的提议来。他说道："萧老学士的去留，父皇自有计议，哪能我们去提。"要是他这就去张口，别人不知会怎么编派他！

李元婴恨铁不成钢："你不说，别人怎么知道你要呢！"这可真是侄子不急急死叔叔了！他给李承乾细数去要人的好处，"象儿也到了该读书的年纪了，你也让萧师教教他，我觉得谁教都没萧师教得好。你别不信，你看看我，我就是经萧师一教才开的窍。反正你被骂也不是一天两天了，让他们再骂骂有什么要紧的，比得过让象儿好好开蒙吗？"

李元婴压低声音这么一怂恿，李承乾竟也觉得是这个理。他不争取，儿子以后怎么办？他不是孤家寡人了，他有太子妃，有象儿，该做的他得做，该要的他得要。

李元婴这个例子举得实在太好了，李元婴从前什么浑样李承乾是晓得的，在李元婴那儿被折腾得羞愤欲绝、发誓死也不再教李元婴这种混账玩意儿的人不是一个两个。可经魏徵和萧德言他们一教，李元婴却越发懂事了，书也越读越好，听说他跑去国子监"舌战群儒"都不带露怯的！

李承乾点头应了下来："那回头我就去和父皇说。"

李元婴道："这才对嘛，你这个当爹的，要多替象儿打算，样样都要给他挑最好的才行。"

李承乾很是受教地应下。

李元婴过足了叮嘱侄子的瘾，有些坐不住了，溜达去找一堆矮矬矬的侄孙、侄孙女玩，教他们等会儿上去一起为李二陛下道贺。李元婴道："也不用你们备礼，你们瞧瞧前头还有那么多人要送东西给你们皇祖父，我们可以现场练个特别点的祝寿词让你们皇祖父开心开心。"

李象首先回声相应。

李小圆球麻利地跑到李元婴身边抱他大腿表立场。

其他人本来还有点犹豫，听两个出身最好的堂兄表态了，立刻也勇敢地应了下来。

李元婴便带着他们躲去外头指点他们排练。

到了外头，李元婴一点人数，刚会说话的侄孙和侄孙女加起来也有好几个呢。他便教他们按年纪和身高一溜排开，叫他们一人念一个词，李象来开头，念"寿与天齐"，李小圆球就接个"齐天洪福"，再往下，接"福如东海"，如此一个连着一个，齐齐整整连成一串。

李元婴蹲下教他们，这叫接龙，大家都是皇家子弟，一个接着一个，大家团结一致，才能连成一条龙，缺了谁都不成，咱姓李的要相互照应。教完了，李元婴让他们小声练了几遍，又一个个叮嘱："谁要是忘词了，前头的小声给后面的提个醒，这不叫作弊，这叫团结知道不！"

都是两三岁的"小豆丁"，还没被人这样郑重其事地委以重任过，个个都兴奋得很，兴高采烈地答应："知道！"

于是其他人一一献过寿礼，李象便领着一串"矮豆丁"跑去李二陛下面前一字排开，奶声奶气地给李二陛下表演起接龙来。有皇孙在封地出生、在封地长大，不曾见过人这么多的场合，有些怯场，果真忘词了，旁边的人便悄悄和他咬耳朵给他提醒。

虽有点小波折，一场祝寿接龙却也完美串了起来，李二陛下人到中年，自是喜欢儿孙绕膝，儿子差不多都大了，这群"小豆丁"当然格外让他高兴。李二陛下把李象抱到膝上，又把李小圆球拉到怀里搂着，一一认了其他孙子孙女，才问李象："谁教你们的？"这种事用脚指头想都知道不是这么一群小娃娃想出来的。

李象和李小圆球便你一句我一句地把李元婴的话复述给李二陛下听，论起记他们幺幺的话，他们最擅长啦！

李二陛下听完，慈爱地拍拍两个自己见得最多的孙子："你们幺幺说得对，你们要记着你们幺幺的话。"他又夸了其他孙子孙女几句，叫人给他们分赏赐。

都是小孩子，得了赏自然高兴，欢欢喜喜地由伺候的人护送着跑回父王和母妃身边。其他李元婴过来讨人时没让儿女跟去的此时都懊悔不已，早知道李元婴是给孩子们趸摸出这么个露脸机会，他们也该让儿女跟着去！

李元婴对别人怎么想一点都不关心，玩耍够了就坐下吃吃喝喝，吃完又带着"小萝卜头"和"小豆丁"们到处疯玩。直至家宴散了，他才高高兴兴地回自己住处去。

柳宝林早盼着儿子回来，见李元婴脸上也红扑扑的，便拉着他的手关心地问："喝酒了？"

李元婴道："没喝，带着象儿他们玩了一会儿。"

柳宝林本想劝李元婴别玩得太过，万一皇孙磕了碰了可不好，可想想儿子的倔脾气，柳宝林又把话咽了回去，只问李元婴送生辰礼时可曾出什么差错。

李元婴道："没差错，我听承乾说，中午皇兄还和老魏他们显摆我给他送的好东西呢，皇兄他喜欢得很！"

母子俩正说着，李二陛下那边的赏赐便下来了。李元婴高高兴兴地拉着柳宝林去收了赏赐，和柳宝林说："您看，皇兄果然很满意对吧。"他把李二陛下叫人送来的东西这个瞧瞧，那个看看，觉得都是自己平时看上的，欢喜得不得了，觉得皇兄真懂他。

柳宝林见李元婴那么高兴，李二陛下让人送来的赏赐又着实丰厚得足以叫其他人眼红，自是放下心来。她含笑看着李元婴一样样地给她说李二陛下送来的都是什么样的宝贝，这个说"这个我上次想要皇兄没给"，那个说"这个我眼馋好久了没讨着"，最后帮李元婴把它们一一收好，按着李元婴的意思留着当传家宝。

李元婴攒完宝贝，还和柳宝林嘀咕："刚才青雀给皇兄献了本《括地志》，不知这书好不好看，萧师有份编的，应该很不错，等皇兄看完我去讨来看看！"

李元婴肯看书，柳宝林当然赞同，听得直点头。她不懂太多大道理，但多看、多学总是没错的。

李二陛下寿辰一过，便有人来通知李元婴说国子监入学考试过两日要开始了，赶在年前考完，过个好年，开春好入学，免得过了个年太懈怠，学问全忘光了。

李元婴听了这话，觉得老孔这回还挺为学生考虑的，当下便修书数封，把原定的小伙伴都通知个遍。

魏姝是最早知道的，李二陛下直接把这事告诉魏徵，让魏徵回家通知他孙子孙女。魏徵虽觉得李二陛下把李元婴塞进国子监的事有些异想天开，但他孙子孙女其实是这桩事的源头，又都对这件事非常期待，魏徵便没有多提。

到考试这日，李元婴和小伙伴们约好在国子监前会合，到点后一数人，狄仁杰、武媚、李治、城阳、魏姝、魏膺，齐了。本来魏膺不该和他们一道的，可谁叫他妹妹跟着李元婴走，他要看着妹妹，只能亦步亦趋地跟在这群"元婴党"身后。

国子监门一开，他们便迈步走了进去，沿途已经聚着不少监生，李元婴一瞧，都是眼熟的。

前段时间李元婴回到长安，闲着无聊便来国子监找事，专找些刁钻问题挑战国子监监生，要是他们答出来了，李元婴就说"有什么了不起的，魏兄比你们厉害多了"；要是他们答不出来，李元婴又说"你们怎么连这个都不会，魏兄比你们厉害多了"。总之，魏膺还没进国子监，他就已经帮魏膺把仇恨拉得特别满。

李元婴很好脾气地和跑来围观他们的监生打招呼，什么"又见面啦"，什么"哎，我们上回是不是见过"，什么"看看，后头那个就是魏兄了，老魏的儿子"！

魏膺本来想着只是和李元婴走一路，不会有什么不妥，结果走着走着他就觉得不太对味了：怎的这些监生看向他的眼神都满含不善？难道他们爹都被他祖父参过？

不能怪魏膺怀疑他祖父，这已经是他能想到的最险恶的理由了，毕竟魏徵"喷"过的人可不少，在这里遇到被"喷"官员家的孩子也不稀奇。以魏膺不带转弯的脑子，他是不可能想到李元婴为了给他制造点"挫折"，居然大摇大摆地跑来国子监给他拉仇恨！

李元婴办了件黑心事，觉得自己贼聪明，乖乖巧巧地跟着引路人到了考场之中。正是寒冬腊月，考场中没烧炭火，又冷又安静。

李元婴觉得这地方着实不好，冷得要命，按着号数坐下便催促负责监考的监生："快些拿题来吧，这里太冷了，我做完得赶紧走！"说完，李元婴还朝坐在他旁边的魏膺得意地笑，意思是"我碾压完你就可以走了，剩下的苦日子你得自己过"。

魏膺见李元婴笑得这般猖狂，恼火不已，脑子反倒冷静下来，绷着脸等着人发题。

　　题没到，监生先给他们每人一张要签名画押的文书，上头写着"本人纯属自愿参加国子监考试"之类的套话。负责监考的监生还很好脾气地给他们解释："因为前头有些人被家里强送来，闹出了不少事，所以现在进国子监都得签这个。"

　　这当然是现编的鬼话，国子监多得是人挤破头想进，哪有非要人签了文书才让考的可能？爱来不来！这是孔颖达和李二陛下商量出来的，要借着这文书拿捏李元婴，毕竟这小子还是有点担当的，自己签名画押的文书他肯定得认！

　　李元婴不知道孔颖达这个老古板居然会挖坑让他跳，也没放在心上。难道他皇兄还会把他这个人称"混世小魔王"的弟弟送到国子监里吗？那肯定是不可能的，他皇兄可在意国子监这个人才培养基地了！

　　李元婴也不细看，"唰唰唰"地签上名字，按下自己的手指印。其他人见李元婴都签名画押了，自然也不犹豫，爽快地跟着把这个流程走了。

　　全场唯一细看这份文书的约莫只有武媚了，她认真把整份文书看完，感觉此事不太简单，这文书的主要条文竟不是强调国子监的规矩，而是强调"考过了你就得留在国子监"。

　　这事，不寻常啊！

　　不过不管武媚心里有什么怀疑，试题也很快分到他们每个人面前。既然只是入学考试，倒是没让他们写文章，但前面的经义题已经由浅到深逐步地把人难住了，到后面不仅考出处，还要考释义，难度逐步增大。

　　城阳最先开始皱眉，写得越来越慢，认认真真地回忆着这些天读的书。

　　李元婴不同，参考书目就是他给列的，拿到考题自然"唰唰唰"地写个不停，答起题来快得不得了，看得坐在他左右的李治和魏膺不由自主地紧张起来。

　　魏膺铆足劲不想被李元婴比下去，答题还挺冷静，李治则被李元婴干扰了一下，脑袋突然蒙了。直至李元婴都快停笔了，李治才回过神来，为了不让自己垫底而奋笔疾书！

　　李元婴答完题，左看看右看看，发现别人还在埋首答题，一点都不在意别人的感受，起身把卷子交给了负责监考的监生。有人过来把李元婴引到隔壁屋中等候，说孔祭酒他们马上会开始批阅卷子，稍后便会给他们一个结果！

　　李元婴最喜欢这么有效率的事啦，难得没搞事，乖乖坐到邻屋等着。第二个被引过来的是武媚，武媚思及他们刚才签下的文书，与李元婴说出自己发现的不对劲。

　　李元婴听了，拧着眉头坐在那里思考起来。国子监的监生之中，他只认得唐璿，唐璿没和他说过要签文书。刚才他没觉得不对，听武媚一提，他便觉得李二陛下通知他考试时间时还要提一句这时候考试的因由有些不对——那理由听起来还那么体贴！

李元婴纳闷地说："难道皇兄要把我放到国子监来？"没理由啊，难道皇兄不怕他把这国子监搅得天翻地覆？

武媚没有和李元婴一起揣测圣意。

这时魏姝也答完题过来了，见李元婴坐在那里紧皱着小眉头思索着什么，便问："殿下遇到什么难题了吗？"

"姝妹妹你也答完啦？"李元婴邀魏姝坐下，将武媚的发现告诉她。他说道："你觉得这事是不是皇兄和老孔合起来坑我？"

魏姝指了指自己和武媚："那我们呢？"

李元婴一想，是啊，李二陛下总不能把媚娘她们也放进来！就算李二陛下想放，孔颖达也不会同意啊！李元婴说道："那我们且先看看。"他瞅了瞅屋里简陋的陈设，不满意地哼了一声，"我才不要待在这种又破又冷的鬼地方，连个炭火都舍不得烧！"

比起快速发挥完的李元婴三人，狄仁杰他们要慎重许多，毕竟，谁都不想当垫底的，答起题来自然分外小心。

李元婴把这国子监上上下下都挑剔完了，这四人才陆陆续续过来了。李元婴关心地问城阳："你答得怎么样？"

城阳老实回道："后面有两道题没想出来。"

李治一听，不由得想起自己答的卷子，城阳只有两道，他有三道不太确定啊！李治顿时犹豫起来，不会是他垫底了吧？李治和魏膺虽无仇无怨，但还是想寻求一下平衡，问魏膺："你答得怎么样？"

魏膺脸色奇臭，不愿搭理这个和李元婴一伙的家伙。可人家天家嫡子，身份尊贵，都好声好气地问他了，他不答，有违他爹从前对他的教导。魏膺瓮声瓮气地道："不怎么样。"

李治见他脸色确实不好，也不戳人伤口了，又去问年纪和李元婴相仿的狄仁杰。

狄仁杰也早早得了李元婴叫人送来的书单，虽无名师，祖父却也算是个朝官，给他答疑解惑不成问题，陆陆续续算是把"参考书目"读完了。他答道："我也有两道题不太确定。"

李元婴一点都不照顾别人的情绪，得意扬扬地说："我全答出来了！"

李治见他这么得意，忍不住打击他："答完了又不一定对。"

李元婴才不会被李治打击到呢，他骄傲不已地说："反正我第一个答完了。"这时他已叫人送了炭火过来，还让人在一边煮茶，炉子、茶叶、泉水都是他身边伺候的人带来的，若不是门房拦着，他会把长几和暖被都带来，一群人围坐着喝茶聊天。

这边开起了舒舒服服的茶会，孔颖达那边也陆陆续续收到了七份各有千秋的考卷。

李元婴的最早送过来，孔颖达找了几个水平过关的国子监博士过来一起阅卷，大伙都是不太乐意让李元婴得意的，所以铆足劲在那卷子上挑刺，连李元婴写得稍微狂放些、瞧着漏笔了，他们都给圈起来。

挑刺挑到一半，有人送炭火过来了，说是他们滕王觉得这边太冷，怕冻着诸位夫子，叫人也取点炭火过来，顺便还带了炉子来给他们煮茶！

孔颖达等人看到这阵仗，判起卷子来倒不好像刚才那么严苛了。有句话叫什么来着，拿人的手短，吃人的嘴软。人家这么敬重你，你再煞费苦心挑人家短处，被人知道了难免会落了下乘。

平心而论，这位殿下答得还真的挺不错，一看就是胸有成竹的，那笔法潇洒自如，可见下笔压根没停顿！

孔颖达一见诸人的表情，便知道大家都觉得这个学生可以收。

接着就是判其他人的卷子。

这时候没糊名的规矩，大伙拿到卷子都习惯性地先瞅一眼名字，瞅完了才下笔。

这边轮番把卷子判完了，那边还在讨论过几天要去葵园那边看看呢。

葵园那边早已造好李元婴要的"寨子"，可大冬天的不怎么好玩，河水都快冻成冰了，没意思，李元婴自然没过去玩。

李元婴觉得要是下雪，他们的树屋怕又是另一番景致，去瞧瞧也挺不错。大冬天的，吃那烤全羊也正好！

一提起玩，李元婴那叫一个兴奋，点子不要钱一样地往外冒，所有玩法都想好了，就只等着一场好雪。

一群小孩你一句我一句地讨论着怎么去玩，听得魏膺很不是滋味。男孩子哪有不爱玩的？

听李元婴提议要干这干那，魏膺样样都想玩，可他和妹妹她们不一样，他这是要来国子监念书的。

听说国子监这地方管得很严，衣食住行都给你包圆儿了，等闲不让你往外跑！再说了，哪怕国子监让他出去，难道他还能和李元婴凑一块儿玩不成？拐他妹妹之仇，不共戴天！

魏膺只意动了一会儿，很快就恢复脸臭臭的模样，瞧着活像个缩小版的魏徵。

这时孔颖达带着评卷结果过来了。

孔颖达给李元婴带来两记暴击。

第一记是这样的，孔颖达说，你们的卷子都答得很好，通过国子监的考核了。

然后？

然后就没有了。

李元婴不甘心地追问："不排位的吗？"

孔颖达睨他一眼。

虽然魏徵得罪的人多了点，但也没到他要特意磋磨人家孙子的地步。

真要让你带着一群小屁孩儿把人家压到垫底，那就不是受点挫折那么简单了，简直是要把人家打击到泥土里面去。

孔颖达道："国子监不兴这一套。"

李元婴不知道他皇兄打算塞他进国子监，还殷勤地劝孔颖达："老孔啊，我觉着这不好。你想想看，都是年轻人，心思多野啊，要不给他们点激励，敦促他们上进，他们哪会把心思放到学习上。要我说，你应该一个月给他们一小考，三个月给他们一大考，考不过的，休沐日都不许回家，留下来多学学！"

孔颖达不理他，一脸"我看你还能怎么扯"的表情。

李元婴别的不行，出起主意来那是一套一套的："光考不行，往后考完了你得把名次往书斋和大门外一贴，好叫他们知道自己排在什么位置；家里惦记着的，也能派人过来看看学得怎么样了，是好是歹心里有数，免得一直记挂或者被他们家孩子欺瞒。你要知道，现在很多为人父母的也活得不怎么明白，到时候他们孩子学坏了不会说他们自己孩子坏，只会说你们没教好！所以，你得让他们看得明明白白，才不叫他们赖上！"

孔颖达听他张口就是这么一大串歪理，一时都忘了自己要说啥。他只能斥道："有你这么说人家父母的吗？"

其他夫子听了却有些意动。

孔颖达可是堂堂大唐"教育部部长"，别人等闲不会寻孔颖达麻烦，可是他们这些当国子监博士的，许多都没监生家父兄品阶高。这种自己儿子弟弟扶不上墙还来赖先生没教好的虽然不多，却也不是没有，他们都受过那样的气。

这些少年人都是要脸的，要是每轮考试都给他们贴个榜到大门外供他们家里人抄阅，他们还不得铆足劲学？

李元婴张嘴就是这种损主意，听得一心要入国子监的魏膺和狄仁杰眼皮直跳。虽说孔颖达训了李元婴，可他们都看出了其他国子监博士的心动！

常言道"县官不如现管"，孔颖达乃是朝廷要员，不可能时刻守着国子监这一亩三分地，孔颖达一走，管事的还不是剩下这些人？到那时，他们怕是真的要月月考试、月月排榜了！

孔颖达扫了眼挨了句训也还得意扬扬的李元婴，便也不憋着了，直接把第二记暴击放了出来："你们回去准备准备，过完年便与其他监生一块儿来国子监报到吧。"

李元婴愣住了。

啥？老孔在说什么？

孔颖达慢悠悠地拿起李元婴他们一开始签下的文书翻看着，翻到李元婴快耐不住了，他才继续说："虽少有皇室子弟与女子入学的先例，但你们是陛下特许来考试的，年后便都按时来报到吧。"孔颖达看向李元婴，朝他扬了扬手里的文书，"这可是殿下你们亲自签下的。"

李元婴气得说不出话来。他当然是不愿意的，他和小伙伴话别之后，二话不说冲回宫里找他皇兄理论。

好端端的，怎么坑起弟弟来了？瞅瞅他吧，像是每天起来点卯上课的吗？怎么看都不像啊！真是岂有此理！

李元婴火急火燎地奔去李二陛下面前找李二陛下算账。

李二陛下等李元婴说完了，才按着凭几叹起气来。

李元婴一听，他皇兄堂堂一国之君，怎么还叹起气来了？他马上抛开刚才的怒火，关心地坐下问李二陛下："皇兄，你怎么啦？"

李二陛下又叹了一声气，煞有介事地和李元婴说起自己的难处来：这国子监，本是他用来为大唐培育人才的地方。人才嘛，当然是越多越好的，结果前两年搞扩招，扩出问题来了，招了一批败坏国子监风气的家伙。

如果只是个别问题，那还好办，问题是他们一个两个都这样，家里又都是为大唐流过血出过力的功臣，他们也不能因为这些人闹腾出点半大不小的事就把他们踢出国子监。

法不外乎人情啊！

李元婴听了，觉得这事确实难办。他问李二陛下："那和您把我和雉奴他们弄进国子监有什么关系？"

李二陛下道："若是我把我最疼爱的弟弟和儿子都送进国子监去，让孔祭酒严加管教，他们还敢乱来吗？连我的弟弟儿子都不逾矩，他们难道还敢造次？"李二陛下满含期望地注视着李元婴，"你一直说要开个大书院，正好去国子监体验体验，看看有什么缺的，有什么要改的，回头正好吸取教训提前补上、提前改了。再说了，论起对付不服管教的家伙，你是最擅长的，看看你让你妹妹妹的兄长变得多上进？"

一听李二陛下夸自己，李元婴尾巴马上翘起来了，得意地在背后甩啊甩。他骄傲地说："您这么说也有道理，那我就去。"

李元婴来的时候怒气冲冲，走的时候又欢喜得不得了。

要去国子监，他得先回去和柳宝林说，再和小伙伴们商量商量。这次皇兄对他委以重任，他这次说是去读书，其实是去整治那群纨绔子弟的，顺便也去学学老孔怎么管教学生，回头他家书院也学一学。

李元婴这厮没心没肺，李二陛下一夸他就上套，和柳宝林说完这事后就兴致勃勃地去找小伙伴们商量去国子监后怎么玩。

柳宝林听说李元婴要去国子监，都蒙了，感觉过年都没了滋味，忙叫人去打听打听国子监是什么情况。

听得越多，柳宝林心里越没底，国子监听着是读书的好地方，可听人说那边管得严，衣食住行都由国子监包圆儿了，不许带人进去伺候。

这哪行啊？

她家宝贝儿子，从小到大连衣服都没自己穿过，哪能没人在身边伺候？所有监生都一块儿用饭，饭菜肯定不会好吃到哪里去，她儿子嘴巴那么挑，饿瘦了可怎么办才好？

柳宝林愁得团团转，恨起了自己没争得什么好位分，不能替儿子争取什么。但凡她能说得上话，或者太上皇还在，儿子哪会让人这样磋磨？

柳宝林暗暗抹了回泪，回头见李元婴开开心心地回来了，试着问他："儿啊，我们能不去国子监吗？"

李元婴见柳宝林眼眶红红的，眼见是哭过了，便拉着柳宝林的手坐下，宽慰道："去是肯定得去的，我都答应皇兄了。娘你莫担心，谁能叫我受委屈啊？"

柳宝林听他定了主意，当下不再多劝，忙里忙外地给李元婴备箱笼去了。既是要去，那要带的东西就多了，柳宝林看着是缺了哪样都不行，又背着李元婴哭了一会儿，只盼着李二陛下早些放他们母子去封地。

李元婴等人要进国子监的消息不胫而走。

不少人都挺高兴，毕竟与其放李元婴在外面搞东搞西，不如塞他进国子监严加管教。要不然再让他天天往李二陛下身边跑，谁知道他还会弄出什么事情来？

其中最高兴的自然是李泰，过年时，他还在宫宴上乐呵呵地祝贺李元婴要进国子监了。

李元婴自己也挺高兴，他觉得李泰终于会说人话了，马上殷殷地拉着李泰的手和李泰商量："青雀，你修的《括地志》真好看啊，我只央着皇兄借我两卷，已经惊为天人！真没想到你居然能写出这么好的书，你有没有兴趣把它印出来？邓庆那边新做的纸比以前的纸要轻薄不少，可以把你的《括地志》做成《韩子寓言》那样的书，到时候可以印很多以供天下人阅览！"

李泰没想到自己冷嘲热讽一句，居然能让李元婴扯出这么一番话来。他脸上的横肉抖了抖，觉得李元婴这人当真是让人连嘲讽都觉得挺无力，他根本不按你的预想来接话！

李泰说道："这就不必了吧？"

李元婴积极游说："要的要的，我这纸便宜，手上又有现成的雕版师傅，很快能给你把书做出来。我不要你的钱，就要一批放到图书馆里去，让天下读书人也都了解了解各地的风土人情。将来他们要是入朝为官，分到各地去当县令之类的，也不至于两眼抓瞎啊！"

李泰听李元婴这样一说，便觉有些心动。李元婴那本《韩子寓言》他是看过的，虽说行文粗浅了些，翻阅起来却确实方便，可以随身携带出去供世人与朋友们分享。

既然走著书立说这条路，谁想的不是能在士林里博个好名声？李泰虽然大为意动，面上却还是要推辞一番："这怎么好意思让么叔你破费？要不这样，你把人借我，再卖我些新纸，我让人把《括地志》印出来后送一批到图书馆去。"

李元婴倒是没有上赶着给人送钱的喜好，听李泰这么一说便道："行啊，我和小李那边打声招呼，你备好书稿送去小李那边便好，让小李给你算算要花多少钱，你直接把钱给小李就好。"

李泰点头道："《括地志》已经献给父皇了，我得先问问父皇的意思。"

李二陛下能有什么意思，当然同意印一批《括地志》出来供天下士子读一读。他也不用李元婴和李泰出钱，直接走公费印刷程序便好，纸价低了，不仅让不少读书人买得起纸，还可以让原本稀缺的书籍资源变得丰富起来。

原本各种书的售价昂贵无比，只有世家门阀买得起，现在成本低了，兴许省几顿饭钱就能买，往后买得起书的人就多起来了！这一点，对拥有图书馆的长安士子们可能不重要，对于其他地方的读书人来说却不一样！

这也是李二陛下答应试着印刷《括地志》的原因。

要是这印书之法当真方便又便宜，往后朝廷可以放开手多印些书！

读书人多从世家门阀出来，这一点一直是李二陛下的心病，他们李家从前也是关陇世家出身，隋末动乱起兵的多是他们这些手握人才与兵权的"世家大族"。

正因如此，他才会在继位后命房玄龄找由头裁撤了一大批官员，偌大的朝廷中枢一度只剩下六百多人，随后才慢慢地从科举和各方举荐中重新补充适合的人才，希望能稀释掉一些世家大族手中近乎垄断的权力。

要是天下人都买得起书、用得起纸，那么读书的门槛就会大大降低。假以时日，朝廷会涌入许多出身寒微的有识之士！

也许将来这些寒门子弟会成为新的世家，但在那之前他们可以不断地冲击原来的世家大族。等他们逐渐固化、逐渐强大，又会受到后来者的挑战。只有不让读书的机会一直垄断在世家门阀手里，李唐皇室的江山才不至于长久地落入某些人之手。

李元婴没李二陛下那么多考虑，他听李二陛下答应了，瞅了眼李泰，想起了另一件事来："还有另一件事，也不知承乾有没有和您说！"

李二陛下睨着他，示意他说说看。

李元婴道："象儿要开蒙了，我给承乾推荐了一个适合的老师人选，承乾他和皇兄您提了吗？"

李二陛下道："还没。你觉得选谁好？"

李泰有种不祥的预感。

李元婴道："不是我夸口，朝中适合当象儿老师的人选大多都教过我，我觉得其中最好的一个是萧师。虽然萧师年纪大了，但是他身体还健朗着呢，我觉得萧师最适合！您看看，您让萧师教雉奴《孝经》，雉奴瞧着多孝顺不是？您再看看我，从前我是不爱读书的，去请教了萧师几回，我就觉出读书的趣味来了。所以，我觉得让萧师去教象儿最适合！"

李元婴说的"萧师"自然是萧德言萧老学士。

李泰早知晓李元婴惦记着萧德言，没想到这么久了李元婴竟还没死心，这次居然拿李象当筷子帮李承乾讨人！

李泰恨不得把李元婴咬死。

李元婴察觉李泰带着怒火的目光，还拉着李泰的手说："青雀，你的《括地志》也修完了，不会舍不得放人吧？哎，要我我也舍不得，不过欣儿还小，暂时还用不上萧师，你先把萧师让出来给象儿呗。等欣儿到了开蒙的年纪，你再把欣儿送进宫和象儿一起念书，到那时他们不仅是堂兄弟，还是师兄弟，多一重关系，处起来就更亲厚了，多棒！"

李二陛下听了觉得李元婴的提议很在理，颔首应下了这事。他病了一回，便喜欢儿孙们兄友弟恭、一团和气，李元婴让李象他们一起向他祝寿时说的话就很有道理，都是李唐家的，要是能团结一致，哪愁江山不稳？

李泰还能说什么，只能憋着气应承下来，恨不得当场甩开李元婴的手。

李元婴自觉办完了两件好事，也不和他们磕牙了，高高兴兴带小孩子玩去。到上元节那日，长安大雪初歇，到处银装素裹，漂亮得很。

李元婴带着儿子她们去葵园玩，登上高高的树屋玩闹，吃香喷喷的烤全羊，还带着一串"小萝卜头"沿着清出来的山路一路滑行，好生闹腾了一整天。

晚上李元婴也没歇着，陪柳宝林用过晚膳后便又带着小伙伴们溜出了宫。上元节晚上没宵禁，他们一路看灯猜谜，从西市玩到东市，把热闹的地方都逛完了，才赶在宫门落锁前回了宫。

回去的时候，儿子困得不行，但还是很舍不得地攘着李元婴的手说："幺叔，你们明天就要去国子监念书了，我们是不是很久都见不着面了？"

李元婴信心满满地说："不会的，我一准得找机会回来带你们玩！"

儿子几人得了李元婴的保证才安心回去睡觉，心里还是有些埋怨李二陛下把李元婴安排到国子监去。

第二日一早，李元婴还没醒，李治就过来拖他起床。今日他们要搬进国子监了，可不能头一天就迟到！李元婴这几天听柳宝林念叨了不少关于国子监的事，打着哈欠坐起来，问李治："你会自己穿衣裳了吗？听我娘说，国子监里不许带人进去伺候的！"

李治一阵无语，"谁不会穿衣裳啊？"他想，虽然他也是从小被人伺候到大的，但也不至于蠢到连衣裳都不会穿！

李元婴很惊奇："你居然会的吗？我年前就不会，不过我现在已经学会了！"他语气还挺骄傲，听着颇为自己的聪慧过人感到自豪。

李治懒得理他，又拉着李元婴开箱看柳宝林给他收拾的东西，说道："国子监的衣裳是统一发的，你带些里衣便好，其他的带去做什么？这么多衣裳，够你穿一个月不重样的了。"

"我娘说春来多雨，要是国子监发的衣裳被淋湿了，不得有衣裳替换？"李元婴理所当然地说，"这也不多啊，下次休沐日还远着呢，当然得准备够穿一个月的。"

李治道："你这些衣裳一件只穿一次？"

李元婴用一脸"有什么不对吗"的表情望着他：难道还要洗衣裳吗？

李治一阵无语。

李元婴计划得很周全："我不浪费的，我娘准备的这些衣裳所有人都能穿。到时我穿过一回就送给别人，他们自己穿也好，给家里的弟弟妹妹穿也成，总不会白给的衣裳都没人愿意拿去洗一洗。"

李治算了算，哪怕李元婴在国子监里待一年，也不过三百来套衣裳，这点小钱对李元婴来说压根不算什么。既是这样，李治也不说什么了。反正，他不太相信李元婴能在里面读上一年！

李治没再质疑李元婴那十几箱子东西，和李元婴去接上城阳一块儿向李二陛下辞别，带着浩浩荡荡的扛箱队伍前往国子监报到。

等到了地方，李元婴傻眼了，他们住的地方实在太小了，卧榻还是连着的大通铺，十几个人睡一间的那种，哪里有他放十几个大箱子的地方。

李元婴去寻负责安置他们的人说这事，想讨个放箱笼的空房，对方却冷酷无情地表示哪里抬来的就抬回哪里去，没得搞特殊的。

这可是柳宝林准备了好些天的东西，李元婴哪能送回去，他想了想，叫人在监舍外头寻了个能遮风挡雨的角落把箱笼垒好，他要用什么的时候再出去取用便是。国子监内都是前程远大的读书人，又不能随意出入，总不会把这些不值钱的衣衫笔墨全偷了去。

李元婴这浩浩荡荡的箱笼大队引起了不少人的关注，一路上驻足议论的人不少。等李元婴正式被人安排进大通铺里，其他人才意识到这位"混世小魔王"居然真的要和他们一起念书了！

唐璿已在国子监一年多了，书读得极好，很受夫子们喜爱。他得知李元婴和狄仁杰都考进来了，自是欢喜不已，早早候着他们过来。许是孔颖达有意为之，李治他们都被安排在了不同的宿舍里，李元婴自己一个住在唐璿所在的房间。

唐璿得了消息，便和人更换了床铺，让李元婴睡自己身边，平时也有个照应。李元婴平时都是别人铺好床直接睡的，头一次见到光秃秃的床，兴奋得很，兴致勃勃地谢绝了唐璿帮他铺床的提议，在唐璿的指导下开始完成人生中第一次铺床大任。

李元婴有模有样地把暖烘烘的被褥摊开，再把自己带来的小枕头摆好，颇为自豪地对唐璿说："铺床一点都不难，下回不用你教我也会了！"

唐璿还没应声，便有人边进门边嘲笑道："铺个床也这么得意，不知道的人还以为你做了什么了不起的大事！"

李元婴抬头看去，只见那是个年纪和唐璿差不多的少年，瞧着长得还可以，就是表情不怎么友善。他被人嘲笑了也不恼，有条有理地反驳道："你生来就会铺床吗？反正我不会！我学会了不会的事，难道不该高兴吗？你真奇怪。"

那少年被李元婴这么堵了回来，脸色不太好看。他涨红着脸说道："你才奇怪！"他本来要迈步往里走的，看里头只有李元婴和唐璿在，又转身夺门而出，显然是不想和李元婴二人待在一起。

李元婴纳闷地问唐璿："这人是谁啊？"

唐璿道："他姓唐，叫唐观，乃是民部尚书唐俭之子。"唐璿又给李元婴讲了讲自己和唐观的小恩怨，约莫就是唐观初时挺受夫子喜爱，但他进国子监之后逐渐让夫子们另眼相待，唐观便不太高兴。唐璿不好意思地说："是我连累你了。"

李元婴道："这有什么连累不连累的，若是这也叫连累，我连累你的机会岂不是多得很？"本来他是为了给魏膺制造点麻烦才跑国子监大肆挑衅，现在看来，他是给自己招了不少对头啊！不过李元婴一点都不担心，反而还一脸的跃跃欲试："唐尚书我认得，他儿子还娶了我一个侄女，算起来他儿子得叫我声叔啊，下回我要让他喊人才行！"

唐璿觉得这样不太好，怕是会把心高气傲的唐观气死。他好心地劝说："不是说进了国子监就不拘身份吗？不好这样吧？"

李元婴想想觉得也对，接受了唐璿的建议："你说得有理，那我等下回在外头遇上他再让他喊我叔。"

唐观这些人，李元婴是没机会认识的，毕竟他以前见天在宫里胡搞瞎搞，没啥机会出宫；后来能出宫了，又忙这个忙那个，一点都没闲着。不过他估摸着唐观这一圈人，不是自己要娶他侄女就是家中兄弟要娶他侄女，按辈分算都是他晚辈！

李元婴觉得这个逻辑没问题。

铺好了床，看过住的地方，李元婴便去和狄仁杰他们会合，跟着唐璿去看吃饭的地方。出于礼貌，李元婴还招呼上魏膺一起过去，好歹是魏妹的兄长，看他孤零零的怪可怜！

魏膺本不愿和李元婴凑一块儿的，不过一路上他已经碰过几次壁，听李元婴好言好语邀请自己，他也就顺势应了下来，准备先跟李元婴一起把环境熟悉起来再说。

忙来忙去已经忙到饭点，监生们都聚集在一起等着开饭，见李元婴一行人过来了，不少人都投以不善的目光。

李元婴很好奇国子监都吃些什么，兴致勃勃地取了饭菜一看，却发现膳食乏善可陈，就一人两个硬邦邦的馍馍，不香也不软，菜也都很素，瞧不见肉末，每样吃了两口便觉得难以入口。

李治也觉得这玩意儿着实不好吃，可是看其他人都在吃，又不好搁下不要，只能勉强地接着咬。

李元婴才不委屈自己，直接扔下馍馍说道："这个不好吃！"

唐璿道："国子监平时就吃这样的，你不吃会饿。"

李元婴反正不吃。

李元婴这会儿已经没了刚到国子监时的新鲜劲，开始思索自己是不是被皇兄骗了。他又想起那个周处除三害的故事，他这回是不是又跟故事里那周处一样被人当祸害一起除掉了？皇兄那么阴险狡诈，很有可能就是嫌他烦才把他扔来国子监！

李元婴对着那硬邦邦的馍馍想了许久，越想越觉得李二陛下和孔颖达就是特意坑他的，真是岂有此理！他已经做好国子监的东西不怎么好吃的准备了，但没想到居然这么难吃！

不怎么好吃和难吃到极点，能一样吗？

李元婴问唐璿："唐观他们怎么吃的？我看他们没在这边。"

唐璿道："他们叫仆人往大门前送吃的，每日到点后去拿。"

李元婴点点头，让唐璿他们先吃着，自己风风火火地往大门那边跑了一趟。回来时，李元婴手上提了几个食盒，他给李治旁边留了一个，剩下的他提着去找魏姝她们了。

李治和魏膺等人面面相觑。

唐璿讷讷地道："这不会是他去抢来的吧？"

李治默然。

这确实是李元婴会干的事。

李元婴是横惯了的，身份一亮，话一放，旁人哪里敢不给。

李元婴才刚走，便有人怒气冲冲地寻了过来，一看到李治手边的食盒，那人快步走过来。这人正要兴师问罪，一看清是李治，到了嘴边的怒骂便憋了回去，硬生生改口道："晋王殿下要吃的怎么不说一声，我叫人送一份过来。"

这人不是别人，正是被他爹扔来国子监好好改造的房俊。房俊和他爹不一样，他不喜欢读书，是个实打实的纨绔子弟。听人说李元婴拿走了他的食盒，房俊二话不说冲过来找人算账，没想到自己的食盒居然在未来九舅哥旁边搁着，这位九舅哥可是李二陛下嫡亲的亲儿子！

李治被苦主找过来，很不好意思，忙说要把食盒还给房俊。

房俊反而一个劲地让李治一定要留下这食盒，千万别饿着，他已经叫人再送一份了。

房俊还顺便吐槽了一句："国子监这些东西简直是猪吃的。"

正在吃馍馍的唐璿……

正在吃馍馍的魏膺……

正在吃馍馍的狄仁杰……

李元婴可不管苦主有什么想法，以前他是不知道吃的东西可以这么难吃，现在知道了，抢起别人的食盒来一点压力都没有。毕竟，李二陛下不是让他来整治这群不服管的纨绔子弟吗？他这就管！国子监包饭都不愿意吃，反而私自外带吃食，不守规矩，统统没收！

李元婴自觉很有道理，拎着两个食盒溜去寻魏姝她们。不想他还没走近"女生宿舍"，便听到一声叱喝："你是谁？为什么往这边跑？"

李元婴抬头看去，只见那是个相貌明艳的少女，约莫十四五岁，打扮和大唐人不太一样。李元婴一回想，想起来了："你便是那新罗王女金胜曼吗？"

金胜曼好奇地看着他："你认得我？"

李元婴道："除了你之外，进国子监的其他女孩子我都认得。我早听说你们新罗现在是女子当国主，派来大唐学习的也是王女，没想到这就见着了。"他热情地招呼，"这是我从大门那边抢来的，你要一起吃吗？我都不知道里头有什么，这种感觉太棒了！"

金胜曼心道这家伙怎么能把抢人食盒说得这么理直气壮？敢情你觉得抢来的食盒不知道里面有什么吃的，吃着更有新鲜感？

金胜曼虽觉得这家伙蔫儿坏，却莫名地不讨厌，帮他上去把正在收拾东西的魏姝几人喊出来。

魏姝她们听李元婴跑去抢人食盒，也是一阵无言，不知该不该劝李元婴别干这事好。

在李元婴盛情邀请下，金胜曼坐下和他们一起消灭完两个抢来的食盒。

国子监里没几个女孩子，她们住的地方是个单独的院子，其他监生不能随意往她们这边跑，瞧着比李元婴他们住的地方清静许多。

李元婴吃饱喝足，便和魏姝她们探讨起自己几人到底是不是被当成"周处"了。

魏姝的看法是吃用方面肯定不是李二陛下刻意待薄他们。

国子监的饭食不可能像宫里那么精细，毕竟是拿朝廷的银钱供这么多监生吃喝，能好到哪里去？而且国子监的监生大多数都是寒门子弟，往日他们能吃上饱饭便是天大的幸事，哪可能讲究那么多？也就是现在有那群纨绔子弟的外食作为对比，国子监的饭食才显得有些难以下咽了。

城阳也赞成这一点。

父皇实在没必要特意在吃食方面折腾他们。

媚娘说道："殿下若当真要在国子监待上一年半载，这样下去恐怕不行。"

她提出自己的建议：虽然饭食是国子监包的，但是李元婴也可以想办法改善改善伙食。要是国子监拿不出那么多钱，他们可以自己补贴，就是得找个冠冕堂皇点的理由，好叫孔颖达他们无话可说。

一听要想冠冕堂皇的理由，李元婴的脑筋马上活络起来。他坐在原处思索了一会儿，两眼一亮，有了主意："我想到了！"

李元婴把自己的主意如此这般地给魏姝她们讲了一遍，又按照她们的建议再三调整自己的计划，和她们合伙计划着怎么改善国子监糟糕的伙食问题。

随着李元婴四人你一句我一句地进入讨论状态，坐在一旁的金胜曼也听得入了神。

金胜曼觉得不仅李元婴和她结识的大唐男子不太一样，三个女孩子也迥异于金胜曼过去对大唐女子的认知：在那些监生口里，女子大多是男子的附庸，最好的赞誉也不过是一句"贤内助"，他们甚至还明里暗里地说新罗不像样，居然是"牝鸡司晨"。但是这三个新来的女孩子不一样，虽然她们三人性情大不相同，许多见解却都非常独到，明显有着远超于同龄人的聪明灵慧。

这才是上国女子应有的风采呀！

金胜曼目光莹亮。

李元婴和魏姝她们讨论了一轮，才想起旁边坐着个新认识的小伙伴，便积极地问起金胜曼觉得国子监如何、有没有什么改造国子监的想法。

虽说国子监明面上不能搞特殊待遇，但是落实的时候做得不太好，像房俊这些纨绔子弟该叫人送吃的还是照常叫人送吃的，该往外跑还是照常往外跑。金胜曼这边也一样，女孩子住在单独的院子里，也允许她单独带厨娘开小灶做吃的，只有出去听夫子讲学时才会和其他监生有接触。

金胜曼道："我没有更好的建议。不过如果你的想法真的能做成，我也很愿意去和大家一起吃。"

李元婴道："我要做，当然能成。"

城阳道："不是没到休沐日不许出去吗？怕是得等好些天才能办成，这几天幺叔你不如过来和我们一起吃吧！"

李元婴道："不用那么久，看我的。"他站起来吹了声呼哨，一只大大的白头鸟便自空中飞下来，落到了他的肩头上。李元婴摸了摸白头鸟光滑漂亮的羽毛，美滋滋地说："这是老李送我的，训练得可好了，我可以往外头送信。赶巧董小乙忙完了襄城宫那边的事，他办事利索，今晚我们就能看到好吃的饭菜了！"

老李自然是指李靖，李靖什么飞禽走兽都爱养，李元婴跟他要鸟，他便给了这么一只机灵又听话的白头鸟。

早知道这里头有坑，李元婴可不会傻到一点准备都没有。

他虽然一个人都没带，但带了鸟！

李元婴提笔"唰唰唰"地把刚才商量出的计划简略地写了一遍，系在鸟腿上让它飞去传信给董小乙。

李元婴这边正计划着自己怎么才能天天吃好的，那边各家却都知道了李元婴抢食盒的事。等房玄龄他们回家了，免不了和他们提起李元婴专横霸道抢人饭食的恶劣行径。

房俊他娘卢氏还忧心忡忡地和房玄龄说："要是我儿饿着了怎么办？"

房玄龄道："就你爱惯着他，都把他惯成什么样了？你肯定又让人给送了第二趟，能饿着他吗？"

卢氏骂道："哪有那样的？那家伙要吃自己不会让人送吗，抢别人的算什么事！"

房玄龄见卢氏发怒，识趣地没再多说。李元婴肯定是没想到国子监的饭菜那么难吃，不然他肯定死都不愿意去。

照房玄龄看，李二陛下想让李元婴和李治进去改一改国子监的风气完全是痴心妄想，这小子不带头闹事就算是好的了！这不，才进国子监一天，就开始抢别人食盒了，接下来还不得天天闹腾？

房玄龄估摸着要不了几天，孔颖达就该哭着喊着去找李二陛下把李元婴弄走了！真当李元婴这"混世小魔王"是白当的吗？

反正头疼的不是自己，房玄龄安抚了卢氏几句便跑书房里躲清静去了。

年后第一批新生来报到，国子监上下都添了几分热闹，人都安置好后，李元婴才发现只有自己被分到唐璿他们那边，其他人都是按着新生入学办的。问唐璿，唐璿也不解，只能帮着猜测："约莫是孔祭酒了解你学得如何了，怕你去其他斋堂是浪费时间。"

李元婴听了这话挺开心，觉得老孔瞧得起他，虽说要和李治他们分开上课，也没觉得有什么大不了，高高兴兴地跟着唐璿去他们上课的斋堂。

李元婴是插班生，前排的位子自然没他份，他得坐到后排去。唐璿怕李元婴寂寞，又和人换了位置，坐李元婴旁边去。

其他人本就看唐璿这个后来居上的"小天才"不太顺眼，一看他对李元婴这般殷勤更是暗暗嗤笑，觉得乡下长大的泥腿子就是没见识，见着个小王爷也这么上赶着讨好。

太上皇有儿子二十二个，除却死掉的那些，活下来的也还有十几个，全都是给块地方打发出去了事。不说太上皇那堆儿子，哪怕是当今陛下的儿子，除了三个嫡出的，哪个能逞威风？

看看三皇子李恪，出去后和个县令起了冲突，都要挨李二陛下一顿批！所以，他们将来是要入朝为官的，压根不用怕李元婴，更别说自甘堕落去迎合讨好了。

别人讥嘲的目光，唐璿没放在心上。在他眼里，李元婴就是他朋友，他们志趣相投，很聊得来。

李元婴刚到国子监来，他帮李元婴好好适应是应当的，换成他到李元婴的地头去，李元婴也会帮他！这不就是当朋友该做的事吗？

李元婴也不太在意别人对他的看法，反正他从小就是"混世小魔王"，气走的夫子都好几批呢，这点隐而不发的小嘲讽对他来说只是毛毛雨！

李元婴拿出唐璿让他带的新课本，说道："就学这五经啊？会不会太少了？"

五经指的是《诗》《书》《礼》《易》《春秋》。

《诗》自然是指《诗经》，读诗写诗是读书人的必备技能，所以这个肯定是要学的。

接着是《书》，书指的是《尚书》，里头大多是些流传下来的政治文献，当官的都得学习。

《礼》是《礼记》，读书人的言谈举止都得按着它来。

《易》则指《易经》，了解一下玄理知识也是必要的。

《春秋》就是编年体史书了，因为按照春、夏、秋、冬来编写，所以名为《春秋》。

唐璿好脾气地给他解答："学五经已经不少了，许多人学一辈子也不一定能学通。有的书我自己也看过，可是听夫子讲解又有了新的感悟，所以哪怕是同一本书，听不同的夫子讲也会有不一样的领悟。"

李元婴是典型的吃软不吃硬，听唐璿这么一说便老实坐好，等着夫子来开讲。

负责李元婴这个斋堂的国子监博士姓马，叫马嘉运，年过六十，乃当世经学名家，治《周易》尤其独到。这位马博士听说"混世小魔王"分到自己手上，心里马上响起了警钟，走出直舍前还把自己的幞头好生整理了两遍，生怕它会被李元婴给气歪。

马博士到斋堂一看，李元婴乖乖巧巧地坐在后排，身上穿的也是国子监统一发的衣裳，瞧着还挺像样。再一看，唐璿居然挪到李元婴隔壁去了，马博士皱了皱眉。

有道是学坏容易学好难，唐璿从前不与那些纨绔子弟往来过密，马博士还挺满意的，此时看唐璿和李元婴走得近，他心里有些担心这个自己看好的爱徒。不过都还是少年人，马博士也没当场说什么，只在讲学时特别留心李元婴，看他会不会像一些同僚说的那样爱捣乱。

马博士讲《周易》一点都不枯燥，他虽是六十多岁的人了，讲课却风趣幽默得很。他早年曾隐居山野，讲的例子多带着点山间趣味，天文地理无不信手拈来，偶尔还会带出几句山民野话，明明是大俗之言，听着却又有大雅之意。

李元婴听得眼睛都亮了，觉得国子监果然不错，至少马博士很不错，讲的课他爱听。不仅上课时积极抢答，下课后还拉着唐璿跑去拦着马博士发问。

马博士观他言谈举止，觉得这位小王爷虽有李家皇族的骄矜，却也不失为一个好学的好学生。子曰，有教无类，他们对李元婴的评价倒是太先入为主，有失偏颇了！

马博士一一为李元婴解答了疑问，回去后便和一起带李元婴这个斋堂的贾公彦贾助教提了两句，说李元婴这学生还是教得了的。

贾助教接在马博士背后去上课，他讲的是《礼》，这是他的老本行。

孔颖达奉命编纂的大唐高等院校统一教材《五经正义》里头的《礼记正义》就是由这位贾助教来主编的。

李元婴虽然和魏徵学过《礼记》，但是正和唐璿说的那样，不同的人就会有不同的见解，这位贾助教的讲法也和魏徵不太一样。李元婴把自己学过的和贾助教讲的比对着来理解，感觉确实对《礼记》有了全新的理解。

李元婴在这边孜孜不倦地学习新学问，孔颖达那边也被人找上了。

找上孔颖达的不是别人，而是李承乾。

李承乾也是没办法了，董小乙来到东宫求见，一把鼻涕一把泪地对李承乾说："我们殿下要饿死在国子监里了！"

李承乾心道，房遗直刚刚才来和他说过，他幺叔进去国子监发现饭菜太难吃，死活不肯吃，跑去抢了别人家送去的食盒。他这位幺叔是能饿死的人吗？饿死别人也不会饿死他！但李承乾喜欢他这幺叔，好脾气地问董小乙到底要传什么话，只管说便是。

董小乙就说他奉命重金买下一处酒楼，挖了不少好厨子，准备每天派一批厨子去给国子监那边做饭，虽不能做得和宫里一样好，但至少也要做到能入口。具体说法他也想好了，就说这酒楼的东家感念国子监悉心为大唐栽培人才，自愿出资想要让这些将来要出将入相的国之栋梁吃好喝好，不让国子监多花一分钱，又能让所有人都吃上好的！只一样，许他们酒楼打出招牌去，说他们这些菜是国子监专供！

董小乙还给李承乾看那份明显就是李元婴手笔的计划，说前一百天供的菜每天都是不重样的，李元婴称之为"百家菜品鉴活动"。都说民以食为天，了解各地的饮食习惯，知道百姓平时都吃什么喝什么，难道不是国子监监生应该做的吗？这叫了解民生民情！

这整个活动都不用国子监掏钱，只让监生们吃完了给投个票，选出觉得好吃的菜。这是举手之劳，不费什么事，料想大家都是愿意的。

李承乾了解完李元婴的全套计划，脸色有些木。他这幺叔为了能每天吃出新花样，当真是费了大心思，他都怀疑李元婴是不是早有计划了，要不怎么能在短短半日内就想出这么个周全无比的计划来呢？连他听了都觉得，不多尝尝天南海北的吃食是不关心百姓、不关心民生！

他这幺叔咋就这么能说呢？

李承乾能怎么办，李承乾当然只能当个好侄子，第一时间找孔颖达说了这事。

孔颖达今天一整天都挂心着国子监那边，生怕李元婴一进去就闹出大动静来。大半天过去，没人过来报信，孔颖达安心之余又莫名有些失落：那"混世小魔王"不弄点事情出来可真叫人不习惯！

没等孔颖达把心放到下衙，李承乾就寻了过来，如此这般地把"好心酒楼免费供应，一百天不重样"的大好事给他讲了。

孔颖达一听，明白了，原来是在这里等着自己。

真要是什么酒楼东家想做这样的"义举"，能走李承乾的门路吗？想想都知道不可能！谁愿意为了让国子监监生们投个票，白出一百天的伙食？要知道这可不是几百人，这是两千多人！这还是国子监本来的监生，不算那些旁听的、编外的！这是一般人肯白掏的钱吗？

便是户部那边，每次要省一笔钱出来给国子监这边花用也是很肉疼，毕竟这地方一般都是有进无出，除了给朝廷培养人才之外根本没有进项！

想也知道只有李元婴这个手头不缺钱的，才舍得这么砸钱。

孔颖达觉得等他砸上几天，应当就能知晓供这么多人吃喝不容易了吧？

孔颖达思量片刻，觉得这事应下来也没什么，左右不是自己花钱，当即表示没问题。他转头叫人把这件事转达回国子监那边，有人要送钱，那就让他送，看看到时哭的是谁！

李承乾办好了他幺叔拜托他办的事，也叫人去传话给董小乙。董小乙欢喜地回去把事情给柳宝林说了，说是李元婴在那边很习惯，就是饭菜不好吃，但是这个问题已经解决了。

柳宝林听董小乙盘下个酒楼，请了许多好大厨要搞"百家菜"，便将自己平日里整理的菜谱拿出来，叫董小乙挑李元婴喜欢的混在每天的饭菜里，花多少钱不要紧，一定要让李元婴吃得好。

柳宝林也是不差钱的主，她留着钱在宫中也没处花，想着最近天气冷得很，便让董小乙给国子监再捐些炭火。柳宝林临场照着李元婴的计划想出了法子："你出去多买些炭囤着，就说你们也兼卖炭的，想看看哪种炭好，每日轮流给他们送几种炭去，送到开春再断掉。"

董小乙在心里一计算，觉着这回他们的花用忒大了。好在去年采收的葵瓜子卖了不少钱！

说到卖葵瓜子，那还是李元婴给出的主意。去年李元婴学了个词叫"奇货可居"，一看，这葵瓜子除了李二陛下手上那批就只有他自己有，不正是"奇货"吗？

李元婴叫人往外卖葵瓜子，不一把一把地卖，而是三颗三颗来卖！三颗向日葵种子弄个漂亮包装包起来，瞧着雅致又漂亮，这就是全京城独一无二的"奇货"。

当时底下的人搬了几株开花的向日葵摆在门口当招牌，派专人在旁边解说这向日葵多么新奇多么好看，还会跟着太阳转呢！这些人常年跟在李元婴身边，最是能说会道，硬生生把"向日葵精神"传扬开了，许多人为了得个好彩头都纷纷买了一份回去等着来年开春种下去。

如此一来，几个庄子出产的向日葵卖出了许多人难以想象的价钱！毕竟，你能数出那连片的向日葵能长出多少葵瓜子不？反正董小乙想不出来！他只知道，周围农户家的婆娘都靠帮忙包装向日葵种子过了个肥年。

结果"向日葵精神"卖的钱还没焐暖，这么快就要往外掏了！

董小乙也不知该佩服李元婴的赚钱本领好，还是该佩服李元婴的花钱本领好。

现在不是想东想西的时候，董小乙揣着柳宝林给的菜谱出宫，先跑酒楼那边让人按照国子监的监生人数备好菜送到国子监那边开始忙活晚餐。

这么大的数量，要不是做惯了大宴的酒楼还真吃不下来，一阵忙乱之后，新厨子成功把原来那些应付了事的厨子挤到了洗菜切菜的位置上，按照主厨拟定的头一份菜谱开始准备李元婴到国子监后的第一顿晚餐。

这天傍晚，国子监的监生们拖着饥肠辘辘的脚步走向吃饭的地方，想和平时一样靠着饥饿忽略食物的味道。结果，才刚走出一段路，他们就闻见了一阵诱人的食物香气。

是谁？哪个天杀的纨绔子弟又叫人送好吃的来馋他们了？

第三章

丰泰美食

闻到香味归闻到香味，该往外走的人还是往外走，只剩下没办法另寻吃食的寒门子弟陆陆续续往食堂那边走，忍受每天两顿的吃饭酷刑。

这饭不吃还不行，不吃要饿死，没精力读书。只有一些能豁出脸去和那些个世家子弟结交的，才能蹭着人家吃点好的，老实的只能将就着吃。他们倒也不全都是瞧不起和世家子弟交朋友的"叛徒"，只是觉得自己没那个脸天天吃别人的！

众人在心里埋怨了几句那些用香味诱惑别人的家伙，走进他们取饭的地方后却愣住了。

原本简陋不堪的大食堂被收拾得整整齐齐，里里外外摆了不少擦得锃亮光洁的长案。许多人还觉得自己走错了地方，进去一问，才晓得这是食堂的新花样，要他们每天试吃丰泰楼掌勺大厨做的新菜，评出每天做得最好的一样，连续评个一百天，说是要评选出最好的"百家菜"。

今天是赶得急，只能有什么做什么，大家随便吃着！

再一闻，刚才那些勾人的香气不正是里头那些食物传来的吗？这也太香了！丰泰楼怎么那么好啊？光是这一顿的饭菜，瞧着就有两荤两素，搭配得极好！好在年关刚过，哪怕是寒门子弟过年也是沾过荤腥的，不至于闹出什么大动静来，都规规矩矩地排好队等着分菜。

食堂那边表示因为要按照人数准备食材，用的都是好东西，不能铺张浪费，所以每个人取了饭菜都要在名册上打个勾，大家都按照姓氏笔画排到相应的队列里，往后就按着名册上的打勾数来做。那些可以"自力更生"的人他们是不管饭的，反正他们家里有钱，他们爱怎么吃怎么吃——要是他们也想来这边蹭吃，那有两个选择，要么吃原来那些玩意儿，要么自己花钱，反正这边恕不免费供给。

听说往后都能吃上这种荤素搭配的好饭菜，监生们自是欢喜不已，哪会嫌弃排队和投票麻烦，高高兴兴地领了自己的份例吃完。

　　有监生天生大胃，一份吃不饱，叫人多打一份饭给他，菜少些也没关系。他所在的队伍前头那个负责记录的少年友善地朝他笑笑，让人在名册上多打一个勾，给他分了两份饭菜。

　　那大胃的监生没少因能吃受白眼，乍然受到这样的优待，很是感动地和少年攀谈起来："我看你也识字，怎的不好好读书，跑来厨下当帮工了？"

　　少年约莫十一二岁，做事却已经很稳妥，他从容答道："我们殿下让我们识字读书，就是为了让我们能当个于国于民有用处的人。现在殿下让我们来管两千监生的饭食，不仅是让我们来国子监开开眼界，还让我们锻炼一下处理问题的能力。是我没学好，才只得了整理名册的活计，学得好些的，还得计算成本、协调各方人手，那才叫考验人呢。"

　　这番应答不仅那大胃监生听到了，排在周围的那些人也听到了，他们都和负责在名册上打勾的少年搭起话来。

　　这些少年便给他们说了自己的来历，都说他们两年前还是无依无靠的乞儿，多亏了滕王殿下收留了他们，还请太子殿下为他们寻来好夫子！教他们的夫子乃是孔颖达孔祭酒给引荐的，所以他们听说要来负责国子监的伙食时都主动请求过来帮忙。

　　别看厨下脏累，这些活计在他们这批人里头可吃香了，那些学得没他们好的连打勾的活儿都没抢到！

　　这些少年说起话来自信又骄傲，一点都不为自己曾沦落在外、无家可归而卑怯，回完话便继续有条不紊地在监生名册上打勾。

　　少年们这番话很快在监生之中传开了，众人也都明白国子监会突然改善他们的饭食，原来是李元婴来了国子监，发现国子监的饭菜难以下咽，特地和太子殿下那边传了信，跟太子殿下联合起来自掏腰包改进国子监的吃喝问题！

　　哪怕不为别的，光是为了让李元婴吃得好，这所谓的"丰泰楼东家"也会变着花样给他们做出好吃的！偏偏人家掏的是自己的腰包，你没法说人家不好！

　　拿人的手短，吃人的嘴软。这顿饭吃完，众人虽还是拉不下脸凑上前和李元婴说话，言谈间的风向却已经有了改变，有人想起李元婴搞过个图书馆，还提了一嘴，直夸那可是个好地方。

　　要知道不是所有人都能像他们这么幸运，可以考进国子监读书、遍读国子监藏书，对于进不了国子监的人来说那简直是个无价的宝藏！

讨论着，众人都觉得李元婴和那些个纨绔子弟不一样。那些个纨绔子弟觉得不好吃就不吃了，天天让家里给他们送好东西馋他们，得巴结他们才能分一口吃的。李元婴不同，他觉得不好吃，便和太子殿下合计着把整个国子监的伙食都改善了！

不少人算了算，哪怕那些个旁听的、外邦来求学的平时不会到食堂吃，那些世家子弟和他们收买走的狗腿子也不和他们一块吃，他们算起来也还有将近两千人！这得花多少钱啊？不愧是在长安这种寸土寸金之地搞个图书馆免费开放的小王爷！

不少人一合计，都觉得李元婴这样下去会赔死，他们能吃好的固然高兴，可他们不能端起碗吃饭搁下碗骂娘，当个狼心狗肺的白眼狼。

李元婴年纪小，出身富贵，花起钱来没什么概念，以为叫大家吃好喝好是很简单的事，费不了多少钱。可两千张嘴花起钱来能是小数目吗？

众人讨论过后，推了几个代表去寻李元婴，和李元婴商量吃饭这个大问题。

李元婴这顿晚饭吃得挺开心，有荤有素，还有他爱吃的小芋子煨嫩鸡，香极了，着实让他满意不已。见其他人也吃得开怀，他更觉得很棒，决定写一封信给他娘，说大家都很喜欢她菜谱上那道小芋子煨嫩鸡，姝妹妹她们都赞不绝口。李元婴还说夫子们很好，马博士风趣，贾助教博学，讲起课来生动有趣，他很爱听。

李元婴正坐在他亲自铺的床铺上写信写得兴起，众监生代表便寻了过来。见他在那写信，先寒暄一番，问他在写什么。

李元婴不知道这些人找自己做什么，但他是喜欢交朋友的人，见他们不像是来找碴的，便引他们坐到一旁的空铺上，说自己在给娘写信，和娘说说在国子监遇到的趣事。

众人更觉得李元婴是个孝顺孩子，不再犹豫，把他们的担忧和李元婴说了：简单来说，就是他们担心李元婴被吃成穷光蛋。

李元婴道："不怕，我耶耶给我留了许多钱，也留了几个庄子，这些庄子每年都有不少产出。我在宫里也花不了多少钱，怎么会吃穷！钱放着有什么用呢，它又不能自己生钱，不如吃点好的。"他兴致勃勃地与监生们说出自己的想法，"我早就想尝尝各地好吃的东西了，就是在宫里不方便接触外头的人，现在正好有机会尝个遍。"

监生们起初是担心李元婴天真得不知道要花费多少，听李元婴这么一说才晓得这位小王爷是崽卖爷田不心疼，仗着太上皇留给他的钱多才随意挥霍。

众人又是一通好劝，让李元婴再考虑考虑，其实一荤一素就够了，没必要两荤两素那么多。

李元婴坚决不答应，在搞事情这方面李元婴是绝对不会轻易让步的，计划都做好了，哪能说改就改！朝令夕改，没有威仪，往后没人愿意听他的了！

等监生们无奈散去后，李元婴和唐璿嘀咕："一荤一素怎么够吃。"

唐璿说道："寻常人家一个月开几次荤都难，每天一荤一素已是神仙日子了。"

李元婴还真没怎么在寻常人家吃过饭，便是魏徵那边，他也是偶尔去凑个热闹，算不得正经留饭。听唐璿这么说，李元婴又追问了许多事，才晓得其他监生为什么能忍受国子监的饭食，因为这样的饭食对他们来说再正常不过了，他们从小吃到大！

李元婴恍然道："原来是这样。"

唐璿又提出另一个问题："你每天给监生们供荤菜，时间久了怕是连长安的肉价都会上去。"

李元婴盘腿坐着，给唐璿算账："不怕，肉价涨了，愿意养家畜家禽的人就多了。有钱可赚谁看着不心动？养鸡鸭的人家哪怕舍不得吃鸡肉，总能吃个蛋；养猪羊的人家哪怕舍不得吃好肉，也能尝点荤。总的来说，能吃上肉的人还是多了！所以不怕肉价高，就怕贱价没人愿意养，不会养也没关系，回头我叫人逐家逐户教他们养！"

唐璿听着觉得有道理。

两个人说得兴起，没注意到周围已经聚了不少人，都围坐在一旁听他们说话。李元婴说完"叫人逐家逐户教"这种听起来口气很大的话后唐璿还没接话，其他人便忍不住提出疑问："你还会养鸡鸭养猪羊？"

李元婴也不管认不认识，有人陪他说话他就兴致高昂，理所当然地回答："我不会啊。"

众人道："那你怎么逐家逐户教？"

李元婴便将自己和李二陛下讨要襄城宫的事给众人说了一遍，襄城宫开春便要抱养些鸡鸭鹅牛羊猪之类的，各种养法都试一试，看看各种飞禽走兽怎么养最肥美最好吃。反正，他已经重金挖了不少养殖能手过去，只等天气暖和些便能让他们大胆尝试。

等试好了，他就能让人逐家逐户教人养去！

李元婴还给他们讲了自己的经验，举例说砸钱让人集思广益想办法肯定管用的，比方说他手底下有个叫邓庆的就给他摸索出一种便宜好用的新纸。要不了多久，他们就能看到这种新纸印出来的新书了！

其他人听了李元婴这番话，心里只有一个想法：太上皇到底给李元婴留了多少钱啊！

唐观回来后发现李元婴正在聚众搞寝室夜谈，不少平日里自诩清高的寒门士子都与李元婴坐在一块儿聊天，平日里冷冷清清的学舍瞧着热闹非凡。

唐观默不作声地把领回来的炭烧着，绷着脸泼冷水："你们不用睡，别人还要睡，别连累所有人陪你们挨罚。"他说话的时候目光落在李元婴和唐璿身上，显然是针对他们开的口。

李元婴还是头一回和这么多人一起睡，听唐观这么说也觉得吵着别人不太好。他脱了外袍钻进暖烘烘的被窝里，脑子却还挺兴奋，睡不着，转头看唐璿，唐璿也没睡。他压低声音和唐璿说悄悄话："这唐观平时就这么凶的吗？"

唐璿还没吭声，唐观含怒的声音便从旁边传了过来："背后说人，非君子所为！"

李元婴转头一看，哟，唐观的床铺居然在他左边！李元婴翻了个身，直直地面向唐观，很君子地问道："你平时就这么凶的吗？"

唐观不太想理李元婴，不过不理人又不符合他一向的原则，便说他是夫子选的舍长，得管着学舍里的纪律，反正，晚上是不许聊天的。李元婴看他刚才领了炭回来，点了点头，很是友好地夸道："师兄辛苦了！"

唐观被李元婴这声"师兄"噎了一下，再想想李元婴的年纪，他自己都觉得自己和李元婴计较很没道理。唐观顿了顿，转了个身，无声地表示自己不想继续和李元婴搭话。

李元婴看了看唐观的背，贴心地伸手扯扯他的被子，积极劝说："师兄你背露出来了，晚上多冷啊！"

唐观转回来，瞪他。

李元婴见唐观又恢复凶凶的模样，一脸无辜地把手缩回被子里，拉高被沿，只露出一双乌溜溜的眼睛。

这晚李元婴睡得挺舒坦，第二天就要按着国子监的作息来，先上早课，上过再用早饭。

国子监一天只供两餐，和李元婴平时饿了就能吃的用膳规律不太一样。好在昨晚吃得不错，李元婴起来也不觉得饿了，精神奕奕地跟着唐璿他们洗漱完毕去体验国子监完整的一天。

自从前两年差点在释奠时闹了笑话，孔颖达对排队这件事就挺上心的，一大早便有人击鼓提示集合。

今天早课除了热热身之外，还有弓箭一项，上回伊阙行猎时李元婴说自己不会使弓，李二陛下便叫人教他一段时间。教他的人是禁卫好手，只教了几天便去回禀李二陛下，说他从小弹弓玩得溜，使弓准头也好，自己练练就成了。后头赶上过年，李元婴也没空练。

听唐璿说要练弓箭，李元婴立刻兴致勃勃地和唐璿说："年前我已经学过怎么使弓了！我们要不要比比看！"

唐璿道："你年前才学，那我不能和你比，那样胜之不武。"

李元婴觉得姓唐的都挺严肃，他左看右看，没看见雉奴他们，问唐璿："雉奴他们不一起的吗？"

唐璿道："场地就这么大，弓箭也只有这么点，得轮流着来。"

李元婴明白了。唐璿不和他比，他便兴冲冲地去喊别人比试，反正不管干什么，李元婴都爱热热闹闹。同住一屋的人不和他比，他改为去寻杜荷他们比。

平时上课杜荷他们虽没和他分在一个斋堂，早课却是混在一起上的，李元婴抢着弓箭跑过去求比试，杜荷等人一点都不虚，也抢起弓表示谁怕谁。

结果是李元婴很快败下阵来。

李元婴不信邪，非要一个个比过去，轮番败下阵来之后他才认清现实。

看来，还是得练啊，不能因为被人夸准头不错就不好好练！

李元婴输了一轮，终于不去挑衅别人了，改为坐在一边看人练习，看他们怎么瞄准，看他们的指头怎么放，看他们的姿态怎么摆，看他们放箭时怎么使劲。

唐璿练习完了，以为李元婴输得太伤心，搁下弓过来安慰："你才刚学不久，比不过他们也很正常，多练练就好了。"

李元婴点点头。他说道："我再去练练！"李元婴在心里想着刚才观察来的门道，抄起适合自己的弓试了几轮，果真射得比刚才好了。他又在心里总结了一番，跑去请教分拨来教他们射箭的禁卫，经对方点拨之后重新再试。

弓箭课上完，李元婴身上出了不少汗，明明天气还挺冷，他脸上却红扑扑的。他回去换了身衣裳，才跟唐璿跑去吃早饭。别人晚了可能吃不上，他们晚了当然有人为他们留着。

今天做的是蒸饼，据说是按江南的做法做的，蒸出来香软可口不说，咬进里面还有馅，一人两个，好吃又管饱，若是吃不够，还有粥可喝，又稠又香，绝不叫人饿着。蒸饼和粥里都有肉呢！

李元婴与李治他们坐一块儿吃的，吃完还有些时候才上课，便好奇地问李治和魏姝他们早课分别上了什么。魏姝她们那边是根本不用上早课，随她们喜欢便好；李治他们这批新生则是练习集队和晨跑，虽不算多繁重，还是让李治这小胳膊小腿的累得不轻，吃完蒸饼又喝了一大碗粥才满足。

李元婴听了，颇为遗憾地说："可惜你四哥没来，要不然你四哥可以跟着跑跑。"

李治想想李泰那身量，摇头说："幺叔你就别埋汰四哥了。"他四哥哪里跑得动哦！

李元婴语重心长地说："我是为他好啊！"他又把自己那通"太胖影响健康"的理论和李治说了，表明自己确实是关心晚辈才提上一嘴。他是个顶好顶好的长辈啊！

闲话说完，便要上课了。

这天早上讲的是《春秋》，讲课的乃是五经博士沈重。沈博士精通《春秋》，各朝史都有涉猎，讲起课来旁征博引，一句话他能讲老大一圈，引申出好几个故事，李元婴听得津津有味，觉得老孔给他选的这个斋堂挺好，个个老师讲的都是他爱听的。

比起头一天的人人避让，第二天李元婴在国子监已有如鱼得水之势。沈博士讲完课走了，李元婴意犹未尽地拉着前后左右的监生们围坐在一块儿讨论刚才学来的东西，平日里肃静的斋堂瞬间变得热闹起来。

唐璿见唐观脸色不太好，几次放下书欲言又止，扯扯李元婴，示意李元婴看看唐观。

李元婴一看，觉得唐观肯定是想参加讨论又不好意思，这些书香世家出来的读书人就是脸皮薄，爱端着，真拿他们没办法！李元婴过去拉唐观坐过来加入他们，十分热情地鼓励唐观："师兄你不要害羞，有话想说就说啊，你学得那么好，听完课一定也有很多见解，给我们讲讲！"

唐观一阵无语。

谁害羞了啊？

我是嫌你们吵好吗！

这么多双眼睛看着，唐观不好爆发，只能顺着李元婴的意思加入讨论。一交流，唐观倒是真有点收获，至少弄清楚了一些自己刚才没理解的地方，也从其他人的观点里发现了自己没注意到的东西。不过，他是不会承认自己喜欢参加这种讨论的，下一堂课的夫子一到，他便表示要上课了，头一个回到自己座位上去。

到傍晚，唐观要去大门那边拿家里送来的食盒，才听杜荷他们说李元婴叫人包了国子监的食堂，每顿差不多都给监生们两荤两素，连早上那餐都是带肉的！

唐观与杜荷他们一并坐在廊下用饭，听着杜荷感叹："他可真有钱。"

因着知道李元婴是站在李承乾这边的，杜荷对李元婴倒没有房俊那样的恶意。知道李元婴和唐观分到一屋，白天也在同一个斋堂上课，杜荷还问唐观："他进了国子监好像还挺习惯的？"

唐观道："是挺习惯的。"李元婴不仅习惯，他身边还迅速聚拢了一批人，到哪里都热热闹闹的，一点都瞧不出他曾经来国子监挑衅过。

杜荷不太喜欢唐观这刻板的家伙，聊了几句便和其他人继续闲聊起来。比起李元婴，其实这批纨绔子弟更关注三个新来的女孩子，不过其中之一是杜荷的准未婚妻城阳，其他人便不好意思当着杜荷的面说浑话，只讨论李元婴这次的大手笔什么时候会因为被吃成穷光蛋而终止。反正，他们是不信李元婴能一直供应下去的！

入夜后，魏姝这边的四个女孩子围坐在灯下玩牌说话。玩牌是女眷之间流行的博戏，输赢不要紧，有个由头聚在一起便好。

四人年龄不一，媚娘年纪最长，金胜曼次之，城阳再次之，魏姝年纪最小；她们出身也各不相同，有城阳这样生在皇家的，有媚娘和魏姝这样生在官宦之家的，还有金胜曼这样从外邦跋山涉水来大唐求学的。

媚娘起了个头："你们都是为了什么来国子监的？"她自己先答了，"我听说国子监是大唐最好的学府，有大唐最齐全的藏书，也有大唐学问最好的夫子。所以听说能有机会进来，我就来了。"

不管学到更多学问到底有什么用处，她的想法很简单：先学了再说。

魏姝道："我也是这样想的。"她说出自己的想法，"我小时候穿着女孩子的衣裳往外跑，总有人想欺负我。后来我换上男孩子的衣裳出去，喊得比他们大声，脸摆得比他们凶，他们就不敢上前了。男孩子力气大，年纪大了论打架我可能比不过他们，但是学学问用的是脑子，男孩子学得，我们肯定也学得，我不仅要学，还要学得比很多人好，这样才不叫人欺负了去！"

金胜曼鼓手叫好："正是这个理！"她堂姐是新罗女王，小时候她去找堂姐玩，总能看见堂姐眉宇间的疲惫。一样的事情，男子做不好可能没人说什么，堂姐做不好便有人说"女的果然不行"。金胜曼说出自己极力争取来大唐留学的原因，"我想从大唐这边多学些东西，回去帮我堂姐治理新罗，断不能叫人把我们女孩子看低了。"

媚娘早听说新罗乃是女子当政，听金胜曼这么说后大为神往。她说道："你若有什么不懂的，可以说出来我们一起讨论。"

城阳是最内敛了，她默不作声地抬手理着灯芯，等其他人都看向自己，她才停了下来。安静了一会儿，城阳才说："我也想稍微有点用处。"论讨人喜欢，她不如妹妹兕子和衡山，论聪慧机敏，她不如姐姐长乐，论活泼可爱，她又不如高阳。决定考国子监，城阳没有媚娘她们那么多的想法，她只是想努力让自己变得更聪明一些，更通晓事理一些，将来遇到什么事也不至于拖了后腿。

魏姝三人听完城阳这句话，都静了下来。

是啊，说了那么多，她们其实也只是想让自己稍微有点用处。

魏姝最先回过神来，说道："我们比很多人都要幸运。"

不是所有人都能遇到这样的机会，更不是所有人都能抓住这样的机会。这世间对女子设下了太多阻碍，便是至亲至爱之人，也不一定会支持她们去做自己想做的事。

所以，她们已经很幸运了。

四人相视片刻，不再谈这个略显沉重的话题，改为讨论起白天的功课。尺有所短，寸有所长，一通探讨下来，各自所学的东西都明晰了不少，她们一直聊到烛火燃尽后才心满意足地睡觉去。

宫中。

李二陛下把糟心弟弟和乖儿子送去国子监，本以为一颗顽石会砸出大水花，结果一整天他都没听孔颖达过来告状，心里挺失落的。他边让人伺候着脱去外袍边问伺候的人："国子监那边可有什么事？"

"新鲜事倒是有一桩。"伺候的人心领神会，恭谨地回禀，"听说有个叫丰泰楼的酒楼找上国子监，说要让国子监的监生们帮忙试'百家菜'，准备给监生们做一百天不重样的菜，每天至少两荤两素。那菜色听起来又丰富又好吃，咱家听着都想吃了！"

李二陛下一听，明白了，怪不得李元婴没闹，原来是自掏腰包弄了个"百家菜"，天天吃不重样的好东西！

李二陛下还是觉得这么听话着实不像他弟弟，不死心地问："这就没了？"

"是没了。"伺候的人道，"咱家听去国子监跑腿的人回来说，滕王殿下在国子监挺快活的，到哪都和许多监生走一起，有时还齐齐堵着博士们不让人走，非要闹个明白才甘心，好学得很哩！"

李二陛下听完后不问了，躺下睡觉去。

结果，李二陛下当晚就梦见李元婴一把火将国子监烧了！

早上醒来一回忆，李二陛下觉得这才是李元婴会干的事。

既然国子监那边风平浪静，李二陛下也就不再过问，照常处理朝务去了。

平静日子过了几天，临近朝官休沐日时，李承乾寻了过来，说是有事要征询李二陛下的意见。

李承乾来找李二陛下，自然又是受李元婴所托。李元婴在国子监待了近一旬，大致摸清了国子监的情况。

杜荷这些纨绔子弟从吃饭到睡觉都爱违反监规，这一项从食堂那边拿到的取餐名册便可见一斑，哪怕食堂已经改进菜色，这些人也从来没有到食堂用过饭。

这些人有借口到大门口取食盒，自然也有借口回家睡觉，管理起来麻烦得很，堂堂国子监大门还经常会变成送饭的地方，瞧着很不像样。李元婴托李承乾办的事就和这个有关：那些编外生、留学生国子监管不着，但这些正正经经进来念书的不能再让他们特立独行下去，必须全部按照监规来管束。

这种正经事，李承乾自然不会推脱。他得了李元婴的消息，第一时间找上李二陛下，和李二陛下说起李元婴的打算：这个休沐日，他会下帖子请家中有子侄在国子监念书的官员到丰泰楼一聚，让他们尝一尝国子监专供的饭食。若这些家长都觉得满意了，往后便别再每天让人给自家子侄送饭，该吃什么吃什么，既省了家里的工夫，又省了监生的时间！

更重要的是，只有做到统一管理，才能真正改掉这些纨绔子弟的种种坏习性，让他们融入国子监的大环境里面！

哪怕李承乾是太子，这种公然联络大批朝臣的事还是要和李二陛下说一声的，免得父子之间生出嫌隙来。

李二陛下觉得这事可行，他说道："那你就走这一趟，好好给你舅舅他们说说。"

李承乾应了下来，回去叫人准备帖子去。怕这些人不到，李承乾还特意让人在帖子里加上一句大意为"这也是陛下的意思"的话。

到了百官休沐日这天，这段时间关门整改的丰泰楼重新开张了，派人在外敲锣打鼓地庆贺，等有人上前说要进去吃饭，守在门外的机灵小二却笑眯眯地说暂时不接待外客。

这可真是奇了怪了，都开门了，不接待外客是什么意思？因为都好奇丰泰楼搞什么名堂，外面围着的人一圈接一圈地增多。

房玄龄他们得了李承乾的帖子，又事关自己的浑蛋儿子，自然都按照帖子上所说的那样带上家眷一起来品尝"国子监专供饭菜"。

外头围着的人里头有不少是京中闲汉，别的不晓得，对京中的高门大户最是了解。来一个人，这些闲汉便远远地惊叹一声："这是魏侍中！""这是房仆射！""这是某某国公！"

惊叹完了，他们还要给左右那些认不出大户来的人解说一番，说来的这人有多了不得，是多大的官，干过什么大事。

很快地，所有人都晓得丰泰楼重新开张了，而且满京城的达官贵人都去给它捧场！

听说丰泰楼换了新东家，这新东家到底什么来头，居然能请动这么多人？

等太子李承乾到了，众人更是惊叹不已，连太子殿下都请来了，这丰泰楼也太了不起了吧？

新换的厨子做菜该好吃到什么程度啊？

众人议论纷纷，都决定回头一定要尝尝丰泰楼的饭菜。哪怕不是顶好的，能坐一下贵人坐过的位置也值了！

房玄龄等人不知道自己当了次活招牌，他们与李承乾相互见过礼，女眷入雅间坐，男人则按照位次在外头坐下，等着小二把菜一样样端上来。国子监开学已有数日，监生们票选出来的每日好菜有好几样了，如今一一送到众人面前，所有人都觉得胃口大开。

这些菜不仅味道香，看着卖相也不错，虽说不上多精细，但是看着就让人很有食欲。这样的食物能每天供应给监生们，他们确实没必要让仆人送饭给自家儿子了，一来麻烦，二来不像样！

李承乾笑着招呼所有人动筷子，好好尝尝这些做起来不繁琐、吃着却极为美味的饭菜。结果自然是不管是面食还是粥饭都让人满意！

连李承乾也觉得挺好吃。

李承乾耐心地等所有人都吃饱喝足，才问他们是不是愿意让自己儿子往后跟其他监生一起在国子监里用膳。

房玄龄等人把儿子送进去，自然是想让儿子学好的。以前是觉得那些东西着实入不了口才让人送饭，如今味道大大改善了，谁还愿意那么麻烦？所有人自然都一口应下，表示往后不会再让人给儿子送饭，保证教育儿子好好遵守监规。

董小乙这才代表李元婴出来说话。

董小乙先是说明现在丰泰楼给国子监供应一日两餐都是有定数的，每天按着名册备食分食。

接着董小乙图穷匕见，说起今天的正题：要往名册上加人，可以，但是希望各家可以自费添名，毕竟先前是你们儿子自己不来吃，现在又要来，厨子和帮工每天的工作量得增加，食材成本也要增加！

寒门子弟是没钱，东家不和他们计较，你们堂堂朝廷命官，难道没钱吗？难道不该为自己儿子的分例掏钱吗？具体给多少，你们看着办吧，你们平时在儿子的吃饭大计上花费多少，意思意思给多少就好。

这下所有人都明白了，敢情这是场鸿门宴，先让你吃吃喝喝，再跟你讲道理，讲完了，就要你掏钱了！很多时候明码标价不可怕，"看着办"才可怕，这丰泰楼请出了太子，明显背后的人和太子关系非常铁，你好意思不给吗？你好意思少给吗？

可刚才话都说出口了，反悔也来不及了。长孙无忌也有子侄在国子监里头，他是李承乾的舅舅，当然不会拂李承乾面子，他很是爽快地上前给自家子侄添了名，大方地填写个大数目，填完还要状似无意地把数目喊出口，说是回头会让人送过来！

这完全是非常敬业的托儿了！

众人听长孙无忌这么一吆喝，都在心里暗骂：长孙老贼！

这无耻老贼自己要支持太子也就算了，还要喊出来，生怕别人不知道他给了多少。这下好了，后头的人都得比照着给，不给面子上根本过不去！只有那些品阶低、家底薄的，才好意思减一些。

董小乙看着名册上记录的"添名钱"越来越多，心里乐开了花。

虽说用这些钱供应两千人的吃喝还是有点吃力，但是比起全部由他们殿下自己掏钱已经强多了。

接下来丰泰楼这边把"国子监特供饭菜"的名头打出去，将丰泰楼打造成"长安第一楼"根本不成问题，葵园和另外两个庄子的产出也能充分利用起来！

往后像高昌酒、千金茶这些东西，也不用整天去占千金堂的地方卖了，李元婴对孙思邈是很看重的，不愿意让太多俗事去影响孙思邈搞医学研究工作！

本来李元婴要揽下国子监的饭食供应，董小乙还觉得亏大了，现在董小乙觉得这笔买卖简直太划算了。

看看吧，现在成本有这些"家长"兜底，亏不了太多，国子监两千号人的嘴巴又可以充当活广告，每天都能评出个"上千监生觉得好吃"的招牌菜！

等今年科举之后，若是国子监之中有人考中了，这些菜便能摆一桌"进士席"；要是侥幸有人中了头名，那名头就更响亮了，可以叫什么"状头席""折桂席"，反正都是丰泰楼专供给国子监的，状头肯定吃过，算不得作假！

董小乙越想越激动，恨不得春闱马上开始，国子监那边早早考几个进士出来，好叫他能按着李元婴的指示拿去做文章！

至于会不会被说与民争利，那肯定是不会的！这都是为了给国子监的监生供应饭食啊！真要"争利"，谁家能白出这么多人供两千监生好吃好喝？你行你上！

这场专请国子监刺头学生家长的"鸿门宴"圆满落幕，李承乾回去时脸上还有些臊，觉得自己这事干得不太地道，居然设宴逼这些"家长"掏钱。不过臊完了，李承乾又觉得挺乐。

平时李承乾没少被这些人教训，能看到他们明明吃了瘪却只能乖乖给钱的憋屈模样，怎么看都赚到了！

　　回到东宫，李承乾又亲自去看儿子读书，他小时候李二陛下为他请了李纲为师，李纲年事已高，路都走不动，每回到东宫他总要出门亲迎，没过几年，李纲就去世了。这段回忆怎么都称不上美好，毕竟他那时是爱玩爱闹的年纪，哪里能静下心来读书？

　　因着这事，李承乾对于请萧德言当李象老师这件事还是挺犹豫的，但他还没决定要不要开口，李元婴已经帮他向李二陛下把人要来了。李元婴一片热心，李承乾不好辜负，还是诚挚地帮李象准备了拜师礼。

　　见着被李元婴赞不绝口的萧德言，李承乾便放心了不少：萧德言看起来不显老态，精神非常好，身子骨也硬朗，说起话来不疾不徐，又不会给人气弱之感，确实是个非常好的老师人选。

　　李承乾走到弘文馆时，正好萧德言给李象讲完课了。

　　李承乾入内问了李象几句功课上的问题，李象如今口齿越发伶俐，对于李承乾的考校自是应答如流。

　　李承乾夸了儿子几句，打发他玩耍去，自己留下与萧德言说话。

　　李承乾主要和萧德言说起李元婴去国子监后所做的事。李元婴课听得怎么样还不晓得，反正他这一去，算是让国子监的监生都能吃上肉了。

　　萧德言笑道："民以食为天，滕王殿下先关心吃的也很正常。"

　　有李元婴当枢纽，李承乾与萧德言聊了许久，并请萧德言多举荐门生旧故入弘文馆，想修书也好，想做些差使也行，朝廷永远都缺真正的人才。

　　萧德言觉得李承乾越来越有太子应有的胸怀，比起他被安排去魏王府修书前大有进益，自是欣然答应。

　　李承乾这边与萧德言说着话，李二陛下那边也听说了丰泰楼发生的事。他稍一思索，便把事情捋清楚了：李元婴这小子不是单纯托李承乾下帖子请人试菜的，而是要和长孙无忌这些监生家长伸手要钱！

　　这种事显然只有李元婴干得出来。

　　亏李承乾还是太子，知晓李元婴的打算后竟还愿意帮他出面！

　　李二陛下觉得房玄龄他们一定会在背后说他纵容儿子和弟弟合伙坑人！不过，监生包衣食住行确实是替寒门子弟考虑的，房玄龄他们要把儿子送进去，让他们出点钱不算坑他们。谁叫他们那么溺爱儿子？他们要是不给儿子送饭，也用不着给这笔"添名钱"。

李二陛下越想越觉得这事他儿子和弟弟一点也不理亏。

好些天没见着那糟心弟弟，李二陛下还真有点记挂，第二日处理完政务，他便和房玄龄他们提议："天气不错，不如我们去国子监走一走。"

李二陛下想念起他的糟心弟弟，他糟心弟弟可一点都不想他，甚至还有点乐不思蜀。

"添名钱"交上去的当天傍晚，房俊等人都得到家里递来的消息说往后他们都得和其他监生一起吃饭。菜色都这么好了，你还让家里送，不是折腾自己折腾家里是什么？

吃饭这项管了起来，其他自然也要跟上。

李元婴跑去找博士们出主意，说夫子们每天白天要给他们讲课，晚上还要巡夜，多辛苦啊！不如挑选一批学生轮流当值，有动静就上报，没动静直接睡觉。这样不仅可以让夫子们多歇歇，也能锻炼一下学生们的管理能力和协调能力！

这批选出来的监生最好给个名目，比如弄个监生会，白纸黑字列出每个职务能管什么，所有人都得服管。

当然，也不能太专横，让监生间出现对立情况，最好是提名一批人出来先让他们试着管管，一段时间后再让监生选出他们认为管得好的当监生会的正副会长，选上的人干个一年再提名新人选接着干。

李元婴还挺有自知之明地阐述自己的看法："选对人是最重要的，比方说我这样的一看就不是管人的料，要选就选唐师兄那样的，就是唐观师兄！唐师兄这人一看就认真又负责，不管让他做什么事他都会尽力做到最好的。"

李元婴最近表现良好，马博士等人也愿意听他说话。

等李元婴如此这般地把自己的设想说完，所有人都觉得这小孩脑子太活了。

国子监记录在册的监生有两千多人，单凭他们这点人来管着确实挺难。过去他们也会挑选些学生负责各斋堂、学舍的管理，不过那都是口头上选的人，没有正儿八经地立下名目。

要是能把李元婴说得有板有眼的"监生会"搞起来，往后他们组织各种活动可就轻松多了，集队啊纪律啊都有人负责管束，不用他们板起脸去训人。要是有什么意外或者冲突，分散在监生之中的干事也可以及时处理。

马博士等人越想越觉得可行，没等下衙便找上孔颖达，和孔颖达商量着尽快把设立监生会的事落实下去。

李元婴正好把送饭的问题解决了，他们都觉得可以趁机把国子监的乱象抄个底，一次性把规矩立起来！

孔颖达也听说了白天李承乾设个鸿门宴把那群纨绔子弟的家长请去丰泰楼的事。

这可真是恶人自有恶人磨，那群纨绔子弟碰上李元婴这个行事天马行空的，怕是很快要被李元婴捏在手里揉圆搓扁了。

孔颖达痛快应允马博士等人的提议，又细问起李元婴几人在国子监里的表现。

众人接触最多的就是李元婴，都觉得这孩子如今大不相同了，连以前去给皇子们讲过课的人都说士别三日当刮目相看！

提到李治等人也都是夸的，说他们天资很不错，别的方面还没看出特别的来。倒是有人颇为惋惜地提起武媚，说这武媚可惜生为女子，要不然今科直接去考都能中。

沈博士也接了一嘴："她的文章开阔大气。"

李元婴写起文章来堪称天马行空，什么都敢说，什么都敢想。这武媚也一样，偏偏写出来却又是另一种感觉，读来少了几分天真稚气，很叫人遗憾她没有生为男儿。

讲到这里，大伙都想起那"莽国王一言失美"的故事，都住了嘴。

也不知李二陛下怎么想的，外头的传言才刚停歇，居然又睁一只眼闭一只眼地任由李元婴把这武媚捎带进国子监！

好在李元婴虽然爱玩爱闹，交朋友的本领却堪称一流，主要是他交朋友既不看地位高低，也没有男女之别，无论和谁交游都坦荡又欢畅。所以他带着魏姝她们入国子监不仅没有传出什么风言风语，反而还无声无息地改变着整个国子监的风气。

首先是，那些让孔颖达头疼的纨绔子弟猛地变得孤立无援。

世家子弟之中不乏长孙诠和虞植这些知进退、有抱负的，这些人平日里便不爱和那群纨绔子弟凑一起。纨绔子弟们本来就和他们玩不到一块儿，国子监中有许多听说了他们家世便主动和他们结交的寒门子弟，他们身边永远热闹得很，哪用得着用自己的热脸去贴别人的冷屁股？

可现在不同了，现在连寒门子弟都不愿再听他们使唤！毕竟，被当成平等友人对待过的人，哪里还愿意对同辈忍气吞声、卑躬屈膝？读书人都是有傲气的，即便不敢言，心里也得怒。你出身是挺不错，可你出身能比人家滕王、晋王高吗？人家都能把他们当朋友，你还一天到晚趾高气扬，谁要上赶着和你结交？

这些事国子博士们都看在眼里，所以李元婴提议要搞个监生会他们自然乐于促成。

孔颖达提出自己的建议："别让这出主意的人闲着，把他也添进名单里。"

马博士等人相视一笑，说道："放心，我们早把他写上了。"

第二日，马博士便向监生们宣布下午大家去校场那边大集合，到时会宣布监生会的成立和提名监生会干事，今科不应试的斋堂先提名几个人选出来试行一段时间，随后由监生们票选出第一届会长、副会长等等人选。

李元婴一听自己的提议被接受了，积极举手发言："我推荐唐师兄！唐师兄这么凶，一看就会管人的！"

唐观端坐在自己的位置上，说服自己不要和李元婴计较，千万不要和李元婴计较。

真要计较的话，他迟早会被李元婴气死！

马博士朝李元婴微微颔首，表示自己知道了，让他别再埋汰同窗。人家不要面子的吗？虽然唐观性情是老成了些，也不太爱给人笑脸，但各人有各人的活法，没必要人人都活成一个样，就兴你活泼外向，不许人严肃点吗？

早课期间所有人都知晓国子监要弄个监生会的事，集体吃上午一顿饭时都三三两两地坐一起讨论起来，纷纷猜测这马博士他们会提名哪些人，到处都是"你肯定会被提名""你才是你才是"的虚伪客套对话。

唐观这个被李元婴当众点名的，默不作声地坐在杜荷等人旁边吃饭。他们都是家里交了"添名钱"的，如今国子监大门紧闭，不许他们再去大门口取食盒，他们自然只能乖乖过来领饭菜。

不仅杜荷这边一阵沉默，房俊那边也都觉得事情不太妙。这什么监生会，不会是冲着他们来的吧？想想往后要处处被约束，所有人都觉得"前途无亮"，心情沮丧得很。

他们虽不能继承爵位，却也能靠上代功勋谋到让许多人羡慕不已的好差使，凭什么受这份罪？

李元婴可不在乎房俊等人的心情，他摩拳擦掌准备把自己的想法在国子监一一尝试个遍，好用的将来他就照搬到他的大书院去，不好用的往后便不提了！

反正进了国子监，李元婴简直没有一天是不快活的。他发现天底下的能人太多啦，个个的见识都很好，眼界不同，监生们连讲述他们家乡的风土人情都比他们从前听说的更丰富、更有趣。他想好好和这些年纪比他长上几岁的监生做朋友，每日便铆足劲跟着他们一起读书，半天都没落下。

这天下午孔颖达准备去国子监走一趟，看看马博士他们怎么把监生会的班子搭起来，没想到突然有人过来传话说李二陛下想去国子监走一趟。

弟弟和儿子女儿都在国子监里，李二陛下想去看看也很正常，只是今天这情况有点特别啊！

孔颖达怕到时会出现混乱，便把李元婴出的主意提前和李二陛下说了。

囫囵着把筹办"监生会"的事讲完，孔颖达道："马博士他们都认为此事可行，我便允了。"

李二陛下道："这小子别的不行，主意倒是多，这才去国子监几天？各种想法就一个一个往外冒！"

别看李二陛下这语气挺嫌弃，实际上他心里很是骄傲，国子监这地方聚集了不少经学大家，其中不乏不想为朝廷效力、只勉强答应出山教教学生的。这些清高孤傲的名宿大儒，现在可都觉得他这么弟聪明机敏主意正！

孔颖达从秦王府时期就跟着李二陛下了，哪会看不出李二陛下嘴里在骂心里在得意？他识趣地没多说，引着李二陛下和魏徵他们微服巡幸国子监去。

李二陛下一行人行至国子监，发现到处都没见着人，找人一问，原来赶巧碰上马博士他们宣布监生会班底人选，监生们都去校场那边集合了。

孔颖达让人不要声张，亲自带着李二陛下一行人前往校场。

这时马博士他们已经讲完设立监生会的章程，正好到宣读提名名单的关键环节。

负责念名单的是那日食堂里想多要点饭的大胃监生，名叫郑石。

郑石胃口大，嗓门也大，但他声音洪亮方正，很有气势。平时大家都嫌他嗓门太大，不爱和他说话，嫌他吵得耳朵疼。

李元婴认识郑石之后觉得这是个巨大的优点，跑去和马博士推举了他，说往后有什么大事正好可以让郑石来宣读。

郑石以前挺自卑的，吃得多被人嘲笑是饭桶，控制不住的大嗓门也总被人嫌弃。这次揽下这么个大任务，他腰杆挺得笔直，头一次觉得自己这把大嗓门真的很不错。

换成别人，他们能把名字念得让几千个人轻松听清吗？不能！

他就可以！

元婴师弟说得没错，他娘给他生的嗓门是顶好顶好的嗓门！

站在校场边上的李二陛下也把郑石的大嗓门听得清清楚楚。再定睛一看，这监生身量高大，五官端正，背脊挺得笔直，精神头着实不错。

李二陛下朝孔颖达夸道："国子监当真人才济济，这孩子瞧着就很不错。"

孔颖达虽没认出郑石是谁，还是捋须应和道："野无遗才不正是陛下的心愿？"

李二陛下最爱听这样的话，心情颇好地继续听郑石念名单。

郑石念到了李元婴所在斋堂的人选。

马博士他们提名的人选首先是唐观和郑石。

李元婴听到唐观的名字，立即高兴地跟唐观道贺，说什么"就知道一定会有唐师兄""唐师兄这么厉害肯定会选上"。不等他把话说完，郑石又念出他和唐璿的名字。他们四个人就是他们这个斋堂提名的人选了！

李元婴吃了一惊。

怎么把他给选上了？

唐观看李元婴一脸震惊，心里总算平衡了。

他也扯出笑脸向李元婴道贺，把李元婴刚才的话扔了回去。

李元婴很快从惊讶中回神。

虽然他只想出个主意就躲在后面看看效果，可要是马博士他们愿意提名他，他也很高兴。这代表马博士他们觉得他能做好这件事！

见唐观皮笑肉不笑地祝贺自己入选，李元婴真诚又友好地建议："唐师兄啊，你以后要是有心仪的女孩子可别这样对她笑。我跟你说，本来你看起来就挺凶，再这样扯着脸皮笑出来就更可怕了，还不如和平时一样绷着一张脸。虽然也很吓人，不过看久了也就习惯了！"

唐观脸黑黑地转回去，给李元婴留个后脑勺。

他再理李元婴他是狗！

李二陛下找着李元婴所在的位置，往李元婴那边看了一会儿。

见李元婴和前头的人说起话来，李二陛下便问孔颖达前头那监生是谁。

孔颖达当然不可能认得所有监生，但唐观他还真认识，回道："那是唐尚书之子唐观。"

一提唐尚书，李二陛下就知道了，他们算起来还是亲家来着。李元婴也不知和人家说了什么，弄得对方黑着脸转了回去。想想李元婴平时说话有多气人，李二陛下能猜出肯定是李元婴又讨人嫌了。

李二陛下没再看下去，留了个人叫他等会儿去把李元婴领到直舍那边去，自己和孔颖达一起去看监生们写的文章，瞧瞧有没有什么特别出彩的人才。

去年已经下了诏令，让各地人才来京参加春闱，国子监之中应考的监生自是也不少。孔颖达心里都有数，取了自己觉得好的文章呈给李二陛下看，君臣一行人都分了几卷，读到精妙之处便挑出来讨论。

等文章都看完了，留在校场的人却没把李元婴领回来，只带话回来说李元婴跑去用晚膳了，要他们转告一声，他吃完再过来找皇兄！毕竟，皇兄随时都能见，菜凉了就不好吃了！

李二陛下绷着一张脸，看看左右，魏徵等人都正襟危坐，仿佛什么都没听见。

李二陛下把手里的文章一搁，起身说："走，我们也去尝尝国子监的晚膳。"

孔颖达看了眼魏徵，见魏徵没有劝说的意思，只好起身引着李二陛下一行人去食堂。因为李二陛下是微服过来的，许多监生虽远远看过李二陛下主持释奠，却也没敢仔细打量过李二陛下的长相，是以李二陛下走进食堂时也没太多人认出他来。

反倒是认得孔颖达的人更多，见孔颖达来了，都拘谨地起身向他见礼。孔颖达摆摆手，示意众监生接着吃自己的饭去，都不用起身了，麻烦，动静还大！

李二陛下扫见李元婴一圈人围坐在一起吃得挺欢，径直走了过去。

李治最先看到李二陛下，忙拉拉李元婴，示意他起来相迎。

李元婴一看，李二陛下脸色有点臭，马上起来腾了个位置给李二陛下，积极欢迎李二陛下的到来："皇兄您怎么来这里了？您也饿了吗？我去给您取些吃的来！"说完他没给李二陛下反应的时间，一溜烟跑了，留下其他人紧张不已地待在原位，都在犹豫着要不要起来行礼。

李二陛下坐在李元婴给他腾出的位置上，摆摆手让其他人不必拘束，周围人多眼杂，闹出太大的动静容易引来太多人的注意。

其他人纷纷挪出位置让孔颖达等人落座。

李元婴溜得快，回来得也快。他溜走后悄悄数了人头，叫李二陛下身边的人按人数端对应份数的饭菜过去一一分到魏徵等人面前。

知道李二陛下分明是特意来看李元婴几人的，随行的人都默不作声地听李元婴差遣。

李元婴忙活完回来，乖乖巧巧地坐回李二陛下身边，给李二陛下介绍今天的菜色，今天还是两荤两素，虽不是什么大菜，胜在肉煮得入味，菜又鲜嫩，着实不错。

李二陛下不是挑食的人，一一尝过了，觉得每天能有这样的饭菜很不错。

一行人都把饭菜解决完了，李二陛下见周围很多监生都不太自在，便领着李元婴几人起身离开食堂。

李元婴和李治一左一右地跟在李二陛下身边，后面还缀着个城阳。

李元婴不觉得自己决定先吃饭有什么不对，亦步亦趋地追着李二陛下问："皇兄，您觉得好不好吃？还不错对吧？"

李二陛下横他一眼，淡淡说道："朕怕朕这头说好吃，那头那丰泰楼就会打出横幅说'皇帝吃了都说好'。"

李元婴冷不丁被人戳穿了小心思，一点都不觉得害臊。他还没脸没皮地顺着李二陛下的话吹捧起来："皇兄您脑子怎么这么好使，我就没想到！回头我就和董小乙说一声，让他出个横幅！"

李二陛下没忍住，抬手往他额上敲了一记。

李元婴捂着被敲得发疼的脑门，决定不理他了。

李二陛下也不理会他，转头问李治和城阳在国子监待得如何。

李治很老实，说自己在国子监吃得好学得也好，进度虽然和在宫中不太一样，但是人多，有问题能随时探讨，感觉很不错。

城阳点头应和。

李二陛下问他们都读了什么书，挑了些问题考校他们，结果自然非常满意。眼看已是傍晚，李二陛下让他们不用再跟着，好好在国子监读书，他该回宫去了。

李元婴一路上都等着李二陛下提问他呢，他读了那么多书，一点都不怕考校，一准让皇兄大吃一惊！

结果李二陛下都没再和他说过话，这就要走了。

李元婴气鼓鼓地去扯李二陛下的袖角。

李二陛下睨他。

李元婴脸上写着"你还没考我"。

李二陛下慢悠悠说道:"你不是说'皇兄随时都能见,菜凉了就不好吃了',怎么又舍不得我走了?"

李元婴这才晓得李二陛下是在生这个气,堂堂一国之君怎么这么小气!

李元婴理直气壮地说:"菜凉了就是不好吃!"

李二陛下懒得和他计较了,再计较显得自己也跟这小子一样幼稚。他说道:"你要是学得好了,回头我许你去考个进士试试。怎么样?能考中吗?进士亲王,那可是大唐独一份的。"

宗室子弟虽也能到隶属于国子监的弘文馆读书,但是还没有宗室子弟参加科举的先例出现。毕竟宗室子弟再不济都能分到块封地养活自己,不需要像寒门子弟那样走艰辛的科举路,别人摸爬滚打大半辈子才能挣来的爵位,他们生下来就有了!

所以换成别的宗室子弟,听到李二陛下这番话肯定不会动心。谁要费那工夫去挣个芝麻大点的官?进士有什么了不起,只有那些出身寒门的家伙才会为进士出身挤破头!

李元婴不一样,李元婴一听到"大唐独一份",眼睛马上亮了起来:"真的吗?"

李二陛下道:"只要你能考上就是真的。"

李元婴跃跃欲试,"那有什么难的,我肯定能考上!"

李二陛下给画了这么大一饼,李元婴觉得这皇兄还不错,欢欢喜喜地送李二陛下到国子监大门外。

考进士是国子监所有寒门子弟的追求,也是不少世家子弟镀金的方向,所以进了国子监的人绝大部分都以科举为目标。

李元婴不一样,李元婴本来只是为了坑魏膺才来考的试,进国子监也是他皇兄说烦心纨绔子弟败坏监风。现在纨绔子弟收拾得差不多了,他想的主意也施行开了,要是李二陛下没说让他考进士,李元婴新鲜劲彻底过去后肯定要开始胡搞瞎搞。

现在李二陛下给李元婴放了个钩子,李元婴一下子又有了新目标。考进士是怎么考的,李元婴还真没研究过,送走李二陛下他便去直舍那边逮人问个究竟。马博士不在,李元婴寻到了沈博士,和沈博士请教进士科的考法。

沈博士听说李二陛下许他去考试，心里还惊了一下。真要考个进士亲王出来，还不乱了套？可朝廷律令里也没有说宗室子弟不许考，人家想上进，你还不许人家上进吗？

沈博士轻轻捋须，给李元婴讲了基本章程：首先是乡里推举的人才集中在县里考一轮，选出真正的人才送到州里再考一轮，合格的，当年十月取解上京应试。一般而言第二年二月便有春闱，可以考取明经、进士诸科。

明经就是搞学问的，专考经义，既要熟背经典，又要通晓其义；进士则是以策取士，就是给你个关乎民生和家国大事的大论题，让你说说遇上这样的问题该怎么解决。

国子监不一样，国子监的监生有生员解额，学个几年，过了监内的考试便能应考。相反，要是在监内考个五年都没达到国子监的要求，国子监就该把这个监生解退了；哪怕达到了国子监的要求，考个九年都没及第的也得出监。

所以国子监的监生入学时大多是十四岁左右，这个年纪的少年精力最旺盛，接下来几年是求学的最佳时期。要是往下九年都没考中，往后就得一年接一年慢慢熬了！

沈博士道："进士不易考，文章你得会写，诗文你也得学。"他耐心教导，"殿下你年纪尚小，见识不广，写起文章便显稚嫩。若当真想高中，你还得多读书，多交游，增广见闻，不能有半点懈怠。你想想，你是很聪明没错，但天底下最不缺聪明人，每一轮推选上来参加贡举的都是大唐最出色的人才，即便你能比他们都聪慧，来个勤勉的也可能将你比下去。"

李元婴认真听着，觉得沈博士说得有道理。

可大话他都放出去了，要是放弃不考多没面子！

李元婴决定迎难而上！

他拉着沈博士问自己该看什么书，又问有谁文章写得好，边问边记下来，回头该读的读、该请教的请教。

晚上唐观出去巡夜组织监生会的人了，李元婴睡不着，拉着唐璿他们询问大家都准备什么时候应试。

唐璿入学快两年了，算算时间来年差不多可以一试，他考的应该是明经科，因为他已经决定专治《易经》和《礼记》二经，一般来说明经科通读五经、专治其二便差不多。

其他人也都有自己的方向。

他们有的人背负着家人的期望，有的人背负着乡里的推举，有的人背负着恩师的厚意，每个人都有每个人的方向，每个人都有每个人努力的原因，每个人都有他们无论如何都想做到的事。因为已经认真地把未来规划得明明白白，所以即使原来国子监的条件有点艰苦，他们也能每日鸡鸣时分便起来读书。

李元婴听了很有感触。

等唐观回来，李元婴都和其他人聊完躺下了，其他人都已睡着，就李元婴还睁着眼想事情。

听到唐观钻被窝的声响，李元婴转头看去，发现唐观已经用被子把自己蒙了起来。

李元婴伸手扯扯唐观被子。

没动静。

李元婴再扯。

唐观露出脑袋瞪他。

李元婴和他说悄悄话："蒙着头睡觉不好！"

唐观不吭声。

李元婴又问他："你要考进士吗？"

唐观不理他。

李元婴自顾自地嘀咕起来："我本来没想考的，皇兄说可以让我考，我就觉得去考一考肯定很好玩，当大唐头一个进士亲王多威风。"李元婴和唐观说起自己睡不着的原因，"但是听大家都知道自己想做什么、都知道自己以后能做什么，我觉得我活得太糊涂了，总是这也想做那也想做，一件事还没做完我又想做另一件事。"

借着月光，唐观一下子看出李元婴那双眼睛里的迷茫和纠结。

唐观终归还是没能继续扛着不理人，回道："你这个年纪就该这样活，要是才十一二岁就活得明明白白，日子过着还有什么意思？什么都试一试，才知道自己想做什么、不想做什么，知道自己能做什么、不能做什么。别人明白了，可能是因为别人已经试过了，这里哪个不比你大？"

李元婴一听，豁然开朗，是这个理！

不去试试，怎么知道自己想做什么、能做什么？

李元婴高兴起来，目光灼灼地夸唐观："师兄你真厉害，你这么一说我就想通了！"

唐观道："闭嘴，该睡了。"

李元婴乖乖闭嘴，很快就香香甜甜地睡去。

唐观平躺，睁着眼看黑漆漆的房顶，有点睡不着。

接下来的日子里，监生会的工作有条不紊地开展着。

李元婴也有了接触其他监生的机会。

国子监之中不仅有学经义的一千多文官预备役，还设有律学、算学、书学，学这三门学问的人比较少，都是专业人才，律学就是学法律的，往后考明法科；算学是学算术的，往后考明算科；字学是练书法的，往后考明字课。

李元婴样样都很感兴趣，摸清每门课上课的时间便找错开的课去旁听。狄仁杰等人也受他影响，只要时间凑得上都会去找课蹭，他们最爱听的是律学课，这门课总能听到许多让他们大开眼界的故事，比如"一块布头引发村中群体斗殴"之类的。

李元婴和狄仁杰都机敏过人，每回他们去蹭课不仅旁听，还争着破解夫子设下的悬念。本来人家可以讲上一节课的钩子，被他们一闹腾，不到一刻钟便抖完了。

律学博士都有点怕他们了，暗中撺掇五经博士那边给这些个精力充沛的小子多安排点功课，免得他们闲得到处蹭课。

五经博士那边也很无奈："不能再快了，再快别人跟不上。"国子监人数众多，总不能专门为他们改变讲课进程。与其让他祸害同窗，不如放他出去祸害律学吧！

律学博士也是脑筋灵活的，既然赶不回去，那就出个祸水东引的法子：他去寻算学博士抄了一些有趣的数学难题拿给李元婴，让李元婴算算看。

李元婴一看，这题目有趣。再一做，做不出来！

李元婴可不是轻易退却的人，不懂就问，先问倒一批小伙伴，再领着一群同样不懂的小伙伴去堵算学博士请教问题：为什么看个鸡腿兔腿就能算出有多少只？为什么把东西放进水里，计算溢出多少水就可以算出体积？割圆术又是怎么个割法？算学，可真是博大精深！

算学博士可算知道律学博士为什么突然对算学感兴趣了，敢情是在这里等着他们！

老奸巨猾！

无耻之尤！

可这些小子一心向学，都是诚诚恳恳带着问题来求教的，他们也不好不教，只能耐心地把李元婴带来的问题一一解答了。

最后还是书学那边给李元婴等人出了高难度的练字任务，才让他们消停下来。

有这样的学生，当真是"甜蜜的负担"！

今年二月要开贡举，开春时长安城中已聚集了不少士子，国子监中没应考的监生最近都很安分，合力为考生们创造良好的赶考环境。

到春闱开始的前一天，李元婴等人也迎来了难得的休沐。拘了将近一个月的监生们得以出国子监外放放风，大伙都很高兴，李元婴也收拾收拾，和同窗们分别，领着李治和城阳回宫去。

李治和城阳去见李二陛下，李元婴则回去见柳宝林。李元婴每隔几天都会叫人传封"家书"回来，挑拣些高兴的事和柳宝林说，使柳宝林不至于担心李元婴在里头过得不好。

不过见了人，柳宝林还是紧张地看他瘦了没，确定他没饿着、没被人欺负才放下心来，拉着李元婴坐下吃她亲自做的一桌子菜。

母子二人见过了，李元婴便听底下的人汇报外头的事务。

丰泰楼最近已步上正轨，按着李元婴的意思一直在网罗好厨子，他们待遇高、分工好，许多人都愿意拖家带口跳槽过来；各地的菜谱也收集了不少，都是花了钱买来的，没强要，也按着李元婴的意思抄了一份送到宫中给柳宝林琢磨。

这个班底李元婴将来也是要选一批带到封地去的，砸起钱来自然不会心疼。别说这肯定能回本，哪怕不能回本，将来可以让柳宝林做自己想做的事也值了。

李元婴让董小乙看着春闱放榜，到时见机行事。

这年头家中能读书的学子家境大多比一般人家殷实不少，吃个饭还是吃得起的，只要把丰泰楼和国子监这些监生牢牢捆绑在一起，客源绝对不会少！将来他这些师兄和同窗飞黄腾达了，难道不会反哺一下曾经掏钱改善他们伙食的丰泰楼吗？但凡一年能遇到几个有良心的，他们都不会亏！

李元婴最近跑算学那边蹭了不少课，算起数来越发精明了。他可是说过要给李二陛下修一条路到泰山那边，还要把沿途的食宿都打点好，不花朝廷一分钱！

只要能把丰泰楼做大做好，吃的问题就解决了——到时他让人往沿途的每个城县里开一家丰泰楼，再修个好点的落脚处，住的问题也解决了。

李元婴越想越觉得可行，叫董小乙往后招揽好厨子时考虑一下东边的，告诉他们等他们的厨艺磨炼出来之后，便能让他们回家乡当掌厨的，自己管一家丰泰楼！国子监每年监生来来去去，总的人数不会少到哪里去，国子监的食堂可以打造成大型的厨子培养基地，流水线一样锻炼出一批批能掌大宴、能烹小鲜的优秀大厨。

董小乙认真记下李元婴的计划，又和李元婴说起戴亭那边的消息："戴亭快回来了，应该就在这两天。"

李元婴听了很高兴："不知道文成那边怎么样了，他在信中可有写？"

董小乙摇头。

戴亭就不是那种会时常写信的人，有事一般都自己处理了。

李元婴自然也了解戴亭，没多失望，只叫董小乙记得在戴亭回来后及时给他传消息。

董小乙喏然应是。

其他人也陆陆续续过来告知李元婴近来发生的事，有宫里的，也有宫外的。

宫里风平浪静，主要是李二陛下对后宫的态度很明白：宠幸归宠幸，沉迷是不可能的。

后宫妃嫔与其相互争风吃醋，不如去妒忌那些每夜被李二陛下留在宫中议事的大臣或者学士，李二陛下几乎从早到晚都和他们待在一块儿！

既然李二陛下是这种态度，宫中自然掀不起什么歪风邪气。倒是李泰那边又闹出点事来，主要是李二陛下每逢春夏潮湿闷热之际便会诱发旧疾，虽然去年病了一场后出奇般好转了大半，但还是容易抱恙。

李泰又当了回大孝子，亲自跑到外面为李二陛下搜罗奇珍药草。李二陛下看宝贝胖儿子都累瘦了，很是感动，又提了一嘴，说想让李泰搬到武德殿住。按理来说成年皇子都该搬到宫外去，只有太子才能留在宫中。

这事当然没成，最后依然是魏徵按了回去，魏徵堵着李二陛下一通劝，说知道您是疼爱儿子才想让他住在近些的地方，可您这样正是把他摆在不安全的位置上了。这地方在东宫之西，当初您弟弟海陵王曾住在里头，当时大家都觉得不适合。现在形势虽然不一样，但是您能堵住悠悠之口让别人不议论吗？您能保证您儿子不生出什么想法来吗？

海陵王是李家老四李元吉，当初也有争位之心，结果和隐太子李建成一起被李二陛下弄死在玄武门。

这就是直接把玄武门之变的事摆到李二陛下面前了。

这件事别人不敢轻易提起，只有魏徵能拦着李二陛下直截了当地开这个口。

至于李二陛下听了心里会不会有刺，魏徵不能去想，也不会去想。这话他必须得说，不能眼睁睁地看着李二陛下开这样的头破这样的例。

为了眼前的太平日子，所有人都已经付出过太多，死的人也太多了，他们不能什么都不做，等着兄弟相残、父子相争的局面再一次来到眼前。

李元婴听人把整件事说完了，挥挥手让人退下，一个人坐在灯烛前看着跃动的火焰。

这件事是揭过了，可所有经历过这件事的人心里都不会平静，不管是承乾还是老四，不管是文臣还是武将，每个人肯定都生出了别样的想法来。

李元婴琢磨了一会儿就懒得想了，躺上床去睡觉。第二天一早就是休沐日，李元婴先跑到东宫陪李象去看萧德言，问萧德言来了东宫习不习惯。

贴心的孩子谁不喜欢？萧德言笑着说习惯，又问起他在国子监学得怎么样。

提到这个，李元婴话就多了，把夫子们逐个夸了一遍。以前在宫中听人讲学，内容来来回回都差不多，也没什么趣味，李元婴不爱听，到国子监之后夫子们更能放开讲，而且什么算学律学他都能去听，可快活了。

李元婴还和萧德言发表自己的感想："同窗也都很好，您不知道，睡在我隔壁的是唐尚书的儿子，叫唐观。一开始我觉得他挺凶的，后来发现他人好极了，还很热心。难怪孔圣人会说'以貌取人，失之子羽'，看人果然不能只看表面！"

李象一直乖乖坐在一边听着，听到这句就忍不住拉着李元婴的袖角发问："'以貌取人，失之子羽'是什么意思？"

李象才刚开蒙，还没到学《论语》的时候呢，自然没听过其中典故。

李元婴没光顾着和萧德言说话，对李象也很照顾，很多话他其实也是说给李象听的。见李象有了疑问，他便给李象讲《论语》里的故事：以前孔圣人广收门徒，其中有个叫宰予的，能言善道，特别能哄人开心；有个叫子羽的，相貌粗陋，木讷少言，不会说讨人喜欢的话。

李元婴问李象："要是你，你喜欢哪个？"

李象想了想，回答：“我喜欢宰予。”

李元婴道：“孔圣人一开始也喜欢宰予，后来开始教他们之后才发现宰予心思不端正，整天只想着怎么偷懒，大白天别人在读书，他却跑去呼呼大睡，根本无心向学；而子羽虽然不是必要就不说话，但是为人磊落方正，品德高尚，他学成回去之后也开班授徒。有次子羽外出游历，有三百多个弟子愿意跟随他一起去！”他又问了李象一次，“你现在喜欢宰予还是喜欢子羽？”

李象有些纠结地改了口：“我喜欢子羽！”

李元婴道：“孔圣人也是这样想的，所以他说‘以言取人，失之宰予；以貌取人，失之子羽’，意思是看人不能光看某一点，光看言谈或者光看相貌都会有失偏颇。”

李象点头，懂了。

李元婴道：“道理都懂，可也不是人人都能做到的。”他看了眼萧德言，见萧德言没有阻止自己继续教导李象的意思，便娓娓地接着往下说，“我去年读了《论衡》，其中也提到了宰予这个人。《论衡》里说，孔圣人因为宰予白天睡觉骂出‘朽木不可雕也，粪土之墙不可圬也！’是有失偏颇的，朽木粪土，都是毁坏到无可救药的东西，是大恶，而白天睡觉只能算小过。若当真是个仁厚的师长，怎么能用大恶之言来责备只犯了小过的学生？”

李象没想到孔圣人还会骂人，眼睛都睁大了。

李元婴还问他：“你想想看，要是你敬重的长辈骂你是‘朽木’，骂你是‘粪土之墙’，你难受不难受？”

李象从小被夸着长大，哪天不被人夸心里都觉得不好受，他觉得自己要是被人指着鼻子骂“朽木”“粪土之墙”，那肯定得难过哭了。

李象点着头说：“难受的。”

李元婴道：“所以你要想把一件事、一个人看明白，就不能偏听偏信，每个人的说法你都该听听，每个人的做法你都该看看。听得多了，看得多了，你做起事来心里就有数了。”

李象认真记下李元婴的话。

李元婴讲完自己的看法，又问萧德言他说得对不对。

萧德言笑道：“殿下说得极是，这便是‘兼听则明，偏信则暗’。”

李元婴高兴不已，又拣了些没解决的疑问向萧德言请教。萧德言一一为他解答了，不仅李元婴受益匪浅，李象也学了不少新东西。

见完萧德言，李元婴便去陪儿子她们玩。现在他长高不少了，能下场跟高阳一块儿玩马球了！赶上大伙都在休沐，李元婴便拉着高阳等人给儿子她们表演了一场精彩纷呈的马球赛，明明还是春寒料峭的天气，一群皇子公主硬是把自己闹出了一身汗。

不过近来宫中确实安静了不少，一些皇子陆陆续续过了十三岁，到了该避嫌的年纪，大多被安排去了封地，最能闹腾的李元婴又和李治一起被打包进了国子监，能不冷清吗？李元婴这一回来，宫中便又热闹起来，隔得老远都能听到他们欢闹的声音。

李二陛下还是上次去国子监见了李元婴一回，这段时间因为李泰的事被魏徵骂了，心情不大好。听人说李元婴在和人打马球，李二陛下便过去远远看了一会儿。

瞧见儿子她们握着小拳头在边上给李元婴和高阳鼓劲，皇子公主在场上玩得十分欢快，李二陛下便想到大儿子和四儿子的事。

承乾是他的长子，他心中十分爱重，只是承乾先是太子，而后才是他的儿子，他得对承乾严加要求，让承乾当个合格的储君；青雀自小聪明可爱，又不必继承大统，他偏疼一些妨碍到谁了？李二陛下觉得魏徵说得太严重了，现在和当年能一样吗？不管是承乾还是青雀，手中都没有兵权，哪能再来一次玄武门之变？

在李二陛下心里，自己的儿子绝对不会有那样的心思。

可看着李元婴带着一群"小萝卜头"高高兴兴玩，李二陛下回忆了一下，竟想不起来两个年长的儿子有没有这样一起玩过，两个儿子八九岁的时候太上皇禅位于他，那时他忙得几乎抽不出空多看他们一眼，一转眼，承乾竟都二十三岁了。

他二十三岁的时候在做什么？

应当是率兵东渡黄河，收复河东。

他大败宋金刚，还得了尉迟敬德这员猛将。

二十三四岁，能做的事情很多了。

李二陛下站在马球场外看了一会儿，没有走过去，悄无声息地来又悄无声息地走，没有惊动任何人。

李元婴也没发现李二陛下来过，陪儿子她们玩够了，他下午出了趟宫去拜会孙思邈。

　　孙思邈在给人治病，这病人有些稀奇，腰胯上长着一圈羊毛似的细白毛，长毛也就罢了，还疼，邻里都觉得这病古怪，便叫他来寻孙思邈治一治。孙思邈在给人"除毛"，李元婴没去打扰，听学徒与他说起病人身上长羊毛了，觉得很是新鲜。他说道："孙师总能遇上稀奇古怪的病！"

　　李元婴来得巧，孙思邈很快把那长白毛的病人治完了。

　　李元婴凑上去问治好没，孙思邈便给他讲了讲症状和治法，去了病灶，又开了调理的方子，过几天应该就能好了。李元婴许久没来，但在国子监中也抽空读了几本医书，趁机与孙思邈讨教了许多问题，问完后他还很是遗憾地说："真希望孙师你们也在国子监里，那样的话我就随时可以请教您了！"

　　孙思邈道："国子监学的都是治国修身的道理，哪里会教人学医？"

　　李元婴道："人要是病了，就不能治国修身了，所以学医也很重要！"他和孙思邈提起昨夜听人禀报的消息，"我跟您说，襄城宫那一带现在不是准备养些大象吗？我叫人把周围依着山势水势拦一拦、改一改，得用上不少大石头，就去山里开山取石，结果，他们在山里挖出了几块老大老大的骸骨，瞧着比大象还大！也不知是什么东西来的，那么大的骸骨不好运进城里，董小乙叫人把它运到了葵园那边，您要不要过去看一看？说不定，那骨头可以拿来入药呢！"

　　李元婴这想法也是和孙思邈学医之后才有的，因为他发现什么金石土木全部都能拿来入药，差别只在于用多用少的问题。动物的骨头当然也是能用药的，不同的骨头还有不同的用处！哪怕是在山里挖出的不知名的骨头，磨成粉照样能当药来使，卖得还更贵！

　　孙思邈听李元婴说比大象还大，也来了兴趣。眼见天色还早，他便与李元婴一块儿出了城，去葵园看那几块骸骨。

　　那几块骸骨陷在石头里，不好取出来，董小乙便命人连着石头一起运了回来。周围庄户的小孩都很稀罕这块远道而来的大石头，时常跑过去围着看，李元婴也很好奇董小乙说的是不是真的，兴致勃勃地领着孙思邈跑去观摩。

　　孙思邈年纪不小，腿脚却还很麻利，跟上活泼过头的李元婴不成问题。到了地方一看，那块石头果然巨大无比，镶嵌在石头里的骸骨十分奇特，孙思邈一下子被它们吸引了。他行医多年，对骨骼了解颇深，一下子认出这些骨头应该是椎骨。

　　奇就奇在，这东西的一块椎骨就有三四尺长。孙思邈在心里拼了拼，这椎骨没齐，只是其中几块而已——若是把全部椎骨找齐了，连起来怕是能有几层楼那么高！哪怕孙思邈见多识广，此时也被这椎骨难住了，认不出它到底是什么东西的骸骨。

难道世上真的有龙？

孙思邈只能捋须感叹："奇哉，奇哉！"

李元婴问孙思邈知不知道是什么。

孙思邈摇头道："只能看出是椎骨。"他给李元婴比画了一下，说瞧着约莫是颈椎位置的骨头。

李元婴兴致勃勃地追问："那能入药吗？"

孙思邈上手摸了摸，那椎骨早和岩石融为一体，想把它弄出来可不容易。这样的骸骨，与其说它是骨头，不如说它是石头！

孙思邈否定了李元婴的想法："不知药性，哪能入药？"

听说不能入药，李元婴便觉得这骨头大则大矣，着实没什么用处。真是白长这么大了！若是活的，大伙还能看个大家伙过过眼瘾，光几块骨头有什么好看的？真是白费工夫把它们弄回来！

李元婴正要叫董小乙回头把它扔回山里去，却听系统久违地给他提示了一句："发现恐龙椎骨，是否扫描到万界图书馆内？"

李元婴挺久没听到系统出现，乍然一听还有些反应不过来，等他回过神来，便问系统恐龙是什么玩意儿，这么大的个头，以前为什么没人见过？

系统便给他解释：恐龙的意思是"恐怖的大蜥蜴"，是从外文翻译来的。这种生物曾经遍布各地，只是后来因为种种原因已经灭绝。粗略估算，这种生物约莫已经灭绝六千五百万年了，这副骸骨曾经随着地壳运动裹藏在岩石里辗转千万年，到现在又因缘际会出现在人前，可以称之为"化石"。

简单来说，这种巨大的生物如今已经找不着了。

李元婴有点遗憾，要是能驯服这么大的家伙，带出去多威风！他压根不觉得自己可能会被这大家伙一脚踩扁，还挺想爬到它们背上骑一骑。

李元婴在系统的展示下大致了解了恐龙这种生物的模样，对于系统所说的能在天上飞、能在水里游，或者跑得贼快的恐龙都十分好奇。他改了主意，叫董小乙在发现恐龙椎骨那一带再好好找找，看能不能拼出完整的恐龙骸骨或者找到会飞的恐龙。

李元婴还很笃定地告诉董小乙："这是龙骨,一定要好好找!"

孙思邈虽是道家出身,却也不怎么相信鬼神之说,龙这种生物更是虚无缥缈得很。听李元婴这样吩咐董小乙,他沉吟片刻,没有出言阻止。他说是龙骨便是龙骨吧,反正也没人见过龙的样子!

李元婴叫董小乙记下了自己的话,跑回大石头边上转悠了几圈,还伸手量了量几根椎骨的长度,觉得这东西当真稀奇。这么大的家伙,怎么说没就没了呢?太可惜了!

要是还能找着的话,他可以放到襄城宫去养。

观察完恐龙椎骨,李元婴便与孙思邈在葵园用了顿饭,一起回了宫。到处跑了一整天,把该见的人都见完了,李元婴才慢腾腾地去寻李二陛下说话。

李二陛下今年本来准备去泰山的,没去成,洛阳和九成宫前两年又去过了,今年决定留在长安熬一熬,把酷夏熬过去便好。他吃过晚膳听人说李元婴跑来找自己,摆摆手让人把李元婴放进来。

李元婴跑到李二陛下身边坐下,和他说起自己今天找到龙骨的事,还把大大的恐龙椎骨比画出来给李二陛下看,边说边比画大小。他兴冲冲地说道:"光是脖子就这么大这么长,它们可比大象大多了。"

李二陛下初听李元婴说找到龙骨,还以为他又在说大话,结果李元婴竟讲得有板有眼,好像真的见过一样。李二陛下道:"当真有这样的龙骨?"

李元婴道:"对的,孙师说这骨头看着像是颈椎一块的,孙师认骨头最厉害了。"他把自己的遗憾讲给李二陛下听,"不知这龙能不能飞,要是能飞的话我们骑在它背上让它载着飞多好玩!"

李二陛下道:"才几块骨头你就想这么多,这说不定是孔圣所说的'防风氏'。"

李二陛下也是读过书的,他所讲的是《国语》之中的一桩异事:吴国有人发现一块巨大的骨头,大得得用一辆车才能拉动。吴国人拉着这块骨头去请教孔子,问孔子这是什么骨头,孔子便告诉他们当初有巨人名为防风氏,大禹召集众人在会稽山相聚,防风氏迟到了,所以大禹把防风氏处死并陈尸示众。这块骨头,就是防风氏的骨头!

李元婴也读过这书,李二陛下一说他便知道李二陛下讲的是哪一段。李元婴坚持自己的意见:"这肯定是龙骨,才不是防风氏!"他还有理有据地辩驳起这段记录来,"不都说尧舜禹都是仁义之君,怎么人家迟来一会儿就要把人杀了?杀了就杀了，还要陈尸示众，这哪是仁义之君，分明这么可怕！"

李二陛下没再和他争辩下去，只说："那就让你的人快些把它找齐了，到时我也去看看是不是真能拼成龙。"

李元婴一口答应。他和李二陛下说起戴亭快回来的事，很是惦念地说："不知道文成在吐蕃过得怎么样，那松赞干布有没有薄待她？下回戴亭再出去，我得给他配个能写会说的帮手，专门帮他写信传消息，要不然他实在太惜字如金了。"

李元婴常来念叨，李二陛下倒是记住了这个戴亭。他记得戴亭长相出众得很，属于看上一眼就不会忘的那类人。当时李元婴要讨这内侍，李二陛下还觉得李元婴是以貌取人，现在看来这小内侍当真有些能耐，不仅能随军去高昌，自己带着商队跑吐蕃竟也能安全归来！

李二陛下道："文成乃大唐公主，谁敢薄待她？你好好读你的书便是，别这也操心那也操心。"

李元婴道："我看不到的我不操心，我看到的我当然要操心。"说到这个，李元婴很不怕死地戳李二陛下痛处，"我听人说皇兄你又被老魏骂了！"

李元婴把话题扯到这里，李二陛下面色不太好，横了他一眼，意思是"你可以住口了"。

李元婴才不住口。他还要接着说："我觉得老魏说得对，您这样偏爱青雀，着实是不替青雀考虑。"

李二陛下道："我怎么不为他考虑了？"

李元婴道："他到了就藩的年纪，您舍不得他，一直把他留在长安，这是人之常情。可是，您不让他早早学会独当一面，他往后怎么办呢？"

李二陛下道："他是大唐的亲王，承乾的亲弟弟，有什么怎么办？莫说他聪明过人，便是他什么都不会，什么都不懂，也没人敢怠慢他。"

李元婴道："您这么想就错了。您想想看，您儿子这么多，您却只疼青雀一个，其他人心里没想法吗？您现在偏疼青雀，心胸狭窄的人会妒忌他，别有用心的人会巴结他。哪怕青雀自己不想做什么，也会有一批想攀附他、想借他的势飞黄腾达的人怂恿他去做。"李元婴直直地望着李二陛下，认真地说出自己的看法，"等将来您再后悔，什么都晚了，他不该有的心思已经有了，不该做的事已经做了，谁能容得下他？哪怕承乾胸襟再好，心里也会有疙瘩！到那时，他还能安安稳稳地当个亲王吗？"

李二陛下沉着脸。

他不乐意听这样的话，也没人敢和他说这样的话，哪怕是魏徵都只敢提一句"海陵昔居之"。

李元婴可不怕李二陛下黑脸，他有条不紊地接着往下道："我觉得您要是真的疼爱青雀，就该让他学会怎么把日子过好，而不是一直把他留在身边，他要什么就给什么，那是养猫养狗的法子；更不是把他摆在风口浪尖，让他既容易受人蛊惑，又容易被人嫉恨。照您现在这样惯着他，哪怕承乾他们学着您来一次玄武门之变，我也不会觉得吃惊——"

李二陛下勃然大怒，拍案骂道："放肆！朕看朕是太惯着你才对！"

李元婴安静地坐在原处，黑溜溜的眼睛一瞬不瞬地对上李二陛下含怒的双眼，没有丝毫闪避。

李二陛下腮帮子抖了抖，没有再骂，也没有赶李元婴走。

兄弟对坐许久，李元婴才再次开了口："这些话皇兄您要是不想听，我往后就不说了。"他端正身形朝李二陛下行了一礼，向李二陛下提出请求，"您让我去封地吧。"

李二陛下看着伏拜在地的李元婴。

朝野上下的人有的想要名，有的想要利，有的想要滔天权势，有的想要光耀家族，但凡有所求的，便有可拿捏之处。只眼前这一块"滚刀肉"，他什么都不缺，什么也不想从他这里要，所以这小子什么都敢说，什么都敢做。

李二陛下心中翻腾的怒火渐渐平息下去。

这么一块"滚刀肉"，打又打不得，骂又骂不动，你能拿他怎么办？

你要是说放他去封地，他不知该多快活！

李二陛下骂道："你这么想去，朕偏不让你去。"

李元婴觉得他皇兄真幼稚！

李二陛下让李元婴赶紧滚，别杵着碍他眼。

本来在完婚之后就该去封地的李泰一直被他留到现在，算起来这期间确实有过许多逾制之事。朝野上下像李元婴这么想的人肯定不少，只是其他人或许是不敢说，或许是不想说，总之，没人敢提这事，只有魏徵每次都站出来劝说。

李二陛下合上眼，脑中掠现玄武门前后的一幕幕。

那时候确实是像李元婴说的那样，哪怕他自己不去想，身边的人也会劝他去做，谋划的谋划，出力的出力，许多人为了助他"成大事"连命都愿意豁出去。到了那种时刻，哪怕兄弟之间还有那么一丝情义，形势也容不得他犹豫，诛杀兄弟、逼迫亲父，这些事他都干了。他做了，承乾他们会不会做？

现在他正当壮年，也许他们不会生出什么想法来，可要是他年纪再大些、身体再差些，还能像现在这样把控全局吗？到那时，他就真的亲自把两个儿子推到兄弟相争的死局里，再也没有转圜余地。

李二陛下靠在凭几上，静静地思索着自己儿子们的未来。

皇后去得早，只留下几个年幼的孩子，当时最年长的承乾也不过十来岁，所以他才想多留他们在身边几年。

如今青雀都二十二岁了，再长留长安确实不适合。他是相信自己这个孝顺听话的孩子的，可他也知道没有多少人能经得起蛊惑，他不能让那些投机之辈找到机会教唆青雀与承乾相争。

他不能因为自己的偏爱，就让青雀将来处境艰难。若闹得连一母同胞的兄弟都容不下青雀了，青雀以后能有什么好日子过？

以前李二陛下是没想这个，现在李二陛下想了，所以很快就想得清清楚楚并有了决断。

是该让他的青雀到封地去了。

第二日李泰进宫时，李二陛下便取出一份名单对他说："青雀，我给你列了一份藩弼人选，你看看可还有想要的人？"

所谓的藩弼，就是跟着藩王到封地上辅佐、指引藩王的佐臣。

到底是自己最疼爱的儿子，哪怕决定让李泰就藩，李二陛下还是想给李泰最好的班底，让李泰到封地上能过得快活。

要是换成别的儿子，李二陛下就直接指派人选了。

李泰一时反应不过来，没明白李二陛下的意思。

等他回过神来，才发现李二陛下正注视着他，等着他接过名单。

父皇要让他就藩！

李泰蒙了。

第四章

付诸东流

　　李泰只蒙了一会儿，眼泪就哗啦啦地掉了下来，他是真的又蒙又委屈，哭得非常顺溜。

　　李泰痛哭流涕地抱着李二陛下表示自己不想去封地："儿子不怕封地路远，往来艰难，只怕这一去，见父皇的机会便少了。往后一年只能回来一趟，儿子实在放心不下。"

　　看李泰哭得那么伤心，李二陛下心中颇为触动，觉得这儿子果然至诚至孝。本来他的决心有些动摇了，可一想起李元婴昨夜那番话，李二陛下又按下了这份动摇。

　　李元婴与李泰虽算不得多要好，却也无冤无仇，甚至还经常在他面前夸起李泰家小圆球，还很关心李泰的身体，明知他偏爱李泰也直言不讳。李元婴图什么？李元婴不图什么，李元婴是为李泰这个侄子考虑，也替承乾考虑。

　　正因如此，李元婴的话才能说到他心坎上。

　　李二陛下拍拍李泰的背，说道："你也是当父亲的人了，哪能再做这小儿姿态？你要自己立起来，当儿子们的靠山。哪怕到了封地，每年也可以带欣儿他们归来长安小住，不必这样伤心。我会给你挑最好的藩弼，让他们好好辅佐你治理封地。"

　　李泰听李二陛下语气坚决，没有转圜余地，心中虽惊骇不已，却也不敢当场求李二陛下让自己留下，只能来来回回地哭着说自己舍不得。哭到估摸着李二陛下耐心用得差不多了，他才抽噎着说回去与王妃她们说说这事。

　　李二陛下自是放他回去。

　　李泰出了宫门，仍是想不明白李二陛下为什么突然做出这样的决定。明明前些天还说要让他住进武德殿，好日日相见，怎的转眼就要让他去封地？

　　李泰带着疑惑回到家，心情不是很好，派人寻几个心腹过来说话。李二陛下发话要让他去封地，事情还有转机吗？他的封地远在相州，一来一回都得费不少时间，他所有的谋划、所有的投入，都要被李二陛下这突如其来的想法打断了。

众心腹听了也是一惊。

到底是谁左右了李二陛下的决定？随着伊阙佛龛的落成和《括地志》的成书，李泰的名声水涨船高，在百官和士林之中都是人人夸赞的孝子贤王。眼看着他们隐隐已有了和太子相争的资本，李二陛下居然在这节骨眼上让李泰到封地去！

作为罪魁祸首，李元婴劝完李二陛下便回去舒舒服服地睡了一觉。第二日仍是休沐，他陪着柳宝林用过早膳，挑拣着昨天的趣事与柳宝林说了，并没有和柳宝林提自己劝说李二陛下的事。

李象倒是一大早从东宫那边跑过来寻李元婴玩，兴冲冲地说自己昨天得了耶耶的夸。大伙都忙科举的事去了，他也得了一天的假期，所以一大早过来报到，第一时间表明自己要跟着李元婴一起玩的决心。

李元婴自然又找上自己的小伙伴们到处玩耍，出宫后还跑了魏王府一趟，从他侄媳妇阎氏那里把李小圆球偷了出来，一行人浩浩荡荡地到葵园看龙去了。

李泰还没琢磨透自己为什么会被打发去封地，就听人说李元婴来了一趟，把他儿子接走了。

李泰灵光一闪。

能够影响李二陛下的人不多，这混账幺叔就是其中一个。这家伙很邪门，从小到大运气都好得很，别人告他状，他总能轻轻松松避过；他要是告别人状，那可真是一告一个准。

上回李元婴在李二陛下面前说了一通关于"人太胖对身体不好"的话，李二陛下便时常劝他少吃多走，别再胖下去！

本来李元婴去国子监了，宫里宫外都很平静；现在李元婴休沐回宫，头一天他回来，第二天李二陛下就有意让他就藩，这事要说和李元婴没关系谁信？

傍晚李元婴把李小圆球送回魏王府，李泰早在府里候着他。

等人说李元婴进了府，李泰便皮笑肉不笑地请李元婴到书房坐下说话。

李小圆球玩了一天有点累了，趴在李元婴肩膀上睡得很熟。李元婴也不嫌累，亲自把他抱回阎氏面前，将李小圆球囫囵着还给他娘。听李泰说要请他去书房，李元婴还愣了一下。

李元婴能感觉出李泰不太喜欢他，不过看在李泰是皇嫂的亲儿子、兕子她们亲哥哥的分上，李元婴还是很关心这个四侄子的。他欣然跟着李泰去了书房，很不见外地和李泰相对而坐，还问："有茶吗？"

李泰脸皮抽了抽，叫人出去烧水煮茶。

李元婴非常体贴地主动开口："青雀啊，你有话要和我说吗？有什么问题只管说，要是钱不够花，我可以借你。"他左思右想，李泰能忍着不喜邀他坐下说话，除了借钱没别的事了！

李泰一听李元婴这声"青雀啊"，更是气不打一处来。青雀是他叫的吗？青雀是他父皇和他母后叫的，李元婴算起来不过是个宝林出的，完全是仗着年纪最小被太上皇宠着、被李二陛下接到身边养大，要不然的话，他一个小小的滕王算什么呢？

别的不说，父皇可是把相州周围的州郡都划给了他管辖，李元婴只得一个滕州而已！

李泰一下子没忍住，堵了回去："我会缺钱？"

李泰当然不缺钱，为了支持他著书，李二陛下大手一挥，允他每个月支取大量钱帛。太子有多少花用，他便能有多少花用；太子有弘文馆，魏王府便有文学馆，还建得比弘文馆早！

李元婴道："是我想岔了，瞧你脸色憋成那样，还以为你想找我借钱又不好意思开口呢。"要是李元婴自己的话，不喜欢的人他就不见了，哪会勉强自己？要是真到了勉强自己的地步，那肯定是有事相求啊！李元婴自觉是个善解人意的好幺叔，"那青雀你找我做什么？有什么难处你直说便是，我又不会笑话你！"

李泰才不信他的鬼话。

他真要有什么难处叫李元婴知道了，这厮不仅会笑话他，还会宣扬到尽人皆知！这种事李元婴从小就干得很溜！

李泰道："也没什么特别的事，就是有一件事我想不通。"

李元婴摆出认真聆听的表情。

李泰道："前些天父皇还说想每天见到我，让我搬到武德殿去，今天父皇却和我说要让我就藩。"他边说边观察李元婴的神色，"你说是不是有点奇怪？怎的变得这么快？"

李元婴一听，明白了，李二陛下觉得他劝得有理，这就准备让李泰到封地去了。

李元婴拉着李泰的手说："这有什么难理解的，想每天见到你，是父子情深；想让你去封地，是皇兄忍着不能每天见到你的不舍，希望你出去好好历练，往后能够当个顶天立地、于国于民大有用处的好亲王，当欣儿他们的好父亲！皇兄他宁愿自己伤心，也希望你能把自己的日子过好，当真是一片慈父之心！"李元婴说得自己都感动了，还很有感触地跟李泰感慨起来，"唉，这么一说，我这个当弟弟的都觉得皇兄这个耶耶当得真不容易，儿女生来就是父母的债啊。"

李泰听得脸都木了。

你亲都没成，更别说有儿女了，在这里瞎说什么养儿育女心得？

李元婴见李泰不吭声，不由得追问："青雀你不想去封地吗？"

李泰便是不想，也不会和李元婴明说。他摆出同一套说辞："父皇去年才病了一场，我要是去了封地，就不能每日见到父皇了，我放心不下。"

李元婴觉得这说辞说不通："你又不是大夫，便是每日能见到皇兄又能如何？治病有太医，伺候有宫人内侍，陪伴有后宫妃嫔和兕子、象儿他们，样样都不缺你一个。"

李泰不吭声了。

李元婴道："我要是你，早自己求着去封地了。留在长安能有什么用处，满朝能人都在长安，文用不着你，武用不了你，多没意思！去了封地就不同了，收支自己权衡，用谁不用谁自己考虑，想做什么都很自在，也能锻炼人。反正，我一直劝着雉奴让他早早到封地去。"

这时茶煮好了，侍女恭谨地将茶送到李元婴和李泰面前。

李元婴见李泰不吭声，大致明白李泰找自己说话的原因。

李元婴道："有人看你被皇兄疼爱就往你身边靠拢，怂恿你做这做那，这些人是看重你本身吗？根本不是！改天换个人受宠，他们就扔开你投奔别人去了。"他哼了一声，"这样的'朋友'我是不交的，你爱交便交，将来可别连哭都找不着人哭。"

能在长安混出头、立住脚的家族，哪家是简单的？李泰就算把自己的名声推得再高，一旦失了李二陛下的偏爱，这些人铁定会作鸟兽散，指不定为了撇清自己还要回踩几脚！

说实话，李元婴自己都今天一个想法、明天一个想法，他可不信李二陛下会一直偏爱谁。

李泰目光沉沉，神色阴郁得很。

李元婴也不在意李泰投过来的不善眼神，他慢腾腾地把自己面前的茶喝完了，才搁下茶碗道："你不用绕弯子说话，确实是我劝皇兄让你就藩的，我觉得去封地好。"他望着李泰缓缓说出自己的看法，"皇兄肯定也是觉得去封地好，要不然他也不会让你去。他是你耶耶，这么多人里头他最疼爱的就是你。"

话都说完了，李元婴也不再多留，起身离去。

李泰看着李元婴走远，心中又是气又是怒，抬手扫掉了案上那碗没动过的茶。

哐当！

茶碗应声碎裂。

绿幽幽的茶水溅了一地。

去封地好？离开了长安，谁还记得有个魏王？谁还会觉得他能有和太子一争之力？

他所有的努力，都付诸东流了！

李元婴休假两天，又回到国子监积极向学。就像他和李泰说的那样，靠李二陛下的偏爱靠不住，靠别人的吹捧推崇也靠不住，人只有自己学到足够多的学问、做足够多该做的事，才能好好地在这世上立足。

李元婴拍拍屁股跑国子监遨游学海，外面却掀起了一场因他而起的疾风骤雨。

李二陛下有意让李泰就藩的消息很快传到许多人耳中，有人欢喜有人愁。最愁的自然是悄然站到李泰后头的那些人，李泰去了封地，李二陛下还会像现在这样偏爱他吗？李泰还有希望与太子一争吗？

以前会有人往李泰身边靠拢不是没有原因的，头一个原因当然是因为李二陛下对李泰的宠爱。文学馆早早给他开，吃喝用度比照着太子的来，前些年还曾让他管着长安城。都这样了，能怪在太子身边占不到位置的人往李泰身边靠拢吗？

现在李二陛下突然要让李泰去封地，着实打得很多人措手不及。虽说在所有藩王的封地之中李泰的封地最大，李二陛下肯定也会给他选最好的藩骗，可相州毕竟不是长安，离得远了，什么都会变！

李泰不去封地本就是因为李二陛下的偏宠，如今李二陛下动了念，能有什么办法说服李二陛下让他继续留在京城？

还真别说，李泰的心腹之中果真有机灵的，这人给李泰出了个主意，说是让阎氏怀个孩子，先拖个三五个月，再徐徐图之！

李泰听了，觉得有理，便时常宿在阎氏房中。巧的是，当月阎氏的癸水就停了。李泰欢喜不已，第一时间入宫跟李二陛下说起这一喜讯，还煞有介事地在李二陛下面前忧心忡忡地说："这孩子来得不巧。"

李二陛下人到中年，自是喜欢多子多孙的，听李泰这么说便皱眉问："怎么不巧？"

李泰道："父皇不是正在为我们择日子就藩吗？我听人说头几个月胎位不稳，路上也不知会不会折腾到这孩子。"

李二陛下听了，也有了顾虑，便叫李淳风那边先不用择日子。反正都多留好些年了，不差等这皇孙出生再说！李二陛下还叮嘱李泰："虽不是头一胎了，但也要多注意些。"他让李泰且先回去，不用担心皇孙的事，还赏了李泰许多东西让他带回去。

李泰高兴地回到府中，与阎氏说起他们不用去封地的喜讯。

阎氏等李泰说完话离开后，轻轻地抚着自己还很平坦的肚子出了神。

直至李小圆球拿着块点心跑过来奶声奶气说"吃，这个好吃"，阎氏才回过神来，她伸手把李小圆球揽入怀里，张口吃了李小圆球喂来的点心，夸道："果然好吃。"

李小圆球很高兴。

阎氏笑容里却带着忧虑。

哪怕枕边人并没有和她说什么，她还是隐约能感觉出他的打算。原以为去了封地便可以远离这一切，没想到李泰会把他们没出生的孩子也算计上。

只希望一切都安好。

李淳风本来肩负着替魏王择算日子的要任，上头来消息说不用挑了，李淳风还有点纳闷。跟人一打听，才晓得魏王妃有了身孕，李二陛下担心折腾到皇孙，要延后李泰就藩的日子。

李元婴休沐日时也过来和李淳风说了一嘴，说这事是他和李二陛下提的，叮嘱李淳风挑个风和日丽的好日子，别弄个又是风又是雨的，到时不是耽误启程，就是让李小圆球他们吃苦，哪样都不好。

知晓李泰就藩的日子要延后之后，李淳风叹了口气。

李元婴做的这事固然是为李家的皇子皇孙们考虑，却也不是人人都领情的，李泰没走成，必然要反咬一口，咬得不狠都对不起他这段时间起起伏伏的心情。

李元婴都能看出来，其他人难道看不出来？只不过谁都有私心，有的在观望，有的在挑拣，有的则是压根不想掺和，谁会那么没心眼直接把话往人家亲爹面前说？疏不间亲啊！

李淳风与李元婴年纪虽然相差二十来岁，在许多事情上却颇为投缘，说是忘年交也不为过。得了这样的消息，李淳风琢磨了一会儿，叫人往董小乙那边递了个信，让董小乙那边把李泰暂不就藩的事传给李元婴。

李元婴收到董小乙传进来的信时，刚和唐璿他们讨论完算学问题。看到李靖送他的白头鸟飞下来，李元婴便和他们分开了，挑了块大石头坐在上面读信。读完信，李元婴一个人坐了一会儿，把信撕碎了一点一点地扔进池子里喂鱼，喂完又安静地看着池子出神。

唉，白费了一番口舌。

李元婴正想着事，唐观的声音突然从后头传来："该你当值了。"

李元婴转头一看，唐观还是绷着那张少年老成的脸，眼神也还是不那么友善。他从大石头上跳下地，和唐观嘀咕："你说我干吗和马博士他们出主意说要搞这个监生会，现在自己要去当值，老累了！"

唐观讥刺他："你不仅出了这个主意，你还和孔祭酒说应该一月一小考，三月一大考，月考马上要来了。"

李元婴坚决不承认自己当时只是为了坑魏膺，他嘴硬得很："考试多好，你学了东西不想考考看吗？考了才知道学会了多少，是不是真的学透了！我特别喜欢考试！"

唐观懒得理他。

有人听自己唠嗑，李元婴就不瞎琢磨了，孜孜不倦地和唐观说了一路。

等和唐璿、狄仁杰他们一会合，李元婴马上扔下唐观，高高兴兴地跟着唐璿他们一块儿去代夫子巡逻。

口里说着当值太累，真巡逻起来李元婴兴致又高昂得很，一本正经地教育这个教育那个，遇到感兴趣的事他就不走了，坐下和别人一起探讨，直至唐璿巡完一圈回来拉他走，他才意犹未尽地跟着唐璿他们回去。

对于李元婴这种监守自盗的行为，许多人都看在眼里，不过都没说什么。就李元婴这年纪，说是半大小孩都不为过，没谁指望他当真规规矩矩地当个乖学生。

事实上他现在的表现已经出乎很多人预料了！

国子监的日子平平静静地过着，外头却渐渐起了些传言。倒不是什么不好的话，而是读书人都在夸太子和滕王叔侄感情好，做什么都一起做，开图书馆、收留流民、资助国子监，哪都有他们的影子，谁提起都得赞一句太子和滕王宽厚仁善、爱民如子。

李元婴第一次月考的文章传出去后，众人更是交口夸赞，说这位滕王才华横溢，当真是天上文曲星降世！

李元婴听说了这些夸赞，美得不得了。以前谁提起他都要暗暗骂一句"混世小魔王"，现在人人都夸他，还有人给他写诗，多棒啊！

武媚也听说了这些传言，入夜后她与魏姝在灯下相对而坐，比对着白日里分头抄回来的消息。

对一个准藩王来说，名声难听点不是问题，多听几句训诫便是；可你一个藩王名声好得出奇，这就是个大问题了，你一个藩王要这个贤名和才名来做什么？

武媚接触李二陛下的次数比魏姝多，对李二陛下的了解也比魏姝多。她有些忧虑地和魏姝说出自己的判断："建图书馆和收留流民的事过去那么久了，过去也没多少人这样夸，现在突然大夸特夸起来，我觉得是有人有意为之。"

魏姝是魏徵的孙女，虽说魏徵对外示人的是能言知谏那一面，但魏姝很清楚她祖母每天都在为她祖父提心吊胆。毕竟，李二陛下早些年可是会因为怒气上头在朝会上叫人把朝臣拖出去砍了的。

只要坐上了那个位置，没有不多疑的。

魏姝拧着眉头，"有人针对殿下？"

武媚点头。

会是谁呢？

两个人都陷入沉思。这些明显过誉的夸奖，明显不仅针对李元婴，还针对太子李承乾！李二陛下春秋正盛，太子若是太得民心，早早把百姓、士林的人都收拢了，李二陛下会怎么想？

武媚两人正准备第二天和李元婴说一说这件事，这天晚上却已经有人提前给李元婴提了个醒。

这晚李元婴被分到唐观手底下，跟着唐观在一排排学舍之间巡夜。月色静悄悄，李元婴提着灯笼和唐观走一块儿，嘴巴也不闲着，和唐观念起外头那些人为自己写的诗来，得意扬扬地和唐观说这些诗虽不是什么上乘之作，但夸得人通体舒坦，好极了！

唐观他爹是朝中大员，虽然近年来沉迷酒色，无心理事，但是唐观从小耳濡目染学来的东西可不会少。听李元婴不仅不心生警惕，还挺得意扬扬的，唐观忍不住停下脚步，神色严肃地望着李元婴。

李元婴奇道："怎么不走了。"

唐观道："这不是什么值得高兴的事，你不要太得意了，小心连累太子殿下。"

李元婴问他为什么。

唐观把里头的弯弯绕绕给他分析了一遍，说当了一国之君就没有什么父子兄弟之说，太子之位最难坐稳，你平庸无能会被人骂，你太优秀又会被忌惮，总之，当得出色难，当得不出色也难。相较之下，不出头又比出头安全，只要乖乖当个好儿子，总能熬到继位的时候。你要是早早锋芒毕露，说不定就活不长了！

李元婴道："哪有这样的道理。"他绷着一张小脸，"承乾可是皇兄的亲儿子。"儿子出色当爹的怎么会不高兴？

唐观点到即止，不再多言。

李元婴安静地看了一会儿前头黑漆漆的石板路，迈步跟上已经走出一段路的唐观。

巡夜时李元婴比平时安静，唐观有点不习惯，他莫名地想起了那天李元婴一个人坐在池子边扔纸喂鱼的模样。他不知道李元婴扔到鱼池里的碎纸上写着什么，却知道那肯定不是什么好消息。

这个看似天真的滕王殿下，有时候其实也不那么天真，你把事情掰开给他讲他是能想清楚的。只是更多的时候他选择不去想而已，毕竟瞻前顾后地过是一天，无忧无虑地过也是一天，谁不想选轻松的过法？

唐观以为李元婴回去后会睡不着，结果李元婴躺下后便呼呼大睡，一点都不带烦恼的。

第二天，李元婴醒得挺早，都没让唐璿叫，他跟着大伙去校场那边习箭，"咻咻咻"地往箭靶上射，准头比初学时更好了，也能拉开更沉的弓。

李元婴还跑唐观身边耀武扬威，说要和唐观比试比试！唐观这人样样都行，就是弓箭学得一般，和唐璿他们有点差距。

唐观觉得这厮着实没心没肺，自己简直白提醒他了。不过到底还是个半大少年，受不得激，瞧着李元婴那得意扬扬的模样便起了好胜心，跟李元婴一左一右地比拼起来。

到早课上完，两个人都比累了，一起去食堂用早膳。

唐观没特意去寻杜荷他们，直接在李元婴的邀请下跟着他们坐在一块儿，参与李元婴这一圈人的聊天。

唐观这人从家世上来说和寒门子弟有着天渊之隔，脾气搁在纨绔子弟圈子里不大合群，平时和杜荷他们其实也没什么共同话题，只不过是父辈相识，杜荷又和他兄长一样是太子那边的，因而唐观以前才和他们凑在一起。

现在唐观和李元婴走得近，杜荷等人也没说什么，反正太子和李元婴这么叔走得近，李元婴算起来也是太子这边的！

杜荷这边没反应，房俊那边却注意到这一变化，寻机往外面递了消息。别看房遗直在太子身边当值，房俊私底下却和李泰走得近，房家两兄弟两边下注，哪边都没放下！

李元婴在国子监中的许多举动，就是从房俊这里传出去的。自打上回李元婴带高阳去挽翠楼那种地方，害他挨了一顿打，房俊心里就不太喜欢李元婴。

知晓是李元婴说动李二陛下让李泰就藩，险些破坏了他们的谋划，房俊便主动揽下盯着李元婴一举一动的要务。李元婴在国子监这般肆意横行，不就仗着李二陛下纵容他吗？让他得意！捧得越高，摔得越狠！

李元婴没想到国子监里还有李泰的"内应"。他被武媚邀去她们的院子里说话，从武媚和魏姝那里听到了更多的"夸誉"。要不是他还有那么一丁点自知之明，昨夜又被唐观提了个醒，看到这些夸赞的话肯定更要飘飘然了。

武媚道："我觉得这些事是魏王所为。"

李元婴坐在亭下，一语不发。

生在帝王家，真不知算不算是幸事。若没有生在李家，他们可能一辈子忙忙碌碌也出不了头，永远过不上现在这种优渥的生活。可是生来就拥有这一切了，他们又觉得仍不满足，这也想要，那也想要。世上哪有那么好的事？

李元婴道："人都是贪心的。"

他皇兄从兄弟相争、父子相逼的惨烈局面里得到了天下，也贪心得很，既想创下万世伟业、名垂千古，又想父慈子孝、兄友弟恭。

他四侄子被他皇兄疼着宠着，享受着与承乾别无二致——甚至有过之而无不及的待遇，便也有了要更进一步的心思。

如果能要得到，谁会不想要？

李元婴觉得自己也很贪心，他想带母亲过好日子，又想按着皇嫂的嘱托照顾好几个侄子侄女，还想快快活活地尽情玩耍。他也是这也想要、那也想要，这也想做、那也想做。

李元婴说："我也一样。"

武媚和魏姝齐齐注视着他。

李元婴把武媚两人收集到的消息都收了起来，问武媚："你们没和城阳说这些事吧？"

武媚摇头。

虽然魏姝年纪更小，但是魏姝更能跟上她的思路，所以武媚没和城阳提这些。

武媚还有另一重顾虑，那就是城阳到底是李二陛下的女儿、李泰的妹妹，和城阳说这些事就等于当着城阳的面猜疑城阳的父兄。于情于理，这种事都不该做，所以她们才趁着城阳和金胜曼相约去借书时找李元婴过来。

李元婴道："别让她知道了。"他叮嘱完，又让武媚两人不要担心，他自有办法解决。

武媚和魏姝对视一眼，都点头应下。

李元婴虽然爱玩爱闹，却从来都能把自己惹出来的事圆圆满满解决，既然李元婴说有办法，她们也不再多说。

李元婴离开时碰见城阳和金胜曼抱着书回来了，高兴地迎上前拦着问她们都借了什么书。

城阳把书亮给李元婴看了，又问李元婴过来做什么。

李元婴刚才早和武媚她们对过说辞，回答起来顺溜得很："我来和媚娘她们讨论几道算学问题，你是知道我的，遇到难题不马上做出来就浑身难受。"

城阳点点头。

李元婴说自己还有事，目送城阳往回走后便回了自己的住处。他取了笔墨，把夸自己的诗、歌谣、文章、传闻分门别类地整理好，做出了一个厚厚的册子。这么沉的东西，靠李靖送他的那只白头鸟当然带不出去，李元婴直接跑去寻孔颖达。

孔颖达挺久没面对面地和李元婴说话，见他来了，便邀他坐下吃茶，问他来做什么。

李元婴也不含糊，把自己抄得齐齐整整的册子掏出来呈给孔颖达。这个时候李元婴就挺遗憾戴亭还没回来，要不然的话以戴亭的能耐，肯定能收集得更全面，这份册子能做得更厚。

"我想把这册子呈给皇兄，"李元婴开门见山地道，"但是您看，我这么遵纪守法的学生没到休沐日哪能离开国子监是不是？所以我想让您帮我把它带给皇兄，您可是国子祭酒，经常要上朝的，帮我捎去吧！"

孔颖达听了觉得这要求不太过分，不过他也不可能什么东西都往李二陛下面前呈，便问道："这是什么？"

李元婴道："这是我亲自做的册子，里头全都是我觉得写得很好的诗文。我近来时走到哪都能听到，据说整个长安城一夜之间都流传起来了！"

孔颖达近来有些忙碌，还没听说过外面的传闻，听李元婴这么说顿时好奇起来。他打开李元婴带来的册子一看，先是觉得李元婴的字大有进益，难怪书学博士们总想把李元婴抢过去教。等看完第一首诗，孔颖达脸色便有些古怪：这诗写得十分浅白，容易传唱，内容则是夸太子和李元婴的！

再往下翻，后头的诗文也差不多，还有一些相关的俗讲故事也是同样的核心：无一例外都是把太子和李元婴夸得天上有地下无，宛如神明降世，有这样一位太子是大唐之福，有这样一位滕王殿下也是上天眷顾大唐。

听人说，李元婴还弄回了一副龙骨，那龙骨有几层楼那么高，极有气势。连龙骨都为他现世，这滕王殿下不是福星降世是什么？

这就涉及祥瑞了。

一般祥瑞是往君主身上弄的，没人会往臣子或者藩王身上弄。你弄了条龙出来，又不是皇帝也不是太子，那你是什么居心？

孔颖达越看越心惊，看完后严肃地看着李元婴。

李元婴安安静静地看着他。

平心而论，孔颖达以前是很看不上李元婴这"混世小魔王"的，别的皇子都安安分分坐着听他们讲学，唯独李元婴这家伙永远和安分不沾边。不是爬树上房，就是溜出去玩耍，从来不会乖乖听你教训。可是这两年李元婴长进了不少，又做了许多正经事，孔颖达对他已经大为改观。

这会儿李元婴好好地在他们国子监学习，外面却突然疯传起这些诗文和故事，说是里头没有人推动，孔颖达是不信的。

　　这些事确实都是李元婴做的没错，但是李元婴哪一样没有在李二陛下面前过明路？让监生们协助李元婴开图书馆，还是李二陛下亲自下的命令，那牌匾还是李二陛下亲自写的！

　　孔颖达道："好，我帮你呈上去。"

　　李元婴进了国子监，那就是国子监的学生。他孔颖达哪怕算不得位高权重，也绝不能叫别人平白把国子监的学生欺负了去！不管背后传这些话的人是谁，他都要把事情捅到李二陛下面前去！

　　李二陛下最近还挺清闲，既没大的战事，又没遇上大灾，还喜闻宝贝儿子又要给他添皇孙，心情轻快愉快很。

　　这段时间他没去关心李元婴在国子监的情况了，他觉得这糟心弟弟有点过了线，自己确实太纵着这糟心弟弟，让这糟心弟弟什么话都敢说。

　　青雀看着样样都好，让去封地青雀也只是哭着说舍不得他，哪像是有那种心思的人？最后之所以没去就藩，也是因为阎氏腹中皇孙的意外降临，是他开口留的，不是青雀开口求的。

　　于是孔颖达求见李二陛下时，李二陛下便在和李泰说话，父子间很是亲密。

　　听人说孔颖达来了，李泰便知趣地说要回去看书。李二陛下没留他，点头许他离开，叫人把孔颖达宣进来。

　　刚和宝贝儿子聊完，李二陛下心情很不错，脸上还带上了几分笑意。他让孔颖达坐下说话，问道："孔卿有何要事？"

　　孔颖达神色严肃地坐下，把带来的册子呈给李二陛下："陛下且先看看这些诗文。"

　　李二陛下不明所以，接过册子翻开。刚开始李二陛下脸色还算平和，看到后面可就不太好了，没等看完，李二陛下就把册子搁下，问孔颖达："孔卿这册子是从何得来的？"

　　孔颖达据实以告："滕王殿下给臣的。"他不卑不亢地道明情况，"臣叫人去打听过，这些诗文在长安城内流传甚广，一些歌谣更是街头巷尾都有人传唱。臣认为此事十分蹊跷，应该下令叫人明查！"

　　李二陛下神色莫测。

　　他记得孔颖达以前对李元婴很不喜欢，如今李元婴去国子监不到两个月，孔颖达倒是来替李元婴出头了。

李二陛下道："朕会让人查个清楚。"

孔颖达得到李二陛下的答复便退下了。

李二陛下静坐片刻，拿起那本册子把后头的文章也看完。他再往回翻，只见上面的字迹工整漂亮，和从前那乱七八糟的笔法很不一样，瞧着当真大有进益。那天李元婴伏拜在地的一幕又出现在李二陛下脑海中，别看这小子天天嬉皮笑脸，其实气性大得很，要是不给他一个公道，他怕是又要说"我再不回来了"。

谁有这个能耐指使这么多文人操刀？

谁有这个能耐在天子脚下煽风点火、剑指太子跟滕王？

答案其实很容易想出来，但李二陛下并不想深想。他吩咐底下的人去彻查此事后，便将那册子收了起来。

作为被带出场的另一个主角，李承乾近来很忙，主要是李元婴去国子监前把一摊子事交托给他，所以虽然今年他不用代外出避暑的李二陛下监国，却也有许多事要做。

比如在襄城宫那一带养骆驼和大象的事。

李承乾原以为那地方就是随便散养些牛羊马象之类的，等亲自过去走了一遭，才发现自己实在太天真了。

李元婴把襄城宫周围一带全圈了进去，划区养了各种飞禽走兽，光是马就养了许多种，更别提牛羊之类的。因为地方足够大，所以李元婴大手一挥，分了一大片地方给他们研究什么马好生又好养，什么肉禽肉质肥美好吃。

更过分的是，有人说自己擅长养王八，李元婴便许他们挖了几个池塘研究什么王八最值得养。又有人说池塘里种藕好、有人说池塘边种桑好，争持不下，便又挖了许多池塘让他们分开试试看。

李承乾走了一圈，发现光是池塘，这边就挖了三十来个，看起来很是壮观。要不是这边水源丰足，光是这些池塘就把水都引光了！

跟着李承乾过来看看为什么襄城宫养点禽畜就能一掷千金的房遗直等人脸上都木了，李元婴手里的钱当真不是钱，别人提个主意他就掏钱给地让人去试，就不怕亏了吗？

李承乾在襄城宫小歇几天，觉得这地方虽然有些燥热，能玩的东西却多，光是骑马就能骑个十天八天不重样的，让你天天都有新鲜感。吃的也是，入春之后，天上飞的地上走的水里游的，样样都很肥美；树上出的、山里长的、地里埋的，样样都很鲜甜。

李承乾这趟过来，是要帮李元婴的丰泰楼把襄城宫分店开起来的。

襄城宫的养殖研究工作不是一年两年能看到大成效的，长期往里面白投钱不太好，总要能自负盈亏才行。这边不管肉类还是蔬果都很丰富，完全可以就地取材，要是过来吃饭玩乐的人看中了哪匹马哪只鸟，大可以花钱买回去。总之，只要能招来客人，襄城宫这边就能自己赚运转资金了！

李承乾当然不会行商贾之事，那会被百官"喷"死。他只是受他幺叔之托过来跟进一下襄城宫的改造进展，顺便给周围的世家子弟下个帖子，分批邀他们过来玩玩而已。

李承乾陆陆续续邀了几批人过来，自己玩得很尽兴，洛阳一带的世家子弟却玩得意犹未尽，主要是襄城宫这边很大，能玩的东西很多，玩个一天完全不够看。李承乾是每天邀不同的人玩不同的项目，所以过足了瘾，只被邀请了一次的世家子弟们只能等襄城宫对外开放时再过来了。

这些人得了太子的邀约，都十分自豪，回去后便和人吹嘘了一通，说太子是如何如何亲善，如何如何与他们说话，又把襄城宫那边的景致和吃食都夸了一通，说那丰泰楼不愧是国子监专供、今年状元郎吃过都说好的，荤菜素菜都很好吃。

李承乾玩够了便启程回长安。

李承乾前脚刚走，襄城宫这边就热闹起来，正是冰消雪融的好天气，大伙都爱出去踏青。既然都要出门的，去哪不是去？都去襄城宫那边玩个新鲜吧！

这时候李承乾才知晓京中突然有人散布起把他和李元婴绑在一起吹嘘的歌谣和故事。信里还提了一嘴，说是李元婴向李二陛下提出让李泰就藩，李二陛下听进去了，但是过了小半个月李泰表示王妃阎氏有孕，此事便又搁置了。

若是李承乾早前得知了后面这个消息，心情肯定起起落落。但现在事情都这样了，李承乾心里反而平静得很，父皇偏爱老四也不是一天两天的事，真要是李元婴一说就让老四就藩反而不现实。

李承乾此行没带女眷，一行人骑行回长安，花的时间便少了。一回宫，李承乾便先去见李二陛下，和他说起襄城宫那边的情况。

经过一批捕蛇人的努力，襄城宫的毒蛇全都成了羹汤，连蛇蛋都被摸出来烤着吃，这些原住民的境况之惨当真是闻者伤心见者流泪！现在襄城宫对外除了吃吃喝喝之外，还有许多骑行项目、马崽预定项目、抓鱼捞王八项目，等等，丰富得很，入春后还能观赏各种北归的飞禽，甚至还能弄上一两只亲人的回家养着去！

上回的襄城宫之行给李二陛下留下了一段不太好的回忆，听李承乾这么一说，也不知该不该夸李元婴头脑灵活。好好的行宫经他一捣腾，倒成了吃喝玩乐的好地方！

照李元婴这么经营下去，襄城宫可能会成为洛阳边上一大游乐场所，连吃带玩能玩上好几天的那种！

李承乾说起这些事是眉眼都染着笑意，不再是平时那沉郁寡言的模样。李二陛下一看，长子的眉眼其实和他母后有些相像。

李二陛下语气也和缓下来，留李承乾说了一会儿话才打发他回去。

李承乾离开后，李二陛下倚着凭几静坐在原处，思索着近来发生的事。

要是没人把李元婴这几年做的事凑在一起做文章，他都没发现李元婴做每一件事都会拉上承乾一起：开图书馆，他让承乾去揭幕；设馆报，他把承乾的名字写在最前头；收留流民，他拉上承乾一起；改造襄城宫，他也交托给承乾。

搁在别人眼里，李元婴就是坚定不移地站在承乾那一边的，事事都在为承乾铺路，自己也捞了个好名声。

若是将来承乾继位，他便是从龙功臣！

只是，李元婴真的是想挣从龙之功吗？

就李元婴天天明里暗里地表示想去封地的德性，李二陛下觉得可能性并不高，最大的可能还是有人看李元婴不顺眼，要把他推到风口浪尖，顺便也让他对承乾心生猜疑。

谁会这样揣度他？

谁会想用这种方法离间他和承乾？

谁会觉得他容不得自己的儿子和弟弟贤名远播？

李二陛下合上眼。

既然已经让人去彻查传言的源头，相信很快便能知晓答案。在那之前，他暂且不去猜测。

下午用过膳后，李二陛下微服去了国子监，这一次他没带上其他人。

到了国子监，李二陛下独坐在静室内，叫人去把李元婴寻来。

李元婴听人说李二陛下找自己，与其他人说了一声，便乖乖跟着人去见李二陛下。

兄弟好些日子没见，相见后却没了往日的亲厚。

李元婴端端正正地坐在一边，没有吭声，等着李二陛下发话。

李二陛下也不说话，只注视着李元婴。

最终还是李元婴先沉不住气："皇兄，您找我有什么事吗？没事我要回去看书了！"

李二陛下说："你脾气倒大。"

李元婴坚决不承认这个指控："我才没有！"

李二陛下瞥着他："没有？"他把李元婴借孔颖达之手往上递的册子推到桌上，"你抄这些诗文的时候是不是又在想，我不替你主持公道，你就到封地去再也不回来了？"

李元婴吃了一惊。

皇兄怎么看出来的？

李二陛下把他的表情尽收眼底，那还不明白，自己猜准了。他骂道："你以为你那点小心思瞒得过谁？"

李元婴不吭声。

李二陛下招手让他坐近些。

李元婴乖乖坐到李二陛下身边。李二陛下不骂他还好，李二陛下一骂他，他眼眶就红了，眼泪"啪嗒啪嗒"地往下掉。

这些天他是真觉得委屈，他觉得四侄子去封地对谁都好，才劝皇兄让四侄子就藩。可是四侄子不想去，四侄子还恨上他了，唐观和媚娘他们都说疏不间亲，四侄子是亲，他是疏，四侄子是皇兄的亲儿子，他只是皇兄同父异母的兄弟，和他一样的兄弟还有十来个，他不该去劝的，白讨人嫌。

他是挺讨人嫌的，从小到大都有很多人不喜欢他。

他也不喜欢他们。

但是皇兄不一样。

皇兄不喜欢他了，他就再也不回来了，免得回来伤心。

李二陛下没料到李元婴突然哭了起来，还只是哭，并不说有什么委屈。自登基以来多是别人哄着李二陛下，鲜少有李二陛下哄人的时候，他没多少哄人的经验，只得生硬地保证："你也十二三岁了，别学小孩儿哭鼻子，该给的交代我肯定会给你。"

李元婴抬起头看李二陛下，眼睛红红，鼻子也红红，脸上湿漉漉一片，看着又狼狈又可怜。他吸吸鼻头，抽噎着辩白："我就是小孩。"

李二陛下瞅着他沾着泪的脸蛋："这年纪都差不多能娶王妃了，还说自己是小孩，真不害臊。"

李元婴哭过就不难过了。他把眼泪抹得干干净净，拉着李二陛下的手认真地对李二陛下说："我不用皇兄给我什么交代，只想皇兄什么时候不想再见到我了，就明明白白地告诉我，不要觉得我不好、疑心我要做坏事也不说。只要皇兄和我说了，皇兄你让我走多远我便走多远，让我再也不回来我便再也不回来。"

李二陛下对上李元婴红通通的双眼。

这小子倒是敢要求。

有时连李二陛下自己都不太信任自己，他今天喜爱的，明天可能又厌恶了，不管对人对物，都是如此。他能永远对这个弟弟不猜不疑，永远都放心让他做所有他想做的事吗？若是有一天他当真对这个弟弟起了疑心，他会坦然相告还是会毫不留情地剪光他的羽翼？

李二陛下注视李元婴片刻，终是允诺："好，我答应你。"

一个弟弟，他还是纵容得起的。

人心都是偏的，谁没个偏心眼？李二陛下心也是偏的，两个年长些的儿子他开始时都无暇教导，到他们来到眼前了，一个样样都合他心意，一个越发叛逆，他偏爱哪个？当然是偏爱合他心意的那个。

现在李元婴这一茬长起来了，眼瞅着这小子聪明机敏，做事有一套，又对他这个兄长敬爱得很，什么话都敢和他说，什么东西都愿意和他分享，李二陛下看着又觉得这孩子颇得他心。

这次的事，有的人做得太明显了，李二陛下想当作没发生过都不行。

李元婴说不要他的交代，李二陛下却不能当真不给他交代。这小孩从小活得放纵肆意，是个不爱哭的主，没谁敢惹他，更没谁能招他掉"金豆子"，上一回李元婴这样哭，还是因为翻窗溜进屋看到他躺在病榻上醒不来。

可见，这一次是真觉得委屈了。

李二陛下安抚了李元婴一会儿才离开国子监。

李元婴从他皇兄那儿得了个保证，又高兴起来了，往后别人怎么夸他，他都不用担心了，皇兄说要是起了疑心一定会告诉他。那些个暗地里使手段的人再使这种伎俩，也不会有什么用处了！

李二陛下走这一趟，落入了不少人眼中。

武媚她们最先找过来，见李元婴眼眶发红，便问李元婴是不是李二陛下责问了他。

李元婴说道："皇兄要是不骂我，我才要担心。"他安抚武媚和魏姝，"已经没事了，皇兄不会疑心我和承乾的！"

武媚问为什么不会。

李元婴便把自己要李二陛下答应自己的事告诉她们。

武媚听了一阵沉默，没想到李元婴会直接提"怀疑我你就告诉我"这种要求。

帝王的保证能作数吗？她觉得不能作数。不过看李元婴这么高兴，武媚也没当场泼冷水，或许爱"打直球"有爱"打直球"的好处，至少他的心思明明白白，没多少能让别人做文章的余地。真要换个心思深、手段高的，怕是早被猜疑上了！

不管外面如何，在李元婴心里这桩事已经圆满解决，只要他皇兄不信外头那些风言风语，别人怎么看、怎么说又和他有什么关系？别人的看法，他又不在意，他们爱怎么看就怎么看去！

国子监里暂时恢复平静，长安城却出了不少变故，先是有些纨绔子弟被收拾了，包括房俊也突然被从国子监扔进禁军里历练。据说老房上朝时脖子上挂的彩好几天都没消下去，整个人都不太有精神，一下子老了好几岁。

最大的事，应该是魏王这回真的要就藩了。

很多事都是一桩连着一桩，拔出萝卜带出泥。照着李泰一贯的作风，明着来的少，暗里的阴刀子多，很少会明目张胆地干点什么，所以哪怕一直都在和太子互别苗头，心思却也挺隐蔽。

这次李泰却是被李元婴气昏了头。明明他借着阎氏有孕安心留在长安，先别做出什么傻事来，留京的事就稳了。偏偏因为李元婴明白告诉李泰就藩之事是他提议的，李元婴在李泰的仇恨榜上就越过了太子，荣登榜首。

这些年来，李泰根本没把李承乾这个长兄看在眼里。在他看来，李承乾不过比他早出生一年，占着个长子的名头而已，论才学，李承乾比不过他；论声望，李承乾比不过他；论讨父皇欢心，李承乾更是远不如他。李承乾能当太子，他为什么不能当？

所以当知道是李元婴说动李二陛下让他就藩时，李泰就气炸了。李元婴凭什么？李元婴凭什么可以左右他父皇的决定？李元婴凭什么毁掉他这么多年来的苦心经营？

这也是李泰在留京后立即使出明捧暗害这一招的原因。他心里憋着一股气，必须马上往外发！

散布歌谣和传言的事，因为准备得急、推行得仓促，所以破绽很多。李二陛下派人一查，便把事情查得明明白白。

结果就是李二陛下最不愿接受的结果，他最疼爱的老四心被养大了，他觉得他是可以当太子的。

除却眼前这桩事，过去他所做的每一件事也都是在为谋夺太子之位做准备。因为李元婴提议让他就藩，他便对李元婴恨意滔天，因此失了往日的耐心，莽撞行事露了马脚！

李二陛下以前有多偏爱他的青雀儿，此时就有多失望。他的青雀儿长大了，再不可能和儿时那样天真可爱，他却希望他们父子之间一直像当年一样亲厚，希望他们兄弟可以相互帮扶、相互依靠，而不是重蹈玄武门的覆辙。

结果——

天家无父子，天家无兄弟！

李二陛下下令让李泰在四月中旬就藩，阎氏怀有身孕不便奔波，便带着小世子暂留长安，等腹中皇孙出生之后再去相州。

四月中旬转眼就到，李泰接了诏令后恍惚了许多天，到临行前才猛地惊醒，借辞行之名入宫抱着李二陛下的腿伤心大哭，说自己知道错了。

这次李二陛下虽还是耐心听他哭着认错，却没和往常一样好言与他说话，等他哭够了才说："你既已长大了，便要担起你应负的责任来。"

李泰知道事情已没有转圜余地，只得哽咽着应下。

到临去时，李泰才知道原本李二陛下定给他的长史换了，换成了权万纪。这权万纪早年是当御史的，最会找碴，前几年奉命去当吴王李恪的长史，李恪出去骑个马不小心践踏了庄稼，他也正儿八经地上报，弄得李恪什么都不敢干，还得敬着他这位长史！

当年权万纪当御史时战绩也很不错。

比如有次有个叫李好德的人妖言惑众被大理寺拿下，大理寺丞张蕴古说这人脑子有点毛病，当时是发病了，不应该治罪。权万纪当场跳出来说，这张蕴古和李好德的哥哥李厚德是好朋友，张蕴古明显是在袒护李好德！

李二陛下听了怒火中烧，当场叫人把张蕴古拉出去砍了。就是这一次，李二陛下砍完人后悔了，下令说以后除了十恶不赦之罪外，所有死罪都要经过三次回奏才能执行。

至于权万纪，他是秉公"喷"人，并且"喷"得有理有据、尽职尽责，自然啥事没有。

从这些事迹可以看出，权万纪并不是一个好相处的长史。

李泰心里发苦，却不敢说什么。眼下李二陛下显然正在气头上，不想再看到他，他不想要这位权长史也没办法换一个。

权万纪心情也不太好，他已经当过吴王长史了，再去当魏王长史就是原地踏步。而且李泰干的事该知道的人都知道了，这位曾经最受宠的魏王殿下，现在可以说是遭李二陛下厌弃了！

心情不好归心情不好，该干的事还是得干。权万纪已经决定好了，到了相州一定要打起精神盯紧李泰，绝不能让李泰行差踏错，更不能让李泰再存着与太子相争的心思。李二陛下已经起了那么一个头，难道他们这些当儿子的还要再学一遍？

要是李泰当真做了不该做的事，他这个长史可是首先要被治罪的！

为了自己不被拖累，权万纪是无论如何都不会放松警惕的。

李承乾身为太子，嫡亲的弟弟要就藩他自然该出城相送。他们兄弟俩已经许久没有好好说过话，到了城外，李泰站在马车旁回身望向目送他上车的李承乾。李承乾静默片刻，开口说："一路顺风。"

李泰牵了牵嘴角，说道："真羡慕你早出生一年。"

早出生一年，做什么都名正言顺，不像他，费尽心机还是一场空。

李承乾说："我也羡慕你晚出生一年。"

晚出生一年，可以随意哭、随意闹、随意撒娇，不管太上皇还是父皇母后，全都对他宠爱有加，父皇与李泰一天里头说的话，便能抵过父皇一个月对他说的话的总和。若是可以，他又何尝想当太子，他更愿意活成李元婴那样，想做什么便做什么，想要什么便要什么。不必背负过多的期望，日子肯定会过得轻松又肆意。

李泰听了李承乾这话，没再开口，转身上了马车。

离开长安的第一个夜晚，李泰在驿站的榻上做了个梦，梦见当初他们还小，住在弘义宫中。那天府中的气氛忽然紧绷起来，所有人的脸庞都蒙上一重紧张和肃穆。他们兄弟俩都嗅出不对，母后却安慰他们说没事，他们可以再睡一觉，睡醒了，就没事了。他们果真再睡了一觉，醒来后，一切果然都变了。

平日里和他们玩得很好的堂兄弟全都消失了。

他们是从说漏嘴的宫人嘴里知晓堂兄弟们消失的原因。

堂兄弟们全都死了。

他们耶耶当了太子。

所以，当太子是要死人的。

他与兄长对视一眼，都看到了对方眼里的震惊和伤心。

李泰猛地睁开眼。

天边已泛起了鱼肚白。

天亮了。

也正是在这一天，李二陛下命人拟了一道诏令，追复息隐王为皇太子，追封海陵剌王元吉为巢王。

李元婴很快也得了外面的消息。得知李泰已经就藩，李元婴安静地坐了好一会儿。

他不知道自己插手这些事到底对不对，但是看到了他就忍不住要说一说。想到还在宫中的柳宝林，想到自己结交的朋友们，想到追随自己的戴亭等人，李元婴叹了口气。他也是在赌，在赌皇兄比起疼爱老四更在意江山社稷的稳固，在赌皇兄对他这个弟弟同样有几分偏爱，所幸，他赌赢了。

只是这事赢的人并不怎么高兴，整件事里就没一个高兴的人。不过不管怎么样，老四已经就藩了，接下来应当不会再有这样的风雨才是。

李元婴心情转好，跟着小伙伴们一起等着看月考成绩。

今年国子监考得不错，博士们对他们的学业也抓得更严，怕来年考得不如今年好，堕了国子监的声名！

丰泰楼如今可是拿国子监当招牌的，李元婴对国子监监生们的学业上心得很，不仅积极监督他们好好休息好好锻炼，还忽悠监生会领头组织起学习小组来，每天除了上课和吃饭都拉了一堆人一起搞专题讨论。

国子监里都是没到二十岁的年轻人，青春正茂的年纪，自然都畅所欲言、各抒己见。还真别说，这两个月讨论下来，还真理出了不少推陈出新的观点与意见。

李元婴最厉害的是哪边的学生他都认得，学经义的、学字学的、写算学的、学律学的，他统统能拉到一块儿，一个棘手的难题集一众所长很快便能迎刃而解。不同的想法、不同的思维相互交融，碰撞出了全新的思考方式。

魏姝几人每天也都参与李元婴这种讨论，不过发言的时间少，记录的时间多，分门别类地替李元婴把各种新想法记录下来。

李元婴这群人逐渐形成了一个不小的圈子，这个圈子里有唐观这样的官员子弟，也有许多出身贫寒的寒门子弟，更包揽了国子监内仅有的四个女孩子，走到哪儿都非常显眼。

这天月考成绩一公布，榜单前列几乎全被李元婴这伙人占了。主要是李二陛下喜欢上手就能用的实用型人才，但凡是只会死读书的，只会发表些老一套观点的，全部都得往后排，给有想法的人让路。而李元婴这群人恰好就像一泓活水，心思活泛得不得了！

当然，也有掉队的，比如李元婴这回就掉到了后面，因为他的想法太离经叛道。他洋洋洒洒地写了一通，说什么男女都一样，建议女孩子也可被允许参加科举，尤其是已经读过书的世家女子，理应给她们一个机会表现表现，充分利用好世家大族培养出来的优秀人才。

李元婴得了个末等还很不服气呢，跑去找马博士理论："我这文章哪里不好了？像媚娘她们那么聪明的，难道不该给她们同等的机会？世上有多少男孩能比她们书读得好、主意拿得准？"

马博士和他辩道："她们这样的终归是少数。"

李元婴道："我还觉得聪明的男孩子也是少数呢。一年出一两个媚娘和妹妹妹这么聪明的，不就够了！"

马博士反问他："一年能出一两个吗？"

李元婴一想，他活了十二年了，也只遇到这么几个，确实不多。李元婴还是不甘心："反正这是野有遗才，不好不好！"

马博士捋须道："便是允女子参加也没用，寒门女子就不说了，她们连识字的机会都没有；你说的那些世家大族养出来的女儿，怎么可能出来考科举？她们的聘礼最少都是几十万钱，每日过着悠闲自在的生活，凭什么出来吃这份苦头？考上科举，那也是从末等小官做起，有没有晋升之路还不晓得，值得让她们放弃优渥的生活出来抛头露面吗？"

李元婴和马博士嘀咕："妹妹妹她们就愿意的。一辈子待在小小的后宅之中有什么乐趣可言？外面的世界那么大，难道只有男孩子能看得，女孩子看不得？"

马博士摇着头说："自古以来便是如此，岂能轻改？"

李元婴想来想去，终归没琢磨出说服马博士的好说法，只能带着自己被评了末等的文章回去了。

就在李泰刚刚远离长安的时候，戴亭一行人终于从吐蕃远道而归。他们带回了不少牛马、香料、药草，队伍浩浩荡荡，十分引人注目。人还没到，消息已经传回洛阳长安，说是茶叶卖得极好，换回了不少牛马。那牛可壮实、那马可高大了！最稀奇的是，这队人还赶了好几头牦牛回来，那牦牛毛特别厚，角特别威风，看着就很稀罕！

商队去的时候带了百来个和尚，回来时少了一半，不是出了意外，而是暂留在吐蕃那边讲经，准备下一趟再跟着东归。戴亭这次回来，带回的除了茶叶换来的牛马和各种吐蕃特产之外，还有关于文成的消息，他把所得交给董小乙处理，给国子监里的李元婴递了消息。

李元婴得知戴亭回来了，和孔颖达告了假，出国子监与戴亭见面。吐蕃路途遥远，光是往返就得半年工夫，戴亭在那边搞买卖、探听消息，又费了不少工夫，所以这一别就是将近一年。

李元婴让戴亭坐下细说吐蕃之行的见闻。

戴亭先挑拣着好的说，出发时正逢吐谷浑叛乱，弘化公主受了惊，收到长安来的慰问之后好了许多；转往吐蕃的路上也没出大问题，遇到过几拨吐蕃寇匪，但他们武器精良、训练有素，随行的僧侣也有不少是武僧出身，能打能扛，是以没因为遇袭而有伤亡。

接着就该讲遇到的问题了，照理说他们一行人都身体健康，路途虽远应当也不会受不了，但是越往逻些城那边走，越多人开始水土不服，面色潮红，浑身乏力，呼吸急促，甚至昏厥，哪怕随行的人里有好几个从孙思邈那边借来的大夫，仍是有两个人差点猝死在吐蕃。

当初魏姝猜测吐蕃当地可能有缓解之法，戴亭也仔细打探了，确实找到了当地人经常服用的药草，随行的医者认为这些都是补气活血之物，带回长安栽种即便不是用于进吐蕃也大有用处。戴亭便搜集了一批种子和一些根茎连着土运回来。

李元婴耐心听完，追问道："那文成呢？"

戴亭是有意把与文成公主有关的事摆到最后讲的。听李元婴问起，戴亭顿了顿，说出自己的判断："松赞干布与禄东赞都是野心勃勃之人。"这两个人，一个年少继位，一个靠自己白手起家博得相位，若无野心，怎么可能稳得住吐蕃诸部？有野心的人，行事总会显露端倪。

戴亭带人到了逻些城，等候了几日才见到文成公主。这时文成公主已经到逻些城快大半年，她清瘦了一些，不过精神还不错。

听文成公主说，松赞干布并不沉迷女色，一开始并不时常见她，后来她带来的工匠、医者、绣娘等人显了用处，松赞干布才不时地来寻她说话。两个人语言其实并不相通，她一路上虽学了不少吐蕃语，交流起来却还是有些吃力。不过去年文成公主到了之后，找地方把李元婴送她的向日葵种子种下了，平日里借着照看向日葵的借口时常与伺候的人说话，说错了也不气馁，时间一久，便也融入逻些城的生活了。

李元婴道："这样挺好的。"

戴亭继续往下说。

收到从长安带来的长长的礼单，文成公主泪落如雨，十分思念长安的亲人，写了首诗寄托思念。诗他已经带了回来，一同带回来的还有在逻些城内打探到的消息：松赞干布求娶大唐公主之前，已经在继位之初迎娶过泥婆罗国的公主，两人少年成婚，感情还不错，不过还没有子女；除此之外，松赞干布还迎娶了吐蕃各部的女人。

光从娶亲这点来看，就可以知道松赞干布是个怎么样的人：他娶妻都是娶有用的，不管是求娶大唐公主、泥婆罗公主，或者是收纳各部族献上的女人，都是为了树立他在吐蕃的绝对权威！

李元婴是在宫中长大的，太上皇和李二陛下都有一堆后宫佳丽，所以他对于松赞干布女人多这点倒是没什么感触，他只关心文成过得如何。听说松赞干布早早娶过妻，李元婴拧起眉，"可有人为难文成？"

戴亭道："没有，就是想念长安。"

哪怕带了一批陪嫁的人，原本无忧无虑的宗室之女要学着融入完全陌生的环境、接受完全陌生的丈夫，这对她来说还是太残酷了。

李元婴接过戴亭带回来的诗，定定地看着上面娟秀漂亮的字迹，只是读来便能感觉出其中浓浓的思念之情。

再看文成让戴亭捎回来的信，里面没有再提有多想家，只说自己一切都好，没有人怠慢她，与丈夫相敬如宾，让幺叔和家人不要担心。回礼之中，有些是给高阳她们准备的，拜托他帮忙转送一下。

李元婴叹了口气。

人长大了真不好，总有那么多让人不高兴的事，不管是争端还是别离，都会越来越多。

李元婴收起戴亭带回来的信和诗，又问戴亭："这次回来还出去吗？"

戴亭点头。

李元婴想了想，说道："路上有没有发现能独当一面的人？"

戴亭给李元婴报了几个人名。

李元婴道："下次可以多分一路，有其他商队愿意一起去，你挑人带着他们走，告诉他们吐蕃那边缺什么、带什么货好卖，茶叶买卖也匀他们一些。你自己领人走另一路，多走几趟，我们就能把吐蕃走熟了。到时大唐的商队走吐蕃，就跟走自己的地方一样，逻些城有个什么消息都能第一时间传回来。"他说完下一步打算，又叮嘱戴亭，"不过不要逞强，遇到危险该给钱给钱，该服软服软，不要吝惜身外之物，人最重要。"

戴亭点头应下。

吐蕃带回来的药材交由董小乙去负责种，董小乙人机灵，种东西也很有一手，戴亭还带回来几个吐蕃人，专门负责研究怎么让这些药材好好地长在长安一带。

李元婴想着既然告假了一天，便也不急着回国子监了，带着戴亭带回来的礼物按着礼单送了出去。大抵是李元婴送去的礼物十分丰厚，吐蕃那边准备的回礼分量也不轻，都是上好的玉石和香料，还有野性十足的好马。

李二陛下也得了一份礼，李元婴亲自送过去，还问李二陛下要不要去李靖府上看牦牛。

李二陛下见李元婴又和往常一样兴高采烈地跑过来，不由得睨着他问："我怎么不知道国子监今天休沐？"

李元婴道："我是告假出来的，上朝都能告假，国子监怎么就不能告假了？"他怂恿李二陛下，"您忙了大半天，肯定也累了，趁着老魏他们没找事情来烦您，我们赶紧看牦牛去！"

李二陛下老神在在地听他说。

李元婴接着说道："我听戴亭说，牦牛长得可壮可凶了，毛又特别长，我没见过长长毛的牛。戴亭带了两头回长安这边，因着觉得它有点危险，就送去老李府上了，老李什么都会养，养个牦牛应该也不在话下。"

李二陛下被他念烦了，答应和他一起走一趟。

李二陛下一应下，李元婴马上动员起来，把兕子、衡山、高阳全接来，又让人把李承乾和李象也叫上。出了宫路过魏王府，李元婴又提议："我们去把小圆球也接上！"

李二陛下远远看到魏王府就想到自家老四，心情蒙上了几分沉郁。听李元婴又喊人家"小圆球"，李二陛下什么伤感都没了，转头横了李元婴一眼。有他这么埋汰自己侄孙的吗？

李元婴才不管李二陛下瞪不瞪自己，见李二陛下没说不接他就当李二陛下答应接了，麻溜地跑进魏王府寻阎氏讨她儿子去。

魏王府还是魏王府，但李泰已经离开长安，府中便只有魏王妃阎氏主持各项事务。阎氏现在怀着身孕，许多事也不想打理，一部分人跟着去封地了，阎氏也没再添置，偌大的魏王府显得有些寂寥。

李元婴跑进来找人时，阎氏正在教李小圆球念诗，念的是乐府诗里的《江南》。阎氏声音温柔婉转，仔细地让李小圆球跟读："江南可采莲，莲叶何田田。"

李小圆球乖乖跟着读了一遍，回头问阎氏："田田是什么意思？"

"田田是重重叠叠的意思。"阎氏给他解答，"你看过荷叶的，荷叶有高有低，相互遮掩，就是'田田'。"

李小圆球恍然点头。

李元婴跑得快，等他远远听完母子俩的对话，伺候的人才气喘吁吁地跟上来，争在前头和阎氏通报说李元婴找过来了。

阎氏转头一看，李元婴就站在旁边。

李元婴不知道阎氏现在还喜不喜欢他来，不过还是跟阎氏说李二陛下在外头候着，他想带李小圆球去李靖将军府上玩一玩。李元婴跟阎氏保证："我好好把他带去，一定好好把他带回来，绝不让他少一根头发！"

阎氏便问李小圆球要不要去。李小圆球好久没见过他幺幺啦，要不是被母亲环抱着，早飞到李元婴身边去了，听阎氏这么一问，自然是高兴地答要去。

李元婴开开心心地扛起李小圆球走了。

阎氏叫平日里伺候李小圆球的人跟上，自己坐在原处轻轻抚着还未显怀的肚子。李泰一就藩，魏王府很快变得冷冷清清，往日里热络登门的命妇们都消失不见。但是清净有清净的好处，她现在不指望别的，只希望她的两个孩子能平平安安长大。

另一边，李元婴扛着李小圆球出去，马上被李二陛下骂了一顿，说哪有他这样接人的。

李元婴便把李小圆球塞进李二陛下怀里，把李二陛下的嘴堵住了，李小圆球已经两三岁，又长得圆滚滚，抱起来死沉死沉。李二陛下是好面子的人，自是稳稳当当地把人接住，亲自把人抱到马车上让他和李象一块儿乘马车。

李靖要养他的奇珍异兽，平日里住的府邸就离闹市有些远，门庭也十分清静。早有人提前过来说李二陛下要过来看牦牛，李靖便让人把该拴起来的飞禽走兽都拴好，仆从侍女统统严阵以待，好迎接李二陛下一行人的到来。

一到李府大门前，李元婴便把"小萝卜头"一个个从马车里接下来，领着人抢在李二陛下前头往里跑。都出来玩了，李二陛下也不在意李元婴这没大没小的举动，只转头问李承乾："看过牦牛吗？"

李承乾没怎么和李二陛下闲聊过，猛地听李二陛下这么一问，还有些反应不过来。不过他很快回归正常，摇头说："没见过。"他虽然爱玩得很，但也没看过这种生长在寒冷高原上的大家伙。

李二陛下道："我以前也没见过，不过听江夏王说他去为文成送嫁时见过，个头很大，肉挺好吃，还凶猛得很，他们一到那边松赞干布就组织了一场用公牦牛相搏的比赛。"

说话间，李靖和红拂已经迎了出来。李靖腿脚不好，走得有点慢，见了李二陛下便开始告罪。

　　李二陛下让李靖不必多礼，本就是他们临时起意要过来，哪能要求他们处处周全。几个大的才往里走，李元婴已经带着一群"小萝卜头"去围观牦牛了。活着回长安的牦牛只有这么两头，一头黑的，一头白的，那黑毛白毛都又长又密，那角也果真像戴亭说的那样又长又威风。

　　一群小孩趴在围栏边上哇哇叫着，都觉得这两头高原来客漂亮得很。李元婴等李靖引着李二陛下他们过来了，还特别期待地问李靖："这牦牛能骑吗？它们的毛看起来好长啊，坐在它们背上一定很舒服！"

　　李靖是奉命打过吐谷浑的，闻言应道："吐蕃和吐谷浑的人都养牦牛，骑牦牛的当然也有，不过你才让人把它们送过来，喂养的人还弄不清楚它们的习性，暂时不能骑，怕它发狂伤人。"

　　李元婴很失望。

　　李二陛下道："你倒是胆子大，什么东西都敢骑。"

　　李元婴道："马没驯养好一样凶的，我们还不是照样骑，只要驯服了，自然都能骑！"他又问李靖，"那什么时候能骑呢？到时候我再过来骑！"

　　李靖道："我这里也不一定能养活。"他给李元婴讲了讲里头的门道，这牦牛似乎是种不愿离开故土的生物，离了它们高高的高原故乡很快就会消瘦下去，甚至死去。像眼前这两头牦牛，明显也在路上消瘦了不少，送来之后也恹恹得不想吃东西。

　　要不然的话，这牦牛耐力好，驯养好了是很不错的畜力，而且它们皮毛厚实，剥下来做衣裳能保暖，连牦牛粪都是好东西，晒干了用来烧火可以烧很久，在某些地方甚至还能用来造房子。

　　李元婴听了，又跟其他"小萝卜头"一起趴在围栏上看那两头牦牛，不知是不是受李靖那番话的影响，他觉得它们精神恹恹，仿佛在思念着它们远在高原上的故乡。

　　那里有广阔的草原、延绵的雪山，天特别蓝，世界也显得特别宽广。

　　李元婴看够了牦牛，转头和李二陛下说："连这些牦牛都知道故土难离，文成她们远离长安，肯定更难过。"

　　李二陛下沉默片刻，叫李元婴坐下说说逻些城那边的各种消息。

　　一群"小萝卜头"都是没怎么出过长安的，听说李元婴要讲吐蕃的故事都很感兴趣地围坐下来旁听。

李元婴把从戴亭那边听来的消息编排了一下，娓娓给他们讲述吐蕃的风土人情以及文成的近况，一个女孩子在言语不通的困境里努力融入进去，想都知道有多难。文成在信里和他说，虽然也有艰难的时候，但是看到自己亲手种下的、向阳而绽的葵花时她就不气馁了，她会好好地尽好身为大唐公主的责任，让他不用担心她。

等李元婴念到文成写的诗时，兕子和衡山都哭了。她们想到要是她们也去了那么远的地方，那该多想念长安啊！兕子扑进李二陛下怀里，哽咽道："父皇，您让人去把文成姐姐接回来吧，那里太远了，一个认识的人都没有，文成姐姐多孤单啊！"

李二陛下瞪了李元婴一眼。

有兕子她们在，讲讲开心的事不挺好吗？还念起诗来了！

李元婴马上闭了嘴。

李二陛下好言安抚两个多愁善感的小女儿："松赞干布年轻有为，是个很不错的夫婿，你们文成姐姐嫁过去不会受委屈的。"

兕子和衡山似懂非懂地点头。

既然父皇这么说了，她们就信了。

回去的路上，李元婴又冒出个新主意来，驱使着自己的马挨近李二陛下："皇兄，我有个想法你听听成不成！"

人还在马上，李二陛下才不听他闲叨叨，叫他回宫后再说。李元婴答应是答应了，口里还要嘀咕："路上又没什么事干，说说怎么了，您只要出个耳朵便好。"

李承乾在一旁听了一耳朵，觉得自己需要学习学习李元婴的厚脸皮，他们父皇显然就吃这套。

李元婴说不动李二陛下，又揽下把李小圆球完璧归赵的任务，于是扛起李小圆球要将他抱回魏王府。进了府，和李象高高兴兴玩了半天的李小圆球抱着李元婴不撒手，软乎乎地喊："幺幺！"

李元婴"哎"地应了一声，问他怎么了。

李小圆球说："耶耶走了，不带我。"他的声音有些难过，问李元婴，"耶耶喜不喜欢我？"他最相信幺幺，幺幺肯定不会骗他的。

李元婴用自己的脑袋碰了碰李小圆球的脑袋，说道："当然喜欢，只是去封地的路太远，你阿娘肚子里又有了你的弟弟妹妹，所以才把你们留下。你耶耶去了封地，家里唯一的男子汉只有你了，往后你就是家里的顶梁柱！"

李小圆球两眼一亮，很骄傲地说："顶梁柱！"

男子汉李小圆球不用李元婴抱了，挣扎着下了地，自己兴冲冲地往里屋跑，扑到阎氏身边把李元婴的"顶梁柱理论"跟阎氏复述一遍，高兴得不得了。

李元婴还完李小圆球便去追李二陛下他们，回到宫里，李元婴亦步亦趋地跟着李二陛下去议事堂，一副"我有话我一定要说"的坚定模样。李二陛下便把他和李承乾一起带进了议事堂，问他到底又有什么新主意。

李元婴又拖了个小蒲垫坐到李二陛下身边，和李二陛下说起自己本来的打算。戴亭去了一趟吐蕃，开了条路，后头的人顺着走就成了。所以今年再去，他是准备让戴亭往其他方向走的，好把整个吐蕃都走一遍，知道哪里有好东西可以买卖。

李元婴道："到时我叫戴亭把走出来的经验整理整理，那我们就可以知道吐蕃都有什么地方好玩，什么东西好吃了。"

李二陛下和李承乾对望一眼，点头说道："可以。"真要能把吐蕃都走一遍，那就不仅是摸清好吃好玩的东西了，简直连人家的老底都摸透了。

李元婴道："以前我觉得把所有能逮着的飞禽走兽都养到襄城宫那边去，大家就可以一次性看完所有奇珍异兽了。今天听老李说牦牛只习惯生活在吐蕃、吐谷浑那些地方，我就想到可能不是所有东西都适合在长安洛阳这边养活，所以，我们可以动员大家多出去走走，走远一些也无妨，尤其是我们李家的子弟，天天在家吃喝玩乐多没趣，也起不到什么用处，不如让他们每年代表我们大唐去走动走动。"

李二陛下瞥他一眼，问："你想出去玩了？"

李元婴不上他的套，一脸正色地说："没有的事，我是记起了当初萧师和我说的赋税之事。您想想，宗室子弟越来越多，全都不事生产让朝廷白养活，朝廷要花的钱越滚越多，他们占走的地也越来越多，百姓怎么供得起？所以身为宗室子弟，总要为大唐尽点责任的。"李元婴哼了一声，"文成能去吐蕃，他们为什么不能去？难道堂堂男儿还比不过一个女孩吗？照我看，不仅吐蕃、吐谷浑要派他们去，北边、南边更远的地方也要派他们去去。那些刚考上进士还没什么事可干的官员、年纪还小天天闷头苦读的读书人，都可以把他们塞进使团，让他们都出去看看。您看看您手底下得用的人，哪个不是走南行北、见多识广的？"

李二陛下面带思索。

李元婴麻溜地讲完自己的想法,才兴致勃勃地说出自己的最终目的:"要是您怕别人不愿意,可以先让我去一趟,我保准给您起个好头!"

李二陛下想把他赶出去。

绕这么大一圈,还不是自己想去玩?

李二陛下道:"在家吃喝玩乐是不事生产,出去吃喝玩乐难道就不同了?那还更费钱。"

李元婴道:"当然不一样,在家吃喝玩乐是给自己人做坏榜样,出去吃喝玩乐是彰显大唐气派,再不济,那也是当别人的坏榜样,那不是挺好的吗?叫外头的人也学学吃喝玩乐!"讲到这个,李元婴又要给李二陛下讲《世说新语》里周处改过自新的故事了。

周处被乡里骗去打虎杀蛟,都以为周处和恶蛟死一块儿了,都高兴地庆祝。周处这才知道别人是怎么看自己的,顿时有了悔改之意。所以,应该把那些个"第三害"预备役都赶出去祸害祸害别人,祸害完了,说不定就能幡然悔悟了!

实在不行,那也没损失,反正也是要白养着的,怎么给钱不是给?不肯履行义务的,得到的封赏自然少点,谁都别怨谁,谁叫你不干事。

李二陛下道:"道理一套一套,说到底,你还是想出去玩。你不是说你要当进士亲王吗?"他瞅着李元婴,"怎么?知道太难,决定不考了?"

李元婴道:"才没有,我才不怕考进士!难道读书就一定要闷在屋里读吗?出去见识见识,白天多走走,晚上再读点书,可能还能学到更多。"

李二陛下未置可否,摆摆手说:"行了,这事我知道了,你们都回去吧。"

李承乾都不知道李元婴和李二陛下还有考进士这一出。出了议事堂,李承乾问李元婴:"幺叔你真打算考进士?"

李元婴道:"皇兄许我考的,不考白不考!"

李承乾点头,说看好李元婴考个榜头。就前两年,李元婴还是所有人口里不学无术的"混世小魔王",现在都把该读的书读了个遍,有底气考进士了!要是再学个两年,指不定还真能考个头名!

李元婴很谦虚地说:"进士我肯定是要考的,榜头就太难了,主考不喜欢我的文章我也没辙。"他把自己月考得了末等的事跟李承乾说了,表示自己一定要想法子说服马博士。他觉得自己出去走走,说不定就能想出来了,先去吐蕃看看文成、看看雪山,再跟金胜曼去新罗看看,人家新罗都能让王女当国主了,女孩子肯定都很厉害！

李元婴兴致勃勃地和李承乾勾勒出自己美好的出游计划。

李承乾确定了，刚才那通冠冕堂皇的话全是虚的，这小子是听说那牦牛可能活不了，就想去吐蕃骑当地的凶猛牦牛！

虽然不想泼李元婴冷水，李承乾还是得实话实说："我觉得父皇可能不会让你去。"就这么一个十二三岁的小孩，谁放心他往外跑？别说李元婴是李二陛下看着长大的，就算是其他宗室子弟，这个年纪也不可能带着使团去外头玩耍。都说嘴上没毛，办事不牢，谁家派使者派你这样的半大小子？

李元婴听李承乾这么说，也觉得这事没戏了。他唉声叹气地说："要是我再大点就好了。"他摸了摸自己还光溜溜的下巴，恨不得自己也一早能和李二陛下一样长出胡子来。

李承乾道："等你大点了，又会觉得小点好。"

李元婴不认这话，他觉得自己要是大点，能做的事就多了。不过，现在提了建议，哪怕不能马上出去玩耍，往后也许也有机会能去，所以提了不亏！李元婴又高兴起来，和李承乾在回廊尽头分别，跑回去陪柳宝林用膳去了。

柳宝林最近得了许多菜谱，又经常能收到丰泰楼那边的反馈，生活日渐充实起来。李元婴渐渐长大，柳宝林知道儿子守在自己身边的时间会越来越少，所以她妥当地安排着自己的每一天，不让李元婴牵挂自己。

李元婴回来了，柳宝林自然欢喜，边给李元婴尝自己做的新菜边听李元婴说白日里的趣事。

这边母子其乐融融，另一边的李二陛下用过膳后又想起李元婴那个歪主意。

眼下宗室已经挺多了，太上皇儿子有二十二个，活下来十几个，除了李元婴都已经就藩；他的儿子也有不少，年长的也都去了封地，只有几个小的留在身边。等将来他这些封了王的兄弟和儿子又会有许多子子孙孙，确实得给他们找点活儿干。

本来李二陛下是准备让儿子和功臣们世袭刺史之职，世世代代当各地的一把手，但是这个主意遭到魏徵和长孙无忌他们的一致反对。他们宁愿自己不要这份殊荣，也不希望地方上的刺史变成世袭制，毕竟，谁知道那些个后代是不是蠢人？

既然不能让他们世袭刺史这种实职，那么让他们代表大唐出使各国兴许是个不错的主意。他们乃是大唐宗室子弟，代表的是大唐皇室，走到哪儿别人不得好好招待？

至于危险，肯定也是有的，但是李元婴说得有道理，连文成一个女孩都能远嫁吐蕃，难道堂堂大唐皇室后裔连出使外邦的胆气都没有？

每年的贺岁、贺诞、封赐等都可以派遣使者前往各国稳定邦交，派谁能比派宗室子弟更能代表大唐的重视？

要是能因此锻炼出一批得用的宗室子弟，那就是最好的结果了，独木不成林，李家越枝繁叶茂、能人辈出，大唐江山就越稳固。

李二陛下拿定了主意，便叫人让魏徵他们进宫商量这桩事。现在就让李元婴去是不可能的，等李元婴再大些、出使各国的章程再完备些，兴许还可以考虑考虑。

魏徵等人一到，李二陛下便和他们说了李元婴那个损主意：放最会吃喝玩乐的那批宗室子弟出去祸害祸害别人！

魏徵等人听得脸皮直抽。

这对兄弟真是绝了，一个比一个不要脸，这种主意都敢说出口。

李元婴就算了，人家本来就是个"混世小魔王"，李二陛下你怎么回事？

你堂堂一国之君，一点都不会害臊的吗？

第五章

魏徵病倒

李元婴出了个主意就跑，也不管李二陛下答没答应，回到国子监后他又恢复了一贯的好学，天天带着小伙伴们堵夫子。不过最近他多干了一件事，那就是规划吐蕃出游路线，给每一个地点琢磨一个说法，串联成一个完整又激励人心的故事，好吸引众人前往吐蕃观光旅游。

编故事李元婴是最擅长的，但要编得真实，便要立足于现实。李元婴接下来边搜集资料边整理故事线，偶尔还写信去询问江夏王他们这些送亲使有关吐蕃的具体细节。

一个多月下来，李元婴把"文成和亲"的故事编了出来，先用汉代公主和亲的种种遭遇作为对比，衬托出和亲的不易，接着便是着重描绘文成的聪慧、大唐的慷慨。

这一段立足于商队亲身经历的吐蕃风土人情，图文并茂、十分真实：吐蕃的人衣物简陋，大多是皮毛经简单缝制做成，只有实用性，缺乏观赏性，不如大唐的衣饰华美精致；吐蕃没有精烹细炙的习惯，大多粗吃粗饮，不会烧制精美的餐具；这些还是其次，重要的是吐蕃无人学医，大多信虚无缥缈的巫术，有伤病要么努力熬过去，要么去求助部族里的巫师。

文成带去的工匠、医者、绣娘正在改变着这一切。

吐蕃也有许多值得一玩的东西，凶猛的牦牛，成片的羊马，无边无际的草原，经年不化的雪山。提到玩，李元婴可是专业的，他逮着自己想玩的东西吹了一通，最后表示不走一次吐蕃算不得大唐人，不骑一骑吐蕃的马不是好男儿！

李元婴写写画画到六月初，终于把《文成和亲》弄出来了，托人把稿子带去给李淳风，让李淳风帮忙尽快印出来，先分给宗室子弟，然后对外也卖一些，给日后的出游做铺垫。

忙活完自己心心念念的事，李元婴还没来得及快活玩耍，又从媚娘那里看到篇特殊的文章。

这文章的作者是个外地来的读书人，叫张柬之，是襄州人士，今年年方十七。张柬之到长安后一下子被图书馆迷住了，几乎每天都早早在图书馆外排队，馆报更是一期不落地读完了。

后来光是读不够过瘾，张柬之决定自己动手写，内容他早在打腹稿了，下笔洋洋洒洒就是一篇完整的文章。张柬之写完，自己检查一遍，觉得没什么大问题，就把文章投到了馆报上。

虽然武媚也进了国子监，但还是会定时收取馆报那边的文章细读，看到张柬之的文章后大受震动，很快把他交到李元婴手里。

这篇文章写的是关于"福手""福足"的事。

隋朝末年，隋炀帝屡征高句丽，又搞了许多劳民伤财的大工程，直接导致百姓赋税繁重，日子越发艰难。为了逃避赋税，许多百姓自残手足，以残缺之身示人，表示自己不符合征集条件！

这种事情李元婴以前没听说过。因为不堪赋税之重，百姓宁愿弄残自己的手或者脚，还称它们为"福手""福足"，这朝廷的赋税得是多可怕啊？

更可怕的是，这隋末兴起的风气，到大唐立国之后仍未根除，比如张柬之家乡就还有人这么做。

张柬之出身寒门，家中累世都没出过官宦人士，独他一人聪明机敏，得了重重举荐，这才有机会到长安求学。

少年离家，他自是想要闯出一番名堂来的，这文章就是他投出去试探的小石子。

现在看来，这颗小石子扔得很准，至少李元婴读了就觉得张柬之文章写得好，有条有理又发人深省。李元婴道："没想到世上还有这样的事。"他抬起自己的手看了看，和魏姝她们感叹，"我手上哪怕破了个小口，都觉得疼得受不了，他们怎么下得了手？"

魏姝道："不到迫不得已，谁会想伤自己的手脚？这约莫就是苛政猛于虎。"

李元婴也是读过《礼记》的，自然知道苛政猛于虎的故事。

那讲的是孔子带着弟子路过泰山，遇到个居住在猛虎出没之地的妇人，一问，才知道妇人一家三代男丁都是被老虎咬死的。孔子问妇人为什么不搬离这个地方，妇人说他们更害怕苛刻的暴政。于是孔子便感慨"苛政猛于虎"。

武媚另有一番见解："比起隋末，大唐的赋税已经轻了许多，不至于如此。这里头应该有一些人单纯是为了逃避苦差事，宁愿废了自己一只手或者一只脚当个别人眼里的'废物'，长此以往，投机取巧、好逸恶劳的人可能会越来越多，应该下令禁止这些做法。"

狄仁杰也读完了张束之的文章，他也赞同武媚的看法。赋税重的时候这么做可以理解，而且很让人同情；赋税轻的时候还这么干，那就太不应该了，不管对朝廷还是对自己都是不好，应该尽量禁绝这种做法。

唐璿道："圣人应该会有决断。"

李元婴点头。馆报虽然不是什么正经刊物，但是百官之中爱读馆报的人还是有的，肯定会有人把这篇文章呈到李二陛下面前。

当然，坐着等人办事不是李元婴的习惯，他说道："这张束之文章写得真好，想法也很好，我要去和老孔说一声，赶紧把人招进国子监来，别摆架子白白将人送到其他地方去了！"

李元婴说干就干，当即带着文章去寻孔颖达。

正巧孔颖达在直舍中，见李元婴来了，眉头跳了跳，问他来做什么。

李元婴把馆报的头版文章给孔颖达看。

孔颖达不明所以，接过文章仔细看完了，心中也有些震动。他虽历经两朝，却是少年成名，没吃过什么苦头，一辈子都在研究经籍，于民生民情不甚了解。

看完这篇稍显稚嫩的文章，孔颖达也觉得作者是个人才。看末尾的小字介绍说作者张束之年方十七，是入京求学来的，孔颖达便明白了李元婴的意思，说："这么多同窗还不够你结交，又想招别人进来陪你玩了？"

李元婴不服气："什么叫陪我玩，我做的可都是正经事。您看看我进了国子监后什么时候干过坏事了？"

孔颖达回想了一下，李元婴确实乖得不像话。他点头说道："凭这文章，进国子监是足够的，等他来了我会尽早安排他入监。"

李元婴高兴了。他又怂恿孔颖达："皇兄可没时间看我们这馆报，不如您把文章呈给皇兄，让他看看这事该怎么办。"李元婴说完又把刚才小伙伴们的讨论和孔颖达说了，不管是赋税过重还是百姓懈懒都不是他们这些没进朝堂的人能判断的，还是得房玄龄他们这些专业的来。

孔颖达应了下来。虽然他只管教育，但是李二陛下重文治，他若有事求见，李二陛下自是会见他的。这篇文章写得翔实有据，应当不会是作假，这些情况确实该让李二陛下知晓。

打发走李元婴，孔颖达便收拾收拾进宫面圣去。

李二陛下听人说孔颖达来了，还有些纳罕，这早不早晚不晚的，应该没孔颖达什么事才对。

李二陛下让人把孔颖达放进来，邀孔颖达坐下说话。

孔颖达便把馆报呈了上去，让李二陛下看看上头的头版文章。

李二陛下听说过图书馆那边办的馆报，也知道上头时不时会出些不错的文章。不过馆报到底只是非官身的读书人自由组织的东西，每期质量良莠不齐，虽说李元婴每日都让人送一份进宫，李二陛下却没那么多工夫每期都读。

既然孔颖达特地过来让他看看这篇文章，李二陛下便接过馆报细读起来。

读完了，李二陛下叹了口气，他说道："朕做得还是不够好，不能让百姓安心啊。"

孔颖达当然不能接这话，他赞颂了李二陛下一番，又把李元婴等人的讨论转述给李二陛下。他也觉得不管是为了朝廷还是为了这些自伤手足的百姓，都应该明令禁止这种做法。

李二陛下点头赞同，又看了眼馆报上的小字介绍，对这个年仅十七岁的张柬之有了点印象。他说道："这小孩的文章写得不错，等进了国子监你们要好好栽培。"

孔颖达应下了，又提了一嘴："滕王殿下可是已经迫不及待地想拉人家一起玩了。"

李二陛下道："那小子见到什么人不都想拉着人玩？"提到自己这个弟弟，李二陛下不动声色地夸了起来，"好在眼光不错，认识的人都挺有本事，没和什么乱七八糟的人厮混在一块儿。"

孔颖达能说什么？孔颖达只能说确实如此，滕王殿下眼光精准，交好的朋友个个都不错，经常轮流霸占头名。

李二陛下很满意，又叫人把魏徵他们找来说了"福手""福足"之事，顺便让人把太子也叫来旁听。

君臣商量完明令禁绝"福手""福足"的对策、对坐感叹了一番之后，李二陛下又状似不经意地夸起自家弟弟来，夸得还挺曲折，说这文章是馆报上的，馆报谁弄的？他弟弟！文章又是谁呈给孔颖达的？他弟弟！他们现在商量的这些东西，他弟弟身边的人也都讨论过，这说明什么？他弟弟人聪明，他弟弟身边的人也聪明！

"混世小魔王"弟弟现在变得这么出众，光对孔颖达夸哪够，当然要叫上所有心腹要臣一次性夸个够，还要让承乾过来听一听，好好学习学习！

所有人都听得十分沉默。

长孙无忌甚至还在心里想，对，您这幺弟眼光精准，连您的才人都给讨了去。

您只管再这么纵容着他，很快这小子就能蹿上天去！

李元婴翘首以盼等待新小伙伴加入，没等几天，张柬之就补缺进了国子监，进的是太学，专收低阶官员子弟或格外优秀的寒门子弟。

经孔颖达把他的文章往上一送，张柬之这个人算是在李二陛下那边挂了个号，虽说能不能出头最后还是要靠他自己，但若是他能冒头，往后的前程就比别人的要远大。

李元婴没琢磨这么多，他只想结交新朋友。一听说人进来了，李元婴马上溜达去找人。

乍一见，李元婴觉得这人平平无奇，长相并没有多突出，身量也不算格外高大。好在李元婴现在不以貌取人啦，上去便热情地邀张柬之坐下一块儿吃饭，问他那"福手""福足"的事。

张柬之本来不晓得李元婴为什么找上自己，听李元婴起了话头他才明白过来。弄清楚李元婴的身份和来意之后，张柬之自是知无不言言无不尽，不是因为李元婴出身皇室、尊贵非凡，而是因为李元婴是个值得结交的朋友，不管是开设图书馆还是别的事，都有趣得很！

张柬之也是个有趣的人，他和李元婴的急脾气不一样，他说话不慢不紧，吃饭喝水也不慢不紧，整个人都慢腾腾的，但是说的话、做的事都很勾人，李元婴时常被他吊得抓耳挠腮。

没过几天，张柬之就融入李元婴的小伙伴圈子里面，和每个人都处得挺不错。

国子监这边风平浪静，外头却不怎么平静。李淳风把印刷《文成和亲》这本新书的任务安排下去，很快将成品转交给戴亭那边去安排。

戴亭按照李元婴的吩咐将新书送到每一个该送的人手里，反响不一，有的人感慨和亲不易，有的人想去吐蕃玩玩，有的人则对这种粗浅的行文不屑一顾。随着《文成和亲》流传开，粗浅的好处也显出来了，这书上至八十岁的老妪、下至三岁小孩都能看得懂，一时间几乎人人都在谈论此事。

李二陛下那边也选好了第一个领头去吐蕃的皇室代表：吴王李恪。

太子李承乾自然不能随意远行，太子往下数就是李恪。对这个三儿子，李二陛下不算特别上心，但也还算满意，既然想把宗室子弟扔出去锻炼锻炼，领头的人自然得选压得住他们的，算算李恪也二十三四岁了，放出去走一遭正适合。

李二陛下有了决定，立即下令叫李恪回来，到时正好可以带着人到吐蕃走一圈。这两年的茶税收上来后，百官都对往吐蕃这些地方卖茶的事不抵触了，因为李元婴交上来的不仅有钱帛，还有于耕地征战都大有用处的牛马，大大地缓解了各地畜力急缺的问题。

为了稳固这桩买卖，把茶叶贸易变成长线收益，所有人都赞同李二陛下打发儿子或宗室子弟去稳定邦交。反正，去的不是自己儿子，有什么好不答应的？

没等朝臣们幸灾乐祸完，李二陛下又点了一份名单，名单上个个都是长安城内有名的纨绔子弟。这些纨绔子弟没别的优点，就是会吃会玩，吃喝住行样样都要最好的，长安城内能玩能闹的地方都被他们玩遍了。

李二陛下表示，这些人也要挑一部分跟着出去，好好历练历练，让他们也跟他们亲爹一样成为能为国效力的栋梁之材！

不少人脸上的笑意都凝固了，包括房玄龄。名单上头一个名字，就是他儿子房俊，后头还跟着一串他的狐朋狗友。不知该高兴还是该哭，除了他儿子之外，名单上另一伙人就是杜荷和他的朋友们，名字点得非常精准，没一个是冤枉的！

房玄龄回去后没敢说这事，但他妻子卢氏还是从别人口里听说了自己宝贝儿子在那份"出使名单"上。

卢氏当场逮着房玄龄骂道："你说你，当上大官又有什么用？竟要让儿子遭这种罪！哪有这样的？非要俊儿出远门算什么事？他从小到大可没离开过我们身边！"骂完了，她又开始哭。

房玄龄被卢氏又哭又骂的架势弄得糟心不已，却不敢反驳什么。身在朝廷，儿女不用像百姓那样服劳役，不已经挺好的？百姓为了逃避服役，都弄出"福手""福足"来了。现在只是让他们跟着使团走一趟，又没让他们真吃什么苦头、冒什么危险，哪里遭罪了？

前头他们都极力赞成李二陛下让宗室子弟代表皇室出使各国了，难道牵扯上自家子侄之后又不要脸地反悔？这种事李二陛下和李元婴兄弟俩做得来，他们做不来，他们还是要脸的！

房玄龄好生哄劝了半天，才堪堪把卢氏哄好，夫妻俩都在心里暗骂：哪个王八羔子给李二陛下送了那么一份名单？

这"王八羔子"自然是李元婴，李元婴进国子监后混得如鱼得水，不仅学业精进了，八卦也听了不少，把各家关系摸得门清，谁和谁玩得好，谁和谁臭味相投，李元婴现在闭上眼都能说出来。

一听说李二陛下采纳了他的建议，已经下旨把老三李恪召了回来，李元婴马上给李二陛下提供了一份详尽无比名单，把自己认为可以放出去祸害别人的人才都列了出来。

李元婴认为先挑选一批出去就好，不能做得太明显，咱要走可持续祸害路线。

李元婴塞完纨绔名单，过了几天又给李二陛下写了封长信，说是为了不惹出大乱子，还得配套一批人随行监督他们，这批人的人选可以从于志宁、张玄素和孔颖达他们的门生手底下挑。

李元婴在信里洋洋洒洒地发表自己的看法：他认为这三个人很是了得，像于志宁，骂人都能编成本《谏苑》，连载好几十卷；像张玄素，什么事都能"喷"一"喷"，明显是找碴专业户；还有孔颖达，现在孔颖达对他挺好，他就不说孔颖达坏话了。他们的年纪都大啦，不能让他们来回奔波，但是他们的一些学生太适合放出去了，最好让他们在吐蕃开班讲学，教化教化吐蕃人，先别那么快回来。

李二陛下看得眉头直跳。

很明显，李元婴这是在明捧暗损。李二陛下回忆了一下，过去给皇子们讲学的大多是孔颖达几人的门生，李元婴一天到晚和他们对着干，这是逮着机会想让别人吃点苦头了。

不过李元婴这虽然是明目张胆的打击报复，理由却找得实在好，李二陛下听了很有些意动。当年秦始皇统一各国后，做的头一件事便是"车同轨，书同文，行同伦"，若是能派人前往吐蕃开班授课，让吐蕃人学大唐人的文字，学大唐人的度量衡，言谈举止皆以大唐为方向，买卖相同，往来自由，那吐蕃和大唐又有什么区别？

李二陛下拿定了主意，又叫来房玄龄他们进宫拟了另一份名单。全按李元婴说的范围来选人当然是不可能的，但是李元婴说得有一定道理，要选学问好的，大抵离不开孔颖达他们的门生！

就这样，"皇家旅行团"，哦不，"皇家使团"的规模一步步扩大，人员构成越来越复杂，主要人选分为相生相克的两拨人：一拨是专爱吃喝玩乐的宗室子弟和纨绔子弟，论起没事找事瞎闹腾他们敢称第二没人敢称第一；另一拨则是思维古板、半辈子都埋在书堆里的老学究，张口规矩闭口规矩，论起找碴他们是最擅长的。

李恪还不知道等待自己的是什么局面，到中秋时他正好回来过了个团圆节。

听李二陛下说要他去吐蕃，李恪蒙了；再听李二陛下说要带着哪些人去，李恪更蒙了。这是闹哪出啊！

这么个大团圆的日子，李元婴也从国子监回宫了，他拉着李恪表达了一番羡慕妒忌恨的心情，和李恪感叹："皇兄怎么就不让我去呢？我可想去了！"

李恪没想到这事还和李元婴有关系，甚至可以说是李元婴出的主意。对李元婴这位幺叔，李恪还是挺敬重的，主要是，不敬重李元婴的下场，他们这些已经就藩的皇子都有所耳闻。

李泰够被他们父皇偏爱了吧？结果两个人一对上，他们父皇的选择是把李泰送到封地上去，连阎氏有孕都没能改变父皇这个决定！

他们这么叔虽只是他们父皇同父异母的兄弟，却是从小在他们父皇跟前长大的，又特别能闹腾，于他们父皇而言自然是不一样的。现在看来，和他们这么叔不对付的人，下场都挺惨，比方说以前教过李元婴的一些夫子这回也被塞进"皇家使团"里头，奉命去吐蕃开班讲学了。都是些埋首书堆半辈子的读书人，远行一趟不知得吃多少苦头啊！

李恪虽然遭了无妄之灾，但也知道这是因为自己排行最靠前，心态挺平和。他说道："幺叔你还小，父皇舍不得你吃苦。"

李元婴道："哪能说是吃苦？多好玩啊！"他兴冲冲地给李恪介绍自己看好的游玩路线，要李恪一定得去试玩一番，回来告诉他好不好玩。

李恪听完李元婴充满向往的话，明白了，李元婴是真的想去玩，而不是想坑谁。他答应下来，表示不仅会帮忙试玩，还会跟其他人集思广益开发各种新玩法。

李元婴听了非常高兴，跑去和李二陛下夸了李恪一通，说什么"知我者，三侄子也"。

李承乾也在旁边听着李元婴由衷的夸赞，他觉得李元婴心目中的"天下第一好侄子"又要换人了。不过这种"第一好"没什么可争的，反正有青雀垫底，他们总不会掉到最后去！

"皇家使团"的事算是定了下来，要去探望人家，自然得提前通知一声，使团还没出发，李二陛下便让人去信通知松赞干布那边。大唐的公主嫁了过去，家里人要去看一看，多名正言顺的事是不是？

李二陛下还表示，自己会派一批搞文教工作的读书人过去帮助吐蕃搞好教化，现在纸价降低了，他还赞助了一批经籍，让他们有机会学学四书五经，学学诗词歌赋，要是学得好了，欢迎来大唐留学，大唐甚至还能给留学生考科举的机会！

李元婴有机会读了这封信，觉得非常满意，要气度有气度，要内涵有内涵，很能显出大唐雄风！他还不死心地磨李二陛下："明年让我去吗？"

李二陛下瞥他一眼，说："什么时候你能从国子监考出来了，我就让你去。"

李元婴道："我想考的话，明年就能考出来！"

李二陛下慢悠悠应道："等你考出来再说吧。"

李二陛下不给准备，李元婴也不纠结，又换了个主意说："早前我不是让人去挖龙骨，他们早挖齐了，我还让人照着它们拼起来的模样做出个大家伙，可大可大了，就放在水车对面！明儿没有大朝会，您要不要去葵园看看？"

照李元婴的想法，既然都有人拿他寻得龙骨做文章，那他更要大张旗鼓地展示这块巨大的化石。

葵园现在陆陆续续修成了小县城规模，光靠葵园产出虽也能支撑下去，但是算起来有点亏，李元婴决定跟襄城宫一样对外开放，每天接纳一些人过来游玩。当然，人数得限定一下，不能让人把他的葵园糟蹋了！

既然要向外人开放，让人过来看"龙骨"，李元婴自然得到李二陛下面前过个明路。这不，他积极地游说李二陛下一起去葵园玩，只要李二陛下都看过了，就没有什么祥瑞不祥瑞之说了！

李元婴努力给李二陛下数去葵园玩的好处："现在有不少玉米可以吃，我们看中哪根就让人掰哪根，当场烤来吃，多棒！还有花生也可以拔了，刚拔出来的花生生吃都特别鲜甜，煮熟也好吃！"

李元婴从李二陛下左耳念到李二陛下右耳，终于把李二陛下说动了，决定拖家带口去看看李元婴所说的"龙骨"。

第二天一早，李元婴早早找齐小伙伴等着李二陛下忙完一起出发。

对这件事，魏徵就有话要说了。

主要是李元婴这小子在国子监里读书还挺安分，一从里头出来就能闹出动静来，还总爱把李二陛下怂恿出宫玩。

皇帝出游问题多多，耽误政务还是其次，安全才是头等大事！你那葵园还住了许多高昌人，谁知道里头会不会有对大唐把高昌变成安西都护府这件事怀恨在心的人？

魏徵堵着李二陛下一行人劝谏一通，大意就是君子不立危墙之下，你咋能老听弟弟的怂恿往危险的地方跑？你要是出事，江山社稷怎么办，天下动荡谁负责？

李二陛下听得一阵头疼，觉得这趟大约是去不成了。

李元婴带着一串"小萝卜头"跟在李二陛下后头听魏徵"喷"人，后知后觉地发现自己也在被"喷"之列。

见李二陛下靠不住，葵园之行马上要泡汤，李元婴马上捋起袖子自己上场："老魏你这么说就不对了，安西都护府已经是大唐的一部分，曾经的高昌人如今都是我们大唐的百姓，你又不认得他们，怎么能凭空猜测人家心怀怨愤？如果在天子脚下都能说是'危墙'，那世上还有什么地方是皇兄能去的？"

魏徵被李元婴噎了一下。

李元婴还继续噎他："皇兄自登基以来勤勉为政，时刻想着的都是怎么把天下治理好，让百姓安居乐业，你却说皇兄长安边上的地方都不能去，那岂不是说皇兄连长安城都管不好？"

魏徵应也不是不应也不是。

他后悔了，后悔曾经教这小子《礼记》，教顺嘴了还传授他一些辩论经验。这下好了，教会徒弟逼死师父！

李二陛下见魏徵脸都青了，心里乐得很。魏徵劝谏起来一套一套的，他从来只能听着，不能辩白，李元婴不一样，李元婴可不是朝堂中人，他反驳起魏徵来简直一点都不留情。

看魏徵被堵得无话可说，李二陛下哈哈一笑，大方地邀请道："魏卿你也一同去吧。"

魏徵能说什么，魏徵只能跟着加入出行队伍。

有魏徵在，李元婴又堂而皇之地说想去接上魏姝兄妹俩。

魏徵臭着脸答应。

一行人绕了个路把该接的人都接上，浩浩荡荡地出了城。

到葵园后，魏姝才逮着空问李元婴："我祖父他脸色怎么那么难看？"

李元婴便把自己堵魏徵的话给魏姝说了一遍，说她祖父可能是辩输了心情不好，这些大人就是好面子，说不赢人就不高兴。两个人嘀咕完，再往魏徵那边看去，李元婴成功发现魏徵脸色比刚才又黑了一重。

李元婴在心里感慨：这老魏真是喜怒无常啊！

李元婴决定小人不计大人过，热情地带他们去看"龙骨"化石。

穿过成片叶子已经开始泛黄的玉米田，绕过爬满葡萄藤的葡萄园，前头便是一条绿莹莹的河。河的对岸屋宅鳞次栉比地相依而建，最前头有个巨大水车，正源源不断地把水流输送到每一户人家的后院。

短短一两年，每家宅院都已经带上浓浓的生活气息，屋外挂着今年丰收的玉米，有的还带着籽粒，有的已经只剩下梗，但是瞧着都很喜庆。远远看去，每家由篱笆围成的院子内都晾着大大小小的衣物，虽不是什么绫罗绸缎，可也能看出所有人生活还挺富足，至少全家老小都置办了应季的衣裳。

再走近一些，远远能听到"咯咯咯"的鸡叫声，可能是葵园的佃户们散养的。李二陛下喜欢斗鸡，远远听着母鸡叫，挺想去看看有没有骁勇善战的公鸡可以捞一只回去。

可惜李二陛下转念一下，魏徵是一起来的，没戏了！

李二陛下只能遗憾地问李元婴："'龙骨'在哪里？"

李元婴指着水车方向。

石头还没见着，一个跟巨轮水车差不多高的木制模型先映入所有人眼帘。那"龙"比人高好几倍，脖子长，身躯庞大，正弯下脑袋做喝水状，虽说只做出了骨架，乍一看还挺像样！

李元婴还说："本来我想叫人照着这副龙骨本来的大小弄的，可是那么高搭起来太危险，所以只能做现在这么大的。"

对于跟着过来的一群"小萝卜头"来说，这木制模型已经够大了，他们不能想象更大的"龙"到底有多大。

李小圆球和李象一左一右地跟在李元婴身边，另一只手又一人被一个姑姑牵着，齐齐迈开小短腿往龙骨模型那边走。等到了龙骨模型边上，每个人都扬起小脑袋看向那头"龙"俯下来的大脑袋。

李小圆球惊叹："哇，好大。"

李象也说："它的嘴巴好像能塞下好几个人！"

李元婴客观地评价："可以塞下好几个你，但是塞不下好几个小圆球。"

李二陛下在后头抬手拍李元婴脑袋。

人家李小圆球招你惹你了？总说人家长得圆！

李小圆球一点都不觉得他家幺幺在埋汰他，还觉得挺骄傲的，挺着小胸脯说道："塞不下！"

李象比画过自己和李小圆球的体形，不得不点头承认："确实塞不下。"

李元婴转过头得意地朝李二陛下笑。

李二陛下懒得理他了。

恐龙化石就摆在木制模型不远处的开阔空地上。整副恐龙骸骨拼起来之后占了十几平米的地方，这还是董小乙命人把一些不带"龙骨"的边边角角裁掉的结果，要不然简直得把一小座山搬过来！

由于年岁久远，这副骸骨还是丢失了几块，好在缺的部分正好有对称面，扫描进万界图书馆之后系统可以轻松把它补全。

没错，系统久违地给李元婴发放了一个任务：尽量收集齐这副恐龙骸骨。

董小乙命人把能找到的化石都搬回来之后，李元婴跑了葵园一趟，把这块化石扫描进万界图书馆里，又引来了久违的积分狂涨。没办法，化石这种东西是没一块少一块，再不可能凭空弄出来的，而大唐又是万界图书馆目前所能连接到的最早的时代，哪怕前头有过"造假风波"，闻讯而来的专家学者还是数不胜数——他们可是专业的，化石真假他们难道还不能辨别吗？

最终李元婴顺利完成任务，得到了相应的恐龙模型图纸。

正因为有了这份图纸，李元婴才琢磨着吸引点人来葵园看"龙骨"。

来都来了，不得买点东西吗？到时他让葵园这边的木匠做些小模型卖给他们，人手一条龙，又能看又能玩，多棒！还有什么玉米花生葵瓜子，也能叫来游玩的客人们尝个鲜，毕竟李二陛下已经培育了足够多的种子往外种了，他再不能三颗三颗卖种子了！

李元婴对葵园接下来的发展计划信心满满，一点都不操心。他兴致勃勃地带着一群"小萝卜头"围到庞大的"龙骨"面前，给他们指出哪边是脑袋、哪边是尾巴，大致有多长多大！

一群"小萝卜头"听得哇哇直叫，只恨自己看不到它活着的样子。

哪怕是李二陛下，看到这样的庞然大物心中也十分受震撼。

李元婴带着李象他们看了一会儿，扭头和李二陛下讨论起来："皇兄你觉得这样的大家伙为什么会消失啊？"

所有人都没见过这样的生物，自然无从探知它们为什么会消失。李二陛下绝对不会承认自己对这东西一无所知，他沉吟片刻，说出自己的看法："有时候体形大也不一定很厉害，大象这么大，还不是要听人驱使或者被人杀掉取象牙？"

李元婴觉得李二陛下说得有道理，点头赞同："对，它们长这么大，要是遇到对头，想躲都没地方躲！"

闲唐 2

春溪笛晓 —— 著

打开万界图书馆，一览大唐全貌，尽享天马行空的唐趣盛宴。

闲坐花前读逸史，慢品香茗看盛唐。

魏徵

李世民

李承乾

李治

孙思邈

李元婴

高阳

魏膺

魏姝

戴亨

李泰

孔颖达

曾也少年时，望尽长安花。

好奇的问题有了答案，甭管对不对，李元婴都不去纠结了，欢快地带着"小萝卜头"们到处玩耍。

半天下来，魏徵担心的意外自然没有发生。回去的路上李元婴还凑到魏徵身边说："您看，什么事都没有对吧？皇兄也是人，怎么能老闷在宫中？换了您自己，您肯定也不高兴天天待在一个地方的。古人都说，我们要以己度人，以心度心，以情度情！"

这话还是汉时韩婴所说的，原话是"圣人何以不可欺也？曰：圣人以己度人者也，以心度心，以情度情，以类度类，古今一也。"

魏徵总觉得好好的话被李元婴这么一用，听着就很不对味！

李二陛下前脚从葵园离开，董小乙后脚就紧锣密鼓地开始对外宣传，说葵园接受预约，欢迎大家过来举办聚会，最好是带着一家老小过来秋游。看过"龙骨"吗？没看过就对了，来葵园玩耍吧！不仅可以看到独一无二的"龙骨"，还可以把小龙模型带回家！圣人亲自来看过的，绝对没有犯禁嫌疑，老少咸宜，童叟无欺，恭候诸位驾临！

李元婴敢公然卖龙骨模型，董小乙可不敢，他对外宣称这是"恐龙"，名字也是李元婴给的，李元婴解释说："恐怕是龙吧，简称恐龙。"是不是龙不要紧，要紧的是这大家伙给人的视觉震撼非常大，看到它的人没有不被它震慑住的。

很快地，不少人陆陆续续闻风而至，就算没有这恐龙化石，能去皇家庄子走走也是好的。听说李元婴的庄子上有许多新鲜吃食，还有一批高鼻广目的高昌人定居其中，这么好玩的去处，怎么能不加进秋游热门候选地里？

庄子的管事们很快忙碌起来，每天都要登记第二天的预约人数，限制庄子客流量。要是派来预约的仆从晚到了，那对不起，只能往后挪。人都是爱凑热闹的，葵园这边得预约到小半个月后才能有机会进园的消息传开后，更多的人对这个从外面看去其貌不扬的庄子满怀好奇，都试探着去排个队。

反正，进了园子买不买东西、吃不吃里头的玩意儿，还不是全看自己？他们偏就不花钱，只进去逛逛，李元婴还能赶他们走不成？

李元婴已经回到国子监里安心读书。张柬之虽是个慢性子，消息却挺灵通，知晓葵园开放的事情后问李元婴："进你这园子又不花钱，你不怕你的葵园白白被他们糟蹋了吗？"

李元婴道："只有人少穷死的地方，没有人多穷死的地方。葵园只是把人吸引过去，能不能赚到钱就看他们自己的本领了。而且拼模型这么好玩，谁会不喜欢拼模型呢？"

事实证明李元婴的话是对的，看过巨大无比的恐龙化石，再去看河边立着的木制模型，许多人的想法就不一样了：这么好的东西，怎么能不带回家呢？反正，我要带一个回家，我有别人没有，让别人眼热去！

出售的模型是木头做的，倒算不得多贵重，稀罕就稀罕在它件数众多，每一个小件都磨得十分精细，一看就是精心制作的，甩外头那些粗制滥造的玩具好几条街。买了这模型回去，可以一家人一起组装，也许得费些时间，但是大晚上的闲着也是闲着，陪孩子玩玩不挺好的吗？

可恨的是，葵园这边说因为造一个模型得费不少工夫，一天只往外卖三个，所以预约在同一天过来的一批人里头只有三家人能买到！多的没有，因为做不来那么多。

你拿着图纸去叫别人给你做，那你去啊，反正又不差你一个，我这里就这么卖，爱咋咋地。

还真有人气不过，朝买了模型的人借了张图纸去叫人照着做，结果一算下来，那价格确实是童叟无欺的，要做到那么精细，玩起来不伤小孩子的手，拼起来又栩栩如生，着实得请有名的能工巧匠才能做到！至于玩粗制滥造的仿制品，看过那上手就让人爱不释手的真东西之后，谁还玩得下手？

没办法，众人只能继续排队预约，看看下次有没有运气买到葵园出品的恐龙模型。

这下哪怕是一些看李元婴不顺眼的人，也对李元婴的生钱能力服气了，一堆木头卖个天价，还那么多人上赶着要买。连带他那其貌不扬的园子也成了众人眼里的游览胜地，一堆人蜂拥而至，连吃带买，买不着模型，便买些葡萄酒或者玉米花生，反正样样都很受欢迎，价钱高些都让人掏得心服口服。

李元婴盘活了自己的庄子，便不再关注，他现在忙着呢。

原因在于他跟李二陛下大放厥词说明年就要考出去，结果李二陛下一点都没替他瞒着，转头就告诉孔颖达。

孔颖达还从李二陛下那里听说了李元婴建议挑他门生去吐蕃的事。

按照正常的情况来看，宗室与文臣向来是不可能深交的，毕竟宗室自诩出身高贵，瞧不起穷酸读书人；文臣自诩清高，也瞧不起不学无术、很可能成为朝廷蛀虫的宗室。

以前孔颖达等人和李元婴的关系也是这样，处得好是不可能处得好的，不"喷"你就算好了。不过这几年李二陛下对李元婴这个弟弟的态度有着明显的变化，眼瞧着是想让这个弟弟立起来，多少干点实在事的，毕竟李二陛下都亲自问他"朕这弟弟可还教得"。

李二陛下都这样问了，孔颖达能不好好教吗？

好好了解之后，孔颖达对李元婴也改观不少，至少，心里是认了他是国子监的学生。可听听，这小子把从前教过他的人都报上去，告诉李二陛下最好让他们留在吐蕃别回来了！再听听吧，这小子说他明年就能考出国子监！

一气之下，孔颖达便叫人只管给李元婴留点难题，让他知道人外有人天外有天，国子监的试不是那么好考的。真当随随便便读个一两年书，就比天下读书人都聪明了？

孔颖达这边下了令，马博士等人心里虽犯嘀咕，却也没违背他的话，大大地提升李元婴这边的功课难度。

本来孔颖达觉得李元婴被为难个几天就该找人哭诉了，没料到李元婴是个倔脾气，他头一天被难住了，当晚便念念不忘地琢磨了半宿，琢磨到半夜突然跳起来说"我想明白了"。

第二天一早，李元婴没受什么影响，活蹦乱跳地去上早课，反倒是唐观、唐璿顶着个黑眼圈出现。

如此过了几天，到后来李元婴遇着什么难题，唐观他们便都很热心地和李元婴一起研究，两个研究不出来，就多找几个人加入。总之，绝对不允许李元婴把问题留到夜里，否则他自己一个人在那琢磨，谁都不晓得他琢磨到多晚！

他自己不睡也很精神，别人还得睡呢！

于是李元婴压根没觉出孔颖达叫人为难他了，还觉得马博士他们当真厉害，这么高深的问题他就想不出来。

李元婴不仅在心里这么想，他还信奉"有话就该直接说出口"，跑去和马博士对答案时十分钦佩地和马博士感慨道："都长着脑子，怎么马博士你们就这么厉害呢？我就是想破脑袋，也想不到这些绝妙的问题！"

马博士看着李元婴亮晶晶的眼睛，觉得这小孩他为难不下去了。

　　回头马博士就去找孔颖达提了这事，说李元婴不仅没觉得自己在被人刁难，还挺乐在其中。你能难住他你自己去难！

　　孔颖达听完捻断了自己两根须。

　　世上没有不透风的墙，孔颖达叫人为难李元婴偏还没难住李元婴的事很快传到了李二陛下耳里。虽然幸灾乐祸挺不好，但李二陛下还是就着这个消息多吃了一碗饭，越想越觉得自己让李元婴去国子监是一记妙招，这糟心弟弟就让孔颖达头疼去！

　　李元婴在国子监里祸害到年底，交了不少朋友，不管是住一起的还是不住一起的，他都能说上几句话。临近年关，国子监才放了次大假，让监生们回家过年。

　　李元婴回宫乖乖待了两天，又出宫跑了一趟，不过不是去玩，而是去欧阳询府上拜访。

　　欧阳询去年撒手人寰，前头的几个儿子都已长大成人、谋了官职，只有个小儿子才十几岁出头。目前欧阳家的男丁都在家丁忧，听人说李元婴上门来，都觉得有些纳罕。

　　还是作为当家主母的徐氏说："早前滕王殿下来找过你们父亲，你们父亲与他相谈甚欢，还替他下帖子请了城中高僧相聚。"后来大家都晓得了，李元婴请了一批僧人去吐蕃讲经，顺便往吐蕃卖茶。具体哪个才是李元婴的目的，那就自由心证了！

　　人都来了，自然不好不见，欧阳家诸人虽摸不着头脑，还是亲自出去把人迎进府。

　　戴亭不在身边，李元婴消息不甚灵通，欧阳询去世时他都不晓得，到他知道时又过了登门悼念的时机，所以只能隔空感伤了一下。欧阳询活到八十多岁，算得上是喜丧，所以哪怕是在守丧时期，大伙也没真天天愁眉苦脸。

　　李元婴这次来不是空手来的，他带来了许多欧阳询的手稿。给人家送人家亲爹的手稿听起来有点古怪，不过他是听董小乙说欧阳家在高价买回欧阳询的字稿，说是想给最小的儿子练字，他便把自己手头上那些收拾收拾，再去李二陛下和相熟的大臣那边讨了一批，攒了三大箱子叫人抬着过来。

　　李元婴一向不爱讲那么多虚头巴脑的客套，叫人把大箱子搁下，便和带着儿子出面招待他的徐氏说明来意，说欧阳询与他是忘年交，他听人说欧阳家在收这个便去跟认得的人都讨要了一遍，不知不觉就要了这么三大箱子，实在唐突了！

　　说完他在徐氏的邀请下吃了杯茶，便又撒腿跑了，显见就是想到这一出就去干。

徐氏也不知该哭好还是该笑好。丈夫欧阳询最终不过封了一从五品的县男，在长安城里根本算不得什么，自他去后他们家门庭越发冷落，人情冷暖在这种时候便分外分明了。

徐氏上前打开李元婴命人抬来的箱子之一，入目便是收拾得整整齐齐、没有损坏分毫的字稿。她取出其中一卷摊开，看着上面熟悉的字迹落下泪来，将小儿子欧阳通拉到身边说："通儿，你要好好学你耶耶的字。"

欧阳通认真点头。

李元婴给欧阳家送完字稿，想着时间还早，又骑着他的马儿溜达去魏徵家找小伙伴玩耍。

不想还没进院门，李元婴就闻到香香的鸡汤味。人家家里在做好吃的，换成别人肯定不好意思往里走了，可李元婴不一样，他把马儿给别人牵去系好，高高兴兴地跑进去说道："妹妹妹，这汤我一闻就知道是你熬的！"

李元婴边说脚边往屋里迈，还没迈进去呢，他又往后退了一步，觉得自己可能走错门了。他看了看外头，发现是魏徵家没错，再迈进屋里，对上六双凶神恶煞朝自己看过来的眼睛。

最老的，就是魏徵了，小老头永远凶凶的。

中间几个，明显是魏徵的四个儿子，大儿子他是见过的，魏姝的亲爹；剩下三个年纪逐个递减的明显是魏姝的三个叔父了。

最小那个是老熟人，魏膺。

魏膺在国子监里和李元婴处得还算不错，主要是他觉得与其让李元婴把妹妹拐带到他看不见的地方，还不如跟他们一起行动。

现在不在国子监了，还有祖父、父亲和叔父们在，魏膺又觉得李元婴这个天天找他妹妹的家伙是个混账。再听李元婴还没进门就嚷嚷什么"这汤我一闻就知道是你熬的"，魏膺更来气了！

有你这么败坏别人名节的吗？还一闻就知道，我妹妹天天给你熬汤不成？

魏家所有男丁齐刷刷瞪着李元婴，脸一个个都板得跟魏徵似的，看着非常吓人。

李元婴眨巴一下眼，一脸无辜地往后退去，退到门边后立刻脚底抹油、转头就溜！

在魏家受了惊吓，李元婴没了找其他小伙伴玩耍的心思，摸摸自己"扑通扑通"直跳的小心脏，回宫跟李二陛下告黑状去。李元婴逮着李二陛下就滔滔不绝地批判起魏徵来："上回老魏被我噎了几句，就不爱理我了，这次我去他家玩，他还叫上几个儿子一起凶神恶煞地瞪我，太吓人了。还好我机灵，走得够快，要不然一准叫他指使儿子揍去！这个老魏真不讲道理，说不赢我就叫儿子上，分明是欺负我没儿子！等我将来生十个八个儿子，一准赢他！"

李元婴这种混账话，李二陛下听多了，也知道只有李元婴才敢来他面前叨念这些破事。李二陛下道："我怎么记得你说生了女儿要当宝贝宠着，生了儿子要扔出来自己挣前程，怎么现在又说要生儿子去帮你了？"

李元婴道："挣前程归挣前程，耶耶被欺负了，儿子不得帮耶耶出头，要不生他们做什么？"

李二陛下道："我只听说父母给儿女出头，没听说儿女给父母出头的。"

李元婴说道："才不是，我从小就会给我娘出头啦，谁欺负我娘，我就揍他，要是拳头比不过，我就咬他！"李元婴还挺骄傲的，"小时候，我还教我娘认字呢，父母又不是生来就样样都会、样样都好的，有担当的儿女当然能帮上父母的忙！"

李二陛下睨李元婴一眼，对柳宝林这个没什么存在感的先皇遗嫔倒是高看了一眼。能惯出这么个无法无天的"混世小魔王"，果然不是表面看上去那么软弱，还懂得这么引导儿子向学。

李二陛下毫不留情地点出事实："都这么大了，还看不出来你娘是哄你多读书吗？"

李元婴一下子哑火了。

他坐在李二陛下旁边想了想，觉得他皇兄说的好像是事实，他小时候真叫他娘哄了去。

李元婴想明白了，唉声叹气地说："皇兄你做什么要告诉我，我一直挺为这个骄傲的呢！"

李二陛下心道，就是看不得你那瞎嘚瑟的模样。当然，李二陛下面上又是另一套说辞："我要不说，你岂不是一直看不出你娘的苦心？可怜天下父母心！"

李元婴道："你这么说也有道理。"他原就是被魏徵他们吓了一跳，径直跑来和李二陛下告黑状的，现在状告完了，李二陛下看着没和他一起骂魏徵的意思，他便跑回自己住处跟柳宝林装乖卖巧去了。

第二日魏徵当值时，李二陛下提了一句李元婴来告状的事，问魏徵怎么那么吓唬李元婴。

难得有自己找魏徵碴的时候，李二陛下问得还挺愉快。

魏徵一听，脸都黑了。

昨天李元婴自己没规没矩地跑进来，口里还嚷嚷着一听就叫人误会的话，人亲爹能不瞪他？人亲叔父能不觉得他是不着调的纨绔子弟？更别提还有魏膺在旁边添油加醋地说李元婴在国子监多张狂，简直可以横着走，房俊、杜荷那些纨绔子弟原本和他有点不对付，中秋后都被李二陛下打包去吐蕃了！

听听，这不就是个无法无天的"混世小魔王"吗？

魏徵送孙女去国子监本就惹了不少非议，儿子儿媳对此也颇有微词，昨天闹了那么一出，更是让儿子儿媳很有些意见！

有李元婴这样的吗？你说你心里没鬼，来了就来了，转头就跑是怎么回事？

跑了也就算了，回头还跑去恶人先告状！

魏徵硬邦邦地回道："寒舍简陋，滕王殿下这般尊贵的人物待不习惯，所以才进门就转头离开。想来是臣不对，臣没有提前打听到滕王殿下要来，亲自到门口迎接他，让滕王殿下觉得被怠慢了！"

李二陛下被魏徵这么一堵，自然晓得李元婴告的是刁状。他面色不变，好生安抚了魏徵几句，说自己一定会好好教育李元婴。

快年底了，上上下下讲究的都是"和气"二字，魏徵倒也没逮着李二陛下和李元婴"喷"。对这兄弟俩的一堆破事，魏徵也懒得理了，只要与朝政没太大关碍，他都决定睁一只眼闭一只眼。

魏徵偃旗息鼓，朝堂上却不安宁。

今年年底不太平，先是高句丽那边出了问题，高句丽有个权臣叫盖苏文，实力了得，权倾朝野。高句丽王和心腹合计着要把他弄死，结果保密工作做得不到位，被盖苏文提前知道了，带着人直接闯到高句丽王面前，把他大卸八块，扶植了另一个人当国王。

高句丽好歹是大唐附国，常年纳贡的那种，现在高句丽国王冷不丁被人切块了，手段极其残忍，一干朝臣哪里忍得了，很快有人上奏出征高句丽，诛杀那个盖苏文匡扶正义！

李二陛下想不想征高句丽？李二陛下也是想的，毕竟附国立国主都要大唐发国书封赐的，这盖苏文的做法显然是没把大唐看在眼里，想换人就换人。

可是，现在没钱啊，打不起消耗太大的仗。君不见当初隋朝国力数倍于现在的大唐，三征高句丽还是把它拖垮了！眼下文成才刚去吐蕃不久，西边局势仍未明朗，不适合贸然东征！

李二陛下只能表示"虽然很想诛杀逆贼，但是人家在国丧期间，突然杀过去不太道德"。

这一仗憋着没打，李二陛下心里气不太顺。结果更让他气不顺的事情还在后头，有人上奏说，党仁弘在广州贪污百万，理应处死。

这党仁弘乃是太原起兵时期就投奔太上皇、与李二陛下交情极好的功臣，李二陛下这些年看着秦琼这些人一个个死的死、老的老，心越发硬不起来，虽则党仁弘犯的这事按律当斩，他却舍不得亲自下令把人砍了。

当大理寺连续上了五道折子让李二陛下处理党仁弘时，李二陛下召集了百官，当众表示自己要去南郊向上天请罪，以此徇私一次饶了党仁弘的死罪。

李二陛下也是个倔脾气，劲头上来了十头牛都拉不住，房玄龄等人劝阻也劝不动，当场就叫人好好准备，决定赶明儿就去南郊向天请罪去。

百官没法子，第二天一早就跪在庭前堵着路。真要让李二陛下这样干了，那还真不知道该怎么说才好，哪有君主为了保个臣子跑去向天谢罪的？

百官从早跪到晚，跪晕了好几个。

李二陛下这才软化下来，叹着气表示自己不去南郊了，让大家都回去好好休息。

李元婴晚上在小书房里练字呢，听底下的人说起前头的动静，听得津津有味。这么多人齐刷刷跪一整天，可真够折腾人的，好在许多身子骨不好的老臣都在家歇着，没跪出个好歹来。

李元婴这厮看热闹不嫌事大，叫人去备些跌打损伤药明儿送去给自己认得的大臣，像老魏啊，老孔啊，这些人平时对他这么好，这次遭了罪，他不得表示表示？

李元婴吩咐完了，又想到那个贪污百万的党仁弘，不就一百万吗？做什么要伸这个手？自己赚不成吗？这下好了，说不定命都得丢了！

听李元婴叫人准备伤药，柳宝林担忧地问他是不是摔伤了。李元婴虽然到哪儿都有人跟着，但也抵不过他天天上房揭瓦，伤药都是常年备着的。

李元婴见柳宝林担心，信誓旦旦表示自己没事，他还很不害臊地说可以脱光光给柳宝林看看，他浑身上下就没半道伤口！

柳宝林当然不会要他脱衣服，见他不像在说谎便放心了，又听他说要给师长送药，柳宝林便亲自替他张罗起来。李元婴第二天一早起来，底下的人就把柳宝林分装好的伤药取了过来，一个个小罐子弄得还挺精致。

李元婴揣着药去寻魏徵他们，见着魏徵就说："听说您昨天跪了一天，真是辛苦了。皇兄也真是的，都多少岁的人了，居然还想一出是一出！"

魏徵觉得李元婴哪天被李二陛下打死了，和他这张嘴绝对脱不了关系。瞧瞧他这看热闹的劲头！嘴上说来送药，实际上不过是想来看笑话！

魏徵不理他，李元婴只能直接塞药，转道去找孔颖达，还和孔颖达分享经验："这药可好用了，我从小用到大，每回摔着了、伤着了，头一天晚上抹一点，第二天就好啦！不是我说，我觉得您和马博士他们身子骨都不太好，应该多爱护着点，别看跪个一回不算什么，要是跪伤了年年都疼，您还是把这药拿回去抹一抹！要是下回再有这样的事，您早点装晕，我听人说，鄂国公就晕得很快！"

本来看李元婴来送药，孔颖达还觉得这小子挺敬爱师长，听完李元婴这番话只想破口大骂。你堂堂皇子，怎么会天天摔着伤着？还不是自己调皮捣蛋！还有，有你这么明晃晃叫人欺君的吗？被你这么一说，下次自己真要晕了指不定还要被人戳脊梁骨说装晕！

李元婴自觉好心地给孔颖达送完了药，又给长孙无忌送去，还很是抱怨了一通，说孔颖达和魏徵不仅不领情，还想骂他，还好他走得快！

长孙无忌长得白白胖胖，都说外甥像舅舅，李泰应该就是像他的。收了李元婴的药，长孙无忌面上满是笑，问李元婴在国子监待得怎么样、可有遇到什么难事。

李元婴懂事极了："没什么难事，里面可好玩了，夫子们学问都很高，同窗们也都很好。"李元婴还和长孙无忌说出自己的构想，"我们把五经都学得差不多了，我准备明年叫大家一起去当志愿者，做点什么都好。明年您要是需要能读会算的人就让人给我们说一声，我们什么都肯干的！我觉得文章不可能从天上掉下来，所以还是得干点实事，写起文章来才能言之有物。"

长孙无忌和房玄龄现在一个是司徒、一个是司空，都算是朝中的一把手，李元婴从长孙无忌这里得了准话，又跑去和房玄龄送药献殷勤，顺便让房玄龄也给他们匿摸点实习岗位。

房玄龄现在对李元婴的观感非常复杂，他儿子房俊现在还在去吐蕃的路上，要说他对李元婴很有好感那肯定不可能。不过，当父亲的谁不想儿子成器？这次房俊去吐蕃，跟的是"皇家使团"，到哪儿都会受到礼遇，没谁会不长眼对他们下手，不会有安全问题，让儿子跟去锻炼锻炼他也是愿意的。

所以要说房玄龄很反感李元婴，那也不算。和长孙无忌当场笑呵呵答下不同，房玄龄是思考片刻，才点头说："若有需要，我会和孔祭酒商量。"

李元婴大喜过望，直夸房玄龄人好，然后就屁颠屁颠走了。

李元婴这边给一干朝中重臣献完殷勤，那边长孙无忌收完药，静坐片刻，揣着药去求见李二陛下。

李二陛下正思考着党仁弘的事，听人说长孙无忌来了，以为长孙无忌又要劝自己，原想不见的，话到嘴边又改了："让他进来吧。"

长孙无忌是为李元婴来的。本来满长安没几个人把李元婴放在眼里，毕竟这小子从小恶名在外，是宫里赫赫有名的"混世小魔王"。李二陛下要拿他当筏子，展示李唐家兄友弟恭的一面，大家就心照不宣地看李二陛下宽纵弟弟。

结果这两年李元婴突然开了窍，不仅变得勤勉好学，还广结善缘。宗室之中人人都爱读他玩票般弄出的书册，士林之中人人都夸李元婴弄出来的图书馆和便宜纸张，甚至暗暗称它为"滕王纸"。

年初那场风波绝对不是无风起浪，李元婴这两年的所作所为的确值得引起警惕。要是"滕王纸"再普及一点，天下读书人只要习字抄书，便会想到滕王的恩惠，到时再来后悔就晚了！

更可怕的是，李二陛下对李泰这个儿子万般宠爱，一天不见都想念得紧，结果李泰和李元婴对上之后，李二陛下居然偏向李元婴这个幺弟！李二陛下不仅不防备，还把他放在国子监这个为朝廷储备人才的地方里头，任由他肆意结交士子！

现在，他还送药笼络朝臣。

看看这一桩桩一件件，哪样不值得重视？有李泰这个例子在前，长孙无忌觉得自己有必要来当恶人。长孙无忌坐下之后，把揣进来的膏药取出来放在案前，与李二陛下说出它的来处。

李二陛下注视着长孙无忌，等着长孙无忌往下说。

长孙无忌囫囵着把李元婴给自己送药、让自己给监生们安排实习工作的事告知李二陛下，说完便住了嘴。

李二陛下神色淡淡，没接他的茬。

长孙无忌没扛住，继续劝说道："陛下，纵子如杀子。滕王殿下虽不是您的亲子，但长兄如父，他自幼在您膝下长大，您不能对他过于宽纵，让他生出不该有的心思。"

李承乾虽算是长孙无忌的侄子，但是李二陛下春秋正盛，长孙无忌自然不可能提前站到李承乾那边去，这也是李二陛下宠着李泰时没人明着站出来指出问题的原因：李二陛下显然还能活许多年，谁知道李承乾能不能一直稳坐太子之位？

可李元婴不一样，李元婴不是李二陛下的儿子，任由他经营出自己的势力只会导致大唐动荡。

李二陛下倚在凭几上，神色莫测地听着长孙无忌娓娓说出自己的担心。他手上染过兄弟的血，自是不会信什么兄弟情义，但对李元婴他自有一番计较。该疑心的，李泰年初已经明明白白地给他揭出来了，不需要任何人再提醒。

李二陛下道："他有没有心思朕不知道，朕只知道孔颖达他们不是一罐子药能收买的。你看你收了他的药，转头就告到朕这里来了，难道孔颖达他们就是傻子？"

李二陛下让长孙无忌少安毋躁，毕竟魏徵他们真要傻到支持李元婴这混账小子，那就等着天天给李元婴拴绳吧。谁知道他会搞出什么事来？

长孙无忌没敢说当年他把妹妹嫁到李家之前，也听过李家老二的种种荒唐传言，不说吃喝玩乐样样精通，斗鸡走狗一件不落，还好意思说别人得拴绳？

便是后来登基了，李二陛下前前后后闹出的荒唐事也不少，比如把弟媳收进后宫，比如和人唐俭下棋下输了就想把人砍了，比如在朝堂上吵不过魏徵就拔剑嚷嚷说要杀了这个乡巴佬。

长孙无忌无声无息地腹诽完了，心里也明白过来：难怪李二陛下对这幺弟格外特别，敢情是这小子和他少年时一样能闹腾！

李二陛下都说不必疑心了，长孙无忌只能道："是臣枉作小人了。"

李二陛下没再继续这个话题，把自己亲自写好的罪己诏给长孙无忌看。他肯定要保下党仁弘，既然不能去南郊，那就下道罪己诏说是自己识人不明，怎么都得免了党仁弘死罪。

长孙无忌知道了李二陛下的底线，事情就好办了，马上去劝说其他人给李二陛下一个台阶下。最后君臣都各退一步，李二陛下不去南郊，大理寺不要求处死党仁弘，大家安安心心过个好年。

李元婴不认得党仁弘，只知晓党仁弘最终被罢为庶人。他听了很有感触，跑去和李二陛下提要求："皇兄您真好，要是有人和你说要你砍了我，你也得这样保我才行。"

李二陛下一听就来气，当场骂道："你不犯事，谁会要我砍了你？"

李元婴道："找罪名多容易啊，随随便便就能找十条八条！书上说'欲加之罪，其无辞乎？'，意思不就是想要治你罪哪愁没词！到那时，您至少要跟保那党仁弘一样保我当个庶人！"

李二陛下道："党仁弘征战有功，你有什么？"

李元婴有些发愁，坐在李二陛下身旁琢磨了一会儿，唉声叹气地说："我不想去领兵打仗，我不会打。"

李二陛下见他还真琢磨起来，乐道："所以你还是自己想辙吧。"

李元婴觉得李二陛下一点都没有手足情，对他这个兄弟还不如对那个党仁弘好，顿时不想理李二陛下了，起身撒腿就跑。

李二陛下这个生辰准备去骊山行宫过，点人的时候又把李元婴点上了，要带他一起去泡汤泉。李元婴牛脾气上来，气咻咻地说坚决不去骊山，他要在宫里好好读书，明年考个第一，听皇兄的话自己给自己找出路！

李二陛下会和他一般计较吗？当然会的。

出发当天，李二陛下就叫人去把李元婴扛上马车架，强行带着一起去骊山了。

随行诸人目睹了这么一场闹剧，一致决定当作没看到。

李二陛下走这一趟，除了泡汤泉之外，还有给李治商量婚期的打算。在婚事上头，李治是没有自主权的，李二陛下也没打算给他选择的机会，早前已经给他选定太原王氏之女为王妃。

因着李治被扔去国子监，婚期也就推后了一些，不过李二陛下听孔颖达他们说李治学问平平，算不得特别突出，想参加科举一鸣惊人不太可能，便不再把婚期往后挪了，准备让他和王氏女尽早完婚。

李元婴听说还有这事，马上不闹腾了，跑去问李二陛下什么时候选的人，他怎么不知道。李元婴很是责怪李二陛下："我可是雉奴的叔父，都没给人备个礼，多不好！"

李二陛下道："没人会和你计较的。"

李元婴缠着李二陛下追问给李治定了什么人。李二陛下懒得给他解释，让他问长孙无忌去。

李元婴又去寻长孙无忌。

长孙无忌听李元婴是李二陛下打发来的，就给李元婴解释了一番：如今有"五姓七族"之说，五姓就是李、崔、卢、郑、王，分别是陇西李氏、赵郡李氏、博陵崔氏、清河崔氏、范阳卢氏、荥阳郑氏和太原王氏。

这些都是有名的世家大族，而李二陛下给李治挑的就是太原王氏女，家世好，教养好，可见李二陛下对李治有多爱重。

李元婴道："那她是什么样的人？长什么样？性子好不好？高不高？身量是瘦

还是胖呢？"

长孙无忌听得一阵无言，摇头说道："人家还未出嫁，怎么能去探听这些？"长孙无忌少不得要对李元婴劝说一番，让李元婴管好自己的嘴巴，不要什么话都敢说，什么问题都敢问，要考虑话出说来、问题问出来以后的后果。你一个当人叔父的，怎么能问这些问题？该避嫌的时候还是得避嫌！

李元婴乖乖点头，回去把原话给李治说了，非常惋惜地拍拍李治肩膀："我帮不了你了，你舅舅不肯跟我说！"

李治也觉得无语，"大婚时自然能见到了。"他一早便知道自己的婚事会由李二陛下安排，也知道李二陛下大致会在什么范围给他挑王妃，对李元婴这些问题一点好奇心都没有。不管长成什么样、性子如何，事情都已成定局，难道他还能换人不成？既然自己做不了主，还不如安安心心等着李二陛下安排。

李元婴觉得没趣。

李承乾和李泰大婚时他还小，没机会掺和，好不容易李治要娶妻了，李治却一点兴头都没有，着实让人失望。

李治和李元婴说起别的话题："我书读得不够好，父皇约莫不想让我留在国子监了。等我完婚，可能就要到封地去。"他的封地在太原，王妃王氏也是太原人，李二陛下可能打算等他完婚后就让他就藩。

李元婴怂恿道："你不一起考进士吗？"

李治摇头道："我的学问还够不着进士的边。"

李元婴也不失望，兴致勃勃地说："你去太原也不错，到那边以后多和你王妃到处走走，再给我们留意几个肥缺。到时我和老孔商量一下，带人去太原找你们玩，顺便看看太原有什么可以用来练手的事！反正是你封地，做什么都行！"

李治听李元婴这么说，也有几分高兴。这两年经李元婴反复洗脑，李治也觉得早点去封地很棒，时不时会了解一下太原那边的情况。

两个人当即凑到一起你一言我一语地讨论起怎么玩转太原来。

等说够了，李元婴才和李治琢磨起来："你要去封地了，我还不知道什么时候才能去。"

李治道："你不是要考进士吗？你过了年才十三岁，哪有那么快能考上。"李治悄悄给李元婴分析起他父皇的心理来，"我看父皇是舍不得让你就藩的，你一个人能闹腾出十个人的动静，你不在，父皇身边可就冷清多了。"

李元婴对这个说法嗤之以鼻："你这个儿子他都舍得，怎么就舍不得我了？"

李元婴和李治嘀咕，"我看皇兄他就是坏，我说不来骊山，他偏要叫人把我扛上车；我说要去封地，他偏不让我去。就是不让我如意！"

李治深信李二陛下有自己的考量，他们父皇才没李元婴这么幼稚。

李治道："那你下次跟父皇说你不想去封地，想一直留在长安，看父皇是不是真和你反着来。"

李元婴一听，还真觉得这主意不错。第二天晚上，李元婴就跑去和李二陛下一起泡汤泉，跟李二陛下说："皇兄，我和人打听过了，滕州离长安老远了，我又认不得那边的人，不好玩，我想留在长安不走了！要不，您别让我就藩了成不成，我一直在长安陪您！"

李二陛下倚在汤泉边，双手撑在石岸上，老神在在地听李元婴说话。等李元婴说完后，瞥了眼李元婴满是期待的脸庞，李二陛下慢悠悠地道："成啊，朕许你在长安住一辈子，一步都不用你迈出长安。这样挺好，朝廷还省了块封地。"

李元婴一听，急了，他皇兄怎么不按说好的走。李元婴立刻改口道："我想了想，还是去封地好，这样不合规矩。"

李二陛下道："没关系，你也没干过什么合规矩的事，不差这一件。"李二陛下看起来越说越心动了，由衷感慨道："朕还想着你去了封地，朕想见你一面挺难，既然你也想留下来，那就留下来吧。"

李元婴可不想一辈子留在长安，急得都上手去拉李二陛下了："我不要！"

李二陛下瞥他一眼，淡淡道："不是你说要留下的吗？"

李元婴气鼓鼓地卖了李治："都是雉奴出的馊主意。他说让我试试你是不是真会和我反着来！"结果根本没反，还害他差点连长安城都出不去了！

李二陛下道："你要做的事朕哪次没依着你？"

李元婴想想也是，他想做的事他皇兄都让他做了！李元婴也不害臊，马上又化身为殷勤"狗腿"好弟弟，赖在李二陛下身边说起白日里的趣事，压根不觉得自己早前怀疑李二陛下爱和他反着来有什么不好意思。

有幸和李二陛下一起泡汤泉的人都觉得，这位滕王殿下别的不说，脸皮真是够厚的。一般人哪怕不要脸，也不会像他这样一下子一个样，转换起来根本不带喘气！

君臣在骊山汤泉度了几天假，都挺开心，李二陛下这段时间以来的憋闷也一扫而空。马上要过年了，李二陛下给大伙都升职加薪，魏徵也被任命为太子太师。

回京的路上李元婴听说了这事，一回到宫中便去寻李承乾，安慰安慰这个可怜的大侄子。

一个魏徵的找碴功力，完全可以超越孔颖达、于志宁、张玄素三个人合起来的效果了，皇兄可真会挑的，最会骂人的全塞东宫了。

李承乾近来心情还挺不错，虽然也被张玄素他们骂了几回，不过想玩就得挨骂，他已经很习惯了。李承乾客观评价："魏师是父皇极倚重的人，父皇让魏师当太子太师挺好。"

李元婴还是觉得当太子太辛苦，泡汤泉不能跟着去，狩猎不能跟着去，避暑也不能跟着去。他很是同情地说："要是我的话，我肯定受不了。"

李承乾不想聊这些扫兴的事，跟李元婴说东宫来了批新乐人，让李元婴听听他们的歌舞好不好。若是觉得好，过年他可以找兄弟几个过来好好热闹热闹，当然，李元婴他肯定也是要邀过来的。

李元婴不通音律，不过听和看自然没问题，他从小就泡在美人堆里长大，品鉴的能力不会差。

李承乾命人去叫新来的乐人来为李元婴献一曲，叔侄俩坐一块儿边吃茶边欣赏起乐人们精心准备的歌舞来。能被选为宫廷乐人，技艺自是都不差，李元婴听着觉得还成，就是缺点朝气，转头对李承乾说："不够热闹，怕是侄子们可能觉得闷了点。"

李承乾知道李元婴的喜好，拍拍手让人停了下来，换首热闹些的。

李元婴满意了，他就喜欢热闹。曲子合他心意，李元婴又看起舞来，能上来献舞的都是一等一的美人，不过对李元婴来说相貌和身段都不怎么重要，看了一会儿便觉有些乏味，又听琵琶弹得格外欢快，目光便被弹琵琶的乐人吸引了去。

这乐人姿容秀美，比之正在献舞的女子们也差不到哪里去，琵琶也弹得极好。李元婴问李承乾左右伺候的人："左边那个弹琵琶的是谁？"

左右抬眼看去，辨认片刻，回道："那是称心，琵琶弹得好，也擅歌舞。"

李承乾没怎么注意过弹琵琶的人，听李元婴这么一问也望了过去。

东宫不缺美人，这称心虽相貌姣好，却也没多特别。李承乾看了一眼，没什么印象，便对李元婴道："幺叔你要是喜欢他，年后我叫太常那边把他分拨给你。"

李元婴原本没想着要，听李承乾这么一说倒是有了个新想法，不客气地应道："我这边还真有要用到乐人的地方，你要是愿意把人给我我就收下了。"

李承乾这人爱憎分明，和他玩得好的什么都能分享，和他玩不到一块儿的压根不爱理会，他无所谓地道："有什么不愿意的，本就是太常那边分过来的。"说完他又好奇起来，追问李元婴，"幺叔你又有什么想法？"

李元婴道："丰泰楼不是号称国子监专供吗？既是如此，怎么能没点特别的东西。这称心琵琶弹得不错，我准备让他先把一些同窗的诗谱上曲子，让人在丰泰楼传唱。往后丰泰楼在外头的分号多了，一首诗能唱遍大江南北，愿意往丰泰楼投诗的人一定更多。"

读书人谁不想名扬天下？名声在考科举和授官时都是重要的考虑因素，所以李元婴觉得可以专门培养一批能把诗弹唱出来传颂的乐人，进一步提高丰泰楼在文人心目中的地位。

李承乾听李元婴转念间就是这么个主意，不由得问道："幺叔你是不是早想好了来跟我要人？"

"没啊，"李元婴道，"你说要把人给我，我才想出来的。难道你又舍不得给人了？"

李承乾道："怎么会？幺叔你想要的话，全给你都没问题，我这里难道还缺几个乐人了？"李承乾感慨，"我就是觉得你脑子怎么这么好使，转眼间就能冒个主意。"

李元婴骄傲地道："那是当然，我脑子最好使了。"他又把自己准备将丰泰楼一路开到泰山的事告诉李承乾，这是他和李二陛下说好的，当然不能忘记。他得多想些新花样，把丰泰楼做成天底下最好的酒楼，这样他的本钱就多了！

李承乾心道，怪不得父皇那么喜欢你，原来你是这么讨好父皇的。

但是大话谁都会说，动动嘴皮子表孝心谁做不了？难得的是李元婴当真在做，一心一意要履行诺言。对李元婴的言出必行，李承乾还是很钦佩的，他说道："你缺人缺钱都可以来和我说一声，我这边可以出。"

李元婴觉得李承乾真是个好侄子，隔天就去找李二陛下夸了李承乾一通，说李承乾慷慨又大方，愿意出钱出人支持他们的"泰山计划"。

李二陛下听了也挺感动。不过感动完了，他又摇头说："东宫的支出也是从朝廷那边分拨的，用多了，户部那边还是会有意见。"事实上不仅户部会有意见，魏徵、张玄素、于志宁他们都会"开喷"，从东宫那边支钱根本行不通。

李元婴本来也没打算跟大侄子开口，拍着胸脯保证道："皇兄你放心吧，我早说了不用朝廷出钱的，自然也不会和承乾要。"

宫中过了个热闹年，年后李承乾还真让太常那边把称心分拨给李元婴。

李元婴声名在外，称心自然有所耳闻，过来见礼时分外小心。他入了乐籍，命运便不能自主，名义上虽隶属于太常，实际上比外头那些卖唱卖笑的人好不到哪里去，太子与滕王几句话便能决定他的归属。

李元婴玩了好些天，险些都忘了还有这一茬。看到人，李元婴还和柳宝林感慨："承乾真是守信啊，说年后把人给我就当真给我了。"

听到李元婴对太子的称呼，称心眼观鼻鼻观心，装作什么都没听见。

李元婴让称心起来说话，仔细地跟柳宝林交代起称心的来历。

柳宝林乍见这么个容色姣好的乐人，还以为儿子把太上皇的风流学了去，甚至青出于蓝地在外头沾上了"好男风"的臭毛病。听李元婴把事情说清楚了，柳宝林才放下心来，安心地听李元婴说他的构想。

李元婴道："我准备先让人在丰泰楼唱文成的诗，回头我再让人排几出戏，演文成和亲的事。"话本他已经画好往外卖了，只需要寻几个人演一演就好。李元婴道，"等客人们习惯了边吃边听诗，丰泰楼就每个月唱几首新诗。对了，娘你也得读些诗，将来丰泰楼的菜都要取好听的名字，您的菜那么受欢迎，菜名也要风雅又别致才行！"

柳宝林道："娘都这个年纪了，你还要让我学诗。"

李元婴道："娘都没到三十岁，什么叫'这个年纪了'，往后的日子还长着呢！您得迎难而上，不能因为不好学就不学！"他积极怂恿，"卖得好的都是照着您的菜谱做的，您不给它们起名，难道还得我边读书边为这个费心？"

柳宝林说不过他，只得应了下来。

李元婴说服了柳宝林，这才将自己的安排告诉称心。琵琶他从小听到大，称心是什么水平他一听就知道，虽说称心看起来年纪也不过十五六岁，不过按照系统的说法，他给称心安排的职位应该是音乐总监，负责丰泰楼连锁店专属音乐团队的创作和演出安排。

李元婴经系统一梳理，安置起称心来心里就有谱了，他给称心讲了这职位的重要性，然后又给他画饼：缺人缺钱只管说，不管是太常寺那边的乐人还是民间的高手，只要称心需要，他都可以重金挖来，什么都不用烦恼，只要能做出好曲子、给丰泰楼吸引足够多的文人墨客就可以了。要是做得好了，回头他还可以给这个音乐团队争取御前表演的机会。

到那时，恐怕天底下所有读书人都想让丰泰楼的音乐班子唱他们的诗！

经过李元婴一通交代，原本早已心如止水的称心一下子活了过来，当场伏身跟李元婴行了个大礼。他自晓事以来就被教导乐理、教导如何取悦权贵，从未想过自己会被委以重任，更未想过自己可以拥有这样的自由。

倘若可以，他自是愿意终日与琵琶为伴，不必再费心去讨好他人。若是当真有那一天，天下文人墨客都只为他谱的曲子而来，天下读书人都以新诗能被他们传唱为荣，那他便是死也无憾了！

李元婴道："你若愿意，就好好做事。要是有什么要好的朋友想现在就要过来也行，只管列出名字来，我回头就去给你讨人。"

称心点头应是，很快给李元婴交了个名单，把整个音乐班子搭好了骨架，只等着招募些民间伎人负责对外演出。虽然眼看着差不多到上元节了，称心还是给李元婴打包票，要在上元节就让丰泰楼热闹起来。

李元婴愿意把这么一桩大事交给他，他必须得尽早拿出点本事来，不让李元婴对他失望！

李元婴原本还觉得称心美则美矣，却少了几分生气，只有在弹琵琶时还能看出点少年人的蓬勃朝气来。此时见称心眼中光彩熠熠，一副迫不及待要大展身手的模样，李元婴也跟着高兴起来："那我等着看你们怎么让丰泰楼变热闹。"

称心信心百倍地走了。

李元婴安置完称心，却听底下的人说出个不太好的消息：魏徵病倒了。

魏徵今年六十三岁，身体一直挺硬朗，就是瘦了些。没承想今年雪一下，他就病了，还一病不起，直接连床都下不了。李元婴一听这消息就急了，年前不都好好的吗？怎么突然病倒了？他一来担心魏徵的身体，二来又怕魏姝把眼睛给哭肿了。当下便与柳宝林说了一声，直接冒着风雪出了宫。

下雪天路不好走，马都险些打滑几次，吓得随行的人都劝李元婴等雪小了再去。李元婴不听，一门心思地驱着马儿去魏徵家。

这次李元婴还是突然造访，却没人再和他计较了，魏家上下一片愁云惨雾。虽说魏徵四个儿子都已长大成人，勉强也算有点出息，但魏家的顶梁柱仍是魏徵，他一倒下，所有人都慌了手脚。

魏姝显然也哭过，看起来有些憔悴。见李元婴一身是雪地赶来，往外望了望，只见风雪呼啸，瞧着冷得要命。魏姝声音有些哑，拉李元婴在火炉边坐下问道："这么大的雪，殿下你怎么来了？"

李元婴怕自己一身寒气冻着了病倒的魏徵，便也不急着去看病人，关切地拉着魏姝打量来打量去，看她双眼红通通的，自然而然地把自己的担心说了出口："我不放心你祖父，也不放心你，你是老魏教大的，出了这事得多难受啊。"李元婴说着便叫人把自己从库存里翻出来的好药材都送上来，"人老了最怕病，病来如山倒，病去如抽丝，这次病好了可得好生养着。"

人总是这样，没人安慰时眼泪还能忍住，有人安慰眼泪可就憋不回去了，"哗啦啦"地流个不停。魏姝听李元婴说"也不放心你"，眼泪就开始往下掉了，哭得格外伤心。

魏姝向来要强，李元婴没见她哭过，看她这样哭立刻慌了手脚，伸手拍魏姝的背好言哄道："不哭不哭，老魏他一定能好起来的。叫过太医吗？"

魏姝也觉失态，抬手想把泪抹掉，泪珠子却越抹越多。她只能难过地说："圣人让太医来过了，太医说熬得过就没事，熬不过去就醒不来了。"

李元婴笃定地道："一定能好的！"他见自己身上的雨雪都被烤干了，便拉着魏姝入内去见魏徵。

其他人也晓得李元婴来了，换成平时魏膺少不得要和李元婴杠两句，将妹妹从李元婴手上抢回来，可看妹妹刚失控地哭了一场，魏膺闭了嘴。在他们面前，妹妹总是忍住不哭，他们想安慰也不知该如何开口，这下能哭出来了倒是件好事，总比一直把伤心憋在心里好。

太医虽来过了，李元婴还是坐到榻旁伸手给魏徵把了把脉。人到老年，五脏六腑都在退化，身上连通各处的管子也都年久失修，不是这里有问题就是那里有问题。

李元婴边分析魏徵的脉象，边用医疗通道给魏徵做了个全身扫描，发现魏徵的身体比李二陛下还糟糕些，真不知道魏徵是怎么在这种情况下每天中气十足"喷"到李二陛下狗血淋头的。真不容易啊！

李元婴眼也不眨地把恐龙化石换来的积分全都用在魏徵的治疗方案上，从系统里给魏徵换了颗药。他趁着其他人不注意，和魏姝咬耳朵："你替我挡一挡，我给老魏喂颗药。"

魏姝一愣。

见李元婴一脸认真，魏姝在相不相信李元婴之间挣扎片刻。事关魏徵的身体，哪怕魏姝再放心李元婴也会有犹豫。可想到太医们都束手无策，说要看看老天仁不仁慈，魏姝很快点头答应给李元婴打掩护。

两个人合力把药喂给了魏徵，齐齐盯着魏徵紧闭的双眼。见魏徵没有醒来的征兆，泪水又开始在魏姝眼里打转，还是她竭力忍着才没让泪珠子往下掉。

李元婴见魏姝要哭，顿时急了，开始说胡话威胁魏徵："老魏你要是不醒来，我明儿就带姝妹妹去吐蕃玩，让你追不着。你知道吐蕃离长安多远吗？好几个月才能走到！"

魏姝伸手拉他，让他别说了。

李元婴才不住口，他继续威胁魏徵："我早就想好了，我要带姝妹妹去爬雪山，特别高特别高的那种，我们玩个一年半载才回来，到时你可别哭！"

不知是不是被李元婴气着了，魏徵眼皮还真动了动。李元婴一看，心中大喜，叫人去把孙思邈请来，这边离千金堂近，孙思邈应该很快能到！

其他人没看到魏徵动眼皮，委婉地上前让李元婴去外头吃茶，别这么扰着魏徵这个病号了。他们参要真能听到李元婴说话，说不定会被他气死！

李元婴虽还没说够，但也不好在这种时候要横，只能乖乖拉着魏姝出去等孙思邈过来。

孙思邈自是也被请来过，上次的诊断结果和太医差不多，觉得药石难进，只能靠熬。听人说李元婴相请，孙思邈叹了口气，还是仔细收拾了药箱再跑魏家一趟。

孙思邈来得快，李元婴刚心不在焉地吃了半碗茶，他就到了。

李元婴高兴地拉着孙思邈往里走："孙师您来了！我刚看到老魏眼皮动了动，你快看看他是不是要醒了！"

孙思邈与其他人点头致意，入内替魏徵把脉。一上手，孙思邈便发现魏徵的情况大大好转，血脉通畅了，脉搏也有力多了。孙思邈沉肃的面容舒缓开来，说道："殿下没看错，魏太师应该很快就能醒来。接下来只需要悉心调理，身体应该不会再有大碍。"

李元婴欢喜不已。

魏姝听了也很高兴，但眼泪还是"簌簌"地落了下来。自魏徵病倒，他们没有一天不在担心——担心魏家的天会塌！

李元婴看魏姝又哭了起来，倒没刚才那么无措了，只觉得魏姝果然还是女孩子，平时再怎么不爱哭，伤心起来还是会变成泪人儿。他想了想，跟哄侄女一样伸手把人拉进怀里抱着哄："不难过不难过，老魏马上就好了！他再不醒，我就真带你到吐蕃玩去！"李元婴哄得专心致志，没注意到魏膺正用想杀人的眼光瞪他。

等魏姝不哭了，李元婴还在魏家守了一会儿，直到魏徵醒来了他才安心回宫去。

第二天李元婴又重新去自己的小库房翻找了一遍，把系统认为可以帮魏徵调养身体的好药材选出来，再一次出宫到魏家去。不想他找药材费了些时间，到魏家时，魏家已经有了别的客人。

第六章

功臣画像

比李元婴还早到的是李二陛下和李承乾。李二陛下听人说魏徵病重，太医还说只能听天由命，自然要亲自来一趟。眼下魏徵是太子太师，李承乾这个太子也必须来，所以他们父子俩早早就来魏徵家探病了。

不承想一进门，李二陛下就看到魏徵好好地坐在那儿喝粥，精神头瞧着和平时没什么两样。难道太医谎报病情了？

李二陛下纳闷得很，坐下一问，才知晓李元婴昨天来了一趟，又找孙思邈过来帮忙诊病，傍晚喝了点药，晚上就能下床了。今天一早，魏徵就不愿意在榻上躺着，早早下了榻走动，走够了才坐下来喝粥。

既然魏徵好了，李二陛下满肚子宽慰的话自然都收了回去，关切了魏徵几句，才道："那小子来得倒是快，都抢在我前头了。"

提到这个，魏徵脸色就不太好，李元婴还在病榻前气他说"你再不醒来就带走你孙女"，听魏膺说，他孙女哭了，那小子竟还抱着他孙女哄！哪怕两个小孩都还小，这样也是不合礼数的。

魏徵尽量面色平静地把李元婴昨天那番话转告给李二陛下。

李二陛下听了觉得没什么不妥，还替他幺弟辩解："元婴他也是担心，故意说来气你的，魏卿莫要和他计较。"

魏徵能说什么，魏徵只能不吭声。

虽然魏徵眼下没什么大碍，李二陛下还是把昨天晚上的决定和魏徵说了："魏卿你且安心养病，不用操心太多。等你病好了，朕把朕的衡山公主许给你儿子。"

魏徵一听，愣住了。

在一旁乖乖坐着旁听的魏膺一下子没忍住，急急开了口："那妹妹怎么办？"

虽然吧，魏膺是看不惯李元婴，觉得他样样都不好，但这是基于"这小子要拐带我妹妹"的前提去挑剔的。实际上他心里也觉得李元婴比一般人要好，对他妹妹也很不错。要不然，昨天他早抄起扫帚把李元婴赶出门了！

现在，李二陛下说要把衡山公主许过来，那不是乱套了吗？

不管衡山公主许给谁，妹妹和李元婴不都成不了了？

魏徵转头横向急得失言的魏膺。

魏膺讪讪然闭上嘴，但还是一脸的焦虑。

李二陛下若还看不出古怪来，就枉为人君了。李二陛下与李承乾对视一眼，蓦地想到刚才魏徵特意提起李元婴昨天来了一趟，还说要带走别人孙女。

李二陛下神色微沉。

大唐民风挺开放，民间男女婚前相互有那么点意思也算不得大事，到底是要处一辈子的，两眼一抹黑地嫁娶也不大好。但是他膝下儿女的婚嫁都是他钦定的，断没有他们自己看上眼就许婚的道理。

李元婴虽不是他儿子，但从小养在他身边，又是太上皇亲自托付给他的，婚事自然该由他做主。现在倒好，他自己跑去招惹人家孙女，该做的不该做的他全做了，该说的不该说的他全说了，人家全家都觉得他们该成了！

魏徵的孙女配李元婴不是不行，但不该由他们自己来做决定。

气氛陷入难言的沉默。

就在这时候，李元婴命人扛着温补药材过来了。

李元婴一进屋就呆住了，他皇兄和他大侄子怎么在这？而且，气氛看起来怪怪的！

上回转头就走，被魏徵冷了好多天，李元婴这回学乖了，没再溜走，跑过去拖了个蒲垫在李二陛下身边坐下。他说道："皇兄你和承乾一大早就来看老魏啊！"说完了，李元婴又去看魏徵，发现魏徵精神很好，没了昨天那病恹恹的模样，顿时十分欢喜，"老魏你好了！我刚才去翻了翻库房，找出好些药材，你照着孙师的方子好好熬来调养调养。"

李二陛下听李元婴张口就叫人"老魏"，脸色稍缓，这混账小子瞧着一点都没有拐带了人家孙女的自觉。

李二陛下看向魏膺。

魏膺背脊已经湿透了。

他意识到自己的御前失言可能让妹妹在李二陛下这儿留下了不好的印象。李元婴这小子浑蛋归浑蛋，但是李二陛下对他是真的很纵容，要是李二陛下觉得自己弟弟样样都好，是他妹妹蓄意攀附李元婴，那就完了。

李元婴不知道这古怪的气氛和自己有关，见魏膺脸色泛白，他还挺关心地说："魏兄你脸怎么这么白啊？难道你也病了？等会儿孙师过来时，我叫孙师给你看看！"

魏膺见李元婴还这么没心没肺，脸都涨红了，他辩驳道："我没病！"

李元婴道："那你脸色怎么这么怪？屋里又不冷！"他转头看向李二陛下和李承乾，发现他们都齐齐看向他。

李元婴纳闷不已，大胆猜测起来："难道你们刚才在说我坏话？背后说人小话，你们也太坏了！"

李二陛下淡淡道："我准备把衡山许给魏卿的儿子，你觉得怎么样？"

李元婴一听，不乐意了，立刻反对："不行！"

所有人齐刷刷看向他。

李二陛下神色莫测地注视着李元婴。

李元婴道："您把衡山许给老魏哪个儿子都不对，衡山才九岁！妹妹妹的叔父们都这么大了，哪适合啊？皇兄您怎么能这样乱点鸳鸯！"他又看了眼旁边的魏膺，想了想，还是摇摇头说，"许给魏兄也不适合，他一点都不会照顾人，惹人伤心了都不晓得！"

魏徵脸都黑了。有你这么嫌弃人家儿孙的吗？还敢说堂堂一国之君乱点鸳鸯谱，换成别人准得安你个以下犯上的罪名！

李二陛下没有叫人砍了他糟心弟弟的打算，挑了挑眉，意有所指地道："就这样？"

李元婴眨巴一下眼，奇怪地回望李二陛下："不然呢？"

李二陛下见李元婴一双眼睛满是无辜和不解，淡淡说道："行，我不把衡山许过来了。"

李元婴还反过来指责李二陛下："皇兄您这样哪行啊，还没定的事您怎么能跑来和老魏说，老魏病还没好全呢！这话要是传出去了，对老魏他们和对衡山都不好！"

魏徵眼观鼻鼻观心，决定把自己当聋子，不掺和他们兄弟俩的对话。

李二陛下被李元婴气乐了。

他以为是因为谁才没定下来？

李二陛下道："魏卿于社稷有功，不将衡山许过来，那就你娶你妹妹妹如何？"

李元婴愣了一下，没想到这事还能落到自己头上来。

于社稷有功就要嫁娶的吗？李元婴回想了一下，李二陛下确实给老房、老杜、唐俭、长孙无忌等都许了公主，各家女儿也有许多嫁给宗室的。

看来李二陛下真觉得有功就该结个姻缘当亲戚。

李元婴一直觉得自己还小，虽然儿子怎么使唤都计划好了，但还真没想过自己会娶什么样的王妃。年前他还觉得李治闭着眼娶王氏女挺没劲，现在轮到自己头上了，他一时竟有些蒙。

李二陛下看他听呆了，问道："怎么？你还不愿意了？"

李元婴闻言总算回过神来，欢喜地道："我当然是愿意的，就是不知道妹妹妹愿不愿意？要是妹妹妹愿意给我当王妃，我真可以带她去吐蕃玩了！"人都娶进门了，就不用怕老魏他们了，他爱带去哪儿就带去哪儿！

李元婴兴致勃勃地问李二陛下："那您什么时候让我和妹妹妹完婚？"

魏徵脸都青了。

这兄弟俩能要点脸吗？

李二陛下怕李元婴把病刚好的魏徵再一次气病，板起脸训道："闭嘴，婚姻之事，岂能儿戏？你若是只为了玩，谁放心把孙女嫁给你？"

李元婴乖乖闭嘴，心情却很是雀跃，他要有王妃了啊，他娘知道了不知得多高兴！李元婴坐不住了，左看右看，没看见魏姝，转头对李二陛下说："那我去找妹妹妹问问她愿不愿意！"说完不等李二陛下发话，他就熟门熟路地往魏徵书房跑去。

魏姝跟裴氏她们向李二陛下见完礼就退下了，魏姝一直待在书房里听外头的对话。

听到魏膺说"妹妹怎么办"，魏姝的心一下子提到了嗓子眼。她还小，不太懂什么"求之不得，寤寐思服"，什么"悠哉悠哉，辗转反侧"，但她知道婚姻之事都是父母之命媒妁之言，越是生在皇家、官宦之家，讲究就越多，任谁都不能越过君父去。

她与李元婴都自认是坦荡相交，每次相见都光明磊落，没做过什么私相授受之事，但谁知道李二陛下会怎么想？

等听了李元婴进门的动静，魏姝更担心了，她怕李元婴让李二陛下发作，怕她往后再也不能和李元婴往来。到这一刻，她才发现自己有多舍不得这段自由的时光。

一想到再也不能像现在这样自由自在地做自己想做的事，她就难受到鼻子发酸，连外面正在进行的对话都听不清了。

所以李元婴欢欢喜喜掀开门帘跑进书房时，魏妹正背对着门口、向着书架那边没声没息地掉眼泪。这两天她实在有太多让人难过的事了，好像想让她在这短短两天里把一辈子的泪都哭光。

李元婴见魏妹肩膀微微耸动，顿时急了，跑过去坐到魏妹旁边问："妹妹妹你怎么又哭啦？别哭啊！老——哦不，你祖父病都好了，别哭了。"一想到这是自己王妃、自己媳妇儿来着，李元婴心都要被哭碎了，赶紧拍着魏妹的背哄了起来，"不哭了啊，皇兄说你要是愿意，就把你许给我当王妃，我真的可以带你去吐蕃玩了！"

魏妹愣了愣，抬眼看向李元婴。

李元婴见魏妹收了泪，高兴地拉着魏妹的手问："皇兄金口玉言说的，不骗你！怎么样？你愿意的吧？你当我王妃好不好？"

魏妹觉得这件事完全不符合她的认知，她问道："圣人他们还在外头，你就直接进来问我了？"

李元婴理所当然地道："当然得直接来问啊，要不然什么时候问。"李元婴有点紧张，"我刚才已经答应下来了，妹妹妹你不愿意吗？"

魏妹当然没有不愿意，比起被许给一个素未谋面的人，她与李元婴至少早就见过了，和李元婴在一起每天都高高兴兴的。只是李元婴做事太特立独行，总是做别人意想不到的事！

魏妹不哭了，她也不像寻常女孩那样害羞，愿意就是愿意，她觉得不用遮遮掩掩。她仰头看着李元婴，点头说："我也愿意。"

李元婴见魏妹眼睛亮亮的，眼角还沾着没擦掉的泪花，看起来闪闪发光。他欢喜得不得了，高高兴兴地说："那就成了，我这就和皇兄说去，省得他又反悔。"李元婴压低声音和魏妹说李二陛下的坏话，"你是不知道，皇兄这个人最反复无常了。"

李二陛下还在外头，魏妹可不敢和李元婴一起批判，只叫李元婴快出去。

李元婴顿时得意起来："你也想早早嫁我对不对？我这就去！"

不等魏姝反驳，李元婴就这么翘着尾巴跑出去跟李二陛下嚷嚷："皇兄，姝姝妹她愿意的！"想到自己马上要有王妃了，李元婴兴致特别高，拉着李二陛下的手滔滔不绝地说出自己的想法，"回去皇兄你就给我们指个婚吧，日子让小李来选，小李最会择日子了。不过也不能太急，我还要好好备聘礼，姝姝妹也得备嫁妆的。不如这样，我们先把婚约定下来，婚期可以慢慢选！"

李二陛下和魏徵脸色都不怎么好。

等李元婴把话都说完了，君臣俩交换了一个眼神，最后一致决定：随他去吧。

这世上还有人能管住这混账小子不成？

李元婴这人没事都能闹出动静来，有事他当然能蹿上天，一回到宫中，他就和柳宝林嚷嚷自己要有王妃的事。

柳宝林早知道李元婴的婚事会由李二陛下来定，听李元婴出去一趟就定了王妃人选，先是一愣，然后细问是怎么一回事。李元婴把李二陛下要给他和他姝姝妹指婚的事跟柳宝林说了，还说"姝姝妹你知道的，我和你说过老多次了"。

柳宝林当然知道，还知道魏姝是魏徵养在身边带大的，还跟着李元婴一起进了国子监。这样的女孩子听起来与许多人都不一样，但是若挑个一样的，李元婴肯定没这么欢喜。只一转念间，柳宝林便跟着李元婴高兴起来："那我得好好备个见面礼。"

李元婴说自己要准备聘礼，实际上他一个亲王聘礼要给多少、得走什么礼仪，那都是有规定的，自有李二陛下安排人去操办，根本不用他们操心，他只要出个人就好。

柳宝林要给魏姝备见面礼，李元婴也不拦着，还跟柳宝林说："姝姝妹字写得好，你给她挑点好墨好砚台之类的，她一准喜欢。"

柳宝林笑骂："哪有给人送墨送砚台的？"她让李元婴忙自己的事去，别妨碍她给儿媳备礼。

李元婴嘟囔了一句"有了媳妇忘了儿"，跑出去叫身边的人取些银钱，给所有人多发一个月的月钱，还全给裁了两身新衣裳，庆贺他马上要有王妃了。李元婴不差钱，出手大方，底下的人全得了好处，出去后免不了要炫耀一番。

转眼间，宫中上下都晓得李元婴要娶王妃了。李元婴还不消停，下午就叫人裁了一堆红封，见着侄子侄孙之类的就给他们塞一个，说是让他们也沾沾喜气，早点娶妻生子为咱李家开枝散叶，可以说很有当李家小皇叔的自觉了。

　　连李承乾也得了一个，李元婴还积极劝说他大侄子："虽然你有象儿他们了，但还是要多生几个，多子多福，人多才热闹！"

　　李承乾道："幺叔说的是，幺叔你也要抓紧。"他笑着挤对李元婴，"幺叔你知道孩子是怎么来的吗？"

　　李元婴好歹是宫里长大的，还能劝李二陛下少点耕耘，自然不会被李承乾这问题难倒。虽然不太晓得具体要怎么做，但是他和他妹妹妹都还小，操心这个做什么？等他长大了，自然就会了！

　　李元婴哼道："我怎么可能不晓得，我懂着呢！"说完了他还说要给李承乾把个脉，看看他有没有纵欲过度，孩子要多生，纵欲可不好，可伤身体了。

　　李元婴还煞有介事地说要给李承乾列几个滋补壮阳的方子，让他补补精气，闹得李承乾落荒而逃。

　　真让人知道他堂堂太子早早去吃那些个滋补壮阳的药，他脸往哪儿搁？

　　李元婴是白给人挤对的吗？哪怕李承乾跑了，他还是叫人去搜集些鹿鞭虎鞭牛鞭之类的，一股脑送到东宫去，只差没敲锣打鼓告诉别人自己在帮大侄子找壮阳之法！

　　李承乾现在只恨自己多嘴那么一句，这下好了，所有人看他的眼神都带着探究和怜悯。

　　关键是，这事人家不好上前来慰问，你也不好主动和人说"我那话儿可精神了，一点事都没有"。能怎么办？李承乾只能每晚努力歇在太子妃房中，赶紧再弄个孩子出来，好证明自己雄风依旧。

　　李元婴在宫里闹得太热闹，李二陛下自然有所耳闻。听人说李元婴弄得宫里宫外都在传李承乾雄风不再，一时不知该说什么好，当即把李元婴叫过来臭骂一顿："知道你要有王妃了心里高兴，你也不用这么闹腾吧？"

　　李元婴才不是乖乖挨骂的人，他理直气壮得很："是承乾笑我不知道孩子怎么来的，我这不是让他知道我晓不晓得吗？"

　　李二陛下懒得理他了，勒令他上元节一过马上卷铺盖回国子监念书去，别再整出事来。

　　上元节这天，长安城热闹不已。难得晚上开宵禁，大伙可以自由地到处溜达，街上自然人山人海。丰泰楼的音乐班子也在这时候闪亮登场，李元婴听称心说丰泰楼里的唱台搭好了，就是时间赶得急，没能练好新曲子，所以只能先用年前排练的曲目顶上。不过外头的人肯定都没听过，所以应该还是挺吸引人的，到时就可以宣布今年丰泰楼每个月都会有演出的事。

李元婴对这样的安排挺满意，但是既然没新鲜曲目，他就不去凑这个热闹了。上元节后他们就要回国子监了，李元婴自是珍惜上元节这种能在夜里带着魏姝出去玩耍的日子，才到傍晚就兴冲冲地跑去魏家接人。

魏家上下对李元婴的感觉都很复杂，以前觉得他要拐带魏姝，所有人都万分警惕；现在魏姝真被拐了，他们更不知该不该把他赶出门好。这家伙脸皮奇厚，没有人怀疑，要是把他挡在门外，他会翻墙进屋！

裴氏倒是一直都挺喜欢李元婴的，可自从两个小的订了婚约，裴氏打听了不少关于李元婴的事，一颗心总是悬着。以前吧，她只需要担心魏徵一个，现在她还得担心李元婴会不会哪天把天给捅了。

别人的复杂心情，李元婴一概感受不到。

李元婴本来想单约魏姝两个人好好玩够本，可兕子她们巴巴地盼着他，他自然不好扔下小伙伴们自己乐，所以到魏家时他还是拖着一串小伙伴，并且准备去把狄仁杰他们也叫上，浩浩荡荡地赏灯看月去。

到了魏家，李元婴和裴氏他们打了招呼，然后找魏姝说明情况。魏姝虽没李元婴那么喜欢热闹，但大家一向都是一起玩的，没理由有了婚约之后就把其他人全甩开，所以魏姝对大家一块儿过上元节没什么意见，高高兴兴地跟着李元婴出门去和其他人会合。

都是熟人，高阳她们见了魏姝后虽然打趣了几句，但也就那么几句，多的没有了，所有人都一门心思想着要怎么玩。

李元婴玩起来是没计划的，带着一群小伙伴从街头跑到街尾，从东市跑到西市，走街过坊，一晚上都没消停。其间他们还去了丰泰楼那边看了看，听了半首曲子，见人越聚越多就走了。

李元婴和魏姝介绍："我把这事交给称心，就是刚才弹琵琶的那个。琵琶我从小听到大，觉得好的没几个，称心就弹得挺好，我在承乾那里听了一次，顺嘴问了个名，承乾就让太常那边把人分拨给我了。承乾真是个顶好顶好的好侄子！"

魏姝还没说话，高阳就笑了。

高阳乐道："哥哥这么好，你怎么还那么闹他？"虽说女孩子不该听到那样的风言风语，但高阳能是一般女孩吗？她一向和其他皇子玩得好，打马球时听他们议论得欢，早把最近宫里最大的乐子打听得清清楚楚明明白白！

李元婴振振有词地说："我那是关心侄子。"

魏姝问是怎么个关心法。

李元婴也不害臊，凑到魏姝耳朵边嘀嘀咕咕，把自己给李承乾送壮阳好物的事给魏姝说了。

魏姝耳朵有点红，不过面上还是很镇定的。对于李元婴的胡作非为，魏姝只能说："你们叔侄感情真好。"换个感情不好的，早追着李元婴打了！

李元婴得意扬扬地说："那是当然的。"

李元婴凑够了热闹，先把玩了个尽兴的李小圆球送回魏王府，又把兕子她们送到宫门前，让兕子她们先回宫，自己则不骑马也不乘车，步行护送魏姝回家去。

一路上李元婴的嘴巴就没停过，兴致勃勃地给魏姝做规划，今年他可能还考不上进士，不过不要紧，李治大婚后要去太原，他们今年先去太原玩。等明年他考上了，他们就可以去吐蕃看文成了！

等他们从吐蕃回来后，他也十四五岁了，怎么算都得就藩了，他皇兄没理由再留他。到时候他们在封地爱干什么就干什么，大书院开起来，大船造起来，他要带她出海玩！

李元婴倒不是单纯去玩的。自从魏徵突然病了一场，李元婴发现系统还算有点用处，至少治病效果挺不错，为此他得积极地攒点积分，免得亲近的人突然倒下他却什么都做不了。

既然扫描文献和建筑之类的都变成了"存疑"，那他就多扫描点恐龙化石好了。反正未来都有专门研究这个的人，他砸钱培养一批人专门帮他找"龙骨"有何不可？回头指不定还能多卖几种恐龙模型赚钱！

所以他往后要去哪里玩，就提前让手底下的"龙骨专家"去打听打听周围有没有"龙骨"化石，有的话顺道去扫描一下。这样既不耽误玩，又不耽误攒积分，两全其美！

李元婴心里的小算盘打得"噼啪"响，屁颠屁颠地把魏姝送到家门口。他还不爱悄悄来悄悄走，反而光明正大地把方才在街上买的大包小包一股脑送进魏家。

这家伙压根没把自己当外人，进门后兴冲冲地把沿街淘来的摆件往魏徵屋里摆，还往魏姝在魏徵书房的专属位置上搁了个窈窕仕女妆的花瓶，插上灯市上买来的花。忙活完了，他才和裴氏道了别，带着随行的人开开心心回宫去了。

魏姝送走李元婴，坐在花前看看花，又看看李元婴亲自给她挂上的灯，轻轻地笑了起来。

夜里，魏徵免不了和裴氏骂起李元婴来。这小子带他孙女出去玩就算了，瞧这架势简直像是把半条街买了回来，他觉得要不了多久他这个本朝头号谏官就该成为御史们弹劾的对象了！

到这会儿，魏徵总算觉出了李二陛下的黑心，他以清廉正直示人，衣食住行都在展现自己的两袖清风。结果，李二陛下给他挑了个这样的孙女婿，他的一世清名迟早要毁得干干净净！

论奢靡，满朝上下谁比得过李元婴？听人说，他去国子监时叫人抬了一溜大箱子，衣裳穿一套扔一套！为了吃点好的他还叫人把国子监的食堂承包了，弄了个什么百家菜，做了一百天不重样的菜，往后就天天供应他爱吃的东西。

更别说这小子搞事能力惊人，做啥都能闹出大动静来。别的不说，就说这次定下亲事吧，李二陛下那边基本程序还没走完，他就已经昭告天下弄得尽人皆知，还随手坑了太子一把！

弄得太子都明里暗里让他管管这个准孙女婿，拿出劝谏李二陛下的劲头来，别让他天天那么闹腾。

魏徵觉得自己病才刚好，很快又该被气病了！

裴氏听魏徵骂完了，却不应和他。虽然她也担心李元婴会不会闯出弥天大祸，但目前来说李元婴不还挺好的吗？裴氏道："做孙女婿的，给你买点东西怎么了？谁敢在外头说嘴？他们家没女婿孙婿吗？他们家的不孝顺，还不兴别人家的孝顺了？"

魏徵不吭声。

裴氏还要接着夸："我觉得这孩子是个有福的，前些日子你那场病来得多凶啊，太医和孙老神医都束手无策，没能让你转醒。结果这孩子来了没多久，你就好起来了，第二天马上能下地！"

魏徵哼道："我那是被气醒的。"他儿女不少，孙子孙女也有好几个了，但是这么多儿孙辈之中他最喜欢魏姝这个孙女，她想做什么都由着她，希望她能快快活活地长大。那会儿还没名没分的，李元婴就在他病榻旁说要带魏姝去吐蕃，他能不被气醒吗？

裴氏道："你能听见他气你，怎么听不见我们哭？所以还是这孩子福气大，把你给叫醒了！"

得了，反正在裴氏眼里那混账小子样样都好！

魏徵彻底闭上嘴。

上元节热闹完，李元婴又要回国子监读书了。他回国子监那天也没消停，叫食堂准备了人手一份的喜饼，让同窗们人手一份，毫不害臊地把他和魏姝的新身份宣告天下。

转眼到了二月，李治的婚事开始着手操办起来，李治比李元婴年长两岁，今年也不过十五，在民间还算不得"丁"，但是比起他哥哥们算是晚婚晚育了。他万事不愁，还是安安分分在国子监里念书，由着李二陛下命人替他包办一切。

李元婴觉着李治这个亲成得着实糊涂，不过各人有各人的想法，李元婴也没多劝。结果他们没安心读多久书，朝廷那边就得了个不怎么好的消息：齐王李祐在齐州那边自己搞了一套班子准备造反。

李二陛下才过了几天舒心日子就又接到这样的消息，顿时勃然大怒，当即命兵部尚书李绩带人去齐州把人逮了！李元婴还是告假吃李治喜宴时才知晓这件事的，外头都把事情压得死死的，暂且还没人知晓，还是李二陛下处置了李祐生母阴妃后才在宫中传了开去。

这边儿子成亲，那边儿子造反，李元婴觉得李二陛下这个爹当得也辛苦。李治的喜宴闹腾完后，他悄悄去寻李二陛下说话，宽慰宽慰被儿子戳了一刀的李二陛下。

李二陛下面上无喜无怒，也没赶李元婴走，叫人煮了茶留李元婴说话。

李元婴自是好生安慰了李二陛下一通，让他别气着自己的身体，儿子不听话，揍几顿就老实了，用不着和他们生气。

李祐这侄子李元婴没怎么见过，也不知李祐是什么样的人，所以他也没对李祐造反的举动做出什么评价，只纳闷地说："朝廷兵强马壮，他这么做不是不自量力吗？图什么呢！"

李二陛下一直没发话，由着李元婴一个劲地说个不停。

李元婴说累了，见李二陛下还是那表情，再接再厉地劝说道："哎，皇兄你不要太难过啊，我看承乾和雉奴他们都很孝顺的，三侄子也不错！"

李元婴这份殷勤让李二陛下颇为受用，这段时间有人来和他商量如何处置牵涉到的一干人等，有人来给他送相关证据，但是像李元婴这样跑来滔滔不绝地安慰他的还是独一份，听着还真让他生出几分"儿子不听话，真是伤心啊"的感觉来。

李二陛下儿女不少，可亲自过问过的就那么几个，他对李祐这个儿子感情着实没多深。李泰的事就给他提了个醒，既然坐上了这个位置，其实不能指望什么父慈子孝兄友弟恭。

这回李祐撞到枪口上来，他就要杀鸡儆猴给一些人看看，让他们知道造反不是那么好造的，哪怕是亲儿子，有了反心也只有死路一条！

这些打算李二陛下没准备和李元婴说。

就李元婴这疲懒又放纵的性格，逼他造反他都不会有那个心思，没必要单独敲打他。

李二陛下瞥了李元婴一眼，说道："行了，回去歇着吧。"

李元婴觉得自己白费这么多口舌了，李二陛下瞧着没比开始时开怀到哪里去。李元婴想起《韩子》里说，君王的喜怒若是轻易被别人知道，那国家可能就要灭亡了，看来李二陛下肯定也偷读过《韩子》，所以不管高兴还是难过都不让人知道。

李元婴也不多留，麻溜跑了。回去后，李元婴也没和柳宝林说自己去安慰李二陛下的事，而是挑拣着李治迎亲和摆喜宴时的趣事给柳宝林说了。

宫中近来有些不太平，柳宝林本来心绪不定，但李元婴一回来她就万事不愁了，母子二人分享完分别以来的大事小事，都怀着好心情歇下了。

李治成亲还未足月，李祐就被带回长安。据说他拉的造反队伍完全是草台班子，李绩还没到齐州，底下已经有人反水把李祐给逮了。李绩到了那边之后任务就轻松得很，该抓的抓，该抄的抄，跟着造反的捉起来，劝谏有功的挑出来上报，一场雷声不大雨点也小的造反活动宣告结束。

随着李绩押送李祐的造反团伙回京，齐王造反的消息也不胫而走，所有人都对此议论纷纷。好端端的，怎么这么想不开？看人家李恪，见天被训斥也没见反了去，你分在齐州这种富饶地方，靠山又临海，还有什么不满足的？

众人刚看完晋王娶亲，都想看看李二陛下怎么处置这个儿子。李二陛下也没让人失望，涉事人员全部斩首，包括李祐的党羽和他的舅家。

才刚开春，长安城就染了一次血，观者无不胆寒。

至于齐王李祐，死得倒是体面些，在宫中被赐了杯毒酒，齐齐整整地去了。

李二陛下杀了个亲儿子，朝堂上的气氛低沉了几天，但李二陛下还是该做什么做什么，把他无情的一面体现得淋漓尽致。一时间，成年的没成年的皇子都得了消息，已经就藩的藩王们也都拿到了专门抄送过去的邸报，让他们好好看看造反的后果。

不管身上流着谁的血，敢妄想不该妄想的东西就是这个下场！

在相州安家一年的李泰也得了份邸报，同时到达的还有阎氏生产的消息。阎氏生了个儿子，母子平安，李二陛下派人过府看过，这是个不错的好消息，虽然去年大半年里他写给李二陛下的信都石沉大海，但至少李二陛下还没完全忘记他这个儿子。

李泰刚高兴一些，权万纪就拿着长安那边送来的邸报找过来，给李泰念了一遍李二陛下对齐王李祐的处置。

权万纪的态度很直白：你看看这造反的后果吧，不仅自己没好果子吃，亲近的人也全都"完球"了。要是你有这个心思，赶紧歇了吧，别自己找死！

李泰面色又青又白。

这权万纪简直欺人太甚！

权万纪不觉得自己欺人太甚，他必须尽到长史的责任，好好给李泰打预防针，免得李泰想不开也造个反。不能怪权万纪心生警惕，因为本来李二陛下有意让他去当齐王长史的，是李泰突然要就藩，李二陛下才改了主意！

李泰就藩的原因，不就是想和太子相争吗？

所以权万纪一拿到邸报，马上就过来找李泰了。他可不想当个长史还赔上自己的身家性命！

权万纪当面敲打了李泰一番，不顾李泰的表情如何难看便退下了。

李泰坐在原处看着窗外的落日，过了许久，叫人温了酒来一杯接一杯地喝。夜色降临时，他已喝得酩酊大醉，昏昏沉沉地睡了过去。

消息都传到相州了，自然也传进了国子监。李元婴听得愣住了，上回他去见李二陛下时，李二陛下没说他要杀李祐。

李祐虽然要造反，但是兵就那么几个，能用的人也就那么几个，怎么想都是成不了的。

李元婴原以为李二陛下即便生气，应该也会饶李祐一命或者给李祐留点血脉，毕竟那可是李二陛下的亲儿子。没想到李二陛下一个都没留下，处置得干干净净、干脆利落！

这天夜里，李元婴有点睡不着。他知道伴君如伴虎，也知道天家无私情，但是这几年他和李二陛下处得挺好，李二陛下也忍他纵他，他便越发地过了线。

李元婴翻了个身，睁着眼看向黑漆漆的屋顶。他一辈子都不会想要那个位置的，坐那个位置，要杀兄弟，要杀儿子，连儿女的婚事也都像是筹码一样安排下去。

可即便他永远都不想，皇兄能永远不疑他吗？他有阿娘，有妹妹妹，有很好很好的朋友们，他希望所有人都能快快活活地过一辈子，但他想不出好法子。

哪怕是生在普通百姓家里，也会有兄弟相争、妯娌失和，到哪儿都不可能事事如意。

李元婴实在睡不着，一骨碌地爬起来，下地走到外头，看着月光在前庭洒落的一地霜白。

唐观和唐璿都醒了，见李元婴一直没回来，坐起身对视一眼，轻手轻脚地走了出去，一左一右地行至李元婴身边。

李元婴听到动静，看看唐观，又看看唐璿，眨巴一下眼睛，说道："我吵醒你们了吗？"

唐观道："又不是头一回，习惯了。"

李元婴觉得唐观这人真是刀子嘴豆腐心。他笑了起来，看着天上圆圆的月亮说："今天的月亮可真圆。"

唐观又与唐璿对视一眼，轮到唐璿开口："你在想齐王的事吗？"齐王一党被处理的事已经尽人皆知，他们都能猜出李元婴为什么没睡着。

李元婴听唐璿问了，想了想，说道："是，也不是。"他收回了看月亮的目光，和唐璿两人说出自己的想法，"我在想，是该好好想想自己以后该做什么、不该做什么了。"要是只有他自己，他可以一直肆无忌惮地当他的"混世魔王"，但是他都要娶王妃了，他不能让他娘和他妹妹妹伤心，他要当给她们遮风挡雨的男子汉，不能再天天胡搞瞎搞叫人担心。

唐观两人听李元婴竟主动反省自己，觉得非常难得，自然齐齐对他进行了鼓励。

李元婴得了友人的支持和夸奖，非常高兴，一觉睡到天大亮。

唐观两人觉得李元婴接下来应该会消停一段时间，这天晚上也睡得挺好。结果接下来几天李元婴就跟魏姝她们倒腾了一个实习方案递上去给孔颖达，建议孔颖达让国子监的监生们到京畿各个县衙进行实习。反正一县之地也没什么要紧事，让大伙提前去摔打摔打，将来当了官也不至于两眼一抹黑。朝廷各部处理的都是各方要务，关系重大，就不建议提供实习岗位了！

这件事李元婴年前就和长孙无忌他们提过，这会儿他写方案自然是理直气壮地把长孙无忌和房玄龄他们的名字写上去，说是年前已经咨询过司徒和司空的意见，他们也觉得非常好，强烈建议孔颖达好好考虑这个建议。

齐王造反的事孔颖达自然不可能不知道，看李元婴在这种节骨眼上还敢冒头，孔颖达真想掀开李元婴的脑袋看看里头装的都是什么！这小子难道一点都不怕触了霉头？到底谁给他的胆子？没看到这些天所有留京的宗室子弟都夹着尾巴做人吗？

孔颖达收是收了，但一直按下不表。

李元婴见上头没动静，每天都跑去直舍寻孔颖达，殷殷叮嘱他见到李二陛下一定要把方案递上去。他还挺嫌弃孔颖达的："以前您不是经常能见到皇兄吗？怎么现在见不着了？皇兄是不是不想让你当国子祭酒了？"李元婴积极游说，"越是这种时候，您越要努力表现啊，您把这个折子递上去，说不准皇兄又对您另眼相看了！"

孔颖达觉得自己是鬼迷心窍了才会替李元婴担心，怕他撞到枪口上！

孔颖达冷哼一声，骂道："行，我今儿就帮你递上去！"

李元婴自从听到李二陛下对李祐的处置之后考虑了很多。最后考虑来考虑去，李元婴决定还是该干啥干啥，他既不会造反，也不爱揽权，根本不必担心的，他吃喝玩乐碍着谁了？

哪怕皇兄真不放心他了，只要他没那么个心，最差的结果也不过是窝在封地上乖乖待着，让他做什么他就做什么，现在就夹起尾巴做人和那样有什么不同？

所以，还不如先玩了再说，玩完再被圈在封地里也不亏啊！李元婴暗地里把自己的想法和魏姝、武媚她们说了，她们也觉得是这个理，人活一世，总不能做什么都畏手畏脚，那样活着有什么意思？也许李元婴闹一闹，摸出更宽容的底线，她们能做的事也会更多！

李元婴便在武媚两人的帮助下写出了他交给孔颖达的那份方案。

李元婴觉得自己这个想法还是挺好的，要是你当官连底下的事都没弄清楚，你怎么为民做主怎么英明处置啊？就该把这些未来的国之栋梁放到对应岗位去摔打摔打！

等京畿这些上县都祸害过了，李元婴觉得还可以挑一批跟他去太原找李治，让李治安排些中县下县给他们去历练历练，再写一份分析和总结，看看下县和上县差在哪、有没有提升空间、有没有可以相互借鉴的地方经验。

孔颖达给了准话说要帮他把方案递上去，李元婴就放心了，喜滋滋地回去和小伙伴们玩耍。

孔颖达话一出口，虽有些后悔，但还是依言去求见李二陛下。这事毕竟得国子监牵头，由他出面正合适。

李二陛下最近清静了不少，一般人没事都不敢往他跟前凑，听人说孔颖达求见，很快便让孔颖达进来坐下说话。

孔颖达没有废话，直说自己看了李元婴递上来的方案，觉得不错，可以试行。

李二陛下对孔颖达挺放心，毕竟孔颖达是孔家传人，声名在外，还是当初早早跟着他的十八学士，国子监由孔颖达负责是最佳选择。听他又是为李元婴来的，李二陛下还打趣道："自从元婴去了国子监，孔卿你来求见朕的次数都变多了。"

孔颖达老脸绷着，一板一眼地回道："臣老了，心思不如滕王殿下灵活，想不出滕王殿下这些新想法。"

李二陛下不以为忤，叫人取来方案打开看了。这方案做得挺周全，不像是李元婴这种想一出是一出的家伙拟出来的，看看笔迹，倒像是女子的手笔，就是不晓得是武媚还是魏姝，反正总脱不了这两个人。

李二陛下面色平和地看完，觉得只有这个想法本身以及最后几句"长孙无忌房玄龄听了都说好"是李元婴自己动手的。他说道："这章程拟得不错，朕叫房玄龄他们过来商量商量，到时候你们选好时间安排下去便是。"

孔颖达点头应是。

房玄龄他们还没到，李二陛下便问起孔颖达国子监近来的情况。

国子监最近倒没什么新鲜事，就是李元婴这家伙和女子读书科举这个议题杠上了，每次考试让他写文章，他都变着法儿往这个上面扯，每次都有不同的说法，得了末等也不恼，憋着劲要说服所有国子博士。有人都和孔颖达抱怨过这件事，说李元婴文章越写越好，要是不扯上这个，那文章都是能评优等的！

说到这个，孔颖达就觉得这事得怪李二陛下。李二陛下要不把三个女孩子送进国子监，让李元婴每天带着她们跟其他士子一起谈天论地，自然也不会让李元婴生出这种离经叛道的想法来！

现在好了，你还把魏徵的孙女许给李元婴，李元婴自然争取得更积极，到处跟人说他家将来一准要出大唐头一号进士亲王和进士王妃，一个都不会少！

孔颖达听到这些话时都气笑了。

人家的科举独木桥已经够窄了，你们皇亲国戚还来凑什么热闹？

孔颖达把这些事情挑拣着给李二陛下说了，话里话外都在暗示李二陛下管管他这弟弟。

李元婴去考进士本就是李二陛下亲许的，李二陛下当然不会觉得有什么。听李元婴还要带他准王妃一起考，李二陛下倒是真觉得新鲜了，房玄龄他们过来后便与他们说起这事，关于"准滕王妃要考进士"这部分是专门讲给魏徵听的！

魏徵这家伙张口不合礼制闭口不合礼制，该让他也听听李元婴这个准孙女婿放出去的大话。

听李二陛下拿自己的孙女挤对自己，魏徵面色平静地应道："科举相关的律法条文之中并没有女子不得应试的说法，若是她们能通过国子监的考核，那自然也是可以应考进士科的。"魏徵说完了，还看了孔颖达一眼，能不能通过国子监的考试拿到应试资格可是孔颖达该操心的事，跟他这个当祖父的反而没什么关系。

魏徵这么一提醒，孔颖达也想到了这一点。

科举有关的律法条文只说了"不得有刑家之子、工贾殊类"，刑家之子，就是指家里有犯罪记录的；工贾就是指工匠和商贾，他们的户籍上都写明了匠籍或者商籍，没资格参加科举。

除此之外，还真没特意列出女子不得应试。毕竟这么多年，也没女子会想参加科举！

应考是没什么，可能你天赋异禀，没到嫁娶年纪就考上了，但是考上以后呢？考上以后你跟其他士子一样去地方上当官吗？路上怕不怕遇到危险？到了地方怎么让人服众？到了野蛮落后点的地方，他们可能会觉得派个女人来当父母官是侮辱他们，当场揭竿反了！你说照顾你是女孩，让你留任京畿这些富庶开放的地方，可凭什么呢？千千万万读书人不服！

而且，眼下朝廷缺人，还得多生孩子啊，要是全克服重重困难揔起袖子读书当官去了，谁来生孩子？

要是魏姝三人没有进国子监，要从乡县经过重重考验考上来，那孔颖达就不用操心了，一定没机会。但现在魏姝三人都被李二陛下塞进了国子监，学问还都学得挺不错，文章也写得很出色。难道真要他给个应试资格？

孔颖达忙向李二陛下开口："陛下，此事——"

李二陛下今儿心情很不错，见孔颖达当真苦恼起来，倚在凭几上哈哈一笑，说道："孔卿何必忧心，让他们考难道他们就能考上？"

孔颖达一听，觉得也对，李元婴这群小孩虽然都挺聪慧，但真要说他们是天纵之才那也说不上，都还欠些火候。反正他这边不刻意留难，也不刻意放松，只管把他们当普通监生就是了。

讨论偏了会儿题，又回归到李元婴几人拟出的方案上。

长孙无忌已经在李二陛下面前当过坏人了，见李二陛下还把李元婴的提议拿出来讨论，他也不再提反对意见。

房玄龄为人谨慎，鲜少自己拿主意，只挑拣几处有待商榷的细节出来讨论，几个人给李元婴的方案打完补丁，一致同意推行此事。反正这事又不费钱又不费事，还能抓批壮丁去搞搞地方工作，何乐而不为？

最需要烦恼的反而是孔颖达，毕竟监生肯不肯去还得看他怎么动员，真以为人人都和李元婴一样喜欢胡搞瞎搞？许多读书人都宁愿埋首苦读，两耳不闻窗外事，一心只读圣贤书！

孔颖达烦恼吗？孔颖达一点都不烦恼，他回了国子监就叫人把李元婴找来，说事情已经定下来了，拿着房玄龄那边拟出来的章程叫李元婴领着监生会的人去宣讲。要是没人去或者监生出去捅了娄子，全部让他这个倡议人来兜着！

李元婴才不怵，他还安慰孔颖达："不怕，准成的，我一定把事情办得漂漂亮亮，绝对不丢您的脸！"

孔颖达见李元婴信心满满，也不多言，随他去了。

李元婴回去后便呼朋唤友宣讲实习方案，把愿意参与的监生都按照各自的长处组好了队，摩拳擦掌等着到外面大展拳脚。有各种考虑没有报名参加的，李元婴也不勉强，万事开头难，等他们把头开好了，后面的人自然可以接着干。

李治没赶上实习这档事，成婚后不久就连自己带王妃地被打包去了太原。李元婴特地告假去给李治送行，殷殷叮嘱他一定要把太原好玩的地方都打听出来，顺便塞了几个人进李治的就藩队伍里，说是什么"龙骨专家"，到了太原后要为帮他找恐龙化石提供设计灵感的。

李治本来有点伤感，舍不得离开长安，但听李元婴没完没了地叮嘱了一点两点三点四点，那点儿离愁别绪早化成灰飞走了。他无奈地说："行，你说什么是什么。"

两个人从小一起长大，到了分别的时候，李元婴心里还真有点舍不得，一个劲和李治保证下一个实习地点就定在太原，他们搞完第一轮实习马上就去太原玩。

李治点头，转身上马，瞧着很有点当家好男人的模样了。

兕子和衡山虽很舍不得李治，但听说李元婴过几个月要带她们去太原玩就没那么伤心了，站在原处目送李治一行人走远，乖乖跟着李元婴回宫。李元婴告假出来给李治送行，自然得回宫见见柳宝林，母子俩其乐融融地用了午膳，还聊了聊丰泰楼的事。

李元婴在国子监里，怕柳宝林闲着无聊，就叫人每日进宫来禀报丰泰楼的情况。柳宝林每日瞧瞧出账入账，看看众人对菜色的评价，再听听外头的逸闻趣事，日子过得挺充实。

李元婴还从柳宝林口里得知称心最近把音乐团队管理得很好，往外招了不少伎人，每天都能变着法子表演新花样。还有一事，柳宝林提到称心招的伎人之中有个十五六岁的少女，虽不是乐籍，却很愿意参与写曲编戏之事，据她说，她还与李元婴认识，是李元婴替她脱的籍。

柳宝林本是不过问这些事的，但听人说是李元婴认得的小娘子，柳宝林就上了心，心里暗暗揣测：自己儿子不会是随了太上皇吧？先给自己招来个王妃，眼下又有个他给脱籍的小娘子，这才十三岁呢，往后还得了！

因着有了这样的猜测，柳宝林边说边细细观察李元婴的表情。作为李元婴的亲娘，她自是不在意李元婴风流多情的，但风流多情也得看对象，要是没娶亲就在外头养外室，别说他未来小王妃是魏徵的亲孙女，就是寻常人家也要翻脸。

李元婴不晓得这事，外头的事情他一概交给底下的人管理，自己是不碰的，他碰了可能还要挨骂！李元婴想了想，很快想起帮他搞茶叶这一块的苏大郎，苏大郎曾让他帮苏七娘脱籍，说是要接苏七娘到家里和自己的儿女一起住。

李元婴道："我晓得是谁了，您不用操心，我回头问问是怎么回事。"他把苏大郎和苏二娘结义的事给柳宝林讲了讲，说那苏七娘他见过两回，是个聪慧的女孩子，兴许是与苏大郎的亲眷没处好，或者像媚娘她们一样不想当个终日留守后宅的寻常女子。她既是要跟称心一起搞这个音乐班子，那就让她搞去，他叫人多看照她一下便是。

见李元婴面上没半点心虚，也不像是对那小娘子有什么情愫，柳宝林便放心了。她笑着说道："我这边让人传个话就好，不用你特意去经手。"

李元婴乖乖点头。

母子俩还要再聊，就听有人来宣召，说是李二陛下要见李元婴，让李元婴过去一趟。

李元婴挺纳闷的，最近自己没干什么坏事来着，怎么李二陛下特意叫人来宣召他。虽然心里打着小鼓，李元婴还是对柳宝林说："皇兄肯定是想我了，我这就去见他！"

柳宝林正担心着呢，听李元婴这么口没遮拦地一说，忙朝传话的内侍笑了笑，替李元婴打理好有些凌乱的衣襟。

李元婴由着柳宝林把自己拾掇整齐，跟着人去见李二陛下。

到了李二陛下那儿李元婴才发现有个老熟人在：阎立本。

李元婴乖乖巧巧地上前见礼，接着都不用人招呼，自发地在李二陛下身边的空位上坐下。

李二陛下睨他一眼，没说什么，继续和阎立本、褚遂良商量正事。原来李二陛下准备把宫里一栋楼命名为凌烟阁，将大唐立国以来的功臣画像陈列其中。名单他已经列出来，也和长孙无忌等人商讨过了，最终挑了长孙无忌等二十四位功臣。

现在的首要工作是，把二十四位功臣的画像画出来。这个差使落到了阎立本手上，阎立本自是任劳任怨地一家接一家地跑。由于这是要名垂千古的大好事，大伙的热情都蛮高。

不过现在出了点小问题，阎立本到李靖家给李靖画像时，一只小豹子突然蹿出来吓了阎立本一跳。豹子虽没咬人，阎立本却摔伤了手，短时间内拿不了画笔了。因为李靖家比较偏远，所以以李靖是最后一家了，现在就差他那张画像了！

凌烟阁目前还没修好，换个时间再去画也不是不行，但阎立本也是有气性的，画像期间李靖让豹子蹿出来，明显是不想让他来画！畜生不懂事，人也不懂事吗？那他就不画了！

阎立本这次过来，就是委婉地和李二陛下表达这个意思的。他还给李二陛下提了句，说李元婴和李靖交情不错，让李元婴去画吧，李元婴画画天赋挺高，他哥阎立德都夸好。

阎立本这话其实有点赌气，准备一次性把李元婴和李靖都坑了，李靖是新仇，李元婴则是旧恨。当初他随驾去洛阳，李元婴和他哥好得只差穿同一条裤子了，没少让他独自生闷气。干脆让这俩家伙凑一堆解决画像的事去！

结果李二陛下听人夸他那糟心弟弟天赋好，心里挺高兴，还真命人去把李元婴叫过来。

李元婴一听是这事儿，悬着的心可算放回肚子里了。不是发现他干了啥坏事就好，别的都好说。李元婴一口应下来，不过为了摆在一起不突兀，他要求去看看阎立本画好的二十三幅画像，到时他比照着画。

李二陛下见阎立本脸色不太好，打趣道："看一眼你就能学会吗？"

李元婴道："那倒不是，肯定画不出一样的，但是人和人本来就不一样，有点不同的地方也不要紧的，只要摆一起不显得奇怪就行了。"

李二陛下也好奇都画成什么样了，同意了李元婴的要求，兄弟俩一起去把凌烟阁二十三功臣看了个遍。上头的人李元婴认不全，比如莱国公杜如晦在他出生那年就没了，他是不曾见过的。

李元婴仔细看了杜如晦的画像，转头对李二陛下说："这就是'房谋杜断'里的'杜'啊，可惜我生晚了，没能见过。"

李二陛下看到栩栩如生的杜如晦画像，心里既怅然又怀念，点头道："你是生晚了。"

李元婴把二十三功臣画像一一看过了，很是佩服地对阎立本说："小阎你画人可真厉害，我画不了这么好。"

阎立本心道，你才几岁，要能画成这样让别人怎么活？当然，表面上阎立本还是挺谦虚的，捋着须说："哪里哪里。"

看完画像，李元婴本来要走了，李二陛下又将他留下来说话。李元婴乖乖跟着李二陛下回去吃茶，吃了小半碗才偷偷觑向李二陛下，问道："皇兄您还有事要和我说吗？"

李二陛下搁下茶问他："画像的事心里有底了？你要不行，我再找人。"

李元婴道："有点难，我得试试才知道。反正凌烟阁不是还没修好嘛，说不定回头小阎的手就好了，实在不行，回头你找大阎去画也成。"他画人像少，但是底子不差，打小就好这一道，小时候别人追蝴蝶，他就画蝴蝶，太上皇夸他画得好，他高兴极了，一个劲地画，倒是误打误撞让他有了不错的功底。

李二陛下淡淡道："行，那就让你试试。"

李元婴又问李二陛下还有没有事。

李二陛下挑眉道："让你陪我吃碗茶，你就这么不乐意？打着我的名头卖茶时，你可不是这么说的。"

李元婴听李二陛下这么说，马上顺着杆子挪到李二陛下近前坐下，乐滋滋地道："我卖茶可不光是为自己卖，不还给朝廷增加茶税吗？如今吐蕃和突厥各部越来越离不开茶了，大唐各地也掀起了喝茶之风，每年的茶税可是越来越高了！"他又给李二陛下出了个主意，"我觉得应该把南边的茶山圐圙着围起来，直接收了茶税再让他们把茶叶往外运，没经允许的一概不许种茶。这样一来可以避免有人图茶利改良田为茶场，二来也能防止有人偷漏茶税！"

李二陛下道："你想法倒是挺多。"

李元婴骄傲地说："那是自然，我最爱思考问题了。"他继续给李二陛下说自己的看法，"这样做还有第三个好处，那就是又添了许多位置可以安置当地的人才。毛遂自荐时不是说了吗？只要给他一个麻袋，他就能显出自己的锋利来。所以我们要找一些能显出人能耐的麻袋，让各地的人才好好历练历练，做得好的，有本事的，就让他们当大官。一点小事都干不好的，那就让他们一直做那些闭起眼睛都能做成的事。"

李二陛下道："就是知人善任。"

"对对，知人善任。"李元婴很高兴，"反正，人才会越来越多的，找点事给他们干，他们就没心思琢磨别的了，都该想着怎么好好表现，怎么能让您看到他们的才能！这是我弄了作坊和丰泰楼之后学到的，只要我找到适合的人负责领头，事情自然能办成。至于那些没什么想法的人，其实也不是没用，只要告诉他们该干什么他们还是能照办的。"

兄弟俩就着茶场设税关的事讨论到喝完煮好的茶，李二陛下便打发李元婴离开。

李元婴一走，李二陛下揉揉眉心，靠在凭几上歇了片刻，叫褚遂良把刚才的谈话抄录一份送去给太子。

李元婴虽然经常冒出些天马行空的想法，但仔细一琢磨又觉得可行性颇高，随着茶叶的热销，茶税这一块确实水涨船高，户部尚书唐俭现在每天都眉开眼笑，连装病躲事的次数都少了。

既然茶利甚巨，那么在各大茶场设立税关的事也该提上日程了。这么赚钱的东西，还是牢牢把控在朝廷手里最好，指不定过个几年，征伐高句丽的军费就凑出来了！实在凑不够，那就让李元婴再想点法子，反正他上回还说人家党仁弘"做什么贪那一百万钱"，肯定不差钱也不差生钱之法。

这时候李元婴已经走到半路了，突然打了个喷嚏，他奇怪地和左右说道："今儿也不冷啊，我怎么突然打起喷嚏了？"

左右道："许是王妃想殿下了。"

李元婴心里挺美，面上还是很谦虚地说："才半天不见，妹妹妹怎么会想我？想也没事，明儿我就回去了，不会叫她想太久的！"

左右听着都笑了。

李元婴和柳宝林说了一声，便又骑着马出了宫，直奔李靖家。其实刚才听阎立本说蹿出只小豹子，李元婴就两眼发亮，迫不及待想去李靖那边撸豹子！

不过，在他皇兄面前他还是要装装样子的，免得他皇兄觉出不对来，不让他去了，毕竟他皇兄有禁止他去李靖家骑大象的"前科"！

与此同时，李靖家中，红拂正在替李靖整理许久没穿的礼袍，埋怨他养的豹子乱窜。李靖道："底下的人一时没关好笼门而已，谁知道会冲撞到阎侍郎？"

人已经得罪了，红拂只能叹着气说："他回去跟圣人一说，圣人不会不让你的画像入凌烟阁了吧？"

李靖言简意赅："不会。"虽然他已算是半解甲归田状态，但自大唐立国以来也算屡立战功，还为朝廷著了兵书，李二陛下不至于为了这么点小事把他剔除在外。他说道："就是不知会换谁来？"

夫妻俩正说着话，外头就有人来报说李元婴来了，说是奉命来给李靖画画的。

李靖与红拂对视一眼，都有些惊讶。不过两个人对李元婴的到来都很欢迎，主要是李元婴当初主动帮红拂请来了孙思邈，把病重垂危的红拂救了回来。后来了解多了，李靖觉得这位小王爷很对他脾气，每次李元婴上门他都很欢迎。

李元婴也没和李靖见外，兴冲冲地跑进来，左看右看，没看见豹子，便问李靖："不是说有小豹子吗？在哪里？我想看看！"

李靖也不急着要画像，起身带李元婴去看他刚得不久的小豹子。他说道："这豹子的父母都没了，被带回来时还没睁眼，我叫人喂羊奶喂大的，没想到居然还挺有野性。"

李元婴一点都不怕那野性十足的小豹子，还跃跃欲试地提出要摸一摸。

李靖叫喂养豹子的人把它骗出来给李元婴过过瘾。

李元婴顺利摸到豹子，觉得手感挺不错，可着劲蹂躏了一会儿，非常满足。撸了豹子，他又去看去年戴亭从吐蕃带回来的牦牛，李靖手底下的人养东西很有一手，连离了高原可能活不了的牦牛都活了快一年了，虽然瘦了不少，但总算还能吃能跑。就是天气马上要转热了，照看牦牛的人在帮它剃毛，好让它清清爽爽地熬过酷夏。

李元婴对剃毛也很感兴趣，冲上去逮着那头白牦牛剪下一把一把的白毛，玩得不亦乐乎。直至被很没安全感的白牦牛顶了一下，摔了一屁股蹲儿，李元婴才心满意足地去和李靖商量画像的事。

李靖早叫人备好笔墨了，还重新穿上了正儿八经的礼袍，看起来正式得不得了。

李元婴提出自己的看法："我觉得这身装扮不够威风，不如穿甲胄吧！将军还是要身穿铠甲、手拿武器最好！我看其他人都穿得差不多，大家都一个样太不显眼了，我给您画幅最显眼的！"

李靖道："也好。"

两人商量着商量着，最后变成画李靖身穿甲胄骑在马背上的英勇姿态。

自从对外宣称腿部有疾，李靖已经挺久没上马，更别提穿着甲胄上马，但李元婴的提议让李靖也来了兴头，马上叫人去拿他的甲胄来。李元婴又说："要拿年轻时穿的那种！"

李靖奇道："为什么？"

李元婴道："既然是要展现功臣的风姿，那自然该展现您立功时的风采。"见李靖依言命人去取当年穿的甲胄，李元婴又兴致勃勃地问李靖最得意的一仗是在哪儿打的，当时拿的什么武器，骑着什么样的马儿，身边可有什么飞鸟帮着传信。

李靖的甲胄平时都是红拂管着，听人说李靖要穿早前的甲衣，红拂吃了一惊，细问之下，红拂才知晓李元婴的打算。她虽然觉得这样的画像可能入不了凌烟阁，但是李靖难得有这样的兴致，她自是领着人带上甲衣一块过去校场那边看看李靖久违的马上风姿。

李靖见红拂亲自来了，开怀地一笑，命人伺候自己穿上甲胄，还招呼红拂帮他把披风拿来。他年纪不算小了，这几年又总生病，骑马似乎已经是上辈子的事。他也不怕旁人笑话，叫人把自己搀扶上马，坐在上头和李元婴回忆："当初我的马不是这一匹，是红色的，可精神了，跑起来鬃毛和尾巴都甩得老高。我还养了只猎隼，你见过猎隼没？"

李元婴道："见过，老凶老凶的！"

李靖哈哈笑道："可不是吗？它还啄过突厥人的眼睛。突厥人自己也养鹰隼，但都不如我养得好！"李靖说到兴起，又喊守在一旁的亲兵，"去拿我的戟来！"

亲兵领命而去，很快替李靖将描金长戟取了过来。李靖伸手一接，觉得有些沉了，但还是抬起已经青筋毕现的手把它举了起来，对李元婴道："当年，我能用这戟轻轻松松扫平一片敌人，放我出去杀个痛快，我能以一敌百！"

李元婴听得心驰神往，又夸道："您当了将军，那就是以一敌万！不，应该是以一敌十万了！"

李靖乐道："哪有那么夸张，还是得有好使的兵，当个光杆将军我也没辙。"

一老一少两个人聊起战场来那都是热血沸腾，李元婴两眼发亮地要李靖多说点，李靖则是满脸带光地回忆往昔。

红拂站在一旁听着他们聊得兴致高昂，眼眶不知怎的湿润了。

多久了啊，自从吐谷浑之战后，她丈夫就再也没有上过马，也没有这样意气风发过，每日不是闭门著书就是逗逗府内养着的飞禽走兽，再没有露出过这样一面。可她是一路随李靖走来的，她知道李靖只有在战场上才最快活，他这个人就是为战而生的！

李元婴和李靖聊了个尽兴，却压根没动笔墨。李元婴对李靖说："我心里有谱了，回去慢慢给您画，画好了让人送来给您看看，您觉得可以再让人送去宫里。"

李靖一口应下。

送走李元婴，李靖才发现红拂眼眶泛红。李靖过去握住红拂的手，关切地问道："怎么了？"

红拂道："好久没看到你上马了。"

李靖道："你若想看，我天天上马给你看。"

红拂扑进李靖怀里，夫妻俩紧紧相拥在一起，仿佛回到了年少轻狂的往日时光。

他们能平平安安到老、能看着儿孙长大成人，总要放弃一些东西，这样的日子已经很好了。

李元婴已和柳宝林道过别，便不回宫了，径直带着李二陛下着人准备的笔墨纸砚回了国子监，寻马博士他们腾了个位置，说是奉旨画功臣画像。马博士他们都挺纳罕，李二陛下的打算他们也有所耳闻，但他们听说的是李二陛下派阎立本画画像、褚遂良题字，没听说要让李元婴画的。

李元婴便把阎立本被豹子惊吓到的事跟马博士他们说了，还着重描述豹子长什么样、手感如何。这下好了，大伙都知道李元婴跑去李靖家里撸豹子了！

虽说都觉得让李元婴来画功臣图有点儿戏，但马博士等人还是挺好奇李元婴能画成什么样的，把直舍内的一处静室给了他，让他空闲时过来这边画画。

李元婴抱着笔墨纸砚去静室那儿放好，连着好几天都没动笔，只在早课时腾出时间坐在一旁看马，看它们的眼睛长什么样，看风一来它们的毛会沿着什么方向飞动，看它们跑起来时蹄子怎么扬起、怎么落下。

看得多了，李元婴脑海里便有了匹活灵活现的马，那马儿通体火红，眼睛又黑又亮，神气得很！接着马上又多了个人，那人的脸庞逐渐变得年轻又英俊，瞧着正当壮年，整个人英姿勃发，瞧着就是个少有的英雄人物。

最后，一只凶猛的鹰隼从天上长啸而下，落到了那盖世英雄的肩膀上。

如此一来，整幅画面就完整了。

李元婴废寝忘食地琢磨了数日，终于开始动笔了。他和马博士告了假，把自己关在静室里一整天，在魏姝等人担心他会饿伤身体的时候，李元婴出来了。见魏姝等人都守在门外等他，李元婴兴冲冲地拉着他们入内看他的杰作："你们看，我画好啦！"

魏姝被李元婴拉着进屋，也不挣扎，迈步跟着李元婴走到案前，只见案上铺展着一张长长的画卷，画上的人是学着阎立本惯用的画法来画的，画工兴许差了些，但胜在鲜活动人。

没错，只看一眼，画上的李靖就像是走到了你眼前来一样，也许那面容没多相像，那身量也没完全按着本人来画，但是你一眼看去就晓得这人是李靖，他是一个了不起的大将军——看久了，你甚至由衷地生出一股想要跟他一起厮杀沙场的热血来！

魏姝夸赞道："画得真好。"

武媚也说："对，画得好极了。"她曾远远见过李靖，那时李靖已经患了足疾，每次进宫都拄着杖，身形看着越发地伛偻，丝毫没有年轻时的骁勇与硬朗。看了李元婴这画，她便明白为什么李靖的夫人当年不顾一切要与他结为连理，这样的英雄人物，谁看了不会心生倾慕？

这边的热闹也将当值的马博士几人引了过来，听说李元婴把画像画好了，他们也都上前准备看看李元婴画出了什么样的"功臣图"。一看之下，早些年就见过李靖的沈博士夸道："像，真像啊！我记得当年的卫国公就是这样的！"

其他人也觉得李元婴画得着实传神。

李元婴得了一通夸，高兴得不得了，叫人把画像送去李靖家中让李靖看看满不满意。

专注画画时李元婴不觉得饿，画完后李元婴就发现自己肚子开始"咕咕"叫了。好在食堂就是丰泰楼包的，李元婴哪怕去晚了也有人帮他留着不少好吃的，李元婴做完一桩事，胃口大开，在魏姝他们的陪伴下大快朵颐。

等李元婴吃饱喝足，唐璿才在一旁说道："你怎么连饭都不吃，大家很担心你。"

李元婴道："我画画讲究一气呵成的，停了就很难找到感觉。"为了一幅画像琢磨了几天，李元婴一点都不觉得累，还感觉自己边画边感悟到不少技巧，画技提升了不少。他兴致勃勃地对魏姝说："我觉得我现在会画人像了，就是画起来有点累人，旁人我再不画了！等我们成亲时，我把你穿嫁衣的模样画下来好不好？"

魏姝感觉其他人都齐刷刷地朝自己望过来，耳朵虽然微微泛红，口里却还是很高兴地应了一声："好。"

李元婴开开心心地送魏姝到她们住的小院前，径自回去呼呼大睡，补回白天为了画像耗掉的精神。

李元婴吃饱喝足早早睡下了，李靖府上却一整夜都灯火通明。李靖夫妻俩把画挂了起来，两个人坐在画前看着画上正当壮年的马上将军，那马就像他那已经老死的爱马一样，又精神又骁勇；那长戟高高扬起，仿佛有破风之声；连那鹰隼，也像是活生生地来到了眼前。

这画像李靖满意吗？李靖哪能不满意，他怎么都没想到，从没见过他当年模样的李元婴能够画出这样一幅画像来，要知道当时李元婴甚至还没出生！

红拂道："能不能叫人另画一幅送到凌烟阁去？这幅我们自己留着，留给我们的子孙后代，让他们知道他们的先祖是怎么样的大英雄。"

李靖看着画上的自己，许久之后才回道："当然得送去凌烟阁，子孙后代要是想看，就让他们好好挣前程，自己去凌烟阁看！"

红拂听李靖这么说，眼底也泛起了光彩。

对，就让子孙后代自己上凌烟阁看去！

李靖夫妻俩第二天一早便命人将李元婴画的画像送进宫去，李靖自己也进宫了，跟李二陛下表示自己非常满意李元婴的画。

李元婴那天去李靖家里撸了豹子还给牦牛剃了毛的事早传回李二陛下耳朵里，李二陛下本以为李元婴就是拿画像当借口跑去李靖家里玩的，压根没想着真给李靖好好画。听李靖由衷地夸赞着李元婴的画，李二陛下还以为自己听岔了。

等确定李靖确实非常喜爱李元婴的画后，李二陛下觉得自己有必要看一看李元婴画成了什么样。正巧长孙无忌和魏徵都在，李靖离开后，李二陛下便叫他们一同去看看那不久之后将要悬挂到凌烟阁的《二十四功臣图》。

很快地，所有人都看到了李元婴的杰作。

论风格，李元婴画的画像确实不显突兀，虽没有阎立本的水平，但一眼看去也还算和谐，至少风格是一致的。问题就在于，李元婴把李靖画得太英挺太生动了，骑着马的李靖一亮相，其他画像都显得有点刻板，且还有点千篇一律！

乍一看，就像是一个将军领着一群不起眼的随从。

李二陛下、房玄龄、长孙无忌君臣三人一起沉默了。

李元婴画完画，才发现他们的实习计划因为他闭关作画延期了好些天。于是第二天一早，李元婴收拾收拾，带着小伙伴们奔赴上头分配的实习地点。

因为不是在国子监里了，所以李元婴堂而皇之地把伺候的人全带上，凑成个小车队浩浩荡荡地前往目的地：鄠县。

鄠县在长安以西，位于涝水边上，是京畿一个经济不错的县城，山好水好，土壤肥沃。李元婴没去过这地方，一路上挺兴奋的，这次跟他一道的还有国子监仅有的四个女孩子以及狄仁杰。

没办法，魏姝和武媚肯定是跟着他的，城阳当然不可能落单。由于金胜曼也报名了，所以马博士他们把金胜曼也塞到他这个小团队里。本来五个人负责一个县的实习工作已经足够了，但是一个人带着四个小姑娘难免显得阴盛阳衰，所以狄仁杰也被分了过来。

鄠县离长安不远，和骊山差不多，车队只花了小半天便到了。早在敲定实习地点时董小乙便先派人过来盘了个院子，离县衙不远，李元婴一行人抵达时直接把行李搬了进去。

虽说鄠县是畿县，但富庶程度自然不比长安，宅子也不算大。不过这是李元婴头一回带着小伙伴们在外头独立居住，非常兴奋地拉着魏姝去挑房间。众人都有志一同地把主屋留给李元婴，自己按照喜好挑拣想住的方位，一直在旁候着的仆从则麻利地帮他们把行李搬到各自选定的房间里。

李元婴一行人收拾好，正要去见县令，却听有人进来通传说县令到了。别看县令不是什么大官，畿县县令的重要性远比下州司马要高得多，比如如今的鄠县县令许敬宗就是前头贬官外任后争取回畿县当县令，准备活动活动回到权力中枢去的。

作为一个很有眼力见儿，又一直试图和京城勾勾搭搭的官场老手，许敬宗消息十分灵通，知晓李元婴不是普通的国子监监生，而是李二陛下最宠爱的弟弟。李二陛下对李元婴的纵容简直让所有人都觉得稀奇，据说连魏王李泰都给比下去了！

听说李元婴要到鄠县来搞什么实习，许敬宗自然早早叫人盯着了，掐准时间登门拜访李元婴。混迹官场，最不该要的就是脸面，在底下蹉跎了那么久，许敬宗早就把脸皮置之度外了！

一见李元婴，许敬宗就眯起笑眼，笑呵呵地招呼李元婴："殿下，怎么不早说今儿要过来，早说我就带着人出城相迎了！"

许敬宗脸庞微圆，眼睛又小，笑起来凭空多了几分奸诈味道。李元婴自问不是以貌取人的人，不过许敬宗的殷勤还是让他心里生出点警惕来。虽是有了提防，李元婴还是跟着许敬宗露出笑容："我们是来干活儿的，不是来摆架子的，许县令不必这么客气。"

许敬宗看着李元婴带来的几个"实习生"，在心里犯嘀咕：这不是毛头小子就是娇滴滴的小娘子，能做什么？怕不是来游山玩水的吧？

当然，许敬宗不会傻到把心里的想法说出来。他笑呵呵地说道："既是要来做事的，那接下来就是要共事了，我叫人备了接风宴，给殿下介绍介绍县衙里都有什么人。"

李元婴道："也好。"

许敬宗又问李元婴有没有什么需要帮忙的地方，人手够不够用，有什么想要的只管说，他早早叫人送过来，免得要用时又匆匆忙忙地找。

李元婴道："已叫人提前过来打点了，没什么缺的。"

既然已经打了照面，许敬宗也不再多留，识趣地把空间留给李元婴几人。

李元婴叫人煮了茶，和狄仁杰几人围坐在一起说话。

狄仁杰道："这许县令来得可真及时，怕是早就叫人盯着这宅子了。"他看了李元婴一眼，说出自己的评价，"我觉得这个许县令不太值得相交。"

武媚点头，赞同狄仁杰的意见。

一来，许敬宗叫人盯着他们什么时候到，显然是个喜欢钻营取巧的；二来，许敬宗对李元婴太过殷勤，全程都只围着李元婴转。这样一个人，怎么看都不像是想当个好官的！

李元婴道："我们又不是要与他相交，不用琢磨这些。"

魏姝道："话不是这么说，我们接下来可是要在他手底下做事的，还是得摸清他的底子才行。"魏姝说完顿了顿，又补了一句，"都说宁得罪君子，莫得罪小人，既然都觉得这人不宜深交，那这些话就不能传到他耳里，平时说话要注意些。"

李元婴才不在乎："就算让他听到了也没关系，难道他还敢对我们下手不成？他不敢的！"

武媚给李元婴分析："想长远一点的话，将来我们去了封地，而他回了长安，一远一近的，谁也不知道形势会如何变化，小心点总没错。"

魏姝点头，她就是这个意思。

城阳道："照他现在对幺叔的态度，我们和他起冲突的可能性应该不大。"

金胜曼头一次出长安，所以没有发表什么意见，捧着仆从送上的热茶边吃茶边听李元婴几人分析情况。

几个人商议过后，大致决定了与这个鄠县县令相处的基本方针：只要没发现他有什么作奸犯科的地方，他们就跟他和平相处，同时利用他的殷勤态度多找点事干。

到下午，许敬宗又亲自过来了一趟，请李元婴他们过去赴宴，见见县衙里的大官小吏。

京畿的县城编制塞得很满，县令掌控所有事，大小事务都要经他的手。接着还需要设置县丞、主簿、县尉等职位辅佐县务，又有吏佐、录事、衙役等负责各项事务，加起来林林总总差不多有近百人，全都是吃皇粮的。

李元婴一到，所有人都起身见礼，这阵势看起来他压根不像是来实习的，倒像是空降下来接管鄂县。与外头的人接触多了，李元婴比其他宗室子弟多了几分亲和，一点亲王架子都没有，笑眯眯地免了所有人的礼，招呼他们落座，在许敬宗的介绍下把县丞县尉之类的认了个遍。

县丞和主簿是辅佐文书教化工作的，县尉则负责搞治安，这些都是接下来他们可能要频繁接触的人，所以李元婴很好脾气地一一和他们互认了脸。

由于李元婴天生的亲和力，这场接风宴很快变得热闹起来，全程没有冷场。到接风宴快接近尾声时，有人骑着快马从京城那边赶来，看衣着竟是宫中的禁卫。

那禁卫是认得李元婴的，告了声"打扰诸位了"，便径自寻到李元婴，把李二陛下的一封信交给李元婴。

李元婴听禁卫说是李二陛下让捎信过来，有点纳闷，不知他皇兄葫芦里卖什么药。不过他皇兄远在京城，他也不急着看信，而是招呼禁卫坐下来吃些酒。反正赶回去宫门也落锁了，没法回宫复命，所以索性第二天再回去好了，顺便把他的回信取了一并带回京。

禁卫没有推脱，依言坐下。

众人看在眼里，更觉得李元婴受李二陛下重视，这才到鄂县就派人急急忙忙送信来，不是担心这个弟弟是什么？

李元婴吃完接风宴，谢绝了许敬宗安排的后续"娱乐活动"，带着李二陛下给他的信回了落脚处。别人都觉得李二陛下是记挂他才来信，李元婴却从丰富的经验中推断出这封信里面不会有什么好话！

果然，李元婴让人点了灯拆开信一看，就看到信里全是骂他的话。

魏姝好奇地问李元婴："圣人在信里写了什么？"

李元婴哼了一声，把信递给魏姝，让魏姝自己看，自己闷坐在灯前生气。

魏姝接过信一看，只见李二陛下在信里把李元婴骂得狗血淋头。第一骂李元婴外出也不回宫辞行，简直无法无天，谁许他自己跑外面去的？（此处省略三百字骂人的话。）第二骂李元婴给李靖画的都是什么乱七八糟的画像，把人画年轻了那么多不说，还把马啊猎隼啊画进去，这样像话吗？正经吗？不知道的人还以为李靖打猎去了！明明看过另外二十三幅画像，怎么还画成这样？

魏姝还是看了信才知道，原来李二陛下这么会骂人！

魏姝替李元婴抱不平："圣人这样有点过分了。"她们都觉得李元婴画得好，哪有李二陛下说得那么不正经？

李元婴气鼓鼓地说："我再不理他了！"

魏姝道："你不是让人明天帮你带信回去吗？"

李元婴道："不写了，都在骂我，有什么好回的！"

魏姝看向武媚，想武媚劝劝李元婴。

武媚会意，对李元婴说道："你不回，岂不是白被他骂了？"

李元婴想了想，觉得有道理，马上叫人笔墨伺候，他要骂回去！

李元婴在这边生气，李二陛下在长安也生气。李二陛下带着长孙无忌他们看完李元婴的杰作，心里不知该气还是该夸，都觉得李元婴这画像着实出乎他们的意料。若是没有前头那二十三幅作为对比，这画像入凌烟阁也是可以的。但是，问题就在于前面已经花几个月时间画了二十三幅功臣图啊！

李二陛下琢磨了一下，叫人去国子监把李元婴拎进宫，让他看看他干的好事。不是特意先看了前头二十三幅说要画得不显突兀吗？现在好了，不突兀是不突兀，就是太突出了，把其他人全比得难以入眼！结果，派去的人很快回禀说，李元婴收拾东西到鄠县去了！

真是岂有此理！

许他擅离长安了吗？就算实习的事他点头了，但他要出发不该回宫说一声吗？

李二陛下骂起人来那是绕弯子的，李元婴为了反驳回去，又读了两遍，越读越气，当场"唰唰唰"地写了封回信。首先说实习的事明明早决定好了，有什么好辞行的，又不是不回去！

接着李元婴就开始说自己的创作理念，说既然是要表彰功臣，画像怎么能不展现功臣的立功过程，那怎么能让别人看一眼就心悦诚服、觉得没有他们就没有大唐呢？所以，他坚定地认为自己没有错，不信皇兄你召集其他人问问是不是这样！

反正，人老李是很赞同的！

李二陛下能明晃晃地骂李元婴，李元婴却没法明目张胆地骂回去，只能含蓄地说皇兄您最近是不是没睡好，没睡好脑子发蒙、脾气暴躁、见天儿想骂人，建议您好好睡觉，政务是忙不完的，一桩忙完还有一桩，我们要爱护身体，活到一百岁。

当然，这个含蓄回骂是李元婴自认的，城阳她们看过之后觉得，要么还是直接不回信了吧。李元婴振振有词："不怕，我这是在关心皇兄身体呢！他那么骂我，我还这么关心他，我这叫以德报怨！"

其他人都觉得劝不住了，也就不劝了，由着李元婴把信交给负责捎信的禁卫。

第二天天刚蒙蒙亮，城门初开，禁卫就马不停蹄地赶回长安。于是李二陛下刚下早朝，就看到了李元婴的回信。李二陛下昨天在信里训斥了李元婴一顿，心情畅快了不少，听说李元婴回了信，便叫人送上来看看。

看完信，李二陛下脸都黑了。这小子是变着法说他脑子不好使！

李二陛下不痛快，别人也别想痛快。他叫来阎立本，让阎立本去看看昨天凑齐的二十四功臣画像，看完以后回来说说感想。

阎立本因公负伤，其实也不严重，休养几天已经好全了。不过李二陛下既然已经叫李元婴去画，阎立本也乐得甩开这个差使，再不去管了。听李二陛下说画像齐了，脸色却不怎么好，阎立本心里"咯噔"一跳，忙跟着人去看画像。

看完之后，阎立本也沉默了。

李元婴若是正儿八经地画成一样的，那画工肯定高下立现，任谁都能一眼看出谁高谁低。但李元婴这画灵气十足，哪怕功力稍欠火候，旁人一眼看去也会被它吸引住目光。

不得不说，书画一道就是老天赏饭吃的，你要是有三分天分，再苦练七分也能画出过得去的画；你要是有九分天分，随便学学也都能盖过别人去！

阎立本自认天赋不算差，否则李二陛下也不会大事小事都叫他当画师。可李元婴这份抓神韵的本领着实叫人羡慕，不管是人是马，他都把感觉找得很准，要不是知道李元婴在李靖这个年纪时根本没出生，阎立本一定会以为李元婴亲眼见过这样的李靖！

阎立本叹了口气，折返去见李二陛下，开口便说："滕王殿下神韵抓得很准，画得更传神，臣自愧不如，陛下让滕王殿下把余下二十三幅也重画吧。"

李二陛下倒想折腾折腾李元婴，可李元婴不是去鄠县了吗？李元婴可是连宅子都置好了，显见不是待一两天。李淳风那边已经算好悬挂画像的好日子，难道还要专门推后等李元婴画？再说了，李元婴又没见过杜如晦、殷开山他们，让李元婴来画是要他瞎蒙吗？

李二陛下道："元婴他到鄠县去了，大约得两三个月后才能回来，画像的事还是得阎卿你来办。"李二陛下虽没说是让阎立本重画二十三幅，还是让阎立本重画李靖，但却把李元婴洋洋洒洒写了一通的"创作理念"给阎立本讲了，让阎立本照着这个思路来，尽量体现他们为什么能被选入凌烟阁。

阎立本再傻都听明白了，李二陛下就是要照着这个标准来画，对现有的二十三幅画像并不满意。到头来，他还得比照着李元婴那幅连隼带马的画像来画！

阎立本要吐血了。

要知道为了原来的二十三幅功臣图，他可是费了好几个月的工夫，不仅得天天去仍活着的功臣府上对着活人画，还得去已故的功臣府上听他们的家眷涕泪涟涟地回忆故人。要画得让他们满意容易吗？

好不容易所有人都满意了，李元婴画的李靖一挂出去，大伙肯定又有想法了！至少，李二陛下就隐晦地表示昨天房玄龄和长孙无忌看了画像，觉得得改改，不改不舒坦，不改不高兴。

大唐顶牛顶牛的头三号人物都说得改，还能不改吗？

阎立本哭丧着脸退了出去。

阎立本回去当值时遇上官复原职不久的阎立德，阎立德见阎立本脸色发苦，不由得关心地问了一句："怎么了？圣人寻你有什么事？"

一提到这个，阎立本脸色就更苦了，拉着阎立德入内坐下，跟他兄长诉起苦来：本来，他只是气不过李靖放纵豹子冲撞他，所以甩手不干。没想到李元婴去给他画了画像之后，李二陛下和长孙无忌他们都不满意原来那二十三幅画像了！

阎立本略去了自己坑李元婴的一环，但阎立德还是敏锐地发现不对劲的地方："为什么圣人会让滕王去画？"他和李元婴处得来，知道李元婴画画挺不错，但是别人不知道啊，在很多人眼里李元婴还是个爱玩爱闹、不学无术的小王爷，没谁晓得他于画画一道上挺有天赋！

阎立本见瞒不过去，只好补充说明自己猪油蒙了心，和李二陛下提议让李元婴去给李靖画画像的环节。

阎立德听了，一点都不同情阎立本的可怜遭遇了，还哈哈笑道："你这不是活该吗？"提到这个，阎立德就要提点他弟弟了，"不是我说你，这事你做得不应该。

哪怕知道滕王和卫国公关系不错，你也不能跑去圣人面前说，毕竟他们一个是藩王，一个是曾经手握重兵的武将，你说他们关系好，圣人不疑心还好，圣人若是起了疑心，麻烦就大了。"

阎立本一时语塞，半晌后才找到词反驳："反正他们一个和你女婿不和，一个和你亲家不和，他们麻烦大了不是正好？"

阎立本说不和其实还是委婉的，李元婴和李泰那仇大着呢，主要是李元婴一榔头将李泰争夺太子之位的梦给敲碎了，李泰肯定连杀他的心都有了！阎立德的女儿、他的亲侄女可是李泰的王妃，李泰的两个孩子都是阎立德的外孙，这仇难道不大？

至于另一边的仇，就是李靖和唐俭了。阎立德的另一个女儿嫁给唐俭儿子，唐俭和李靖之间又有着一段不得不说的恩怨情仇，简单来说就是李靖当年为了弄死突厥，压根没管正作为使者出使突厥的唐俭就是了。

所以无论怎么说，他坑李元婴和李靖一把都很正常。

阎立德默然片刻，也不提自己和李元婴相交甚欢这么让人难以置信的事，只说道："可你坑着人家了吗？"没见李二陛下对李元婴起疑心，反倒是阎立本要把二十三幅画像全部返工！阎立德道，"魏王离京时我去送行，他跟我说了一些话，当时我还不信的，现在我有点信了。"

阎立本奇道："什么话？"

阎立德道："他说，滕王这人很邪门，但凡想要害他的不仅成不了，还会反过来害到自己。"

李泰对此很有心得，每次他到李二陛下面前告李元婴状，最后都是在帮李元婴刷存在感刷好感度。后来他想害李元婴，没害成就不说了，自己还狼狈地被赶去封地。

对自己的世子和阎氏肚子里的孩子，李泰还是很看重的，所以阎立德来送行时他说已经托人让阎立德官复原职，叫阎立德让丈母娘多去看看阎氏，不要让阎氏丈夫不在身边又没娘家撑腰。临别时，李泰才把藏在心里的话和阎立德说了，让阎立德注意一点，李元婴太邪门了！

阎立本听了兄长转述的话，彻底没声了。

看来以后真得注意点，不能再自己挖坑自己跳，这可是魏王总结出来的惨痛经验！

邪门的李元婴此时正式开始了他的实习生涯。因为许敬宗的授意,所以府衙上下对他都很客气。正是夏天,春耕已经过去,又没到年底搞年终考核的时候,县衙其实挺清闲的,找不出什么活儿给他们干。

李元婴闲不住,跑许敬宗跟前讨事做。许敬宗既然是个官场老油条,自然是个心思灵活的,籍帐之类的他没想着让李元婴碰,一转念间便想出一个差使:让李元婴带着他几个小伙伴去搞人口调查。

当然,让李元婴几个人瞎跑他也不放心,点了批机灵的衙役护送他们,说这是搞人口调查的惯例,主要怕底下有些地方的人蛮横无理、不肯配合。见李元婴认真听着,许敬宗又煞有介事地给李元婴介绍要记录的事情:"首先要记录'五九',就是每家满十九、四十九、五十九、七十九、八十九的人。"

李元婴问:"为什么?"

许敬宗给他介绍,十九岁就可以服役了,每年都要抽时间为县里搞义务劳动,要是打仗了随时要听征调;到四十九岁以后体力下降,可以交点钱帛代替服役,留在家里养老;五十九岁之后,那就不用出去干活了,每年年底还可以来县里吃酒,其他年轻的全在一边站着伺候,以体现敬老之风;到七十九、八十九,那可都是老寿星了,老寿星越多,越体现国富民强、民风良好,所以县里肯定要格外优待,他们这些在县里当官的甚至要亲自登门慰问。

李元婴懂了,原来有这些门道!他继续追问许敬宗还要注意什么,一一记下来之后拍着胸脯保证:"没问题,这些都交给我们,我们一准全弄清楚!"

许敬宗道:"不急,慢慢来就好,年底才需要造册记录。"

李元婴干劲十足,回去和狄仁杰他们说清楚讨来了什么活儿,便马上风风火火地做准备工作:先去看看以前的册子是怎么做的,再问问负责这一块的人怎么走、怎么做比较适合,最后才齐心合力一起做出具体的行动方案。

李元婴这边忙开了,许敬宗的主簿却在夸许敬宗高明:"还是县尊有办法,这样一来这几位贵人可算是能玩尽兴了。"

许敬宗捋须颔首。他想出这个差事,实际上就是给李元婴他们创造机会出去游山玩水了,这样既不用担心李元婴在县衙里瞎倒腾,又能让李元婴开开心心地来开开心心地回!

第七章

贵人下乡

李元婴的准备工作做得挺顺利，去年李二陛下就曾下诏要括户，命天下浮游无籍的人今年年末之前附籍。

因此今年陆陆续续有增户，虽然不多，但也不至于像往年那样一年年地照搬上年计账。李元婴说是许敬宗让他下去搞人口调查，想讨些范例看看，底下的人便取了几份给他看，又给他介绍了一番，说是乡里有手实，每年按情况增减即可。

所谓的手实，就是由里正记录的每户情况，包括姓名、年龄、相貌等。一般而言是百户为一里，五里为一乡，到了底下只需要找里正要手实核对一下即可。

李元婴点点头，表示自己明白了。回去和狄仁杰他们一会合，狄仁杰他们也打听来不少下去搞人口调查的注意事项，城阳几人还弄回一张手绘的路线图，可以对着路线图逐乡逐乡走过去。

规划好了，李元婴又有点纳闷："县衙记录得这么细致，怎么皇兄还要下诏让人来附籍？不是都该记录在案了吗？"

武媚道："这是京畿富县，自然做得细致些，到底下可能就不会这样执行了。时间一久，可能每年只抄录往年的户数上报，不会年年重做，有人钻了空子不会发现。"

李元婴恍然了悟。

这是长安周围的畿县，多少眼睛盯着啊，当然得好好做事。换了天高皇帝远的地方，底下的人可没有这种自觉，怎么方便怎么来，怎么对自己有利怎么来！

李元婴道："原来是这样。"他也不甚在意，第二天便叫人收拾收拾，带着小伙伴们浩浩荡荡地下乡搞人口调查去。

实习的事是李元婴自己牵的头，所以他很有干劲，到了地方也没去寻好吃好玩的地方，都先叫里正过来问话。一里虽只有一百户，李元婴却查了半天，因为他领着狄仁杰他们一户一户地查，删改手实的删改手实，询问田地情况的询问田地情况，李元婴这厮还动用他学到的速写技巧，给每个人都画了幅简单画像，迅速把手实里的相貌描写具象化。

许多人听说有贵人下来搞人口调查，都好奇地出来围观，轮到自己家时还热情地请李元婴入内。李元婴一点都不怕被人看，他最喜欢热闹了，乐滋滋地朝他们问好。

查完一里，李元婴和里正讨来的手实厚了不少，都是添进去的画像。他手有点酸了，受里正邀请在里正家里用了顿便饭，随行人员也花他给的钱在各家用了吃食，乡人们本来不愿收钱的，后来听李元婴说扰民会害他被御史弹劾，众人才喜笑颜开地收下李元婴叫人塞来的钱。

下午李元婴一走，众人也没立刻散去，而是围在里正身边讨论起这位小王爷来。鄠县虽没长安大，但也是天子脚下，往来的贵人不算少，王爷他们也有人见过，但像李元婴这么平易近人的王爷他们还真没见过！

里正道："行了行了，都去干你们的活儿，贵人也是你们能瞎议论的吗？"驱散了乡人，里正看向李元婴一行人离去的方向，心道，这位小王爷瞧着有点天真，这么忙活下去也不知会不会与人起冲突。

李元婴没那么多想法，他搞完一里的调查，就觉得有点累了。魏姝和城阳跟他学过点速写，见他画了半天，建议由她们轮流画像，这样效率比较高，也不累人。

李元婴不是爱强撑的人，累了就是累了，魏姝提出轮换他自然一口答应。他感叹道："看来管一个县也不容易，光是这个户籍问题就很麻烦。"

狄仁杰道："这还是比较轻松的，换成太原那边怕是更麻烦。"

李元婴好奇地问："怎么个麻烦法。"

狄仁杰给李元婴讲了讲地方上的情况，就像武媚说的那样，很多县乡的均田制不像畿县实行得这么好，很多人所得的田地不过二三十亩，远低于均田制施行时定下的数目。

按律来说，十八岁以上的男丁可以获得一顷地，其中二十亩是永业田，可以留给后人，八十亩是分口田，意思是只有耕种权没有继承权，人死了以后要还给朝廷。朝廷规定，分口田是不能卖的，但是民间买卖谁都拦不住，现在实行这么些年了，民间的田地买卖越发兴旺，尤其是富庶州县周围，那些有权有势的人都爱一片一片地圈地。

有的人失了地，朝廷还要他们服徭役，他们活不下去了，便逃到各地世家豪强的庄子上当佃户或者仆役。只要地方上的官员睁一只眼闭一只眼当他们不存在，他们就可以苟且着活下去了！

　　但是这又引发另一个问题，每年年底官员都要进行考课，其中人口增减就是重要的参考指标。一般来说地方官员都不愿意承认自己手底下的人口减少了，所以每年都闭起眼睛把去年的户数稍微改一改送上去，以免降低自己的考课成绩。

　　如此一来，出现逃户的地方就要想办法把税钱和徭役的缺口补上，渐渐就有摊逃的情况——把属于逃户的赋税徭役摊派到互为保人的亲友邻里身上。

　　这些问题，是狄仁杰跟着他父亲在地方上干基层工作时遇见过的，他父亲曾为此烦恼，但他还小，想不出什么好办法。

　　李元婴曾听萧德言讲过这方面的问题，听狄仁杰说太原那边渐渐有了这种苗头，拧着眉头说："已经这么严重了吗？"大唐眼下怎么看都是相当年轻的一个皇朝，居然就这样了！

　　武媚道："有一部分没有入籍的人应该是隋末战乱离开家乡的，虽然圣人与太上皇都曾经下令让天下无籍之人前来归附，但是还是有许多人没有照办。"

　　武媚又给李元婴分析，大唐立国初期忙于征战各路反军，李二陛下登基后又屡次征战突厥、吐谷浑、高昌等地，还屡屡遭吐蕃骚扰，各种名目的征调十分频繁，有人躲起来不愿背上重役也可以理解。

　　李元婴联想到张柬之所说的"福手""福足"，说道："所以朝廷不能竭泽而渔，该让百姓更信任朝廷才行。"

　　狄仁杰几人点头表示赞同李元婴的话。

　　但赞同也没用，他们都没实权在手，压根没半点话语权。李元婴一点都没气馁，干劲十足地修正完一个乡的手实，直接寻了户人家借宿。

　　第二天一早，李元婴精神抖擞地醒来，带着小伙伴们往下一个乡出发。

　　这时李元婴认真搞人口调查的事也呈辐射状传到了各地。

　　县城里的许敬宗听说了这个消息，有些吃惊，不过想到年前才做过计账，问题应该不大，便让人好生跟着李元婴，这工作真要做下来挺乏味的，李元婴哪怕心血来潮想认真去办，坚持个两三天应该就会觉得索然无味！

　　就在许敬宗优哉游哉地回去睡自己的美貌小妾时，京里来的贵人下乡办差的事在各乡不胫而走。这天晚上，一家姓吴的人家亮着灯，灯下坐着个形销骨立的书生。这书生年纪不大，不过十七八岁，神色却十分颓丧，仿佛这世上已经没什么值得他留恋的东西。

　　这时他的母亲推门而入，给他带来一个天大的消息。

　　据说，有贵人下乡来了，是许县令都要讨好的贵人！

李元婴自是不知道他一行人浩浩荡荡地辗转各乡还有许多人盯着，消息随着各地跑腿的、卖货的飞速传开，原定的路线图也随着许敬宗那边的授意流了出去，到他往下一处走的时候人家早做好迎接准备。

第三天早上，李元婴带着小伙伴们往下一个目的地出发，半途人烟稀少，没看到什么人影。不想就在他们经过一片山林时，道旁突然蹿出个人来。随行的衙役早得了许敬宗命令，一听有动静便飞快挡在李元婴等人跟前，警惕地喝道："什么人？"

来人是个模样文弱的书生，瘦得不得了，衣服上还打满了补丁。一看这衙役相护的架势，他原本带着些许希望的眼神瞬间黯淡下去，口里说："小民遇到毒蛇，跑得有点急，唐突贵人了。"说完他便失魂落魄地要照着原路往回钻。

李元婴见此人不像是歹人，便叫衙役退下，喊住书生奇怪地问道："你不是说有毒蛇？怎的还往里钻？林子里的小路肯定有毒蛇野兽啊，瞧你文文弱弱的，正路不更好走吗？"

也不知是哪句话触及了书生的伤心事，这书生闻言便一屁股坐在地上，伤心地呜呜大哭起来，毫无读书人的斯文样。

李元婴愣了一下，转头看向魏姝他们，想知道自己刚才说的话有什么不对。

见魏姝他们也没什么头绪，李元婴便直接问道："你怎么了？有什么难处吗？男儿有泪不轻弹，不兴动不动就哭的！"

书生哭道："正路好走，可也不是人人都走得的。"

狄仁杰和武媚对视一眼，听出来了，这书生怕是想来告状的，结果看到有衙役相随，且他们这一行人不是半大少年就是年纪差不多的女孩子，当场又打了退堂鼓。

看这架势，事情怕还不小，指不定是向县里告过状但没得到结果！

狄仁杰正琢磨着要不要提醒李元婴，前头的李元婴却没再回头看他们，还上前大放厥词："哎，别哭了，你家住哪儿啊？你家那边有什么好吃好玩的，给我介绍介绍。若是介绍得好，我就给你赏钱！你有了钱，什么不能解决啊！"

那书生虽万念俱灰，却不敢明着不理会李元婴这个连许敬宗都得讨好的贵人。

要知道他家里还有体弱多病的母亲要奉养——若不是这样，他早不活了！

书生强打起精神，与李元婴说起自己家周围的山山水水，又说论好吃的，应该是甜瓜最好吃，现在去问问应该也有人家里的甜瓜熟了，可以尝个鲜。

李元婴听着直点头，叫书生带路，他要带小伙伴们吃甜瓜去。

随行衙役虽觉得这吴志远哭得没头没脑，却也没放在心上，读书人不都这么奇怪的吗？

听李元婴问人有什么好吃好玩的，衙役们可算松了口气。这两天李元婴几人一直干正事，他们自然也不好歇着，太累人了。

虽然一路上乡人对他们的态度有了天大的改变，但那都是李元婴砸钱换来的，回头他们自己下来办差还是该怎么样就怎么样，还不如少干点活儿！

一行人浩浩荡荡地跟着书生往他家的方向走去，李元婴见书生不哭了，又和前两天跟乡人闲话家常一样拉着书生问东问西。

一问之下，李元婴知道这书生叫吴志远，曾在县学读过书，是家里的希望，上头有个体弱多病的老母亲，底下还有个妹妹，更多的李元婴就问不出来了。书生所在的村子离刚才那片山林不远，李元婴拿出自己拟定的路线图一看，发现图上没这个地方，便又问书生他们村叫什么。

书生道："大伙都姓吴，就叫吴家村。"

吴家村位于终南山北麓，可以看见不远处山林葱郁的山峰。都说靠山吃山、靠水吃水，吴家村依山傍水的，生活都还算过得去。要不然，这位吴书生也不可能有机会读书，还考进了县学。

李元婴还没去过终南山，太上皇当年命人在终南山修太和宫，还曾带人过来避暑行猎，但太上皇没多久就退位了，再过几年，这太和宫也就废了行宫的用处，裁撤了留守人员，李元婴没机会见识终南山的风采。他见那吴志远还是满面丧气，又问吴志远："你们这边能去太和宫吗？我没去过，想去看看。"

吴志远虽还是满心悲苦，但到底是读过书、见过世面的，知道这种身份尊贵的皇亲贵胄得好生哄着，闻言只能回道："有点远，不过有路能去。"

李元婴道："那成，吃过饭你带我去！"

李元婴跟着吴志远进了村，提议兵分两路，自己带着小伙伴去搞人口调查，随行的人帮他去买些好甜瓜回来。毕竟，他们可是有公务在身的，正事要紧！

李元婴出手大方，抬手就是可以买几车甜瓜的钱，众衙役都拍着胸脯保证一定把全村最甜的甜瓜找出来，保准让贵人们吃个尽兴！李元婴笑嘻嘻地对他们说："要是真甜，我还有赏！"

衙役们精神百倍地找甜瓜去了。

衙役都打发出去后，李元婴便和吴志远去了他们家，说要先歇歇脚。进了屋，李元婴才开门见山地问吴志远："说吧，你们家可是有什么冤屈？"

李元婴没当过青天大老爷，可也看出吴志远哭得古怪，说的话更古怪，好端端的，怎么正路就走不得了？一听就不对劲！

狄仁杰与武媚又对视了一眼，觉得李元婴反应挺快，还晓得避开衙役来问。

看到这个没有出现在路线图上的村子，他们也品出味儿来了：许敬宗早叮嘱过底下的人好好"招待"他们，连他们要去哪里都是许敬宗提前帮他们选好的，到了地方自然也都风平浪静、处处祥和，哪怕他们挑得再仔细，也不可能挑出什么错处来！

他们本也不是来挑错的，自然不会觉得有什么不对劲。便是路上发现有遗漏的村落，许敬宗也可以说是村子太小或者刚派人去过，所以底下的人没给他们列出来。毕竟，他们也就过来三两个月，难道真能走遍所有乡里？当然是挑拣些适合走的给他们走！

不管狄仁杰还是武媚可都是心气高的人，从许敬宗的安排里看出了这人对他们的轻视，两个人心里都不太爽，便都没阻止李元婴与吴志远的问答。

吴志远此时也明白李元婴是故意支开衙役的，顿时又哭了起来。儿子的哭声把吴母惊动了，吴母拄着杖从房里出来，见到李元婴一行人衣着不凡，显然就是昨天货郎口里所说的"贵人"。

吴母见儿子当真把贵人带回家中了，当场"扑通"一声跪到地上，不由分说地给李元婴磕了两个响头。

吴志远见他娘磕头，也跟着他娘跪下。

李元婴一看这架势，明白自己是猜对了，忙上前扶起吴志远母子，让他们坐下细细说来，别让别人看了去。吴志远便把事情给李元婴说了。那是去年的事了，去年他喜欢上一个女孩，那女孩却是殷家庄子上的佃户，而且是没落籍的佃户，按照大唐律令，她家算是逃户，不能和当地人婚配，她家里人还想把她送到殷家那儿当侍女，到时更惨，毕竟良贱更不能通婚。

吴志远在县学里听说朝廷下诏让没落籍的人附籍，便让人家女孩劝家里人寻机去入籍。不想一家人才刚关起门来商量完，消息就被人传了出去，第二天女孩父亲去地里干活儿时不知怎的摔死了，家里的顶梁柱才下葬没几天，她们家夜里又遭了贼，没丢什么东西，就是女孩闺房被人闯了，一时间庄子上到处都传起了风言风语。

没过几天，女孩就被她新守寡的娘骂得投井自尽。

她们家本就没个儿子，老的小的都去了，当娘的也没活多久，很快随着丈夫和女儿去了。

吴志远给完主意就回县学读书，过了许久才知道这些消息，简直晴天霹雳。听人说这一家三口是因为想入籍而死的，死前还受了侮辱，吴志远悔不当初，再听人说女孩因着死得不体面，连坟都没立，只草席一卷便扔乱葬岗去了，他发疯一样去乱葬岗找着了被野兽啃得只剩骨头的尸骨，悄悄把人下葬了，回县学后仍是魂不守舍。

当时正巧碰上县令巡视县学，吴志远脑子一热，便把女孩一家三口的死跟许敬宗说了，想许敬宗给伸个冤。许敬宗当时态度很温和，没过几天，他却被县学的夫子找了个由头逐出县学。等他满心悲痛地回了家，又惊闻父兄应县衙征调去造桥时被水冲走了。

大伙都说是意外，谁都没想到水突然涨得那么厉害，转眼间就把人给冲走了！县衙那边也是按这个来结案的，至于女孩一家，本就是无籍逃户，死了也不会记录在县衙那边，哪个当县令的想在考课时给自己添上个命案？所以，死了就是死了，没人会在意。

意外年年都有，怎么这么巧都发生在他身边？吴志远一下子明白了，不仅女孩一家三口是因他而死，连父兄也是被他拖累的。许是因为他在县学读书太过招眼，不好下手，才留他一条命。

没了父兄，没了恋人，什么都没了，吴志远每日备受煎熬，人越发消瘦，若不是还有母亲要奉养，他说不准早就活不下去了。

李元婴没想到还有这等人命关天的惨事。

那殷家庄子也不在他的行动路线上，不过提到鄠县殷家他就想起来了，他不是才看过二十四功臣图吗？那二十四功臣之中就有一个姓殷的，勋国公殷开山。殷开山没有亲儿子，继嗣的是他侄子殷元，虽没听说这殷元特别出众，但只凭李二陛下数功臣还能数到殷家头上，便知晓殷家还是有点圣眷的。

吴志远所说的殷家庄子，难道与勋国公家有关？

想到许敬宗对自己的殷勤，李元婴觉得哪怕勋国公家不开口，许敬宗怕也会主动把事情"处理"得干干净净妥妥帖帖。思及此，李元婴说道："你手里可有证据？"

吴志远语塞。

李元婴明白了，看来是没有。他说道："你们母子二人与我去太和宫走一趟，我叫人在那里候着，分别后接你们去我庄子上暂住。你说的事我会让人去查，若是你说的是真的，肯定会给你一个交代；但要是查出没那回事，你就好好过你的日子，奉养好你母亲，别再想这些了。"

人在伤心时可能会把事情归咎于无关的人，李元婴觉得还是要查过才晓得。

听李元婴这么说，还要保他们母子平安，吴志远眼底又燃起了希望，犹豫着说了句："我还有个妹妹……"

李元婴道："那就一道带上。"

吴志远便把他妹妹也叫了出来，年纪十三四岁，出落得十分水灵，就是有点怕生，出来后攘着吴母衣角怯生生地按照母亲和兄长的指示向李元婴问好。

李元婴点点头，没再说什么保证的话，只与狄仁杰他们商量了几句，一个呼哨叫来随着他来鄂县的白头鸟，讨来纸笔写了几点吩咐叫它捎去给董小乙。

忙活完了，他没在吴志远家多留，带着狄仁杰他们寻里正要手实核实人口。

里正刚才已经得了衙役通知，很配合地取来手实带李元婴逐家逐户地核查，还试探着问李元婴是怎么和吴志远遇上的。

李元婴便把吴志远遇到毒蛇的事告诉里正，还反过来问里正吴志远怎的不读书了，是不是家里有什么困难？出个读书人多不容易，不能因为家里穷耽误了！

里正见李元婴什么都不知道，便说吴志远刚丧了母，读书人的规矩是得守孝三年的，暂时不能再读，还保证往后一定劝他继续读。

李元婴瞧着对吴志远读不读书不甚感兴趣，没再接茬，而是和里正提起吴志远妹妹："他妹妹长得真好看。"

里正一激灵。早前他看李元婴带着三个如花似玉的小娘子过来时，心里就觉得这位小王爷艳福不浅，现在听李元婴这么说他自然而然地想到李元婴可能看上吴家小妹了！

这吴志远莫不是要翻身？

里正寻了个机会抽身，叫了个信得过的侄子耳语几句，吩咐侄子赶紧跑一趟县里，把李元婴来吴家村且和吴志远一家有接触的消息告诉许县令。真要让吴志远翻身，许敬宗有没有事还另说，他们这些负责动手的人肯定第一个遭殃！

人畜都跑不过李靖给李元婴的鸟儿，董小乙是最先得到消息的。难得李元婴有出国子监的机会，董小乙也跟着到鄂县来了，负责为鄂县也张罗一个图书馆，这个他熟，顺便也带个养殖专家和种植专家过来考察鄂县适合养什么、种什么。

这几件事要么有利于文教，要么有利于农桑，许敬宗听了脸上简直溢出了闪闪光彩，热络地招待了董小乙，还让董小乙可以便宜行事，看上什么地方只管说，要人给人要地给地。

董小乙现在好歹是李元婴跟前红人，还不至于被许敬宗哄昏了头，平时都在认真忙活李元婴交代的事，没怎么参与各种宴会和娱乐活动。这天董小乙考察完图书馆场地，正准备吃个饭歇息一下，却接到了"信使"送来的急信。

董小乙马上跳了起来，打起精神看完李元婴吩咐的事，马上寻了李元婴身边的好手出去盯着几处地方，都说捉奸捉双、拿贼拿赃，李元婴在信里让他寻些戴亭培养出来的人出去府衙盯梢，看看他们和那殷家庄子有没有接触，还要带一批人去殷家庄子摸摸他们的底，主要看看他们的隐户问题严不严重。

隐户这事，世家大族都不少，一个品阶高些的官员身边能配百来个"纳课户"，就是帮他跑腿的、办差的、伺候的，这些人只要有这一重身份就能免了征役，所以有许多富户甚至主动向官员投诚，把自己一家挂到官员名下，这样他们就可以花点钱免掉徭役了。

既然这些名额被不干活儿的人占了，那田地总要有人耕作吧？杂事总要有人去做吧？高门大户要显出气派来，能短了人手吗？当然不能，那这些没有落籍、没有田地的"隐户"必然是要存在的，并不是所有人都能像魏徵一样有钱不花，争当大唐节俭标兵！

董小乙虽预料到结果会如何，但李元婴让他去查，他肯定不能不去。反正他正好要带他们的专家团队下去考察，造访殷家庄子的理由很好编，贴上自己人的标签过去拜访的话，董小乙说不定能把他们庄子上实际有几口人都摸得清清楚楚！

李元婴在信上说要快，得赶在他们相互串通之前去殷家庄子一趟，董小乙当即觉也不睡了，寻上平时给他领路的衙役说自己想去勋国公的庄子上拜访拜访。以前是没机会过来，现在来都来了，不去看看像话吗？有好事当然得先紧着勋贵之后！

勋国公殷开山的祖父早年就迁到了鄠县，后来大唐立国之后，殷开山也曾退守鄠县休养过几年。那殷家庄子就是殷开山生前置办的，田地不少，那一带的上等良田都被划了进去。

董小乙本就是会说话的人，此时别有目的，编起话来那更是一套一套的，直把李元婴说成和勋贵们好得能穿同一条裤子。

听董小乙这么一说，那几个衙役便觉得这是讨好殷家人的好机会，二话不说就领着董小乙一行人前往殷家庄子。

另一边，李元婴已经把吴家村里的事做完了。他说了要去太和宫看看，所以核改起手实来匆忙许多。落在随行衙役眼里都挺欢喜，觉得李元婴终于不较真了，要去玩了。

听里正说，李元婴还看上个和他同龄的小女孩，非要拉着人家一起去太和宫逛逛！那架势可真有点人家还没出丧期就想对人家小女孩下手的势头，弄得人家亲娘担心不已，哪怕平时不怎么出门，这次竟也要跟着一起去！

李元婴一行人和吴家三口出了村，里正都没等来许敬宗那边的回应，心里有些焦急，只盼着李元婴玩够了就走，千万别玩什么天潢贵胄看上农家女、非卿不娶的把戏！

直至李元婴他们到太和宫了，里正才接到许敬宗的回应。许敬宗说不必担心，扣住吴志远的母亲和妹妹，吴志远不敢说什么的。至于滕王，许敬宗让他好生接待，回头他自有打算。

里正一琢磨，觉得吴志远确实好拿捏，他们家只剩他一个男丁，他要是轻举妄动，谁来奉养吴母？他叫侄子在吴志远家外头候着，等吴志远一家回来后就把他们堵在家里，哪儿都别让他们去。回头等没人注意这摊子事了，再把他们彻底解决掉！

千怪万怪，只能怪吴志远跑去捅马蜂窝！那些个佃户在殷家庄子里过得好好的，他非要去怂恿人家入籍，像样吗？佃户里头又没有识字的，哪怕朝廷有诏令下来，只要没人给他们说，他们会乖乖为主家种一辈子地。他们要是都去入籍等朝廷给他们分地了，主家的地怎么办？不种了吗？

若是换成军队里，吴志远这行为就是动摇军心、引起士兵哗变，死一百次都够了！

吴志远的父兄也是，不仅不劝着点，还支持他儿子娶那佃户女儿。那佃户女儿死得那么不光彩，他们还帮着吴志远去埋，甚至支持吴志远往县令那里告，那是安分百姓该干的事吗？

所以说，吴志远一家都是祸根，死了活该！

当然，他们不死也是可以的，但里正看他们家不顺眼。

这份不顺眼是有原因的。

吴志远家生老大时，他家也生老大，但是个闺女；吴志远家生老二时，他们家也总算吐气扬眉了，生了个大胖儿子，但是长着长着，他儿子长歪了，不学无术得很，吴志远却考进了县学，眼看着就要飞黄腾达了！到生老三，他们家还是一块儿生的，大家都是闺女，但吴志远家的闺女越长越水灵，越出落越好看，殷家的贵人路过都特意问过两句！再看看自家闺女，连里正自己都觉得寒碜。

总之，人比人，气死人，里正就这么恨上了吴志远一家。当初许县令让他"处理"一下这件事，他眼也没眨地让吴志远父兄落水了，要不是许县令说吴志远跟着出意外太扎眼，他真想连吴志远也给弄死，再把吴志远那如花似玉的妹妹收来暖床！

既然许县令说要用吴家母女死死拿捏住吴志远，里正心思又活泛起来，有什么方式比把人收到自己家里更适合时刻盯着的呢？回头他就把事情办了，反正当妾可不算是丧期嫁娶，跟家里添一头猪马牛羊没什么区别！

里正想得挺美，李元婴却已经把太和宫玩了个遍。太和宫本就不大，也没什么特别之处，李元婴只去太上皇游览过的地方缅怀一番便要走了。他假意与吴志远分别，自己带着来时跟着的人走了，吴志远一家三口则跟着早早过来太和宫等候他们的人从另一条路离开，被保护起来当被告！

忙活了几天，李元婴也累了，带着小伙伴们回县城歇着。许敬宗听说他们回来了，第一时间把随行衙役叫过去问话，看看李元婴到底有没有发现吴志远一家的情况。

随行衙役说李元婴今天玩得挺尽兴，还尝了吴家村的甜瓜，赏了他们不少钱。最后玩累了，李元婴就顺势说要回县城歇几天，暂时不去忙活人口调查的事了。

吴志远家的事也不是所有人都知道的，听许敬宗问起吴志远一家，大伙都没回想起什么特别的事来，只说吴志远突然冒出来痛哭一场，李元婴问他怎么了，他只说是遇到毒蛇了。

许敬宗听完便放下心来，上次吴志远状告殷家的结果是让他父兄丢了命，这次谅他也不敢再告出口。虽然已经让吴家村的里正想办法拿捏住吴志远，许敬宗还是觉得李元婴留在鄠县容易闹出事来，他思索片刻，叫人去长安跑一趟，找人把李元婴看上农家女的消息传扬出去，不能提吴志远一家的名，只说李元婴相中人家还在服孝的小娘子！

要知道，李元婴可是魏徵的准孙女婿啊！

魏徵是什么人？魏徵可是连李二陛下他都敢当面骂的人！听说李二陛下和李元婴斗个鸡就被魏徵堵着骂，李二陛下为了平复他的怒气还让人宰了斗鸡送去给魏徵炖着吃！

由此可见，魏徵的杀伤力何等之强！

这一晚上，许敬宗没睡好，底下有消息传回来，说是董小乙带着人到殷家庄子去了。

虽然董小乙的话说得天衣无缝，但许敬宗还是从中嗅到一丝不妙，更坚定了把李元婴送回去的心思。这两年内丧父的小娘子可不止吴志远家那个，他叫人放流言时是在李元婴去过的村子里随意挑几家，东说一个村子，西说一个村子，反正李元婴看别人可怜就给钱安抚，大方得很！

许敬宗觉得这事准成，毕竟李元婴是个皇亲国戚，皇亲国戚传点风流事不是很正常吗？又没有说他作奸犯科，顶多只是不太讲究，连人家丧期内的小娘子都不放过而已。到那时，上头就会意识到放李元婴出来是个错误，早早把他宣召回去！

哪怕已经做好应对，许敬宗心里还是不太踏实，第二天一早叫人早早出城去与殷家庄子说一声，让殷家那边别什么事都给李元婴派去的人说。

殷家那边有点蒙了，董小乙要考察他们庄子，问他们有多少人手，问他们有多少田地，还一脸"大家都懂的"的表情，他们管事的认为是大好事，是李元婴要带他们赚钱，所以都痛快地把底子交代得清清楚楚！

难道李元婴是派人来摸他们底的？大家都是穿一条裤子的，李元婴怎么可以这么无耻？

管事忙把这事写在信里递回长安，请示长安那边的意见。

李元婴这边得到了殷家庄子的情况，董小乙套话技巧一流，把人家的隐户隐田摸了个底朝天。

他看完信后已经确定吴志远说的话是真的了。

要是殷家隐户不多，也不会怕有人向他们宣扬入籍的事，虽说也不是人人都愿意返回原籍过苦日子、承担赋税徭役的，但万一他们被说动了，集体要去入籍分田，那岂不是他们白白丢了一群替他们耕作、伺候他们起居的劳力？所以，当人心浮动，他们就要来一次狠的，让所有人都记着教训不敢再提！

很不幸，吴志远喜欢上的那小女孩一家就成了牺牲品。

这年头哪怕是登记在案的家奴，主人也只需要上报个说得过去的理由就可以打杀，更何况是这些没有户籍的"黑户"。

李元婴看着面前的隐户隐田的记录安静了好一会儿，叫人取来笔墨，写了封信连着董小乙套来的证据，让董小乙送到户部那边去。这事太得罪人，不能祸害他大侄子，也不能祸害魏徵，户籍之事可是户部管的，就该从户部往上报！

李元婴自认自己的想法合情合理。

不想他信还没写完，负责盯着府衙的人就回来了，说许敬宗确实找人去殷家庄子了。而且，许敬宗还找人去了趟长安，负责跟着那人的侍卫回来说，许敬宗让人在长安散布关于李元婴的消息。

李元婴奇怪地道："什么消息？"

侍卫面色也挺古怪："说您看上还在丧期的农家女。"

李元婴不由得看了眼旁边坐着的魏姝。他妹妹妹这么可爱，他才不会看上别人！

侍卫道："到早上跟盯的人赶回来时，传的话都变样了，有人说殿下您喜欢刚守寡的寡妇！"那传言还说得有鼻子有眼，说寡妇丈夫刚下葬，坟头土都没干，为了和滕王苟合，她拿着个扇子一直在扇坟。别人问她咋回事，她说她和死鬼丈夫约定过，要等他坟头土干了再改嫁，可她等不及想嫁给滕王！

李元婴听了，觉得想出这故事来的人挺有创意，兴致勃勃地说："看到谁编的了吗？有没有记下来？回头把人挖过来，专门编故事给我听！"

魏姝听侍卫回禀说许敬宗要散布传言害李元婴的名声，心里还很为李元婴紧张。见李元婴不仅听得津津有味，还想把人挖过来给他讲故事，魏姝觉得自己白担心了，抓过李元婴的手想掐他一把，上了手又舍不得，只能不轻不重地捏他手心。

李元婴感觉自己的手被魏姝捏了一下，低头一看，真捏了。他来了兴致，反握住魏姝的手回捏她手心，捏得魏姝耳根都红了，李元婴才笑眯眯地松手，不动声色地结束两个人间的小动作，"唰唰唰"地把信写完了，让董小乙把信和跟盯的侍卫一起带回长安，早早把状告了！

至于怎么彻查此事，那就不是他该烦恼的了，反正他不乐意再和许敬宗这些人打交道。起先他只觉得他们长得不怎么样，还试图挖掘挖掘他们美好的内在，结果才下去没几天就撞上这样的事。

董小乙他们走后，李元婴就闭门谢客，谁来都不见。

狄仁杰几人心情也不好，他们也看了董小乙等人带回来的证据，这些东西无一不表明一个事实：吴志远说的是真的。

好在这段时间董小乙在筹备鄂县图书馆，他们暂住的地方搜集了不少新书旧书，还有鄂县当地的县志，他们闭门谢客也不会没事可做。

当年萧何靠着秦朝的图书典籍帮刘邦治理好天下，他们也该好好读读鄂县的地方记录，不能全靠许敬宗让人给他们说的经验——前面他们就是太相信别人的经验了，才会一直被人牵着鼻子走，一举一动都被人掌握得清清楚楚！

论读书，武媚最有一套，她很快把该看的书分门别类地理出来，再分门别类地给每个人分任务。几个人都有一雪前耻的心思，转眼就从闭门谢客状态切换成闭门读书状态，等着长安那边把这事处置了再一展拳脚！

若是以前，许敬宗的法子可能会奏效。不幸的是，去年长安刚起过一场大风波，直接把李泰给刮到封地去了。皇家之间的那点龃龉没人会傻到到处宣扬，许敬宗早前又在外地熬日子，更没机会打听到李泰是怎么被送到封地去的。

照许敬宗看来，一个县城到长安去卖货的货郎传点当地新鲜事不是挺正常吗？

所以许敬宗就干了，不仅干了，还让人多留两天好好煽风点火。结果流言确实愈演愈烈，但是他派去的人也很快被人抓走了，还不是抓去一般地方，而是大理寺。

那地方是一般人能去的吗？那可是全国最高审判机关，进去就没小事！负责传话的人当场就吓傻了，哭着说自己上有老下有小，自己传那些话都是一时糊涂，以为没什么大不了。再问谁指使的，他就知无不言言无不尽，说是许敬宗让他来的，素材也是许敬宗给的，据下去办差的衙役说是真的！所以，他不是流言的创作者，只是流言的搬运工而已！

至于许敬宗为什么要这么做，他也不晓得啊，上头怎么吩咐他就怎么做，哪有做事还问为什么的。

大理寺这边审问完，见实在掏不出更多消息了，便把结果递给李二陛下。

李二陛下面上无喜无怒，谁也看不出他对这个结果满不满意，只问了句句鄠县县令是谁。

禀报的人明白了，这是要查许敬宗了，当即毫不犹豫地把许敬宗的名字报上去。

李二陛下果然说："彻查。"

大理寺的人领命退下，心中暗道许敬宗也太倒霉了，使的手段是魏王使过的，虽然反着来用，但也一样会让李二陛下想到被踢去封地的魏王啊！

你玩什么不好，居然拣魏王玩过的来玩！你又不是圣人的爱子！现在好了，等着死吧！况且李二陛下还在"查"前面加了个"彻"字，许敬宗这回看来可以死得透透的，再不用挣扎了！

大理寺的官员刚走，唐俭又一脸难色地求见李二陛下。见李二陛下心情不太好，唐俭面色更苦了，主要是，李元婴给他扔了个"烫手山芋"。这厮明明是魏徵的准孙女婿，偏就是不往那边递证据，非往户部递！

再不济，你直接呈给李二陛下不行吗？

果然，不是一家人不进一家门，这位滕王殿下也是鬼精鬼精的，知道让别人去蹚雷。

唐俭带着呈到户部来的殷家隐户隐田证据和李元婴亲自写的案情陈述递到御前。

这要是没送到他面前就罢了，他可以睁一只眼闭一只眼，但李元婴显然不是个喜欢息事宁人的，到时事情闹大了，跑李二陛下跟前一对质，那小子能当场说他拦着不上送！

为了不惹上一身腥，唐俭亲自跑了一趟，给李二陛下看看他弟弟在鄠县捅了什么马蜂窝。

真要彻查隐户隐田那就不是一家两家的事了，那可能会把所有世家大族得罪个遍！像李元婴这样先派人登门套近乎，转头又把套来的话当证据往上送，保不准会被所有世家大族列为拒绝往来户！

李二陛下看完唐俭递上来的证据，面上仍是无喜无怒。要是没隐田隐户的情况，他去年也不会下令让各地浮游无籍之人前来归附。

等看完李元婴写的案情，李二陛下的神色才有了点变化，李元婴把自己如何遇上吴志远、如何问明原委、如何引各方行动写得清清楚楚。

李二陛下看完才晓得，原来流言的源头竟是李元婴自己，是他故意夸人家小女儿长得好看！

不得不说，这份陈述清晰、感情真挚的案情记录写得很好，李二陛下读完也觉得在天子脚下竟有这样的恶事，着实有负贞观之名！

李二陛下吩咐左右：“去宣殷元进宫。”

这事殷元若知晓，那他逃不掉罪责；殷元若不知晓，那也是治家不严，得好好敲打。要不怎么别人庄子不死人，就你家庄子出这种事？

李二陛下派去的人到殷家时，殷元正巧在家里给阎立本描述他的伯父殷开山呢。其实他也没见过殷开山年轻时的样子，不过好歹是继嗣的，对殷开山的事迹也算如数家珍，努力挑拣着殷开山最得意的战绩给阎立本说。

阎立本这段时间被各家亲属或者本尊折磨得脑仁发疼，深深觉得自己坑李元婴那一把简直是脑子有毛病，坑谁不好跑去坑李元婴？

听人说李二陛下召见，阎立本和殷元都愣了一下，阎立本甚至还怀疑传旨的人听错了，指不定李二陛下是要见他的！毕竟殷元也没掌什么大权，李二陛下怎么会无缘无故要见他？

阎立本没把疑问问出口，殷元要入宫觐见，他自是也不再多留。不想才回到府中，阎立本就听底下的人说外头有传言说李元婴看上俏寡妇，故事说得活灵活现，也不知是不是真的！

阎立本一激灵。

谁这么不长记性，还敢散布李元婴的谣言？

按他兄长的说法，这次是不是又有人要倒霉了？

殷元挨批不是单独挨的，李二陛下从来不是好脾气的人，当着一批人的面劈头盖脸把李元婴叫人送到户部的证据扔给殷元。你说你干坏事，行啊，聪明点偷偷干，别让人知道，大家都相安无事。但你这干坏事都干不周全，还有谁敢和你凑一块儿？

殷元都蒙了，把李二陛下扔过来的东西看完，脸色顿时白了。他第一反应就是替自己辩驳，说自己毫不知情。

事实上殷元也真不知情，哪怕朝廷种农桑，也没有让个国公亲自去过问田庄事务的。至于隐户隐田，各家都有，大伙都是睁一只眼闭一只眼，他本就是过继来继嗣的，不可能继了爵位就玩出新花样来啊！

殷元想破脑袋也不可能想出来，底下的人为了不让佃户有心入籍，居然弄出命案来！更没想到，鄂县那边的人竟能上下联合，直接用最简单粗暴的手段了结此事！

殷元当机立断地自陈有罪，承认自己没把府中事务管好，又隐晦地表示鄂县那边的田庄都是殷开山身边的老人，他平时不好多过问，怕他们觉得自己得了爵位还朝他们耀武扬威。反正，他弱小可怜又无助，真的对此一无所知。

李二陛下脸色淡淡。

这天下如今姓李，朝廷的政令却推行不下去，眼前这些不管坐着的还是跪着的都有自己的私心，更别说外头的世家大族。越到这种时候，他越觉得需要更多没有和世家沾上关系的人才来实现他的许多想法。

只是这种事急不来。

李二陛下面色平静地听殷元回完话，叫唐俭派人跟着殷元去处置此事，吃了多少田、隐了多少户都给吐出来，该惩治的人全都以律惩治，谁敢姑息，与犯事者同罪。

至于殷元会不会受到惩处，二十四功臣的人选变不变，李二陛下却没提，约莫是要等事情料理完了再说。

殷元面色发苦，只能乖乖领命，随着唐俭一起去清查自家人的违法行为。

李二陛下没让人瞒着殷元家的事，殷家遭责问的消息很快传遍长安。有些消息更灵通些的，还打听到此事与李元婴有关，李元婴去鄠县还不到半个月，就扯出桩牵涉数条人命的冤案来！造成这桩冤案的，却是被选为二十四功臣之一的殷开山的嗣子！

这下大伙都免不了要多想了。

世上真有这么巧的事吗？怎么李元婴一下去，就能撞上这样的大事？不会是李二陛下特意安排的吧？再往深里想想，李二陛下为什么要这么做？莫不是要拿二十四功臣开刀，先让他们把隐户隐田吐出来？

怪不得李二陛下要让李元婴进国子监，又安排他到底下去搞什么实习，原来在这里等着呢！

现在他们不自觉吐人吐地，到时李二陛下再把李元婴往他们庄子所在的地方一扔，岂不是找到由头收拾他们了？

各家关起门来讨论了一番，又找相熟的友人试探了几句，都觉得自己猜出了李二陛下的想法。帝王之心，当真高深莫测啊！明知道李元婴是天都敢捅的家伙，还把他放出去祸害人，可不就是相中李元婴什么都敢做的性格吗？

只不过，这种派人登门套话的阴招只能使一次，下次再使，他们可都不会上当了！至于这次，就只能替殷元抹一把辛酸泪了，谁叫他摊上没脑子的管事和没脑子的县令？

没脑子的许敬宗现在成了热锅上的蚂蚁，因为他去拜访李元婴时李元婴闭门不见，而吴家村里正那边又传来坏消息：吴志远一家三口不见了！

吴志远一家三口都在丧期，一般来说哪儿都不能去，怎么可能凭空消失？那就只有一个解释，李元婴已经知道了吴志远家发生的事，叫人把吴志远一家接走了！

许敬宗阴着脸骂道："成事不足败事有余！"他可没叫那里正杀了吴志远父兄，只叫里正威胁威胁吴志远一家，让他们不敢再拿殷家庄子上的事情说事。谁承想那里正居然那么狠，直接让吴志远父兄来了个"意外落水"？现在更了不起了，连个孤儿寡母都看不住！

主簿忧心忡忡地问许敬宗："县尊，那怎么办啊？"

许敬宗能怎么办，他只盼着李元婴没心思管别人家的事，把吴志远家的事当故事听听就算了。同时他也盼着李二陛下和魏徵知道李元婴看上农家女的传言后赶紧把人弄回长安去，别让他继续留在鄠县找事！

现在许敬宗真后悔贴心地安排李元婴去"游山玩水"，若是找点整理卷宗之类的活儿让李元婴几人去干，他们也许就能干到天荒地老！

可惜说什么都晚了，李元婴很可能已经把事情往上捅了。

许敬宗如丧考妣地颓坐在县衙之中。

主簿见许敬宗如此，无声无息地退了下去，准备整理整理许敬宗这一年来贪赃枉法的证据，第一时间把许敬宗给告了。也许这样，他还能保全自己！

两拨整治鄠县问题的人先后抵达之后，并没有给主簿抢先告发的机会，一干人等直接被拿下，府衙内的卷宗、库房全部被控制起来，户部和大理寺派来出差的算学专家们飞快计算起来，把鄠县早八百年的烂账都算清了，全部扣到许敬宗头上。

按照这个数目来办，许敬宗脑袋不保了，毕竟去年党仁弘贪了一百万钱也被大理寺连上几道折子要求处死，还是李二陛下下罪己诏求情才勉强保住性命。这许敬宗可没这种福气！

财政问题清算完了，接下来就是刑事案件的问题，这可是大理寺的专长，三两下就把人证物证都凑齐了，麻溜地把许敬宗的第二大罪状安排得明明白白，整个鄠县县衙也因此被一撸到底！

眼看许敬宗怎么算都没活路了，随行的传旨内侍亲自去见了李元婴，和李元婴转达李二陛下的旨意：李二陛下让他权代县令之职，顶个两三个月，自己给自己擦屁股，擦好了他再派人过来接手县务。

李元婴早猜到李二陛下不会放过许敬宗，原本还琢磨着新来的县令是什么样的人、好不好相处呢，结果李二陛下横空来了这么一道旨意，简直让他喜出望外。自己要能当一把手，做起事来就不用听别人的了，什么都能自己做决定！

李元婴马上说："你且等着，我这就给皇兄回封信，你帮我带回去给皇兄。"

传旨内侍含笑应是。

李元婴兴冲冲地和魏姝她们说了这个好消息，然后开始给李二陛下写信。上回李元婴还在信里明里暗里地回骂李二陛下，这次他写起信来就全是夸的，说皇兄真是英明神武，做的决定永远那么棒，活该你当皇帝！这么多兄长之中，皇兄是对他最好的！这么好的皇兄，他无以为报，只能把鄠县这边最好吃的东西都找出来，到时候全带回去给皇兄尝尝！

李元婴真情实感地给李二陛下写了洋洋洒洒近千字，句句都在狂拍李二陛下马屁。他把信封塞得鼓鼓囊囊的，还特别叮嘱传旨内侍："你记得叫皇兄看啊，不能随便扔了，我这次写得可认真了！"

传旨内侍心道，难道你以前都是应付着写的不成？不过这话传旨内侍可不敢说，看看李元婴目前的战绩吧，许敬宗就不说了，只是个县令而已，瞅瞅其他的：魏王李泰天天被李二陛下宣见，够受宠吧？和李元婴对上，魏王输了！殷开山早早去世了还被选入二十四功臣里头，圣眷够浓吧？和李元婴对上，殷家输了！

所以说，惹谁不能惹滕王！

传旨内侍只能乖乖应道："小的一定给殿下好好地把信送到陛下面前。"

李元婴点点头。

等传旨内侍走了，李元婴才奇怪地和魏姝讨论："我怎么觉得他对我这么殷勤？我以前好像没怎么见过他，也没给过他多少打赏啊！"按照李元婴从小到大的认知，想要底下的人对自己殷勤，那就得可着劲给他们赏钱。他以前随身带着的金珠子就是赏给内侍和宫人的！

魏姝也想不通，一般来说御前伺候的人都不会对别人伏低做小、殷勤备至，毕竟要是关系好了，不小心泄露了御前之语，他们就该掉脑袋了！所以为了自己的脑袋，他们应该会恪守本分，能不多说绝不多说。

魏姝道："可能知道陛下看重你，所以才殷勤一些。"

李元婴只是有些奇怪，见魏姝这么说便点点头没再深究。

许敬宗当然不可能被斩立决，而是被押送回长安，所以事情并没有马上落幕。

许敬宗可是从秦王府时期就跟着李二陛下的人，他曾与魏徵一起为李密共事，算是老相识；他的儿子娶了尉迟敬德的孙女，两边也算有点姻亲关系。

许敬宗早叫人往相识的人府上递信，乞求他们能帮忙活动活动，先前他是没料到李二陛下竟会派户部和大理寺联合办案，要不然他能豁出脸去把能求的人都求了！

到这会儿，许敬宗也不求什么了，只求别来个斩立决，这样回头碰上大赦或者说动其他人帮忙求情说不定还有活命机会。

同为当年的秦王府十八学士，魏徵听了许敬宗的事也觉得他着实糊涂。

这份揣测权贵心思的能耐倒是不差，若是没被李元婴撞破，殷家肯定会承他的情，但许敬宗把这能耐用在李元婴身上就大错特错了！

要知道李元婴打小什么都不缺，想要什么就有什么，兄长是大唐头一号人物，往来的都是天潢贵胄。他既不缺钱，也没到好美色的年纪，虽然好吃好玩，但想吃什么、想玩什么都是一句话的事，用不着旁人巴巴地送上来讨好。

按魏徵的判断，这年纪的小孩最想要的是别人的承认，李元婴显然是想做点正经事让别人对他刮目相看。所以若是照着吃喝玩乐这方面来奉承他，他说不准还会觉得你瞧不起他！

算起来，还是李二陛下最了不起。魏徵觉得李二陛下肯定早就把李元婴的心理摸得清清楚楚，故意放李元婴去搅浑水！如今二十四功臣那些家族多少都得吐人吐地，当年身为秦王府十八学士之一的许敬宗又被拉下马进了监牢，李元婴可是把勋贵与士林都得罪了。

魏徵觉得这样下去，李元婴迟早会像他一样成为"光杆孤臣"。再往深里想，李二陛下给李元婴和他孙女许婚，是不是就是这个想法？

魏徵越想越气，心里那叫一个憋闷，偏他身体现在又倍儿棒，没法请病假，只能坚持走找碴路线，把最近能挑的刺全挑了！

魏徵"喷"得慷慨激昂，逮着机会就堵着李二陛下开骂。李二陛下觉得这小老头简直疯了，私底下和长孙无忌抱怨："你说魏徵最近怎么了？火气怎么这么旺？"除了"喷"他以外，魏徵还"喷"了户部和大理寺的人，说他们搜罗的罪状跟许敬宗对不上，很多事发生时许敬宗压根没到鄂县。

李二陛下有点怀疑魏徵是不是活糊涂了，怎么许敬宗瞎传他孙女婿的流言、纵容甚至唆使底下的人谋害良民，他居然还给人说情？

李二陛下百思不得其解，长孙无忌心里却门清，心道，你是不知道外面是怎么传的，你要是知道你就懂了。现在大伙都说这是你们兄弟俩合起来坑人，坑完世家大族又坑文官，你是天字第一号狡猾人士，你弟是你蓄意放出去的"行走的大杀器"！魏徵肯定也是这么想的，觉得你是在把他准孙女婿往火坑里推！

有谁能比待在火坑里十几年的人更了解火坑的苦呢？

看看魏徵，见天得赏赐，结果连好房子都不敢住，连张好被子都不敢添置，怕自己"喷"起人来腰不直气不壮。朝中上下哪家人活成他家那样的？

长孙无忌家也酌情吐了不少人和地，不过他是李二陛下的舅兄，儿子又尚了公主，吐出这点东西倒不至于伤筋动骨。所以他对李元婴还没有太大的不满。

长孙无忌正琢磨着要不要酌情把外头的传言给李二陛下讲讲，让李二陛下心里有点数，从鄂县回来的传旨内侍就来求见，说是带回了李元婴的回信。

李二陛下一听，便把"老魏究竟怎么了"这个话题结束掉，叫人把李元婴的信呈上来。

李元婴这封信写得十分真挚，句句都在夸李二陛下，把李二陛下夸得天上有地下无，一个劲地表示我最喜欢皇兄了。由此可见，李元婴是真的高兴坏了！

李二陛下看完信，心情很不错，鄂县就在他眼皮底下，李元婴再能折腾也折腾不到哪里去，由着他去捣腾吧！

对李元婴的折腾能力，李二陛下还是挺有信心的。李元婴那个葵园如今就经营得有声有色，至少长安城大部分人家选择出游地点时都把葵园列入备选范围——说不定他能把鄠县也经营出新风貌来。

长孙无忌见李二陛下龙颜大悦，便问李元婴在信里写了什么。

李二陛下秉承着"弟弟夸我的话不能只有我自己知道"的基本原则，很大方地把李元婴的来信给长孙无忌看。

长孙无忌很快后悔了。

他恨不得自己眼睛瞎了！瞎了多好啊，可以不用看李元婴那一串串的花样马屁！你们兄弟俩平时都是这样写信的吗？

就这么没营养的废话，李二陛下不仅看了，还看得心情大好，长孙无忌觉得这信得让魏徵来看看，让魏徵管管他的准孙女婿。这小子怕是当不成孤臣的，当佞臣还差不多！有他这样给一国之君写信的吗？就是寻常人家的兄弟，也不会这么肉麻露骨！

长孙无忌见李二陛下对这封信很是满意，琢磨了一下，还是将外面的传言给李二陛下说了。反正他不说，李二陛下也会知道，外头跟这事沾点边的人都在传呢，迟早得传到李二陛下耳里！

李二陛下听长孙无忌说外头的人都在说自己把李元婴当枪使，脸色微微发沉，刚才的愉悦没了大半。不过李二陛下思索片刻，又笑了起来："元婴若是知道我把他当枪使，肯定会高高兴兴地跑来问我要往哪里刺，巴不得我多使他几次。"

长孙无忌道："滕王殿下还小，心思单纯。"

这话的意思其实是，等李元婴再大些，心思怕就多了。

李二陛下没说什么，叫人送笔墨上来，给李元婴写了封回信，叫人快马送去鄠县。回信写完了，他不再提这个话题，和长孙无忌讨论起其他政务来。

鄠县那边，李元婴给李二陛下写完信就一蹦三尺高，兴冲冲地给小伙伴们分派工作。因为县衙上下都被撸了，问罪的问罪，遣散的遣散，所以县衙里头空荡荡的，连个人影都没有。

李元婴自己代县令之职，魏姝他们就得在县丞、主簿、县尉、录事、佐史之中挑个位置。他们起个头，往下就可以在县内挑选人才来填充。

李元婴这厮显然是任人唯亲的，自己一屁股坐到县令位置上，就喜滋滋地招呼魏妹他们选自己想挑的位置。用他的说法是，干自己想干的事心里才快活，做起事来才有劲！

在场的除了李元婴，就只有狄仁杰一个男的，所以狄仁杰当仁不让地把县尉挑走了。李元婴听狄仁杰抢先要了县尉位置还挺遗憾，说道："听说当初平阳姐姐就是在鄠县这里招兵买马，跟着父皇起兵！要是城阳她们来当县尉，是不是也能搞出一队娘子军！"

平阳公主是李二陛下的妹妹，当初隋末大乱，平阳公主劝驸马柴绍跟着父兄起兵夺天下，让他不用担心自己，她另有打算。结果，她的另有打算是自己回鄠县变卖田产、招揽各方英雄，带着人一路杀去响应她父兄！

平阳公主下葬时，太上皇不顾众人反对，用军将的下葬仪制将爱女下葬。

可以说，平阳公主是了不得的女中豪杰、巾帼英雄！

狄仁杰听李元婴这么说，赶忙往左右看了看，瞧见屋里没旁人，狄仁杰才没好气地对李元婴道："你可不能乱说话，如今大唐好好的，百姓安居乐业，你怎么能拿隋末的事情来比？"什么招兵买马什么跟着起兵，他不想活，别人还想啊！

李元婴撇撇嘴，不以为然，他说道："皇兄又不是傻子，他会不知道我没那个意思吗？"

不过平阳公主到底只有一个，城阳和那位已故的巾帼英雄很不一样。武媚她们的性格可能比较合适，偏她们的身份又不适合出这个头，所以李元婴还是只能把县尉的位置给狄仁杰。

武媚比较年长，挑了县丞，这是仅次于县令的二把手，需要调节各方工作；魏妹则挑了主簿，主要和李元婴待在一起商讨县务，给李元婴出出主意；城阳当丁录事，负责带人记录和整理各种文书；金胜曼则管着一干佐史，负责调配各部门的人手。

每个人都挑完职位、讨论好自己需要多少人手、对手底下的人有什么要求，便风风火火地去写自己分管那一块的招聘告示去了。

李元婴也没闲着，溜达去县学准备拎一批能说会写的人过来当志愿者，让他们和县里的百姓宣讲县衙需要招什么样的人。

县学的学生早听说李元婴差人在鄠县建图书馆，地都选好了，心中十分激动。哪怕他们这一代考不上，他们的儿孙将来也可以尽情读书了，一代接一代地读，总有出头的机会！

所以听说李元婴要来县学巡察，所有人都很激动，心里都盼着李元婴早些到。

不过县里主事的人撸了一批，涉嫌听命开除吴志远的学官也被革职了，所以县学的学子们都安安分分地等待着，不敢有什么逾矩的动作。

要知道他们读书的机会来之不易，注定了他们不能当热血青年，不能动不动就为同窗请命或者为学官求情！

李元婴见学生们一个个跟鹌鹑似的朝自己见礼，但精神头挺不错，偶尔偷偷望过来的眼神也算有神，非常满意，抬手免了他们的礼，囫囵着把自己的来意和学生们说了，让他们不能咬文嚼字，要走近百姓，尽量用大白话和百姓传达政令。

李元婴又对他们讲了一番自己的读书感悟：书是读不完的，怎么把书上的知识真正变成自己的，怎么真正当一个于国于民有大用处的人，还是得走到百姓里去，想他们所想，急他们所急，这样才不至于一辈子只懂得摇头晃脑念几句经义！

李元婴还举孔圣人的例子，难道孔子生而知之、天生就是圣人吗？不是的，孔圣人一生周游列国、辗转各地才能得出那么多道理，现在的人个个都只坐在家中埋头苦读，大唐何时才能再出一个孔圣人那样的人呢？

在座的学生虽从来没有想过要当孔圣第二，但经李元婴抑扬顿挫地一番鼓吹，顿时也都激动地表示自己愿意当一个走进百姓之中的志愿者！

李元婴吹完牛，在县学学生们的目送下飘飘然地回了县衙。其他人也忙活完了，武媚找过来说李二陛下又让人送信过来，人正在侧间候着。

李元婴听武媚这么一说，心里忍不住犯嘀咕：不是才回了信吗？怎么又来信了？他现在忙着呢！他管一个县都觉得事情多，怎么他皇兄管这么大的天下还这么闲呢？

想是这样想，李元婴也没怠慢，很快叫人去把传旨内侍请了过来。他把李二陛下写来的信看完，乐了，叫魏姝他们过来一起看。

守在一旁的传旨内侍觉得李元婴可真够放纵肆意，当着他这个传信人的面就招呼别人看李二陛下的信，也不怕他回去告诉李二陛下！当然，这对皇家兄弟间的事他们无从置喙，睁一只眼闭一只眼是最聪明的选择。

李二陛下这封信是把世家之间的传言给李元婴说了说，让他以后做事注意一下影响，有问题就上报让人去查，不要自己去套证据。现在大伙都说他们兄弟俩合伙坑人，李二陛下话里话外的意思是，你不要脸，我还不要脸吗？

李元婴把信给武媚他们轮着看，自己则去给李二陛下写回信。早前他已经把想夸的话夸遍了，现在想不出什么词好夸，只能就着世家间的传言回了几句，说他们爱猜就由着他们猜去，他们爱避就由着他们避去，谁稀罕和他们好。回完了，李元婴又在末尾问李二陛下，大意是，我管着这一县之地都觉得事多，你咋这么闲？是不是处理政务久了可以熟能生巧？

李元婴洋洋洒洒地写完回信，叫传旨内侍带回去给李二陛下。

传旨内侍一口应下，赶着回长安去了。

其他人把李二陛下的来信看完，拉着李元婴关起门开小会。会议内容自然是李二陛下那封信，他们虽然只是为了吴志远一案才往上递证据，但确实一下子影响到二十四功臣家，还把一个县的主事官员一撸到底。要知道县令这职位算是当地父母官，一般要选用有经验的，而且得五品以上的官员举荐才能当。

若是举荐的县令出了问题，举荐人也会有不小的麻烦！再加上朝臣之中本就有盘根错节的关系，打了一个得罪一串，这事看似痛痛快快地收尾了，实际上可能给李元婴带来无穷后患。

李元婴道："我不怕，"他一脸笃定，"只要我不想造反，谁能拿我怎么样啊？难不成他们还能把龙袍塞我床底下，兵器塞我库房里，诬陷我说我要造反？就算他们这么干了，皇兄也不会信他们的，他们只会白费工夫！"

武媚与狄仁杰对视一眼，觉得李元婴对李二陛下还是过于信任了。只是李二陛下这番举动他们也想不明白有何深意，难不成真的只是为了和李元婴闲话家常？

李元婴倒是大胆猜测起来："你们说皇兄会不会将计就计，真把我到处塞？皇兄要是愿意这么干的话就太好了，我可以多跑几个地方，把大唐的山山水水都走个遍！"

魏姝道："就算圣人想这么做，也得你在这边做出点成绩来才有由头。"

李元婴听魏姝这么说觉得很有道理，高兴地说："那我们今晚不睡那么早，一起琢磨鄠县这边有什么需要改的地方，明天把县衙班子拉起来之后就可以给他们分活儿了。"

李元婴这么说了，其他人自是各自回去准备好会议材料，准备晚上凑一起开个研讨会，讨论鄠县接下来的发展方略。

李元婴这边干劲十足，李二陛下那边也很快收到李元婴的回信。一天之内两次信件来回，搁谁身上都有些频繁了，不过李二陛下不觉得频繁。他刚用过晚饭，听人说李元婴的回信到了，便叫人呈上来给他看。

李元婴前头的言论还挺符合李二陛下的预期，这就对了，他这个弟弟什么时候怕过别人？小时候他就是个"混世小魔王"，长着长着说不准就只去掉个"小"字，长成个"混世魔王"！等李二陛下身心愉悦地看到后半段，脸顿时黑了。

这小子居然嫌他烦，说他怎么这么闲！

他堂堂一国之君，能闲吗？不过是鄂县那边经了那么一场乱，他才叫人传信过去做些安排而已，怎么就成"这么闲"了？李二陛下黑着脸把信搁一边，叫人拿去收起来，别碍着他的眼。

既然心情不佳，李二陛下也不去后宫了，叫人去把当值的大臣叫过来。他要和大臣们秉烛夜谈，不聊到夜深算他输！

于是兄弟俩都在和人连夜商谈政务，只是一个管的是整个天下，一个管的只是小小的一个县。

第二天一早，李元婴昨天和魏姝他们商量出来的计划猝不及防地被打乱：戴亭回来了。

戴亭这次去吐蕃，没跟着"皇家使团"走，而是带着一批人开辟新商路，走着走着还绕偏了，去了不少吐蕃部族做客。

这次归来，戴亭收获也不少，至少带回的畜力可以供整个鄂县高速运转了！他还带回一批育马能手，据说他们部族被禄东赞打压得活不下去了，愿意跟戴亭回来帮大唐养马，只求大唐将来能帮他们夺回家园！

李元婴把县衙的事务交给武媚忙活，自己津津有味地听戴亭讲途中的各种奇闻异事。他对许多机遇有着天生的灵敏嗅觉，听说一些部族的不幸遭遇之后很是同情，提出要去见见这些可怜人。

到了安置吐蕃部族诸人的地方，李元婴一点架子都没摆，还免了他们笨拙的礼仪。他边说边叫戴亭帮忙翻译，神情恳切地拉着其中一位老者的手说了许多话，首先是痛惜他们的境遇，怜悯他们这么大的年纪还要离乡背井；接着是感叹世界的残酷，只有强大起来才能不被欺辱；最后，他让养马人安心留在大唐，草场丢了不要紧，他们每为大唐培育出十匹良马，大唐就送他们一匹，将来他们族中勇士可以人手一匹马，雄赳赳气昂昂地去夺回自己的家园！

李元婴说得情真意切，表情动作都十分到位，虽然戴亭翻译时的声音仍是没什么波动，一干老少却还是听得涕泪纵横，激动地对大唐和李元婴的慷慨表示感激。

李元婴与他们说完话、许完诺，又和戴亭回去接着聊其他收获。戴亭这次往北走时听人说起一种瓜，又大又圆，只是每次到那边都没赶上瓜熟时节，所以他讨了批种子回来，还移栽了几株带土的一路运回大唐，现在瞧着好像还能活。

李元婴听戴亭的形容，觉得是自己没吃过的，立刻问："好吃吗？甜不甜？"

戴亭道："听人说瓤是红的，鲜甜多汁，劈开之后里面全能吃，据说比甜瓜好。"

李元婴上回在吴家村尝了这边种的甜瓜，觉得不错。他说道："葵园那边现在已经种了红景天之类的药材，这瓜就在鄠县这边找个地方种好了。"

戴亭点头。

李元婴又去寻魏姝他们，带他们一起去看大圆瓜秧苗。魏姝几人也没见过这样的瓜，听李元婴一说也来了兴趣，纷纷跟着去一探究竟。那秧苗跟着商队走了一路，看着蔫蔫的，没点精神，不过经董小乙拯救了小半天，其中几株已经精神奕奕地立起来了，藤儿积极地到处攀爬。

李元婴仔细找了半天，发现了好几个鼓鼓囊囊的花苞！这瓜的生命力可真顽强，一路舟车劳顿都挡不住它开花结果。

李元婴拉着小伙伴们对着黄黄的圆瓜花和下面隐隐有长大趋势的小圆瓜围观了半天，觉得世界之大，什么都有！他给魏姝他们比了个圈，说道："戴亭说，这瓜能长这么大！"

魏姝他们不是很信，毕竟眼前的小圆瓜最大的也才一个拇指大小，瞧着还圆溜溜的，怎么可能变那么大！

李元婴道："等它们长大就晓得了！"他吩咐董小乙寻个庄子把大圆瓜秧苗挪去种，顺便把剩下的瓜种子和其他植物种子都拿去种一种，若是能种活，味道又不差，到时一定有大用处。庄子也不用挑别的地方，就挑吴家村和太和宫之间的地方，钱不是问题，只管和人买过来就是。既然那边种的甜瓜好吃，种这种大圆瓜应该也好吃！

至于养马，他写封信给他皇兄把太和宫荒弃的草场借来用用就好，他白给县衙和朝廷送马，难道他皇兄还不要吗？

李元婴拿好了主意，便把活儿摊派下去让别人忙活去，自己回去给李二陛下写了封请示信，大意是想借太和宫草场用用行不行？等养出好马可以全献给朝廷！要是你想过来打猎，我再帮您翻修一下这个破宫殿。接下来李元婴又用好几百字描述这太和宫到底有多破，由于这么多年没人过来检修，瓦片都被人偷拆了不少，看着太惨了！

这信一送到李二陛下面前，李二陛下又是一番吹胡子瞪眼。最近魏徵老逮着他骂，连他修个阁子都得劝谏一通，他哪来的钱去翻修太和宫？李二陛下回信骂了李元婴一顿，末了才说你要有钱只管自己修！

李元婴收到回信，琢磨了半天，看明白了，他皇兄同意了！想想他皇兄每年转悠来转悠去都是那几个行宫，好不容易修个襄城宫还是个毒蛇窝，李元婴觉得有必要给他皇兄准备一个空气清新、风景宜人的避暑佳地。

　　李元婴当即又写了封信去和李二陛下讨人，让阎立德过来帮他搞搞设计，看看怎么翻修才带劲。

　　李二陛下也很干脆，什么都没给，让阎立德自个儿过去和李元婴商量，反正要钱没有，要人也没有，你能搞就搞，别被人弹劾你劳民伤财就可以了！

　　阎立德往鄠县出发时心里还在琢磨，怎么李二陛下突然派他到鄠县了。到了以后他才晓得是李元婴找李二陛下要人的，李元婴热情地宴请了他，把事情原委给他说得清清楚楚。

　　阎立德道："你准备自己掏钱翻修太和宫吗？"阎立德没等李元婴回应就说出自己的看法，他觉得李元婴就算有钱也不该这么挥霍，且不说你修好了朝廷那边愿不愿意派人过来维护，就是你出钱这件事也可能会被"喷"。

　　李元婴道："我给皇兄修个避暑的地方还不行吗？"

　　阎立德道："你总不能自己动手修吧？肯定要征调人手，眼下田里样样都离不开人，圣人又没命令说要修，你不可能把人强征过来。要是你那么干了，一准有人要说你劳民伤财了！"

　　李元婴觉得这些弯弯绕绕真麻烦。

　　他琢磨了一会儿，对阎立德说："反正你帮我去看看怎么修，别的我自有办法。"李元婴还给阎立德画了个简单的太和宫草图出来，强烈要求阎立德在上头给他修个视野好风景妙的阁子，不拘花多少钱，只要修出来可以一揽太和宫全貌就好。

　　阎立德来都来了，自是也不好直接回去，点头答应下来，歇了一宿，第二天便去实地考察。

　　李元婴安排完阎立德，又去安排戴亭带回来的牛马。马好说，连着人送去太和宫的草场便是，太和宫一些侧屋休整休整也可以让他们暂住。

　　牛倒是要好好安置，李元婴大手一挥，全记到鄠县县衙名下，叫新招的差吏出去摸摸底，看看县里还有哪些荒地可以开垦的，摸清牛脾气后都带上套去开垦出来。到时种西瓜也好，种葡萄也好，总能让县里多些进项！

　　荒地的开垦是不受限制的，只要县里的人力畜力够使，你把整个县挖翻了也不会有人反对。不过李元婴特别叮嘱山林不能随便砍，得留着保持水土用，只开垦那些受人力所限没法耕作的地方。

　　有想要开垦屋前屋后、山上山下荒地种点葡萄的，也可以来参加这次开垦行动，只要前一天帮着开垦一块地，第二天就能组队去葵园取葡萄枝条回来扦插，到时还会有葡萄种植专家专门给他们讲种植要点。

葵园离鄂县也不算远，许多鄂县人都听说葵园善酿葡萄酒，在李元婴提出可以匀些葡萄给他们种时都又惊又喜。葡萄那可是大伙舍不得吃的稀罕物，山里的野葡萄当然也能寻着，但都又小又酸，人家高昌人种的葡萄又大又红，光是看着就让人口水直流！要是懂酿酒就更好了，葡萄酿成的酒更是闻着都醉人！

县衙班子换人后的第一道政令很快传遍鄂县：给县衙出工垦荒，教你种高昌葡萄，包种包活、童叟无欺！

那可是葡萄啊，从前只有贵人能吃上、他们只能远远看一眼的葡萄！又大又红，肉鲜汁甜！要是自家能往棚子上种一棵，一到葡萄成熟的时节每天都闻着葡萄香醒来，日子还不美死了？

要是不会种就算了，可要是有人教，怎么能不学？县衙出耕牛，开垦那么一小块地又不费多少工夫！

没过几天，李元婴叫人圈起来的荒地陆陆续续有人赶着远道而来的吐蕃牛去开垦了，县里一派热火朝天的景象，但凡有来入籍的都按律给分了田地，还叫底下的人搭把手帮他们把房子建了起来。今年风调雨顺，大伙都愿意给李元婴这个代理县令一个面子，因此鄂县的隐户入籍工作做得最迅速。

本来隐户一般要先返还原籍再入籍，以免人都往富庶之地挤，但李元婴可不讲究那么多，人都来了，怎么能放走？有人才能干大事！

李元婴叫武媚别管那么多，只要人来了她就编成鄂县的，全给分田安家。人口突然多了又怎么样？咱县里就是这么能生，不行吗！

李元婴和武媚商量完，还怂恿狄仁杰带人去鄂县边界上溜达，看看周围有没有人把隐户往外赶的，他们赶多少，鄂县收多少，反正鄂县够大，总有可以分给他们的地。

李元婴这边抢人抢得明目张胆，很快落入不少人眼中，至少邻县的人都晓得了。邻县的县令们那叫一个气啊，就你喜欢人多？我们也想啊，人多税就多，人多能做的事也多！可朝廷不是要求逃户一律返还原籍吗？既然这件事已经传到李二陛下面前了，他们不得规规矩矩照章办事？

邻县几个县令一气之下，联名告了上去。目的很简单，朝廷到底管不管这事？不管，我们也照办了！多几个人落户自己县，年末考课也好看点！

魏徵一大早去上朝，发现有的人看向自己的目光很不一样。凭借着他多年来的经验，魏徵直觉觉得朝会上可能会发生点什么！

果然，朝会刚开始不久，唐俭就把底下县令上报的情况拎出来讨论。唐俭这几年沉迷酒色，已不大管事，怎么看都是越活越低调的一个人，偏他最近这段时间的出镜率却大幅度提高！

不少人都侧目以对。

唐俭也是不得已。他甚至可以喊冤说自己最近数次出镜都是被李元婴逼的，要不是李元婴把殷家的罪状往户部捅，他才不要掺和这些破事。这次也是，李元婴自己暗戳戳把隐户安排妥当就算了，没出什么事也没人特意"喷"你，可你自己县里的安置完了还打起别人的主意！

你要不要脸啊？

你这又不是非常时期得招兵买马，用得着跑两县交界之地捞人吗？

唐俭觉得这种做法实在太无耻了，不得不帮几个县令出个头，让大伙好好批判一下这家伙的可耻行径。

李二陛下一脸镇定地听着唐俭陈明事由，没对李元婴过界抢人的事发表什么看法，只当自己没听见。

魏徵一看李二陛下这模样就知道李二陛下想糊弄过去，他高举象笏，表示自己有话要说。

李二陛下一看到魏徵"我有话讲"的架势就头疼，不过好歹已经忍了这么多年的"喷"，不能前功尽弃。

李二陛下只能让魏徵发表他的意见。

魏徵张口便说："此事过不在滕王，而在陛下！"

众人一惊。你这老小子，袒护你准孙女婿也太明显了吧？明明是你准孙女婿干的事，你还能找到由头"喷"李二陛下？！

魏徵才不管别人的想法，他当场洋洋洒洒地开"喷"：要是您不让他代理鄂县诸事，他哪有机会做这样的事？前些年让诸王为刺史已经实践出结果来了，让少未经事的人当一把手就是不可行，您怎么不吸取教训？现在还不到半个月，就闹出这样的事情来，周围几个县令都不满了，底下的百姓难道能满意吗？长此以往，怨声载道，民怨沸腾，便是天子脚下也会生出乱子来！

所以说，这件事错在根子上，打一开始就不该让他们几个小娃娃管理一县之务！前头是时间仓促，一时没这来得及挑人去接手鄂县，现在案子审理得差不多了，大可以派人过去把滕王一行人换回来了！

魏徵直接提出把李元婴召回来，众人倒是挑不出问题来，反而还觉得魏徵的话挺有道理。问题可不就出在李二陛下身上吗？要不是李二陛下让李元婴去鄠县，也不会闹出这么多事来。

许多人反应过来，当即都表示赞同魏徵的意见，县令官阶虽不高，却得管好一县之事，这可是关乎上万户人的要紧职务，岂能儿戏？一时间，所有人你一句我一句地批判起李元婴难当此任，应该尽快宣召回来，照他们的意思，李元婴最好乖乖去封地，待在自己的王府里什么都不干，那才省事。

李二陛下听着众人有志一同地抨击起他的决定来，顿时勃然大怒，起身骂道："难道朕连一个县令都不能做主吗？"说完他便没再管底下争相让他召回李元婴的百官，带着怒气拂袖而去。

魏徵眼观鼻鼻观心坐在原处，等其他人讪讪然散了，他才走出殿外，在长廊取了自己那份工作餐回当值的地方细嚼慢咽地吃了起来。李元婴在他家中蹭饭时总凑他边上叨叨，说吃饭要慢慢吃、慢慢嚼，这样才不伤着肠胃，活得长长久久。

人在身边时魏徵觉得这小子挺烦人，屁大点事来回念叨，现在人跑外面去了，这小子来回念叨的事忽然就变得清晰起来。是得慢慢吃慢慢嚼，活得长长久久，要不然这些个横冲直撞、总长不大的小子还不知会被谁欺负了去！

魏徵这边独自吃工作餐，其他人却借着集体用餐的机会在议论朝会上的事。

一通讨论下来，大伙都发现自己着了魏徵的道，如今已是贞观十七年了，也就是说李二陛下已经继位十七年，眼下的李二陛下早不再是那个能和手下同吃同住的秦王。他能忍魏徵，可能是因为忍了大半辈子，差不多忍习惯了，但他绝对不可能忍受其他人无故挑衅他的权威！

他们联合起来说李元婴当不得这个县令，正巧触到了李二陛下的逆鳞！

不得不说，他们都猜对了李二陛下的想法。

李二陛下自己待在议事堂生闷气。

一个县令他都不能让他的兄弟暂代，天下还是李家的天下吗？他可没给一整个州！他都没嫌地方给小了，他们竟然还要来劝他把李元婴送到封地去，再不许李元婴出来。

他这么多兄弟、这么多儿子之中，就这么一个活得最快活，就这么一个活得最自在，他们还要这样劝他！他为这天下圈起来的兄弟、圈起来的儿子还不够多吗？为了不让青雀和承乾相争，他把最疼爱的青雀都送走了！

这一次，他偏就不让他们如意！

第八章

万民爱君

李元婴不知道朝会上因为他撕过一场，他正跟着阎立德去考察太和宫。太和宫背靠终南山，有山涧自山中潺潺而出，早间云蒸霞蔚，好不漂亮。到日上中天，山腰仍别着一条缥缈云带，景色着实养眼。

阎立德于建筑设计上是老行家了，在太和宫的基础上进行改造倒不算什么难题，所以他集中力量完成李元婴要求的高楼：楼必须高，必须大，必须能一览太和宫全貌。要达成这个标准，能选的建楼位置其实不多！

阎立德忙活了几天，把选址敲定下来，又按照李元婴的要求绘制草图。

李元婴看了草图，跟着阎立德一起跑选址上眺望一番，非常满意，又开始提要求，什么砖头上要画画、檐头上要雕花，不拘花多少钱，反正给弄上就好！

阎立德皱着眉说："那样的话，花费可就大了。"

李元婴道："只这一栋楼弄，其他的慢慢再说，花费应该大不到哪里去。回头我去工部借点工匠，让手艺最好的人过来给鄂县的工匠们培训培训，他们能学一门好手艺，不都说有一技傍身比什么都强吗？他们肯定愿意学的。花样和砖画，我可以交给一些家贫的士子去画，这样他们也能靠自己的双手养家糊口，不至于每天埋头苦读、毫无进项。"

阎立德听李元婴有自己的主意，便不再多言。

李元婴又兴致勃勃地和阎立德说起自己的计划："我准备把这楼叫'滕王阁'，是不是很气派！"

阎立德脸皮抽了抽，不知该不该发表自己的意见。

李元婴还觉得这样起名不足以惊吓到阎立德，又扔出另一个更具震撼性的想法："我准备请鄂县的乡老们吃个饭，让他们回去问问有没有愿意认领行宫里头那些亭台楼阁的，若是他们愿意认领，我便把那些亭台楼阁的命名权送给他们，再把他们的家族和姓名标注在匾额旁。当然，名字起得不好，就是有钱我也不许他们认领的！"

阎立德都听呆了。

还能这么修行宫的吗？

他只花一栋楼的钱做个示范，余下的亭台楼阁全交给别人去翻修，那些人不上套还好，若是上套了，不得比照着李元婴的滕王阁来修？要是翻修的成果和滕王阁对比起来过于寒酸，那不仅没讨着好，还会让人觉得你压根没有用心！

李元婴见阎立德呆若木鸡，不由得问："怎么？我这想法不可行吗？"他哼了一声，"皇兄每天日理万机，忙得连轴转，他们难道连帮忙修栋楼都不愿意吗？皇兄真是白为他们操那么多心了！"

阎立德道："没有的事，他们当然不会不愿意。既然如此，我也捐一栋楼好了。"

李元婴顿时喜笑颜开，很仗义地说道："这怎么好意思？你每天跑来跑去已经出了力，断没有再叫你出钱的道理！大阎你放心，我会在滕王阁前立个碑，叫人好好写篇文章纪念你的功劳！"

阎立德也不知该感动还是该哭。看来这桩逼捐行宫的事他是抽不了身了，只能看看李元婴是不是真有那心想事成、逢凶化吉的本领！

李元婴说干就干，正巧赶上丰泰楼分号在鄠县开业，李元婴便按照县里的规矩将各乡乡老、县中长者全请来吃酒，由于一次性请的人多，丰泰楼里里外外楼上楼下全摆得满满当当。

称心也过来了，这段时间丰泰楼在筹备鄠县分号，称心也在准备适合的节目当是开业献礼。李元婴还在音乐班子里看到个有点眼熟的少女，正回想着在哪里见过，那少女已经娉娉袅袅地朝他走来，十分得体地朝他行了一礼："见过殿下。"

李元婴想起来了，这不是苏七娘吗？李元婴朝苏七娘笑了笑，问道："在丰泰楼做事可还快活？"

苏七娘抿唇一笑，色若春花："很快活。"她本就是个心气高的，自得了自由身后更是想把控住自己的人生。苏大郎一家对她极好，但那种生活不是她想要的，她曾试着去接受、去适应，最终还是想要更广阔的天地。苏七娘给了李元婴一个迟来的祝贺："听说殿下定亲了，恭喜殿下。"

虽然得了媳妇儿几个月了，有人提起来李元婴还是很乐呵："谢了谢了，等我成亲一定请你们来吃酒。"

苏七娘见过李元婴后，便去和称心他们一起核对今天的节目单，李元婴也径自去寻魏姝她们问问还有没有需要准备的。到底是这么多人的宴会，不管是治安还是位次都要悉心安排，趁着武媚她们都在忙活，李元婴溜达到魏姝身边问她累不累，名单那么长，写起来手酸不酸，要不要他给揉揉！

魏姝道："没个正经！"

李元婴理直气壮道："对我王妃，我要什么正经啊！"他说完了，又和魏姝说起见到苏七娘的事。他和苏七娘见面的次数不多，头回见面魏姝也是在场的，所以他说起来很是坦然。

魏姝听了问他："她是不是更好看了？"

李元婴一听，他妹妹妹这话酸酸的啊。李元婴笑嘻嘻地道："对，她更好看了，那眼睛啊，又黑又亮的！"

他话刚说完，手心就被魏姝轻轻掐了一下。

李元婴心道，他妹妹妹也就舍得轻轻掐这么一下！

他美滋滋地哄魏姝："我骗你的，我都没仔细看。我可是有王妃的人，才不会看别人长得好不好看。从小到大，我就没看过不好看的人，有什么稀罕的！"

魏姝还只是个小女孩，没那么多弯弯绕绕的心思，听李元婴这么说便不在意了，还自我反省起来："我不该拿人家说事。"他们两个人私底下说说没什么，要是传了出去岂不是会影响别人的声誉？

李元婴可不会想这么多，他还遗憾魏姝只酸那么一下下，应该多酸一会儿，他喜欢看！他妹妹妹连酸起来都这么可爱！

李元婴和魏姝凑一起说了会儿话，便拉着魏姝出去面见各乡乡老。

眼下天下安定，不是乱世那种朝不保夕的年岁，所以各家小娘子抛头露面的少，瞧见李元婴带着个小娘子出来，众人都有些吃惊。只是李元婴态度太过自然，各乡乡老又都晓得县衙里现在有四个管着要紧事务的"娘子军"，所以很快接受了这不符合他们过往认知的事实。

称心他们准备的开场演出很精彩，看得一干年岁已高的乡老都来了精神，摇头晃脑的摇头晃脑，跟着打拍子的跟着打拍子，个个都觉得这位滕王殿下果然名不虚传，瞧瞧这气派，瞧瞧这歌舞，哪样是他们平时能见识的？

很快地，一干乡老就发现不仅歌舞是他们没见识过的，更千年难得一见的是李元婴的脸皮。

李元婴待场子热起来了，便亲自上台发表讲话，先说他头一次到太和宫的痛惜之情，说恨自己生得晚，未能在自己耶耶身边多尽孝几年，如今一看，有的人连行宫的瓦片都偷走了，想重游他耶耶曾经去过的地方缅怀一番都不行。这是一个民风淳朴之地该有的风气吗？不该啊！都怪那些个坏蛋败坏我们鄂县的风气！

为了不让别人看低了我们鄠县，我们必须做点什么才行！李元婴表示自己冥思苦想，想出一个主意，他准备在太和宫中修一栋楼，名为滕王阁。滕王阁落成之后他将会邀请陛下过来登楼揽胜！

接着就是重头戏了，大伙想看到陛下吗？想在陛下心里留下好印象吗？想让陛下记住自己的名字、自己的家族吗？机会来了！你们只需要出点钱挑其中一些亭台楼阁修缮一番，到时候给这些地方重新命个名、挂个匾额，你的名字就能写到匾额边上！当然，起的名字要好听，不好听的不要；出钱出人要诚心，勉强的不要。

到时候统计出名单，统一做匾额，统一由李二陛下在滕王阁上主持挂牌，天底下谁能有这样的荣耀呢？没有的！心动不心动？心动就赶紧行动起来吧！

李元婴讲完，一干乡老鸦雀无声。

李元婴也不尴尬，笑眯眯地站在那儿等着众人回神。这时候混在人群里的托儿就起了用处，不知谁先起的头，只听几声喝彩响起，各处便响起"啪啪啪"的掌声。气氛顿时热络起来，众人齐齐称赞殿下英明，竟能想出这样的好主意！

这种事也只有李元婴能许诺，要知道李二陛下可不是你想请就能请来的，天底下大概只有李元婴敢夸这样的海口。李元婴都开口了，而且还说是为了鄠县的豪强富户们着想，不这样干，可能鄠县要恶名在外！他没有逼迫大家的意思，单纯是为鄠县的好名声操碎了心！

到场的乡老们能说什么？他们只能表示自己一定会把这个意思转达给拿得出钱来的人。

李元婴听了很高兴，又给大伙说起自己的滕王阁准备建多大、建多高，并着重强调梁上要雕什么花、壁上要画什么画。然后李元婴还点了几家已经通过气的人，比如说殷家！

李元婴笑眯眯地说殷家也准备照这个标准来搞，大家要是有难处不必勉强，把机会留给不觉得为难的人！

现在众人不觉得李元婴年纪小、长得过于可爱了，这哪是什么小王爷，简直是索债阎罗！那殷家也真够怯，自己家的隐田隐户被人搞了，现在还得笑呵呵地响应这位小王爷牵头的行宫改造计划！

李元婴当然知道不能只索取不付出，他见众乡老一副饭都吃不香的模样，便给他们留了个好处："我近来得了一批瓜种，据说能长得比人的脑袋还大，里头的瓤红艳艳的，鲜甜又多汁，暂且还不知道到底是不是真的。劳烦诸位传话时再补上这桩事，等我把它们种出来了，会开一个赏瓜宴请出资修行宫的人来尝个鲜，到时候优先给大家分些种子回去种。都说物以稀为贵，这瓜短时间内别家不会有，我觉得兴许也算是个稀罕物。"

众乡老听李元婴这么说，顿时又精神起来。

这位殿下可真是明白人，若是能搭上他的线，以后稀罕的东西还能少吗？要知道李元婴可是大方地培养了好几批种葡萄的人，把自己庄子上独有的种葡萄秘诀白白教给了鄠县百姓！对底下的百姓尚且如此大方，要是他们办好这桩事，与李元婴打好关系，往后李元婴有好事时难道会撇下他们？

远的不说，就说李元婴说的这种又大又圆的新鲜瓜果就是个香饽饽！若是独独鄠县有，别的地方都没有，李元婴再把它往御前一送，慕名而来的人就多了！

最重要的是，这事确实也能在李二陛下面前露个脸、讨个好啊！

思及此，所有人都情真意切地表示自己回去一定力劝乡里的人出资修行宫，要是有不肖子孙不愿出钱，看他们不打死他！

按照地理位置来算，太和宫不能算在鄠县境内，也不能算在万年县境内，它坐落于终南山脚，与长安遥遥对望，有南北对峙之势。从鄠县县衙出发去太和宫，跟从长安城出发去太和宫的距离差不多，不过这不影响李元婴打它的主意。

来都来了，不如骑马到鄠县走走，摘点葡萄，尝个瓜，不挺好吗？李元婴搞完动员，对鄠县未来的发展充满信心，兴致勃勃地拉着魏姝去看瓜。不想这个时候消失许久的系统却给他泼了个冷水，告诉他这瓜可能不会太甜，也不会太红。

李元婴瞅着那没过几天就长得比拳头大的瓜，有点纳闷：不是说又大又甜又多汁吗？怎么就不甜了？怎么还不红了？系统给他介绍了一下这瓜的情况，这瓜因为是从西边传入的，所以后来叫西瓜，虽然经过一代代人工选育，但还不能尽善尽美，比方说这个时代可能也有玉米，但是玉米粒可能又瘪又小，和普通野草没什么区别。

李元婴又问系统人工选育是怎么个选法。

系统给他介绍了一番，最普通的人工选育当然是每代挑好的留种，你想要粒大的就挑粒大的，你想要汁多的就挑汁多的，你想要瓤红的就挑瓤红的；还有常见的嫁接之法，把一种果树的枝条嫁接到另一种果树上，比如说一种果子好吃但不易成活或者生长奇慢、容易害病，一种果子不好吃但生得健壮，那就可以把前者的枝条嫁接到后者上面，让它抗寒抗病；到后来，还出现了杂交之法，想法子把这株花的花粉人工授粉到另一株花上，得出更多可供挑选的品种；再往后，甚至可以按照自己的需要随意地改造动植物。

　　至于怎么个改造法，由于那些技术都离这个时代太遥远，系统并没有继续透露。

　　不过这已经足够了，李元婴琢磨了一下，把系统所讲的东西抄录抄录，叫人拿去给董小乙摸索着试试。李元婴还和系统商量："不是说搞研究都要有对照组吗？你给我弄点你说的又大又红的西瓜种子，我种些出来给他们比对着选育，好叫他们有个方向。"

　　系统听着觉得这话挺在理，实验可不就得有对照吗？既然玉米花生都弄来了，也不差西瓜一样，正巧上回恐龙化石的奖励它还没发，系统便给李元婴开了个兑换通道，让他自由兑换西瓜种子，甚至还能选品种。

　　李元婴看得眼花缭乱，对未来人的生活很是艳羡："他们吃都能吃出这么多门道来啊！"光是西瓜就有有籽的、无籽的，瓤红的、瓤黄的，还有皮花的、皮黄的、皮绿的。再看看吃法，那也是榨汁匙挖两相宜，冰冻酿酒都可以！还有人闲得用西瓜来雕花！

　　因为暂时只能选一个品种，李元婴看了一圈，最后还是舍弃了没籽的，选了个有籽且皮薄汁多的兑换了一批，总要让董小乙那边能自己种出种子来，要不然总叫他自己兑换多费劲。他换出一批种子，叫来戴亭让他把种子拿去给董小乙，叫董小乙好生伺候，若是天气不对就挪进暖房养着，总之得把它给种出来。

　　戴亭看了眼，李元婴给的显然也是西瓜种子，只是有微小的不同。他点点头，没有多问。他现在有的自由、他现在拥有的一切，都是李元婴给的，李元婴好，他就好；李元婴遭难，他也讨不了好去。所以他永远不会质疑李元婴的话，更不会做出卖李元婴的任何事，包括这些来历不明的东西。

　　戴亭领命而去，李元婴也没再多想，能动员的人都动员起来了，剩下的就看看大伙能不能一起发力。事实证明李元婴抛出的饵还是很香的，鄠县这地方说大不大说小不小，家底殷实的人还真不少。李元婴过来没几天就把县衙撸个底朝天，还把殷家的隐田隐户刮个干净，许多人都觉得这位小王爷不好惹，谁知道要是结果让他不满意他会不会故伎重施？

　　很多人都抱着这样的心思捏着鼻子认了。

　　结果他们准备勉为其难地认个亭子阁子什么的，到了地方才发现小的建筑全被认领了，而且几乎都不是鄠县人认领的，而是邻县路过的商贾们认领的。这些外来的商贾得了消息，本着问一问的原则看看能不能凑自己一份，结果还真可以，县衙那边说，虽然是为了给鄠县人一个机会，但是大伙有这个心也不能不接纳，所以只能分他们一些小建筑，大头还是得留给鄠县人！

得了，他们要是不认领个大家伙，岂不是要说他们没这份心？

偏那些个外地来的商贾还围在县衙前不走，纷纷表示要是鄠县人出不起钱，就干脆全给他们认领好了，他们不差这个钱。

是可忍孰不可忍！

真叫这些外乡人出了大头，他们往后在乡里面前怎么抬得起头？而且有人来抢了，他们才发现这确实是桩大好事，过了这个村就没这个店！所以前来登记认领亭台楼阁的仆从又匆匆回去请示家中意见，最终各家主事都亲自过来了，这次他们也不拘楼大楼小，先下手抢了再说，要不然等会儿他们可能抢不着了！

李元婴悄悄领着阎立德过来看各家争先认领的画面，怂恿阎立德画一幅画送回京去，让他皇兄知晓鄠县百姓的拳拳爱君之情。

阎立德坚定拒绝。

李元婴没法子，只能亲自操刀画了一幅《万民爱君图》，连着自己的请示折子送到长安去，和李二陛下夸赞起鄠县百姓一心向君的美好品质。这折子与其说是请示翻修太和宫之事，不如说是花式夸李二陛下勤勉为政，为大唐江山的长治久安殚精竭虑！人非草木孰能无情，鄠县百姓知道李二陛下如此辛劳，时时感君念君不说，还拿出了实际行动来！为了表示这不是劳民伤财，不是夸大其词，特附上《万民爱君图》一幅，瞧瞧这画上的人一掷千金多么豪爽，表情都很欢喜，没有丝毫勉强！不信的话，你们可以问问阎立德，他也亲眼看到的！

李元婴这次写的不是私人信件，而是走正经程序递的折子。他现在可是鄠县的代理县令，怎么能不玩一玩这个上书渠道？不玩是不可能的，好玩的事情一定要全部试个遍！

李元婴的折子还在路上，长安那边已得了消息，许多人案头都摆着李元婴忽悠人的那通讲话。大部分人看了都倒吸一口凉气，觉得李元婴这厮着实是既不要脸又天马行空，不但非逼着人家给他送钱，还挑三拣四，说什么名字不好听不要，不甘不愿的不要。

谁真心甘情愿给你送钱啊？谁的钱是天上掉下来的？

所有人都好整以暇地等着看笑话，结果隔天又来了消息，说李元婴秘密指使戴亭串通一批外地商贾哄抢认领权，弄得鄠县的豪强富户全都坐不住了，竞相争抢大建筑认领权，生怕慢了一步会叫外县商人抢了去！这威逼利诱的手段真是高啊！

众人都服气了，又把目光聚集到魏徵身上。这一次，魏徵是不是还会袒护他准孙女婿？这种行径，和强抢人家的钱财有什么不同？断没有修个行宫还让百姓掏钱的！

魏徵每天接受众人的注目礼，愣是一声没吭。这事一没动国库的钱，二没胡乱征调民夫，三也没有任何人往上申冤叫屈，他又不是傻子，为什么要出头？

事实上李元婴想出这个计划之初，就给魏徵讲过这些想法，李元婴说要是行宫修得好，益处很多，反正这次出血的是豪强富户，受益的是工匠和百姓，等整个鄠县都带动起来了，大伙能干的营生就多了。

将来鄠县可以当成对外展示的示范县来搞，吐蕃人来了，突厥人来了，都把他们往这边领，好叫他们领略领略大唐都有哪些好吃好玩的东西。

提到这个，李元婴还挺遗憾，说他三侄子才去吐蕃走那么几天就回来了，哪里能玩得尽兴？可惜皇兄不让他去，要不然他一准把吐蕃跑个遍！

魏徵觉得还是找个地方拴着这小子为好，要不他指不定连吐蕃那连片的雪山都能翻过去，再跑泥婆罗那边玩一圈。

所以，魏徵决定对李元婴的胡作非为睁一只眼闭一只眼。

魏徵不动如山，其他人心里十分唾弃。呸！就知道你个老魏是最狡猾的，专挑圣人能接纳的来"喷"，骂完圣人还能得赏！真触雷的，你全避得远远的，压根不吭声！

李元婴怂恿鄠县人出资修行宫的事，李二陛下也有所耳闻，他虽觉得此法有点……不怎么体面，但要是朝廷能白得一处修缮一新的避暑行宫，那也是件好事不是吗？此事若成了，李元婴所说的"不花朝廷一文去泰山"不也有望成真？到那时，魏徵怕也不好反对了！

各方怀揣着各自的想法按兵不动，李元婴的折子便在一片风平浪静中如期送到长安。

李元婴这折子一石激起千层浪。

李元婴画得如何就不说了，要紧的是，后头还附上了鄠县出资者的名单，等同于提前让他们在李二陛下等人那边露了把小脸。若是寻常县令，即便上书也不一定能上达天听，但李元婴不一样，他可是李二陛下的亲弟弟，还是李二陛下最偏爱的那个，他的折子哪怕是废话，李二陛下都会单独拎出来看看。

事实证明，这确实全是废话，李元婴在折子上说的事朝廷上下有耳朵的人都听说了，剩下的部分全是"陛下您怎么怎么牛，百姓怎么怎么爱戴您"，全篇都在诠释一件事：如何把马屁拍得浑然天成。

但凡经手过的人，没有一个不被李元婴恶心到的。这小子怎么就能这么无耻呢？别人说出来会臊红脸的话，他不要钱一样往折子上堆，还换了好几拨人的名义一通瞎夸，直把他皇兄吹得前无古人后无来者，是千万年来独一份的英明君主！最要紧的是，他还不用自己的话来夸，他为表真实，把乡老的口音都写进折子里了，把一千百姓夸人的淳朴口吻写得活灵活现。

李元婴不要脸也罢了，可怕的是，长孙无忌他们发现，李二陛下竟很是受用，他甚至比李元婴想得更长远。因为他无意间和长孙无忌露了口风："不知他说把路修到泰山，是不是也是打这个主意。"

这可真的把长孙无忌惊到了，李元婴还好说，他还小，觉得钱就是用来花着玩的，撺掇起别人花钱那是一点负罪感都没有，事情办成了心里美得很。但是李二陛下可是一国之君，他怎么能打别人钱袋子的主意？还想着叫人给他修路铺桥到泰山，那得多少个鄂县才能凑起来？又不是天底下的县城都像京畿这些富县一样富庶，真当哪儿的人都能眼也不眨地拿出一笔钱来给你修路铺桥造行宫？

见苗头不对，长孙无忌赶紧劝李二陛下不能做这种落人口实的事。你这么辛苦才立起来的明君形象，不能因为这些小钱小利让后人笑话。

李二陛下没说什么，只说自己心里有数。

长孙无忌瞧着觉得李二陛下心里是一点数都没有。

长孙无忌寻了个由头去找魏徵，隐晦地提及李二陛下可怕的想法。

魏徵慢腾腾地道："我年初病了一场。"

长孙无忌道："不是已经好了吗？"

魏徵还是慢腾腾地回应："时好时不好，人老了就是这样，病起来容易，好起来难，我也没法子。"

长孙无忌气结。

这老魏自打有了那么一个准孙女婿，行事越来越令人牙痒了。

早些年他女儿也嫁给了宗室亲王，怎么没见他这样护着？

魏徵慢腾腾地走了，留长孙无忌一个人在那生气。这事魏徵才不掺和，李元婴是在宰大户，又不是在宰百姓，要是有人把这事转嫁到百姓头上，他自然会站出来弹劾。至于长孙无忌这些人会不会被宰，那就不在他的考虑范围内了。

李元婴那边写完折子就抛诸脑后，还不晓得他皇兄因为他逼捐行宫的创举又把心思转到了泰山上。能搞的事都搞完了，李元婴又开始到底下去体察民风民情，有上回吴家村的案子在前，这次他没碰上什么糟心事，倒是天天被热情的百姓邀请去吃好吃的，吃得肚皮滚圆。

　　转眼到了热夏，李元婴觉得天气太热，便叫人把县衙事务送到渼陂湖边，自己每天临水办公，十分清凉。兴致来了，他还叫上三两个善划船的儿郎带他泛舟湖上，聊度炎炎夏日。

　　太和宫的翻修工作如火如荼地进行着，李元婴只征调了一批人给他建滕王阁，其他建筑的翻修工作需要的人手全由出资的人自己想办法抽调。事实上给钱让人干活儿效率一点都不低，李元婴的滕王阁本是先开始建，要当示范用的，建着建着就落后了，别的亭台楼阁全都翻修得七七八八，他的滕王阁还在慢腾腾地建第三层。

　　人家滕王阁还没建好，众人自然也没好意思早早撤离，至少来干活儿的人都想多拿点钱，便又前前后后地想出不少新主意，看看能不能在原来的基础上再创新创新，把自己主家认领的亭台楼阁建得更有特色、更引人注目。

　　于是一干工匠全较上劲了，修了又修，改了又改，无一处不细致，无一处不精美。各家也没意见，钱都花了，谁不想花得更值当？既然已经出了大头，他们就不省这一两天的工钱了，绝不能叫别人抢了风头去，显得自己不尽心！

　　到夏天接近尾声时，李元婴的两种西瓜都能吃了，先种的个头大些，后种的个头小些。没人敢先切，按着戴亭教的方法每天叩一叩看熟透了没，等确定熟透了便摘下来送到李元婴面前让他切。

　　李元婴听说两边的瓜一起熟了，非常高兴，叫齐所有小伙伴一起来看他切瓜。县衙里的衙役佐史们与李元婴相处久了，都不怕这位传言中的"混世小魔王"了，派了个代表觍着脸凑上来问："殿下，我们能看不？"

　　李元婴道："有什么不能看的，都来！"

　　李元婴如今就住在湖边的宅子里，每日都在湖边的长亭内办公，切瓜自是也在长亭里切。闻讯而来的衙役佐史、邻近百姓里三层外三层地把长亭围了起来，纷纷抻长脖子往里看，想瞧瞧李元婴特意叫人种的瓜到底是什么样的。听人说，那是从西边很远很远的地方带回来的，叫西瓜！

　　李元婴没想到会闹这么大动静，不过他向来喜热闹，见人那么多心里可高兴了，兴致勃勃地给众人介绍了一番，说这瓜自西域那边传过来，叫西瓜，听说它汁多消暑，西边的人又叫它寒瓜！眼下虽然没那么热了，但是今年种出来了，明年一定也能种出来，到时大家夏天吃西瓜，舒服！

　　李元婴说得眉飞色舞，其他人也听得津津有味，再瞧向那两个又大又圆的奇瓜，简直要流口水了！

李元婴没卖太久关子，见众人都翘首以盼，他便在所有人的注目下拿起刀，亲自在其中一个圆溜溜的大西瓜上头切了一刀。他这一刀下得有点浅了，没把它彻底切开，不过他再稍稍使劲就听"咔嚓"一声，瓜分成了两半。

令人失望的是，这瓜果然不怎么红，只有中间藏着几块婴儿拳头大的红瓤。汁水倒是挺多，随着断口处肆意流淌，瞧着也不差！

李元婴一看就晓得了，这是戴亭从吐蕃西北边带回来的瓜种，先前那几株长着长着没长好，瓜没熟就没了，还是靠种子种出来的。他没急着尝味儿，只笑嘻嘻地和左右的魏姝几人说道："它的红瓤少，我们叫它'一点红'好了。"

给这西瓜品种命了名，李元婴又动手去切另一个西瓜。刚才那瓜个头虽大，视觉上却没什么冲击力，大伙只觉得它是个比较大的甜瓜，倒没有特别想吃的感觉。但是李元婴这次一刀下去，所有人都倒吸了一口气！

这瓜，太漂亮了吧！

里面的瓤红得叫人一看就生出万般喜爱来，红色的瓤、黑色的子，再加上白绿相间的皮！不仅颜色艳丽得叫人移不开眼，那看着就甜美无比的鲜红汁水更是流得让人惋惜——别让它白流啊，给他们尝尝味儿多好！

世上竟然有这样的瓜！

哪怕没尝过它的味道，在场的所有人都已经喜欢上它。将来要是有机会，他们一定得好好尝尝！

唯一不用羡慕的就是李元婴了，他非常满意这种新瓜，给它命名为"满江红"，当场将它切分给自己的小伙伴们，有多余的则分给随侍在侧的衙役。

戴亭带回来的"一点红"他也没冷落，也分着尝了个鲜。平心而论，若是没有"满江红"作为对比，戴亭带回来的瓜种已经很不错了，至少汁液清甜，属于消暑良品。

李元婴叫董小乙吩咐他底下的种植团队拿"一点红"练练手，磨炼一下选种育种的水平，往后种东西就往他们需要的方向选育。

董小乙认真领命。

李元婴当众切西瓜很快被当成趣闻传遍了鄠县，第二天，几个又大又圆的西瓜也随着李元婴的侍从飞驰回长安。虽然来回路途并不算远，但李元婴还是很贴心地连着瓜蔓一起送进京，免得送到李二陛下面前时它不新鲜了！

送李二陛下的瓜还在路上，李元婴已经履行诺言，在丰泰楼设宴款待出资翻修行宫的豪强富户们。

众人都听说李元婴叫人种出的西瓜又大又好，心中都期待不已。据说，这可是大唐独一份的瓜，至少许多走南行北的商队都没有听说过这西瓜。李元婴说要教他们种这种瓜，他们鄠县人岂不是能掌握这门独门生意？

李元婴带着各家代表赏了场歌舞、吃了顿饭，到大伙都按捺不住地开始挪动屁股、欲言又止的时候，他才拍拍手叫人把瓜送上来——

每人一小片。

李元婴还说："这瓜上面缀着的小小的黑仁儿就是西瓜的种子，你们吃的时候仔细些，把它们都吐出来。等会儿宴会结束了，你们也好带回去试种。"

众人都有些懵。

这位"混世小魔王"，不会真这么不要脸，拿这么一小块瓜打发他们吧？虽然他们得承认这片瓜看起来很好吃，但是，他们可是捐了一栋楼啊！一整栋楼，难道只换来这么一片瓜？

见所有人都一脸气愤的表情，李元婴笑眯眯地补充："明年春天，我再让人正式教大家种。"

李元婴的侍卫带着一辆特别的马车回京，马车上没载着人，而是载着几株瓜。

李元婴说要教出资人种瓜的时候，众人还觉得李元婴是空手套白狼，随便拿个东西出来就想骗人家捐栋楼。

听说李元婴真把那西瓜种了出来，还郑重其事地叫人回来献瓜，长孙无忌等人都来了兴致，找各种理由赖在李二陛下那儿想看看到底是什么样的瓜，竟能让李元婴大放厥词说是大唐独一份的！

李元婴身边的人都是曾跟着戴亭外出历练的，遇事临危不惧，哪怕大唐身份最尊贵的人都聚集在一起，他们也毫不怯场，由一个切瓜熟练工站出来负责挑瓜，挑出来便郑重其事地扛到李二陛下面前介绍：其实现吃不是最好的，应该放到冰水中泡个小半天，到时取出来的瓜又冰又甜，保准吃得人口舌生津、暑意全消！

见这侍卫不卑不亢地介绍个不停，尉迟敬德等人都等得不太耐烦了，可李二陛下没有发话，他们也只好跟着听，只在心里犯嘀咕：怎的李元婴身边的人都跟他一个样？从前这些人在禁军时也没见他们有多特别，可眼下站出来就是让人觉得格外出挑！

侍卫介绍完了，没让李二陛下等太久，拿起刀"咔嚓"一下，把瓜一分为二，接着又熟练地把它们分成厚薄均匀的一片片。

刚才瓜切开的一瞬，众人已经被它鲜艳的红瓤吸引住，眼下再看去，只见那一片片西瓜红得叫人眼前一亮，连淌下的汁水都显得分外可爱！

此时再想到李元婴已经把这瓜许给鄂县人去种，许多人心里都有点懊恼：真要知道是这样的好瓜，他们也该捐栋楼，好叫自家也能学着种！

回京送瓜的侍卫又适时地介绍起来，瓜瓤上的黑仁儿就是西瓜种子，不小心吞了不要紧，要是能吐出来最好，还能留种。

听到这话，众人的眼睛都亮了起来。既然瓜种易得，那就没什么好遗憾的了，那些人种了瓜总不能不卖吧？卖的话，他们难道还能先把瓜破开挖掉种子再卖？显见是不能的！所以这西瓜就像是李元婴当初卖的向日葵一样，只有头一年卖个稀罕，来年大伙都能跟着种！

至于怎么个种法，得了种子慢慢摸索便是，总有法子把它种出来的。人家鄂县人好歹是出钱捐了楼的，且让人家先赚个一年新鲜钱！

李二陛下没长孙无忌他们那么多想法。对于李元婴种出好东西就送回来给自己的良好觉悟，李二陛下非常满意。他大方地给每个人赐了一片西瓜，剩下的叫人拿去暖房栽下，回头他就试试李元婴那侍卫所说的"冰镇西瓜"。

于是兄弟俩有志一同地给底下的人分了薄薄一片瓜，并且都自认很大方地允许他们把那片西瓜上的瓜种带回家去。

到傍晚，兕子他们这些年幼的皇子皇女自是都尝了个鲜，后宫也有少许妃嫔得了赏赐，都是按片来赏的。剩下那些全进了李二陛下自己肚子，因为这瓜很甜，非常对他胃口！

眼看第二天就没得吃了，李二陛下修书一封，叫人送去鄂县，让李元婴多送点瓜回来，才那么几个根本不够吃了！

魏徵这天自是也分了块他准孙女婿叫人连着瓜蔓送回来的瓜，觉得这瓜还挺不错，便和其他人一样堂而皇之地把种子包了回来，准备来年也种几棵瓜吃。

不承想才回到家，魏徵就看到妻子裴氏在院子里料理园圃中的瓜蔓。他们家的院子不种花草，种的是果蔬，一年四季基本可以自给自足。

见魏徵回来了，裴氏转身朝他笑，说这是白天李元婴和魏妹叫人送过来的，还写了本册子教她怎么照看。人到了都没让她动手，麻利地帮她连着土移栽进苗圃里，她今天闲着没事就出来看看这又大又圆的西瓜，真怕它被人偷了去！

魏徵本来还遗憾没能带回来让裴氏尝尝，见自己家也有一份，心里便畅快了，和裴氏说起白天在宫里分瓜的事。有这么个西瓜顶着，李元婴总算不是白要人出钱修楼，有的人往后可就找不到由头来骂他了！

裴氏也听人说了李元婴要翻修太和宫的事，据说许多人抢着出钱来着。她说道："那些人不都是自愿出钱的吗？怎的还有人要骂元婴？你可有帮元婴骂回去？"

魏徵道："这是能骂回去的事吗？"这对皇家兄弟见国库挪不出银子，就去忽悠那些个世家大族、豪强富户出钱，他睁一只眼闭一只眼还好，真要捋起袖子帮忙骂回去，指不定后半辈子都要被人戳着脊梁骨痛骂了！

裴氏也只是随口提一句而已，听魏徵这么说便不再多说，跟魏徵一起进了屋，捞起水缸里飘着的西瓜眉开眼笑地对魏徵道："这瓜已经在凉水里泡半天了，摸着就冰冰凉凉的，小的都不在，一会儿我们切了一人一半，元婴说捧着半个西瓜勺着吃最舒坦。"

魏徵想到李二陛下白天吝啬地只给每个人切那么一片，心里一乐，很赞同裴氏的话："成，一会儿我们一人捧半个吃。"

魏徵不仅和裴氏一人分了半个瓜，吃得心满意足，他还赋诗一首，夸了这瓜一通，并且表示他们夫妻俩一人一半吃得好满足啊，就是有点撑着了，吃完得在院子里散步几圈才舒服些。最后他才假惺惺地反省，水满则溢，月盈则亏，凡事都不能太过啊，要节制要节制。

文人写诗是常事，写诗一般是为了自我表达。既然是表达，那自然是要有听众的，魏徵第二天便把自己的新诗和同僚们分享了一番，表示这是自己吃瓜吃出来的感悟。

长孙无忌等人一听，脸都黑了。

你有个准孙女婿了不起啊，送你几个西瓜而已，用得着这么炫耀吗？你个老魏病了一场，是不是病糊涂了？你记不记得你可是铮铮直臣！

李二陛下脸色也不怎么好，这小子送东西居然送双份，宫里一份，魏徵家一份！屁大点年纪，讨好起岳家来倒是殷勤！

还乖乖待在鄠县处理公务的李元婴打了个喷嚏，看了看天，发现天阴了，仿佛将要下雨。他一声令下，底下的差役麻利地把办公要用的什物收拾起来，趁着雨还没下都搬回临湖而建的临时官宅之中。

李元婴拉着魏姝沿着湖岸往回走，才走到半路，满天急雨便噼里啪啦地往下砸。左右要上前给他们打伞，李元婴却觉得这雨来得畅快，不许别人替他挡雨。

李元婴还转头问魏姝："这雨下得好啊，前些天大家不都还担心太久没下雨会闹旱吗？这下不用担心了！"李元婴从小到大跑到哪儿都有人管束着，还没淋过雨，此时半路上突然来了场雨他便有些跃跃欲试，"不如我们跑回去！"

魏姝见李元婴一脸的兴致勃勃，自是不会扫他的兴，由着他牵着自己的手往回跑。

两个人说起来都还是半大小孩，熊起来压根没人挡得住，反正身上都淋得半湿了，回去的路上他们索性专挑地上积起来的水潭子踩去，两个人都溅了一身水。

李元婴拉着魏姝跑回官宅中，过足了瘾，只是两个人一回到官宅中便被狄仁杰和武媚两拨人分头拉走了，拉去泡热水澡并且进行深刻的思想教育。

狄仁杰觉得李元婴这家伙吧，做事的时候挺靠谱，平时那是一点都不着调，他要过来湖边办公，说是这边凉快些，大家都依他了。可今天他着实太胡闹了，有见过急着避雨的，没见过上赶着淋雨的，万一受了风寒怎么办？

狄仁杰苦口婆心地对李元婴念叨起来。

李元婴不仅不怕狄仁杰念叨，还转了个身把背朝狄仁杰露了出来，问狄仁杰："能帮我擦个背吗？后面我够不着！"

狄仁杰瞪了他一眼，最后没奈何，只能边给他搓背边继续对他念叨"你这样对不起自己对不起你娘对不起关心你的亲朋好友"之类的话。

另一头，武媚在帮魏姝擦干长发，城阳在教育魏姝："女孩子天生体寒，淋不得雨的，你怎么能和幺叔一起胡闹？"

魏姝乖乖承认错误。

城阳有点无奈，她觉得魏姝快被李元婴教坏了，李元婴就是这样永远虚心承认错误，回头该干什么坏事还是干什么坏事！

金胜曼却问魏姝："淋雨的感觉怎么样？"

魏姝想了想，说："很畅快。"那一刻她心里没半点顾虑，没半点担忧，没想过什么于理不合，没想过什么受寒害病。其实在李元婴身边一直是这样的，她什么都不用去考虑，只要和李元婴一起玩个痛快就好。

听了城阳的教训，魏姝也觉得这么做确实不对。但是，要是李元婴再邀她一次，她还是会跟着李元婴跑。

金胜曼笑了，走到另一侧帮魏姝梳理长发，反过来劝说城阳："哪家小孩不胡闹，城阳你也别太拘着他们了。"

她差不多要回新罗了，她堂姐身体不是很好，又没有子嗣在身边伺候，家里一直叫她赶紧回去。她家里人在信里隐晦提及，堂姐没有子嗣，到时候很可能由她继位。在那个位置上，不能有真心的朋友，不能有真心的丈夫，甚至不能有自己的儿女，否则他们都会卷入权力的漩涡之中。

到大唐之后，金胜曼听人说皇帝经常称孤道寡，仔细想想，当一国之君、一国之主，可不就是孤家寡人。正因如此，她才喜欢看李元婴和魏姝这对小孩每天欢欢喜喜地闹腾，这样一段回忆也许是她一生中最鲜活也最快活的日子。

城阳看看一脸虚心的魏姝，又看看未置一词的武媚和替魏姝说话的金胜曼，最后只能叹了口气，没再多说。别看李元婴和魏姝都比她小，实际上他们按辈分来算可是她的叔父和婶娘啊！

好在李元婴两人身体都倍儿棒，洗了个热水澡，擦干了头发，再喝上一碗驱寒汤，两个人又都生龙活虎起来。城阳观察了两天，发现他们连个喷嚏都没打，总算放下心来，但还是寻来随侍左右的人叮嘱他们绝不能再让李元婴胡来。

李元婴刚巧撞见城阳叫人盯着自己，拉着城阳瞧了半天。城阳瞪他："怎么了？我还不能吩咐你身边的人了？"

李元婴道："能的，当然能啊！我就是瞧着你很有点当家主母的样了，皇兄是不是在叫人准备你的婚事了？"提到城阳的婚事，李元婴就想起前些年自己拉着李治去试探过杜荷，瞧着不是很合适；去年他把杜荷塞进"皇家使团"去吐蕃走了一遭，也不知道杜荷有没点长进。思及此，李元婴直接拉着城阳的手问："你在国子监里也见过杜荷了，觉得他可好？要不要换个人？"

城阳道："你也知道父皇在叫人准备了，哪有换人的道理？"只有他们两个人在，城阳便也没脸红，说起自己的考虑。早前她也不太喜欢杜荷，觉得他是个纨绔子弟，后来在国子监里见过几回，觉得这人虽有些张扬，但也不至于坏到哪里去。再想想莱国公去得早，她若是悔婚实在对不起莱国公，她并不想当那样的恶人。

李元婴道："既然你要嫁他，那我可得好好给你添些嫁妆。"

城阳终是有些害臊了，说道："嫁妆之类的自有人操办，都是有准数的。"即使是李二陛下想给她多点东西，魏徵他们也会跳出来说于礼不合，你嫁这个公主超出标准了，嫁其他公主时怎么办？不能开这个坏头！

李元婴从善如流："那我等你嫁了再送你，你留着当私产！"

李元婴这边和城阳说着婚约的事，长安城却因为另一桩婚事闹翻了天——

这天高阳带着人在平康坊前堵了房俊，甩着鞭子放话："就算天下男人都死光了，我也不嫁你！"

李元婴是看到高阳后才晓得这事的，因为高阳堵完房俊便带着人出了城门，直奔鄠县，投奔她幺叔去了。这桩婚事一开始大家都不喜欢，她就不明白为什么一定要她嫁给房俊，房玄龄是肱股之臣没错，可是那和她有什么关系！

高阳虽是没独自离过家的人，可左右有那么多人跟着，她也不怕出事，径直去了鄠县。

一看到李元婴，高阳就把事情原委和李元婴说了：原来房俊当初虽没抢成苏七娘，却被另一处的姑娘勾搭上了，本来他去了吐蕃，这些事倒是没什么可提了。结果房俊回来之后，那姑娘叫人递信说她病倒了，一来二去便又把房俊勾了去。

高阳得了消息，气得不轻，叫人去警告房俊要点脸面，结果房俊反而还去得更频繁了。高阳着实咽不下这口气，便带着人堵着房俊放了一通狠话！

高阳眼眶都快气红了："幺叔，反正我不嫁他！"

李元婴见高阳少有地红了眼睛，也觉得那房俊简直十恶不赦。你寻欢作乐也得寻个上得了台面的，不是李元婴瞧不起欢场女子，像苏二娘、苏七娘那样的女子哪怕是出身风月之地，他也不会觉得她们有什么不好。但是这种耍手段攀附一个纨绔子弟的女人，李元婴确实有些瞧不上。

李元婴道："行，我绝不叫皇兄把你嫁他。"他叫人挑个西瓜去后厨，做碗西瓜冰沙给高阳尝个鲜，拉着气呼呼的高阳问起更多京中的情况。

李元婴这边迎来了高阳，李二陛下那边也接到了高阳出城直奔鄠县的消息。

李二陛下听完整件事，一时不知该骂高阳好还是骂房俊好，而房玄龄已经第一时间过来请罪，说自己教子不严，惹出这样的闹剧来。

这事确实是闹剧了，现在整个长安城都在议论这件事，有的说房俊身为天子的准女婿居然还跑去平康坊，着实勇气可嘉；有的说高阳这样泼辣嚣张，一个女子还敢去平康坊堵人，敢娶她才是勇气可嘉！

总之，所有人都在看笑话，既看皇家的热闹，也看房家的热闹，若他们出身不是这般显赫，旁人可能是看看就算了！

勇气可嘉的房俊被他爹收拾了一顿，这时候又躺在床上号叫个不停。等他娘卢氏来了，他更是声泪俱下地哭着说："娘，我不要娶她，我死也不要娶她！"

儿子第二次因为高阳公主被揍，卢氏心疼得不得了。这还没嫁过来就闹成这样，嫁过来以后可怎么相处啊？卢氏坐下安抚儿子："你爹回来了，娘一定好好和他说！"

房俊这才收了泪。

别人都说尚主好，可他们家又不缺那点好处，凭什么要他娶个凶婆娘回来供着？他还是喜欢那种温柔可人的，不喜欢高阳这样的！

母子俩合计了一番，卢氏让房俊好生躺着，自己去等着房玄龄回府。

此时李二陛下已派人去鄠县那边接高阳回来，顺道告诉李元婴，国子监其他出去实习的监生陆陆续续都回来了，他也该完成各项交割回京了。

李元婴对此没什么意见，反正鄠县这边他都玩得差不多了，他早前可还和李治约好要去太原玩呢。他没让人把高阳带走，而是让人带信回去，说先让高阳在鄠县玩几天，等他们手头上的事情交接完了再一起回长安。

李二陛下虽生气高阳的胡来，却还是默许了李元婴的要求，没再派人过来逮高阳。

李元婴把交接的事交给武媚和狄仁杰，自己和城阳她们领高阳四处转悠吃吃玩玩，顺便问问高阳不嫁房俊想嫁谁，她年纪和李元婴相近，长乐在这个年纪都嫁到长孙家两三年了，所以退了这桩婚事可得想好接下来嫁谁！

高阳想了想，哼了一声，说道："我还不想嫁人！"

李元婴道："为什么？你嫁了人可以自己开府，不比现在住在宫里自在吗？"

高阳道："可那些人我一个都不喜欢，不喜欢为什么要嫁？"她拉着李元婴的手可着劲摇晃，"幺叔，你帮我想想办法！"

李元婴觉得高阳的话挺有道理。他想了想，说道："办法倒不是没有，你可以先出家，到时我带你去封地，随你想做什么就做什么。"

高阳睁圆了眼："你要我当尼姑？"

李元婴道："不是，你可以当女冠。"

所谓的女冠，就是女道士。女子一般无冠，只有女道士有冠，所以称之为"女冠"。

李元婴从小爱听各方故事，论起最爱传故事的无疑是佛门与玄门，他给高阳讲其中门道："这是古来便有之事，比如晋时有位南岳夫人就是女冠。我帮你寻个由头让你出家，不用你剃发，也不用你守戒，只先换几天女冠衣裳便好。等你将来寻到喜欢的人了，再还俗嫁他也不迟。"这事李元婴还真有点把握，因为孙思邈和李淳风都是道士出身，他让他们帮忙牵个线应该没问题。

高阳听完李元婴的计划很有些意动，可一想到李二陛下的脾气，她又有点担心："父皇会同意吗？"

李元婴道："不管同不同意，先试试再说，别没试就放弃了。"

高阳认真点点头，虽然她还不算成熟，但是她确定自己不想嫁给房俊。

李元婴摸了高阳的底，心里有数了，便带着小伙伴们收拾行囊回京去。来的时候带了多少东西，回去时也带了多少，除了多出几张地契之外什么都没多拿。

只不过他们一行人没走出官宅多远，便有百姓陆陆续续上来和他们话别，最后竟成了夹道相送。知道李元婴什么都不缺，沿途的百姓也没给他送什么，只是派代表送了李元婴一麻袋米，瞧着塞得鼓鼓囊囊的。

李元婴一点都不嫌寒酸，只好奇地问道："你们还怕我饿着吗？"

负责扛米的汉子是个能说会道的，当即为李元婴解惑："知道殿下不爱收我们东西，所以我们才准备这个。这不是一家出的，而是所有人一人一勺一筒凑起来的，您吃完要是还想吃鄠县产的米，就回来鄠县看看。"

这么说，这可能是"百家米"——甚至"千家米"了！

这礼物很合李元婴的心意，他高兴地说："好！"

汉子又说："再过几个月，苌楚就熟了，您可还没尝过！"

终南山一带产苌楚，苌楚外头看丑不拉几，还毛毛的，但是切开看还挺漂亮，果瓤绿莹莹的，吃起来酸酸甜甜，虽不是什么稀罕东西，但胜在吃个新鲜。

李元婴道："到时我再过来尝一尝，若是赶巧有事来不了，我也叫人过来采些回去！"

话别点到此就差不多了，再多说可能会招泪，李元婴翻身上马，欢欢喜喜地和百姓们挥手道别，嘚嘚地驱着马儿回京。

武媚坐在马车上撩起车帘往外看，只见百姓们的目光始终追随着他们的车驾，哪怕他们已经走出一段路了也不曾散去。她看了一会儿，放下车帘，转头对魏姝她们说："下一次，我也想骑马。"不必什么幕篱，不必什么遮掩，她想挺直腰坐在马上接受所有人的注目，就像她这几个月在鄠县一样光明正大、从容自若。

魏姝一愣，接着说道："便是你现在想骑马，那也是可以的。"

武媚听了，抬手撩起门帘往前看，只看李元婴还在和百姓挥手道别。李元婴这家伙觉得光自己挥手不够过瘾，见狄仁杰有些木然，还去推推狄仁杰，让狄仁杰也表现表现，既然是热热闹闹地来，那就该热热闹闹地回去！

武媚看着拉狄仁杰一起朝百姓挥手的李元婴，目光染上笑意，轻声说道："是啊，想做什么都可以。"

虽然送行拖延了一点时间，但李元婴一行人还是按照原计划回到了长安。鄠县不算大，李元婴这几个月几乎把它都走遍了，不管踩在哪块土地上都觉得很踏实。

现在再看看人流如织的长安城，李元婴心里莫名地觉得有些陌生。

其实在很久以前，李元婴就觉得长安不是他会长留的地方，他会和其他兄弟一样在十二三岁时就被安排去就藩，带着他娘在封地好好过自己的日子。

但是，很多事在不知不觉间全变了。

李元婴的停顿让狄仁杰注意到了，也勒马问他："怎么了？"

李元婴道："没什么，只是突然想到点事。"他是忽然想到，人真是太贪心了，一旦知道自己能做更多事，就这也想做那也想做。

高阳的事他也没多大把握，但就像他说的那样，总要先试试才知道可不可行，若是连试都不试就放弃，那么窝窝囊囊、憋憋屈屈地过一辈子也是活该！

李元婴道："等会儿你帮我送媚娘和曼曼她们回国子监，我先送妹妹妹回家，再带城阳和高阳回宫。"

狄仁杰点点头。

两拨人很快分开，狄仁杰护送两个女孩子往国子监走去，李元婴则是把魏姝送回家。都到家门口了，李元婴自是带着两个侄女向裴氏讨了碗茶吃，与裴氏说了些鄂县的趣事才回宫。

这时李二陛下已经等得不耐烦了。

李元婴早就来信说今天一早就出发回来，结果今天早上鄂县百姓夹道送李元婴的消息传来了，李元婴抵达长安的消息传来了，偏就是没见着人影。着人出去打听，底下的人倒是很快回禀：李元婴去魏徵家吃茶了！

李二陛下本就因为高阳的事憋了一肚子火，听李元婴回长安竟不立刻回宫，反而绕道去魏家吃茶，当下拍案道："一会儿那小子来了，你们也别让他进门！"

左右喏然应是，不敢贸然插话，惹恼正在气头上的李二陛下。

若是寻常回宫，李元婴是不会闲着没事往李二陛下跟前凑的，毕竟李二陛下乃是一国之君，日理万机，每天都忙得不得了，哪有空天天见他。

这次不同，这次高阳跑去鄂县找他，他又多留了高阳几日且答应高阳帮她挡了婚事，李元婴当然得护着高阳她们去见李二陛下。

结果到门口，守在门前的人说李二陛下不许他进门。

李元婴纳闷地问："那高阳和城阳呢？"

对方答："可以进。"

李元婴眼巴巴地看着高阳和城阳入内，再看看左右有些奇怪的脸色，一琢磨，明白了，李二陛下这是生他的气。虽然不知道这次生的是什么气，反正就是气！李元婴眼珠子转了转，乖乖立在门外扯着嗓子和李二陛下打商量："皇兄，不许进门，我翻窗可以吗？"

李二陛下正虎着脸看着高阳，要采用冷处理的方式让高阳好好反省反省，结果听李元婴冷不丁地扯这么一嗓子，他脸差点没绷着。

李二陛下骂道："你翻！"

李元婴一听，放心了，这生的是假气。他朝挡在门前的禁卫得意地笑了笑，真不进门了，跑一旁麻利地翻窗进屋，堂而皇之地潜入李二陛下的议事堂。

李二陛下远远见他动作利索地爬窗，脸更黑了，一瞧这动作就知道这小子从小顽劣，爬树翻墙都很熟练。

李元婴翻完窗，见李二陛下黑着脸坐在那儿，城阳和高阳则跪坐在李二陛下跟前不敢说话。他跑过去，跟高阳她们跪在一起，抬头看了看脸色不怎么好的李二陛下，很是关切地说："皇兄你怎么瘦了，是不是最近没吃好？还是旧疾又发作了？夏天这宫里还是不好住人，等明年皇兄就可以去太和宫避暑了！其实，等过两个月，皇兄也是可以去的，今天鄂县百姓给我送行时说了，八九月的时候那边的苌楚能吃了，酸酸甜甜很好吃！"

李二陛下听李元婴一通嘘寒问暖，又提及重修好的太和宫，脸色稍霁。他淡淡地说道："朕要不去，你这一套往后就行不通了。"

李元婴道："行不通就行不通，反正我又不会再使第二遍，皇兄你是那么好请的吗？我就请这么一次，让那些不肯出钱的小气鬼后悔去！"他又给李二陛下讲了一通物以稀为贵的道理，发誓绝不轻易动用皇兄这个重量级武器，要让已经出钱的人觉得自己占了大便宜，没出钱的人哭着喊着求给机会让他们花钱！

李二陛下不知道李元婴哪来那么多歪理，但是听李元婴滔滔不绝地讲个不停，心情总算好了不少，寻了个空档让他们都在自己身边坐下。

李二陛下看向高阳。

李元婴见李二陛下显然要谈高阳的事了，抢先说："皇兄，我觉得高阳和房俊的婚事不太妥当。"

李二陛下转过头横他一眼。

李元婴迎难而上："我觉得有四大不妥。"

李二陛下被他气乐，骂道："行，你说说有哪四大不妥！"

李元婴还真给李二陛下数了起来："第一，对高阳不好，高阳与那房俊相看两厌，即便成亲了也不会开心。"

李二陛下神色淡淡。

李元婴再接再厉："第二，对房俊不好。您看房俊那喜好，一个欢场女子说自己病了，他都巴巴地去看，显然是个悯弱恶强的，你给他塞个高阳这样的女孩儿，他心里难道不会有怨言？"

李二陛下冷着脸道："他敢？"

李元婴道："天下之人都有七情六欲，即便不敢言，谁不敢怒？高阳已经叫人去提醒他，他不仅不听，还变本加厉，难道不是有怒在心？"

李二陛下冷哼。

李元婴道："第三，对房家不好。还没成亲就闹成这样，房家上下能安宁吗？我听说，老房家里那一位性格很是悍辣，您当初要给老房赐美女她都不许老房收。到时候一家子三个要强的，都拧着没人愿意服软，老房的日子该怎么过？您这样做，怕是结亲不成反结仇。"

李二陛下想到房玄龄家里的悍妇，也有点头疼。

那卢氏性格确实悍厉，当初他给房玄龄赐美人，她不许房玄龄收，恼得他叫人取了杯醋当作毒酒送过去，说既然抗命就喝了这杯毒酒吧！结果卢氏还真仰头喝了！于是美人没送成，房玄龄倒是越发地夫纲不振，看看他们那儿子都惯成啥样了！

李二陛下道："你接着说。"

李元婴道："第四，对皇兄您不好。"

李二陛下注视着李元婴。

李元婴说："您为高阳挑了房家当归宿，一边是您疼爱的女儿，一边是您倚重的心腹重臣，不管哪边受了屈，您心里肯定都不好受。但是，高阳从小就是这性子，房俊眼看一时半会儿也改不了，真要成了亲，他们起矛盾的时候还多着呢！到那时，皇兄您就得一直夹在中间，和老房的处境也差不离。解除婚约固然有损颜面，但高阳不愁嫁，房俊不愁娶，回头各自觅得佳偶，指不定能成就两桩好姻缘。相反，要是非把他们绑在一起，到时三天一大闹、两天一小闹，满长安天天看您和老房的笑话，到那时，即便老房心里本来没怨言的，被笑话多了也会和您心生隔阂。"李元婴积极游说，"皇兄，反正您当初说赐美人给老房不也反悔了，不差这一次！"

李二陛下怒道："闭嘴，那能一样吗？"

他还真有胆子把赏赐美人和公主下嫁联系在一起说！

李元婴乖乖闭嘴，心里却觉得这两件事对李二陛下来说没什么不同，都是闭着眼睛乱指一气。

李二陛下看了眼高阳，这女儿明明也出落得水灵可爱，怎的房俊反被那些个欢场女子迷了眼，不晓得哄哄她？婚前就闹成这样，真要成婚怕是真的会像李元婴说的那样三天两头叫人看笑话。

李元婴见李二陛下态度有些松动了，抓紧机会把让高阳先当个女冠的事说了出来："既然不能无故悔婚，那就叫高阳装个病，让孙师说她得当几年女冠才能好，把婚事拖一拖。至于房家那边，且说不好耽搁他们，趁机将婚约解除便是。反正您也没下明旨立婚书，哪里算反悔！"

李二陛下冷笑道："你这么有办法，怎么不连我也一起糊弄了？"

李元婴道："您可是我皇兄，高阳的亲耶耶，我糊弄谁也不能糊弄您啊！"

李二陛下未置可否。

李元婴拉着李二陛下的手和他说起婚育之事来："我听孙师说，女子太早成亲不好，身子骨没长开就要生儿育女，危险着呢。您看长乐她们早早嫁了，得侍奉公婆、伺候丈夫，管理一府事务，身体虚得很，上回我去看她替她把过脉，真是太让人担心了。"他说出自己的意见，"我觉得高阳和城阳她们还是晚一点再嫁好，她们自己还是孩子呢，怎么就要生孩子了？"

李二陛下听完他这番论调，气结，说道："那行，你等个十年八年再娶你妹妹妹进门。"

李元婴得意地道："反正我上哪儿都带着妹妹妹，等个十年八年再娶又有什么关系。"

李二陛下想把他撵出去！

李元婴挪到李二陛下身边坐，跟李二陛下说他堂堂一国之君，不该为这点儿女小事操心，只管全交给他这个幺叔来办，他会办得妥妥帖帖，不叫任何人挑出毛病来。说完他还感慨了一番，说皇兄你如果不当这破皇帝，嫁个女儿哪用人指手画脚，想嫁就嫁，不想嫁就不嫁，哪有那么多人对着我们的家务事一顿乱"喷"！

高阳和城阳听得冷汗直冒。

李二陛下瞥李元婴一眼，说道："你让高阳当女冠，怕不只是为了解除这桩婚约吧？"

李元婴道："有这一重身份，高阳也好随我到外面走走，长长见识，也多让她接触些出色的青年才俊，随她挑喜欢的嫁！"李元婴满眼期待地望着李二陛下，"要是你直接许高阳自由行走，那就不用孙师来扯出家的谎了！"

李二陛下断然拒绝："这个头不能开。"高阳生性活泼，他平日里偏爱一点，才有耐心和李元婴商量这种荒唐事。可其他公主许的也都是朝中重臣之子，房俊确实让他不满意了，其他人选他还是满意的，哪能让高阳起这个坏头？万一其他公主都想学她，全要自己挑夫婿，岂不是乱了套？高阳的事只能是特例，不能是常例！

李元婴早料到李二陛下会拒绝，也不失望，便央着李二陛下让他帮高阳解决这桩明显会结为怨偶的婚约。

李二陛下左思右想，终是松口让李元婴去试试。

李元婴一听李二陛下答应，不再多留，麻溜地拉着高阳两人跑了。

被李元婴拉着跑出一段路，高阳还有些不敢置信："成了吗？我不用嫁那房二了吗？"

李元婴给她打包票："准成的，剩下的交给我。"

第二日，李元婴便大张旗鼓地带着人去千金堂寻孙思邈，张口便喊："孙师，你可要救救我侄女！高阳她要不好了！"

周围的人听了一耳朵，都好奇地往千金堂张望。李元婴像是不知道有多少人围观，一脸急切地把孙思邈接了上车，只留给人无数猜想，什么高阳被房俊气死啦，什么小两口八字不合还没成亲就开始相克，什么据说房俊在吐蕃也曾奄奄一息好悬才捡回一条命——反正，都说得有板有眼，这两位贵人不合适哪！

李元婴一路上和孙思邈说明原委，孙思邈原不想扯谎，可看李元婴一脸的期盼，最终还是应了下来，但他还是告诫李元婴："姻缘本天定，你拆了这桩，不一定能找到更好的。"

李元婴道："即便没有更好的，那也好过天天闹得家宅不宁好。"

孙思邈不再多劝。

隔天李元婴就去房家做客。

卢氏虽一直对李元婴有点不喜，但李元婴到底是李二陛下的亲弟弟，李元婴登门她还是要给点面子的。

李元婴没在意房家上下对自己的观感，开门见山地和卢氏说了自己的来意：他代表李二陛下过来退了高阳和房俊的婚事，从此两家各自嫁娶，两不干涉！

卢氏正为这个和房玄龄怄气，两个人吵也吵了，打也打了，房玄龄还是说不能去提，眼下听李元婴是来说这个事的，态度立刻来了个一百八十度大转变，热情地问是不是真的。

两边坐下一商量，一拍即合，决定明日房玄龄这边上书表示自己儿子德行不佳配不上公主请求解除婚约，李二陛下那边同时下诏表示高阳身体不佳需要当几年女冠不好拖累房俊，双方都给对方做个脸，和和美美地解决这桩婚事！

房玄龄下衙后才晓得李元婴来过一趟的事。关于房俊和高阳的婚约这段时间来来回回地折腾，房玄龄家里家外都遭到逼问，早已身心俱疲。

房玄龄这人本来就不是擅长拿主意的人，既然李元婴转达了李二陛下的意思，家里的妻子又步步相逼，房玄龄终是答应明日上书替儿子请个罪，表示自家儿子配不上公主。

事情进行得非常顺利，基本按照李元婴的想法推进，没出什么意外。只是散朝时房玄龄的身影有些伛偻，养子容易教子难，房俊闹这么一出，着实让他这个当父亲的面上无光，背地里更是不知会有多少人说他教子无方！

虽然他有女儿嫁给韩王李元嘉当王妃，长子房遗直在太子面前也很得力，但是他这个二儿子是个不开窍的，文不成武不就，若能尚主，只要不造反自可保一世荣华并荫及儿女。可现在来了这么一出，往后他有什么出头之路？自己没点出息，谁家肯让女儿嫁进来？若是往低里娶，他往后更抬不起头！

房玄龄气得肝疼，偏这儿子一打就鬼哭狼号，直往他娘那边扑，年纪也不小了，还被他娘惯得没边！房玄龄是没办法了，人家李二陛下都退了一步，给他面子说是高阳暂时不宜婚嫁，和和气气地让两家解除婚约各自嫁娶。

房玄龄这边一下子愁白了头，李元婴那边却欢快得很，既然是做女冠，自是要有个修行地。李元婴跟李二陛下讨了个离宫门近的地方，叫李淳风帮忙拾掇拾掇，变成高阳"修行"的观子。

地方不算大，就是有一处高楼可以越过宫墙去，看到宫外的好景致。

根据李淳风介绍，这地方其实是用来观星的，李淳风是道士出身，由他来布置这地方自是处处妥帖。李元婴压根没操什么心，只在落成之日带着小伙伴来庆祝高阳回归单身！

高阳也很高兴，搬出自己叫人窖藏的果酒，和小伙伴们喝了个尽兴，还推挤着上了观星楼。他们并不看星，只辨认着从这个方向看去能看到的地方，虽是有宵禁，但夜里的长安城依然灯火通明，各家灯火都亮亮堂堂的，宫墙外的坊市有的他们去过，有的他们没去过，但不妨碍他们快快活活地讨论。

李元婴一个人带着一串小伙伴从观星楼上往下跑，脚步欢快得不得了，不想一抬头却看到李二陛下站在月色之中看着他们，也不知来了多久。

李元婴脚步一个停顿，后头的人没来得及刹车，都往他背上撞去。李元婴回头叫喝："停停停，再撞上来要摔了！"他带着一串长大了不少的"小萝卜头"去向李二陛下问好，力邀李二陛下留下来跟他们一起烤肉。

李二陛下瞅了眼高阳，说道："不是要当女冠吗？不用守戒？"

李元婴替高阳回答："自是不用的，孙师他们不也喝酒吃肉。民食刍豢本就是自然而然的事，我读遍老庄，发现老子、庄子都不会在意这些旁枝末节，天上的神仙自然更不会在意，自古以来祭拜不都要用牲畜献美酒吗？断没有神仙吃得，修道之人反而吃不得的道理！"

李元婴自觉很有道理，又给李二陛下继续掰扯：专人饲养的禽畜本就是养来吃的，主家不吃，别人也不敢吃，养老了多浪费粮食，所以得趁着它们鲜嫩可口时赶紧吃掉；外头跑的飞禽走兽，他们吃它也是为了它好，他们把跑得慢的、不会躲的给猎完了，剩下的就都是跑得快的、警觉性高的，往后它们在山林间生活也不至于被天敌捕杀。

所以，不管是自家养的还是外头猎的，他们吃掉这些肉都是一种怜悯和仁慈啊！

李二陛下懒得理会他的满嘴歪理，但也没有转身就走，由着几个女儿围在自己身边玩烤肉，还吃了点由兕子亲手烤的。直至炭火渐渐烧没了，李二陛下才命人把一群小的撵回住处，不许他们再闹腾。

李元婴解决完高阳的事，很快又忙碌起来，拉着小伙伴们写实习报告，主要是总结一下鄠县经验。

对鄠县这种已经相当成熟的富县，他们能做的改变其实不多，李元婴叫武媚他们分头总结的有两方面——一方面是本册记录方面，比起现在一卷卷的文书，武媚等人都觉得做成本册更方便。

记得汉时各地搞上计，都得用车拉着一车车的集簿往上送。李元婴这段时间把县里会算数的、会写字的全征集过来了，直接叫人把户籍、田籍、屋籍以及账目等都用本册重新梳理了一遍，都按照他叫人印刷的模板来做，效率很不错，原来繁复又含糊的记录全被他当废品锁起来了，等户部认可了他的本册模板就可以把它们全送给买不起纸的人练字去！

至于模板是怎么来的，那自然是系统帮忙搞的，系统着实是记录好手，他只要扫描一遍就可以轻松把各项数据整理好，并且给李元婴圈出有问题的地方。

李元婴把这些地方和上次户部的审查结果一比对，发现户部找出来的系统全找出来了，户部没找出来的系统也找出来了！李元婴不动声色地把几种记录挑出来都录入一份，系统的分析模板就全弄到手了！

事实证明，先进的记录方式果然清晰又高效。

李元婴这次回来，就带了几份模板和几份范例，准备连着自己的实习报告一块儿交上去。

实习报告的另一方面，自然是李元婴那些天马行空的发展手法，这些方法可借鉴的地方比较少，主要是一般人没李元婴这样的财力和号召力！但是武媚和狄仁杰都认为这些是需要记录的，不记录下来，谁知道他付出过什么呢？做了事，就该让人知道！

要不，外面的人老觉得李元婴逼人捐钱翻修行宫。实际上李元婴自己掏钱完全没问题，西瓜这买卖他自己赚钱也没人敢来抢，真算起来，李元婴才是出钱最多、吃亏最多的人！

带你赚钱让你先拿出点诚意来，很过分吗？一点都不过分！

六个人分工合作，很快把旁征博引、佐证一堆的实习报告写了出来。李元婴带着厚厚一摞文稿回国子监报到，把自己一行人的实习成果上送到孔颖达案前。

孔颖达这人搞了半辈子文学研究和教育工作，于内政一道其实不甚精通，但是他看完李元婴带回来的几本模板和副本，也觉得眼前一亮！

李元婴在实习报告上说，这些模板他已经叫人做出雕版，只需要极低廉的成本就能迅速印刷，装订成册。这几本样册看着就清晰明了，便是连不怎么精擅此道的人都能看出有没有问题来！

这是好东西！

孔颖达以前也看过李元婴叫人印出来的《韩子寓言》和《括地志》，那会儿他只觉得那样的书翻起来挺方便，但也仅此而已，没觉得有多特别，甚至还看不太习惯。

此时看着本册上井然有序的各项记录，孔颖达却突然察觉出这种本册的好处来：若是天下的户籍、田籍、账目都做成这样，当县官的就不容易被底下的人糊弄了！

孔颖达再往下看，便看到武媚和狄仁杰执笔的部分。这部分主要是在写"滕王于鄂县的一二三四五六七八九十件事"，把李元婴做的事分点列出来逐点逐点地夸，什么亲民爱民，什么深入乡里，什么慷慨无私，一点都不含蓄！

孔颖达看得脸皮直抽抽。

这玩意是李元婴自己写的，还是李元婴叫人写来吹捧他的？

孔颖达捏着鼻子看完，很想打回去让李元婴把后半截扔了，但是仔细想想，这里头写的一桩桩一件件事都不是作假，这位大家都觉得他天天在胡闹的"混世小魔王"，似乎真的做得比很多人都好。

至少不是每个人都愿意跑到各乡各里和百姓面对面交流的。

李元婴到鄠县之后，丰泰楼开过去了，图书馆带过去了，还带了两批养殖专家、种植专家过去实地考察，看看县里的土地都适合种什么，除却地里的收成能不能再给百姓添些进项。

这些事落实之后，百姓要是不爱戴他，那绝对是白眼狼没跑了！

孔颖达发现，李元婴还真是个好官苗子！偏李元婴也不知是怎么做到的，明明该是众口交赞的事，愣是给他办得人人都说他不着调！

孔颖达对着李元婴那份厚厚的实习报告琢磨半天，最终还是决定把他呈到房玄龄那边去。关于内政的事基本是房玄龄在管的，而且最近房玄龄有点不顺，孔颖达觉得该给房玄龄找点事做，让他别整天惦记着自己那被人笑话的儿子！

房玄龄很快看到孔颖达送上来的"实习报告"，这也是李元婴捣腾出来的新鲜玩意儿。

一想到李元婴，房玄龄就浑身难受，等看完李元婴做出来的本册，房玄龄更难受了：同样是在外名声不太好的纨绔，怎的李元婴这几年突然开了窍，进步飞快，越发上进，他儿子却那么不长进？

难受归难受，房玄龄还是把李元婴做的本册翻来覆去地研究了半天，仔细研究透了，他才揣着李元婴这伙人的实习报告去找李二陛下。

李二陛下最近心情很不错，主要是李元婴见他喜欢吃西瓜便给他移栽了许多在暖房里，他想吃就能吃到。见房玄龄来了，李二陛下和往常一样叫他坐下说话，没因为没当成儿女亲家就冷待他。

房玄龄见李二陛下态度如常，心中更觉惭愧，是他没约束好儿子才让他闹出那样的笑话！好在是带着正事来的，房玄龄忍着没有再次请罪，挑拣出李元婴实习报告里的要紧部分给李二陛下讲。

李元婴交完实习报告，没闲着，拉着一起实习的小伙伴们畅谈实习心得。

能进国子监的谁不是同辈中的佼佼者？这次看似儿戏的"实习"却给他们一个警醒，不是他们能力不够，而是他们想做事也没机会去做。他们到了县衙里，县衙上下不管是对他们笑脸相迎还是冷淡以对，实则都是一个态度：随便他们怎么玩，就是不给他们接触正经县务的机会。

怎么找事情做，成为他们这些实习生的头一道难题。有点门路、背景的还好，说不上话又不擅长见缝插针的监生就只能眼巴巴看着别人忙来忙去，自己枯坐冷板凳！

饶是如此，他们还是见识了不少欺上瞒下、滥用职权之事，也接触了不少百姓，从他们口里听说了许多以前闻所未闻的基层纠纷。回国子监后，每个人看起来都沉稳了不少，出身寒门的人还好，像唐观这样出身官宦之家的人简直像是头一回认识这个世界！

这还是京畿的富县，到了外头更不知会是什么光景！

听李元婴他们说起鄠县那边的种种意外与举措，众人不由得有些羡慕。李元婴到底是李二陛下的亲弟弟，弄走一个县令后居然可以自己暂代县令之职！

张柬之来国子监的日子还短，李元婴一行人出去实习时他还没资格掺和，倒是到监生会混了个职位。他给李元婴几人提了句监生会的消息：监生会现在顺利换届，他们这些"老资格"可以功成身退了。不过新生们都在盼着他们回来，一睹师兄们的风采！

李元婴和唐观、唐璿合计了一番，开了个小型的宣讲会，给新生们强调实习的实用性和重要性，鼓励他们积极报名参加实习。

事实上不必李元婴费心宣讲，很多监生也慢慢发现参与实习和不参与实习的老生逐渐分化成两拨人，前一拨活跃无比，走到哪儿都能看到他们在欢畅地交谈，其他人想加入他们的谈话时却发现自己根本插不上嘴！

国子监的月考成绩一出来，原以为他们会因为花几个月去实习而拖累学习的人傻眼了，因为这些人即便离开国子监几个月，考起试来依然名列前茅！他们的文章还总被夫子挑出来当范文，说是写得翔实有据！

更要紧的是，夫子们每次有什么事都会先想到这些出去历练过的人，甚至连朝廷那边需要征调点人手过去帮忙都是喊这些人过去，没别人的份！

现在大伙都发现参加实习的好处了，却没处后悔，因为李元婴提出带人去太原实习的要求被驳回了，理由是一年只能实习一次，多了会影响国子监的管理。

不知不觉到了七夕这日，这天晚上不宵禁，本来李元婴早早和魏姝约好一起出去玩，结果李二陛下表示今天是悬挂二十四功臣画像的好日子，他要在凌烟阁大宴群臣，大家一起上凌烟阁欣赏功臣图。

难得夫子们说要大伙好好解决单身问题，放大家一天假，还不宵禁的那种，偏又碰上这事！李元婴不由得跟魏姝嘀咕："关我什么事啊！"

魏姝道："你不是给卫国公画了画像吗？"

李元婴点点头，但还是觉得李二陛下请自己去很没道理，朝廷的事跟他根本没关系嘛。他很是认真地分析："我觉得他就是妒忌我，觉得我可以和你出去玩，他没得玩！"

魏姝一脸不信。

李元婴跟她咬耳朵："小时候父皇和我说，皇兄他当初也顽劣得紧，好好的路不爱走，就爱翻窗越墙寻刺激，好好的菜不爱吃，就爱上山下海找野味。所以，皇兄他一定是妒忌我活得自在，又有你这么好的王妃，非搅了我的好事他才舒坦！"

魏姝给李二陛下说了句公道话："我们的婚事不是圣人指的吗？"

李元婴一想，也是，那他就不说他皇兄坏话了。当然，他还是嘴硬："他肯定是看你聪明，觉得让你嫁给别家的亏大了，这才把你指给我。"

李元婴和魏姝吐槽完李二陛下便和她分别，回宫去换上出席宫宴该穿的衣裳。

柳宝林最近心里挺忐忑，因为她看不明白李二陛下对李元婴的态度，她打听遍李元婴所有兄弟的待遇，也没听说过像李元婴这样的。

柳宝林替李元婴理好衣裳，说道："到了宴会上可别乱说话，那么多人看着呢。你也不小了，不可再任性了。"

李元婴乖乖点头，保证自己只吃吃喝喝，坚决不搞事情。

凌烟阁本来是栋不太起眼的楼，经李二陛下叫人一翻修，瞧起来倒是挺像样。只是李元婴喜欢宽敞些的，这楼里坐这么多大臣感觉有点挤了。

这样的宫宴位次往往会提前安排好，李元婴跟着引路的宫人坐到自己的位置上，往旁边一看，是太子李承乾。

一看是自己大侄子，李元婴来了兴致，转头问："承乾最近你在做什么？忙不忙？"

听李元婴这么问，李承乾就一脸复杂。最近李承乾忙不忙？那肯定是忙的，只是忙的事和李元婴有那么一点关系，李二陛下觉得李元婴那几个模板挺不错，叫他和户部商量着有没有需要改动的地方。

李二陛下还很轻描淡写地吩咐，要是觉得不用改了，那就印一批到底下的州县去，让他们今年准备考课资料时按着这个模板来上送，顺便再把户部现有的各种记录拿出来练练手。

李二陛下只费了一句话的工夫，就让李承乾陷入无穷无尽的繁琐事务之中。虽然不用他自己干，但是遇到问题总是要他来拿主意的，谁叫李二陛下点了他来负责这件事？

面对李元婴关心的问话，李承乾只能说："有点忙。"

李元婴发表自己的意见："忙点挺好的，一闲下来我就浑身不自在！"

听李元婴这么说，李承乾觉得很在理。最近他忙个不停，心情反而比闲着没事干时要舒畅许多，哪怕有些事务对他来说偏难了，他还是很乐意跟身边的人一起想办法解决。

李二陛下过来时便看到他们叔侄俩凑在一起嘀嘀咕咕，他瞥了李元婴一眼，没说什么，只按着往常习惯对前来参加宫宴的臣子发表了一番领导讲话。

李元婴不是头一回参加宫宴了，听着李二陛下那些激励人心的话觉得有些老套，只有关于二十四功臣的夸赞有点新意。他偷偷往李承乾那边挪了挪，继续和李承乾说悄悄话："我还是觉得凌烟阁太小了些，往后再有功臣岂不是塞不下了？"

李承乾虽目不斜视，注意力还是免不了被李元婴的小声嘀咕吸引过去。他正襟危坐，压低声音回应李元婴的话："这是嘉许二十四功臣的立国之功，往后再有立功的，也不能入凌烟阁了。"

李元婴一听，点点头表示自己明白了，皇兄也知道物以稀为贵的道理，要是往后还能进，这些功臣们就不觉得稀罕了！

李元婴感慨道："还是皇兄老奸巨猾！"

李承乾没有再接话，因为他发现李二陛下的目光往他们这边扫过来了。

李元婴显然对此无知无觉，还伸手拉拉李承乾说："你说皇兄还要讲多久，我想吃东西了，我下午什么都没吃，好饿。"

李二陛下发现自己没办法用眼神制止李元婴无法无天的挪位置讲小话行为，终于忍无可忍地骂道："李元婴，给我把你的位置挪回去！"

所有人齐刷刷地看向李元婴。

李元婴乖乖挪回原位，心里觉得他皇兄真是喜怒无常，好端端的突然点名骂人！本来大伙都没发现他在和大侄子说悄悄话的，被他一骂所有人都知道了！真是一点都不给弟弟和儿子面子！

李二陛下骂完他浑蛋弟弟，领导讲话也算是告一段落，他示意大家可以开始动筷子，早已备好的歌舞也正式上场。

别人在一轮一轮地敬酒，李元婴仗着自己年纪小，安坐在自己的位置上填饱肚子。

吃饱喝足后，李元婴又凑到李承乾那边和他一起讨论起歌舞来。他表示这歌舞看着有点过时了，不如他们丰泰楼的歌舞来得热闹，又和李承乾夸起了称心，说称心于音律上着实有天赋，整个音乐班子都对他服气得很。

李承乾对称心已没什么印象了，听李元婴提起才想起那是他叫太常那边分拨给李元婴的。李承乾道："你用得上便好。"

李元婴觉得他大侄子真大方。

酒过三巡，众人吃喝都尽兴了，李二陛下才领着他们登楼看二十四功臣图。

这个李元婴有兴趣，他还跑到阎立本身边问："听人说皇兄让你重画了，你画成啥样了啊？我觉得你原来就画得挺好的！"

李元婴不问还好，李元婴一问阎立本就来气。这几个月他没日没夜地赶工，眼都快画瞎了。他交完画像，回去就告诫自己所有儿子：往后别学画了，碰都不许碰！

这些人实在太欺负人了，总临时提出加东西改动作！有他们那样的吗？真当画一幅画像很容易吗？

李元婴觑见阎立本脸色不大好，还不爱理自己，便也不问了，溜回李承乾身边准备和他大侄子一起欣赏新版功臣图。不承想他才刚走回李承乾身边，就发现李承乾不远处站着个有点眼熟的人——侯君集。

侯君集也看到了李元婴。

自从上回李元婴到牢里和他说了那样一番话，侯君集对李元婴的观感就比旁人要复杂许多。

主要是李元婴平日里的做派和那天跟他说那些话的人看起来判若两人，很难想象那些话是李元婴自己想出来的。但仔细一琢磨，侯君集又发现那些话果真天真：哪怕李二陛下心怀四海，那又和他们有什么关系？像他，虽名列二十四功臣之中，实际上兵权被夺了，这几年都在混些闲差。

难道他刚到中年，就要像李靖、尉迟敬德他们那样交出手中的一切，再也不领兵立功，再也不能一展抱负？

侯君集不甘心！

侯君集很快收回落在李元婴身上的目光。

李元婴觉得侯君集望过来的眼神怪怪的，不过也没多想，只兴致勃勃地拉着李承乾去看功臣像。登楼一看，阎立本重画的版本果然和原版大不相同，充分体现了各家功臣最意气风发的一面。

李元婴跑来跑去，一一看完了，凑到李二陛下身边夸："小阎画得太好了，倒显出我的画工差了一大截，皇兄您怎么不叫他把老李的也重画了？"

李二陛下懒得理他。

李元婴也不用人理，又对旁边的褚遂良夸了一通，说褚遂良的字写得真好。说着说着他还往人家身边凑，问人家最近有没有什么不要的字稿，既然都不要了，不如给他好了，他和他王妃都老喜欢了！

褚遂良只能一脸无奈地答应："殿下叫人来取便是。"

第九章

顺手牵藕

李元婴欣赏完功臣图，一点都不嫌晚，亦步亦趋地跟在褚遂良身后要亲自去取人家的字稿。

褚遂良拿他没办法，只能带他去取了些自己觉得还算满意的字稿给李元婴，他边收拾边说："我记得你早前练欧阳公的字多些。"

李元婴道："本来练得多，但年前我不是听说欧阳公家里人在重金购回他的字稿吗？我就把手上有的全送过去了。"

褚遂良想起来了，欧阳询的妻子购回字稿时李元婴不仅把自己的送了过去，还拿着箱子挨家挨户地跑，跟他们讨欧阳询的书稿。这种不要脸的事往上数个几百年，怕也没谁能干出来！

没想到李元婴不仅和他们讨，还把自己手上的也全给出去了，自己一点都没留下。

褚遂良把收拾出来的一摞字稿给了李元婴。

李元婴很是欢喜地抱着跑回宫，准备明天拿去和魏妹分享今天的收获。不承想刚跑出不远，他就看到侯君集被人搀扶着往外走，侯君集显见是喝醉了，步履有些不稳，整个人半倚在旁人身上，扶着他的是个身穿禁卫服饰的人，李元婴瞧着有点眼熟。

李元婴回想了一下，想起来了，这人好像是他大侄子身边的东宫禁卫，叫什么贺兰楚石的，听李德謇说是侯君集的女婿。

李元婴和贺兰楚石没打过交道，又抱着一摞文稿，想了想，没迎上去，而是闪一边装作没看见。

那翁婿俩显然是真没看见李元婴，侯君集边歪歪扭扭地走着，边念念有词地和贺兰楚石骂道："我有得一国之功，如今却连程咬金那憨货都不如，我算是看透了，狡兔死，走狗烹！飞鸟尽，良弓藏！你看看张亮也立了不少功劳，一样被打发去洛阳……"

贺兰楚石紧张地捂住侯君集的嘴巴，左右张望，没看到人，才搀扶着侯君集加快离开的脚步。

李元婴抱着字稿抵在树后，想着侯君集刚才骂出来的一番话。这君臣二人表面上看起来是冰释前嫌了，实际上侯君集还是满心不平。

人心不足蛇吞象啊！打完高昌之后，他皇兄好像确实没再给侯君集什么好机会，但那不是最近风平浪静，没多少打仗机会吗？

李元婴在心里批评了侯君集一番，也没再放在心上。

谁酒后不发几句牢骚？兴许等侯君集醒来后都忘了自己说过啥！

结果李元婴开开心心地和魏姝分享完褚遂良的字稿没几天，戴亭就传了信进国子监，说有要紧事和他面谈。

李元婴直接借了孔颖达的静室见了戴亭，奇怪地问："怎么突然回来了？什么事不能写在信里？"

戴亭自吐蕃回来后没在鄠县逗留多久，早早转道去洛阳处理那边的事务，着手准备下一次西行。

戴亭是最擅打探消息的，尤其能以小见大，这段时间他发现洛阳有些异动，主要和今年新调任过去的洛阳都督张亮有关。

涉及一地的军事长官，事情就不可能小了。戴亭把自己的发现给李元婴说了：这张亮表面敦厚，行事端方，实际上行事颇有些可疑，他身边有人精擅巫蛊邪术，人数还不少。

这张亮，也是二十四功臣之一，排名甚至比侯君集还靠前一些，两个人都是玄武门之变时旗帜鲜明站在李二陛下一边的！

这一点，戴亭是意外发现有人购入一些巫蛊邪术之流常用来"作法"的东西时才留意起来的，他叫人无声无息地跟进一番，发现这位洛阳都督几乎每个月都会采购这些东西，只是派出来的人不太显眼，所以没有引起别人的注意。

还有一点，张亮身边许多人都与他父子相称，他也不知哪来那么大的当爹瘾，不认兄弟认儿子！反正戴亭叫人在不同的场合留意了一下，少说也有百八十个。

戴亭虽琢磨不透张亮这是有什么谋算，但总不可能是为了祈求国运昌隆！他觉得事情不算小，便带着整理出来的证据回长安到李元婴这边禀报。

李元婴听完就想起来了，那天侯君集酒后吐牢骚还提到过这张亮。

看完戴亭带回来的证据和记录，李元婴也不晓得这张亮想干什么。他说道："我去和孔祭酒告个假，你随我进宫找皇兄说说这事。"

李元婴的想法很简单，只要他皇兄知道了这件事，剩下的就和他没关系了！

戴亭点头。

李元婴跑去找孔颖达告了假，带着戴亭入宫求见李二陛下，说是有要紧事要上报。

李二陛下听李元婴居然有正经理由来找自己，挑了挑眉，叫人把李元婴和戴亭放进来。

李元婴跑进议事堂里头，左看右看，见没有别的大臣，便坐到李二陛下身边把戴亭的发现说了出来。

李二陛下本来听得漫不经心，等李元婴说到邪术之事面色才凝重起来。自古以来，但凡沾上巫师邪术就没什么好事！他沉着一张脸听李元婴把事情讲完，看了眼李元婴带来的戴亭，问道："可有实证？"

戴亭便把李元婴让他带来的证据呈上。

李二陛下把戴亭记录的东西和相关的证据看完了，闭眼思索片刻，对李元婴道："没你的事，回国子监好好读书去。"

这种麻烦事李元婴一点都不在意李二陛下过河拆桥，一听李二陛下这般发话，马上招呼戴亭赶紧溜，跑得贼快！

开玩笑，这位功臣一看就不像在做好事，他还是别掺和比较好！

李二陛下看着李元婴带着人跑了，再一次闭上眼。

张亮这些人都是自秦王府时期就追随于他，在玄武门之变发生前，张亮曾被李元吉告发说他图谋不轨，张亮扛过了拷问，没有透露半点秦王府的谋划。

这次张亮去洛阳前，还和他告发过一件事。张亮说，侯君集知道他被派往洛阳后觉得他是被扔去坐冷板凳了，曾来问他"你要不要造反，要造反的话带上我"。

李二陛下当时听了只说这是两人私底下说的话，不足为凭，并没有做任何处置。如今看着摆在眼前的实证，李二陛下有些疲倦地倚在凭几上，抬手轻轻揉着眉心。

李元婴看不懂张亮想做什么，李二陛下却看得懂。

张亮广收义子，让他们死心塌地追随于他，这是私蓄属于自己的势力；他信邪术、养术士，怕是要做天命或谶言之类的文章。

张亮有反心！

不管是张亮还是侯君集，都是在他二十来岁时就追随于他的人，人年纪渐长，野心也会跟着长吗？还是说他们觉得他身体不好，撑不起这天下了，该是他们称王的时候了？

李二陛下睁开眼，一拍扶手，命人去把他的几个心腹叫来，他要派人秘密前往洛阳查明此事。

吩咐完了，李二陛下又拿起面前那份证据看了起来。这个戴亭行事缜密、心思敏捷，怕是不会安于本分的，这样一个人是不是不太适合留在李元婴身边？

对李元婴这个弟弟，李二陛下比养儿子还花心思。哪怕养猫养狗，养久了也是有感情的，更何况是人。

他并不希望李元婴过多地卷入这些麻烦事。

只不过李元婴这人看起来没心没肺，实际上护短护得最凶，无缘无故要把跟他那么多年的人弄没了，他一准能闹翻天。

李二陛下思量片刻，终是打消了那一闪而逝的念头。

这糟心弟弟自己想得太少，有个心思多的人多帮着想想也好，谅他一个内侍也翻不起什么风浪来。

回去的路上，戴亭和往常一样一语不发。李元婴打小最喜欢拉人说话，偏留在他身边最久的戴亭却是个闷葫芦，如非必要绝不多吭声，一路走来倒是少有的安静。

等走出一段路，李元婴才对戴亭说："下回再有这样的事，我们还是不自己去查了。"李二陛下瞧着就是不想让他们掺和的，实在有问题就稍微尽个义务想办法提醒一下别人。

戴亭点头。

他原也没想着深查，只是意外撞上了，便稍微追查了一下，没想到那张亮行事压根不怎么遮掩，随随便便就查了个底朝天。要不是拿着证据太烫手，他也不会急着回京找李元婴——张亮要是没想做什么还好，顶多是有点奇奇怪怪的兴趣爱好；可张亮要是真想做什么，他们查到了却没有上报，将来指不定会被人以同罪论处。

现在李元婴直接把证据交到了李二陛下面前，应该就没事了。

话是这么说，戴亭却还是免不了会想起李二陛下看向自己的眼神。他身份低微，本来一直俯首静立一旁，但天生的敏锐与警觉还是让他在那一瞬间捕捉到了潜藏的危险。

离开议事堂时，他的背脊早就渗满了冷汗。

戴亭看向止步站在荷花池旁的李元婴。

李元婴也能感觉出来吗？

李元婴吩咐完戴亭便没再多想，有的事情想得太清楚反而不好。他站在荷池边看着干枯的荷叶半晌，见有好些个内侍与宫人经过，便喊住他们朝他们招招手，兴致勃勃地说道："你们有没有会挖藕的，我想尝尝这藕好不好吃，你们有人能帮我挖的，一人赏一把金豆子！"

人都是来禁苑里赏莲的，没听说挖藕的，听到李元婴这个胆大包天的想法众人都面面相觑。内侍没站出来，倒有两个小宫女自告奋勇："我们在家最会挖藕了！"这两个小宫女长相似，竟像是双生子，瞧着很是机灵可爱。

李元婴玩兴更高："那你们帮我挖！"

那两小宫女也不害臊，在众目睽睽之下跳下清浅的荷池，动作利落地摸了好几根藕上来。到底是观赏用的荷花，藕长得并不怎么大，瞧着也不怎么鲜甜。李元婴有些失望，不过还是很守承诺地赏她们一人一把金豆子，还问她们从哪儿来的，家里是不是种了藕，主要是问她们那边的藕好不好吃！

两个小宫女是水乡来的，打小就在水里扑腾，因着身家清白被选入宫，但又因为出身寒微没什么机会露脸和得封赏，难得有李元婴这样好问的贵人，自是问什么就答什么。她们是自扬州宝应来的，宝应的藕最好吃了，生吃鲜甜，做菜熬汤也都是一等一的好。

李元婴听得心驰神往，不过见两个小宫女都下了水，一直穿着湿衣服不好，便叫她们散了，自己则领着戴亭回去叫柳宝林做凉拌藕片给自己吃！

柳宝林听人说李元婴回宫了还挺高兴，见戴亭拎着几根不怎么好看的藕回来，问清是哪儿来的，一时有些哭笑不得。她说道："你要吃藕，叫人去取不就行了吗？正是上秋藕的时节，上哪儿不能弄？"

李元婴振振有词："年年夏天都看它开花，不知道它是什么味儿多可惜！"

柳宝林说不过他，心里又欢喜他回来，自是拿着藕去帮李元婴料理。

李元婴这头顺手牵藕，回头就有人把事情传了出去。李元婴打小就是散财童子，叫人打了堆金豆子随身带着，有人陪他玩他就赏上一把，压根没把钱当钱看。

以前李元婴瞎胡闹也没人理会他，毕竟他一个和朝中没什么相关的小王爷，他自己的钱爱怎么花有谁管得着？

现在不一样，现在李二陛下隐隐有好好培养李元婴的意思，将来兴许不仅仅让他当个闲散王爷。所以，李元婴现在干点坏事还是很容易被人盯上的！

比方说李元婴顺手牵藕这事，本来李元婴就是一时兴起想尝尝味儿，打赏也是比照着从前在宫里的习惯给的，传出去却变了样：大伙都说滕王殿下在禁苑中看到一对双生子甚是俏丽，起了色心，非逼着人家跳进荷池，湿了衣裳，自己在荷池边哈哈大笑赏玩小宫女纤毫毕现的好身段，末了还砸人家几颗金豆子侮辱人……

不能怪人乱编，李元婴可是有前科的，"莽国王一言失美"的故事还在暗中流传呢！李元婴连李二陛下的才人都敢打主意，调戏两个小宫女又算什么？

李元婴去鄂县时，还打人家新守寡的寡妇主意！什么？你说不是寡妇，而是丧父守孝的农家女？那也没多大不同啊！

再往前翻翻，李元婴还曾干过带公主跑平康坊的事。虽然事关皇家颜面，大伙都默契地把这事压了下去，但压下去不等于不存在！听人说，李元婴还给平康坊挽翠楼一个女伎脱了籍，悄悄养在外头……

这小小年纪的，简直荒淫到没边了！

算算年纪，李元婴也十三了，其他藩王这个年纪都该就藩去了，李元婴再留在宫中算什么事？这要是没事还好，若是弄出什么丑闻来该如何收场？

当即便有御史向李二陛下进言，说李元婴在宫中来去自如不太好，该让他单独开府了，最好让他就藩去，再留着容易留出事！

天子无家事，这事御史也是有权进谏的，朝会上"喷"得唾沫横飞，说李元婴私德有亏、需要约束。

李二陛下听御史说李元婴叫两小宫女下荷池给他挖藕，也觉得荒唐，这小子怎么一天到晚都不消停？你要调戏小宫女，好歹挑个人少点的地方，怎么敢直接就在禁苑里叫人往荷池里跳？

当然，在李二陛下心里，弟弟对女色有点好奇不是什么大事，看上宫女就送他呗。他很认真地听御史"喷"李元婴，对李元婴年纪小小的就这么能拈花惹草很是满意，回头便让人把那对双生小宫女分拨去柳宝林那边伺候。

李二陛下来这么一手，弹劾李元婴的御史差点气得昏厥过去。知道您不怎讲究，但也不用这么不讲究啊！改天您弟弟看上您的妃子了，您是不是也要把妃子送他啊？

李元婴回国子监去了，接收两个小宫女的自然只有柳宝林。李二陛下只让人传旨说分拨来伺候李元婴的，却没说为什么，柳宝林心里颇有些忐忑。

等看两个小宫女做事麻利，又能言善道，柳宝林才稍稍心安，把她们分派去给李元婴打扫书房，好好学个磨墨煮茶之类的。

这下所有人都看出来了，李二陛下对他这个幺弟果真偏爱到没边，连他调戏宫人，他的想法都是"了不起！我弟弟居然会拱白菜了，我得挑几棵水灵的给他拱"。

长孙无忌觉得这个势头很不妙，免不了要劝说李二陛下几句。既然出了李泰那档子事，李二陛下应该更警醒才是，怎么能换个人接着偏心？

人心这东西谁都说不准的，可能李元婴现在还没什么歪心思，但是他结交了一批国子监最出色的监生，与魏徵家结亲，与李靖、褚遂良等朝臣关系都不错，焉知他以后不会生出什么心思？

别的不说，光说他身边那个戴亭，看着不显山不露水的，实际上却掌握着整个大唐最大的茶叶买卖，屡次往来高昌、吐蕃，真要谋划点什么，那可真不容易被人察觉。

长孙无忌当了李二陛下二三十年的大舅哥，那会儿李元婴压根还没出生。所以，长孙无忌敢屡次给李二陛下提这个醒。

李二陛下倚在凭几上听长孙无忌分析李元婴身上可能出现的变数，神色始终淡淡的，看不出有没有听进去。

长孙无忌把自己的所思所虑都说完了，见李二陛下没回应，便道："若是陛下不爱听这些话，臣往后就不说了。"

李二陛下忽地笑了。

长孙无忌纳闷地望向李二陛下，不知他为什么突然笑了起来。

李二陛下道："你这些话元婴曾给我说过，连你最后这一句他都说过一样的。"他把李元婴当初劝他让李泰就藩的事告诉长孙无忌，神色平和得很，"元婴的事我心里有数，你不必再劝。"

长孙无忌心中一惊。

他只知道李泰一直看李元婴不顺眼，曾与李元婴交恶，却不知道李元婴竟在李泰最受宠爱的时候就这样劝过李二陛下。

怪不得李泰那么恨李元婴。

李二陛下都发话了，长孙无忌自然不好多说。至于李二陛下说自己心里有数，长孙无忌觉得李二陛下心里是不可能有数的，眼下李二陛下对李元婴的宽纵可比当初对李泰还过火！

转眼到了中秋，国子监一大早放假，李元婴觉得自己该好好表现表现，叫人回宫里递了信说自己先不回去，自己拉着小伙伴们出去逛街买买买，采买要拿去讨好岳家的礼物。

虽然岳父岳母不在家，不过魏徵夫妇俩还在，魏家最有话语权的是他们，他当然得积极当个好孙婿！

除却必要的对外联系，国子监里相对来说还是挺闭塞的，至少有御史"喷"李元婴的事就没传进国子监来。毕竟李二陛下听完后不仅按下不提，还把两个小宫女分拨到李元婴那边去了！

李二陛下都这态度了，别人还能说什么？谁都懒得管了！

于是这事外头也没什么人知道，连李元婴这个当事人都一无所知。

所以李元婴算盘打得很好，却不知道他顺手牵藕那桩事还有直接闹到朝会去的后续。等他带着一车精挑细选的礼物跟魏姝一起到了魏家，迎接他的是魏徵黑漆漆的脸！

李元婴一看，觉得老魏看起来有点可怕。他和魏姝咬耳朵："你祖父怎么啦？是不是你哥做了什么坏事气到他了？你哥也真是的，年纪也不小了，怎么还这么不懂事！"

李元婴虽是在和魏姝说悄悄话，声音却不算小，正巧能让魏徵给听见。

魏徵气得吹胡子瞪眼。

你有本事说悄悄话，你有本事别让别人听见啊！

魏姝捏李元婴手心，让李元婴别故意气她祖父。

李元婴从善如流地跑过去坐魏徵身边嘘寒问暖："谁让您堵心了？说来听听，我带人去帮您揍他！"

魏徵听他这么说，心更堵了。这小子连李二陛下都揍不了他，旁人还真没法给他什么教训。自己早年已经嫁了一个女儿去当王妃了，怎的这么不长记性，还要再赔上一个孙女？

李元婴被魏徵板着脸骂了一通，才晓得有人在朝会上骂自己，他皇兄还跟着添乱，把那两个小宫女送到他娘那边去了。

李元婴凭空被人扣了个锅，还被魏徵横眉竖眼地挑刺，气得不轻，问清楚是哪个御史弹劾他后就气咻咻地跑了。

真是岂有此理，弹劾他就算了，居然还当着魏徵的面弹劾，他还没把他妹妹娶过来呢，万一老魏反悔了怎么办！

李元婴来得快去得也快，只留下一车子中秋礼物。裴氏听人说李元婴来了，出来一看，人都不在了，不由得埋怨起魏徵来："人家难得休沐过来一趟，你也不留他下来吃饭。"

魏徵看了眼没有半点怒气的孙女，觉得自己是白操心了。他长女嫁给霍王李元轨，夫妻之间还算琴瑟和鸣，但嫁入皇家总不那么自在，至少堂堂王爷要有几个宠爱的姬妾是再自然不过的事情。

李元婴年纪小小就花名在外，将来也不知会荒唐成什么样，魏徵着实担心自己孙女受了委屈，毕竟他这个孙女向来要强，即便被欺负了也不会和人说。

魏徵骂道："都传到御史那儿去了，他也着实太荒唐了些！"

魏妹道："殿下不荒唐。"她替李元婴分辩，"那些人脑子里的东西才荒唐，要不他们怎么想得出那样的理由弹劾殿下？"李元婴才十三岁就能套上那么多风流韵事，真亏他们想得出来！

魏徵见魏妹一脸笃定，心里更气了，这小子显然很会说甜言蜜语，看把他孙女都哄成什么样了？

很会说甜言蜜语的李元婴出了魏家，气势汹汹地跑去堵那御史家门口拍门，还叫随行的人对着人家大门喊："有本事瞎编你有本事开门啊！"

追随李元婴的侍卫都是饱经历练的，这种不要脸的事显然不是第一次干，喊起来相当驾轻就熟。正是八月十五中秋佳节，不管衙门还是学堂都休沐了，街上热闹着呢，听到两排体格壮硕的汉子齐齐来了个震天吼，众人都围拢过来看热闹。

那御史今日也在家，听人说李元婴带人来堵门，脸色顿时一黑。御史的本职就是给人挑刺，他天天都在"喷"人，基本上没人会来找他麻烦，还是头一回遇上这种找上门来的家伙！

听门房来报说，他们家门口已经被堵得水泄不通，街上的闲人都涌过来看他们家笑话！

过了这么多天，他都快忘记自己弹劾过李元婴什么了，事情找上门他才猛地想起这小子人称"混世小魔王"，属于从小就敢拔李二陛下胡子的人！这小子最大的特点不是他有多聪明，也不是他有多大的能耐，而是……他不要脸啊！

这一刻，御史突然有些后悔了。

眼看自己不出去见李元婴，今天他们家人根本不用出门，御史咬咬牙，决定出去和李元婴讲讲道理，说清楚弹劾他是职责所在！不承想他刚叫人打开大门，就被人一左一右提了起来。

李元婴压根不和他理论，而是叫人捂住御史的嘴巴，叫人提溜着御史把他架去不远处的浅池子边上。他兴致勃勃地对御史说："我很想看看您在水里的样子，想必您身上的衣裳要是湿漉漉的，一定很能显出您英伟的身姿。"

御史拼命摇头。

李元婴眼也不眨地叫人把那御史扔池子里去，哈哈笑着看他羞恼交加地扑腾着上岸，趁着御史的家人没赶过来之前带着侍卫们溜之大吉。

李元婴出了气，又跑回去魏徵家，一脸得意地拉着魏徵的手说自己已经报仇了。等魏徵听完李元婴是怎么报仇的，脸越来越黑，越来越黑，最后气得直哆嗦，忍无可忍地骂道："你给我滚出去！"

李元婴灰溜溜地走了，回去的路上一直在反省，唉，失算了啊，老魏也是干"喷"人活儿的，听他把御史扔池子里去一定会有兔死狐悲之感。老魏完全是多虑了，他这人还是很尊老爱幼的，要不是这御史看起来还挺年轻，身子骨还算硬实，他也不会进行肉体上的打击报复，像老魏这么老的，他可不敢乱来……

魏徵不知道李元婴在心里嘀咕着他，他真是宁愿自己年初那一场病没救过来，这样李二陛下也不会生出给李元婴和他孙女指婚的心思。

这份恩宠他们魏家真是承受不来！

御史是那么好报复的吗？御史要是那么好报复，那人人都打御史一顿威胁他不许再弹劾人好了！李二陛下要是容忍这样的事发生，那御史一职迟早形同虚设！

魏徵想得没错，御史那边已经顶着被李元婴折腾出来的一身狼狈进宫告状，要求李二陛下严惩李元婴这个无法无天的家伙。

御史年纪也不小了，到了李二陛下面前却哭得涕泪横流。他是真的伤心了，长这么大他还没受过这样的委屈，当着这么多人的面被人扔到池子里去。士可杀不可辱，把读书人的颜面扔到地上踩，比杀了他们还严重！

李二陛下听李元婴一休沐就闹出这样的事，也勃然大怒，一边安抚御史一边叫人把李元婴逮过来。

李元婴才回到宫中，屁股都没坐暖，李二陛下就派人过来逮他过去问话。

李元婴和柳宝林说了一声，也不用人催促，自己"噔噔噔"地往议事堂那边跑。一看到那朝他怒目以对的御史，李元婴就知道是这人跑进宫告状了，来得还真快！

李元婴见李二陛下脸色不好看，乖乖上前见礼。

李二陛下看了李元婴一眼，问他："今天你做了什么？"

李元婴看了看那御史，对自己做的事供认不讳："我叫人把他扔池子里去了。"

李二陛下拍案骂道："你还有理了是吧？"

李元婴道："我怎么没理了？"

御史气结，又朝李二陛下痛斥起李元婴的恶行恶状，他只不过是尽忠职守地弹劾李元婴私德有亏，李元婴竟然做出这样的事！这次若不严惩李元婴，往后朝中无人敢说话，无人敢上谏，长此以往，言路闭塞，朝廷危矣！

李元婴一脸无辜道："我扔您下池子又不是因为您弹劾我。"

御史指着他道："难道还是不小心把我推下去的不成？"

李元婴老实道："当然不是，我是特意吩咐人把您扔下去的啊。但是这和您弹劾我没关系。"

御史怒道："那你倒是说说，你有什么正当理由这样对我？"

李元婴道："当然是因为我喜欢您。按照您弹劾我时说的，我是喜欢上两个小宫女才让她们下池子，好趁着她们身上湿漉漉时尽情欣赏她们美丽的身姿。我今天刚听到这种说法，觉得很新鲜，所以才叫人把您扔到水里去，好趁着您身上湿漉漉时欣赏您英伟的身姿。怎么，这个说法不是您提出来的吗？您觉得这个说法不对？那您为什么当着那么多人的面说出来？自己都觉得没道理的话，您怎么可以拿到皇兄面前去说，不知道皇兄每天都很忙的吗？"

御史指着李元婴怒道："你——你——你——"他"你"了半天，没"你"出个所以然来，而后两眼一翻，气急攻心晕了过去。

李元婴气晕一个御史，一脸乖巧地挪到一边让人把御史抬下去。

李二陛下吩咐人叫太医去给御史看看，转头看李元婴乖乖巧巧地坐在那里等他发话，当即怒骂："御史你都敢动，朕看你是要反了天了！"

李元婴小声嘟囔："我看他这御史当得不怎么样，还没我厉害。"

李二陛下怒道："那是朕选的御史。"

李元婴说："满朝文武那么多人，不可能个个都是您亲自选的啊，就算真是您选的也没什么关系，人总有看走眼的时候，您真的不必太放在心上。古书上不是说'知错能改，善莫大焉''亡羊补牢，未为迟也'，您选错了人也没什么要紧的，换一个就是了。"

李二陛下瞪他。

李元婴乖乖巧巧地和他对视，一脸"我很无辜""我很安分"的表情，还很坚持地小声嘀咕："明明就是他没道理。"

李二陛下觉得这小子生来就是气人的，从小到大没安分过半天，他是瞎了眼才觉得这熊孩子可当重用，真要让他有机会进朝堂，朝廷上下还不被他搅翻天？

李元婴见李二陛下不发落自己，大着胆子挪到李二陛下身边去和他打商量："要是我真做错了，皇兄您随便罚我好了，比如把我放去那些鸟不生蛋的地方，我努力帮您劝那儿的鸟生生蛋。"

李二陛下看向他。

李元婴不敢再吱声。

李二陛下淡淡道："长安有什么东西在撺你，让你这么想到外面去？"

李元婴一点都不藏着掖着，理所当然地应道："好男儿志在四方！"

李二陛下道："滚回去写份反省折子，写不过关就重写，直到过关了你再出宫去。"

李元婴紧张了："那要是一直过不了关呢？"

李二陛下道："那你就别出去了，反正宫里不差你一口吃的，你待一辈子都行。"

李元婴蔫耷耷地走了。

李二陛下耳根清净下来，静坐许久，拿起一份密报看了起来。

这份密报是刚送过来的，本来李二陛下不准备在中秋佳节看它，但经李元婴那么一闹腾他便打开看了起来。

密报上汇报的内容很简单，就是张亮和侯君集在做什么。

张亮告发侯君集，他没有追究，但也不是什么都没做。他一直叫人盯着侯君集，侯君集心怀不满、侯君集试图通过女婿贺兰楚石接触太子、侯君集酒后失言这些事早都送到了案前。

李二陛下自然也知晓李元婴曾撞见侯君集与贺兰楚石说醉话的事，还想着李元婴会不会来和他说。没想到李元婴来是来了，提到的却不是侯君集，而是张亮。

于是这份定时送到李二陛下案前、只与侯君集有关的密报便添了个人。

张亮养了术士，收了义子，这些都和李元婴报上来的相去无几。

这两个人都是他亲自选出的二十四功臣人选，只要他们没下一步动作，他也不会对他们动手。如果他们真敢有下一步动作，那就让他看看这两条线能扯出多少人！

另一边，李元婴垂头丧气地回去，身边还跟着两个李二陛下派过来盯梢他的禁卫。

这个待遇李元婴已经很久没享受过了，让他觉得很没面子，心情十分沮丧。结果刚走回住处，李元婴就嗅到里头飘来香喷喷的味道。

李元婴吸了吸鼻子，被罚禁足的憋闷一下子烟消云散，高高兴兴地跑进去寻柳宝林问："今天吃什么？我老远就闻到了，老香了。"

柳宝林道："要做蟹，所以先给你温了菊花酒。"虽还没到重阳，却也近了，柳宝林把酿好的菊花酒开封。这酒是米酒，但加入了清香安神的菊花，入口温醇，正适合配着秋蟹吃。柳宝林叮嘱："蟹蒸好了你也不可多吃，别吃坏了肚子。"

李元婴道："我晓得的。"他都这么大了，柳宝林还把他当小孩，他是贪嘴的人吗！

蟹最好是现蒸现吃，柳宝林见他回来了才叫人拿去做。旁边的嬷嬷对李元婴说起柳宝林的用心良苦，说这些蟹早送来了，柳宝林一直精心养着，等李元婴回来尝个鲜。

蟹这东西吃起来麻烦，市面上卖蟹的人不多，宫中的人也不大爱吃。好在丰泰楼常年都有应时的虾蟹蔬果，柳宝林叫人挑了一批送进来等李元婴回来做着吃。

有吃的李元婴就不嫌麻烦，一时忘了李二陛下交代的任务，兴致勃勃地看着柳宝林给他做蘸酱。蘸酱主要是橙泥配上姜醋，橙也是最近新出的，看着圆溜溜黄澄澄，很是可爱。

李元婴自告奋勇要帮忙，坐到柳宝林身边帮她开橙子。柳宝林由着他挨过来，指挥他挖出橙肉，和着细盐轻轻捣碎。后头那些精细活儿就不是李元婴能干的了，他坐在一旁看着柳宝林把一样样蘸料收拾得漂漂亮亮，忽然叹了口气。

柳宝林问他："怎么了？"

李元婴道："我今天央皇兄让我去封地，皇兄还是不让我去。"他觉得李二陛下真是奇怪，想去的不让去，不想去的他不许留。李元婴唉声叹气，"听媡奴说，滕州离海近，那边的蟹一定更肥。就是不知道那边的橙子好不好，做出来的橙泥有没有这么香！"

柳宝林自是也想去封地的，闻言也停下来叹气。自己儿子自己清楚，他哪是能受气的人，谁让他不舒坦了他一准要让对方更不舒坦。

这样的性子留在长安太危险了，毕竟他一天天地长大，再也不能拿年纪小不懂事当借口。

可李二陛下不放人，他们母子俩也想不出什么好法子。

柳宝林只能劝慰李元婴："不急，圣人许是想等你从国子监出来再考虑。"

李元婴一想也是。他和柳宝林商量："这次休沐回去之后，国子监要考一次试，和外头的秋闱差不多，考过了能参加明年的春闱。我想考考看，考完就不用去国子监了！"

柳宝林道："有把握吗？"

李元婴道："不想着考头名，想考过肯定不难。"

由于文章经常在优等和末等之间反复横跳，李元婴渐渐也摸出点门道来了，只要他把自己的小尾巴藏一藏，蒙混过关还是可以的。

这是李元婴临时起意的想法，还没和魏姝她们商量。主要是国子监里能玩的他差不多都玩够了，着实没什么必要再留在里面，至于考个第一什么的，李元婴压根没想过，反正能考过就成了！

至于明年春闱，李元婴觉得自己也有一点把握，考个进士应该还是不成问题的。

李元婴越琢磨越觉得可行，和柳宝林商量了一会儿，母子俩便一起吃起新蒸好的秋蟹来。

菊花酒酿得正好，一倒入杯中，酒香立即飘了满屋。秋蟹肥美，李元婴没让别人帮忙剥，自己亲自动手开蟹，只见蟹肉饱满鲜嫩，沾上甘香的橙泥，吃来一丝腥味也无，好吃得不得了。

李元婴心满意足地吃了一只又一只，最后发现好的不灵坏的灵，他的肚子还真有点疼！

柳宝林本来看他吃得香还挺高兴，一听他肚子疼马上急了，忙叫人去请太医过来。

请太医一来一回的动静可不小，许多人都听说了。等太医回去同僚一打听，出诊的太医无奈地说："蟹吃多了，撑着了。"他原还想意思意思弄点药让李元婴消化消化，结果李元婴一听是吃撑了就拒绝喝药，还头头是道地反驳起他开的方子来，说什么是药三分毒，没事坚决不吃药！

自己跟孙老学过医，还找太医做什么？浪费别人时间！

太医冷哼，一点都没给李元婴遮掩，把李元婴贪嘴把自己吃到撑的事广为宣扬。

中秋佳节，兕子她们跑去陪李二陛下用了晚膳，听李二陛下说李元婴吃撑了来不了，立刻手拉着手跑去慰问他们幺叔。

李元婴看着几个"小萝卜头"一脸担心地跑来关心他，顿时明白什么叫好事不出门坏事行千里。他不就多吃了几只秋蟹吗？李元婴坚强地说："幺叔没事！"

没一会儿，李象和李小圆球也跑来了，李象拉着他的手说："幺幺！耶耶说你吃坏肚子了，下次不能多吃！"

李小圆球也入宫来过节，听了李象的话很是认真地点头应和："不能！幺幺不乖！"

李元婴本来都好了，见人这么齐，眼珠子一转，半躺到榻上说自己很虚弱，需要人照顾，支使这个给自己讲故事，支使那个给自己倒水，再来个给自己弄热毛巾敷额头，兴致勃勃地玩起了大夫病患小游戏。

一群"小萝卜头"兴致很高，都被李元婴使唤得团团转。李元婴很快"大病痊愈"，于是便带着他们去高阳那边看月亮。

高高的观星楼是赏月佳地，李元婴带着一串"小萝卜头"登楼远望，只见夜色已至，一轮圆月自天际升起，又大又圆，皎洁可爱。整个长安城的灯火也压不住圆月的光辉，大地笼罩在一片温柔的月色之中，显得静谧而美好。

李元婴抱着个头最矮的李小圆球，让他也可以跟着赏月。李小圆球指着月亮说："幺幺，今天的月亮好大啊！"

李元婴点头。

李小圆球收回手，环抱住李元婴的脖子，认真地说："幺幺，我要去相州了，耶耶在相州，我要去。"弟弟一岁多了，可以坐马车也可以坐船，今天皇祖父问他要不要去找耶耶，他舍不得李象，舍不得幺幺，但是他也想耶耶，他和耶耶是一家人，要去找耶耶。

李元婴说："嗯，一家人该在一起，到时我去相州找你玩。"

李小圆球高兴了，要和李元婴拉勾。

李元婴带"小萝卜头"们玩了个尽兴，各自回了住处。到要睡觉时李元婴才想起，他的反省折子还没写，要是不快点写出来可就得一直被禁足在宫里了啊！李元婴一骨碌地坐起来，披了衣裳跑去自己的小书房准备挑灯夜战。

李元婴一有动静，伺候的人当然得跟着醒来。负责小书房的两个小宫女手脚麻利地给李元婴点上灯，问道："殿下有什么要紧事吗？"

李元婴一看，这两个小宫女有些眼熟，不正是帮自己挖藕的那两个吗？李元婴道："你们是双生儿吗？谁大谁小？"

两个小宫女生性活泼，自报了姓名，一个叫黄莺，一个叫黄鹂，都是会叫的鸟儿。她们是同一天出生的，本不怎么好认，但是黄莺是左撇子，黄鹂不是，只要稍微看看她们平时用哪只手就晓得了。

两个小宫女一开口便叽叽喳喳，两个人愣是说出好几个人的热闹来，李元婴觉得她俩的名字还挺贴切。他说道："我要写文章，你们且到外间歇着，有事我再叫你们。"

黄莺黄鹂乖巧应是，替他煮好茶磨好墨便退了出去。

李元婴连夜把自认为完美的辩词写出来送给李二陛下，不想李二陛下只扫了几眼便毫不留情地打回让他重写。

李元婴觉得李二陛下故意为难他，气鼓鼓地拿着自己的"反省"辩词去找魏徵，问魏徵自己哪里写得不好，李二陛下是不是有意不许他出宫的？

魏徵听李二陛下要他写折子自我反省，脸色稍霁，拿过折子帮他看。

魏徵看了两段之后，"啪"地把折子扔回李元婴面前，叫他滚。

李元婴灰溜溜地滚了，看着自己辛辛苦苦写出来的折子唉声叹气。他不过是把自己昨天的说辞修饰修饰写出来而已，怎么一个两个都让他滚？

李元婴琢磨了半天也没琢磨出个所以然来，于是又绕道去东宫的弘文馆那边寻萧德言。

写这种命题作文，最重要的其实还是摸清出题人的心思，李元婴实在不知道李二陛下想要什么样的折子。难道文章写得好，那御史就不记恨他了吗？

李元婴轻松溜到了萧德言那边，亲自煮茶给萧德言喝。

东宫的消息比外面灵通，萧德言自是也听说李元婴都干了什么，他关心道："殿下可是有事要问？"

李元婴正往水里放茶末，听萧德言问了，动作顿了顿，闷闷地说道："我还没想好要问什么。"从前他没想做什么事，只想每天吃好喝好，日子便快活得不得了。这两年看得多、想得多了，想做的、试着去做的事也多了，他便感觉到有什么东西困在自己周围。

那东西无形无状，却可恨至极，到哪儿都如影随形。他想挣脱出去，偏又不知从何做起，因为他发现即使是他皇兄也没能做到真正的自由自在。相反，他觉得他皇兄被困得更紧！

他不喜欢这种感觉，所以他不想和这些人玩了，只想去封地当个逍遥王爷。

但是莫名地，他觉得去了封地可能也没法如愿。

李元婴想来想去，还是没想明白。他给自己和萧德言分了杯茶，囫囵着把自己这种莫名其妙的被困感和萧德言说了。

萧德言没想到李元婴不仅没提与那御史的争端，反倒是问出这样的问题。他静默片刻，才回道："人活在世上，本就是有得便有失，有取便须舍，不可能事事尽如人意。"萧德言缓声说："这天地之间没多少能肆意放纵的人，他们生来就被父母师长悉心教导，所有人都告诉他们说，他们所做的事是应该做的，他们所说的话是应该说的，他们的日子就应该那样过。所有人都觉得理应如此。"

李元婴不吭声。

他写文章说女子也可以参加科举时，马博士就说过"古来皆如此"。

萧德言道："你不一样，你没受过拘束，所以但凡有人想把套子往你身上套，你就能感觉出来。"

李元婴道："像给牛上的那种套子吗？"

萧德言点头表示肯定。

李元婴安静下来，他有点明白了。

他在鄂县看过人驯养耕牛，耕作时给它们嘴巴套上个竹编的或者麻绳穿成的套子，不让它们有机会去嚼草。它们的鼻子上还会被穿个洞，戴上个鼻环，据说牛鼻子最怕疼了，要是它们不听话就扯一扯拴在鼻环上的绳子，这样它们就会乖乖干活儿，不敢违背命令！

牛是这样，人也是这样。

所有人身上都有那么一个套子，他们看到有个人不一样，就会用自己认为对的东西去要求别人，就会想要把那个不同的人变得和自己相同，直至对方乖乖戴上套子、听从指挥，他们才觉得天下太平。

李元婴道："我不喜欢。"

萧德言目光温煦地注视着他："没有人喜欢。"

可是没有人能改变这一切。

改变一个人的想法容易，改变所有人的想法太难。

李元婴觉得这真让人难过。

他说："反正，我不喜欢。"

谁都别想让他钻进套里去！

李元婴和萧德言聊完就走了，只字没提御史的事。李承乾听人说李元婴来寻过萧德言，有些好奇他是不是从萧德言这里得了什么指点，便抽空到弘文馆与萧德言问起李元婴来做什么。

得到的结果却让李承乾有点意外：李元婴压根儿没问解决之法。

李承乾道："这倒是稀奇了，我还以为他是来问您怎么写折子才能让父皇满意。"

萧德言道："能让陛下满意的折子，滕王殿下未必不会写。"李元婴不是不会写，而是不想写。他只要乖乖在折子里认错反省，深刻地检讨自己的错误，请个不痛不痒的罪，这事也就过去了，毕竟那御史本就不该捕风捉影。但李元婴觉得自己没错，不想认这个错，这才僵在这一环。

李承乾默然。

李元婴从萧德言那里离开，又回去埋头写折子，写着写着把自己写哭了，对着眼前的稿子抹眼泪，看得黄莺黄鹂怪担心的，却又不敢逾矩上前打扰，只能一个人默默守在一边，另一个人跑去找柳宝林禀报此事。

柳宝林听黄鹂说自己宝贝儿子写着写着文章哭起来了，顿时心疼到不行，忙过去关切地问："我儿怎么了？"

李元婴看柳宝林一脸担心，擦了泪，说道："没有，写文章写得伤心了。这是皇兄要我写的文章，我得用心些，一不小心就写得入了神！"

柳宝林见他眼眶红红，心疼坏了，抱在怀里哄道："若是进士不好考，就不考了，你本就是大唐亲王，哪用考那什么进士。"

李元婴道："不关考进士的事。"他把折子收拾好，哄好了柳宝林，趁着自己眼眶还红着赶紧再把折子递给李二陛下。

李二陛下这次没见他，只让人出来把折子取进去。

李元婴就在议事堂前转悠了两圈，见里头没动静，便先回去看书了。他还要备考来着！

李二陛下没立即看李元婴的第二份折子，而是先处理完手里的政务，直至需要他批阅的折子看得差不多了，他才叫人把李元婴的反省折子拿过来。

左右的人边呈上折子，边说道："小的看滕王殿下眼眶都红了，许是哭过。"

李二陛下眉头跳了跳。

这小子，怎的变得爱哭起来了？

李二陛下打开李元婴的折子看了起来。李元婴这折子没再说他那天那番说辞，而是讲了个故事。

在这故事里一对兄弟早早没了娘，后来爹也没了，由兄长把弟弟养大，他们家家大业大，有许多人帮着打理家业，一切也算井井有条。

但是这些人里面有好的，也有不好的，比如其中一个就很坏，整天说弟弟这个不好、那个不好，甚至污蔑弟弟看上了兄长的枕边人，离间兄弟感情。

明明是兄友弟恭的亲兄弟，凭什么被人两嘴一碰就横遭污蔑了？

更可恨的是，就连女主人留下来的孩子，也天天被指着鼻子骂，多吃两口肉说他浪费，多做两件衣裳说他铺张，偶尔出去游猎就说他不务正业不学无术，真是太惨了，难道他们自己家不吃肉不穿衣不出去踏个青打个猎吗？他们怎么忍心追着人家没了娘的孩子骂？

可怜这对兄弟家中没了替他们主持公道的长辈，府中又没了操持后宅事务的女主人，永远只能乖乖挨骂，反驳不得。

你们说，这些家伙可恨不可恨？为什么欺负人家孤苦伶仃两兄弟？为什么欺负人家没了娘的可怜孩子？

李二陛下看得眉头直跳。只要不是傻子，看完这个故事都知道里面这对兄弟是谁。

不得不说，李元婴写起故事来文笔十分优美，剧情十分流畅，连李二陛下看着看着都生出几分悲愤来：对啊，凭什么欺负他们兄弟俩？国家大事没见你们提什么意见，每天逮着皇家那点鸡毛蒜皮的小事弹劾算什么本事？怎么李元婴叫两个小宫女帮他干活儿都要被参一本？朝廷设立台谏是为了给你们拿皇家人沽名钓誉用的吗？

李元婴在折子里也发出了这样的质问，接着李元婴笔锋一转，写出一个令李二陛下心惊肉跳的提议：既然你们一天到晚盯着皇家私事，那为了公平起见，皇家也建立一个专门的监察机构，每天盯着朝中大臣的后宅私事，有点阴私事就揭发出来广而告之。诸位都是朝中要臣，你们的家事怎么能算是私事呢？要是有人走你们的门路买官买爵或者官商勾结怎么办？

所以，为了天下百姓，你们家的家宅事务也不能放松啊！最好把检举和取证环节分开，再设立一个专门负责查证检举内容的机构，负责去你们家搜证或抄家，这样比较公平公正，不放过一个贪腐官员，也不错怪一个忠良之臣！

最后，李元婴表示自己已经深刻地反省了自己的错误，有了随时接受监察的思想觉悟，只是觉得应该更公平一点，大家都接受同等强度的监察，下次我去你岳家面前说你调戏你哥的女人你也要乖乖接受审查，可不许怪我胡说八道。

李元婴洋洋洒洒写了几千字，把皇家监察机构的构成和职能写得尤其详细，李二陛下看得额角青筋直冒，想叫人把李元婴拎过来骂一顿，却又生出一种不知从何骂起的无力感。

李元婴写的这些职能，如果有需要当然有人能给李二陛下去办，要不然他收到的密报是哪儿来的？但是没谁会把这些东西摆到明面上来，毕竟那太不要脸了，等同于君臣情分全无。

水至清则无鱼！

李二陛下闭目思索片刻，叫人去把李元婴得罪的那个御史宣来。

比起昨日的狼狈，这御史已经拾掇得干净整齐了，只是脸色仍不太好，因为李二陛下根本没有处置李元婴，他在同僚之间丢尽了颜面！他是第一个被这样对待的御史，若不让李二陛下惩治李元婴，他以后如何在御史台立足！

御史正盘算着是来个撞柱还是来个辞官，李二陛下却没给他机会，叫人把李元婴的折子拿给他看。

御史的构想被打断，心里很不满，但又不敢不从，只得拿起那份折子看了起来。折子的前半段看得御史有些想吐血，他一直知道李元婴不要脸，但没想到李元婴会这么不要脸，他们兄弟俩锦衣玉食，能享受的都享受了，愣是被他写成了可怜无比的小白菜！他们还孤苦伶仃？他们身边伺候的人少吗？李二陛下的后宫少吗？儿子都有十几个了，还好意思说自己孤苦伶仃？

如果说折子前半段御史是忍着恶心看完的，折子的后半段则把他浇了个透心凉：李元婴写的那是监察机制吗？

那根本是"皇家鹰犬"！

谁家没点腌臜事啊，真要有这么一个机构，李二陛下一声令下就能把自己看不顺眼的朝臣抄家。至于证据？证据总能补上的，反正就抄你家咋的？难道你觉得自己很干净不成？

御史冷汗涔涔。

他就是干御史的，一看上面的章程就知道这个"皇家鹰犬"的构想已经很成熟，几乎可以直接拉人组建这么个监察机构。他越看越心惊，甚至觉得这折子根本不是李元婴写的，而是李二陛下叫人代笔的，李二陛下自己想要这么一只鹰犬！

绝不能让这么一只"皇家鹰犬"出现！

尤其不能因为自己和李元婴的争端让这只"皇家鹰犬"面世，要不然的话，他会被文武百官恨进骨子里，甚至被载入史册遗臭万年：因为这个御史一次捕风捉影的弹劾，大唐文武百官的生活从此变得水深火热……

御史合拢折子，紧紧攥手里不打算还给李二陛下。李二陛下单独宣召他，给他看这么一份折子，御史自然明白是什么意思，麻利地改口说："陛下，臣觉得臣有错在先，此事不宜再追究。臣这就去与滕王殿下道歉，一定和滕王殿下冰释前嫌。"

李二陛下没有阻拦。

在遗臭万年的可怕威胁之下，这位御史果真贯彻"知错能改善莫大焉"的可贵精神，找到李元婴诚挚地向他道歉，表示自己不该捕风捉影。

接下来的日子里，这位御史还勤勤恳恳地和所有人澄清，他和李元婴没什么矛盾，李元婴只是在和他开玩笑，大家不要误会了。

面对别人鄙夷的眼神，他心里就免不了暗暗反击一句：你们根本不知道我为什么做出这样的牺牲！我扔掉的是我的节操，保卫的却是所有官员的幸福！

靠着这样的自我感动和自我催眠，这位御史重新昂首挺胸地回到同僚队伍之中，兢兢业业地继续完成着"喷"人任务，一点都没消极怠工。

御史跑来求和之后，李元婴第一时间去找李二陛下问自己能不能出宫。

这次李二陛下没让人把他挡在门外，而是叫人放他进来，脸色淡淡的，看不出高兴不高兴。

李元婴壮着胆子凑过去说："皇兄，那御史来和我道歉了！"

李二陛下睨他一眼，问道："你那个想法是怎么来的？"

李元婴道："您是说那个故事吗？我写得可投入了，把自己都写哭了！"委屈这东西一般是越想越委屈的，本来只有三分难过，想得多了就变成十分了。李元婴振振有词，"就是他们欺负人！"

李二陛下道："我是说后半截。"李元婴把那俩监察机构写得有板有眼，连每处招募多少人、给多少权限都列出来，计划得十分周全。

李元婴气鼓鼓地说："我不想要什么，就写什么。圣人不都说'己所不欲勿施于人'吗？反过来也是这样的，我就把我不想要的全写出来吓唬吓唬他们，他们知道可怕，就不敢再欺负我们了！"

李二陛下道："你就那么相信我不会照着你说的做？"

李元婴说："皇兄您不会的。"他显然对这个很有信心，"皇兄您要是会那么做，就不会忍老魏那么多年了。上回您为了让老魏不追着你骂，连您的爱鸡都杀了送给他吃！"

李二陛下脸皮抽了抽。

这小子不提还好，一提这事就让他想起魏徵的黑脸和他惨死的斗鸡。

李二陛下骂道："回头我就把你那份折子给魏卿看，瞧瞧他还肯不肯把孙女嫁你！"

李元婴道："才不会，老魏没那么小气的。"他满含期待地问，"那我可以回国子监了吗？我准备今年应考，争取明年开春就考个进士！"

李二陛下见他眼巴巴地看着自己，说道："行，你去考吧，我倒要看看你能不能考上，可别连国子监里的考试都过不了。"

李元婴道："少瞧不起人！"

李二陛下懒得搭理他。

终于磨到李二陛下点头解除禁足，李元婴也不缠着他了，欢欢喜喜就要跑。

李二陛下却喊住他，多说了一句："大唐不需要商鞅。"

商鞅变法强秦，但刑罚严苛，民怨载道，还打破了贵贱的门槛，让贱民也能通过军功跻身贵族之列，得罪了许多人，所以落得车裂的凄惨下场。

李二陛下自继位以后就重视教化，重用饱学之士，希望能让大唐长久地兴盛下去。李元婴的很多想法看似天马行空，实则都有可取之处，但他太容易得罪人，不管是有意还是无意，他都已经走到很多人的对立面。

李二陛下并不希望自己这个糟心弟弟成为众矢之的，毕竟到头来还不是要他这个兄长护着？

　　李元婴乍听李二陛下说"大唐不需要商鞅"还有些发愣，想了想才明白过来，李二陛下是让他下回不要出这种得罪人的坏主意。不成还好，真要成了，很多人怕会真的找人弄死他！

　　更何况，他皇兄想要的是一个宽容、开放、包容的大唐，而不是人人自危、言路闭塞、满朝上下无一人敢进言的一言堂。

　　李元婴可不觉得自己和下场凄惨的商鞅有什么相似之处，道："反正有皇兄在！"说完他撒腿跑了，生怕李二陛下反悔不让他出宫。

　　接下来几日李元婴便安心备考，等着迎接他们的第一次科场考试。武媚她们也报了名，她们的学问虽没名列前茅，却也发挥得很稳定，都在中下游徘徊。

　　其间魏姝悄悄和李元婴提了件事，她发现媚娘可能不止现在这水平，是故意压低到和她们差不多。

　　女子进国子监机会难得，她们到国子监后都很安分，从来没有做什么出格的事，基本不会与其他监生单独往来。连成绩也都是中规中矩，不做显眼的那个，魏姝和城阳是年纪还小，思维有限制，武媚却是有意压着考。

　　李元婴听魏姝说起这个，马上想明白武媚的打算："我看她是想隐藏实力，回头一鸣惊人！你想想，平时考得好有什么用？要是考得太好招人嫉恨，纷纷闹了起来，她就没机会参加正式科举了。"他兴致勃勃地说，"现在皇兄他们看了你们的成绩，肯定觉得你们考不上的，到时一准放松警惕让你们入场考试！要是你们现在考得太好，他们一琢磨，可能会出女进士，说不准嫌麻烦就不给你们考了。"

　　魏姝道："我们怕是没有第二次机会了。"她们跟着李元婴考一轮，李二陛下他们可能会睁一只眼闭一只眼，想再让他们单独允许女子入场怕是不容易。

　　李元婴道："不怕，等我们在国子监这边考完了，一起备考春闱，肯定能考上的。"他又安慰魏姝，"没考上也没关系，我还去央皇兄给你考，只要你想考就一直考到你考上为止！"

　　魏姝点头。

　　李元婴拉着她去问武媚，悄悄问她是不是一直故意压着成绩考。

　　武媚见他们识破了，也不瞒着。她确实是李元婴想的那样很珍惜进国子监和考科举的机会，开始压着成绩是为了低调点多学些东西，后来则是为了不那么冒尖好争取能顺利进场。提到这个，她的眼神熠熠生辉："我听说卷子会糊名誊写的，他们从字迹认不出是谁，更认不出男女。只要入了考场，那就公平竞争，不分男女和出身了！"

李元婴也被武媚感染了，心绪莫名澎湃。他这几年认认真真读书，还乖乖入国子监，其实不过是想证明自己而已，他想凭自己让人瞧得起，而不是一提到他就想到他是李二陛下的幺弟，想到他是不学无术的"混世小魔王"！

李元婴道："对，那可是公平竞争！等我考上进士，看他们还敢不敢再骂我！"

论出身，他比人强；论学问，他也不比人差！那些人凭什么见天儿污蔑他！

他就是要让他们都知道，哪怕他是混账，那也是天底下最厉害的混账！

李元婴被武媚不经意地激励了一通，每天备考备得更起劲了。很快地，国子监迎来了这一年秋天最重要的日子，今年准备下场的考生都雄赳赳气昂昂地踏入考场。

因为今年有四个女子考生，所以宫中特批几个女官过来负责相关工作。不过在李元婴的强烈要求之下，她们的卷子和考法是和其他人一样的，并没有和其他监生区别开来。

李元婴顺顺当当地写完题，检查了两遍，自觉写得不错，便早早交卷出考场等他的小伙伴们。

受李元婴影响，唐璿、唐观、狄仁杰等人都是今年就下场试水，大伙都怀着"考过赚了，没考过不亏"的心态踏入考场，答完也没什么压力，和李元婴一样答完就出来。

这虽是国子监监内的考试，却也关乎国子监数百考生的未来，所以接下来的阅卷过程紧张又严肃。

当然，那都和李元婴没关系了。不管考没考过，他们都算是了却一桩大事，趁着阅卷期间国子监给他们放大假，李元婴邀请小伙伴们去葵园玩耍。现在还能赶上新鲜玉米和新鲜花生，这些作物目前在各地都有推广，国子监更是不缺，但是直接掰下来就烤、直接拔出来就吃的乐趣哪是送到餐桌上能比的？

李元婴这个葵园主人一提出"毕业秋游"，大伙都纷纷响应。李元婴带着一群毕业生和自己的侄女侄孙呼啦啦地往葵园跑，葵园这天谢绝外客，每家人都铆足劲拿出最好的东西来招待李元婴这群准进士，烤肉不能少，歌舞也不能少。

李元婴带着小伙伴们爬上树屋玩耍，在树屋之间的横廊上站着远眺，觉得葵园热闹又美好，远处景色也很宜人，连吸入胸腔的空气都带着股莫名的甘甜。

李象和李小圆球跟李元婴一起趴在围栏上远眺，也觉得吹来的风比平时要舒服。他们一人霸占李元婴一边，李小圆球说远处的山像什么，李象又说天上的云像什么，争相想得到李元婴的肯定和赞同。

李元婴一手揉着一颗脑袋，哄道："都像！"

"毕业踏青"结束了，国子监的阅卷工作也进入尾声。只不过还没放榜，阎氏要带着李小圆球和他弟弟去相州了，李元婴见他们母子三人不是女人就是孩子，很不放心，跑去和阎立德商量找人送送，最好阎立德亲自去，要不咋安全？

阎立德道："过些天不是要去太和宫吗？"

阎立德可是在随驾名单里的。

李元婴没听说这事，一听阎立德这么说，马上不干了，跟阎立德数落起李二陛下来："皇兄他怎么能这样？我牵头翻修的太和宫，他居然想偷偷去不带我！太坏了！难道他想赖掉给人家挂匾额的事？"

阎立德只能转移话题，继续和李元婴商量起阎氏去相州的事："我会找家中子侄相送，肯定不叫她们母子孤身去相州。"

李元婴一点都没把自己当外人："叫你家子侄出来给我看看，得挑有担当有决断的才行。"

阎立德拿他没办法，还真叫家中子侄出来让李元婴见见。李元婴挑了三个觉得不错的，交代他们一路上要护好李小圆球母子几人，虽然随行侍卫和仆从都不少，但那都是外人，到底不如自家人让人放心。

李元婴年纪虽不大，做起安排来却十分妥帖，吩咐起人来也头头是道，他跑完阎家又跑魏王府，和阎氏说明会有哪几个子侄随行，让她若是觉得寂寞可以叫上这几人的女眷，也算带她们出门散散心。

阎氏谢道："多谢幺叔安排。"

李元婴道："一家人哪用谢来谢去。"他说完觉得自己和李泰的一摊子烂事有点糟心，便不再多留，风风火火地回宫找李二陛下算账。

要不是小圆球这边的事要紧，李元婴早直接蹿到李二陛下面前讨说法了：明明是我牵头翻修的太和宫，明明是我豁出脸面换回来的那么多亭台楼阁，怎么要去太和宫不带我？我还是不是你最喜欢的好弟弟啦？

现在也不迟，李元婴回了宫直奔李二陛下那边，嚷嚷着说要负心皇兄给个说法。

李二陛下正和魏徵等人讨论政务，就听李元婴在外面叫嚷。

长孙无忌几人脸上都带着一言难尽的表情，同时默契地朝魏徵投以同情的目光。

还好还好，这小子祸害的不是自家孙女。

长孙无忌几人敢同情魏徵，却没人敢嘲笑李二陛下。长孙无忌还笑呵呵地劝说李二陛下让李元婴进来："这叫嚷叫人听了去像什么样，指不定回头被人参一本说陛下您在外惹了风流债。"

李二陛下黑着脸让人把李元婴放进来。

李元婴进里头一瞧，魏徵等人都在呢。他屁颠屁颠地往魏徵旁边一坐，挨在魏徵边上质问起李二陛下做什么不带他去太和宫，是不是想昧掉他的滕王阁！

李二陛下骂道："许你建了吗？"

李元婴觉得李二陛下竟比他还不要脸，当初他要怎么弄都说好好好，现在建好了就说没许他建，不仅不夸他，还想兴师问罪！

李元婴气鼓鼓地说："你许了的，你说国库不出钱，我有办法就自己建！我这不是有办法吗？"他继续追问李二陛下为什么不带上他。

李二陛下绷着脸不理他。

长孙无忌替李二陛下解释道："殿下你的名字可是在随行名单上的，哪会不带上你。这些天你不是在考试就是跟人出去游玩，才决定好的事怎么告诉你？"

李元婴听完就知道自己生错气了，赶紧挪了个位置，跑李二陛下身边坐下大献殷勤，还对长孙无忌他们说："你们有正事可以接着说，我在这里给皇兄倒倒水捶捶腿！不用管我的，反正我听不懂。"

长孙无忌几人觉得李元婴着实无耻。

别人不知道，他们可是传阅过李元婴那份折子的。虽然没有人会赞同建立那种铁血无情的监察机构，但是现有的台谏也可以借这个机会稍微整改整改，主要是调整"开喷"方向，私事不要盯得太紧，多着眼于朝廷大事，尤其得绕开李元婴这家伙。

毕竟就算你"喷"了李元婴这家伙，李二陛下也不会听的，往这个方向"喷"纯粹是浪费时间，至少得等李二陛下不那么偏疼这个弟弟之后再找他碴。

"喷"其他方面就好办多了，可以走程序由大理寺、刑部等部门联合办案，查明实情。台谏只有检举权，没有司法权，多方配合执行，还算公平公正，大家心里比较安稳！

李元婴能想出那样详细的章程，还敢说自己听不懂？

不过李二陛下没赶人，在场的人精们也没多嘴。李元婴听了就听了，还怕他传出去不成？

君臣几人商议完政务，长孙无忌又问李元婴考得怎么样，有没有信心得头名。

李元婴道："要是头名那么好得，那国子监也太差劲了，反正我能考过就行了。"

李元婴心放得很宽，毕竟如果他非要得头名不可，完全可以借助系统帮助随意查阅各种资料，所有经义都能在考场上搜索。但是那有什么意思，他又不是非要考第一不可！

长孙无忌被李元婴噎了一下，不再多问。

御驾还没出发前往太和宫，国子监就放榜了，比起外头的秋闱，国子监的考试要宽松许多，过了就能参加明年的春闱。正因如此，众人对名次也不那么在意，只有有能力争前几的人会急着去看，其他人只要知道自己榜上有名就成了！

李元婴兴致很高，拉着魏姝他们一起去看榜。结果到那儿之后发现榜前被围得水泄不通，他们根本挤不进去！

李元婴也不往里挤，只喊前头的人帮忙看看："有我吗？"

里头的人找了一会儿，回道："有的！"

"有我妹妹吗？"

"有的！"

李元婴一个个问过去，一干小伙伴都在榜上。再问头名是谁，里头的人说是唐璿。李元婴大喜过望，转头对唐璿说："你是头名，今儿该你请客了！"

唐璿学得好，常得奖励钱，生活要求又不高，再加上家里也常给他钱，所以他的小金库还挺丰厚，闻言爽快地答应下来，带着小伙伴们去外头吃顿好的了。

李元婴这个背后东家一点都不想着照顾自家生意，反而说："丰泰楼的菜常吃，我们换一家尝尝鲜！"

其他人自然没意见。

女孩子们还是坐在一起，不掺和他们喝小酒。魏姝悄悄问武媚："媚娘你这次还是压着考吗？"这么重要的考试，她觉得成绩不好把控，万一压过火了岂不是止步在这一环了？

武媚笑而不答。

她的名次稍微比平时高一点点，就是她写文章时稍微放了放的结果。想拔尖难，想中庸还不容易？

武媚那么一笑，魏姝就懂了。她自认也不是笨人，但还是佩服武媚的过人才华，武媚这么一步步地铺垫，怕是从一开始就想在科举时来个大的！

想想要是武媚远远压过那些个寒窗苦读许多年的士子，所有人的脸色都会很精彩！

李元婴考过了，虽然排名不怎么高，还是屁颠屁颠地给所有人报了一遍喜。

又过了两天，阎氏一行人就要前往相州了。李二陛下狠心起来是真的狠，李泰就藩之后就没让回来过，连妻儿都是派人送去，没许李泰回来接。

李元婴知道李二陛下没能让儿子们好好地兄友弟恭，被伤了心。这也是没办法的事，像早前他和李治说的那样，寻常百姓家的兄弟一样能为两三亩地翻脸，更何况是出生在帝王家？

李元婴挺庆幸自己出生得晚，他是在大安宫出生的，那会儿太上皇已经退位，所有人用脚指头想都知道他和那个位置没半点沾边的可能性。所以，他从小到大都快快活活的，没卷进什么糟心事里面。

李元婴又是叹惋又是感怀，当天亲自去送李小圆球出发。李小圆球怕李元婴忘了他们的约定，又和李元婴拉了次勾，让李元婴记得去找他玩。

李元婴送他们上了马车，目送马车远去，骑着马回了宫。接下来他又忙碌起来，忙着通知鄠县的人按时赶往太和宫，挂牌仪式马上要开始了，逾期不候，错过别哭！

这可是面圣机会！

原以为李元婴只是画个大饼，不知道猴年马月才能实现。结果李元婴转眼就来通知他们说李二陛下马上要驾临太和宫，他们的匾额也都备好了，统一规格、统一样式，到时统一挂牌！

所有出资人都激动不已地感慨：滕王殿下，实诚人啊，说一是一，说到做到！

两边人马先后出发，鄠县人先到太和宫外守着，翘首以盼等待李二陛下到来。

结果李二陛下来了吗？当然来了，不仅李二陛下来了，长孙无忌、房玄龄、魏徵等人都来了，阵容十分豪华。

众人万般激动，纷纷上前行礼，恭迎李二陛下一行人的到来。

李二陛下看到其中一些人的商贾装扮就有点头疼，李元婴只看钱不挑人，出资的自然有不少商贾。一看见这群人，李二陛下马上回忆起李元婴做的好事，转头横了李元婴一眼，终是和气地免了那群鄠县人的礼。

人家出钱给你修行宫，你总不好再对人家冷眉冷眼。

李二陛下见完鄠县人，带着群臣往太和宫走去。只见整座行宫的门面已经焕然一新，外头的围墙重砌了一圈，还粉刷得漂漂亮亮，全然看不出原来的模样。

也不知李元婴是从哪儿移栽来的梅杏桃李，远远便见它们刚巧高过宫墙，含蓄地伸出几枝或绿或黄的枝条往外窥探，想来要是春天来了必然能看见满园春色。

李二陛下以前是来过太和宫的，光是从外头这么一看，他便感觉太和宫和从前完全不同了！李元婴也没见过太和宫翻修出来的样子，不过他在系统里模拟过效果图，和现在的样子差不离，让他非常满意。

李元婴兴致勃勃地拉着李二陛下往里走。

到太和宫内，里里外外的建筑更是焕然一新，无一处不精巧，不一处不雅致。众多亭台楼阁之中若要选出最引人瞩目的，当然是建在高处的滕王阁。李二陛下也相中这地方，领着人径自登上滕王阁远眺，只见远处长安依稀可见，群山环抱，绿水相绕，宛如置身仙境。

再往下一看，整个太和宫尽收眼底。

来时已经见过的景色自不必说，一旁宽阔的猎场、整齐划一的马棚更是对极了李二陛下的胃口，若不是还要主持李元婴口里的挂牌仪式，他已经过去挑马行猎了！

李二陛下对这处行宫非常满意，觉得既然已经翻修成太上皇亲自来都想不起原样的新行宫，就该换个名，当场宣布它更名为翠微宫。

接下来，鄠县的出资者们便有幸第二次面见李二陛下，在李二陛下的一番嘉许之后满心激动地跟着自己那块牌匾去挂牌，感觉自己走路都带风！

李元婴头一次办成一桩大事，心情比鄠县的出资者们更激动，看着偌大的翠微宫更是心潮澎湃。他想起上回去伊阙行猎时，李二陛下可是下令让岑文本帮忙撰写碑文，褚遂良执笔题字，虽然他以前觉得这事怪无聊的，但轮到自己头上他又觉得不能少了它！

李元婴觍着脸跑李二陛下身边说："皇兄，这么好的日子，你不该叫人写篇诗文纪念纪念，再刻个碑竖在前头吗？"

李二陛下见李元婴没脸没皮地凑过来讨要，本来有这意向都想收回了。好在今天他龙心大悦，也没真和李元婴计较，只叫这两年他身边的专业文手岑文本撰诗文一篇纪念一番。

岑文本早接到指示，很快成文。

李元婴也如愿拿到了褚遂良书成的原稿！

他满足不已，高兴地招呼所有人入座，还小大人一样给所有人敬了一轮酒。然后趁着大伙酒兴正高，怂恿李二陛下叫所有人做了首诗，李二陛下先来，而后是长孙无忌、房玄龄、魏徵……

李元婴决定把岑文本刚才写的那篇文章命名为《滕王阁序》，跟这些赞美翠微宫的诗一起刊印成集！这可是在夸他修的滕王阁和他张罗着翻修的翠微宫，必须人手一本留着做纪念！

李元婴臭不要脸地做好决定，积极地把所有人写的诗都记了下来，准备回头就叫人排版下印。

酒宴过后，李二陛下想去行猎，李元婴寻着机会便往魏姝他们那边溜，和她们说起自己伟大的计划。做好事，要留名！干了大事，一定要让别人知道！

李元婴如此这般地把自己的打算说完了，又改了主意，兴致勃勃地说道："不能单叫《滕王阁序》，得叫《翠微宫滕王阁序》，回头我去封地还要修滕王阁的，要好好区分开来！"

李元婴的主意一说完，魏姝几人都很好奇席上都写了什么诗词。

李元婴不喜欢陪李二陛下打猎，感觉那跟陪玩似的，很没趣味，便不跟去了。他笑嘻嘻地说："想知道的话，你给我磨墨，我写给你看！"

魏姝见他一脸得意，只差没在脸上写"妹妹妹你快来伺候我"，有点想掐他脸。但有旁人在，魏姝还是得给他点面子的，她本就爱书法，磨墨对她来说实在再简单不过，听李元婴这么一说当真将黄莺黄鹂取来的砚台和墨块接了过去，熟练地给李元婴磨起墨来。

李元婴更得意了，朝狄仁杰等人笑得一脸灿烂，意思是"看看，我媳妇多好，你们抓紧找"。

其他人都不想和他计较，订婚早了不起啊？

狄仁杰更是白他一眼，谁会羡慕他们两个小屁孩的幼稚炫耀。他是有远大志向的人，才不爱跟李元婴一样早早被儿女情长绊住！

李元婴就是乐一乐，乐完便给小伙伴们写李二陛下他们作的诗。他把诗都默写完费了不少工夫，不过这是草稿，用不着写得太好，所以他的字自然写得龙飞凤舞。

李元婴写一首，魏姝他们读一首，他们虽没参加大宴，却也能想象出当时的盛景。

默完诗，李元婴揉揉手腕，开始对他们的诗进行评价："说实话，我觉得皇兄他们的诗写得都不怎么样，不过看在他们都是在夸滕王阁和翠微宫建得好，我还是要印出来！"

魏姝看了几首，也大逆不道地跟着点头，这些诗美则美矣，就是千篇一律，没什么新意，更没什么叫人眼前一亮的句子。就跟李元婴说的那样，读下来只有一个感觉：他们在夸好！

至于夸得怎么样，就不能做要求了。

李元婴又说："早叫你们一起来了，你们偏不来。我建的滕王阁，我的朋友怎么能不来？我跟你们说，老房他就带了个他媳妇娘家的侄子，年纪和我差不多，诗写得还挺好。"他在诗稿里头挑出一份给魏姝他们传阅。

这诗写得清新隽永，颇有些趣味，和刚才那些辞藻优美、精雕细琢的"场面诗"完全不一样。不愧是少年人，还没被官场磨成"老油条"！

武媚看了眼署名，念道："卢照邻？"

狄仁杰对众多世家也很了解，问："范阳卢氏？"

李元婴想了想，点头道："老房媳妇好像是范阳卢氏的，这卢照邻挺不错，长得挺俊，临场反应也快，皇兄都夸他这诗写得不错。"

狄仁杰几人都赞同李元婴挑选出来的"全场最佳"。

李元婴顿时来了兴趣："不如我们去找他玩！"

大伙都去行猎了，他们一直窝在这里看诗也不好，所有人都点头表示想去。李元婴叫黄莺黄鹂把诗稿拿去和《翠微宫滕王阁序》一起收好，便带着小伙伴们去猎场那边玩。

大人都进猎场打猎了，女眷和年纪小的、不擅骑射的没跟去，但也有娱乐，高阳就很活跃，组织了两支马球队开始玩马球。

李元婴一行人行到马球场附近，正好看到意外的一幕：高阳坐在马上拿着马球杆，愣愣地看着场外呆站着的少年。

那少年长得眉清目秀，看得出是个翩翩君子胚子。他手里拿着刚捡起的马球，那马球上头沾着些许泥污，叫人看了觉得那球污了他的手！

高阳愣了一会儿才回神，有点不自在，耳朵莫名红了一下，她凶巴巴地说：

"我的球，还我。"

少年也回过神来，上前把马球还给了高阳。

李元婴把少年认出来了，兴致盎然地跑上去叫人："卢兄！"

少年自是刚才被李二陛下特许房玄龄带到席上的卢照邻，见了李元婴，他斯文有礼地见礼："殿下。"

李元婴道："不兴这么多礼的，我们可是平辈，当寻常朋友相交就好。"

卢照邻听卢氏说过李元婴许多不好，让他离李元婴远些，此时见了却觉得李元婴亲善友好，与卢氏所说大不相同。

高阳下马问李元婴："幺叔，你怎么没跟父皇去打猎？"

李元婴说的话堪称大逆不道："我才不去当陪玩呢。"他本就不爱打猎，对于追逐猎物没什么兴趣，毕竟比他厉害的猎物追着累，比他弱小的猎物打来了也没成就感，没意思！

比起打猎，还是认识新朋友要紧！

李元婴拉着卢照邻把他介绍给小伙伴们，又给卢照邻一一介绍了狄仁杰等人。

卢照邻这才知道刚才那个让他看呆了的明艳少女是自己表哥的前未婚妻高阳公主。解除婚约没给她带来任何影响，她看起来浑身散发着自内而外的明快，玩起马球来畅快又自在。

虽然有卢氏的告诫在前，但少年人哪里经得起同龄人的诱惑，没一会儿就被李元婴拉入小伙伴行列。李元婴见卢照邻没去打猎，便说："你也觉得打猎没什么意思吧？太累人了！不过读书之余，打马球放松放松倒是挺好的，我们去跟高阳玩玩。"

除了兕子身体弱、李象和衡阳年纪小，剩下的人都是可以下场的，李象作为唯一留守当观众的男子汉，便英勇地当起了领头人，带着一干仆从在边上替李元婴摇旗呐喊："幺幺，球在那儿！球在那儿！赢她们赢她们！"

高阳气得不轻，李象这小浑蛋，光给他幺幺加油鼓劲，她们可是他姑姑好吗！

高阳可不是轻易服输的人，铆足劲和李元婴打起擂台来了。

李二陛下打猎归来，便听马球场那边热闹无比，一边是李象和李元婴的人在给李元婴鼓劲，一边是高阳她们的随从同样扯着嗓子喊得震天响。明明只是几个小屁孩在玩马球，愣是玩得声势浩大，活像随时会来场大型群殴！

李象正喊得脸红脖子粗，见李二陛下一行人过来了，为首的还是李二陛下和他爹李承乾，顿时像被人冷不丁掐住了脖子一样，面上一红，合上嘴巴，上前向李二陛下见礼。

都出来玩了，李二陛下自是不会觉得李象带头喊阵有什么不妥，只问他两边打这么久了谁占上风。

李象老实道："不知道。"

李元婴打起马球来也是骚操作一堆，看得人眼花缭乱，气得对手直跺脚，至于谁赢谁输反倒没人去在意了，都想看看他们还能玩出什么新花样、听听两边的人还能怎么相互对吼。

李二陛下见李象光顾着率众和人对喊，连胜负都没看，顿时觉得这孩子太黏李元婴，指不定会被李元婴带歪。他说道："你这嗓儿倒是适合领军叫阵，吼一声说不定能把人震住。"

李象不好意思地红了脸。

李元婴也玩累了，听一旁没了动静，转头一看，看到李二陛下他们站在边上看，马上招呼小伙伴："累了，不玩了！"他玩马球是为了开心，可不爱玩给别人看！

其他人自是跟着下了马，跟着李元婴去向李二陛下见礼。

李二陛下让李元婴领他再去看看马。

去马场的路上，房玄龄问李元婴："听说你给养马的人许诺说他们每养出十匹好马就分他们一匹？"

李元婴道："对啊。"他见房玄龄一脸肉疼，顿时语重心长地劝说起房玄龄来："老房啊，人不能总计较眼前一分一厘的得失。哪有既想马儿跑又不给马儿吃草的道理？他们自己能得好处，自是会尽心尽力拿出真本事来给我们养好马。有些经验不摸索十年八年是摸索不出来的，别的不说，就说造纸，现在纸价是便宜了，但我前头让人想法子压低成本可投入了不少钱，照着现在的价钱，怕是卖个二十年纸都赚不回来，这还多亏了我遇上媚娘和邓庆这些聪明人。所以，人才很重要啊！"

房玄龄语塞。

他当然知道人才重要，要不怎么所有明君都求才若渴？

可是，白把马给这些吐蕃部族的人，他还是不太放心，怕他们反咬大唐一口。

李元婴见房玄龄忧心忡忡，凑到房玄龄身边和他说悄悄话："我跟你说，戴亭告诉我这些人大多和松赞干布、禄东赞都有破家灭族之仇，我们给他们马，在他们心里我们就是他们的朋友，是愿意在他们濒临绝境时帮助他们的恩人，我们对他们越好，他们就越觉得松赞干布和禄东赞不是东西，只要一有机会，他们一定逮着松赞干布那边疯咬，绝不会反过来和松赞干布联手的。照我说，回头还可以把那些个大唐将士不用了的兵甲武器悄悄卖给他们！"

虽说松赞干布算是他侄女婿，但李元婴也不觉得对吐蕃下手有什么负罪感。他觉得文成嫁太远了，照他说，还是要让吐蕃成为大唐的一部分，让松赞干布成为大唐的臣子，这样文成的日子一定过得更舒坦，想回长安就回长安，想做什么就做什么，哪用像现在这样委曲求全。

李元婴说得心安理得、理所当然，房玄龄却听得头皮发麻，他问李元婴："这是你想出来的主意？"

这一招，当初隋文帝也做过，隋文帝为了分化草原部族，就采取了扶弱抗强的手段，哪边处于弱势就暗暗帮哪边，好叫他们相互厮杀！后来不管隋炀帝还是李二陛下都暗中用过这一手，只是成不成功就另说了，反正这一招不新鲜，但是用好了用处不小！

李元婴道："当时没想，只觉得这些被破家灭族的人挺可怜，就给他们许了诺。后来我和戴亭一商量，就感觉这事是可行的，反正被人知道了也没什么，难道还不许我们大唐对人好吗？我们大唐一向最宽仁友爱了！"

房玄龄没再多说。

李二陛下走着走着发现李元婴不见了，转头一看，就见他在和房玄龄凑一起嘀嘀咕咕。他招手让李元婴跟上，问他和房玄龄在说什么。

李元婴道："我在和老房聊大唐该怎么敦亲睦邻。"

房玄龄听李元婴这么一说，脚下差点打滑。

李元婴还一脸笃定地给李二陛下解释是怎么个敦亲睦邻法。所谓的敦亲，就是他觉得大唐应该和侄女婿松赞干布建立更亲近的关系，比如把吐蕃变成大唐的疆土，这不就是真正的一家人了吗？所谓的睦邻，就是周围这些可怜人和松赞干布他们有矛盾，我们得帮理不帮亲啊，他们不是被杀了爹就是被抢了妈，那么无辜，那么可怜，我们难道不应该帮助他们吗？所以，他就是在和老房商量如何才能敦亲睦邻啊！

第十章

贡院放榜

李元婴被撵回小伙伴队伍里头，不用他领路了，主要是李二陛下怕让他再张嘴吧啦吧啦讲下去，自己会忍不住把这糟心弟弟揍一顿。

见过能胡扯的，没见过这么能胡扯的！

亏得这些话是在自己人面前说的，要是跑去松赞干布和禄东赞他们面前说，这小子怕是活不过明天了。

马场就在眼前，李元婴被赶去狄仁杰几人身边，很不高兴地控诉李二陛下过河拆桥的可耻行径。在场的除了卢照邻都是老熟人了，大多清楚李元婴是什么德行，一看他被李二陛下赶走就知道他肯定又发挥了过人的气人才能。

好在李元婴也没觉得自己真是在干好事，抱怨几句就消停了，没在有外人的情况下发表敦亲睦邻言论。

李元婴改为了解新朋友，主要问卢照邻范阳远不远，风景怎么样，有什么好吃的。

范阳离长安确实远得很，在幽州那一带，隶属于河北道。

范阳卢氏是五大姓之一，源远流长，底蕴颇深，卢照邻言谈举止也比寻常少年要沉稳从容。他与卢氏其实不算特别亲，但房玄龄身居相位，他这次来长安求学自是得拜访一下本家堂姑。

没想到卢氏听说房玄龄要来太和宫，竟叫房玄龄带上他，这才有了他参加滕王阁宴会的事。对于李元婴的问题他都耐心地解答，说起话来不疾不徐，自有一番异于寻常人的气度。

李元婴夸道："看来你不仅诗写得好，文章也一定写得不错。"

卢照邻有些赧然地说："我还在跟先生学习。"

李元婴让他不用谦虚："看你言谈就很有章法，写文章肯定也是好的。"提到这个，他又和卢照邻说起自己和几个小伙伴明年都要参加春闱的事，当然，高阳除外。为了不显得高阳不学无术，李元婴挑了个优点来夸，"高阳不爱读书，但也可棒了，马球打得很好，每次登高也总冲在最前头，好像永远都不会累一样。"

高阳冷不丁被李元婴揭了底，气道："谁说我不喜欢读书了？我也喜欢看书的！"

李元婴觉得很稀罕，高阳居然反驳说自己喜欢看书！虽然不知道高阳怎么突然转了性，但李元婴也没戳穿她，只说："对，其实也挺喜欢看书的。"

卢照邻自是不会对女孩子评头论足，只能腼腆地笑笑。

高阳觉得卢照邻笑起来真好看，比她见过的所有少年郎笑起来都好看，要是能天天看着他这样笑，肯定连吃饭都比平时香！

一行人走到马场，拉出从吐蕃带回来的良马看了看，又牵出繁育出来的马驹遛了遛，都觉得这个马场建得不错，将来必然能给大唐养出一大批上好的战马！哪怕次一等的马，也是难得的畜力，用起来可以减轻不少百姓的负担。

李二陛下心情大好，带着人回翠微宫用晚宴，宣布当晚在翠微宫住下。

李元婴闲不住，夜里叫小伙伴们出来散步赏月，顺便把卢照邻也叫上了。一行人这里遛遛那里遛遛，想聊什么就聊什么，欢快得很。

经过几次接触，卢照邻对李元婴已经彻底改观，李元婴绝对不是什么不学无术的纨绔宗室，相反，他的很多见识比之世家子弟也不算差，他的胸怀和抱负更是远超同龄人。

卢照邻时不时被李元婴说得热血沸腾，恨不得长留长安和李元婴一起做一番大事。

李元婴也从卢照邻口里听说不少关于他的事。

世家子也不好当，卢照邻是同辈之中的佼佼者，所以从小被家里严格要求，学什么都要多要快，待人接物也得端方有礼。他从能记事起就已开了蒙，读书练字从不间断，本来就聪明的脑袋瓜被磨炼得越发灵光。

家里见卢照邻出色又懂事，前几年就送他前往扬州求学，拜的先生叫曹宪，是隋朝时极有名的文字学专家，曾给《尔雅》做注释。李二陛下曾下诏让他来长安当弘文馆学士，他以年事已高为由拒绝了，但众人也都知晓他是个连李二陛下都认可的饱学之士，各方士子络绎不绝地前往扬州向他求教。

卢照邻跟着曹宪学了三年，曹宪认为他天赋颇高，跟着他一个老家伙不太好，便给他推荐了另一个同样善治仓雅之学的老师：王义方。此次卢照邻来长安就是为了拜见王义方。

所谓的仓雅之学，其实就是研究文字的学问，主要教材是《仓颉篇》和《尔雅》，所以称之为"仓雅"。

李元婴打听了卢照邻平时都学些什么，头皮有点发麻：怪不得人家能是代代相续的世家，卢照邻年纪小小的就这么努力，真不是很多纨绔子弟能比的！

李元婴道："真辛苦啊。"

卢照邻道："习惯了便不觉得辛苦。"

李元婴更同情他了，这得苦多久才能苦习惯啊！

小年轻们溜达了一圈，李元婴屁颠屁颠地送魏姝回去，当然，主要目的是去关心关心魏徵。最近魏徵总对他摆黑脸，李元婴觉得该献的殷勤不能少，必须得在魏徵面前多刷刷存在感。

李元婴跑到魏徵那边，和魏徵说起自己新认识的小伙伴。他说道："以前我没怎么接触过世家子弟，现在认识了，觉得他们会成为世家是有道理的。"

魏徵自己娶的就是裴家之女，自是知晓世家的好。要不然的话，他也不会一反平时的节俭花重金为儿子求娶世家女。

魏徵道："你能这么想就好。"李元婴最让魏徵满意的一点不是他的身份，也不是他的受宠，而是他的可塑性。他教育李元婴，"人最难做到的，往往是知人所长，知己所短。"

很多人不喜欢一个人，或者与某个人敌对，眼里就看不到对方的优点，觉得这个人浑身上下没一处是好的。看别人成功，不去思考别人为什么成功，只气愤老天不站在自己这边。对于自己，很多人同样非常盲目，总觉得自己哪里都好，自己做什么都对，失败了都是别人的错，和自己一点关系都没有。

这种盲目正是很多人失败了一次又一次的原因。

李元婴被魏徵肯定了一句，高兴得很，把魏徵的教导听得格外认真。末了，他又和魏徵提起卢照邻要拜的老师叫王义方，不知道厉不厉害，厉害的话他也想去见见。

听李元婴说卢照邻要拜王义方为师，魏徵便评价道："义方清正方直，学问也不错，眼下在弘文馆任职。"

既是自己人，魏徵也没隐瞒。当初他看这王义方品行端方，学识不凡，还想将裴氏娘家的侄女说给王义方，但是王义方拒绝了，明显不愿攀附权贵。

李元婴听了，嘀咕道："这有什么，就算娶了，您也不可能给他走捷径的！"

　　魏徵"喷"起人来张弛有度，该夸李二陛下的时候也夸得很有水平，所以一直都没"喷"出什么事。但他既然是李二陛下竖起来的标杆，就不能轻易倒下，绝对不能让人抓到小辫子！

　　所以李元婴觉得那王义方担心攀附权贵什么的完全是多虑了，魏徵又不会给他以权谋私！

　　魏徵瞪他。

　　李元婴不吱声了。

　　魏徵赶他回去睡觉。

　　李元婴和魏徵那么一聊，还真对这个王义方有了点兴趣。他是要去封地的，总是要有点藩佐的，虽然萧师答应给他介绍点学生，但朝廷那边不还得安排个长史之类的过来监督他、规劝他吗？这刚正不阿的直脾气，怎么看都很适合当长史！

　　最重要的是，要是把王义方挖走，卢照邻不得跟着他老师走？他可以顺便拐带一个小伙伴，一举两得，美滋滋！

　　李元婴说干就干，回去后把《仓颉篇》和《尔雅》找出来研读了一番，挑出几个角度刁钻的疑难问题备用。回京之后，他屁颠屁颠地跟在卢照邻屁股后面去拜会王义方。

　　卢照邻虽觉得李元婴突如其来的热情有些奇怪，但也不介意与他结伴登门。但很快地，卢照邻后悔了，因为李元婴规规矩矩地跟他进了王家的门，接下来就开始放飞自我，和王义方讨论得热火朝天。

　　李元婴一点都不像是临时抱佛脚的，提的问题既有深度又有广度，连卢照邻乍一听都觉得蒙，还是王义方逐一解读之后才堪堪听懂。

　　卢照邻觉得有些羞赧：比起他这个来拜师的，李元婴更像求知若渴的好学生，怎么办？

　　好在李元婴问题问完后就消停了，乖乖坐在一旁看卢照邻拜师。

　　王义方知道卢照邻是曹宪介绍过来的，又是范阳卢氏的子弟，自是不会拒之门外，爽快地收了这个学生。

　　李元婴又屁颠屁颠地跟着卢照邻走了。

　　走出大门，李元婴还和卢照邻夸："你这老师不错。"有的人自己饱读诗书，能教给学生的却很少，像萧德言那样善于引导、善于教人的终归是少数。虽才见了一面，李元婴却觉得王义方是会教的那一类！

卢照邻点头。

两个人在天街分别，一个回了房家，一个回了宫。李元婴回宫后径直去寻李二陛下，和李二陛下说起自己相中了一个长史！

既然卢照邻已经拜师了，可得抓紧拐走他老师！

李二陛下听李元婴这次不仅提要去封地，还把长史都挑好了，一时也不知该不该让他滚出去，说道："你说说，你相中谁了？"

李元婴说："叫王义方的！老魏和我说，他曾经想给王义方和裴家做媒，王义方给拒绝了。这脾气多臭多硬啊，当长史正适合！有个这样的长史，我要是做点不该做的肯定会被他挑出来上报！"

李二陛下被他气笑了："你就不能不做不该做的吗？"

李元婴道："我怎么知道什么该做什么不该做？都说术业有专攻，这该留给专业的干，长史不就是做这个的吗？"

李二陛下道："行了，我心里有数。"

李元婴听李二陛下没再说不让他去封地，心中暗喜。果然出了国子监，去封地的事就有希望了！他也不多留，说完了长史人选就跑，坚决不招李二陛下烦。

李二陛下看着李元婴欢快跑走的背影，搁下手里的折子，无奈地摇了摇头，觉得长孙无忌老来说得提防李元婴着实是多虑了。要是给这小子当皇帝，说不准没三天他就闹着要退位让贤！

不，三天太久了，大概过不了夜！

宫里风平浪静，房玄龄家却不怎么平静，主要是卢氏听卢照邻说他和李元婴一起去拜访王义方，气得肝疼。房玄龄回来后，卢氏和他说起这事还气愤得很："我都已经让照邻避着点他，怎么还是让他找上了！"

卢氏和房玄龄抱怨得直白，在卢照邻面前却没表现得太过。她好歹是范阳卢氏出身，不好明着说太过火的话，只能隐晦地再三提醒。

卢照邻不是笨人，自是听懂了卢氏的告诫。他虽觉得卢氏是为自己好，但年纪摆在那里，早有了基本的判断力，心里觉得李元婴是可以结交的，不说李元婴本身才学很不错，光是看狄仁杰几人的学识与气度便能知晓这些都是良朋益友！

所以卢照邻听是听了，却没有放进心里去。晚上卢照邻早早睡下，夜里做了个梦，梦见自己在埋头读书，争取让父母夸赞自己，读着读着越发苦闷，忽听有人在窗外嬉笑。他抬头看去，只见窗外有一群人在打马球，玩得很是快活。

他跑到窗边往外看，努力想看清是谁在外面玩，却怎么都看不清楚。正焦急着，一个精致可爱的马球忽地掉到他面前。他一愣，弯身拾起，抬头看去，只见少女坐在马上，长得明丽又娇俏，也直愣愣地看着他。

过了一会儿，她才凶巴巴地说："我的球，还我。"

她真可爱。

卢照邻这样想。

然后卢照邻醒了。他摸摸自己的心脏，觉得它跳得有点奇怪。他默念几遍"于礼不合""于礼不合""于礼不合"，心里却仍是莫名滚烫。

反正也没人知道，卢照邻决定允许自己再胡思乱想一次。

就一次。

"她凶起来真的很可爱。"卢照邻认真地想。

李元婴不晓得卢照邻居然狗胆包天地梦见他侄女，他还觉得卢照邻是个很好的小伙伴，坚定地想要拉他一起去封地玩耍。这天早上天气不错，他一早起来制定春闱复习计划，高阳却悄悄溜过来找他。

李元婴奇怪地问她："一大早的，你来做什么？"

高阳有点不好意思，但还是开了口："幺叔，我想看点书，你觉得看什么好？"她知道现在入门有点晚，可也不能一直干坐着，她昨天跑去藏书阁看了一圈，眼都花了，也不晓得从何下手。这些读书人怎么这么坏啊，天天写书，写这么多书！

高阳想来想去，找李元婴问最适合，李元婴从不笑她们，她们想学什么想玩什么都愿意带着她们。

李元婴听高阳想读书，也没问为什么突然想读。高阳底子其实还行，至少字是认全了的，就是坐不住，一天到晚想玩。都说女大十八变，都十三岁了，理当有点变化了。

李元婴很有耐心地问："你对什么感兴趣？"

高阳被李元婴问住了，心里那点小心思她是打死都不会说的，可她又不知道读书人都喜欢读什么书，一时有些发蒙。她不懂就问："那天我听你们说什么仓雅之学，那是什么啊？"

李元婴给她解释了一番，就是专门研究文字的学问，逮着每个字琢磨它怎么来的怎么写怎么读怎么解释，老难了老枯燥了。他对卢照邻很是佩服："卢兄能静下心来学这个，真是太难得了。"

高阳点头。

李元婴道："前头几年卢兄都在扬州向一个叫曹宪的人求学。这曹宪很厉害，听人说皇兄每次读书遇到疑难文字，都会让人带去问他，他也从来没有解答不出来的时候。我记得藏书阁里有他注的《尔雅》和其他书，你要是有兴趣倒是可以找回去看看，既然你想多看点书，先多认几个字总不会错。"

高阳听李元婴这么说，很高兴地走了，带着宫人们一起去藏书阁寻曹宪注的《尔雅》，打定主意一定要多看看。

高阳来像一阵风，走也像一阵风，李元婴有点摸不着头脑，不过和自己一样最爱胡闹的侄女也知道上进了，李元婴当然高兴。他拿着复习计划去找魏姝时还悄悄和她说起这事，很高兴高阳也要加入读书队伍，他现在觉得读书可有用了。

魏姝也觉得不错。

高阳刚解除了婚约，能有点想做的事当然最好，做自己想做的事无论什么时候都是快活的。

李元婴便拉着魏姝看复习计划，这计划死读书的时间不多，更多的是到处走走，看看民生民情，读读各地邸报，读读别人的文章，了解天下大事小事。李元婴决定把能搜刮到的文书档案都搜刮了，全借来和小伙伴们分析研究，再每天轮流出题写文章，写到大伙都想吐为止。

唐璿和狄仁杰他们是准备考明经科的，主要考经义的背记和释义，对文章要求没那么高，录取率比较高。他们和考着玩的李元婴不一样，都是想正儿八经科举出仕的，不能一下场就叫嚷着要考进士。

进士这科实在太难考了，据说今年进士只选二十人，若没有适合的连二十人都可以不选够！

扪心自问，唐璿和狄仁杰等人觉得自己没把握在各地青年俊杰之中脱颖而出，成为那二十个进士之一。

相反，明经科就好考多了，至少有经义保底，他们对自己的识记能力还是很有信心的。最重要的是，明经科可以录取一百人！

李元婴没有干涉他们的选择，只是在确定他们经义没问题之后也没有放过他们，拖着他们一起进行一场写文章写到吐的复习。

卢照邻虽然不考，但李元婴觉得他老师王义方白天要当值，没空总教他，他一个人在长安怕是会无聊，便邀他一起来玩"头脑风暴"。

　　卢照邻一开始跟不上他们的节奏，后来参与的次数多了，渐渐也能插上话了，跟着李元婴他们把事情分析得头头是道，偶尔还能提出些独到见解。

　　李元婴一向最会压榨人，卢照邻偶尔说一句自己不擅长这个但是某某友人擅长，他立即很来劲地怂恿卢照邻把疑难问题写信送去他某某友人那里，或者让卢照邻带回去问房玄龄，充分利用一切能利用的资源。

　　卢照邻对此没有任何反感，反而觉得求学问道理当如此。

　　房玄龄也不反感，现在他算是看出来了，李二陛下对李元婴这个弟弟的看重和偏爱堪称不讲道理，太子那边也和李元婴好得不得了，卢照邻和他交好没有坏处。

　　当然，两个人都默契地没把这事告诉卢氏，免得又闹得家宅不宁。

　　可惜房玄龄和卢照邻不说，别人也不是没有眼睛的，很多人都注意到卢家子弟与李元婴走得近的事，房俊那批纨绔自是也知道了。有回在外头碰上，卢照邻只顾着和李元婴他们说话，压根没看到他这个表哥，让房俊很没脸。

　　房俊和李元婴的仇怨数起来可多了，先是李元婴带高阳去平康坊，害他挨了顿打，坊间还流传起他和高阳抢歌姬的荒唐之言！

　　后来他在国子监帮李泰递消息，李二陛下让李泰就藩之后把他扔去禁军里历练，之后事情就没再顺利过，他在禁军那边吃了不少苦头，接着又被安排护送"皇家使团"去吐蕃。别人吃喝玩乐挺快乐，他却不适应那边的气候，差点没死在吐蕃！这让房俊怎么喜欢李元婴？

　　得知自己表弟成了叛徒投靠敌营，房俊气得不轻，回去便和卢氏说了这事，说卢照邻是白眼狼，他们家好吃好喝好住地招待他，他却整天和李元婴玩在一块儿，路上见到他这个表哥连招呼都不打！

　　房俊虽不是长子也不是幼子，但对卢氏最会讨喜，一向最得卢氏偏爱。

　　卢氏听房俊这么说，对卢照邻也很不满，不过卢照邻到底不是她儿子，她没法真去管教，只能写了封信给她嫂子说明情况，免得到时候她嫂子说她没照顾好卢照邻，放任卢照邻和李元婴这样的人厮混在一块。

　　写完信，卢氏对卢照邻的态度也冷淡下来，全然没了最开始的热忱。

　　卢照邻隐隐感觉出了卢氏的不悦，犹豫过后也给家里写了封信，言明自己在长安的境况，又把这些天的所学所闻理了出来，向卢父表明自己没有荒废学业，每天都过得很充实。

　　少年人都是爱交朋友的，卢照邻很喜欢李元婴这个朋友，所以也希望家里人能赞同他的判断和选择。卢照邻觉得不应该因为李元婴出身皇家就先入为主地认为他不能相交，更不应该听了外面的传言就断定李元婴不学无术、荒诞不经。

李元婴听说卢照邻要写家书，感觉寻常把信送回范阳不知得跑多久，便提出叫人快马加鞭帮忙送过去。他还提议卢照邻买点小礼物送回去，母亲是一定要送的，要是有姐姐妹妹什么的也不能少，你男子汉出门求学，家里母亲姐妹见不着你，总得有点惊喜和念想。

他又让卢照邻不用觉得不好意思，今年金胜曼要回新罗，他准备叫戴亭跟去看看，正好让人先打前站探探路。戴亭已经去过两次吐蕃了，李元婴让他歇了大半年，不必再亲自往吐蕃跑。

新罗什么的也可以去看看的，要是金胜曼回去后遇上什么麻烦也有个人帮把手！

卢照邻听李元婴说只是顺道去一趟帮忙送信，没再推拒。他听李元婴一通掰扯，竟觉得很有道理，还真跟着李元婴出去买了些方便携带的小玩意儿。

李元婴作为东道主，又积极地带着卢照邻出去挑些新鲜玩意儿，自己也给儿子她们捎带一点。男孩子逛起街来简单粗暴，看上就买，买完就走，一路上收获颇丰。

李元婴还顺嘴和卢照邻提起高阳在看曹宪注的《尔雅》，说道："你不是跟着那位曹老学士学了几年吗？有没有读书笔记什么的，回头我拿去给她看看，难得她喜欢。"

卢照邻耳根一红，结结巴巴地说："这不好吧？"在他接受的教育里，外男和女子交换文稿属于私相授受，实在于礼不合。

李元婴没注意到卢照邻微红的耳根，他认为卢照邻什么都好，就是太守礼了点。他对卢照邻进行了一番思想教育："有什么不好的，又不是什么见不得人的事。高阳想学，你又正好会，别说要你点文稿，便是当面向你讨教也不成问题啊。要是把这段写进史书里，后世的人看了也只会说你们一个学得好，一个特好学，怎么看都是一段佳话！你年纪小小的，一天到晚想这个不合礼数，那个不合礼数，活得累不累啊？"

卢照邻被李元婴说服了，答应回去整理出文稿给李元婴。

李元婴带着卢照邻把家书和礼物打包拿给负责前往范阳送信兼踩点的人，与卢照邻各自回了家。

第二日，卢照邻便把整理出来的《尔雅》笔记交给李元婴，怀着点小忐忑等着李元婴把它转交给高阳。

李元婴回宫后去高阳那边走了一趟，将卢照邻整理出来的《尔雅》笔记带给高阳。高阳这几天还真转了性，乖乖坐在屋里练字，旁边还摆着已经读了一部分的《尔雅》。

李元婴和高阳往来得多，伺候的人见了他只是行礼，压根不用往里通报。他找过去时，高阳正停笔看向窗外，也不知在想什么，唇角隐隐带着笑。

李元婴卷起手里那叠文稿敲高阳脑袋，说："想什么呢？"

高阳被吓了一跳，捂住脑门转头看他，哼道："没想什么！"她才不让李元婴知道她在想什么，要不李元婴肯定会笑她的！

李元婴看高阳是真在练字读书，没弄虚作假，便把带来的文稿给她，说道："这是我跟卢兄讨来的，他跟曹老学士学过三年，里头写的内容应该比书里的要详尽许多，也易读很多。你若是有什么不懂的地方且写下来，回头我帮你去问问卢兄或者他老师。"

高阳听得一愣一愣，等理解了李元婴的话，整颗心瞬间被喜悦淹没了。她宝贝无比地接过李元婴手里的文稿，嗔怪道："你怎么把别人给的文稿卷成这样？太不尊重别人了。"

李元婴见高阳珍而重之地把文稿收起来，有点意外她真能静下心来读这略显枯燥的仓雅之学。他哼哼两声，还是很大方地说："只要你有心读书，什么书我都给你弄来。"

高阳知道李元婴不是在说虚话，心里有点小心虚，当即拉着李元婴坐下，亲自煮茶给李元婴喝。

李元婴被高阳这么一哄就高兴了，吃了碗茶便高高兴兴离开，回去后免不了和柳宝林感慨："高阳也愿意读书了，还以为她一辈子都不爱看书。"

柳宝林知道李元婴以"当个好么叔"为己任，笑着说："谁小时候不爱闹？人总是会长大的，你自己以前不也不愿意看书？"

李元婴想想也对，不再多想，每日仍是和狄仁杰他们聚众复习。

到十月下旬，天气渐冷，李元婴遣去范阳的信使回来了。因为还有别的任务在身，信使在范阳多留了好些天才往回赶，一到长安信使便来见李元婴，把范阳那边的情况告诉李元婴。

卢家那边得了卢照邻的家书和礼物，留信使宿了一宿，第二天要给信使酬金作为答谢，他没有收。卢照邻父母看起来都挺高兴，但并没有让他带信回来，说是家中会遣仆上京打点，正好把回信带过去。

卢家父母这样说了，信使便没再多留，自顾自地完成李元婴交代的任务去了。

比起卢照邻的家书，信使带回来的消息更要紧。李元婴没机会上朝，自然不能得到第一手消息，这信使去北边走了一遭他才晓得北边出了事，高句丽和百济在联手搞新罗。新罗内忧外患，看起来不太能支撑下去！

虽然李元婴没去过新罗，可他的小伙伴金胜曼是新罗来的，还是新罗女王的堂妹，四舍五入就是和他有关系！李元婴把信使整理出来的消息带去给金胜曼，劝道："要不你先不回去吧，情况听起来不太好。"

金胜曼谢过李元婴的好意，摇摇头，坚定地说："我要回去。"她是新罗人，更是新罗王族的后裔，不知道还好，既然知道新罗有难，她肯定不能躲在长安寻求安稳。她朝李元婴露出明亮的笑容，"新罗不会有事的。"

李元婴见金胜曼坚持要回去，也没再劝说，只说道："到时我叫戴亭带人送你回去，让他在北边多留些日子，你有什么事可以找他。"

金胜曼感激地答应下来。

既然北边有战事，原先的安排自然要做调整，李元婴叫戴亭去做准备。戴亭毕竟没去过新罗，李元婴有点不放心，叮嘱道："不要贸然涉险，看清楚情况再出手，有什么需要只管便宜行事，钱和人都放开了使。"

戴亭点头应下。

听说新罗那边有战事，他不仅不觉得害怕，反而还隐隐有一丝兴奋。有李元婴这番话在，他觉得自己可以做的事多得很！

李元婴知道戴亭最擅长见机行事，便也不多叮咛，由着戴亭自己去取钱点人。

要让自己手底下的人出远门，李元婴还是得去李二陛下面前通个气的，免得过所办不下来。

所谓的过所，就是水陆各关隘的通关证明，没有这份文书的人是不许到处乱跑的。李元婴和戴亭商议完，绕道去议事堂外头溜达，想寻个好时机再进去和李二陛下提一句。

李二陛下今天心情并不好。

张玄素跟于志宁又轮番和他陈述太子的不是，不是说太子奢靡就是说太子又跑去玩。照李二陛下看来，太子现在的表现已经很不错了，没有太过火。可人家当老师的都来告状了，你当爹的不得表示表示？

李二陛下只能把大儿子叫过来骂了一通。接着再看政务，就觉得诸事不顺，内忧没解决，高句丽又作妖，简直没一处消停的。

李二陛下正气闷着，却听左右在送茶时提了一句，说李元婴在外头鬼鬼祟祟转悠两圈了，也不知是有什么事。李二陛下当即把茶搁下，叫人把李元婴拎进来。

李元婴进了议事堂一看，李二陛下面色不太好，眉头也紧皱着，显见又有许多烦心事。他凑到李二陛下跟前坐下，问李二陛下："皇兄你怎么了？是不是谁又惹你生气了？唉，惹你生气的人肯定是朝廷命官，这个我没法帮你揍，得你自己想法子。"

李二陛下见他一坐下就说个没完，叫人给他也送了碗茶，瞅着他问："你又有什么事？"

李元婴道："也没什么事，本来我安排戴亭送新罗王女回新罗，赶巧我新认识的朋友要送家书回范阳，我便让人快马加鞭跑了趟范阳，顺便探听探听新罗那边的消息，免得新罗王女离家多年不知道情况。结果一打听才知道，新罗出事了！"

李二陛下点头，让他继续往下说。

李元婴说："我是劝新罗王女先别回去的，但是她坚持要回，所以我打算让戴亭多带点人送她去。东西肯定也要点，毕竟新罗那边乱起来了，什么都得准备些。"李元婴来就是和李二陛下报备这事的，说完便巴巴地看着李二陛下，等李二陛下发话。

李二陛下道："我准备派相里玄奖为使者去一趟高句丽，既然新罗王女要归国，朝廷自是也会派使者相送，不用你操心。"

李元婴一提让戴亭去打仗的地方，李二陛下立刻想起当初戴亭随军去高昌赚得盆满钵满，叫朝中许多人逮着"喷"了很久。李元婴这小子不用上朝，对此一无所知，数钱数得特别开心，可惨了他这个直面言官炮轰的人！

李元婴道："朝廷派的归朝廷派的，新罗王女与我同窗一场，我不派人送送她心里不安宁。"他拉着李二陛下的手不放，"皇兄，我保证不让戴亭乱来，你且让戴亭带几个人护她回国！"

李二陛下儿子众多，就没一个有李元婴这脸皮。这次只是遣使，不是开战，左右带上几个人也做不了什么大事，李二陛下也懒得再和李元婴计较，摆摆手说："行了，你要叫人送就叫人送，出了事你自己顶着。"

李元婴满意了，乐滋滋地走人，回去告诉戴亭到时可以跟着使团出发。

到金胜曼离开长安那天，李元婴自是去送。金胜曼看着这几年结识的友人，终是红了眼眶，与他们一一道别。

李元婴一如既往地打包票："你放心，将来我们会去找你玩的！"

金胜曼含着泪笑了，这两年可能是她一生中最快活的日子，她永远都会记在心里。她说道："好，到时我一定好好招待你们，叫人采最好的山参，捕最好的鱼蟹，尝最好的吃食。"

这话李元婴爱听，一个劲叫她别反悔。

在城外依依惜别的不止他们，还有不少远行人，来给亲友送行的人都注意到李元婴这批人，主要是他们男的俊、女的俏，个个都相貌出挑、气度不凡，若非年纪还小，肯定会让无数男女趋之若鹜。

有些心思活泛的人认出是新罗王女和滕王在话别，心里都暗暗给滕王的风流韵事里添上一笔：新罗王女一定也在滕王的群芳谱上占了一席之地！

对于好事者添油加醋的想象，李元婴自是不晓得的，他压根不知道在许多文人骚客心里，他已经在众多皇亲国戚之中一骑绝尘，成为最出众、最博爱的风流小王爷，甚至还暗暗认为"做人当做小滕王"！

李元婴送完人，才腾出空来了解卢照邻那边的情况。到这会儿李元婴才晓得卢照邻家里派了老仆过来替他收拾了王义方家旁边的宅子，方便卢照邻就近求学，卢照邻现在已经搬出房玄龄家。

李元婴道："你搬家也不叫我们，我们可以去给你暖暖屋啊！"

卢照邻腼腆地道："算不得搬家，何况殿下最近不是在忙吗？"

其实卢照邻离开房玄龄家时还闹了点不愉快，房俊过来对他冷嘲热讽了一番。他想着房家招待了自己这么久，没好意思反驳，只能老实听着房俊刺他。等房俊刺完了，他照旧跟着老仆离开。

他父亲在回信里和他说了家里先后收到两封信的事，说既然他与堂姑姑在李元婴一事上达不成一致，索性不要再借住在房家。理由也是现成的，既是求学，怎么能离先生那么远，肯定得跟先生住一起。

家里怕他脸皮薄，特地派了靠得住的老仆过来帮他忙前忙后办得妥妥当当。

现在，他可以随着自己的心意大大方方和李元婴他们往来了！

李元婴道："现在我不忙了，你得带我们去你住的地方看看！"

卢照邻自是答应，带着李元婴一行人去家里玩耍。一伙人顺便在卢照邻家又写了一轮文章，畅所欲言地聊到傍晚才各自归去。

高阳也跟着李元婴一起去了，全程几乎插不上话，李元婴问她："你肯定觉得无聊吧？"

高阳哼道："才没有，我觉得挺有趣的。"大家要么很投入地讨论，要么全神贯注地写文章，她坐在中间没听也没写，光顾着看人了。

明明就那么一个人，每次看过去感觉却都不太一样，一点都不无聊啊，哪里无聊了！

李元婴听她这么说，觉得她越发有长进了，高兴地说："你要是不觉得无聊，以后想跟来也可以跟来。"

对长安考生来说，春闱贡试还早，考试前还能有不少应酬。今年贡试出了个新规则，卷子要糊名誊录，也就是说阅卷考官看文章时不晓得你是谁，只凭文章高低定等次。

按照往年的惯例，科举取士考虑的东西比较多，出身、名气、才华都在考虑之列。若是过往文章之中有格外出彩的，考官评定等次时会酌情加分！

今年也不知是谁给出的主意，愣是变成了糊名誊录，想趁着春闱前参加诗会写点诗、想给考官送点文章留个印象的人全消停了，赶在年前来到长安的考生通通傻眼，最后只能把诗会变成单纯的诗会，拜会变成单纯的拜会，歇了走捷径的心思。

如此一来，这一年的长安倒是风平浪静得很，年关一近，街头巷尾都是年味。李元婴想到自己可能马上要去封地了，又起了个念头，想带他娘柳宝林出宫走走，看看她待了十多年的长安。

柳宝林被送入宫时还小，路上规规矩矩什么都不敢做，自是没机会见识京城繁荣；后来她就一直在宫里，再没机会出去。他们很快要离开长安了，李元婴想带柳宝林出去看看！

李元婴知道要是和柳宝林商量，柳宝林肯定不会说想去，因为柳宝林一向尽量让自己活得像不存在一样，免得被人注意到。他直接去磨李二陛下，说想带柳宝林去寺里上个香。

李二陛下琢磨着也不是什么大事，便答应了。

　　李元婴兴致勃勃地规划好路线才去和柳宝林说。柳宝林知道李元婴什么都安排妥当了，已经得了李二陛下许可，只能由着李元婴高高兴兴地拉着她出宫。当然，女眷出门的幕篱之类的她都叫人仔细备好，不能叫人抓到错处。

　　年前的长安城热闹非凡，不仅天街上人潮如织，坊市间更是热闹非凡。李元婴怂恿柳宝林下车走走，柳宝林拗不过他，戴着幕篱下了车。踩到青石街面的一刹那，她感觉自己仿佛重回了人间。

　　上一次走在街上，已是十几年前的事了。

　　母子俩在相对没那么热闹的街道上走了一段路，李元婴对柳宝林说："等我们去了封地，娘你想什么时候上街去，就什么时候上街去。"

　　柳宝林道："外头有什么好，我还是喜欢多给你做点好吃的。"

　　李元婴带着柳宝林在街上溜达，不一会儿便转到魏徵家门前，一点都不见外地去把魏姝拉了出来陪柳宝林去上香。

　　魏姝听李元婴说柳宝林来了，心里有些紧张，李元婴给她鼓劲："不怕，都说丑媳也要见公婆，何况你又不丑！"

　　魏姝本来忐忑着，听李元婴这么一劝，全变成了气。这说的都是什么话？有他这么安慰人的吗！

　　魏姝被李元婴牵着走出门外，又被李元婴送上柳宝林坐的马车。柳宝林拉着她的手让她坐下，说李元婴不懂事，这么突兀登门着实唐突，太不应该了。

　　柳宝林一如既往地和气，魏姝那点小忐忑也没了，大大方方地和柳宝林说起话来。到寺门前时她们还聊得正高兴，李元婴就在外头嚷嚷："到了到了！"

　　来寺里上香的不乏权贵妻眷，佛门清净地没那么多避忌，柳宝林便也没再戴幕篱，只牵着魏姝的手入内上香。

　　李元婴看柳宝林牵着魏姝，两边都没自己的份，哼哼两声，勉为其难地担当起男子汉的责任送她们去只许女眷进出的佛堂上香祈福。

　　柳宝林赶他自己玩去。

　　李元婴对这种过河拆桥的行径很是不齿，却也没法再死皮赖脸说自己还是小孩，只能一个人在寺里溜达来溜达去，最终去前头听和尚讲故事。和尚们留住信众的法子一套接一套，喜欢清静的就往僻静的佛堂禅院里引，喜欢热闹的则留他们在前头听些佛理故事，一般称之为"俗讲"。

　　今天寺里讲的是目连救母，目连的母亲坠入地狱，目连历尽千辛万苦前去相救。群众爱听的，当然是地狱有多可怕，目连救母过程有多惊险曲折，这寺里的俗讲僧很有一套，不仅讲得高潮迭起，时不时还配上点木鱼声或者其他动静，让香客们听得十分投入。

李元婴也听得津津有味，琢磨着要不要添点香油钱，却听有人过来见礼："殿下。"

李元婴转头看去，来的正是苏七娘和称心。这两个人目前都投身于音乐事业，每天什么都不用想，只须专心琢磨新歌舞就好。

李元婴奇道："你们也来上香吗？"

苏七娘道："不是，我们听人说这里的俗讲讲得最好，特地来听听，没想到殿下今天也来了。"

李元婴一听，明白了，他们是来偷师的。不管是歌舞还是俗讲，能吸引人肯定有长处，要是能把它们的长处学来肯定很棒。李元婴对他们的好学予以肯定："那你们好好学。"

称心给李元婴提了个想法："寺里可以讲俗讲，丰泰楼也可以不止有歌舞。"李元婴叫他们给诗文谱曲，这个他们已经在做了，但是听了几天俗讲，他和苏七娘都隐约有了新主意，想在丰泰楼里试试这个讲法。称心说道，"我们想试着讲讲殿下的《韩子寓言》，回头再寻些新故事接着讲。"

酒楼里当然不能讲佛门故事，所以他们准备先从李元婴写的那些故事讲起，也算是向百姓宣讲点书中道理。

李元婴很赞同他们的奇思妙想："你们想试就试，要是缺故事了，我让人给你们说几个。"都说用人不疑疑人不用，既然李元婴把音乐班子交给称心两人，自是会放手让他们去做。

苏七娘两人欢喜地谢过李元婴，见李元婴对这边的俗讲已没了兴趣，苏七娘提议："听说后山有士子在开文会，殿下要不要去看看？"

李元婴琢磨着柳宝林她们不知还要拜多久、聊多久，闻言便领着苏七娘两人往后山走去。

后山果然有士子在开文会，瞧着人还不少。

李元婴一向喜欢热闹，顿时加快了脚步。不承想他刚走近便听有人在抱怨："真不知道是谁出的主意，今年进士科还得糊名誊录，我等苦练书法多年岂不没了用处？那些个疲懒的倒是占了好处。"

这是在抱怨今年新出的糊名誊录制度了。

李元婴摆摆手让苏七娘两人停下，站在原处准备偷听几句。结果这个话题一起，大伙都是埋怨的多，有的是觉得自己的好书法被埋没了，有的是觉得自己兴许能在春闱前打出点名气来，有的是觉得自己被当小人提防了。总之，没一个人觉得好。

李元婴听了，决定不去和这些人玩了，免得这些人找自己算账。这个主意是武媚给出的，他觉得可行，又找系统完善了一下整个糊名誊录的操作流程，整理出来交给孔颖达。

这法子不仅仅是针对作弊，还是针对结党。现在还好，进士科其实不大显眼，朝廷更多的是选拔专业人才，比如搞经义的、搞算学的、搞律学的，等等，进士科选的人挺少。

可惜系统告诉李元婴，到后来进士科会成主流，连世家子弟都想得个进士镀镀金，他皇兄想用科举来压制世家大族的设想也没戏了，科举成了朝中文臣结党的新途径，同科的称"同年"，考官被称为"座师"，有这么一重关系他们就有了天然的同盟关系！

由于进士科不糊名，考官可以参考士子们过往的文章才华评等次，所以进士科投卷成风，大家争相往主考和其他达官贵人府里投自己精心制作的行卷，以求得贵人青眼。世家大族培养自家子侄之余，也可以靠科举拉拢人才，原本是朝廷选拔人才的途径，渐渐地倒变成"座师"选拔人才的途径了。

李元婴了解了这些，便把糊名誊录的法子递给了孔颖达，还提了个"天子门生"的说法，表示可以让李二陛下当个挂名主考。既然座师这么好，凭什么让别人来当，自然是让他皇兄来当最好！

孔颖达当时看完了，对李元婴的部分想法表示赞同，对"天子门生"一说颇有微词，觉得李元婴有见缝插针给皇家贴金之嫌。不过整体来说，孔颖达觉得这个方法是可行的，想了想还是没打回去让李元婴删改，直接呈给了李二陛下。

李二陛下这人有点自恋，虽是马上得的天下，却觉得自己也是饱读群书、极有文化的，自然对"天子门生"这个词一见钟情。这主意不错，天底下有才华的读书人都该是他的学生！

李二陛下当场就叫人改了今年进士科的章程，其他科是选拔专业人才的，依然照旧！

其实李二陛下觉得，要是其他科的举子们强烈要求要当"天子门生"，他也不是不能接受的。好在看到孔颖达脸色奇黑，一脸"你再说我就要喷你了"的表情，李二陛下聪明地吞回了将要出口的话，勉强只改进士一科。

李元婴见这些士子都不喜欢糊名誊录的主意，不想和他们玩耍了，就带着苏七娘她们离开。这时有人注意到李元婴来了又去，给旁人提了个醒，士子们见李元婴带着人走远了，免不了讨论起来——

有人说："那莫不是滕王？"

有人说："看身边那女子，是苏七娘吧？"

有人则说："来了又走，难道是瞧不上我们？"

起了话头，知道些传言的人便给与会者科普了一番，什么滕王巧得美才人，什么滕王金屋藏娇娥，什么滕王下乡逢寡妇，还有新出炉的滕王情牵俏王女，总之，别看滕王年纪小，人流连花丛潇洒着呢！听人说，他今年也要参加进士科考试，说是考上进士才能叫风流才子！

有人提出疑问："不是说，滕王与魏太师孙女定了亲吗？"

搬运传言的人理所当然地说道："就是这样才了得啊！"

语气听着还挺羡慕的。

可不是嘛，要娶以清正方直闻名的魏太师家孙女，还敢到处拈花惹草。偏偏魏太师对此睁一只眼闭一只眼，好像压根没听说一样，真了不得啊！

李元婴不晓得自己成了众人羡慕的对象，他想着溜达够了，便让苏七娘她们忙自己的去，自己跑佛堂那边接柳宝林和魏姝。出寺路上，李元婴愤愤不平地和魏姝说起那些士子的话，不满地批评："他们真没远见！"

魏姝点头夸道："又不是谁都像你这么聪明。"

李元婴被夸得美滋滋，尾巴立刻翘得老高，与魏姝说起许多不糊名誊录的坏处来，都是他先前从系统那里听来的，现学现卖起来一点都不害臊。

柳宝林听着李元婴和魏姝凑一起聊得高兴，心里也欢喜。她这儿子脾气就是这样，得顺着毛捋，哄他高兴了什么都好说，准儿媳拿得准这一点，两人往后相处起来应该不会有问题才是。

出宫一趟，柳宝林的生活没什么改变，心里却对未来有了更多的期盼。儿子孝顺，还越来越懂事；儿媳性子好，和她又处得来，她还有什么好愁的？只等着一家人和和美美地过日子便好！

唯一担心的，大概是怕李二陛下还是不想放李元婴就藩。幸好看李元婴最近这高兴劲，李二陛下那边似乎已经松动了！

过了年，李元婴又长了一岁，和城阳一样满十四了。

李二陛下叫人着手操办城阳的婚事。杜荷最近办差挺用心，年纪又不小了，过年时李二陛下登上凌烟阁，想起杜如晦，万分想念，便想起这桩往后拖了一两年的婚事，当即叫李淳风挑个好日子，把婚期定在春闱后最相近的吉日。

李元婴一想到自己的侄女马上要出嫁，心里很不舍得，嫁到别人家，他就不能时时看顾着了。幸运的是杜荷家中关系简单，又没继承国公爵位，城阳出嫁后会和驸马自己开府，倒是不用受什么气。

李元婴听李二陛下把婚期给定下了，时不时跑去找杜荷聊人生聊理想。比起以前只能拉着李治试探杜荷和房俊，李元婴现在光明正大得很，匀了好些赚钱的营生拉杜荷入伙，要带杜荷一块儿赚钱。

杜荷很懂得投桃报李，回去后把伺候的丫鬟都打发了，身边收拾得干干净净，坚决不留半点烦心事让城阳劳心劳力。

不是杜荷贪李元婴匀出来的好处，是杜荷旁观了房俊的一系列遭遇，又看李承乾和李元婴叔侄俩亲近得很，皇孙更是见面就黏李元婴，他又不是傻子，当然知道该怎么做！

李元婴虽还是觉得杜荷没什么出众才华，但也勉强认可他算是个合格的准驸马。

这边城阳婚期刚定，李治那边又来了个好消息，他过年没回来是因为王妃身怀六甲。开春他王妃就生了，生了个大胖小子。这不，李治派人快马回来送信，向李二陛下报喜，顺便求李二陛下给他家大胖小子赐名。

李元婴没想到李治这么有效率，得了消息有点酸溜溜地跑去和李二陛下说："雉奴这么快就有孩子了，皇兄你又当祖父了！"

李二陛下听他语气泛酸，悠悠道："是啊，我又当祖父了，有的人连爹都没当。"

李元婴气鼓鼓地说："我年纪小，当然没当爹！"而且孙师和系统都和他说，太早生孩子不好的，对女孩子尤其不好，他才舍不得妹妹妹那么早生孩子！他说出自己找过来的主要目的，"等春闱考完了，你让我去太原看看侄孙吧！"

李二陛下睨他一眼，答应了。

李元婴高兴地跑了，收拾好欢快的心情和小伙伴们完成最后的备考冲刺。

转眼到了贡院开考的日子，这天一早李元婴几人就带着自备的考试用具来到礼部贡院前准备入场。他们一行人虽然也都穿着国子监统一发放的衣裳，全场仅有的三个女考生还是让他们一下子被人认了出来，不少人频频往他们这边看过来。

李元婴从小就不在乎别人的眼光，魏姝几人也从容自若，其他人看了几回，见李元婴一行人都一脸泰然，便也觉得没甚意思，甚至自觉失礼，都不再多看。倒是有个别格外愤世嫉俗的，愤愤不平地嘟囔："什么人都能来考了，有权有势真是了不起！"

有些离得远的声音小，李元婴没听着，前边有个四十出头的中年举子像是生怕他听不见一样嚷嚷。李元婴哪是忍气吞声的人啊，只是看上几眼还好说，谁敢当着他的面说闲话，他就不干了，冲上去和对方对质："你再说一次！"

那中年举子也是个横性子，还真重说了一遍，表示女子进考场简直污了圣贤地，女子就该好好在家相夫教子，别出来抛头露脸、招摇过市。女子即便有学问，那也不是用在科考上的，尽心抚育儿女便是！

李元婴哼道："我看你年纪也不小了，还没考出头，肯定是自己没什么才能，怕以后各家小娘子都来考，更没你考中的份！"

中年举子被李元婴扎了心，恼得怒道："自古以来都是如此，哪有女子参加举试的道理？"

李元婴早和马博士辩过许多回，一点都不怕他要横，毫不犹豫地堵回去："照你这么说，早些时候还没举试呢，那当初开举试时是不是得说'自古以来都没举试的，哪有考个试就能当官的道理。'干脆别开举试好了，就和'自古以来'一样选官！"

礼部的人听到动静，一看，李元婴和人吵起来了，硬着头皮过来喝道："贡院之前安敢喧哗！"

中年举子闭了嘴。

李元婴虽有点不甘心，但还是让魏姝她们劝了回去。那些人再有意见，她们还不是顺顺当当地通过了国子监的考试得了春闱资格？她们既是堂堂正正考过来的，自是不怕别人说。

士子们陆陆续续过了院门，进入贡院待考。比起早些年，今年贡院这边把考场修得更像样了，每个人都被单独分隔开，无从与别人相通，只能各考各的。李元婴对号入座，坐进自己的位置上静候考试开始。

贡院这边风平浪静，李二陛下那边却得知了贡院前的争执。

城阳、武媚、魏姝这三个女考生都是李元婴带进国子监的，但是要说她们是靠身份进去的又不对，她们的学问和文章都是稳打稳扎学来的，每次考试的成绩也都清清楚楚地记录在案，没半点弄虚作假！

更何况其中一个还是他的宝贝女儿。

李二陛下和李元婴一个想法，她们都是靠自己得来的资格，凭什么不让她们考？这个中年举子没见地，没眼光，没胸襟！

李二陛下既然当了挂名主考，与魏徵等人商量完政务自是不会闲坐着，他准备去贡院巡考，提前看看今年的青年俊杰们，瞧瞧哪些最有可能当他的"天子门生"。

若是见着了李元婴这糟心弟弟，自然也顺便看看。

李二陛下打定主意后一点都没有犹豫，领着魏徵等人低调地往贡院而去。许是因为今年进士科出了不少新规，尤其是那"天子门生"一条，激得不少人满心振奋，一个两个拿到考题后都奋笔疾书，答题答得入神，压根没注意到李二陛下的到来。

李二陛下也不是来摆威风的，一处一处寻过去，对今年这些举子的精神面貌非常满意。直至巡了好一会儿，李二陛下才看到同样在认真答题的李元婴。

李元婴也没注意到李二陛下的到来，他写得老认真了，草稿打得龙飞凤舞，自我感觉思路从来没这么顺畅过。他写得入了神，当然没心思关注别的，直至李二陛下在魏徵提醒下继续往前巡考他都没发现他皇兄来过。

长孙无忌见李二陛下绷着一张脸，出了贡院便笑道："滕王殿下写得那般用心，看来会有个好名次。"

长孙无忌这么一夸让李二陛下很是受用，刚才被糟心弟弟无视的郁闷全没了。当然，他面上还是谦虚又客观地评价："这小子才认真了这么几年，哪能和别人十年寒窗苦读的比？"

房玄龄接着夸："滕王殿下聪慧过人，好好学了几年自然比很多人强。"

李二陛下龙心大悦，哈哈一笑，心情大好地领着他们回宫去。

魏徵一路上都没吭声，他觉得长孙无忌和房玄龄真不要脸，他要把孙女嫁李元婴都没夸李元婴半句，他们倒夸出花来了！

李元婴还真不知道李二陛下到过贡院，进士科现在没那么多杂七杂八的考法，只要做个时论文章就差不多了，但这文章不是那么好写的，既要切题，又要出彩，必须有自己的主意。

所以这场考试允许自带干粮考一整天，到天黑了还可以点烛续一下，由着你考个一昼夜。

这次的考题李元婴一行人虽然没有直接猜到，却也曾经讨论过类似的问题。论起出主意他可不比任何人差，"唰唰唰"地就草拟好大意，开始往答卷上写自己的文章。写到一半，他觉得饿了，拿出带来的干粮啃了几口，挺遗憾没得茶吃，不过勉强也算是饱了，继续"唰唰唰"地写。

到晌午，李元婴的答卷就写完了。李元婴拿着瞅了一遍，没写错别字，没写违禁内容，行文也挺流畅，至于文采，反正他就这样了，实在改不出什么好文采，写通就成了。

李元婴对自己的发挥很满意，早早交卷离开贡院。他左看右看，魏姝她们还没出来，便跑贡院外头的酒肆里借了个茅房解放一番，而后坐下叫人给他煮茶喝。

酒肆的掌柜还是头一回听人说来酒肆里要茶喝的，一脸无语地说自己店小，没脸面没门路买达官贵人爱喝的茶叶。李元婴知道茶叶卖得好，却不知道普通人根本买不到，他让掌柜派个跑腿的去千金堂取些茶叶来，反正他要喝茶。

李元婴给钱大方，掌柜和伙计都乐意做他生意，收了钱便帮他跑腿。茶有了着落，李元婴便问掌柜茶到底有多难买，他爱听这个，越难买，表示卖得越好，他们赚得越多！

不久之后，伙计回来了，不仅带回茶叶，还带来黄莺黄鹂等人。今天李元婴来贡院考试没让人跟着，说是不想搞特殊，打发她们在千金堂和图书馆那边看看书或者学点医理。

酒肆伙计过去取茶，她们一听李元婴考完了，自是带着侍卫和内侍赶过来伺候，顺便把煮茶的家伙全带来了，占了人家酒肆的一角熟门熟路地开始给李元婴煮茶。

此时酒肆中人虽不算多，但也不少。见两个豆蔻少女行云流水般煮茶，众人都觉赏心悦目，有大胆的便跟李元婴讨茶喝，说自己想尝个鲜。

李元婴大方答应："有何不可。"

众人听他如此慷慨，不由得自报家门，要与李元婴通个姓名。

李元婴也痛快地报了自己的名字，可惜旁人只知滕王，却不知李元婴是谁，只觉得有点耳熟，不知在哪儿听过。

得知李元婴是刚考完出来，有几个人顿时过来和他搭桌，问他今科考了什么题，难不难，又问他答得怎么样。李元婴一一答了，表示觉得自己一准能中，考题一点都不难！

见李元婴不过十三四岁的年纪，众人都觉得他过于自信了。不过看在李元婴请大伙吃茶的份上，所有人默契地没说实话，只对李元婴报以真诚的祝福。

李元婴和酒肆里的酒客们分完茶喝了，才陆陆续续等到武媚三人出来。至于狄仁杰他们，他们考的内容比较繁杂，暂时还没见到人影。李元婴坐在临窗的位置上，见到人出来便打招呼，把三个人都喊进酒肆吃茶等人。

酒肆里的酒客都没散去，看到三个小娘子自考场里出来，年纪还一个比一个小，顿时都想起最近的传闻。听说今年的进士科很乱来，当今陛下不仅把他弟弟塞进去考，还把他女儿也塞进去了，另外还有两个女考生，其中一个是他弟弟的未婚妻！

看着三个小娘子丝毫不在意旁人的侧目，都很大方地在李元婴周围落座，酒客们莫名地觉得她们这么光明正大地走进酒肆来没什么不妥，倒是他们过久的注视有点失礼。

接着很多人知晓李元婴的身份了：原来他就是当今陛下最小的弟弟！难怪连身边的两个小婢女都这么娇美可爱！

李元婴当然不会知道酒客们转来转去的心思，他等来武媚三人便问她们发挥得怎么样。

武媚三人都觉得自己正常发挥，武媚眉宇间更是带着几分明媚光彩。虽然她知道自己哪怕拿了好名次也会被撸掉，但既然给了她这个机会，她就要牢牢把握住！

李元婴知道武媚三人的身份容易被人拿来说事，已经想妥了一个好主意："你们还能把文章重新写一遍吗？要是能写出来的话，我们把文章刊到馆报上去，让天下读书人都评议评议。我们领个头，再对外说但凡今科应考的举子都可以把文章投过来，分批次刊出，馆报这边给他们一笔稿费，好让他们在长安吃住都宽裕些。"

魏妹点头说："我可以写出来。"

武媚和城阳也表示没问题。

李元婴还提议，每期都公布四篇文章，也不署名，只让别人看好与不好。真正的好文章是没有界限的，只要给它一个展示平台，它就能广为传播！

这时狄仁杰几人也出来，李元婴与刚才互通过姓名的酒客们话别，说明天他们四个人写的文章会印在馆报上，让酒客们记得来看。

一干酒客本就是好事之人，闻言自然表示一定去看，还会叫亲朋好友一起去看！

狄仁杰几人听李元婴说要公布自己写的文章，都有些后悔当初没选进士科，要不然可以和李元婴他们一起热热闹闹地玩。

唐观倒是有点担心："你这么做，圣人会不会生气？"排名都没出来，李元婴就提前往外公布应试文章，叫外人来评个高低，看着有逼迫圣人给他们个好名次的嫌疑。

李元婴道："我又没让他徇私，他生什么气啊。"他只是让众人来读读文章写得怎么样，又没做什么！贡院那边阅卷期间是封闭的，外头即便闹出什么动静也影响不到阅卷结果，凭什么不能放？

李元婴说干就干，当场带着魏姝几人往图书馆跑去，赶在天黑前把应试文章默写出来。

第二天一早，习惯看馆报的人便发现这天的馆报多了个特别版，这个特别版附带四篇没署名的应试文章，这四篇文章风格各异，有的细腻缜密，有的自然大气，有的尖锐犀利，但总体读来都让人觉得酣畅淋漓。

不酣畅是不可能的，因为过去几个月他们四个人几乎每天都会写至少一篇文章，写得自己要吐了，相互看对方的文章也要看吐了，不管给他们什么考题，他们都能闭起眼写出几千字来！

拿到馆报的人都忍不住反复品读这四篇文章，在心里默默地评出个高低来。有的应试考生读了，顿时失魂落魄起来，觉得若是其他考生都是这个水平，他们肯定要落榜了！

有的人心里没底，想知道别人的评价，也大胆地把文章送到图书馆让馆报帮忙刊出。既能摸清自己的水平，又能拿笔稿费，何乐而不为？

于是第二天馆报又刊出四篇应试文章。

考生们放宽了心：感觉也不全是高手。

贡院评卷还得好多天，很多人都等不及了，提议图书馆别四篇四篇地放了，每收到一篇就立刻叫人传抄，这样大家时刻都有新文章看，也能比较比较自己到底是什么水平。图书馆那边从善如流地改成即时传抄、即时张贴，已经平静运营许久的图书馆又重现了刚开张时的热闹景象！

外头闹出这样的大动静，朝中众人自是也得了消息。

孔颖达一听就知道这是李元婴的主意，气得胡子直翘。这小子才刚考完就不消停，居然还砸钱让考生把应试文章往外公布！现在大家都在讨论今科的应试文章哪篇最好，大多觉得应该在第一天公布出来的那四篇里挑一个！

这明摆着就是觉得定名次可能不公平，于是先下手为强把文章传播出去。他们对自己的文章可真自信！

孔颖达没帮李元婴兜着，直接把这事捅给了李二陛下。

李二陛下黑着脸叫人把李元婴逮回来。

李元婴做完公布应试文章的安排便没再管这事，欢快地叫董小乙调拨人手，和国子监商量实习安排，筹备接下来的太原之行。

眼下没什么殿试的说法，考完就是等放榜，然后来个御前觐见、衣锦还乡什么的，这些对李元婴来说都没什么意思。要是武媚得个榜头，他倒是可以安排着到丰泰楼摆个流水席，搞个大的！

因此李元婴做完能做的事，就不关心了，只积极地准备来个考后旅行，带上兕子她们一起去太原找李治玩耍，看看李治的大胖儿子。

李二陛下叫人把他拎过去，李元婴还挺莫名其妙呢，凑过去问李二陛下怎么突然找自己。

李二陛下把馆报最近出的那堆"特别版"扔李元婴面前，问他是怎么回事。

李元婴说："交流交流！"他理所当然地反问李二陛下，"皇兄你读书时考完了不和别人讨论的吗？这些文章又不是见不得人，怎么不能放出去了？"

李二陛下瞪他。

哪怕李元婴没署名，他也能猜出头一天的四篇文章是他们这几个人写的，只是一时还摸不准写得最出彩那篇到底出自谁的手笔。

只要明眼人都能看出来，其中一篇写得深刻又尖锐，远远甩开所有文章一大截，连弘文馆的学士们都表示这篇文章拿来应试有些可惜，这是一篇句句正中痛处、足以让作者流传千古的好文章！

能把时论写到这程度，但凡缺了见识、缺了眼界、缺了胸襟都不可能做到。

李二陛下私心里很想认为这文章是李元婴写的，但推敲了几次，发现不可能出自李元婴之手。

李元婴完全没有这篇文章里透出来的尖锐，另一篇字里行间透出种"其实我还可以更奔放"之感的文章才是李元婴的风格，看得出他很努力地在收敛自己的小尾巴！

魏姝和城阳也不可能。

那就只有一个人了——武媚。

这个"媚"字还是他给起的，认为她长相出众、媚态天成。

结果这武媚出了宫，渐渐如利剑出销、锋芒逼人！

李元婴见李二陛下脸色很不好看，积极地给自己解释："皇兄，虽说内举不避亲，但是我是你弟弟，城阳是你女儿，妹妹妹是你未来弟媳，都连亲带故的，难免会有人张嘴就扯闲话！我知道你难做，所以先把文章放出去让别人看看。到时他们要是觉得自己名次低了不公平，骂你偏袒自家人，我就让他们睁大眼睛好好看看去！"

李二陛下冷哼："要是贡院给你们的名次低了，你们也能叫人评评理是不是？"

李元婴断然否认："不可能的，皇兄您要是没一视同仁的胸襟，直接不许我们考不就行了？当初突厥人来降，您给他们地方安家落户，您让他们当官为将；不管是哪儿来的百姓，只要愿意当大唐人，您对他们就跟对其他大唐子民一样，许他们入籍，许他们从军，许他们科举；不管哪儿来的使者，只要他们想学大唐的文字、大唐的学问，您都许他们到国子监旁听。皇兄容得下天下人，难道还容不下几个大唐女子？"

李二陛下听了李元婴一番话，脸色稍缓。他倚在凭几上揉揉额角，神色有些疲倦，问道："你近来和范阳卢家的子弟交好？"

李元婴见李二陛下看起来挺累，机灵地凑上去给他按摩太阳穴，口里说道："对啊，就是上回去翠微宫时老房带去的，您还夸他诗写得好！我跟您说，他可聪明了，学什么都快，我觉得他被家里耽误了，他家让他去学什么仓雅之学，清贵是清贵，就是难学得很。要是他早点来长安，一准能和我们一起考进士！"

李二陛下正舒舒服服地让李元婴献殷勤，听李元婴这么说又想起那些令人恼火的世家大族。

要是世家子弟都来考进士科，怕就没李元婴什么事了！虽然朝廷设立了官学，给了寒门子弟进学的机会，但寒门子弟一来没人开蒙，二来地里离不开人，能选出来真正得用的人还是太少了，能马上上手就用的人才基本都攥在世家大族手里。

其实李二陛下也不介意用这些世家大族的人，问题就是，他们不太瞧得起李唐皇室，很多人甚至不来应试。像这次进士科他让李元婴和三个女考生应考，就有一些考生默不作声地罢考，认为这样的科考侮辱了他们！

李二陛下也是有气性的，这些世家大族不爱和他们李唐皇室玩，他对这些拥据一方的世家大族也不太喜欢，前些年叫高士廉编纂《氏族志》时还特意让高士廉把这些家族往后挪了一等。

李二陛下听李元婴由衷夸赞卢照邻，颇觉稀奇。若说世家大族最瞧不起什么，那肯定是李元婴这种名声不大好的皇亲国戚，这小子是怎么让人对他另眼相看的？

李元婴听李二陛下不信他能交上卢照邻这个朋友，不高兴地说："我诚心和他相交，他自是也诚心和我往来，有什么稀奇的！我还和他许多朋友有书信往来呢，平时我们遇到不会的问题，便写信问他们！"

李二陛下道："看来他确实把你当朋友。"

　　若非真心往来，卢照邻断然不会和友人们提起李元婴，更别提捎带上李元婴一起和友人们通信。

　　李元婴得意起来："那当然，我最会交朋友了！"

　　李二陛下见他这么嘚瑟，不想再听他炫耀，让他玩自己的去，别再搞东搞西。

　　李元婴矢口否认："我没搞东搞西！"李二陛下赶人他也没走，而是追问，"皇兄是不是遇到了什么烦心事？"

　　李二陛下本不想和李元婴提，但李元婴和孙思邈学过几手，替他揉头揉得挺舒服，他便靠在原处和李元婴说了一嘴。

　　烦心事关于带不带人去打高句丽，前两年高句丽就不安分，主要是高句丽那个叫盖苏文的权臣不太安分。盖苏文全名渊盖苏文，渊是姓氏，大伙默契地只称他为盖苏文，或者随便给他改个姓。

　　盖苏文手握兵权，在高句丽为所欲为，上一个想弄死他的高句丽国主已经被他大卸八块了，现在的高句丽国主是他扶持上去的，听话得不得了，他干什么都支持。这盖苏文搞完内部斗争，又把手伸向了周边国家，首当其冲的自然是新罗，毕竟新罗自己内部不平静，高句丽和百济两边联合搞它，它完全没有还手之力！

　　这些都是大唐的附属国，附属国不听话，一而再再而三地挑衅"天可汗"权威，李二陛下觉得不能忍，必须打！

　　对此，朝中武将都表示赞同，他们很久没活动筋骨了，一心想要捞点军功。至于什么国库空虚，什么百姓困苦，那都不是他们会考虑的，武官要能把这些都搞定，要你们这些文官做什么？

　　对于这种增加自己工作量去帮别人添功劳的行为，大部分文臣自然都不赞同。

　　其中魏徵反对得最激烈，逮着空就追着李二陛下劝谏，说这些年连年征战，又是突厥吐谷浑，又是吐蕃高昌，百姓苦啊！

　　高句丽远在辽东，土地贫瘠，物产贫乏，即便打下来了也没什么益处。最重要的是，这战线太长了，不管调兵还是调粮都太难，真要远征高句丽，百姓的徭役加重，成年男丁又全部出征，日子要过不下去了！

　　李元婴这才晓得自己闭关复习这段时间朝中已经吵过一轮，戴亭一如既往没什么消息传回来，也不知新罗那边是什么情况。

　　听李二陛下说那盖苏文那么可恶，李元婴紧张了，问道："戴亭和曼曼他们会不会有事啊？"

　　李二陛下道："相里玄奖回来时说他们早已平安到达新罗，没别的消息。怎么，你派去的人都没给你传信？"

李元婴道："戴亭向来不爱写信，说隔这么远，写了信也没什么用处，回来一并禀报就好。"

以前李元婴也想派人专门跟着负责写信，后来想想这有点像在监视戴亭，也就作罢了，由着戴亭自由发挥。

李二陛下挑眉道："你就不怕他带着你的钱一去不返？"

李元婴说："戴亭眼里要是只有钱，他就不会辛辛苦苦天南地北地跑了。"

李二陛下道："哦？那他眼里有什么？"

李元婴语塞。

他哼道："我怎么知道！反正他看不上那点钱。"

李二陛下觉得这小子要不是运气好，挑上的人都不错，肯定早把他手里那点钱败光了。

这时有人说长孙无忌和房玄龄求见，李二陛下便让李元婴去找李靖，李靖那边有军报，可能有新罗的消息。

李元婴也不爱听他们讨论政务，撒腿跑了。

长孙无忌入内，见李二陛下心情变得不错。他坐下问了句李元婴怎么来了，李二陛下就一脸"糟心弟弟太爱往我身边凑了怎么办"的无奈表情："那小子从孙老那边学了一手，非要给我按一按，就顺便聊了聊。"

长孙无忌能怎么办？

长孙无忌只能顺势夸李元婴真是个孝顺弟弟。

李元婴不知道自己又不小心让长孙无忌恶心了一把，径自跑去寻李靖讨军报看。

李靖本来都申请退休了，李二陛下没让，最近还让他接着干兵部尚书的活儿。

听李元婴说是李二陛下让来的，李靖自是把军报都给他看。

李元婴只从李二陛下那儿了解了几句，看完军报后对那堪称罪魁祸首的渊盖苏文印象颇深。他和李靖讨论："这人有点厉害。"

李靖道："辽东诸国独居一隅，不过是自恃偏远才这么胆大妄为。一旦王师北上，他们肯定很快降了，算不上什么厉害。"

李元婴道："那打过去他们降了，我们还要不要打到底？"

李靖道："既都降了，自是不打了。"

李元婴："听起来打着没什么意思，不就是投降吗？他们本就是大唐属国，降不降都是要称臣的。要是碰上不要脸的，这头跟你降了，等你前脚一走又继续乱来，难道又得倒回去打一场？"

李靖道："这也是没办法的事情，总不能别人愿意降你还把人赶尽杀绝。"

李元婴唉声叹气地感慨："这世上最难对付的，就是不要脸的人啊！"

李元婴没看到和新罗有关的军报，不过金胜曼顺利归国的消息是使团带回来的，他倒也没太担心，谢过李靖便走了。

第二日一早，贡院那边要放榜了。天才蒙蒙亮，坊市大门初开，分散在各坊的士子们蜂拥而出，齐齐赶往贡院看榜。

这可是关乎自己能不能考中进士的重要时刻，李元婴也没睡懒觉，早早呼朋唤友过来等候放榜。

李元婴不知道的是，关于这次进士科的排名，阅卷考官们的意见很不一致，差点没撸起袖子打一场。

一开始大伙都还挺冷静的，心平气和地坐一起改卷子，毕竟卷子都是糊名誊录的，他们都不知道自己拿到的是哪个考生的考卷，便都按照自己的看法给评了等次。

今科考官都是李二陛下点的将，主考官是马周，当然，李二陛下挂名进士科主考之后，他就光荣退位为副主考了。

但是活儿依然都由马周来做。马周是个很有想法的人，当初李二陛下登基后给昔日伙伴布置作业，让他们都写点心得总结交上去给他瞧瞧。结果其中一个人写得特别好，李二陛下一看，这不对啊，怎么这大老粗想法这么多这么细致了？

李二陛下把人叫来跟前一问，才知道这家伙找人代笔了，代笔的人正是马周。李二陛下于是给马周安排了官职，时常听取马周的意见。

比如以前宵禁时一直是派人奔走呼告，马周看了觉得费人费力，当即上书表示可以击鼓为号。自那以后，坊市开门关门都以鼓声为准！

马周就是这么个思维活跃的人，他出身寒门，锐气十足，极力推举自己评阅的那份考卷为第一。他认为这个考生能着眼现实、针砭时弊，同时还兼顾文采，整篇文章读来痛快淋漓，其中提出的许多举措又不失可行性。不管怎么看，这都当得头名！

别说什么文无第一武无第二，一篇好文章和一篇普通文章摆在一起，差距还是非常明显的！

有人喜欢，自然有人不喜欢。有人就认为这个考生语气太狂傲，带着点指点江山的狂妄，不太符合他们中庸和谦和的追求。

如果说这时候大家只是因为个人偏好不同而争执的话，那等到初始排名拟定出来，找出原卷核对名状之后，两边的争执就彻底白热化了，甚至有人临阵倒戈认同了反对一方的观点，认为这不仅不能得头名，还应该黜落！

马周虽也觉得这个第一不好定，但是听其他人说不仅不能得头名还要黜落，他反而更坚定了保它第一的想法。他直接提出最终解决方案："那就让陛下定夺！"

没办法，这份答卷出自武媚之手。这武媚曾是李二陛下的才人，外头现在还偶尔能听到"莽国王一言失美"的传奇故事，武媚该不该得第一还得李二陛下来定夺，毕竟谁也不知道李二陛下是不是和故事里那个"莽国王"一样痛失所爱、辗转反侧！

有武媚这个靶子在，其他人的排名反而没人在意了，都按照草拟的排行直接定下，由马周拿着这份极具争议的排名去找李二陛下核定。

李二陛下接过看了起来。

这次进士科取了二十五人，比原定的二十人多了五个。

这也是李二陛下授意的，因为哪怕城阳他们考上了也没法外出为官，等于白占了名额。为了保证人才输入，他多许了五个名额，允许考官们有符合要求的就挑足二十五个，没有的话自然宁缺毋滥。

看到马周写在最前面的名字，李二陛下脸就黑了。虽然早有预料，但马周真把这样的名单呈给他，还是让他心情不太好。主要是，武媚曾经是他后宫里的女人，现在不仅混进了科举里，还占了榜头！

哪怕李二陛下觉得李元婴编的什么"莽国王一言失美"完全是瞎扯淡，这一刻他还是忍不住代入了那个看着"心爱的女人"吐气扬眉、越活越精彩的"莽国王"。

让他来决定让不让武媚排第一，岂不是等同于让他自己打自己的脸？

李二陛下不满地看了马周一眼，觉得马周一点都不会做人，居然让他来做这样的事！

可惜李二陛下比马周清楚外面的情况，武媚那篇文章已经越传越广，基本上长安城里能识字的人都能背几句！

主要是李元婴这厮觉得光在馆报上刊出不太够，还叫人把里头振聋发聩的几段话编成歌儿在丰泰楼里唱，现在人人都知道今科举试出了篇精妙绝伦的好文章！

要是把这个头名换给别人，那最好就是把这个人的文章死死捂好，绝对不叫外头的人看到，否则两篇文章很容易被摆在一起比较！偏偏这一年的考生之中没有特别出彩的，完全没有其他人的答卷能明显压过这篇文章！

这件事其实一如李元婴所说的那样，既然他已经允许她们参加科举，就该有容忍她们可能金榜题名、名列前茅的胸襟。

人的才识与学问，一靠天赋，二靠培养，缺一不可，所以真正的人才都得万里挑一。既然武媚的才学已经达到这种程度，那么给她一个头名又如何？

至于这会不会导致天下女子争相效仿，都来走这科举之途，其实也不必担心。朝廷招贤令发了不是一天两天，放不下锄头的百姓依然是大多数，连许多男丁都迈不出读书这一步，更何况是女子？

退一步来说，倘若她们当真都能读书，那也不是坏事，须知教养儿女大多是由女子来做的，世家一家有女百家求的原因就在于他们教出来的女儿知书达理、明慧过人，少有愚昧无知的蠢妇！

李二陛下有了决断，便细细看起余下的排名来。前头一直没找着李元婴的名字，到第十个，李二陛下才看到"李元婴"三个字。

这名次不算靠前，但也绝不算靠后，毕竟这次来应试的人可不少，李元婴能排到第十已经足以让许多人吃惊！

再往后，李二陛下才依次看到魏姝和城阳分据在名单末尾几位。考虑到这三个小鬼的年龄，李二陛下觉得他们四个人都能榜上有名就已经很了不起了。

想找的名字都找到了，李二陛下心满意足地把名单交还给马周，竟是一个名次都没改动，难得好说话地让马周直接按这个名单公布！

这时众考官重新细看排名，才发现仅有的三个女考生竟都入选了，李元婴的名次居然还抓住了前十的尾巴！

众考官趁着马周去和李二陛下核定名次的空档，把几篇文章找出来重读几遍，想挑点错处，却发现这几篇文章都流畅得很，没有半分淤滞感。

能当上考官的都是饱学之士，又颇得李二陛下信重，做不出故意找碴的事来，只能叹了口气，在心里感慨自己的学生天分太差，连几个才十来岁的小孩都比不过。

所有人都没意见，名单便被拿去抄录，于放榜当日按时放出。

李元婴等人虽来得早，却也没挤进前排，只能和平时一样守在外头等着里面的人往外递消息。不知道为什么，礼部的人将榜贴出来之后，最先看到排名的那圈人都静默下来，每一个人都不敢置信地盯着榜头位置上的名字。

外头里三圈外三圈的人都有些焦急了，推搡着前头的人追问："怎么了？榜头是谁？你们怎么都不说话？看完了就让一让，让我们也看看啊！"

这时里头那圈人才如梦初醒，失魂落魄地惊叫："怎么会这样？""武媚？女的？""榜头是女的？""不可能！怎么会是这样？"

有人甚至当场失声痛哭起来，觉得老天着实不公，怎么让个女的占了头名，自己却连尾巴都上不去！

李元婴一听，顿时来了精神，很是骄傲地让人给他们让路："让让让让，都让让，榜头在这里呢，都让我们进去瞧瞧！"

别人一听他这么说，都给他腾出道来，让他领着武媚等人挤进前头看榜。李元婴往最上面一看，上头果然写着武媚的名字！

这可把李元婴高兴坏了，转头朝武媚贺喜："媚娘，真的是你，你得了头名！"

武媚也有点不敢置信，她看着榜上的名字，心情有着从未有过的快活与明朗。她出宫之后，母亲与姐姐都曾写信来责问她，问她为什么这么糊涂，好好的才人不当，竟跟了个众人口中的"混世小魔王"。

只有她知道，她现在的日子有多快活。

李元婴活得自由又放肆，想做什么便做什么；最要紧的是，他不仅自己这样活，也愿意让身边的人都这样活。

也许这份快活是有代价的，但是那又如何，世上本就没有尽善尽美的事。至少这一刻，她坚信自己的选择是对的，离宫之后她一次都没有后悔过。

武媚高兴地跟着李元婴笑了起来，又在榜上找起了李元婴他们的名字。等确定他们四个考进士科的人都中了之后，他们才挤出人群去和狄仁杰几人会合，几个月的魔鬼式复习还是有用的，但凡今年下场应考的人都榜上有名，狄仁杰这厮平时不显山不露水，这次竟也拿下了明经科的头名！

李元婴想过自己的小伙伴们都能考上，但没想到两边的榜头都是自己的小伙伴。他一手拉着一个头名跑去和来看榜的考生们炫耀了一圈，说自己左手一个进士科榜头，右手一个明经科榜头，天底下再没有比他更厉害的人了！

瞧见李元婴那嘚瑟样，很多人都想套麻袋打他一顿，对武媚和狄仁杰的羡慕妒忌反而少了。

很快地，许多人都诚心诚意上前向他们道贺，尤其是同在国子监里念过书的同窗们——他们都很为李元婴这几个为国子监增光的新科进士感到骄傲！

李元婴就喜欢这种热闹，当场发出邀请，说今天下午丰泰楼摆流水席，所有人都能来吃，想吃多少吃多少，想喝什么喝什么！

贡院一放榜，报喜的差役在大街小巷里奔走，今年榜头是个女子的消息很快传遍整个长安城。

丰泰楼也第一时间得了喜讯，知道不仅李元婴成了大唐头一个进士王爷，他们还将有个进士王妃！更了不得的是，榜头也是他们家的！

这可怎么得了，不等李元婴叫人来传摆流水席的口信，丰泰楼这边已经第一时间广收食材，着手开始准备宴席。

称心最近醉心于琢磨舞台设计，听了这喜讯便把整个丰泰楼当舞台来装扮，往楼里楼外装点了许多彩绸，还叫人扎了个漂亮的彩门立在丰泰楼外头用来迎客，将丰泰楼整成了整条街最亮眼的风景，一看就知道东家有喜！

苏七娘跟着称心出来看彩门扎得如何，见所有伙计都干劲十足地忙里忙外，心里也欢喜得很。她仰头望着高高的彩门，笑着和称心感慨："这样的日子，我以前想都没想过。"

称心一顿，也笑着回道："以前谁想得到呢？"

现在这样的日子，是以前做梦都想不到的。

丰泰楼大摆流水席的消息传开，很快有无数人往丰泰楼涌过来，有来道贺的，有来沾喜气的，有纯粹来蹭点吃喝的，热闹得不得了。

李元婴大方得很，来的都让吃个尽兴，好酒好菜管够，除了不能吃不了还兜着走之外，来了就给添碗筷杯盏。他还亲自领着小伙伴们露了把脸，特地穿了朝廷给的浅青色衣裳出来显了把进士威风。

不管什么时候，大部分人都是看脸的，见李元婴一行人无论男女都长得特别俊俏，气度也相当不凡，大家自是觉得他们当真中举中得名副其实，皆是诚心恭喜。

李元婴带着小伙伴们在外头显摆得起劲，李二陛下却在接受各方朝臣的轰炸。

你选自己弟弟当进士没问题，让自己女儿下场考试也没问题，怎么还胡来到选个女人当榜头？以后大家还乐意考进士科吗？

半路上位的就是不靠谱，自己私生活乱来就算了，连朝廷大事也当儿戏！有些气性大的老臣，甚至愤怒地递上辞呈，表示自己不干了，这朝廷实在待不下去了！

房玄龄这边首先接到不少人乞骸骨的折子，一个头两个大，赶忙去和李二陛下说起这事。

李二陛下正憋着气，听房玄龄说有一批人用辞官来威胁他，当即怒道："他们要回老家养老就让他们回去，正好腾出位置给有能者上去！"

房玄龄没声了，回去给众人转达李二陛下的意见。现在的李二陛下已经通过科举筛选了好几批人才，还真不缺可用之人，再不像刚登基时那样苦哈哈地一个人当两个人使了！

更何况，人家真的是凭本事考上进士的啊。

李元婴乐了半天，下午又去东宫拜访萧德言，和他说起自己考上进士的事，和他的萧师分享这份巨大的喜悦。

萧德言早就知道了，毕竟照着李元婴那闹腾劲，长安城里只要不是眼瞎耳聋的都能知道。他笑着向李元婴道贺。

李元婴和萧德言聊了一会儿，才知道李二陛下被人炮轰了一天，惨得很。他忙别过萧德言，积极地去给他皇兄送温暖！唉，他是高兴了，可苦了他皇兄啊！

李元婴跑去找李二陛下好生关怀了一通，让李二陛下别管那些胡说八道的人，有本事他们就自己写一篇比媚娘那答卷还好的文章出来！李元婴安慰完李二陛下，又试探着问："皇兄，等我从太原回来，您是不是就让我去封地了？"

李二陛下原本听李元婴张嘴叭叭半天都没分他一个眼神，听他这么问才扔下手里的折子看他一眼。

李二陛下的表情看不出喜怒，李元婴心里打着小鼓。他积极表态："等我去了封地，一定时时给皇兄写信！要是皇兄您许我回来，我就每年回来看您！"李元婴极力游说李二陛下："不是说要帮您修一条到泰山的路吗？我先去探探路，到了封地一准想办法给您把路修出来！"

李二陛下这才应了他一句："行。"

李元婴高兴不已，趁机问出更得寸进尺的问题："那我什么时候可以去吐蕃看看文成？"

李二陛下道："等大唐做到你说的敦亲睦邻再让你去？"

背后搞事要有背后搞事的觉悟，不是所有人都是傻子，看不出你的意图。当初隋炀帝也想用驱虎吞狼之计，可惜做得太拙劣，被人杀得仓皇南逃。

别人去吐蕃李二陛下都放心，有信心吐蕃那边会好生接待。但李元婴不同，李元婴出了那么个主意，还自己暗戳戳搞了那么多动作，万一松赞干布和禄东赞觉出不对，找个由头把他弄死在吐蕃怎么办？

见这件事没商量的余地，李元婴不吱声了，又同仇敌忾地帮李二陛下骂了一会儿人才溜走。

虽然吐蕃没得去，但去太原和就藩之事定了下来，也够李元婴高兴老久了。

可惜城阳不能一起去。

城阳的婚期本就定在春闱放榜之后。

中举之后衣锦还乡的、觅得良缘的都不少，朝廷很人性化地留了段空当让他们享受人生各大喜。

城阳的婚期正巧在这个空当里。

皇家嫁娶还是挺容易的,一切都有人操办好,自己只要出个人就好,当初李治也是这么和王氏成婚的。城阳也没操半点心,在此之前甚至还全副身心投入复习之中。

如果说李元婴是大唐头一个进士亲王,那城阳其实是大唐头一个进士公主。

比起对武媚的复杂观感,众人对城阳还是很欣赏的,对杜荷这个准驸马也十分羡慕,因为不是每个公主都像城阳这么性情温柔、才学出众,驸马真不怎么好当!

城阳出嫁当日,李元婴这个当幺叔的自是当仁不让地当了送亲使,亲自把她送到杜荷手里。

等他们正式搬进公主府后,李元婴寻了机会过去游说杜荷跟他去封地。

杜荷在东宫当差,既然成了李承乾的妹婿,前程自是不会差的。不过李元婴还是觉得男儿志在四方,总窝在东宫着实没什么意思。

虽然他和太子不能比,但是外头天大地大,做什么都痛快,城阳好好的进士身份也不会白白浪费!

到那时,他叫他皇兄许他造大船,大伙一起出海耍耍!

杜荷到底是个年轻人,被李元婴这么一说自然很心动。他去和李承乾说了此事,正巧李承乾也觉得自己没什么能帮李元婴的,便让杜荷只管跟着李元婴去封地。

李承乾向杜荷保证,将来要是他想回来,东宫肯定会留着他的位置。

于是李元婴成功把杜荷撬上自己的贼船。

李元婴暗戳戳地这里挖点人,那里挖点人,随行名单越写越长,长得他自己都有点不好意思,艰难地划掉了几个候选人。他强忍住把相中的人才搜刮一空的冲动,觍着脸去找他皇兄把需要走正规手续才能带走的人都过个明路。

李二陛下看了李元婴拟出来的名单,额头青筋直跳。

李元婴还说:"我都问过他们的意思才写的名单,他们都愿意的。"他凑到李二陛下近前和李二陛下说悄悄话,"皇兄您不是和老魏他们在吵要不要征高句丽吗?我去东边造大船,帮您练出一批特别厉害的海师来。到时您一声令下,船就"咻咻咻"地渡海,直接跑高句丽家门口去,吓死他们!"

李二陛下觉得李元婴简直异想天开:"等你练出海师来,高句丽早打完了。"

李二陛下打高句丽的决心还是很坚定的。

李元婴道:"那也要造大船,听说大海老大了,看起来无边无际,一直往东走能走到倭国，倭国外头还是海，根本看不到尽头。不知道更远的地方是什么，我想去看看！"

李二陛下见李元婴一脸的跃跃欲试，板起脸警告："要是让我知道你敢出海，那你封地里就别想再有任何能造船的地方。"海上遇到危险可不是开玩笑的，哪怕你是天潢贵胄、福运无边，遇上狂风巨浪也无计可施，李二陛下是不会允许李元婴去冒那种险的。

李元婴也不气馁，再接再厉地提出自己的新主意："那我不出海，就造个大船让人绕着岸一路走过去，看能走到什么地方。等以后船造得更大更好，经验也更足，再让人去看看海到底有多大。"

这次李二陛下没驳回他的想法："你造得起来只管造。"

李元婴在心里把自己的封地建设计划整理了一下，首先要建个大书院，招揽各方人才，然后要修一条从长安去泰山的路，最后，还要造些大船鼓励大伙出海探险。

李元婴觉得挺好挺完美，又跟李二陛下讨了个准话，问李二陛下这些事自己是不是真的都能做，不能做的可得提前说，免得到时有人说他要造反！

李二陛下道："朝廷不会给你多拨钱粮，也不会给你多拨人，你能做便做。"

李二陛下的态度很明白：路你可以修，反正朝廷没钱，你自己想办法；船你可以造，反正朝廷没钱，你自己想办法。想要搞文教想要搞基建想要出海探险都没问题，但朝廷不会给你人，你自己想办法！

至于什么造反不造反的，李二陛下觉得这点根本不用考虑。瞧李元婴人还没走心已经飞到外头去，就知道他有多不喜欢闷在长安。

还是担心他憋不住跑去海上玩耍比较实际。

李元婴也不要李二陛下给钱给人，他觉得李二陛下老穷了，只要李二陛下许他尽情去玩就好。

兄弟俩议定就藩之事，李二陛下还叫人送来壶酒，和李元婴饮了两杯才散去。

李元婴喝得脸红红的，跑回去叫柳宝林担心地拉着看了半晌，煮了茶给他醒酒。

李元婴捧着茶吃了，方才那点酒意散得一干二净。他说："皇兄让我喝，我才喝了小两杯。"李元婴和柳宝林分享喜讯，"我和皇兄讨了批人，皇兄都许了，等我们从太原回来就可以一起去封地。"

李元婴给柳宝林数人头。

武媚肯定是要跟他去的。

武媚她们都是正经进士出身，按惯例朝廷该给她们安排官职，但是哪怕是进士出身，能出任的职位也不太多，哪怕是一方县令也得有朝中五品以上官员举荐才能当。

按现在的情况来看，哪怕有人认为这个进士出身是她们正正当当得来的，怕也不愿意保荐她们去外头任职。

何况，既然去哪儿都是当地方小官或者朝中闲差，那为什么不跟他去封地？到了封地，她能做的事多着呢！

狄仁杰他们也愿意跟他去。

萧师给他推荐了一批学生，有的是有官身的，有的是白身。他都和他们见过了，聊得很投缘，他很喜欢，准备都带上。

大侄子给他拨了批人让杜荷带着，怕他整天让人出去做这做那，身边没个人保护。

皇兄答应让王义方给他当太史，到时卢照邻也会和他们一起去封地。

高阳肯定是要一起去的，早前他就说好带她去封地玩。

兕子和衡山不能带，一来她们还小，二来她们没高阳那可以便宜行事的女冠身份，三来，他也不能把皇兄身边的人全带走，要不然皇兄可就成孤家寡人了！

李元婴一一给柳宝林数过去，说得眉飞色舞。

哪怕远还没到去封地的日子，柳宝林已经能想象出将来出发时会有多热闹，她的眉眼也跟着染上笑意，心里同样盼着那一天的到来。不过，柳宝林发现一个问题："那，你妹妹妹呢？"

李元婴猛地一惊，发现自己忘记了这个要紧的问题。

他还没有把妹妹妹娶进门，万一老魏不许他带妹妹妹去封地怎么办？

李元婴满长安"招兵买马"，要带走这个带走那个，动静闹得那么大，大伙自然都晓得他今年要去封地。

魏徵不是聋子，自然也听了不少李元婴闹腾出来的事。

听说李元婴把他能说动的人都说动了，魏徵还等着他上门来商量，不想左等右等，连人影都没瞧见。

魏徵问自家孙女什么打算，魏姝不假思索地说："我肯定要跟去的啊。"早几年李元婴刚说要建书院就准备带她一起去的。

魏姝回得理所当然，魏徵那叫一个气。

真是女大不中留！

魏徵每天黑着一张脸，明显心情不爽，逮谁"喷"谁。你说你好商好量，大家坐下合计合计，他也不是不可以变通一下的，但你门都不登是什么意思？

李元婴经柳宝林一提醒，才想到自己这些天太忙，竟忘了登门和魏徵商量此事。

他一刻都不耽搁，赶紧出宫去魏家，趁着魏徵还没回来早早把裴氏哄好，让她给自己说说好话。

裴氏自是喜欢李元婴这孩子的，李元婴长得俊，嘴巴又甜，哪个长辈不喜欢呢？

只是涉及魏徵最偏爱的魏姝，裴氏也做不了主，只背着魏徵提醒李元婴："这些天她祖父心情都不大好，他要是骂你，你也别往心里去。"

李元婴道："我晓得的！"

老魏可是连他皇兄都能骂得狗血淋头的，骂骂他这个孙女婿又算什么？更何况这事确实是他忙忘了！

李元婴认错态度很诚恳，一看到魏徵回来就跟在魏徵后头进进出出，一个劲地说自己最近太忙竟忘了登门商量。

李元婴当起跟屁虫来那是相当敬业的，连魏徵进了茅厕，他都在外头问魏徵里头纸够不够要不要他给递纸。

魏徵忍无可忍地破口大骂："给我滚回屋坐好！"

李元婴讪讪然地折返。

回到屋里，李元婴溜到魏姝身边挨着她坐下，和魏姝嘀咕："我听你祖父这嗓门着实洪亮得很，听着中气十足，想来身体是越来越好了。这样我们去滕州也放心！"

魏姝也听到魏徵吼得震天响的话，心里觉得自家祖父碰上李元婴真是一点办法都没有，除了发飙还是只能发飙。她劝道："你别老惹祖父生气。"

"我才没有，我很努力想争取他的谅解来着。"李元婴道，"在我心里你都是我王妃了，肯定会跟我一起去封地的，要不是娘及时提醒就糟糕了！"他说着还偷偷抓住魏姝的手问她，"要是你祖父不许你跟我走，你愿意偷偷跟我走不？我们就当那什么来着，哦，我想起来了！我们当亡命鸳鸯！"

魏徵回到屋里看到的就是这样的"诱拐"现场：李元婴拉着他孙女的手要他孙女偷偷跟他走，当亡命鸳鸯！

魏徵勃然大怒，当场把李元婴扫地出门，让他往后别再来了！

接下来李元婴喊门翻墙都无果，碰了一鼻子灰，眼看宫门马上要落锁，只能灰溜溜地回宫去找李二陛下让他帮忙缓和缓和。

李二陛下起初觉得这老魏太小气了，李元婴不就是忙忘了吗？李元婴都登门道歉了，居然还发这么大的火，把人扫地出门！

可听完了李元婴是怎么道歉的，李二陛下静默了好一会儿，指着李元婴骂道："活该你丢媳妇！"

这小子到底哪来的勇气过来找他出面？

李元婴梗着脖子说："我媳妇才没丢，我和我媳妇好着呢！"反驳完了，他又软磨硬泡求李二陛下出面转圜一下，许他带他妹妹妹一起去封地。

李二陛下终是松了口，答应当个说客让魏徵和他坐下商量。

李元婴这才一溜烟跑走。

第二日，李元婴一早便跑李二陛下身边候着，改成亦步亦趋地跟在李二陛下后头。

李承乾现在得经常跟在李二陛下身边学着怎么治理国家，也早早过来报到，见李元婴在当李二陛下的跟屁虫，不由得逮着空问："幺叔你怎么一大早跟在父皇后头？"

李元婴把自己惹魏徵生气的过程如此这般地给李承乾讲了，说自己得等李二陛下帮忙说和，要不魏徵不许他进门，他就再见不到他妹妹妹了！

李承乾听了也是无语，任谁听到有人拐自己孙女去当什么亡命鸳鸯都会暴跳如雷，更何况是魏徵那小暴脾气。他说道："你不会挑个寓意好点的词？亡命鸳鸯听着怪不吉利！"

李元婴道："当时哪想得出来？"

两个人凑一起嘀嘀咕咕，直至李二陛下一个眼神扫过来，才默契地闭上嘴，旁听李二陛下接见各方要臣。

今天不用上朝，只陆陆续续有人过来汇报工作。

李元婴听着觉得有点无聊。

他最不爱规规矩矩地做事，在鄂县时常规的县务都是让武媚分给其他人去做的，自己只负责新鲜的部分。

闲着也是闲着，李元婴悄悄和李承乾讨了笔墨对着来来去去的大臣"唰唰唰"画速写，谁耳朵边有颗痣，谁鼻子小嘴唇厚，谁笑起来有几分奸诈，都被他放大到纸上。

李承乾本来不知道李元婴在做什么，凑过去一看，乐得不行，李元婴这神韵抓得太准了，明明只是寥寥几笔，却把每个大臣的特征勾画得惟妙惟肖，叫人一看就知道这人是谁。而且，往后见到他，也会特别关注他某个特征！

李元婴见李承乾凑过来欣赏他的杰作，更来劲了，压低声音表示要给李承乾画张东宫三大谏臣。

这东宫"喷"人三巨头里头，孔颖达是李元婴最熟悉的，相处久了，李元婴觉得他严肃之余竟能瞧出一丢丢的慈眉善目！

至于张玄素和于志宁，李元婴接触不多，但都见过，勾画起他们"喷"人的模样来一点都不带停顿的。

很快地，一副《东宫三谏臣》出现在李元婴笔下，三个头大身小的小老头都板着脸，但看得出他们各有各的凶！他们手上捧着一卷超长的谏书。

那谏书长到什么程度呢？

孔颖达三个人站在那里捧着其中一端，每个人手里都分到了长长一段，上头密密麻麻都是字。而在孔颖达身侧，还有更长的一端在旁边堆积如山，看起来他们"喷"个三天三夜都"喷"不完！

虽然很对不起孔颖达他们，但是这画画得太逗，李承乾真的憋不住想笑。平时他都乖乖给他们"喷"了，现在看李元婴的画乐一乐，应该不算大逆不道吧？

事实证明李承乾还是小看李元婴的胆子了。这厮等一拨朝臣出去后居然挪到李二陛下身边坐下，胆大包天地和李二陛下分享他的即兴创作。

李二陛下看完只觉得难怪魏徵要把这小子扫地出门！他冷酷无情地没收了李元婴那叠歪图，叫李元婴坐一旁面壁思过，不许再胡抹乱画埋汰往来的大臣。

正事忙完，李二陛下终于履行诺言，叫人把魏徵宣过来商量两个小的的婚事。

照李二陛下的想法，就是趁着李元婴去太原这段时间准备起来，回来让他们大婚就好，反正婚事早定下，早成亲晚成亲都一样。

都说长兄如父，他们家中已没有长辈在了，李元婴的婚事可不得他来操心吗？这桩婚事他早同意了，吉时让李淳风在指定范围内挑就完事！

当然，当着魏徵的面李二陛下没好说得这么随便，而是诚恳地代表李元婴长辈询问魏徵的意思。

不想魏徵还发表意见，李元婴已经抢先反对："不好，我和妹妹妹不要这么快成亲。我们都还小呢，穿喜服不好看，要再长大点穿才好看！"

魏徵脸色黑如锅底。

他还是第一次听到这种延后婚期的混账理由！

李元婴一点都不觉得自己混账，他积极地向两个家长表达自己的意见，说他和他妹妹妹妹就成这一次亲，当然得等最适合的时候才完婚，要不然难免会留下点遗憾！然后他还从健康角度来给魏徵分析："两人成亲了，要生孩子吧，生孩子多疼多辛苦啊，妹妹妹才那么小，怎么好生孩子！您这个当祖父的怎么都不心疼孙女！"

魏徵要喷火了："我没同意让你们完婚！"

李二陛下懒得开口了，让李元婴尽情作妖去，等他把他王妃作没了看他哭不哭！

李元婴连李二陛下都敢招惹，自然一点都不怕魏徵的怒火，他认真地迎上魏徵带怒的目光，说出自己的想法："妹妹妹是新科进士里年纪最小的，甚至可以说是大唐立国以来年纪最小的进士。她的能力难道比男孩子差吗？她的进士出身难道是弄虚作假得来的吗？"

魏徵道："当然不是。"

李元婴道："如果有人愿意保荐她当一县县令或者保荐她管一州州学，是不是正儿八经地依着朝廷的规矩来？"

魏徵不说话。

李元婴道："妹妹妹已经证明了自己的能力和才学，为什么非得让我们成亲才能让她跟我去封地？我不希望妹妹妹一辈子都只能以滕王妃的身份被人知晓，妹妹妹可以当'魏妹'的，为什么一定要让妹妹妹早早地当'滕王妃'？她明明比许多人都要出色，她明明可以做得比许多人都要好！"

魏徵心中震动。

如果是平时听到这番话，魏徵会觉得李元婴离经叛道。

古往今来那么多女子，有多少能在青史之中留下自己的姓名？女子都是要嫁人的，嫁人了就该出嫁从夫，从此安心当夫家的人，相夫教子，养儿育女。

李元婴说女子可以当"自己"，不是离经叛道是什么？

但是，李元婴这番话是为他孙女说的！

李元婴比世上任何人都要懂他的孙女，也愿意放手让她去做她想做的事！

魏徵注视着李元婴。

李元婴见魏徵态度有些松动，正正经经地朝魏徵一拜，认真地恳求道："请您放心地把妹妹妹交给我，我会保护好她，绝不让她受半点委屈，更不让她受半点伤害。"

魏徵见李元婴摆出如此姿态，心里那点不满顿时溃不成军。这小子看起来大大咧咧、爱玩爱闹，实则有着很多人都比不上的通透和聪慧，他太懂得怎么说动别人了，每一句话都直击人心。

魏徵叹着气说："你想怎么样就怎么样吧。"

旁观李元婴说服魏徵的李二陛下和李承乾对视一眼，都觉得往后不能轻易让李元婴开口，看看这小子多有能耐，连魏徵都能让他给说服了！

正常来说，听到有个混账不想和自己孙女完婚又要带自己孙女走，不是该打死那混账吗？

李元婴在李二陛下出面后成功取得魏徵的同意，整个人就彻底放飞了，为了给媳妇求官，他还屁颠屁颠地跑去找李靖，求李靖给他媳妇保荐。

这厮天生脸皮厚，走起后门来一点都不害臊，还草拟好保荐折子让李靖照着写。

李靖和他相熟，两人算是忘年交了，自是不会拒绝这点小事，依言照着李元婴的折子写了份通篇都是赞美的保荐折子。一份写完，李元婴觍着脸又摸出另外两份，说是一事不劳二主，干脆把武媚和城阳的也写了。

李靖没奈何，由着他逮着自己薅羊毛，一次性按着李元婴的原话给三个新科进士写好保荐折子，他平时不沾这些事，这次倒是一下子把自己的保荐资格都用光了。

李元婴非常感动，顺便在李靖家蹭了顿饭，然后，薅走了李靖儿子李德謇一家。

李德謇也是在东宫任职的，没怎么到外面历练过，李靖听李元婴说李二陛下许他造海船，便答应只要太子那边没问题就让李德謇跟去。虽然他自己以腿疾为由不怎么理事，但儿子还年轻，他还是希望儿子能有些造就，而非庸庸碌碌地过一辈子。

李元婴走后，李靖叫人温了酒，让红拂陪他喝一杯。

红拂道："这小子就藩了，长安可就冷清多了。"李元婴闹腾起来一套接一套的，自从他能出宫了，几乎年年都得闹出点新动静来。什么图书馆，什么向日葵，什么千金茶，什么翠微宫滕王阁，年年都不重样的，热闹得不得了。

李靖说比别人更了解李元婴："他去了封地一样能闹腾，冷清不了。"

红拂也觉得是这样，只是难免有点舍不得："话是这么说，可见面终究是不容易了。"他们家虽然有儿有女，孙辈也有了，但极少有李元婴这样鲜活欢快、能说会道的，哪怕李元婴登门的次数也不算多，真见不着了实在叫人倍觉遗憾。

李靖道："反正最舍不得的可不是我们。"

红拂闻言笑了起来，给李靖添了半杯酒，自己也添了半杯，约定喝了这半杯便不再多喝。是啊，李元婴只时不时登门添点热闹他们都舍不得，那些个天天被他闹腾的肯定更不习惯。

李元婴一点都没舍不得，跑来跑去把事情搞定了，又去国子监问孔颖达实习人选报完名没，他们要出发了。

孔颖达看李元婴像脱缰野马一样到处蹦跶，觉得他去了封地肯定无法无天，板着脸对他进行一番劝谏，让他稳重些，都要就藩的人了，得拿出点样子来！

李元婴想到自己往后听不到孔颖达训话了，乖得不得了，点头如捣蒜，表示自己一定乖乖的，坚决不犯错误。他还让孔颖达一定要好好锻炼身体，保持身心健康，过两年他就把去泰山的路修好了，到时他得有好腿脚才能随驾去泰山玩耍！

孔颖达严肃告诫："百姓生活不易，不可做那劳民伤财的事！"

李元婴直点头："当然当然，我要是干了坏事，老魏不把妹妹嫁我了怎么办？"他老实听完孔颖达的训导，又反过来正儿八经地向孔颖达托付大事，"我这一去，就不能时常回来了。当年皇嫂嘱咐我要照看好侄子侄女，现在我要去封地了，没法护着他们。您平时常去东宫，要多鼓励我大侄子啊。我大侄子实在不容易，八九岁就没了娘，皇兄对他要求又高，总板着脸训他，一年到头他就没听过半句夸。我知道您一向严格，要您天天夸大侄子也不容易，要不，您每个月帮我夸他一次？"

孔颖达实在不知道李元婴哪来的自信说是自己护着"大侄子"，他大侄子可是太子，用得着他护着？还每个月夸一次，要是这一个月里头太子都没做甚出彩的事，他能怎么夸？

孔颖达虎着脸把名单给了李元婴，让李元婴赶紧走人，别说这些不实际的话。让他变着法子夸太子，他不成佞幸了吗？

李元婴不高兴地说："夸夸承乾哪里就佞幸了，我觉得承乾太子当得很不错了。"本职工作做完了，有点兴趣爱好怎么了？又没出去坑蒙拐骗祸害百姓！

孔颖达不和他讨论这个话题。

李元婴唉声叹气地走了，决定改天邀请大侄子带侄孙去他封地玩耍散心，玩够了再挨骂心情也好点！

人点齐了，李元婴便安排车马舟船带着实习生们浩浩荡荡地前往太原。

李元婴当初塞了"龙骨"专家到李治的随行队伍里，一年多过去，好消息也传来了：太原那边也有"龙骨"！

太原那边的"龙骨"小的只有几米，大的却有二十米之巨，骨骼构成和葵园那条龙差别挺大——简而言之，他们可以出新"龙骨"模型了。这么大的"龙骨"不好运回葵园，只能就地买个庄子安置，等着李元婴过去看。

李元婴已经让系统在个人图书馆里发布预告，说是有两种"龙骨"出土了，虽都不是整副骸骨，关键部位却都找齐了，研究价值应该还不错。

这个预告功能李元婴还是头一次用，用法是系统告诉他的，说这相当于自己发布任务，预约人数达到一定数量可以获得相应的奖励，比如积分加倍之类的。

图书馆的基本功能大部分都要消耗积分，关键时刻说不准还得靠积分救命，因此李元婴自然从善如流地按照系统指导发布预约活动。

经过几轮筛选，李元婴图书馆里的访客基本稳定了，都时不时过来佛系打卡，看看有没有新东西开放。新恐龙化石的预约活动一上线，各方专家马上蜂拥而至，一个两个全对太原那边的恐龙化石翘首以盼。

李元婴大方地包了全部人的车马费，一路上走走停停，把沿途风光看了个遍，终于在七月中旬抵达太原。

这一路上，武媚几个也时常上马骑行一段路，好习惯习惯"抛头露面"的生活。

李治接到李元婴抵达的消息，早早出城迎接，显然很期待李元婴的到来。叔侄俩许久没见，见了面就把马交给别人牵着，并肩走着入城。

李元婴看了一路，觉得太原繁华得很，很不错。他先让李治把随行的实习生都安排下去，这是早就说好了的，李治也早有准备，派人给实习生引路，全程表现得妥妥当当。

李元婴觉得李治不愧是当了爹，稳重了不少。他跟着李治回晋王府，路上还和李治说："你王妃年纪这么小便给你生了孩子，你可要好好对她，别让人家受了累还得受委屈。"

李治道："那是自然。"别说他不是那等没良心的负心人，就算他是，也不能那么干啊，太原可是他王妃的娘家，还是标准的世家大族，在当地极有名望的那种，他哪能做什么狼心狗肺的事？

李元婴跟着李治去看他的大胖儿子，等见着了，李元婴和李治嘀咕："哪里胖了，这么瘦，还是小圆球可爱，小孩子就该多长点肉才好。"

李治无语，觉得李元婴和他父皇的喜好还真一致，都觉得多长点肉可爱又有福气。

李治道："你自己不是说过，太胖不好，容易有这样那样的毛病吗？"他看自己儿子觉得挺俊的，李元婴倒好，看了两眼就挑拣说肉不够多。

李元婴一想也是，肉嘟嘟是可爱，但瘦点也有瘦点的好处。他去年已经抱过李小圆球出生不久的弟弟了，看到这么个小不点也来了兴趣，伸手让人把小孩给他抱一抱，小心翼翼地接过来仔细打量，渐渐便觉得也挺可爱的，才要夸两句，他就感觉手上一热！

这小子尿了！

夏天穿得不多，裆是开着的，直接尿了李元婴一手，热乎乎湿漉漉的，还滴滴答答往李元婴衣服上滴！

小屁熊孩子尿了个痛快，还挺乐，在李元婴手上露了个没牙没眼的笑脸。

男孩子就是调皮！

李治乐了："我儿子会挑人啊，早不尿晚不尿，到你手上才尿。"

李元婴忙把侄孙还回去，跟着人去换了身衣裳。

转眼到了晚膳的点，李治叫人做了许多太原的吃食叫李元婴尝个鲜。李元婴吃得饱饱的，晚上拉着李治一起登楼，好看看太原的夜景，顺便和李治聊聊未来的宏伟计划。

得知李元婴画了那么多大饼，李治忍不住替他的钱袋子担心。

李元婴一点都不担心，钱不够，赚就是了！一想到自己的诸多计划，李元婴就坐不住，第二天一早便积极地跟着早前到太原寻访龙骨的人出发，去把在太原发现的几副龙骨都扫描了！

经过系统的鉴定和复原，李元婴很快得到结果：这次发现不止两种恐龙化石，而是三种！

李元婴没管那么多，一股脑开放了三种恐龙化石的观阅授权，顺便兑换了三张龙骨模型图纸，准备让葵园那边上新赚钱！上一款龙骨模型该买的都买了，是时候给游客一点新鲜感了！

（未完待续）

编后记

本书版权由北京晋江原创网络科技有限公司授权，由中国言实出版社出版。

在此真挚地感谢在《闲唐 2》出版过程中参与策划、创作的贡献者。北京宏泰恒信文化传播有限公司参加本书选题策划、封面设计、插图的工作人员有：连慧、李艳、小茜设计、叶比 yippee、龙轩静、東晨、sunny 普利尼。

2022 年 8 月